民国武侠小说典藏文库·还珠楼主卷

青城十九侠

还珠楼主◎著

（第五卷）

中国文史出版社

目　录

1

第七十回

横江白雾　绝壑运蛛粮
匝地金光　荒崖探怪迹

话说那卖豆花饭的王老幺，自从前日得了甜头，回到家中连夜做了几样拿手菜，准备次日敬给二女，好多得点赏钱。不料昨日等了一天未来，以为二女开船走去，自家又舍不得吃。正想乘今早会期卖出，忽见二女带了浪生走来，好不欢喜。

见摊前三条长板凳上都坐满了食客，唯恐二女官家小姐不愿与粗人杂坐共食，一面忙用好话催众人快食，说："有官家定座到来，请让一步。"一面又令乃妻代为照管，挤迎上前说道："两位官小姐，快请这里来。"那些顾客多是赶集的商农，先听王老幺催快，还不愿意在说闲话；及见二女神情穿着俱为所慑，当是进香的大官眷属，三口两口忙着吃完会账走开。

王老幺慌不迭擦抹案板，请二女、浪生坐了，换上新涤碗筷，赔笑说道："小姐昨天怎没来照顾？还当官船开走了呢。前晚回家连夜宰了一只肥鸡，又把隔年留存的香肠、血豆腐蒸好，共配了四样菜略表孝敬，还没有动呢。"随说随将摊侧箱内菜肴取出摆上。

二女见是一碟棒棒鸡、一碟烂烧鸭子、一碟香肠、一碟血豆腐，外加摊上原卖的小笼蒸扣肉、大碗豆花带肉末香料。面前已摆了一大片，王老幺还在现炒热菜，便说："够了，我三人哪吃得下这许多？"王老幺道："这是小人一点心意。小姐们自然吃不多，听说这娃娃食量太大，庙里素包子都能吃上一笼，今天跟小姐出来开荤，少了哪够这娃娃吃？"

言还未了，浪生听王老幺连叫他娃娃，怒喝："你敢叫我娃娃？"怪眼一翻，便要纵起抓去。幸二女手快将他按住。王老幺知他厉害，直说："我说错了，小祖宗不要生气，我做好的你吃。"

浪生也真觉饿，二女一喝阻，便不再闹，埋头大吃起来。一会儿，王老幺

1

又炒了一碟辣子鸡丁、一碟腰花、两碟素菜端过来。浪生自小随师茹素，初尝美味，高兴已极。彩蓉见他食量兼人，吃得又香，边吃边拿眼偷觑自己神色，哪一样菜都要留些，似未尽性，便笑道："爱吃你只管吃，吃完叫他添，只不许吃酒好了。"王老幺巴不得多卖，又添了两小笼扣肉、一碗豆花过来。浪生共吃了四碗冒儿头，菜是全光，方说够了。

这时别的顾客俱吃王老幺推有官眷包座谢绝，因浪生生得异样，香客多听庙中养着一个怪婴，见了纷纷传说，齐来观看，摊侧人都围满。又见二女携带浪生情景，互猜浪生要被官家带去，从此享福，一步登天，交头接耳，议论纷纷。

二女先见浪生吃得有趣，不曾觉察，见状未免厌烦。彩蓉给了五两银子，已要起身，猛瞥见前面香客游人东倒西歪，往两边乱挤，一个身材高大的头陀甚是眼熟，正往庙内挤去，不禁大惊，忙即悄告灵姑："速带浪生绕向庙侧树林之内等候，我有事去去就来。此时千万不可和我在一起，遇我时不要说话，装作不认得才好。"

灵姑因彩蓉神色慌张，说完便走，料有原因。见王老幺还在千恩万谢，随口敷衍两句，允其再来，径率浪生依言往庙侧密林之中走去。这时香客游人越聚越众，拥挤不通。

灵姑恐浪生力大，乱闯惹事，便将他抱起，低声叮咛不许言动，自往前挤。仗着民风敦厚，见是女子、婴童，都各避让，才得勉强挤向前去。行近庙前，瞥见卫诩在殿前石台上，方疑彩蓉是寻他去，猛听前面人声鼎沸，纷纷波动，循声一看，乃一个长大头陀，正由庙中挤将出来。

先前彩蓉见头陀时，灵姑面向饭摊，并未看见。此时见那头陀身高七尺以上，豹头狮鼻，浓眉大口，一双狗眼闪闪生光，额束银箍，满头黄发披拂，乱蓬蓬的，生相甚是狞恶。走起来一句话也不说，只是一味朝前猛冲，所过之处，人全东倒西歪，众声叫骂。有那年轻气盛的不甘吃亏，便挥拳打去。头陀既不还骂，更不还手，仍然往前挤撞，如未闻见。可是打人的都相继呼痛，咒骂不已。

灵姑看出头陀神情有异，不但绝好硬功，弄巧还是妖邪一流，心愤出家人不应如此强横可恶，如在平时，早已上前处置。此时一则游人太多，动手恐有误伤；一则又惦着彩蓉行时之言，无暇及此，只好忍耐下去。经此一乱，再看卫诩，已然不见。绕到庙侧无人之处，回顾头陀，也将挤出人群，叫骂之声相接;知道吃亏的人甚多,断定头陀决非善类。暗忖:"看此贼头陀行径,平日恶行可知,实是容他不得。等见彩姊商量之后,探明底细,如是凶僧妖邪,务须除去。只恐远来路过,一现即行,被他滑脱,又为世人贻害。"方欲到森林中无人之处飞空查看,忽听耳侧低语道:"速往庙后,道童宜从善在彼,我有话说。"

灵姑听出是彩蓉说话,忙穿过树林,绕抵庙后危崖之下,见宜从善满脸忧惶之色。彩蓉业已先到,等宜从善将灵姑引到崖脚一个大只方丈的石窟以内,方始现身出来。灵姑见她踪迹如此隐秘,问是何故?彩蓉叹了口气,答道:"方才你见那高大头陀么?"灵姑道:"你原来是为这贼头陀走的么?刚才你走时我并未看见他,你走后我来寻你,才得看见。他一味在人丛里横冲直撞,受小伤的人不知有多少。我如非想来寻你,抱有浪生,又恐人丛中动手误伤生事,早打发他了。那厮不过有一身好硬功,看他步行乱挤情形,不似什么高明人物,难道凭你还怕他么?"

彩蓉失惊道:"我走时匆忙,防贼头陀看见,不知你还未见,忘了告诉你。幸亏你不曾造次,不然又是一场麻烦。这厮乃是青海西昆仑二恶之一,原是番人出家,名叫赤隆儿瓜,外号金狮神佛。他还不说,最凶的是他师兄麻头鬼王呼加卓图,比他法力更深。二凶僧从小患难相交,情共生死,彼此心灵相通,又炼有几件极神奇的法宝,内中有一件乃是各人所戴金环,每遇危难,相隔千里取环一擦,另一凶僧便即闻警追来。

"其实他们不过身在旁门左道,不忌荤酒女色,性情粗暴,并不十分为恶,人不犯他,他不犯人,本来也与我无关。只为妖鬼未戮以前与他相识,有一年这厮路过北邙山左近,值我由外新回,与他路遇,定要将我劫去。我斗他不过,行法告急。妖鬼赶来,一见是他,先颇不愿得罪,说我是得力门人,不便奉赠,此外鬼宫儿女甚多,任凭挑选奉赠。他偏执意不允,要定了我。两下翻脸动手,他自非妖鬼敌手;妖鬼也只能将他困住,急切间不能伤害。后来这厮乘隙摩擦金环,困到次早,麻头鬼王从西昆仑赶来,将他救走。由此结下深仇,另约能手寻斗几次,均未得胜,恨我入骨。此时遇见,岂肯放过?

"这厮适才不曾隐身由人上飞越,乃是故意。近年我虽学会妖鬼邪法,如和他斗,仍是败的可能占多数;况当取宝吃紧之际,怎能惹他?原想这厮也许是无心路过,乘他未见,隐形追踪。暗中一查探,才知上年他已来过,不

3

知何故想占此庙，来寻庙主商量。

"他也是用重价购买，不是强夺。卞明德见他以前得我吩咐，允以下月相让。他却坚要提前，最好当时接收。说了若干好话，允以三日之后回信，方始走去。卞明德等三人因他师父还有多日才能坐化，听贼头陀语气甚是蛮横，意欲强占此庙，不让也要让，接庙以后，旧人一个不留，他师父已然闭关入定，不能惊动，本想一拼。只因我再三告诫，不敢妄动，为此十分焦急。

"那米商昨日到达，米也订好，起初打算运入庙仓存放，经此一来，只得变计。我令卞明德和米商说，将米船开往上流头无人之处停泊，今晚夜里由我将米船沉入水中，再行运入原乘木舟以内。虽然这类邪法颇干正教之忌，如若不知就里，被他看破，必然作梗。所幸为时不久，不见得只此个把时辰，就会有人路过为难，比起由庙运去多一周折，总妥当些。可惜灵妹入门未久，各派中人所识不多。此时如能得一见闻交游较多的正派中道友，到时隐身崖上守护，就万无一失的了。"

灵姑便问："卫道友曾允相助，你虽坚拒，他意未忘，约他如何？"彩蓉叹道："其实他在昆仑门下多年，正邪各派均有交游，见闻广博，用他实是最妙。无奈此时我与他越远越好，此情万承不得。说起伤心，以后不提他吧。"灵姑见彩蓉目波红润，隐含幽恨，也就不再提起卫诩曾在殿前石台上现身之事。

二女商议结果，因知颠仙到时必还另派能手前来相助，便令宜从善转告卞明德，赴紧暗中购小米谷，由她二人夜间先付买价，转交米商，令其依言行事，推说江神用米，不许传扬。头陀不可得罪，仍用婉言回复拖延，如能推到下月，自是最妙，否则与取宝之事必有关联。明斗不过，便将师父闭关之事告知，借给他一间庙房，等坐化后再让全庙。这样说法，只要把二女暗中主持一节隐起，于庙中诸人决不妨事，自己再行准备应付。

商定以后，宜从善便说连日忙乱，浪生在庙实难管束，请二女将他带走。彩蓉一想，已然应允，看浪生聪明，也还听话，凶僧保不住常来侵扰，浪生在庙，容易生事；带在身旁虽要多费一点心思照料，却不致有甚别的乱子，便随口答应了。浪生先因恋师，不肯随往。及至师父闭关，室有禁制，不能擅入，又听卞明德等三人一说，唯恐二女舍己他往，误却仙缘，闻言大是欢喜。二女又诫他此去务要听话，不可胡乱言动。浪生允了，随同回转。大敌当前，不敢大意在崖上逗留，径回沉舟以内。

夜里彩蓉往庙中交付米银，并探头陀动静。到庙一看，大殿上蜡泪成堆,香烟犹自弥漫。卞明德、宜从善、金百炼三人还同了十来个临时帮忙的村人正在收拾打扫,计算日间布施,忙得不可开交。彩蓉原是隐身入门,仍把卞明德悄悄唤出,同往西庙静室,交付米钱。问知香客黄昏始散,头陀去未再来。因他在庙前挤撞,好些受伤村人心中不服,都想寻他晦气。卞明德曾命一精细人暗往跟踪,那人去了好久,方始回说那头陀出村以后,便往庙后乱山走去,越走越快。

山路崎岖,正恐追他不上,头陀忽然回身将那人唤住,笑说:"我乃有道神僧,云游至此,发觉江心黑狗滩附近藏伏着怪物,意欲留此,为这一方除害。日里在人丛中挤撞,小有伤害,是众人有眼无珠,不知敬重所致。我如真有心为难,被撞的人一个休想活命。你既跟来,足见是个有心人。"为念俗人无知误犯,从身畔取出一道灵符,吩咐用一个水缸,将符焚化在内,受伤的人用此符水一抹伤处,立即痊愈,还治百病。

他并说庙中既无神光,又无妖气,乃是道士假名骗财。他因除害,兼爱庙前风景,已用重价向道士买庙,限令三日之内出让,由他住持。从此不但不要人们供奉,还可大显法力,为这一方造福。除怪时虽有用人之处,也以重金相酬,不令人白费气力。

回去可传语众人和道士,说他因见庙中香火已有多年,也许原来实有不成气候的小妖小怪,冒充神灵兴风作浪,吃那闭关的老道士除去。早上访问道士师徒名声不差,香火供银由人自愿,向不强募,算起来除混衣食外,尚无别的恶迹,故此好好商说;否则不特当时要将此庙强占,不给分文,还要另加处置。他已格外宽容,给了三日期限,休再不知好歹。让价任凭多大,决不还口。只管迟延,那就不客气了。看三个小道士俱似会点障眼法,如不服输,把庙产认作本身基业,不舍出让,可往后山白石崖顶上寻他斗法,以胜负来决,也无不可。说罢一片红光,人即不见。

那人和卞明德相好,也未向外传扬,径来报知。卞明德闻言,虽也不无忧疑,因知师父占算如神,既说自己去后,庙业归宜、金二人执掌,香烟还要大盛,别无凶险,又恃二女法力可以相助,以为此庙决不会被头陀占去。想试那符有无灵效,便备水缸一口,如言施为,姑令受伤人取水一抹,果然立愈。正想收拾就绪,趁夜静无人,去寻二女,彩蓉已经走来。

彩蓉听完前事,便令卞明德仍照日里所商应付,百事曲从,千万不可和头陀变脸。有自己在,就让他将庙占去,也是暂时的事,不多几日仍可夺回。

否则一旦为敌，取宝事忙，无力兼顾，庙固不保，连鲁清尘也不能在庙中闭关静修了。卞明德自是应诺。

彩蓉问明头陀所去途向，随即隐身往白石崖飞去。到后察看，荒崖枯寂，星月在天，削壁千仞，草木不生。崖顶怪石礧砢，连人坐立之处皆无，上下更无一个可以容身的洞穴，哪有头陀的影子。先恐被头陀的邪法瞒过，连用冥圣徐完所传搜形炼神之法试了几次，终于无人出现。知道不是所说不真，便是已离此他去，只得回转庙内。

彩蓉问知卞明德已将银子送往江边交与米商，心想："子夜将过，难得凶僧不在，此时正好行法将米运入沉舟，何必再俟明晚？"忙又赶向江边。路遇卞明德交完米价回来，说米商周福庭多年交好，对鲁清尘师徒最是信服。起初听说米谷为供神之用，还不肯要银子，经卞明德再三解说，只令依言行事，不许泄露，方允收下。

二女泊舟之处浪大滩险，虽有神明默佑，终究害怕，为此还给了他一道灵符，护送米船乘夜前往。来时船已开行，大约明早便到，二女泊舟之处，舟人日间睡眠，候到夜里，便可行法收纳。两地相去要走二十来里上下，平日就是好天，也须好几班纤夫。因有灵符催护，只要一人掌舵，一人摇橹，即可平稳上驶。舟人见这样吃水的粮船，夜行如此容易，越发坚了信心，决不至于误事。

彩蓉知卞明德所习乃旁门中驱役五鬼的小术，稍微高明一点的一见即知。当此强敌伺侧之际，隐藏尚且不暇，如何还敢炫露？如被外人看破，立生祸变。如非事贵缜密，自己略为施展，便可运走，何须多费手脚？但知卞明德是一番好意，又不便多说。忙答："这样不妥。但我如破了你的法，你以后便减灵效。速急收法，随我追去。"卞明德知船行江中，正当吃紧当儿，彩蓉却催他先收禁法后追，料有差错，好生惭愧，不敢怠慢，忙把禁法一撤。彩蓉也用遁法将他隐了身形，一同带起。

飞到江心上空，俯视江峡，宛如一条狭长的深沟。月光不照，暗景中只见星光随波闪动，夜色端的幽寂。晃眼追上那三只米船，彩蓉随带卞明德往下飞降。见船上布帆高扎，首船头上立着一个手持符箓的舟人不住展动。禁法撤去，符已失效，依旧乘风上驶，疾如奔马。照那走法，片刻即到沉舟之处，竟比预拟要快得多。知非无故，好生惊疑。匆匆教了卞明德几句话，以备少时如若现身，好与米商答话。跟着急飞首船，一把先将舟人所持符箓抢去。到手一看，仍是卞明德原物，灵效早失，毫无异状，可是船行更速。

舟人因符无端自手失去，自是惊诧，一片喧哗，齐说："船走得这么快，没了灵符，怎能叫船停止？没有止法，如何得了？"纷纷埋怨持符人自不小心。有的便主张摆设香案，向江神求告。此应彼和，乱成一片。彩蓉见众惊哗，恐万一无事生事，便将卞明德送到船上，命照适才所说略为增减，止住众喧。自己又在暗中留神照料，见机行事。

舟人见卞明德飞落，又是一阵喧哗。卞明德忙即喝止，假说奉了神命来此护送，吩咐噤声。并盘问众人，途中可遇甚事，俱答无有。彩蓉在侧，闻言越发奇怪。暗中行法试止前进，只略慢些，却止不住。又试探不出别的征兆，没奈何，且等到地头再说。

不消片刻，船到沉舟附近，忽然自停。彩蓉四顾无异，忙回沉舟一问，灵姑也说，自她走后并无动静，暗忖："对方道行甚高，看此行径，颇似暗中相助，并无恶意。好在身有颠仙所赐灵符，事急时可防万一。时机瞬息，且相机把谷米运回沉舟，再作计较。如真有人为难，运米时也必发难，否则定是颠仙命人来此暗助无疑。"便嘱浪生伏卧舟中，不许妄动，并令灵姑在水中加意防备，自水上面行法运粮。

等彩蓉出水一看，江峡上面已是大雾迷漫，星光全隐，越想越觉对方有意掩护。更不怠慢，先使舟人全数昏迷入睡。然后行法辟水，和沉舟一样，在水里空出停船之地，将三只船徐徐沉下，将米谷分运原乘独木舟内。一切停当，并无变故，心中大慰。随将三只船浮升水面，乘雾未散，亲身送船回泊。归途因是顺水，卸载之船行甚迅速，约有顿饭光景，便即回到江边埠头停泊。又嘱咐卞明德几句，便使舟人醒转，独自飞回。

这一来断定有了大力暗助，蛛粮已备，只等三日之后庙会终了，即可用金蛛吸上金船，取那船中所藏的至宝。彩蓉虽觉头陀所说黑狗滩除怪之言颇似意在金船，以此为借口，但是自问法力比头陀差不了多少。先时害怕，是因人少势单，难于兼顾。现已添一能手暗助，加上颠仙所赐灵符好用，不求胜敌，只求全船宝物到手即行，总可如愿，不禁心中一宽。

因取宝日期将到，次日仅由彩蓉一人隐身出探头陀和昨夜暗助送粮那人的下落，灵姑、浪生一直守在沉舟以内。浪生天性好动，初随二女回来时，见那五只独木舟都沉江中水深之处，上面隔有两三丈深的江水，人须穿水而下，而下面四外的水吃禁法隔闭却是空的，江水晶莹，清明若镜。船在中心，水族游鱼就在离头丈许和四外晶莹之中游行往来,历历可睹,甚是好看。有时灵姑为了逗他好玩,更把新从彩蓉所学的法术施展,放出光华照向上面,晶波辉映,幻为五彩,更成奇观。喜得浪生不住拍手欢笑,磨着灵姑演习,不舍离开。

灵姑告以此乃旁门小术,无足轻重。异日随往仙山修为有成,不特飞行绝迹,顷刻千里,灵山胜域,自在游行,而且还可了道成真,长生不老,种种好处,说之不尽。

浪生听得志夺神往,唯恐忤了二女意旨,日后不肯携带,百依百顺,无话不听。灵姑先颇愁他顽皮,不听约束,及见他这等听话乖巧,心中喜极,也是百计引他喜欢。所以两人守在船上,一点也不显寂寞。

可是木舟一切舒适,食物仅有二女所带干粮。浪生自随二女开斋,在庙前吃了一顿好的,心中不无恋恋。彩蓉去后,他忽然腹饥,偶问灵姑:"仙家法术能把吃的东西变来不能?"灵姑答道:"真到神仙境地,早已辟谷,不食人间烟火。我们虽离成仙尚远,不禁饮食,但只可和昨日一样,身有便钱,遇上吃些,怎肯为那口腹之欲卖弄法术,炫惑世人呢?学道首主刻苦清修,我们在山中吃的多是山粮、野菜、黄精、薯蓣之类。庙前豆花饭因是多时未吃的家乡口味,又兼有事打听,才去吃了两顿。你将来拜了仙师,若不肯吃苦,却修不成呢。"浪生闻言,便取舟中干粮自吃。

灵姑见他没再言语,暗忖:"此子虽然聪明,毕竟是个才过周岁的婴儿,又是幼遭孤露,备历苦厄。虽幸鲁清尘哀怜留养,庙中生活也颇清苦,听他说昨日那等寻常饭食尚且是初次到口,小孩子家如何不口馋?似此聪明灵巧,生身父母如在,官家子孙,正不知如何爱怜呢。"心中一起怜念,浪生再一样样顺从,更觉委屈了他。

因知沉舟有师父灵符禁制,只要不升上水面,任多厉害的妖人也不能侵犯,纵然头陀是个大敌,但又不认得自己。左右无事,少去即回,决无妨害。便笑对浪生道:"你想吃昨天的豆花蒸肉么?我就带你去,这干粮不要吃了。"

浪生道:"大姑姑不是说不要二姑姑和我离开这里么?想是想吃,要用法术变来才好。离开这里,万一妖邪来了,大姑姑回来要怪我们的。"灵姑笑说:"我晓得,我带你去,不要紧的。"浪生自是喜欢。

灵姑遂带浪生离舟出水,飞上崖顶,略为眺望。正待起身,浪生似见崖后青光一闪,忙唤灵姑看时,已不再见。这时日甫过午,崖顶阳光甚盛。前夜大雨之后,石凹中积潦未干,日光照处,光影闪动。灵姑闻说,先颇生疑。及至飞去察看,见崖后乱木丛杂,遍地苔藓,间以水潦,映日闪光,到处刺荆野蔓,无可驻足。苔痕又是一片浓绿,并无足印。只有一块高约丈许的怪石矗立在侧,光滑滑寸草不生,石上孔窍玲珑,大小何止百数。石后如有人物,隔孔可见,难于隐藏。全崖顶仅此数亩方圆地面生有草木,下余都是略具陂陀的秃崖,石质浑成,一目了然。因路难行,浪生又未看清,当是水光闪耀,也就没有往怪石底下细看,径率浪生往江神庙飞去,先到庙侧森林隐处飞落,然后步行出林。

会期正当极盛,香客虽减,庙前商贾云集,仍是热闹非常。二人由人群中挤向豆花摊,恰值午卖方过,食客稀少。王老幺夫妻正在忙着添火蒸肉,往大锅中倒豆浆。见灵姑、浪生到来,忙即笑容让坐,问道:"小姐的船还没开么?还有一位小姐怎么未同来?"灵姑笑说:"她今日在船上吃过饭了。我们也许要等会儿完才走呢。"

王老幺一面忙着添送饭菜,一面随口笑道:"今年我真运气,开市就利。先遇见你二位官小姐,随便吃点东西,给了那么多银子,已够我买几担谷的了。想不到吃十方的出家人也会有那样大方的,真是怪事。"浪生便问:"出家人可是前天挤人的头陀?"王老幺答道:"不是他还有哪个?"

灵姑先未理会,闻言心中一动,忙即探询。王老幺道:"昨天擦黑,我正收拾东西,那位大师父忽然走来要买吃的,我见他前天强横霸道,在人群里乱挤,一个出家人那样蛮不讲理,张口就要吃肉,一点不守清规,凭良心说实是看不上眼,又恐他吃了不给钱,本心想推托不卖。因他长得凶神恶煞一样,那天又挤伤不少人,心里害怕,不敢惹他冒火。我屋里也怕惹事,不住挤眼,强劝我卖。没奈何只得忍了心痛,譬如少得几钱银子,舍财免灾,送些他吃。他偏吃得又多,单扣肉就吃了二十二笼、豆花十大碗,饭和别的菜还没记数,吃得我心痛极了。

"他和扫盘狮子一样,一小笼四片扣肉一口就光。他那里夸一声好,我心上便像挨了一大棒槌。心想舍这一顿饭,至少糟践我好几串钱。他吃着甜头,明天再接着来,还不把我吃死?太使我心痛了。把我屋里恨入了骨,他还吃个没完。直到后来,我翻菜柜给他看,说连明早卖的都已吃完,熟饭菜已一点没有,要吃还须拿钱现买现做,他才停了筷子。我见他坐着不走,心正打鼓:'莫不还没吃够,要我再做给他吃吧?'谁想他是青海番子,人虽粗野,用钱却真大方,这一顿不到两串钱的东西,居然给了我十多两银子。还说他正向道士买庙,以后天天买我吃的。这财喜不是天上掉下来的么?"

灵姑笑道:"你发财了,怪不得这么喜欢。那头陀可和你说他住在哪里么?"

王老幺道:"他说住在后山白石崖。番子住的地方都怪。那白石崖离此很远,好些人连地名都不晓得,我还是十年前随人打竹狗去过两回,又险又陡。除了崖窝竹狗洞前长着一片竹子和无人肯吃的苦笋,连草都没有一根。总共几个竹狗做窝的石窟窿,又低又窄,人都走不进去,崖上下二三十里从无人迹。他偏住在那里,就不怕毒蛇、竹狗咬,人哪有安歇的地方呢?

"自从头天他一发蛮乱挤,这里人没有不恨他的,要想在村里借住,也是无人肯留。我虽得他点钱,像这样不守清规的番和尚,真要把庙买去,日后这里香火也不会兴旺。再要是不安分,庙会散了不要紧,江神不来受祭,兴风作浪拿行船出气,那就糟了。

"听说庙里鲁老道爷已然闭关入定,将庙传给大徒弟卜明德。他三个徒弟都有本事,不是糊涂虫。卜明德更是精明能干,文的武的都来得,何至于接手不两天,就把庙产让人呢?说是假吧,番子口气又那么硬法,好像两家已经说好,就在这两天。还说他爱这庙,江里又有水怪,非他不能除去,道士想不让也不行。

"我听着奇怪,想起庙里老少道爷平日好处,不放心,连夜去见卜道爷报信。他师弟兄三个已早知道,并不着急。还说他师徒四个早想离开此地,难得这位神僧肯来接替,再妙不过。只是日期太迫,手边还有好些事未了,打算过上十天半月再让。都是出家人,给钱不给倒没什么。神僧性急,真非早接不可,只好和他商量,先匀一半偏厢给他师徒四人居住,候到事完,再行离开,只要不妨碍他师父的功行就行了。随后又把这位和尚的神通法力,说得天上少有,地下难寻。我一听口风,简直非让不可,心里实不愿意,情知这庙要糟,但又无法劝说。

"刚生着闷气,走到坡上,忽听身后有人喊我。回头一看,正是那番和尚,板着脸问我:'小道士说了甚话?'我倒着他吓了一跳。心想:'庙既决定归他,莫如敷衍一阵,管甚日后之事?且先得点现成好处再说。'便把卜道爷所说的话,添枝加叶说了一套。

"这番子真吃恭维,听人怕他神通法力,高兴极了。说他本意并非强占此庙,愿出重价来买。满想道士把持不让,为除水怪起见,他便给些重价与道士,用法力硬往外轰。不料道士对他如此恭敬,连背地里都是那么诚心,倒不好意思强逼了。适才正打算进庙商量,明早交接,忽接师兄来信说有要事,催他立刻回去,并不许今日与庙中道士见面。

"他正想找人带话,正遇我出来。先疑我是道士耳目,现才知是好人。叫我传话与卜道爷,说他奉师兄之命,非回去一趟不可。但他主意已定,庙仍要买,此去约有三两日耽搁就来,念在对他心诚恭敬,不加强逼,银子任凭要多少,庙是必让。最好乘他走这三两天,赶紧安排准备移让;真要是来不及,务把大殿和西偏厢先行让出。到了立坛除妖之时,却得听他调遣,不许随意行动。

"说完他又给我一锭银子,严嘱不许对别人说,否则他是神僧,决不宽容。我想青海很远,如何赶得回来? 他把我领到庙侧无人之处,将手朝地一指,立时涌起一朵金莲花,托了他向空飞去,晃眼不见。如是别人,定被瞒过。我恰听人说过,番人都会障眼法儿;又随过鲁老道爷几个月,得知好些门道。假意跪地叩头不起,暗中偷觑,那金莲花果是假的。一会儿便见一条黑影由我身侧闪过,料定是他,恐被觉察,仍装不知。看在银子分上,望天叩了好些头,捣了好些时鬼,才往庙里去传话。卜道爷只答可以,也没说什么。

"我猜那和尚说回青海见他师兄定是假的。他们多会邪法,吞刀吐火,驱遣恶鬼。他定要这庙,不知出甚花样,我有点放心不下。恰巧我有个侄儿大毛,是个赶船的,年轻力壮,手脚板着实来得,上月和主人打架,散了伙,没处着落,前来寻我。听我屋里人谈起此事,他说那番和尚在成都辟邪村时见过。也没和我夫妻说,今早起五更便往白石崖去探看。

"他前年跟番和尚办过一件事,还得了百多两银子,知道番和尚法力很好,住的地方,不画符念咒显不出来。到了崖顶遍找不见,便照番和尚当初所传符咒一划一念,果然现出一座牛皮小帐篷,人却不在。看出和尚果是熟人,人去青海并非假话,既留帐篷在此,日内一定回来。他本为没钱养家着急,知和尚手头大方,他又帮过大忙,只要见面,好歹也弄他一二百两银子,从此可以回家买田,不再出来奔波劳碌,喜欢得了不得,适才兴冲冲来和我报喜信。

"据他说,和尚除了爱吃酒肉、玩女人,并不做甚坏事。玩女人也是用钱买,不是霸占强奸。他原是番子,与我们出家人不同,不能怪他。不过他老庙在青海,他买这庙必有什么缘故暂时居住,决不会长。我侄子以前好赌荒唐,人却诚实,所说必不会假。我问他帮过番和尚什么大忙,他却不说。那牛皮帐篷还在崖上,只是别人看不见罢了。"

灵姑知彩蓉连日寻找头陀下落,曾往白石崖去过两次,俱未寻到踪迹,心甚忧虑。不意无心中探出底细,并还有人得过他亲传出入帐篷之法,暗自喜慰。但仍做不经意之状问道:"番和尚所居帐篷既有法术障眼,你侄儿用什符咒使它现形的,你知道么?"

王老幺道:"其实我侄儿大毛从小随我长大,最是亲热听话。我适才也问过,他说别的都能依我,唯独这件事,番和尚用他时原是迫于无法,看他诚实忠心,才行传授,传时还赌过恶咒,万万泄露不得;如若违背,对人说了,便有杀身之祸。并且大毛只要一泄露,番和尚那里立时知道,无论相隔千里万里,只消他一行法,三日之内大毛就非死不可,番和尚又恶又狠,杀人不眨眼,大毛是知道的,居然还敢私下去窥探他,也因问心无愧之故。说时,正赶晌午来了好些买主,没空多说。我想大毛不会再传人的了。"

灵姑先想用银子买动王老幺,向大毛学那符咒。一听口风甚紧,知他叔侄一般诚信,不便再行套问。随即给了一小锭银子,便同浪生去找卞明德。问知彩蓉晨间来过,旋即他去,未说何往。蛮僧三日之约已届,本定当日接庙,昨晚忽命王老幺带话,自愿从缓,不知何故。灵姑因王老幺与鲁清尘师徒多年交往,又是庙中旧人,情感甚好,如由卞明德设法诱探,劝令传那符咒,或许有望,便把前事告知。

灵姑谈了一阵走出,遍寻彩蓉未遇。盘旋到了黄昏将近,估量彩蓉已回。回到沉舟一看,自从晨起出去,并未回舟。知彩蓉不会走远,如欲他往,必先通知。似此竟日不归,她又无甚别的交往。虽有一个卫诩,但因自己失身妖鬼,清白已污,暗自伤心,不愿再践宿诺。再三力说,心志已决,不可更移,连面都不愿再见,焉有朝说夕更之理? 不禁疑虑。等到半夜,仍不见回,唯恐彩蓉又往白石崖,被头陀赶回撞见,或是中道误遇,闪避不及,动起手来,为妖法所困。越想越像,焦急万分。

灵姑明知彩蓉虽然出身邪教,但是见多识广,法力高强,她如不是头陀对手,自己去了也是白饶。无如同舟共济,患难深交,万无恝置之理。暗忖:"师父昔日曾说,自己福缘深厚,到处逢凶化吉,遇难成祥。师传飞刀更是百邪不侵的神物利器;还有新得的那柄五丁神斧更是灵奇,妙用无穷,虽未亲身祭炼，用法已知大概。此去能敌便罢，如不能敌，只消用飞刀护住全身，另用五丁神斧御敌，至多不胜，想必无甚凶险。只浪生留在舟中，恐他待久不耐，无知误动灵符，或是惊扰朱盒中潜伏的金蛛，生出事来；带在身旁，又是累赘。"意欲把浪生送到江神庙去暂候。

于是又带浪生飞往江神庙，见了卞、宜、金三人，问起彩蓉，仍说自从早晨走后，并未再来。王老幺已允劝说大毛传那符咒，尚无回话，断定彩蓉十九出了甚事，心中益发着忙，匆匆将浪生留下，令其暂候，问明途向，径往白石崖飞去。

时已夜深，云净碧空，月明如画。乱山危崖，罗列矗立，月光之中真似披了一层霜雪。除崖侧泉声幽咽外，更无一点别的声息。灵姑虽见荒山寂寥，夜色凄清，不似有甚征兆，因知头陀法术神妙，行踪隐秘，人不能见。彩蓉出来时久，也许早被妖僧擒住，困在帐篷以内。所以处处留心，暗加戒备。先沿崖查探了好一会儿，不见动静。暗忖："帐篷必在向阳平坦之地。敌暗我明，来了这么大一会儿，头陀如在帐内，必被看出，不会不出来交手，看这神气必又他往。以自己的法力使他现形，定然无望。帐篷不过仗着邪法将形蔽住，终究是有质之物，何不用飞刀齐着地平满处横扫过去，试它一试？"

灵姑想到这里，又恐头陀故不出面，暗中设伏相待，自己只顾搜敌，疏于防范中了道儿。因为忧念彩蓉安危，百不顾虑，径将飞刀放出，护住全身。另将五丁神斧取出，如法施为，化成半月形，带有五色精芒的光华，离地二尺许，向前平飞过去。蛮僧邪法神妙，有无限生克妙用，灵姑飞刀本来并不能破。这一改用五丁神斧，恰是凶僧邪法的克星。那帐篷设在白石崖顶当中高处，相隔不远。灵姑先见斧光精芒掩目，灵幻无比，试探着指挥前进，所过之处，地面上稍为突起一点的怪石，挨近光尾，立即碎裂如粉。

心方欣喜，忽见离身两丈许，斧光到处，叭的一声，冒起千百朵碗大青莲花，纷纷消灭。心疑妖僧出现，有了先入之见，未敢轻敌，忙止斧光前进。定睛一看，前面忽现出一座牛皮小帐篷，帐内飞也似跑出一条人影，亡命般往侧面跑去。这时帐篷现出，妖法已破，如非早将斧光止住，稍差须臾，连人带帐篷全成粉碎了。

灵姑心细眼快，不曾冒失。一见帐中空空，逃出那人是个短装村汉，又是步行逃跑，想起王老幺之言，忙纵遁光飞追上前，拦住喝道："你可是王大毛？快快停住，免得受伤。"那人先颇惊惶，闻言才止步跪下，战战兢兢说道：

"小人正是王大毛。我是好人，家中还有妻儿老小。便这帐里住的番和尚，也不是甚坏人。求仙姑饶命。"说罢叩头不止。

灵姑四顾，不见头陀踪影，笑答道："大毛起来，我不会伤你。你叔老么，我也认得。只问你几句话好了。"大毛一听，惊喜道："仙姑是买我么叔豆花饭吃的女客么？吓得我什么似的。这就好了，这就好了。"

灵姑一心惦念彩蓉，喝问道："你莫说这些空话。你既在此，可知头陀回来也未？有一穿杏黄衫，略像道装打扮的小姐来过么？"大毛才道了原委。

原来前年头陀因在成都宿娼，偶经辟邪村外，不知何故得罪观主玉清大师，双方约地斗法，头陀连败三次。有一师兄，又往北海有事，不能赶回相助。嗣因恶气难消，便用本教中血焰诛魂大法，在辟邪村左近的散花坪暗设血坛，与仇敌拼命。不料玉清大师法术神奇，头陀仍遭惨败。尚幸事前见机，留有退步，用银买动大毛做他替身。玉清大师人甚慈祥，破坛以后擒到大毛，看出是凡人受了蛮僧愚弄，只告诫几句，便即放掉。头陀自然乘机遁走。大毛敢于寻他，便由于此。

当日因乃叔王老么受了卜明德之托，再三逼他传授头陀符咒，大毛从小受叔抚养，相待极好，难于推却；但又恐触怒头陀，凶多吉少；对于卜明德所许厚酬，也不无动心。

叔侄二人商量，暂时不向卜明德回复，由大毛赶往白石崖等候头陀回帐，问明此来究为何事，再探头陀口气，到底所传符咒能泄与否，相机行事。及至崖顶，见头陀仍未回转，料他归期不远，去时原本带有干粮，便在帐边守候。过不多时，先见两个女子飞到崖上降落，意似寻找头陀。察看了一阵，也和灵姑一样，用两道青光，沿崖上下飞舞横扫，几次卷近帐前，仗着头陀法术妙用，并无伤损。二女察看不出踪迹，快快飞去。

大毛原听乃叔说过，近日庙前来了两个官家小姐，行动大方；庙中道士又曾嘱礼待恭敬，不可怠慢。二女用银甚爽，也无从人，奇怪了好几天。今早正赶上有一伙船夫来买豆花，乃叔在此多年，船人个个都熟，顺便一打听，都说并无一船载过这样女客，分明有些怪处。

二女装束相貌都与乃叔所说仿佛，想起头陀前遇对头也是个年轻美貌的女尼，却那么厉害，看二女行径，定寻头陀晦气而来。头陀曾周济过自己，人却不守清规；二女与己不识，却是好人，周济过乃叔。看她们虽会放光飞行，并不能使帐篷现形，论本领未必是头陀对手。头陀性如烈火，如知有外人来此窥伺侵扰，必不甘休。

大毛正寻思他回来后对他说是不说，隔不多时灵姑飞来，心颇奇怪怎又多出一个女子。因见灵姑行动遮掩，仿佛畏怯神气，不似先来二女有心寻敌，一到崖顶便用青光飞扫疾驰，以为灵姑本领更不如二女。虽觉所放光华强烈，自己只要在帐内潜伏，无奈他何。不料灵姑法宝厉害，才一挨近，妖法立破，帐篷也便坍倒。

灵姑详问先来二女相貌衣着，内中一个颇似彩蓉，剑光也像，只身量较矮，又觉不似。彩蓉除自己师姊妹数人和谭萧外，并无道侣，那么另一女子又是何人？好生不解。

且喜头陀未归，二女新去不久，即便彩蓉不在其内，也不至有什么凶险。只不知一日夜不归，遍寻无着是何缘故。这一来心略宽舒，此外也无处再找，便嘱大毛，此事只许告乃叔，不可泄露。正要起身回去，大毛跪求道："番和尚保护帐篷法术已给仙姑破掉，无处栖身。这一带野狗厉害，求仙姑用仙法携带一程吧。"

灵姑闻言，心中一动。暗忖："彩蓉曾说僧人不宜结怨，适才因寻彩蓉情急，全未顾虑。现将他帐篷护法破去，归来必当有心寻隙，怎肯甘休？"想了想，便对王大毛道："你是凡人骨重，无法带你飞去，再者天上罡风也吃不住。莫如仍留这里，代我传几句话。头陀如回，可对他说，我乃成都辟邪村玉清大师门下，前来寻他。今既不在，无暇多留，现在便要回去。是好的，后日可去成都寻我好了。"说罢，给了大毛几两散银子。大毛本想向头陀报警，只恐二女难惹，一听教他如此，并还给钱，自是高兴不过，连忙拜谢应诺不迭。

灵姑日前在苦竹庵初会各派同门时，曾听凌云凤等人说起各派有名人物，得知玉清大师是神尼优昙大师门下三弟子之一。以前出身异教，道行深厚，法力无边，首次元江取宝便有此人在内，曾与赤身教主鸠盘婆嫡传爱徒魔女铁姝在庵前江岸上苦斗，铁姝用尽魔法，终为所败。各派妖邪更是望风远遁，无一对手。心想："后日深夜，便是江峡取宝之期。现将头陀帐篷毁去，结下仇怨，如被查知踪迹，就不是为了攘夺金船至宝而来，也必从旁扰害。难得也和玉清大师有仇，如能将计就计，将他引往成都，到时免却好些心思，实在再妙不过。好在听大毛之言，头陀并非大师之敌，便被寻去也只送死，并非贻害于人。"自信措施甚巧，愁虑大减。

哪知玉清大师从去年三月已然移居黄山五云步万妙仙姑许飞娘故居左

15

近，成都辟邪村玉清观先改由门人陆玉情在彼住持。头陀为复前仇，已然连去两次。头次被陆玉情巧计躲过。二次全仗峨眉门下弟子墨凤凰申若兰事前得了玉情告急之信，约了三英中的李英琼、余英男前来，不俟头陀到达，中途拦截，用法宝、飞剑将他惊走。

陆玉情自知力不能胜，师父又在黄山炼宝不能分身，勉强挨到今春，也往黄山暂避，全观封闭，只一老道婆在内，云凤随意闲谈，话未说完，灵姑却记在心里，以为玉清大师仍在成都，不特心思白用，为此疏于防范，还几乎铸成大错。这且不提。

当下灵姑飞回江神庙，去领浪生。进庙一看，彩蓉恰也刚到，正向下明德问知灵姑去处，准备赶去。二女见面，灵姑先将前事说了，又问彩蓉整日何往。

彩蓉眉头一皱，答道："我因后日子夜江峡中有风暴，正当取宝之期，恐那蛮僧作祟，欲往白石崖探看，却被一黑衣道姑将我唤住。我一请教名姓，竟是峨眉派中有名人物女殃神邓八姑。她当初也是旁门中人，和玉清大师是同门至好。因在雪山玄冰峪勤修内功，守护雪魂珠，一时不慎，走火入魔，躯壳僵死多年，不能转动。又受五鬼天王尚和阳用魔火烧炼，几乎形神皆灭。幸亏玉清大师、齐灵云等由怪叫花凌真人那里借来九天元阳尺驱走妖人，复体脱劫。后来峨眉开府，经神尼优昙引进，拜在妙一夫人门下，静俟外功一完，便成正果。我前在北邙山听妖徒们说起她的来历，并未见过。

"她今来此，乃是日前往青城山金鞭崖访友，正值群仙在彼祭炼法宝，受了郑仙师之托，来此相助我们吸取江峡金船，取那前古至宝，前晚降雾暗护米船，便是此人。她说凶僧金狮神佛赤隆儿瓜精通邪法，更会化血脱形之法，多厉害的法宝、飞剑也不易伤。他性最凶暴量窄，一有嫌隙，便苦苦纠缠，复仇不已。生平只前年在成都和玉清大师斗法吃过一次大亏，极少遇见对手，你我均非其敌。他师兄麻头鬼王呼加卓图本领更大，但近年来道行精进，酒色已净，长年勤修，不似他那样贪色贪酒。二蛮僧同门至友，祸福与共，无论多远，闻警立至。近年麻头鬼王算出他们大劫将临，屡次警告，无如金狮神佛生来好事，不耐静修，依然在外游荡。

"日前金船自元江中脱禁飞翔，所过之处精光丽天，上烛霄汉，必是被他发现。因金船横空疾驶，急逾雷电，追赶拦阻皆所不能，便一路寻觅宝气跟踪到此。他也得知一些来历底细，知金船上有广成子灵符仙法，本身又具无边妙用,不是寻常宝物,只知下落便可随意取走。意欲设下法坛驱遣邪神,用他本门大力金刚神法将船摄出水面,自行驾驭,连船带宝物齐摄回去。但那邪法甚是恶毒,有许多禁忌,难得江神庙地势设备件件合用,故以重价收买此庙。初意还恐独力难支,想连麻头鬼王招来一同下手。不料麻头鬼王得信不来,反令他急速回庙。他素敬信麻头鬼王,虽然不能不去,就此去而不顾,决不能舍,期前必定赶回。

"八姑又说,应付蛮僧已费手脚,何况日来金船脱走飞落江峡之事,风声已渐传出,到时恐还有别的异派中能手前来阻挠。为期迫近,恐我姊妹耽搁,故此将我唤住,指示机宜。我正高兴,武当七姊妹中的石家姊妹忽然路过。她们和八姑也是旧交,彼此叙些套话,石家姊妹便强约我和八姑到她洞府中去小聚。我听八姑说,今明日甚事皆无,又以沉舟不便款客,便随了同去。谁知卫诩也在那里,武当七女竟是为他做说客的。

"八姑也说,我前随妖鬼所习俱是邪法,峨眉、青城两派取才最为严格,武当七姊妹最得乃师半边老尼宠爱,如蒙引进,必可收录。众人七嘴八舌,再三劝说。我实在不愿改变初衷,心想峨眉、青城虽不要我这样下材菲质,崔五姑仙师和谭姊姊均允异日为我设法,终非无望,便以婉言推诿未应。七姊妹情意殷厚,依然苦留不放。我见八姑已允在彼下榻,左右无事,大可乘机领教,所以延迟至今。中间石玉珠和林绿华耳语,推有他事失陪,离去了好一会儿。从王大毛所见二女的装束相貌来看,定是她两个不服蛮僧厉害,在暗中察看无疑。

"你将蛮僧帐篷毁去,推在玉清大师身上,照蛮僧脾气,也许中计,如能就此引开,实是妙事。我们一切均已就绪,除八姑外,大约杨瑾和女神婴易静次日也要前来。武当七女因上次元江得了十几件宝物,对于邓仙师甚是感谢,听说要来旁观,如有外敌侵扰,决无袖手之理。这一来平添了好些助手,我们可以全神贯注那金蛛,不致心悬两地。由此想来,决无大碍了。"灵姑大喜。

卞明德知道自己仙缘遇合就在取宝之时,唯恐延误,重又拜求携带。彩蓉知他法力有限,取宝是在深夜,到时江涛暴涨,风雨雷电交作,更有不少强敌前来争斗。危崖百仞,下有狂涛骇浪,无处藏身,又不能将他放在木船上面。唯恐受了外敌误伤,作难了一阵,便告以种种凶险,劝他当夜先不要去,日后必为设法援引,包在自己身上,定使如愿相偿。卞明德偏守着鲁清尘之言，认定仙缘不再，千载一时，良机不肯错过，再四求说，甘冒险难，虽死不悔。彩蓉无奈，只得允了，令卜明德乘明日闲空，将庙中之事料理完妥，后日黄昏后即去泊舟之所，先为布置一藏身之地，免受误伤。卜明德大喜拜谢。

二女正要起身，灵姑忽想起来时不见浪生，只顾商谈，不曾理会。因宜从善也未在房，以为同在别室，命金百炼去寻。彩蓉也说刚来问知灵姑寻她，正要回转，灵姑便到，并未见浪生在屋。卜明德说，浪生素不喜他，灵姑走后，他先往静室张望了一回师父，便与宜从善同往庙前玩月闲谈。后来还同回大殿，吃了茶又同走出。自己因和金百炼忙于收拾大殿，计算香资，未暇过问，也许他仍在外面。一会儿，金百炼急匆匆背了宜从善回转，说在庙侧密林之中寻到，人已爬伏地上，昏迷不醒。浪生不知何往。彩蓉料知出了事，近前一看，从善身未受伤，只吃法术禁制不能言动，连用解禁之法，终究无效。灵姑便要飞出去寻找浪生踪迹。

彩蓉拦道："他一个婴童，生具美质，与人无忤，无论正邪各派，见了只有喜爱，决无伤他之理。看宜从善并无邪气，不似受了法术禁制，我竟解他不开，实是奇怪。许有甚道术之士路过，二人在彼玩月，无知冒犯，薄惩示儆。浪生如在，自会寻到；如被来人带走，鸿飞冥冥，何可追寻？此子机智绝伦，也许看出不妙，觅地藏起。等人醒后，一问自知。"

正说之间，宜从善忽然自行眼睁口开，渐渐回醒。见了众人，忙即纵起，头脑仍有些昏晕。彩蓉看出他立足不稳，劝令躺倒少息，俟问再答。宜从善眼花直转，终忍不住，强打精神，说不几句，人渐清醒如初，重又坐起，细说前情。

原来浪生和宜、金二童最好，前听人言，说二人福薄缘浅，难望大成，只盼卜明德异日加以携带，努力前修，或有几分希冀，心中不服。这晚来到庙时，因金百炼事忙，便拉宜从善出庙谈心。宜从善知他仙福甚厚，再三恳托异日携带。浪生自是热情，一口答应。后回大殿吃茶，重往林内，二人正谈得起劲，忽听头上破空之声。浪生稚气，说两姑姑在空中飞行时便是这种声音，不是大姑便是二姑回来，立即望空大喊。

宜从善较有识见，便劝说："能在空中飞行的人，不止二位仙姑，那头陀便是一个。要是二位仙姑，自会降落庙内，喊她则甚？现当取宝紧要关头，如将外邪招来，岂不生事？"浪生认定那破空之声不是彩蓉，便是灵姑，依旧狂喊，不听劝阻。

浪生异质,声音洪高,这一放声高叫,直是响彻云霄,山鸣谷应。那破空之声已自上空飞过,闻声忽又回转。宜从善心想:"如是二女,既由庙前经过,又有浪生在此等候,决无不降之理。"见破空之声去而复转,情知对方是个生人,快要降落,方拉浪生急速觅地藏起,看清来人路数再行出面。说时迟,那时快,就在二人微一争执之间,一线青光已如流星飞降,直落面前。

浪生知灵姑飞行时光如银虹;彩蓉光虽青色,但颇长大。一见青光甚细,势子又劲又疾,方觉有异。对面光敛处,现出一个身着半截羽衣,赤足蓝履的道装少年,朝浪生看了一眼,笑道:"小娃仔,你喊我么?"浪生一见,果被宜从善说中,是个生人,老大不悦,鼓着嘴道:"我自喊我姑姑,哪个喊你?你快走吧。"

少年笑道:"你姑姑是谁?喊她做甚?我会在天上飞,多好玩,你跟我去好么?"浪生益发没好气,答道:"你会飞有甚稀罕?我姑姑比你还会飞,剑光也比你长大得多。我不要你,再和我唠叨,我就要抓你了。"少年笑道:"既这么说,只好先把你带走,等你姑姑日后往铜椰岛去要人吧。"

言还未了,宜从善曾从鲁清尘学会旁门中的五行阴雷,原为祭神时准备合力降妖之用。少年来时,他本就存了戒心,一听口风不对,唯恐浪生被人摄走;又见少年青光甚细,以为仅能御空飞行,无甚真实法力。一时情急,妄想骤出不意,用阴雷将少年打倒,擒回庙去,等二女来了处置,便假装拔鞋,就地抓起一把土,暗地施为,一言不发,扬手一团黑气朝前打去。满拟少年没有防备,非倒不可。

谁知少年肩上羽花突闪出一片青光,黑烟立即化为乌有。知道弄巧成拙,心中大惊,忙拉浪生,急喊:"快跑!"话才脱口,忽然一阵头晕眼花,人便晕倒地上。耳听少年喝道:"旁门末技,也敢卖弄!姑念年幼无知,饶你一命。这小孩不应置身左道门下,我已带去。三日之内,我在附近有事,你师长如问,可去沿江崖上寻我。过了后日,我便飞回铜椰岛,如若不服,再去寻我好了。你现为真磁之气滞住气血,少时自会醒转,不必害怕。"

说时,似听浪生急喊,一会儿破空之声又起,向空飞去。宜从善心中明白浪生已被敌人摄走,无奈头重身软,不能出声起动。直到金百炼将他背回庙内,过了一会儿,才渐醒转。

彩蓉一听,大惊道:"那道装少年竟是铜椰岛来的吗?我前在北邙山曾听妖鬼徐完说起铜椰岛有一散仙天痴上人,道法高强。他用多年苦功,将地底元磁之气炼成一座磁峰,竖在岛上,奥妙非常。凡是五金炼成的法宝、飞剑,任多厉害,都要被那磁峰吸去。全岛无一寸铁,门人所用飞剑俱是东方乙木之精和玉鳞、石介等类炼成。

"师徒多人在岛清修,本不甚过问外事,只因那年峨眉教祖命众门人往海底紫云宫取天一真水,与紫云三女争斗起来。上人有一门徒适在三女座上,为易周二孙所败,追到岛上,被上人用磁峰将二人所乘九天十地辟魔神梭摄去,连人擒住,正待吊走。不料神驼乙休赶到,施展神通,用调虎离山之计,假用南明真火焚烧磁峰,将人救走。

"后来上人赶往白犀潭寻找乙真人复仇,又为乙真人仙妻韩仙子所败。归途气愤不过,往玄龟殿去寻易周晦气。不料有人事先泄机,防备严密,只困了一天,不但没占得上风,反吃乙真人追来,受了一顿奚落。上人苦斗不胜,说了几句诱敌的话,便自遁走。乙真人明知磁峰厉害,依旧轻敌自恃,随后赶去。上人在岛上本设有极恶毒的阵法,就这样双方仍又苦斗数日,各损伤了好些法宝,最后把乙真人困住。

"乙真人也动了无明之火,准备运用玄功,由阵底攻穿地肺,发动真火煮海烧山,将全岛毁去,与他一拼,上人还不知就里。幸亏妙一真人夫妇同了嵩山白、朱二老赶到,止住危机,劝两下言和修好,才未惹出大祸。

"看来人年貌行径,定是上人门下。他说附近有事,必也为了金船而来。照那口气,浪生必被看中,带回岛去,不但没有凶险,还是他的福缘。但我们的事却又添上一层阻力了。天痴上人最是护犊好胜,如无真实法力,不会命他出外丢脸。所幸他见宜从善只会一点浅法,以为庙中只有几个旁门末学之士,无意中泄露行藏。恰巧邓八姑又已来此,还可预为商议。如是临时发现,突来强敌,他师徒又非别的异派妖邪可比,不宜与之结怨,岂非难题?为今之计,寻找浪生倒还在其次,去告八姑商量应付才是要紧。"

灵姑前在元江与武当七女相见,并未交谈,意欲随往。彩蓉说:"七女后日黄昏必来相见,对你也颇心仪,相交日长,不必忙在一时。沉舟虽有仙法封禁,但是为期只剩下一日,由今晚起,保不定当地还有外人窥探。最好灵妹用我隐身法暗伏江岸之上守伺动静,不要去吧?"灵姑应了。

彩蓉因灵姑只有飞刀、神斧,不会别的法术,长于攻敌,不长守护,行时叮嘱:"如遇敌人,只要不被他看出形迹,无可掩藏之地,不可上前交手。万一不敌,可沿着对岸向神女峰一面飞驰,相隔百余里便是武当七女的洞府,不消片刻即可飞到。八姑法力高强，自能迎御。千万不可退守沉舟，以防禁法启闭之间，敌人运用玄功变化，紧随身后，乘虚而入。"说罢，二人分别起身。

这两日间，灵姑和浪生相处时长，觉这幼婴聪慧绝伦，处处讨人喜欢，不由爱极。满心想将浪生带回苦竹庵，求师父开恩收录，传以道法、剑术，不料被一外人掳去。虽然彩蓉说是浪生之福，并无妨害，心终恋恋不舍。灵姑算计道装少年必在左近江岸之上，心想："浪生天性刚毅纯厚，自从初遇，便死心塌地相从，对自己和彩蓉信服已极。忽被外人掳去，一任说得多好，短时日内决不信从。此子机智绝伦，一见倔强不得，必是假意应允，设计脱身。两面江岸壁立千百丈，险峻非常，他虽资禀过人，终是一个幼婴，深夜逃窜于危峰峭壁之间，下有洪涛骇浪之险，稍一失措，便即葬送。照彩蓉说，虽不便与那少年结怨，但人是他强掳去的，并非出自心愿，理上先讲不过去。难道法力道行高的人，就这样恃强横行，不通情理？"本意寻去理论，又恐泄露取宝行藏。踌躇至再，只得照彩蓉所传，隐了身形，顺归途暗中仔细查访浪生下落。

灵姑因恐遗漏，相隔又不甚远，一到江崖，便隐了身行，改用轻身功夫，步行向前疾驰。先由左边崖顶上驰，一直跑过泊舟之处十余里，不见一丝征兆。又飞向对崖，重往下流头寻去。对面江崖更是险峻，到处鸟道蚕丛，灌木藤蔓杂生其上，自来无人行走。

这时天色已然黎明，晨曦欲起，晓雾冥冥。下面江峡之中一片漆黑，只听涛声聒耳，更无别的动静，景物甚是幽寂。灵姑心想："那道装少年既说在附近江崖之上相候，必无虚语，怎会寻他不到？"正寻思间，忽见对岸江崖后有一缕青烟升起，颇似有人在彼晨炊。因适才走的是沿江一面，炊烟起处在危崖之后，不曾走到。知那一带山崖深险，向无人迹，炊烟起得古怪。再望下流头，榛莽载途，乱峰杂沓，不似有人停留之处。于是重又飞回原行江崖，朝那有烟之处寻去。走不多远，那烟竟越来越旺。及至望见火光，才知野火烧山，不是有人晨炊。

灵姑虽觉失望，仍不死心。翻过崖去，又行五六里，快要到时，火势更大，烈焰熊熊，上冲霄汉。崖这面多是童山秀石，只发火处地势略洼，草木繁茂，也只二三顷方圆地面，灵姑生性慈祥，不愿毁伤生物。方想放出飞刀将火扑灭，猛见一片青霞自对面峰腰上发出，直飞火场，晃眼布散开来往下压去，那火场也有十余亩大小，烧的俱是灌木树林，火头已冒有十余丈高下，急切间本难扑灭。不料青霞一盖上去，当时火灭烟消，所烧草木尽管焦黑，却是寸烟不起。青霞压灭了火，依旧电掣飞回，端的迅速已极。灵姑心中一动，忙往峰腰注视，只见一线青光破空飞去，不见人影，因青光与宜从善所见一样，断定适才飞走的便是那道装少年。浪生想必被人禁锢在彼，此时少年不在，正好乘虚而入，将人救转，忙即赶去。

到了一看，那青光起处，山石平坦，虽可坐卧，但那一片并无洞穴存身。灵姑以为浪生或许适才被人禁制在此，现已离去，自觉失望，不由哎了一声。方欲起身往别处寻觅，忽听浪生急喊："二姑！"灵姑大喜，忙问："浪生，你在哪里，怎看不见？快说出来，我好救你回去。"浪生道："二姑莫要近前，我就在你面前树底下石头上坐着呢。"灵姑因飞刀、神斧可破禁法，但恐误伤了人，便令浪生将所居地形详为说出，欲用刀斧一试。浪生忙拦道："二姑快莫破法，我还有话说呢。"灵姑听他语气只是亲切，并无愤恨，停手问故。

浪生遂道："我昨晚被九师哥景公望引来此地，承他接引，已向铜椰岛师父天痴上人传声遥拜，答应收到门下，做末一个徒弟。只等江峡金船填了江底灵泉水眼，便随他同回铜椰岛去了。景师兄因见我时庙里宜师兄曾用邪法暗算，只当庙里的人都是旁门左道。又问出我的出身是庙里留养的孤儿，他说庙中都不是好人，如非抚养过我，来时铜椰岛上师父不许无故伤人的话，决不能容这等人在此盘踞，说什么也不许我再回庙去相见。

"我先怕景师兄要问取宝的事，并没说出两位姑姑，后来我想好了再说，他当是假的，反说了我几句，一点不肯信。他和姑姑一样爱我，昨晚半夜为逗我喜欢，还教了我两样仙法。快天亮前说有要事走去，围着这树画了一个大圈子，又运来两块石头放在树底下。说有他昨晚留的食物果子，叫我在圈子里玩，外有仙法禁制，谁也走不进来，我能见人，人不能见我。他那仙法甚是厉害，据说能将飞刀、飞剑禁住。昨晚他试给我看，一点不假。

"铜椰岛师父本事更大，我已愿意拜门，只舍不得两位姑姑和宜、金两师兄，想见一面，又不能走出去。想我来时宜师兄已看见，姑姑回庙得信，定来寻找，因景师兄仙法禁制，不易寻到。景师兄传我的五行生灭禁制之法，能随手发火，适才想不出别法，便在圈里用那禁法放火，烧山前草树，打算放起烟火，将姑姑引来。后见姑姑仍未寻来，火已放大，好好的树木无故烧死，又觉可惜，刚把火熄灭，二姑就来了。

"先因景师兄走时再三叮咛，无论是谁到此，不许出声答话；若不听他话，便不带我见铜椰岛师父去。好容易把二姑想来，又有点害怕，不敢出声招呼，好生为难。后见二姑要走，我才着了急。好在景师兄没在，只要不破他法术弄出事来，他便不晓得。"

灵姑听出浪生果如彩蓉所料，被来人引进到天痴上人门下，并还是双方心愿，不是勉强，颇代浪生高兴，也就不再打破法相见主意。只是景公望有金船填入泉眼之言，分明于取宝之事有关，心中疑虑，随即细加盘问。浪生答说："我先也疑心及此，曾经故作痴呆，向景公望探询行径和金船底细。照他所说口气，他来专为收取江心泉眼中千万年来蕴藏着的一种至宝。取到以后，用那金船镇压水眼，稳定洪流。还说金船之中虽藏有几件前古异宝，但多为五金炼成，铜椰全岛不能有寸铁，同门师兄弟所用宝器均为乙木丙火精英所萃，取去无用，船中宝物也各有主人，所以不要。并还说峨眉、青城两派教祖均知此事，日前还奉师命前往拜见，领了机宜才来。"

灵姑闻言，心才略放。事关重大，急于向彩蓉、八姑报信商议，便对浪生说少时得暇再来看他。仍任景公望随时探询，暂时先不告以二女行藏。说罢，径飞回到了泊舟之处。

灵姑见彩蓉未回，正要往上流神女峰一带寻找，还未飞起，忽听上空破空之声由远而近，甚是迅急。先疑是彩蓉回转，抬头一看，两道青光一前一后，正由前面云空中飞过，其急如电。尤其前面一道更快，只有仰面一瞬之间，已是横空飞渡。恰值江峡上面云层甚密，青光飞得又高，似青蛇般在密云中略为掣动，便没了影子。

灵姑知各派剑仙御空飞行时不愿惊骇俗人耳目，踪迹极为隐秘。崖顶虽极荒凉，但那剑光沿着江崖急驶，下面便是川峡，上下舟船往来如织，这两道剑光都非旁门左道之士，如无急事，怎会这样显露？

念头一动，忙即飞起察看，刚到天空，忽见青光去而复转，但只剩了一道，适才前飞的一道已然飞远，不知去向。灵姑谨慎，飞得甚高，原意窥探对方行径：是有意来此，还是无心路过？见青光飞转，正想将光华、身形一齐隐去，那青光忽朝自己飞来。光中现出一个素衣少女，老远便喊："吕姊暂停云驭，容小妹拜见。"来势迅急。灵姑闻声注视，来人已经飞近，正是前在元江所遇武当七女中的女昆仑石玉珠，好生欣喜，连忙应声迎上，一同飞落。

石玉珠先朝四外仔细看了看，对灵姑道："现时强敌来了好几个，迟早要来窥伺。我们先找个地方将身隐起，再行畅谈如何？"灵姑知她在半边老尼门下多年，法力、剑术俱颇高强。自己只是新近从彩蓉学会了两种旁门中的隐形禁制之术，唯恐班门弄斧，贻笑大方，不愿施展。又恐敌人来此暗探，没奈何只得答道："妹子所驾木舟在水底，有家师灵符禁制，外人决难侵入，请到舟中叙谈如何？"

石玉珠知她不愿当客卖弄，笑答道："听八姑说木舟不可妄登。蓉姊所传禁法虽出旁门，但极神妙，异教中人极少能破。还是用她法术隐形，就便守伺敌人有无动作，比较妥当。你我神交已久，相聚日长，姊姊何必客气呢？"灵姑只得应了。二人便择一山石坐下，行法隐去身形，互坐叙谈，各致倾慕。

灵姑随问彩蓉、八姑是否仍在七女那里？石玉珠道："蓉姊因八姑传她防身妙法，我来时约已入定，须候入夜始能来此。明夜取宝一节，听八姑说已有安排。小妹仰慕灵姊，意欲攀交，已非朝夕。适才为追一人，归途瞥见银虹滞空，知灵姊在此，故来相见。灵姊此时不便远离，一人寂寞，小妹左右山居无事，正好奉陪。等到明夜取宝大功告成，再请往荒山小住如何？"

灵姑又将浪生之言说了。石玉珠道："这个无须疑虑。我虽不知底细，听八姑说，天痴上人自和神驼乙真人斗法，几乎两败，承峨眉掌教齐真人解围之后，与各正派长老均成了莫逆，此来必无作梗之理。倒是那蛮僧金狮神佛赤隆儿瓜须要留神。他先不知金船来历，原是那日金船自沅江飞遁时，被他中途遇见，当时便想拦截。不料金船上有广成子仙法妙用，他又如何能制得住？船未截成，人反受伤，当时只得退下，觅地将养。

"伤愈后，断定金船是前古无主异宝，心终不死，顺着金船去路追寻下落。日前他寻到川峡，辨别宝气，查出船沉江心水眼以内。因上次吃过苦头，知颇有仙法禁制，不是随便可以收取。意欲将江神庙买去，设下法坛，用那恶毒的大力金刚神法将船取走。不料被他师兄麻头鬼王呼加图由晶球幻影中查出一些征兆。这厮道行法力较高，知道此举凶多吉少，急磨所佩密音环告警，将他催逼回去。初意劝他师弟罢手，不令妄动。偏生当时有一妖人在座，闻说此事，极力怂恿。二番僧不久有一次魔劫，不能避免，只有金船上广成子所遗灵丹能助他们肉身成道。无奈麻头鬼王近年行事慎重，见晶球征兆不利，深知峨眉、青城诸派厉害，顾忌太多，虽不令师弟妄动，心中不无恋恋。

"金狮神佛狂妄骄悍，一听船中灵丹关系他年成败，贪心愈炽，哪还再计厉害。便说自己炼成小诸天不坏身法，除却一两件佛家降魔至宝是个克星，任何飞刀、飞剑俱不能伤。对方俱是道教，即或不利，至多借此兵解，还免去应受的魔火之劫，也是佳事。万一以人力心计战胜定数，将灵丹得到手中，免却一场大劫，岂非绝妙？力主前往。

"麻头鬼王被他说动，二次查晶球幻影，默算未来，居然体会出有两分可乘之机，于是允诺。只嘱金狮神佛不可心贪，到时由他在江神庙设坛行法，命金狮神佛乘金船出水之际，用邪法化身隐形，专一盗取船中灵丹，得手便即遁走，别的一概不要。为防万一，并托那同道妖人在老巢设一主坛，与此遥应，以便遇上危难，立可遁回。

"防备原极缜密，无如广成子仙法微妙，底细难于推算。他用晶球视影时，一心专注金船出水时光影，好些遗漏没有看出。他所想得的灵丹，已在元江出水时为令师取走。到时如若知难而退，还可无事。金狮神佛既贪且狠，必不如他所教，一见灵丹无着，势必攘夺那两件至宝，我们这里早有防备，他如何能够得手？适才齐真人与八姑飞剑传书，曾示原委。八姑未将飞书给我们观看，听那语气，蓉姊或许有小灾厄，大约不甚要紧；灵姊也有一个对头无心相值，但无妨害。蛮僧邪法阴毒，我们只稍防他在这附近江崖上做手脚，别的俱有化解，不足为虑了。"

灵姑自是欢喜。二女越谈越投机，重叙年庚，订为姊妹。石玉珠也不再回山，便陪灵姑一同守候。聚谈到了午后，灵姑说起江神庙遇见头陀，是因一时想吃乡味，去往庙前吃豆花饭而起。石玉珠笑道："同门师姊妹七人，只我和二师姊绿华喜动不喜静，常在红尘之中走动。虽能吐纳导引，服气辟谷，烟火终未全断。每值佳辰令节，或是七人生日，必在山中备些酒食，纵饮取乐。因愚姊妹生长川中，大师姊张锦雯又是江南世家，俱能自制几样菜肴，林师姊更做得一手好福建菜。我们空中飞行，顷刻千里，多远地方的东西都能买到。每次聚饮，总在事前三日将应用酒肴备妥，到日七姊妹各制一两样新鲜菜肴，择一胜地，同饮尽欢。似这样一年中总有十来次，在外买吃却少。灵妹现尚未断烟火，此时想已腹饥。明夜便离此地，大可再尝两次故乡风味，我在此等你好了。"

灵姑说："近来练气，已能数日不食。此时防敌正紧，连想看望浪生践约均未敢去，怎好为了口腹之欲擅离？"石玉珠道："有我在此代你守候，决无妨碍。你此去就便兼可查探头陀归未,庙中有无异状,归途顺道再看浪生,打听景公望踪迹,正是一举三得,如何不可?庙前人多,头陀如回,必在庙中布置,只要留点心,不会被他看破。归途去寻浪生,景公望如在,可与相见,明说奉了师命来此取宝。这样还可与浪生对面谈话,无须隐藏。头陀的事也可略提,看他知否。天痴上人师徒极喜自谦,露出求助之意,各行其是好了。"

灵姑一想颇是,便请石玉珠少候,自往江神庙探看。仍往庙侧密林内飞落,隐身走出。到了庙前一看,半日未来,竟换了一幅景象。所有商贩俱已撤去,游人香客一个不见,正偏殿门紧闭,隐闻梵唱之声起自殿内。殿前石台上大铁香炉又被人搬开,却搭上一座三丈大小的六角法台。台上站着十八个壮汉,俱都赤着上半身,腰围黄麻布短裙,各持幡幢,分六面呆立不动。有一个矮胖的蛮僧,鹰鼻鹞眼,阔口横腮,满脸密层层俱是豆大麻子。手捧金钵,正在绕台急转,向那些壮汉身上画符念咒,不时手抓钵中法水向人身上洒去。转了一阵,拔出肩插幡幢,朝那些壮汉挨个摇晃,便有一朵丈许大小青莲涌起。晃眼隐没全身,人便不见,一会儿全数隐去。

灵姑看出蛮僧是新来的麻头鬼王,知道厉害,先本不敢走近。嗣见蛮僧不曾警觉,心念卜明德师弟兄三人不知是否被逐,或是禁闭别处,欲往偏殿,隔门往里窥探。刚试探着往前行进,蛮僧行法已完,好似知道有人隐伺在侧,竟朝灵姑笑了一笑。蛮僧相貌本极狞恶丑怪,灵姑迭经彩蓉告诫,原有戒心,见状知被看破,暗道:"不好!"方欲退避,蛮僧倏地手持幡幢向上一挥,立时便有千百朵青莲飞起,青芒万丈,笼罩全台。

灵姑疑将失陷,吓得慌不迭往外飞遁。百忙中凌空回顾,就这瞬息之间,那千万青莲碧光,连同蛮僧法台,俱都不知去向。石台上空无一物。殿内梵唱之声也住,静悄悄的,好似一座空庙。

灵姑恐怕蛮僧故意诱敌,不敢流连。正打主意探访卜明德下落,偶低头往下一看,坡下不远村落中依旧商贾云集,游人往来,才知庙前市集已然移向坡下,忙觅僻处降落赶去。一到便见王老幺饭摊设在两株大黄楠树下,饭时已过,恰无顾客。知乃侄大毛与蛮僧相识,正好打听,便现身走过去。王老幺已经大毛归说二女不是常人,见灵姑走来,又惊又喜,表面仍作不知,殷勤让座。灵姑便问:"市集还有两天,忽然移到坡下,是何缘故?"王老幺听灵姑探询,心有畏忌,迟疑了一阵,做个眼色,答道:"小姐来得不凑巧,火刚添上，豆花饭都凉了。我家还有热东西吃，离这里也不甚远，要不请到我家去吃吧。"灵姑本因坡下离庙甚近，恐二蛮僧尾随了来，闻言知有话说，笑答："甚好。"当下由王妻收摊，王老幺径引灵姑往家走去。

王老幺夫妻终年勤谨，茅屋竹篱，收拾得甚是干净。灵姑急于打听底细，见王老幺要往灶中添柴煮腊肉，忙拦道："我此时不饿，你说庙里的事吧。"王老幺忽想起还未向灵姑行礼，慌不迭跪下道："小人肉眼凡胎，不知仙姑下凡，千万不要见怪。"灵姑忙唤起道："你乱说了，我哪是甚神仙？快些起来说话。"

王老幺自不肯信，依旧磕了几个头，才行起立，答道："仙姑不要瞒我，今早已听人说了。"灵姑料是大毛走口，便道："且不说这个，番和尚将庙占去，卜明德他们现在何处，你晓得么？"王老幺道："我都晓得，仙姑请坐那椅子上，我一边烧火一边说。说完，我屋里人也到家，我菜也熟了，正好吃呢。"灵姑拦他不听，只得坐下。王老幺随在灶后添火，述说经过。

原来昨日灵姑从白石坡走后，大毛守到半夜，二蛮僧同时飞到。初见牛皮帐篷坍倒，禁法已破，甚是暴怒。幸而金狮神佛认得大毛，才未动手伤人。大毛便说自己因在江神庙听说他到此，前来看望。不料来一女子将法术破去。自称是成都辟邪村玉清大师门下，奉命来此，约蛮僧到成都寻她决一胜负。

二蛮僧闻言大怒，金狮神佛当时便要寻去，力说为时尚早，去完成都再回来设坛行法，决来得及。麻头鬼王拦阻不听，争持结果，先令大毛往江神庙送信，令卜明德等将庙暂让数日，庙前摊贩游人香客一齐赶走。并代物色数十名壮汉，各给金银，以备到时应用。二蛮僧随同飞去，大毛如言办理。

卜明德已得彩蓉指教，知难与抗，得信后立即应允，除鲁清尘所居静室和师兄弟三人所居两间偏厢外，一齐让出。这时二女离庙不久，天色微明，因是会期，庙前众商已然起身，准备陈设，卜明德恐蛮僧回来得快，众商客不知底细，不服驱遣，受了伤害，忙率全庙人众出外，分头招呼说："昨晚江神示兆，今日要在庙前降临。因未明示早晚，江神说来就来，来时狂风暴雨，恐俗人无知，触犯江神惹出乱子，今日必须闭庙，不再接受香客供献香火；并将集市移向坡下，庙前不许一人停留。"

鲁清尘师徒人望极好，众人知他们素不招摇，这般惶急必有原因，不由不信。那胆小一点的，因听平日传说，更连坡下生意都不敢做，径直避向远处。地方不大，顷刻传遍，香客和赶集来的游人也都裹足，不再往坡上走动，乱过一阵，商客散尽。

待到午初，二蛮僧忽然怒冲冲回转，大毛恰巧将壮汉找到。二蛮僧见一切如心意齐备，以为道士畏服，方始转怒为喜。在庙前石台上用木材搭了一座法台。将大毛所寻壮汉挑了十八名出来，每人给些旗幡，站在台上帮做法事。下余没选上的，各给了些金银打发走，只不许对外张扬。定在半夜暴风雨时行法，那十八名壮汉由此守立台上，不到事完，不能行动。

王大毛被派做护法，因和蛮僧共过患难，甚得信赖，较可随便。适才他见蛮僧用番话争论，面带忧急之色，看神情似乎不妙。想起那年成都辟邪村玉清观斗法之事，自己受了蛮僧之愚，九死一生，几乎送命，这次情形更为严重。知道蛮僧除水怪是假话，实是与人斗法。昨晚所遇女仙必是他的对头，那么神奇的帐篷应手立毁，可知厉害。

既恐所雇壮汉因助蛮僧行法送命吃官司；又想讨好灵姑，为事败时留地步；更恐乃叔为人喜事，夜里暗往窥探，致遭误伤。特地抽空回来，令王老幺小心，如若二女仙寻来，可相机告知，蛮僧这次设坛，与那年成都斗法不同。

听蛮僧说，那十八名赤身壮汉一经行法以后，便有天神一般法力。其实都是无知乡民，务求仙姑破法时大发慈悲，不要用那神光杀害。自己和那些人一样，都是为了衣食，想得点钱养家活口；又为蛮僧所迫，不敢违抗。并非有心敢和仙姑为敌。王老幺得信以后，久盼二女不至，方在愁急，忽见灵姑寻来，惊喜交集，所以连生意都不顾得做了。

蛮僧行法共是九次，那十八人始终站在台上，先现出身形，等蛮僧绕台行法完毕，千万朵青莲冒过，重又隐去。每行一次法，那十八人便增长好些威力。等到九次过后，人无一毫知觉，本性全忘，蛮僧所炼神魔俱已附体，即可驱策，任意行事。灵姑去时正是第三次，卜明德等俱被禁阻房内，不许出外。

蛮僧邪法甚是厉害，人不能犯，稍微近前便被警觉，任何隐形妙法俱被窥破。本是大蛮僧麻头鬼王主持行法，道行较深。知道近年正教昌明，自身劫运将临，此举吉凶难料，上来行事先求无过，专为窃夺前古灵药。自忖对方莫奈他何，反正于己无害，不愿树敌结怨。灵姑又预存有戒心，没敢造次动手，稍觉难斗，便自遁去，所以未为所伤。否则只要冒失上前，必被困住，难于脱身了。

这里灵姑听完前事，王妻也将饭摊收回，夫妻二人忙着端菜切肉，盛饭款待。灵姑不便拂他盛意，匆匆吃完，嘱咐王老幺：今日之事不许泄露；少时再见大毛，令他觑便传告卞明德放心，至迟明早事情必了，如能脱身，可去前说之地相候。至于大毛和行法人等本是无辜，到时决不伤害。说完，令王老幺把腊肉饭菜等各包上些带走，给了三四两碎银。王老幺固辞不受，灵姑已然隐身飞去。要知后事如何，且看下回分解。

第七十一回

雷雨撼川峡　三吸金船寻异宝
烟光耀岩谷　同驱邪魅斩蛮僧

话说灵姑归途先往江崖后寻找浪生，快要到达，微闻身后破空之声追来。灵姑本是隐身飞驰，回顾天空，并无踪影，方在奇怪，声音已然追近。耳听有人唤道："吕师妹暂止飞行，可去下面相见，愚姊邓八姑有话奉商。"灵姑大喜，忙即降下。跟着眼前一晃，现出一个黑衣道姑，还随着一个少年道士，正是卞明德。

三人分别礼见之后，八姑首先说道："我适往江神庙，由庙后地底穿行入内，本意窥探蛮僧动静，正值卞道友被蛮僧关闭室中，因恐误了夜来机缘，正在惶急默祷。是我安排停当，传了宜、金二人机宜，带了卞道友仍由原路穿出。适在空中看出有人在前飞行，是我辈一流，但有邪法隐身。蓉妹曾对我说，她传过你隐身之法，细一注视，正是妖鬼徐完一派，料定是你。我来时先遇石玉珠在江崖上守候，说你归途往寻浪生，你去路又是江崖后面，故此将你唤住。

"那浪生天赋特厚，机智绝伦，初见景公望不久，便将本门两桩求救脱险的法子套问了去。适才景公望即行回转，看出有人来过。他始终把庙中道士当作左道旁门，不是善类，疑心浪生变志，勾引外敌，故意恫吓，逼问真情。浪生害了怕，因拜师时虽是传声遥拜，不曾亲见天痴上人，但对他十分钟爱，心想：'师兄任怎分说也不信，还不如寻师父去。'便一面拉着景公望的手假意求告，乘其无备，竟将景公望法宝囊中所插的神木信符偷取了一根，冷不防纵出两三丈，朝地一掷。那神木信符是天痴上人近年炼成的异宝，专备门人出外遇险求救之用。只要如法施为，朝地一掷，立时一幢青光将人护住。欲逃便朝空飞起，否则守在当地待救。多厉害的妖法，急切间也难奈他何。同时先天乙木灵感相通，捷于雷电，上人那里也接到警报。先用千里传音问明就里，指示机宜；再派得力门人，用本门乙木遁法赶来应援，万无一失。

"那信符形如一支令箭，长约三寸，插在法宝囊内，有半截露出在外，应用极便。但不是万分紧急，决不轻用。外人也用它不来，更不怕人盗取。景公望本爱浪生，并非真要处置，又见是个婴孩，一点也没留神。及见神木信符掷向地上，大吃一惊，想要拦阻，青光已是冒起，拥护着浪生朝空飞去，晃眼没入高云之中，略闪即逝。景公望知道难以追上。每一门人只得三根信符，原是上人采用乙木精英炼成，御敌脱身虽有若干妙用，事后只能飞回岛上，由上人收入屯玉鼎内，重新祭炼，不能恢复原形，上人也不再赐。因此景公望既不舍得再取用，又恐浪生年岁太小，在空中有什么闪失，惶急万分。正待驾本门乙木遁法勉力追去，忽听上人传声训示，说浪生少时便回铜椰岛，不必挂念，仍令照前行事。

"我因玉珠说你出来时久，许在浪生那里，便道往探，正赶他师徒传音对答。如换旁人，休说上人，景公望的话也难听出一句；我幸仗着师传隐形之法，近身偷听，才得听知就里。景道友煞也厉害，我那么踪迹隐秘，仍被觉察，起了疑心。和乃师对答完后，始而用他本门真磁炼成的法宝，想收我身带飞剑；继又暗用乙木阵法，想将在侧的人困住，逼令现形。哪知我有雪魂珠在身，凡百无害。他惊疑了一阵，见无端倪，也无人出面为难，知道遇见能手，打了两句招呼，我没理他，就往江神庙去了。浪生已不在彼，我无须前往。彩蓉少时即回，我们可到崖上等她便了。"

灵姑听浪生已往铜椰岛，天痴上人对他甚是看重，颇代他欣幸。当下随了八姑回到泊舟之处，石玉珠现身出见，略为叙谈。灵姑因时已下午，便请八姑主持全局。八姑笑道："今日之事，你是主体，余人均是助手，为时尚早，可同坐定，将身隐去。到时无论有甚异状，你照邓师叔之言行事，决无他虑。有应援同道来此，也不必招呼礼见，只守在木舟上面指挥金蛛，以免分神。金船宝物有两件最为重要，到手以后大功告成，那船自有人来料理，没你事了。"说罢，四人同坐原处，由八姑行法隐了身形，闲谈相候。

灵姑业已饱餐，为时渐迫，夜里事完便须离去，浪生已行，所带食物无人享用，竟欲抛入江内。八姑拦道："这些食物，我们虽不要它，别人许有用处。"随向灵姑手里要过，交给卞明德。

卞明德因师父占算，就是当日仙缘遇合，偏生所遇三人俱是女子，所盼仙缘连点影子都没有。过了今夜，众人全要飞去，时机稍纵即逝。知八姑道行法力最高，已然拜求两次。八姑只是笑答："令师占算，想必无差，时至自知。"并未明示端倪。方在愁虑，忽见八姑递过一大包食物，不知何意。随手接来，见有腊肉在内，油腻外映，恰巧身侧崖石上有一尺许大小石穴，随手放在里面。

渐渐日色偏西，卞明德忍不住又向八姑等跪求援引，指示玄机。灵姑也代求说，八姑道："我今早已听彩蓉说你向道心诚，异日必有成就。但事在你自己，我却代谋不得，否则于你无益有损。少时彩蓉一到，我们便须离开此地，剩你一人在此，有无遇合也难知，你只守着令师所说好了。"卞明德想八姑前后语气，并非无望，只得谢了，暗中留神不提。

待不一会儿，彩蓉忽然飞到。八姑便说时候虽还未到，应该提前准备，令灵姑、彩蓉即回沉舟，自和石玉珠尚有他事，略去即回。行时告知明德："今夜这里便是战场，迅雷风雨甚是剧烈。你一人在此，凭你法力，连身也防不住，稍微不慎，便遭波及。我这隐形之法如不撤去，于你遇合不便，撤了又有危险。现将你藏身所在隐去，地方不大，但可随意行动进出。如有所遇，你见机行事便了。"说罢，便令卞明德紧贴崖石坐下，在周围划了一个圈子，告以人在圈内便可无害，又传了撤禁之法。又着灵姑、彩蓉飞身入水，方和石玉珠隐形飞去。

卞明德枯守崖下，到处观听，冀有所遇。只见日色西沉，天将向暮，终无征兆。正急盼间，忽见崖上飞落一人。定睛一看，乃是一个中年穷汉，生得身体瘦小，面容清瘦，穿着甚是破旧。乍看除身法轻健，武功颇有根底外，并不见有甚异处。卞明德成见在胸，暗想："荒崖断岸，晚景苍凉之际，怎会有人到此？必是异人无疑。"心中一喜，打算现身出来相见。

只见那穷汉四外望了望，随在卞明德前面山石上坐下，连叹了两声，满脸俱是悲愁愤恨之容，若有心事在怀，心里一迟疑，便把脚步止住。又见那穷汉在山石上呆坐了一会儿，从衣兜内取了一块锅盔出来，待要啃吃，忽似闻见腊肉香味，仰面嗅了两嗅。那放食物的石穴就在穷汉身侧，不在禁法隐蔽以内，一寻便被寻到。

穷汉取在手内打开一看，始而面现惊喜之色。刚取了一块想放入口，似觉食物来得奇怪，重又放回原处。自将锅盔三口两口吃完，意犹未足，仿佛饿极神气，时而望望野景，时而望望那包食物，颇有垂涎之状。这时红日西坠，山月已升，清光大来，正照崖上。穷汉低头寻思了一阵，径直伸手将那包食物重取到手,解开便吃。

卞明德仔细观察,不见来人有什么异处,心中失望。出来时久,渐觉腹饥。又知今晚在此守候,难保不至天明,长夜漫漫,何处觅食? 其势又不能离开,这包食物正好充饥。本想出声拦阻,继而一想:"自己常年都在饱食,这人吃得如此香甜,大约难得一饱。看他先见无主之物,尽管垂涎,并未随便取食,可知人虽穷,性情必还耿介,二次取食定是饿极。此时拦阻,彼此都不好意思。又是隐形在此,弄巧还生争执,万一因此纠葛耽误仙缘,更为不值。为了志诚求道,饿上一顿算得什么? 何况东西不是自己的,譬如吕仙姑不曾带来,仍是一样。"便没出声。卞明德心虽如此想法,终当食物甚多,也许能够剩些,留备夜里之用。谁知穷汉竟有兼人之量,一阵大嚼,全部精光。吃完想是口渴,立向崖边看了看,竟往下面纵去。

卞明德起初只顾和八姑等人相见,没有看到崖下形势。穷汉刚纵下去,他忽然想起:"这一带江崖,以前曾随师父鲁清尘来往过好几次。记得除却上下游两个靠岸的埠头外,全是危崖壁立,又高又陡,休说随意下落,便攀缘都没个着手脚处。这人不比诸位仙姑可以御遁飞行,适见他从容纵落,这么高江崖怎可如此? 先又那么唉声叹气,满面愁容。莫非人穷志短,吃饱了纵崖赴水寻死? 这人武功甚好,必有难言隐痛,死了未免可惜。自己所习法术,别的不行,要救人却是易事。见死不救,算什么清修之士?"

卞明德念头一转,立即跑向崖边,探头往下一看,只见月光斜照,不能到达江面,崖上只管风清月明,江峡中仍是一片乌黑。只听江波怒啸,深险莫测。正待施展法术引来月光向下照看,微闻叹息之声,自离顶十余丈的崖腰上隐隐传来,正是穷汉口音。下面藤蔓本多,疑心穷汉黑暗中投江,中途被藤蔓绾住,上下不得,绝处逢生,变了初志,正在待人救援。卞明德心中一喜,忙朝下叫道:"朋友,你在哪里? 先不要动,以免暗中失足。"说完,正待飞身纵落,刚在行法施为,猛觉被人夹背一把抓紧,奇痛彻骨。

不由大惊,想要挣扎,哪里能够,竟连声都难出。跟着便听耳旁有人喝道:"少时风雨一起,便有争杀,凭你这点法力,还不是送死。你刚才在哪里,快藏回去,休要误人误己。我事完自会前来,大约还有用你之处。"说话正是穷汉口音,卞明德心方一放,跟着背上一松,回头看时,哪有人影。知非常人,立即依言奔回原处守候。正寻思穷汉是否自己遇合,穷汉忽然纵上来,由身旁布袋内取出一把东西,挨次朝江峡上空抛去,动作甚是忙碌,只没看出所掷何物。掷完又纵向身后危崖之上，待有片刻，仍回原石坐下，面上也有了一点喜色。

卜明德有心出去相见，因察穷汉动作语气，分明与今晚之事有关，偏生他又行法隐秘，上下施为俱无影迹，摸不清是何路数，与彩蓉等是敌是友。踌躇了一阵，默念时已不早，再有一两个时辰，风雨一起，便到时候。除这人外别无征兆，如有遇合，定应此人身上。心念一动，再也忍耐不住，随即逡巡走出。因为除了适才见他上下悬崖来去无踪，此外并未见甚灵异之处，只为久候无信，聊作万一之想。及至走向前去，两下一对面，这才看出穷汉相貌清奇，二目精芒炯炯；映月生辉，生平从未见过。心中一动，连忙屈膝拜倒，口称："弟子卜明德，守候仙师驾临已久，望乞开恩收录，感激不尽。"

穷汉朝卜明德细看了看，笑道："那包吃食是你放在那里的么？我只顾在此想念亡友，还忘了你呢。你出身旁门，不会与正教中人交往，如有瓜葛，你早得他们接引，怎会寻我？我已吃了你的东西，收你不难。你只告诉我谁叫你在此守候的。是不是一个姓邓的道姑？要说实话，不可瞒我。"

卜明德一听口气，这人竟与八姑相识，可知也是正派中仙人无疑。心中一喜，福至心灵，想起适才再三求告，八姑始终不肯明说，且说说了无益有损，要我自打主意。又见穷汉问到末两句时，面上似有不快之色，心疑提起八姑于己有碍，忙答道："弟子所随师父姓鲁名清尘，所习虽是旁门，但他终身不曾为恶，一意积修内外功，并在这里防御江中水怪，数十年来不知救了多少人命，新近因和水怪死斗受了重伤，恰值转劫在即，现在江神庙闭关虔修，静俟解化。因他老人家占算极灵，说弟子虽是薄质菲材，尚有一点顽福，并非不可造就。并算出今夜子时大雷风雨，有各派仙人和两蛮僧斗法，事前有一仙人来此，便是弟子未来师父，旷世仙缘应于此时，不可错过，因此虔心斋沐来此恭候。此外并无他人指点。今日来前，弟子所掌江神庙被二蛮僧占去，他们用重价雇了十八名壮汉，行使大力金刚神法，唯恐泄露机密，曾将弟子师兄弟三人禁闭室内不许外出。弟子恐误仙缘，正在着急默祷，多蒙今晚取宝的一位女仙将弟子偷偷救出，方得来此。"

底下话还未说完，穷汉略一寻思，忽然喜道："那狗蛮僧的有相神魔竟未炼成，仍须借用人力么？今番除他，为亡友报仇无疑的了。这两句话省我不少心力，现在允你做我徒弟。但我难期未满，恩师严命，日限不至，不许辟谷导引，只和常人一样积修外功。幸得神驼乙真人为我讲情，方始恩准使用师传法宝。常年都在穷苦中生活，既不愿向人行乞，此时又不能回转洞府。拜师之后，你须随我度这年余苦光阴，你能忍受么？"卞明德先在庙中已听彩蓉说起神驼乙休的威望，这人既与有交，自是真仙一流，不由喜出望外，立即诺诺连声。随又叩问仙师法讳。

穷汉道："我名吕璟。本门别有心传，虽不能霞举飞升，道成之后一样也能长生不老，身居海岛仙府，永享仙福。你只要能耐劳苦，向道虔诚，日后自有成就。我与二蛮僧仇深似海，立誓除之已非一日。因那麻头长于晶球视影之法，一看动作便被看破，为此还往青螺峪凌真人那里讨了一道灵符前来，所以耽误些时，不及往他法台上探看。前闻人言，他那有相神魔已将炼成，此信如真，今日除他尚是难说。本想和他一拼，不料你竟是那庙中道士，知他那魔鬼功候仍还未到，免我耗费心神，实是快事。少时我便隐身等他，本意令你与我同立一处，但恐动手时万一照顾不到，于你有害。难得你已隐身有地，并且行法道力颇高，连我俱未看破。先见食物新鲜，来得奇怪，四查又无人踪。适有心事，不及推想，误认为是有人游山路过食剩之物，或是无心遗落。嗣想此地险阻，物主未必再来，时正腹饥，便即取食，谁知你竟有意为此。今夜在场诸人我已听说，因我常居海外，除了各派中有限几位长老，知者绝少。众中只女殃神邓八姑与我是旧交，又知我受责之事，疑她有心戏弄，谁知料错。现在因你泄了蛮僧机密之功，就她引你来此，我也不怪了。"

卞明德见已应允收录，所说尚还未完，唯恐日后见怪，又把前事说了，只说食物是灵姑带给浪生吃的，因人已走，无心给了自己，略过八姑转递一节未说。吕璟笑道："可见你与我有缘，否则事情哪有如此巧法？时已不早，速回原处去吧。"说罢一闪，便不见踪迹。

卞明德刚回转原处，忽听呼呼风响，林木萧萧，声如潮涌。心想："取宝应在子夜，这时天光不过亥初，还差着个把时辰，怎就刮起风来？"仰视天空，大半轮明月正挂中天，疏星朗秀，碧空澄洁，只西北天边有小片浮云缓缓游动，不似有雨情景。

方在奇怪，猛瞥见下流头青莹莹一点豆大的光华直射过来，落到地上，嗖的一声，立即爆散，现出一个头梳双髻、装束诡异的长大道童。一现身便向崖边走去，先在沿崖往峡中窥探，见无动静，随又往下飞去。这时风势越来越猛，走石飞沙，山崖都似在摇撼。风中隐闻蛮僧梵唱之声，自江神庙一面隐隐传来。同时双髻道童也从峡底飞上，侧耳细听了听，面上顿现惊异之色。倏地目闪凶光,两道浓眉往起紧蹙,狞笑一声,将身一纵,仍化青光往来路飞去,来去均甚匆遽。

道童这里才走,狂风忽止。面前一片五色烟光闪过,现出二僧中的金狮神佛,已换了初见时装束,周身穿着火也似红,右手握着一口戒刀,左手持着一面烈火幡幢。到后先向四外巡视一番,然后对着江峡,寻一平坦之处,口诵梵咒,手摇幡幢,用戒刀朝地面上乱画。画完,将戒刀插向腰间,手中掐诀朝来路一扬,便见十八朵青莲花自空飞坠。花上各立着一个神将,俱都手持法器幡幢,身高丈六以上。

卞明德在庙中曾偷觑过蛮僧法坛,认出是那十八壮汉幻化。本来十九相识,虽然相貌狰狞,身材高出了两倍,本来面目还可依稀辨出。神将到后,蛮僧手朝对崖和左右面各指了指,十八神将立分三面布开。蛮僧二次摇动幡幢,振臂一挥,神将脚底青莲花突然由下而上包没全身,青光闪处,忽然无踪。蛮僧埋伏停当,就地盘膝坐定,又是一片五色烟光闪过,身便隐去。

一会儿又听天空爆声隐隐自远而近,一连串五六点青光,恰似流星过渡般电驶而来,晃眼临近,相继自空飞泻。飞到地上,仍和先见青光一样,到地爆散,各现一人,共是五个,先来道童也在其内,都是头梳双髻,同一装束,个个相貌狰恶,丑怪异常。现身以后,为首一个向先来的道:"三弟,你说这里有人持诵梵咒和邪法,与那年你和五弟在青海所遇二狗蛮僧一般路数,定和我们来意一样,不可不防,为此先期赶来,怎这里如此清静?"

先来的一个答道:"我来时正起狂风,以为事出偶然,未作理会。等我飞落峡中察看那五只木舟的动静,忽听狗蛮僧邪咒之声随风吹到。我恐和上次一样中了道儿,大哥、二哥不曾同来,无法抵御,那声音又若远若近,颇似有心叫阵,只得回洞送信。敌那两个雏娃不难,如若二狗蛮僧在此,不先将他们制住,到时定要作梗。我听邪咒来路就在下流头崖后一面,二狗蛮僧定在那里设坛行法。难得大哥法宝已然炼成,二哥又有防身之法,乘此时候还有余空,最好寻去,出其不意,用黑狗钉先破了他们的妖幡,五人合力将他们除去,以报前仇,岂非绝妙?即便他们精于遁法,除他们不了,也必将他们惊走,免得临期误事。"

为首一个道:"你把事情看得太容易了。这厮不比丑娃易与,如真在此,不和他们见个高下也是不行。反正有我没他,去是要去,只大家不可轻敌大意。须知我们只仗黑狗钉是他克星,他那邪法委实不弱呢。至于你说他设坛之处离此甚近却不一定。狗蛮僧来去神速,顷刻千里。今晚用意如和我们一样,必知底细,如设近处,不怕机密泄露吗?来时我还防他先已到此,适才细查尚还未到。我们飞行无声,再将那点微光隐去,他决难以防范,速行为是。"说罢,各将身一纵,星光略一明灭,便无影无踪。

蛮僧随即现身,手又掐诀朝上扬了一扬,倾耳来路,似在谛听。隔不一会儿,忽听远远传来两三声炸音。蛮僧倏地面转怒容,纵身一跃,化为一股烈焰,其疾如电,破空飞去。紧跟着吕璟也现身出来,满脸俱是喜容,走到卞明德身前立定,将手朝外一指,满崖青莲涌处,蛮僧所埋伏的十八名神将全部出现,各自招展幡幢法器,烟光飞扬,赶将过来。吕璟暗中早有准备,左手扬处,飞出一片五色烟幕,朝众神将当头罩下,右手取出一面令牌连连晃动。众神将想似知道厉害,急于脱逃,各自往上一跃,纷纷脱体而起。

双方动作都快,这些附身神魔刚脱人体飞起,未及变化遁走,那面光网早电卷一般分布开来,往下一罩,全部网去。吕璟再扬法牌朝上连指,连光网带神魔一齐由大而小,晃眼缩成拳大一个五色丝网落将下来,吕璟一手携走。蛮僧附身神魔一收,那十八名壮汉也俱还了原形,如醉如痴,呆立当地。

吕璟随将卞明德唤出,说道:"蛮僧吃我暗中行法调开,如今正和五妖人死斗,少时必要一同走来。他的邪法已破,那相神魔被我收禁在此,急切间还除不了。这类魔鬼通灵变幻,虽被禁住,仍要防其脱逃。我须对敌,无暇兼顾,现将它们交你,悬空提在手内,不可使其沾土。另给你这面法牌,如觉此网忽轻忽重,或是网中震动把握不住时,可将此牌在网外轻拍,便即安静。千万谨慎,以免逃走为患。还有这十八人尚且昏迷,若此时救醒,愚人无知,诸多不便。你可提网仍回原处,我将他们藏向崖后僻处即来。我有一位生死至交死在这二恶手内,今日如此得心应手,均出凌真人之赐。等藏完这些人回转,再将凌真人所赐灵符化去,大功便告成了。"

卞明德见新拜门不久,师父便付以重任,又惊又喜,仔仔细细将网牌接过,依言回坐。吕璟随将十八名壮汉摄走。一会儿回转,重向卞明德叮嘱道:"徒儿好生戒备,凌真人灵符一经焚化,立生妙用,这里外人便难存身。我二次隐身,非等二恶到来,任何紧要的事我都不能出现了。"说罢,由身畔取出一符,手弹处飞起一点火星射向上面,那符立即化为千万缕金光布满崖上,略闪即灭,吕璟也复隐去。说时迟,那时快,从吕璟到此算起,以及蛮僧和五妖人先后行法布置来去,总共不到一个时辰。

卜明德一手紧握法牌，一手提着那收去蛮僧神魔的五色小丝囊，回到原处坐定。那五色丝囊大才数寸，这时光烟已敛，直似一团轻云软雾，五色氤氲，变幻明灭。也看不出里面所收神魔形影，只是十几点红绿星光，萤火虫一般在里面闪烁飞舞，毫不停息。

丝囊提在手内，本是轻若无物，看着看着，倏地重量骤增，往下一沉。如非卜明德事前小心戒备，囊上络索紧挽指上，一觉有异，慌不迭将法牌往上拍去，几乎脱手坠落。就这样，手指还勒得生疼，身子也几乎随手歪倒。法牌拍后，囊才回了原样。不多一会儿又生变相：时而往上轻举，似欲向空飞去；时而内中星火突放光明，上下跳动，似欲脱网而出。那囊也随同暴长，烟光焕发。似这样发生了好几次，俱经法牌一拍便即宁息。

最后卜明德在百忙中瞥见适才所见那片轻云逐渐展开，布满了大半天。月光不时出没隐现于密云之中，淡无光华。山风渐作，下面峡中江涛澎湃，击石有声。估量时辰将至，神魔神通变化，伎俩百出，防不胜防，稍一戒备不周，定被遁走。初受师父重任，唯恐失误，见神魔变相任怎剧烈，法牌拍上去，囊内一阵火焰闪过，立即宁息，重回原状。心想："等它有了变相，再用法牌制它，万一出甚奇怪花样，措手不及，如何是好？"为求稳妥，便将法牌向囊中连拍了十几下，跟着囊内火焰便熊熊闪耀起来。那一二十点星光先还在火焰围绕中跳跃逃窜，无如网中之鱼，还能何处逃避？拍到十下以后，火焰越强，星光渐觉无力，最后直和死了一般，浮沉火焰之中，光色也极暗淡，不用目力细看，直看不出，迥非先前精光闪烁之状，卜明德暗想："师父只说有甚变故，再用法牌克制，未命连拍，这样拍法是否有碍？"心中踌躇，便停了手。经此连拍，囊中魔光更无动静。卜明德料知神魔受了重创，不敢再举，心中略放。

卜明德耳听风涛大作，觉着前面景色骤暗。抬头一看天上，业已阴云四合，不见丝毫星星月影子，只有电闪似金蛇一般在云边掣动。电光闪处，照得浓云如山岳一般，密层层簇拥满天。风也越来越大，上面拔木扬尘，下面洪涛怒涌，滩声如雷。残枝乱干舞空贴地，卷走不息，千里江峡齐作回音，万窍怒号震撼峡壁，似欲崩颓，令人耳聋心悸。比起适才妖风，来势又是不同。

方幸身在法圈以内，风吹不到身上，倏地眼前金蛇乱窜，震天价一个大霹雳打将下来，便小了许多。跟着稀落落一阵雨点打向地上，滴滴答答。响不片刻，由疏而密，雨点也越来越大，直似银河决口，自空倒灌，哗哗啦啦，连同江声滩声，响成一片狂喧。那迅雷霹雳雾更一个接一个夹着电光雷火打将下来，声震天地。

山势陡峻，除临江一面有大片平地外，后面还有崖嶂矗立。水自崖顶化为大小瀑布，争先喷坠，黑影里看去，直似无数大小白龙沿崖翔舞。地上石多土少，无甚蓄水之处。雨尽管大得出奇，水仅一二尺深，势绝迅疾。再吃高处飞落下来的狂瀑一催，化为惊湍急浪，夹着风雨吹折的砂石树枝，齐向崖下飞落，直坠江中，又添了无数威势。有时电光闪过，照见满地波光流走，疾如奔马，眼神一花，仿佛连崖都要飞去。端的声势猛恶，从来未见。

卞明德方在骇异，忽见前面暗影中有一股金光霞彩，自江峡之下透过两面峡崖朝空涌起。跟着便见两道十来丈长的灰黄色光华，由对面危崖朝那金霞起处电射而下。方料灵姑等来了对头，两道青虹已自峡中飞上，迎着那两道灰黄色光华，就在两岸空处时上时下，时隐时现，往来驰逐，纠结争斗起来。

卞明德正看得起劲，面前光华闪处，蛮僧金狮神佛倏地出现，周身青红光华围绕，满面俱是激怒之容。才一现身，便将幡幢摇动，手握戒刀，口诵梵咒，正待行法施为，烈火袈裟上所佩金环忽然发火。蛮僧似乎吃了一惊，略一寻思，面上又转狞容，嘴皮微动，回手用戒刀朝环上擦了两擦。随听远远叹息了一声，蛮僧越似情急，把牙一错，幡幢摇处，幡顶上飞落一朵青莲。蛮僧纵身跃上，青光包没全身，一齐隐去，也没见往下飞落。只一晃眼工夫，忽见峡中银光上映，跟着便见蛮僧现了身形，周身仍是青红光华围绕，自峡底直飞上来。到了崖顶，手指下面，切齿怒骂，那银光随即敛去。遥闻邓八姑口音在下喝道："无知妖番，你那有相神魔早被对头收去，眼看劫数临头，还敢猖狂！上面自有人来除你，我并不赶尽杀绝，你有甚法力本领，只管施为便了。"

蛮僧闻言，忙诵梵咒，手中掐诀，朝先前埋伏之处连指几指，并无动静。知道不妙，不由急怒交加，不顾得再向下面还口，大喝："何人在此，敢与佛爷作对？"一面圆睁怪眼，四下察看；一面将手中幡幢不住摇动，立有千百道青莲火焰四外射去。满拟敌人即便隐身在侧也藏不住，非出不可，谁知一任喝问施为，终无回应。急得暴跳如雷，一面急诵梵咒，一面用戒刀向金环连击，口气虽仍凶横，神情已现惊慌。

同时上面江峡中金霞越发浓盛，上烛霄汉，当顶天空中的黑云都被幻映成了乌金霞彩,加上十来道青黄红白光华在峡中飞舞盘旋,照耀崖岸,丽影扬辉。遥望对崖常有人影出没,这边只蛮僧一人在青红光焰围拥之下独立雨中,四顾张皇。光焰照处,纤微毕现,越显得风狂雨骤,声势浩大。

卞明德手持丝囊,隐身圈内。囊中神魔自经适才法牌连拍,微光呆滞,久已不见动静。因见风雷大作,暴雨排空,奇光异彩闪耀天地,惊心炫目,毕生未睹,未免看出了神。虽觉蛮僧厉害,有相神魔是他至宝,被人收去必不甘休,但幸八姑隐身法神妙,敌不能见,囊中神魔又无异状,便不怎在意,仍是向前注视。

待不一会儿,蛮僧见峡中金霞越盛,料知金船已被金蛛吸出水面。下有强敌,不能前往,这里更将有相神魔失去,可恨一任施为,敌人只不见面。明知隐伏在侧,连用恶毒禁制施展法宝,全无效用。敌暗我明,为防暗算,还须行法护身,由不得手忙脚乱,焦急万状。蛮僧心料敌人早设陷阱,此时不出,必是知道自己精于小金刚不坏身法,除了两件佛家异宝,只有女殃神邓八姑的雪魂珠能够克制。

现时敌人异派仇敌来了多人,须仗此珠防护,不能分身,欲俟取宝事完,再仗雪魂珠合力来攻。再延下去,凶多吉少。其势又不能将师兄弟二人多年心血炼就、关系成败的有相神魔失去。这还幸亏是事前慎重,三十六相神魔只用了一半;否则神魔与元神息息相关,无殊身外化身,敌人既能收服,必知禁制,如再用佛家真火一炼,此时已无幸理。这次失挫,竟连晶球视影都未全现,可见厉害已极。正急躁间,瞥见身佩金环连闪光华,不禁把心一横,立将舌尖咬破,张口喷出一片血光往四面飞去,一闪不见。

卞明德猛觉手中丝囊震荡起来,势绝猛烈,吓得把手一紧,慌不迭将法牌照前连拍上去。势虽大减,依然跳动不休,不似起初有甚变动,一拍即止。卞明德不敢怠慢,一面将法牌向上连拍,一面定睛注视。只见囊中魔光齐都变成了血红色,在火焰围绕之下,冻蝇钻窗纸一般往来跳动,急遽非常。法牌略为停拍,手中分量立即骤增,手指已被勒得红紫胀痛。百忙中偷眼一看,蛮僧业已打坐在地,口诵梵咒,密如串珠,知出全力相抗。

卞明德正担心囊中魔光会不会逃去,倏地一道火焰由暴雨狂风中自空飞坠。落地现出大蛮僧麻头鬼王,急匆匆四外连看连察听,在身旁转了一转,才对金狮神佛说道:"师弟急速停手,不可冒失。我们有相神魔已被敌人用昔年神尼优昙的青鱼篮收去,并有一面文殊敕令从旁克制,敌人现将此网交与一人看守，道行本极浅薄，无如他有峨眉派独有的隐形护体之法防身，除非真个与他一拼，不能近侧，想将神魔夺回更是万难。似你这样强来，神魔反要因你受伤。想是劫数临头，晶球视影竟会晚了半日，致被敌人用怪叫花凌浑的障形幻迹之法瞒过，好些先机俱未看出。否则我已知道此事凶多吉少，用金环传音将你强行催回，何以到头还是受人怂恿，遭此挫折？

"适才你和查山五鬼互相拼斗，我已疑心受人愚弄。偏生五鬼近来妖法大进，又有妖钉厉害，我须主持行法，不暇分神查看。后来你追五鬼逃散，我默运玄功潜心观察，才知中人暗算。你已回到此地，仍在妄想夺取金船中的灵药、异宝。当时本要赶来，继而又想，敌人与我们的深仇大恨已非朝夕，此次用尽心机，罗网周密，如不将退路准备，贸然赶来，不特徒劳，轻则受伤，重则失陷。强敌环伺，事须机密，又不愿显露痕迹，所以你连用金环告急，我只故作力穷智竭，一味戒你不可妄动。我已准备停当，法坛也已撤去。为今之计，只有两策可行。

"敌人现时乘我无备，占了上风，我们转败为胜已不可能。他们和我们结仇，原为他们那心爱女子花无邪那年与我们争斗被杀，倔强固执，宁受磨折，不肯献出所得宝物禅经，致将她元神抢去，禁在我们后海泉眼之中而起。此时除了放出此女元神，他们也放出神魔，与他们讲和；便只有豁出我们损伤一些道力，多受数十年辛苦，舍了被陷神魔一走，日后再行报仇，此外更无善法。敌人隐身就在近处，这些话必被听去。但是我们胜虽不可，退却容易。你看如何？"

卞明德方觉蛮僧当敌说话毫不避讳，好似有心探询对方意旨，金狮神佛已暴怒道："花无邪那狗丫头何等可恶，她无故和我们作对，不特将我们到手的至宝禅经抢先盗去，并还用飞针伤人。本意将她形神一齐消灭，偏她得过佛门真传，有心借此兵解，元神坚定，更精诸般禅功，虽被禁制，急切间仍然伤她不了。如今被困后海泉眼之中已十四年，再有四年便将她形神化尽。受此大厄，仇恨越深，如何能放？敌人虽多诡谋，料他们也伤不了我们。既拼数十年苦练之功，甘舍被陷神魔，也须和他们分个高下；就此一走，哪有如此便宜？"

麻头鬼王方在劝解，吕璞忽在暗中冷笑道："狗蛮僧，你们大劫临头，还捣甚鬼？花道友元神已有人去解救，少时即至。我此时不出来见你们，便是为了等她到此，亲眼见你们报应呢。"说时，二僧都在静心谛听。吕璞话还未完,麻头鬼王倏地手中掐诀,向前接连几弹,立时便有无数雷火烈焰向前打去,所到之处,山石全部震碎,雹雨一般四下纷飞。同时蛮僧右肩摇处,身后插的一面幡幢凌空飞起,化为数十丈高大幡幢紫焰,朝那说话之处急罩下去。

卞明德这才看出蛮僧果是诱敌之策,等吕璟一出声,听出隐身所在,立下毒手。卞明德正惊疑间,吕璟忽在临江一块突出的崖石上现身,戟指喝骂道:"狗蛮僧!你那魔火只能暗算别的妖人,怎能伤我?这番心机又白用了。"金狮神佛闻言首先大怒,手扬处,戒刀化为一道血光飞将出来。

吕璟出时,早放起二片青白二色的光华将身护住,一见血光飞出,正待用飞剑迎敌,麻头鬼王大喝:"师弟且慢,容我说完了话,再行动手不迟。"随说,一面止住飞刀前进,一面停法将幡幢收回,笑对吕璟道:"道友,你不过为友义气,适才我说的话想已听明。其实道友和令徒隐处,我一到本已看出,只因我师兄弟二人成道在即,不愿仇怨纠缠,越结越深,永无了时,才未轻易冒犯。不料道友坚不出面,我们又急于解去这场冤孽,特请道友出见一面,并非有心冒犯。你我以前素无仇怨,双方现又未动手,尚可从长计议。道友来意和一切部署我已尽知,所借法宝灵符固是厉害,但终伤我弟兄不得。

"当初与令友花无邪结仇,实是她起意为敌,并非无故相犯。后将她元神禁制,也因她当初出身芬陀门下,得有本门真传,已成深仇大恨,如若放其转世,异日必来报复;她又将禅经佛宝得去,转劫以后法力更大,昔年除她已是艰难,怎肯纵虎贻害?迫不得已,暂将她禁闭后海以内。初意原想迫她讲和,只要答应日后不再为仇,便即放走。谁知她竟借此磨练道力,始终自恃精于前师所传禅功,执意不肯应诺,以致延迟至今。

"道友适说有人去救,当非虚语。可是我那后海禁制严密,埋伏重重,道力稍差,近前便即送命;并还与我心灵相通,稍有警兆,立即知晓,这多年来没有伤她,无非因为当初举棋不定,想迫她吐出所盗的禅经异宝,一时疏忽,缓了些日,致被她暗中做下手脚。以致我只能给她苦受,如想消灭她的元神,泉眼和地肺便同时震破,发动地水火风,周围千百里全化火海,不特要伤无限生灵,我们祖传故居也成灰烬,为此奈何她不得。

"我想能破我法救她脱身的只有限几人,而两个业已成道正果,余人也都闭关不再问事。手下门人决无这样高深法力。我此时毫无警觉,可知甚难。现与道友商量:如肯放出神魔,我便将令友放出;将来报仇与否,任其自便。真要执意相拼，休说伤我不了，令友也脱难无望。即便占得上风，或将被擒神魔伤害，我必豁出舍却故居，发动禁制，将令友元神消灭，这场大浩劫岂非道友促成？可否还望三思。"

吕璟见二僧一个怒目切齿，愤恨非常；一个口中婉言商量，目蕴凶光，双手全在僧袍以内藏着。料是看出自己防护严密，复仇念决，借着说话闲空，暗中安排毒手。即便依他放出神魔，仍是未必践言，何况不允。明知厉害，但自己擒到神魔已出意外，凭道力和所借来的法宝虽可占得上风，要想除他俩却是万难。更恐花无邪未出困以前，他俩情急拼命，豁出两败俱伤。好在自己也正在等候助手到来，乐得将计就计，故作不知，挨延时刻。

于是等他说完，便冷笑答道："花道友能否出困，少时自知。休说你们番狗素无信义，即便言而有信，你们以前仗着妖法淫恶横行，难道就无报应？还有花道友被你们杀死，就算她劫数到来应遭兵解；然而这多年元神受你们妖法禁制，受尽苦难，莫非罢了不成？闲话少说，你有妖法，只管施为好了。"

麻头鬼王闻言，狞笑一声，说道："吕道友，好说不听，难道我弟兄二人还怕你么？"随说，双手扬起，微微一振，僧衣忽似蝉蜕一般全数委地。跟着脚底涌起一朵青莲，身上突放出丈数长一团火焰将身围住。复又合掌一搓，朝前连扬，暗中布好的邪法立即发动，平地飞起无数血光碧焰，潮水一般，四方八面齐朝吕璟卷去。光焰中更杂着千百暗赤色的火球，疾如星飞，到了空中便自爆散，飞蝗也似，化为千万条紫箭攒射上去。爆音猛烈，密如贯珠，每爆散一个，吕璟便觉头上加了许多压力。知是蛮僧所炼魔火，虽然事前做了准备，仗有法宝防身，暗中也颇惊心。口里仍喝骂道："无知番狗，伏诛在即，还敢暗使毒计，卖弄伎俩。我已四布罗网，少时花道友一来，你便知厉害了。"

蛮僧虽见敌人有宝护身，自恃所炼魔火专破法宝、飞剑，即便对方法力较高，能够抵御也只暂时，久了仍为魔火炼化，决禁不住。今日之事，原知难于讨好，满心只想逼迫吕璟献出所禁神魔，便即退去。及见魔火发动之后，敌人护身光华也随着增强，看不出丝毫介意。尤怪的是敌人只守不攻，并不还手，口里却说着大话，仿佛操着必胜之权，等花无邪一到，便即还手，一举成功之状。暗忖："自己所炼小金刚不坏身法，除了两三个佛门中的对头持有降制之宝，休说似敌人这等散仙一流人物，便各正派中长老也未必能够奈何。还有后海水洞泉眼，因花无邪死时元神已有功候，法力高强，不比常人魂魄；尤其遭劫被禁，先已算定事出有心，一切均有布置，稍一不慎，便被逃出，反受其害，关系太大，为此设有三层恶毒禁制。按说外人决难侵入，敌人却说得这么十拿九稳。"

蛮僧心中虽然惊疑，无如明知那手持法宝看守神魔的是个常人，偏用尽方法查看不出藏在何处，下手不得，又不甘心舍弃，自损功行。几番寻思道："后海禁制与己心灵相通，微有动静立即感觉，此时毫无征兆，可见敌人无可奈何。倒是邓八姑的雪魂珠厉害，专破魔火，自从拜在峨眉门下，重炼之后，越加神妙，与之为敌，好些吃亏。少停取宝事完，必来助战，怎么好占上风？事已至此，只有乘其未到以前，用全副功力将敌人制住，才可救回神魔。再如延挨，八姑一到，自己便须专敌雪魂珠，师弟一人更难获胜了。"主意打定，把心一横，随即施为起来。

蛮僧所炼先后天三十六相神魔本有无穷变化，只因功候稍差，要假借人力，附在那十八壮汉身上，受有禁制，蛮僧事前茫然，无人主持，不能完全发挥威力；吕璟得了怪叫花凌浑指教，深知降制之法，所以出手成擒。这时二僧全都在场，神魔可以随心变化，灵效大增，吕璟便有法宝也降制不了，何况法宝不在手内。吕璟也知神魔已被蛮僧看见，稍有疏忽，即被收回，弄巧还连宝夺去。难得八姑隐身法奥妙，蛮僧不特难破，而且明明近在咫尺，竟看不出。神魔收了一半，先占上风，正好等他时至伏诛，急于还敌则甚？便照预计，静以观变，一任蛮僧恶言好语，软硬兼施，只在宝光护身之下，不去搭理。

正相持间，忽见二僧互看了一眼，各自掐诀一指，通体青红光华似电一般乱闪了一阵，凭空飞出十八朵斗大青莲。紧跟着每朵莲花中间冒起一个狰狞恶鬼，也似石火电光，全身涌现，立即隐去；却有一片青红色薄薄一片淡烟，如雾縠轻绢般飞到吕璟身前，当头罩下。身外的魔火焰光突然暴盛，来势迅猛异常。

吕璟猛觉护身宝光受了重压，似被一种大力紧紧束住，重如山岳，动转不得。吕璟身在光内虽还无害，可是经此一来，护身宝光渐渐减退，大有相形见绌之势，时候久了，必定不支。有心施展先前埋伏，又恐时还未至，万一二恶逃走一个，遗患无穷，不敢造次。正在举棋不定，二僧见吕璟为魔火血焰所困，并未有甚抵御之策，神情不似先前那么镇定，料知本领仅此，心中越放，一意加紧施为，更不再计退路。

这时迅雷风雨仍未停歇，江峡中正邪双方各有多人酣斗正烈。蛮僧所放魔火紧围吕璟，又在变长增高，上冲霄汉，与峡中的精光宝气交相掩映，满空阴云都被幻成异彩。雨如银箭也似，由阴云中斜射下来，奇光耀彩，丽影浮空，汇为奇观。

卞明德隐身在侧，将那法牌紧压在丝囊之上，目注前面。知蛮僧邪法厉害，屏息静立，连口大气都没敢喘。先听吕璟语气拿稳，心颇欣幸。及见蛮僧情急放出神魔，反客为主，敌势骤强，不由大吃一惊。无奈法术浅薄，爱莫能助，万分忧惶，无计可施。便在暗中默祷，祝告仙尊早临，助师克敌。猛见二僧四手齐扬，咬破舌尖，张口一喷，又发出大片暗赤色的血光飞向前去。吕璟好似知道难敌，手指处，护身宝光刚将那百丈魔火荡开了些，恰值蛮僧新喷出来的血光如奔涛电卷般飞到，与原有血焰紫箭融会，猛压下去，焰光又增强了两倍。吕璟护身宝光随即大减，往下一沉，看去更为缩小，仅剩薄薄一层将身护住，神情甚是狼狈。

卞明德心料师父危机瞬息，关心太过，由不得"哎呀"了一声。自知失口，方恐不妙，蛮僧果然闻声回顾，朝卞明德这面看了一看，手扬处，先是一片青红色的雷火焰光打将过来，丝囊也跟着有些震动。卞明德以为非死不可，一时情急拼命，便将手中法牌猛力朝丝囊连打下去。才打一下，雷火已是飞近身前，落地爆散，声如霹雳，势颇惊人，但因仙法禁阻，烧不到卞明德的身上。二僧俱都急于收转失陷神魔，心神一分，吕璟便稍松动。

卞明德见状大喜，心想："反正行藏已被识破，怕也无用。好在仙法神妙，不能伤害，乐得就此骂几句，分散他的心神，还可向师父略表心意。"便高声喝骂道："无知番狗，你们上了我们当了。你们自恃妖法高强，可知我们受了仙师指教，知你们要抢占庙宇，利用愚民行使邪法，早在你们行法的石台之下埋有一道灵符。那符乃峨眉真人所赐，专一迷乱妖人心智。当你们上台行法之际，我虽被你们禁闭室内，仍可如法施行，那符自在暗中焚化发生妙用。你们今日正该遭劫，所以我师父那等说法，你们却仍在此等死。休说我师父道妙通玄，法力无边，便我这区区末学新进，现时正用法宝除你们那十八魔鬼，与你们相隔不过十丈，你们可能侵害得分毫么？"

二僧先见雷火朝发话之处乱打了一阵，岩石地皮尽管粉裂纷飞，敌人终不现形。看去那一带又都打到，怎会无功？因恐敌人有隔地传声之法，听去在侧，实则用以诱敌，人在远处说话；欲下辣手，又恐徒劳分神，便宜吕璟缓和危机。方在寻思，卞明德这一说话，正合心意，同声怒喝道："你便是庙中小道士么，我们当你是好人，原来是仇敌党羽，暗算我们，晶球为你邪符所污，怪不得视影时明晦无定，看不真切。今日佛爷不叫你身化灰烟，形神皆灭，恶气难消。"

说罢，手摇幡幢，将手一挥，围攻吕璟的血焰魔火便分出一半，如潮水一般涌将过来。卞明德闻言，以为禁法可阻，任甚妖火不能伤害，正想还口喝骂，猛听彩蓉在空中大喝："魔火难敌，快随我走。"跟着一道青光自空飞落，直投圈内，夹起卞明德破空飞起。蛮僧魔火也正飞到，见状大怒，一指魔火，往上追去。

彩蓉原因船中事情将完，瞥见卫诩正与一异派妖人苦斗，恐他又来纠缠，意欲暂避。刚到上面，便见蛮僧正朝卞明德喝骂，知道魔火厉害，卞明德一个凡人，沾上必死，八姑隐身法虽有防身御邪之功，也禁不起魔火猛烧。救人心切，竟不顾及厉害，猛地将遁光往下一沉，声随人起，夹了卞明德便往上飞，原意江峡咫尺，只要逃到峡中木船之上，立可脱险。

二僧刚看出敌人藏处，因是占地甚小，禁法神奇，表面似在雷火之下，其实并未击中，如非出声答话，自投罗网，几被瞒过。知道寻常法术难以伤他，急于救回被陷神魔，竟连吕璟都未暇顾及，忙将魔火移来，方拟手到成功，忽见青光飞落，将人救走，如何不急。尤其金狮神佛昔年为了彩蓉与妖鬼徐完结仇，几受重创，恨之刺骨，一见是她，分外眼红。

二人一声怒吼，双双各催魔火急追上去。彩蓉哪知二恶多年魔火，其速如神，比遁光要快得多。身于飞起，猛觉暗赤光华由后罩来，后心似有凉气袭到，跟着一个冷战，知道魔火已然沾身，转眼就要神志昏迷。所有自己人均在下面江峡之中，不及应援。一面加急飞逃，一面暗忖："我命休矣！"这时人已飞抵峡边，后面魔火星驰电掣而来。

二僧因隔江峡太近，遁光迅速，晃眼到达。唯恐彩蓉纵落，被八姑等人救去，再想夺回所失神魔更是艰难，于是一面催动魔火血焰，一面舍了吕璟飞身追去。彩蓉已觉头昏眼花，遁光失御，眼看危机瞬息。猛听对面大喝："姊姊莫慌，待我敌这番狗。"同时一道青光比箭还急，径由身侧飞过。彩蓉知是卫诩冒险来救自己，刚喊："蛮狗厉害，翊弟不可轻敌。"倏地人已迷糊，连同卞明德齐往江中坠去。

这里二恶眼看追上，正待用拿云手法连人摄走，忽见青虹电射而来，将魔火阻住，所追敌人也到了江峡上空朝下飞坠，如何不恨。正待朝卫诩施展毒手，又听空中一声清叱，满天迅雷风雨中，忽然一幢金光如飙轮电射，直飞下来，一到便直朝那满天魔火中飞去。卫诩本知魔火难敌，又关心彩蓉坠落，高喊一声："多蒙道友相助，容图后报。"

随说，拨转青光，便往江峡中飞去。卞明德原被彩蓉夹着，当魔火追来时，心想："手中法牌既能降魔，也许能够抵御魔火。"忙即回手向后挥动。法牌遇上魔火，立发出一片滟滟的寒辉，将魔火挡住，因此未被魔火打中。只惜稍缓一步，彩蓉业已沾了一点，人渐难支。卞明德原会旁门法术，一见彩蓉坠落，下面江峡中光华如无数龙蛇纠结乱窜，彩蓉的手还紧抓自己的臂膀，知道厉害，百忙中猛生急智，一面甩脱彩蓉的手，一面回手反抓彩蓉的肩膀，运用玄功，径往斜刺里飞去。

卞明德方欲由剑光丛中乘隙穿过，飞到江心木船上去与灵姑会合，恰值女殃神邓八姑正和一个妖人恶斗，刚刚得手，待向女昆仑石玉珠助战，一眼瞥见彩蓉去而复转，同了卞明德由空下坠。这时各妖人虽然死亡大半，还有几个极强的与武当七女苦战未退，八姑恐有疏虞，一纵银光，忙即赶上前去。卫诩已先飞到，一把由卞明德手里将彩蓉夺过，道声："诸位道友，行再相见。"声随人起，破空飞去。八姑见是卫诩，早在意料之中，也就没有拦阻。

灵姑老远望见，因要守护木船，不得分身，正干看着发急，忽见金光耀空，自上直下，正是杨瑾手执法华金轮，放出百丈金霞，飙轮电旋，所到之处，众妖人纷纷惊窜，各收飞剑、法宝，破空欲遁。邓八姑见杨瑾一来，知众妖人伏诛在即，忙将身飞起，与雪魂珠合而为一，化成一片银色光幕罩向峡顶。众妖人去路全被阻住，无法脱身，重又怒吼返身拼斗，如何能是杨、邓二人对手。上有雪魂珠，下有法华金轮，更有武当七女新自元江得来的青蛟链和各人的飞剑、法宝，四面合围，上下一齐夹攻，不消顷刻，全数伏诛，一个也未被逃脱。同时雷电暴雨也渐停止。

江中金船因在元江两次出水，被郑颠仙将广成子的禁法破去十之八九，威力大逊，这次用的虽是小的一只金蛛，比前两次吸取容易得多。经彩蓉、灵姑二人照着颠仙所传如法施为，不多一会儿，便在电闪雷鸣中浮上江面。

当晚所来外敌，好些都是元江漏网的妖人，深知底细，只因没法将船吸起，知道颠仙命人来此，意欲等船出水，再行上前抢夺，凑个现成。以为颠仙和各派长老均在青城山金鞭崖用九疑鼎炼宝，不能分身，所派门人乃末学新进，能有多大法力。因此金船一现，各从隐处现身，纷纷上前抢夺。

谁知对方早有埋伏准备。灵姑首先用颠仙灵符掷出万道金霞，将众妖人阻住。跟着女殃神邓八姑和武当七女各自现身迎敌。众妖人中，除了缅甸老鸦冲的女神巫任素萝，只有查山五鬼和高原二蛮僧厉害。偏生五鬼和二蛮僧没到时候，便被吕璟用怪叫花穷神凌浑所传灵符仙法引向远处，争杀了一阵。直到风雨大作，双方才行警觉，恐误劫宝之事，五鬼首先行法遁走，蛮僧也未穷追，相继赶来。

可是双方经此一来，伤了好些法宝。查山五鬼损失更大，减却不少伎俩，被武当七女分出五人各敌一个。金狮神佛一到，便吃邓八姑用雪魂珠惊退。满想诱敌上崖，行使先前埋伏，不料早为吕璟破去。有相神魔关系蛮僧成败，急于夺回，就此被吕璟绊住，不能再顾劫船之事。

下余还有七八个妖人，法力俱都有限，石氏双珠足可应付，最厉害的女神巫任素萝又吃八姑敌住，于是一个也上前不得。灵姑便遵师命，由彩蓉守护金蛛，用灵符护身，自上金船，从容将宝物取到手内。

这两件余宝俱各藏在一个形状奇古、满刻符篆的玉匣以内，通体浑成，并无缝隙。灵姑知难开视，瞥见船中玉案上还有一件似铁非铁、入手发沉的寸大圆球。心想："师父前次上船两次，虽未提说有此一物，但是前古真仙所遗，就非至宝，也非常物。"随手揣向法宝囊内。

灵姑还在观望流连，船头金霞忽似风卷残云一般，分散开来，随见一条青蒙蒙的光气穿霞而入。船虽出水，通体仍有金光霞彩层层围绕，更有颠仙太乙神火阻隔，灵姑因有灵符护身才得出入。知道自己人不会走进，来的又是一条从未见过的青气，料是外敌侵入。匆迫中没等来人现身，便一指飞刀，化为银虹飞上前去。满拟飞刀乃仙传神物，百邪不侵，敌人纵不立毙，也必可以敌住。

谁知银光才闪得一闪，便被青气裹去。心方惊惶，青气敛处，来人已经现身，说道："我非敌人，道友不必动手，免伤和气。"灵姑定睛一看，正是在江神庙摄走浪生的少年——铜椰岛天痴上人第九弟子景公望，知他为了金船之事而来。因为浪生被摄，本就有些不快；再加年轻好胜，初次失挫，一照面便被人将与身相合的飞刀收去，好生难过。暗忖："这人太不通情理，既非外人，何必如此卖弄，给我难堪？"宝物取得，大功已成，深悔不该流连，以致遭受挫辱。

灵姑正要答话，一眼瞥见那口飞刀已回原形，化为一柄小匕首，精光湛湛,托在景公望的手上,越发有气。心想等他还回更是没脸,急忙答道:"我不知是景道友,致有冒犯。道友元磁真气端的神妙。师命已完,此船任凭道友处置,恕不奉陪了。"说罢不俟答言,暗运玄功,将手一合,飞刀立时脱手飞回,与身相合,化为一道银虹,在彩光围拥之下,荡开船头金霞,电掣般飞出。要知后事如何,且看下回分解。

第七十二回

封地穴　奇宝奠灵川
斗妖人　神光败魔火

话说景公望见灵姑面有愠色,知是收她飞刀引起,暗忖:"你那飞刀何等厉害,才一照面,便下毒手,我如非事前戒备,将刀收去,焉有命在?这也怪人。"无如师父曾有严命,不许与各正派门下结嫌,意欲唤住解说明白。谁知灵姑一离去,金船忽然自行上升,大有离水飞腾之势。

景公望原意一到便可将船压制,使其归入江心水眼,堵塞那地肺中元磁地窍,以免仇敌由那暗算,抄那神驼乙休故智,为铜椰岛他年隐患。忽生异状,大出意外,不由大惊,先以为灵姑闹鬼。景公望也是好胜性情,适才收过灵姑飞刀,话未言明,不便再和商说。一面运用元磁真精炼成之宝将船镇住,禁其上升;一面将船头金霞分开,向外注视。见灵姑业已回转木船,同了彩蓉正指金船耳语,面上愤仍未消。金蛛仍伏当中木船之上,口中喷出丝绺,将金船兜住,也未收回。四外蛛粮毒果随波而来,直注蛛口,不见有一点挑弄神气。但是金船仅能镇住,并还略借金蛛网紧之力,如想压令下沉,直是无效,怎么想也想不出是何缘故。

俟了好些时,杨瑾忽然飞来,将众妖人一齐除去,同往木船之上与灵姑见面。杨瑾见金船尚未沉落,也觉奇怪,不顾多说,忙往金船上飞去。景公望正在无计可施,一见杨瑾飞到,前在峨眉曾经见过,知她法力高强,心中大喜,忙即礼见求助。杨瑾知金船本身灵异,当初船中必有镇压之宝,细查无迹。景公望起初上船时,船中并无异状,自从灵姑一走,船便凌空欲起。先时颇疑因收灵姑飞刀误会生嫌,故意作弄,及看神情,又觉不像。

杨瑾闻言,便料压船之宝被灵姑无意取走。笑道:"吕道友入门不久,行事慎重,无与道友为难之心。许是她无心中破了船中禁制,或将镇船宝物取走,我一问自知。然知她生性好胜,她那飞刀乃西方太乙之精所炼,系其师镇山之宝，百邪不侵，只有令师所炼真磁能够吸收。她已炼到与身相合地步，起初误犯道友，认成仇敌，岂料竟被真磁吸力收去，难保不无芥蒂。道友可故做为难之状，等我约她同来，使其挽回一点颜面，异日彼此免有嫌隙。你看如何？"

景公望比灵姑还要好胜得多，闻言自是不愿。无奈时机瞬息，师父正在铜椰岛磁峰底下，运用真磁元气由地肺中遥为吸引，静等金船一落，江中水眼便由磁力吸住。封闭此间地室，休说时辰错过，以后要费无穷心力手脚，便是地底原有的水火风雷也是难以禁受，自然早完一刻少受好些苦难，只好允了。

景公望素来心深，喜怒不形于色。杨瑾好意借此为两家化解，见他答得又快又谦和，当时竟未看出。随用法华金轮荡开船头光霞，将灵姑唤来问道："灵妹除那奉命取的两件宝物外，还曾发现什么没有？"灵姑见景公望神情愁急，这大工夫金船还未入水，料知为难，便答道："我知景道友法力高强，小妹留此无用；又恐外面妖人众多，蓉姊一人守护金蛛万一有失，便即退走，实未发现什么异迹。"

杨瑾见灵姑一来，船立稳定，越知镇船之宝在灵姑身上。方要开口，景公望见船势复稳，越当是灵姑有心为难，见她还在推托，忍不住接口说道："我适上船鲁莽，因道友飞刀灵异，不似寻常飞剑，来势那么迅急，稍缓一瞬即有性命之危，逼不得已，将刀收去。现已时机紧迫，家师在岛上立等复命，我为冒犯道友延阻多时，归去必受家师责难。现在时机已更紧迫，行即延阻，莫非道友尚不肯相谅么？"

杨瑾听出语气不好，正要代为分解，灵姑已微怒道："听你说话，好像我在暗中为难你似的。我这末学新进，道术浅薄，除了那口飞刀外并无他能。适才刀才出手，便被你收去，幸蒙相让，才得收回，还敢班门弄斧，自找没趣？"

杨瑾忙道："灵妹不要多说，事出误会，那镇船之宝实在灵妹身上，必是你随手收取，没有想到罢了。"灵姑这才想起还有一个暗无光华的铁块，随手取出，问道："是这件么？我取宝时见在案上。上次元江取宝，师父曾带出几件东西，说那并非法宝，乃是古时器皿用具。今日以为同类之物，意欲留作赏玩，随手取出，景道友便即飞来，何尝知道那便是镇船之宝呢？"杨瑾笑道："此乃羲皇平治水土时济川之宝，名为里圭，看似金铁所制，实是千万年前一块宝玉。广成子道法通玄，早已洞悉未来，特意用作镇船之宝。金船神物，禁法未撤时尚能变化飞腾，况又撤去，离了此宝如何能行？"

随由灵姑手中接过，问明此宝原来所在，放了回去。然后对景公望道："此宝休说灵妹不知底细，连我也是往年听家师无意中谈到，不想竟在此处发现。此宝尚有好些妙用，可惜时机紧迫，未及试验，以饱眼福了。我还有一位道友同来，现在上面与青海二番僧斗法，未分胜负，尚须往助。我令灵妹收回蛛丝，请道友行法镇压金船，去封锁那水眼地窍吧。"

景公望原以为船已无法浮起，自己如能突出意外，使其骤然沉底，也可挽回颜面，所以禁法仍在暗中运用。谁知灵姑到后，船虽不再上升，仍浮水面，未曾下落。闻言一看，船外四面被蛛丝网住，吃禁法往下压住，根根绷直，船竟不能移动分毫，这才想起网船蛛丝未撤，不由又是一气。此物又非金铁之质，只用元本真气吸收。有心用飞剑斩断，又恐明伤对方和气，有违师训。如再因此发生争执，更多延阻。只得恨在心里，笑答："杨道友盛情相助，实是感谢。急于回岛复命，请速赐吧。"

杨瑾便即作别，和灵姑飞回木舟之上。灵姑见那小金蛛蹲伏船头，身已发威暴涨，目闪怒光，喷吸江波，吞噬那随波而来的蛛粮毒果，口中不住吼喘，大有力竭之状，与初去时松快神情迥异。再看所喷蛛丝，雪练也似又挺又直，似将挣断。知是金船压力大增，已吃不住，心中大惊。丝网已由禁法结紧，解开需时，又在事急，忙喝："你愿自断蛛丝么？"金蛛怒吼了两声。灵姑知它不舍自断，正待亲身入水行法解禁，杨瑾知来不及，忙将颠仙最后一道解禁灵符要过，大喝："景道友暂慢行法，由我入水解网，否则道友与金蛛势将两败俱伤了。"景公望闻言大惊，料非虚语，哪敢再打断丝强脱主意。

他这里一停手，丝网便即松懈。杨瑾说完，飞身水底，一会儿解了禁法。金蛛张口一吸，千百银丝网直似一股白烟，齐往蛛口内吸入，恰巧毒果也所剩无几。灵姑见金船沉没，杨瑾已由水底现身，飞往江崖之上，八姑和武当七女也随了飞去，只女昆仑石玉珠一人在船，心喜大功告成，便任金蛛将余果食完，以作犒劳，才行收入朱盒以内。

这时风停雨住，碧空晴霁，只是江崖上满是金光红霞，星月光华俱为所掩。灵姑知青海二番僧尚未伏诛，正商量上岸助战。石玉珠回顾卞明德躬立船后，目注崖上，似想上去又不敢的神气，笑问道："现在诸事已毕，雷雨皆收，不久天明，你师父除却青海二恶，便要忙着送回他好友花无邪的元神。

万一到时顾不到你,岂不白费今晚一番苦心? 还不乘他未走快些上去?"

卞明德答道:"家师已许收录,又将法宝交与弟子代掌,料无见弃之意。只是番僧有相神魔尚在弟子所持宝网之内,经弟子用法牌连击之后,网内冒起火焰,起初还见神魔所化红绿星光明灭不休,自从邓仙姑和后来那位仙姑上去,相继发了两次大雷过后,网中火星便没了影,也不知消灭与否。有心冒险上崖探看,又恐番僧妖法厉害,诡诈多端,乘隙劫夺,弟子法力浅薄,怎是敌手? 为此踌躇不决呢。"

卞明德心想木舟关系重要,一到便在后梢上伫立未去。前面石玉珠刚一回舟,便代灵姑行法察护金蛛,无暇留意,这时才看见他手中还持有一网一牌。便笑道:"难怪你不再发愁,原来你师父把他向齐家两姊妹借来的青鱼篮和文殊敕令交你执掌呢。番僧虽恶,邓、杨、易三位道友俱是他们的克星,此时势穷力竭,正在挣命,想逃身都来不及;如有余力,早就化身追了下来,还要等你上去再行劫夺么? 神魔难禁佛火神光恒久烧炼,此时无踪,许已消灭也未可知,还是随我们上去吧。"卞明德自己巴不得能够随上,立即恭谢携带。灵姑因师父曾说木舟累赘,用完任便处置,无须带回,初意焚毁,又觉可惜。方在寻思,听石玉珠催着上去,只得任其暂停江面,连禁法也未及撤,由石玉珠行法护送起卞明德,一同飞身而上。

三人刚要到达,便见崖顶彩光激滟,金霞围拥之下,两道银虹一左一右,龙飞电舞般剪了两剪。跟着两声轻微炸音过处,两朵尺许青莲花四外血焰拥护,上面立着二番僧,疾如星驰,冲破千百层金光霞彩,径往西北方逃去。二人方料番僧元神逃走,猛听右侧一声迅雷,西北方忽现出一片薄如蝉翼的明霞,横亘天半,其长无际,行将上来。

二番僧左闪右避,欲逃无路,转眼之间,上下四外明霞同时出现,竟似网鸟一般将二番僧元神擒住。随见光霞齐收,杨瑾同了女殃神邓八姑、女神婴易静、武当诸女,各由对面往右侧发雷之处飞去。再看右侧,立着吕璟和一位周身烟笼雾约的少女。明霞缩小甚速,番僧元神已被兜来。

吕璟手托一个小白玉瓶,手指处,瓶里也冒出一股彩烟,两下迎合,吱的一声便吸了进去。这时众人也都相次飞到,聚在一起。吕璟又从卞明德手里将收有番僧神魔的丝网要过,略看了看,覆向瓶口。彩烟二次冒起,伸入网口,卷了两卷吸回,方始收入法宝囊内。

互相礼叙,才知那少女便是花无邪,原是佛门弟子,因未及正式被度便犯师规，逐出门墙，又投在一位散仙门下。仗着得有两门真传，又极勤奋，眼看兵解之后即可转劫成道，为了一部金经，被二番僧杀害，拘去元神，禁闭青海海底，受尽苦难。

吕璟也是散仙一流人物，与花无邪多年至交，情逾骨肉。为了救她报仇，备历艰危，终非番僧对手。新近才由穷神相助，指点玄机，除自送灵符外，并代向峨眉掌教真人关说，借了几件法宝。吕璟知花无邪与东海紫云宫齐、秦诸女仙相识，前因诸女仙奉命海底虔修，连去两次，宫门未开，仅由把守宫门的独角神鲛传语谢客，期以异日。

现值花无邪苦孽将完，诸女仙也早功行圆满，又往求助，果然宫门大开，由金须奴引去宫内，与诸女仙相见。又因诸女仙有的要参与元江取宝之役，不能都去。商量结果，由秦紫玲带了金须奴和神鲛同往。仗着法宝威力，令神鲛自前海穿行海底，潜达后海，一举破了禁制，将花无邪元神救出。

这里番僧正追彩蓉，先吃杨瑾用法华金轮一挫，跟着与杨瑾同来的女神婴易静又复赶到。斗不多时，忽得警兆，大吃一惊。先还妄想发动埋伏，与花无邪两败俱伤，谁知紫玲早料及此，下手神速，已是无及。跟着邓八姑、杨瑾和武当诸女先后加入。番僧方欲重施邪法毒手再拼一次，如不敌再行逃走。杨瑾的师传佛门四宝和八姑的雪魂珠俱是番僧克星，如何能敌？番僧邪法施为不久，全被破去，又想逃走，便吃众人宝光困住。对头花无邪也为秦紫玲用师传灵符送到当地。几面夹攻，将二僧包围，魔火焰光逐渐消灭始尽。

蛮僧恃有小金刚不坏身法，在宝光、飞剑笼罩之下，相持了片刻。最后吕、花二人告知众人，暗中设有埋伏。杨瑾见是时候了，便令邓八姑用雪魂珠罩定蛮僧，生出幻相，破了禅法，同时将般若刀飞出，故意使他借刀兵解。二僧果然震破了天灵，飞出元神。吕璟忙将埋伏发动，把所逃元神收去，青海二恶方始伏诛，只剩两具死尸盘坐在地。

吕璟因要护送花无邪回山修炼，说完前事，带了卞明德先行。武当诸女也各告别起身。只女昆仑石玉珠和灵姑一见倾心，彼此莫逆，因见彩蓉去后，灵姑独自回山未免岑寂；又知灵姑曾答应庙中道士，用五丁神斧开山平水，为当地生利除害，意欲先助她成此善举，再护送她回转大熊岭，便和同门诸姊妹预先言明，不曾随去。

武当诸女走后，灵姑便和杨、邓、易三人商议神斧开山与削平江心伏石、永除滩险之事，并求施大法力相助。杨瑾道："来时令师命我传话，说青城朱真人新收弟子裴元夫妇和岷山白犀潭韩仙子门下女弟子美魔女毕真真、丑神姑花奇，现在黔蜀边界榴花寨附近苗山中的湖心洲上，与妖女天蚕仙娘恶斗。妖女邪法厉害，还养有无数恶蛊，裴、毕诸人恐难抵敌，命你赶去相助。事完无须回山，便和裴元夫妇做一路，在外积修外功。

"如今既有这场大功德，自然办完再走。我闻裴元虽是资禀极厚，因入门年浅，法力还不怎样。他妻南绮乃天狐之女，从小得父母传授，姊妹二人都读不了丹书法诀，炼有不少法宝，颇具神通。毕、花二女更是在小辈同道中享过盛名，因为当年杀劫太重，吃韩仙子将她们禁闭地穴，又苦炼了些岁月，道行自更精进。妖女任多伎俩，也未必能奈何她们，晚去些时无妨。此时离天明已近，我们只能用禁法将上下游舟船禁住，再行法起雾，使天晚亮些时，免惊俗人耳目。你入门不久，外功未立，仍以你亲自下手为是。"

灵姑知有三人在侧，事无不成，好生欣喜。随又说起滩平以后，拉纤土人失了生计。还有那五只木舟不能带走，作何处置？杨瑾想了想，笑道："灵妹善根真厚，厉害全都想到了。这个不难，等你用五丁神斧将庙后危壁开通，可嘱咐庙中道士假托神灵，将崖后一带肥地尽先分给那些拉纤苦人，岂非一举两得？千里江峡，险滩甚多，其势不能用神斧一一来治。率性由我略施小术，使五只木舟暂沉江中，自行往来游去，遇有沉船落水之人，看他缘运如何，只一遇上，便即自行浮起，将人浮到岸上。此法虽只能有四五十年灵效，到底也救不少人命。天已不早，就此下手吧。"说罢，五人同往江神庙飞去。

宜从善、金百炼自从卞明德被人带了逃出，提心吊胆，伏窗偷视僧人动作，看了不少怪异情景。后来僧人忽然飞去，石台恢复原状，雷雨也渐停歇。正在悬想正邪两方胜负，准备天明前往江崖探看，忽见诸女仙飞落。料知大功告成，僧人不会再来，好生欢喜，忙迎进屋去，跪拜行礼。灵姑唤起，说了开山平水来意。二人益发高兴，当即陪往庙后危崖之下。

杨瑾便令邓八姑和易静、石玉珠分头行法降雾，使天色晚明个把时辰；并将当地停泊的舟船移出三十里以外，把离黑狗滩十五里的上下游一齐隔断。同时由灵姑下手开山。

那片崖壁高达六七十丈，除崖脚两处小洞穴外，通体浑成，陡峭如削，两头俱是危峰峻岭，便能攀缘上去，也无可通行。只鲁清尘去秋发现的狭长山谷,紧贴壁下与江神庙隔崖斜对,为全崖最薄之处。灵姑本想挥动神斧,对准谷口自顶下劈,将全崖分裂为二,率性开出一个奇景。杨瑾拦说:"世事无常,此地既有这种天生形势险要,不如就在壁上开出一个能容牛车出入之路。留此奇险,以备万一将来有甚事变,里面的人既可闭关自守,外间的人也可入谷避乱;省得门户洞开,无险可恃。"

灵姑应命,唯恐宜、金二人语焉不详,又亲自飞向崖后,相准地势,取出那柄五丁神斧,如法施为,立即长大了好几倍,精光耀眼,不可逼视。杨瑾深知神斧威力,早令宜、金二人后退。灵姑持斧上前,先照准开处轻轻试砍了一下,那么坚硬的崖石应手而裂,碎石块砾四下飞迸,直似快刀砍雪一般。灵姑虽也试过神斧灵效,因往崖顶查看,见崖厚不下三十余丈,未免觉难,想不到如此容易。知必成功,心中大喜,便不再砍,径将神斧握紧,照直开将进去。斧柄上五彩光华精光闪闪,所到之处,宛如摧枯削腐,全没丝毫阻隔。灵姑刻意求工,一面握斧前攻,一面把厚裂之处平削整齐。杨瑾又用禁法将那裂石碎块一齐运向远处山涧中抛弃。不多一会儿,便现出大半条整齐干净、坚厚无匹的石门洞道,地下连点灰星都没有。等全洞开通以后,八姑、易静和石玉珠三人也各布置完毕回转,见状俱都称赞不止。

五人又沿峡谷前往那片深地查看,果是泉甘土肥,出产丰饶,地利人和,如辟田亩果园,何止千顷。石玉珠还想各起一个地名,八姑说:"此时本该黎明,全仗法术隐蔽,险滩尚还未平。巫峡上空各派中人时常来往飞行,如被外人看破,我们虽然不怕,终是不好,何况灵姑尚还奉命他往;早点办完正事为好,异日再来赐以嘉名吧。"

宜从善、金百炼虽然自知仙缘浅薄,心终不无希冀,一直相随在侧,一听众仙要走,重又求拜。八姑素来心善,笑道:"你二人缘福虽浅,向道倒也虔诚。平滩之后,我和杨、易二位仙姑还要来此一行,稍为相助总还可以,且等事完来了再说吧。"说罢,五人一同往江峡中飞去。

到了黑狗滩上空,往下一看,滩在大江之中,上流里许,有一段江面突然紧缩,水势受了束迫,本就蓄怒而来,而滩下面又暗礁兀立,正当来势,骇浪雪奔,惊涛电射,吃伏礁一遏,立时化为急溜。浪最大时,有一二亩大小,一个未完,一个又重将上来。惊看之下,飙轮飞转,黑深深看不见底。无论水面是甚物漂来,只略挨着,便被送入水底中,再也不见浮起,端的险恶异常。这时因经昨晚大雷雨,两边排天危崖上又添了无数瀑布,奔泉万道,好像银龙飞落,直注江中,益发推波助澜,声若雷轰,与滩声相应和,震眩耳目。

女神婴易静道:"水势这么大,那礁石都在江中,水里不比陆地,礁石一断,江中波涛受了重压,定要激荡起千百丈高下,数百里内水都倒流。我们如将上下游江水截住,使这礁石露出江面,再用神斧削平,本非难事。可是那么一来,怒涛受了阻止,全集上流,崖岸高处无妨,较低之处立即泛滥。事完水再突然下落,数百里内舟船不知要有多少危险。比较还是由水里下手要好得多。为要使灵妹独力成此功德,我们自不便相随同下;如先传了避水法再下,又须多延时刻。大家可有甚避水的法宝借一件让灵妹带了下去么?"

杨瑾还未及答,女殃神邓八姑知道易静意思,是想代借自己的雪魂珠一用,因知此珠是自己元神所托,关系重大,不便明言。忙笑答道:"入水还在其次,那礁石如小山一般兀立江心,如无镇压之宝,江水受激,为害也是不小。我这雪魂珠大可应用,待我借与灵妹吧。"

灵姑久闻雪魂珠的珍奇,闻言大喜。心想看看此珠原质,忙即称谢,请传用法。石玉珠道:"此珠乃千万年冰雪精英孕育而成,妙用无穷,奇寒刺骨,外人能近手么?"

八姑道:"此珠现已与我元神相合,随心所欲,拿去无妨。"杨瑾拦道:"这个不可。此珠亘古奇珍,久为妖邪觊觎,八姊元神所寄,关系非小。目前尚有两个强敌未除,俱是行踪飘忽,来去无声,稍为疏忽,便被走过。三取金船宝物,尽人皆知,灵妹终是力薄,孤身入水,万一有甚妖邪潜踪来此,或是藏在水内,骤起发难,灵妹下时,我飞剑护身,自是无阻,此珠外人也夺不去,也坏不了,终恐遇见赤身教主鸠盘婆一流人物,乘灵妹无力兼顾,加以污毁,岂不又累你要费好些心力修炼,才能复原。借只管借,但由你在水上主持,灵效助力都大得多,何必非交灵妹自带呢?"

八姑原与灵姑投缘,见她道浅,想借此传授一点法术,闻言笑道:"我不过爱惜灵妹,想使她增点见识。瑾姊既主慎重,我已运用彻地眼法看明水底形势,仍由我在上运用便了。那礁石原与两崖山脉相连,突起江底,四周石脚,地本底下,久受水力冲刷,变为全江底最深之处,石上孔洞甚多,江波到此,出入激荡,益发助长漩涡之势。石高不下五十丈,颇似一个没有底座的灯擎,中间却有一段粗达亩许。江面上窄下宽,下手时务须审慎,不可一下砍倒。先将石顶用神斧斫成丈许小块,再将全礁石依次斫削,就便用以填江铺底,稍杀水势。石旁还有两个泉眼,一东一南,也须留意,不可堵塞。

八姑嘱咐完毕,口张处,飞出一团冷冰冰的银光,直投江中,江水立即分开,现出两丈大小空隙。灵姑忙驾遁光飞落。八姑将手一指,银光忽翻向灵姑头上,相随同下,上面江水也由分而合。只见江底银光闪闪,似如月照江中,深达数百千尺。三人原是神眼,再有雪魂珠在下一照,越发清晰。见灵姑一到水底,取出五丁神斧一挥,斧上便发出五色霞光,笼罩在礁石顶上,精光闪闪,更不移动。

杨瑾道:"灵妹这柄神斧真乃稀世奇珍。你看她到底下并没照我们所说的去做,只将斧光罩向石上,石便似磨碾一般碎落如粉,这不比零碎砍断还要平静么?"

石玉珠道:"当初这条江原是一个山峡,亘古以来便受洪水冲刷,不知经几千万年冲刷出这一条长江,这座礁石本质坚硬,又深藏在洪波之下,按说不致有什么损毁,谁知仍遭此劫。可见成毁有数,任怎样顽强隐伏,劫运到时终无可逃呢。"

八姑道:"灵妹是因我说恐这礁石崩塌激起波涛,恰见神斧有此碎石如粉妙用,以为这样便可不起惊波。不知石砂太轻,洪流冲荡,不能沉到江底。因巫峡水急,还不至于停滞;如被冲到下流水平江浅之处,必将水道淤塞,又是行舟之害呢。"

说时再看江中礁石,已被神斧毁去了四分之一。因是神斧灵奇,削碾神速,石砂如粉,随波散去,又被江流冲荡,结为浓雾,宛似一条灰龙,由滩前起往下流蜿蜒驰去。

水面上浪声滚起,发为瀑音,震撼山峡。八姑道:"这还是化整为零,已有如此声势,如将整石砍断,真不知如何惊人为害呢。"石玉珠道:"石砂这么多,如被冲到下流,也非善策。易道友精明禁制之法,何不施展神通,使它凝聚在一处呢?"

易静道:"任多厉害禁法,也敌不住造化天然威力。我那禁法只能禁制一时,早晚时效一过,突然溃散,为害更烈。我看此时碎砂已如此多法,如等全石皆碎,更易使下流淤塞。还是想法告知灵妹,仍照邓道友所说,砍成丈许碎块,散铺江中深处,比较好些吧?"

八姑见杨瑾站在一旁,二目微合,默然不语,知她佛法高深,必在暗中运用玄功行法处置,便笑答道:"瑾姊已有处置,我们不要多说了。"一言甫毕,杨瑾将手一指江心，那条石砂凝成的灰龙忽由下流头掉转。到了近侧，又忽然腾波直上，往半崖腰原有的纤道上飞去，长蛇沿壁般蜿蜒而来，越过三人立处，往上流头驶去，随过随即凝结，紧紧贴在崖腰纤道的外边。这一段纤道孤横危崖之间，仰望峭壁排云，无可攀缘；俯视断崖千尺，江波浩浩。最窄之处，人不能并肩而行，稍失跬步，立坠重渊，端的险峻异常。经此一来，沿着纤道边上平添了一道粗石埂，由此化险为夷，以后纤夫往来经过这一段，便不致有失足陨身之患了。

石玉珠在三人中道行较浅，以为这石块全是碎石散砂，不过经了禁法凝结，除非运向别处，如想用作石块，主意自佳，只恐日久灵效一失，仍要自行散落，未必便能如山石一般持久。见易静、八姑极口称好，虽也附和，意还有些猜疑。

待有半个时辰过去，石玉珠俯视江心，石雾弥漫中，那一块大礁石竟被灵姑用神斧削去十之七八，只剩一小段石桩残存江底。周围霞光电掣，转眼工夫便削去尺许。劫灰幻化的灰龙，在杨瑾禁法催动之下，依旧沿着崖腰如飞上驶。定睛一看，仿佛如没有干的石头，软腻腻的，并未见一段结固之处。暗想："这些灰石少说也有数千百尺长短，现仍前进不已，除用纯阳真火加以练法，任甚禁制之法也难使之结固，但是转眼天明，只此片刻工夫，要想使它一下凝结为石，便师父半边老尼亲来，用她多年苦炼而成的纯阳真火，也难一气呵成。杨瑾虽是凌雪鸿转身，在神尼芬陀门下两世修为，法力高强，急切间恐也办不到。她此时好似专心一意运用玄功，一任旁人称赞，微笑不答。也许邓、易二人料错，她只是想将这些散灰运向上流头僻静陆地上去，以免淤塞下游水道，并非想给崖腰纤道添这一条石块，再不就是别有用意。"

石玉珠正寻思间，八姑忽道："那礁石只剩数尺，那里水势最深，留也无害，免得将两边山脉砍断，泄了地气，年久崖石崩塌，舟行经此，遇上又是乱子。适才遥望上流纤道，得此石块作栏，已都无险。只下流头纤道还有险处，下余劫灰足可补上。我唤灵妹上来，剩下这残灰移补下流险处吧。"

说时迟，那时快，八姑话还未完，杨瑾用手一指，那附壁上驶的灰龙立即改进为退，约掣回了十来丈。这里八姑嘴皮微动了动，下面雪魂珠便将声音传到。灵姑见神斧妙用，一点不费事，便将小山也似一座险礁毁去，眼看剩不到四五尺便要削完，猛听雪魂珠银光中八姑传音相唤，命她即时停手上去。忙收神斧，纵遁光破浪而上。身刚落向崖顶，江中残余的那些劫灰尚有百丈长短，倏地似潜龙飞跃一般，随着杨瑾手指之处，全体凌波飞起，甩向下流崖腰，叭的一声，粘紧纤道边上，更不再动。

石玉珠看出杨瑾果是想为纤道添条石埂防险，方在惊奇，杨瑾已一口真气喷向手上，跟着合掌一搓，再往下扬。立有一点火星飞坠劫灰凝积的石埂之上，晃眼由小而大，化为一团烈火，烧向埂上。火焰熊熊，其速如飞，先朝下流头沿埂滚去，一会儿到了尽头，又复掉转滚往上流。凡火烧过之处，石埂便即凝固。等到火自上流纤道驶回，杨瑾收火之后，再看劫灰，已和山石同色同质，融为一体了。石玉珠大出意外，好生惊服。便易、邓二人虽知杨瑾法力高深，也没想到她竟有如此精纯的功力，俱都赞佩不止。

杨瑾算计时间已应天明，便令易、邓二人分赴上下游撤去禁法，自往江神庙指示宜从善、金百炼招人往后山开垦之事。易、邓二人事完赶去，再回返金鞭崖去。

灵姑久闻神驼乙休、韩仙子夫妻名望，想他们的门人也必非小可，况有青城教主得意高徒裘元、南绮等人一起，如何会敌妖女不过，须要自己前往解救？自觉法力浅薄，恐难胜任，见易、邓二人作别飞去，正要向杨瑾请示机宜，杨瑾已先开口道："适才忙于平水开山，还有些话未及说到。毕、花二女久得韩仙子真传，道行法力本在妖女天蚕仙娘之上，偏生毕真真一念轻敌，才有此失，所受不过一场虚惊。

"只因物各有制，她那金蚕恶蛊厉害，裘元夫妻无意中虽得了一面灵蛛网，专破此蛊，偏又不知运用，以致妖女猖獗。便你不去，到了毕真真危急万分，拼损十年苦功化身遁走时，裘元夫妻也必发觉此宝妙用，为她解围了。

"一则真真和南绮俱都心高气盛，动手以前双方生了误会，如等裘元夫妻用灵蛛网解救，必当有心藏私逞能，要她难堪，以后难免不生仇怨；二则你还有一件要事在途中要做，也须有些时候耽搁，故此命我事完便即催你起身。否则毕、裘诸人此时刚刚起衅，还未对面交手，你又飞行迅速，此去竹龙山榴花寨等地不须多时，何必如此忙法？

"至于破那金蚕恶蛊更是不难，你一到，只消把你身后所背朱盒取下，放出金蛛，自会一网打尽。金蚕乃金蛛补益精力的美食，饱餐以后，你初次驾驭，难免逞凶倔强。可将行时师传制蛛之法，用火灵针威吓，便可无事。五丁神斧此行尚有大用，到湖心洲与裘元夫妻会合积修外功时，若非紧急，不可轻用；又是未经祭炼之宝，还须防异派中人觊觎。你至行格天，成就速至，异日归入青城门下，虽不如峨眉派李英琼师妹遇合之多，但你永无大险，比起别人福厚多了。"灵姑知她前生辈分颇高，转劫以后道行法力更胜于前，心仪已久，闻言再拜谢教。杨瑾随即作别，纵遁光往江神庙飞去。

灵姑送走杨瑾，正待起身，猛觉眼前一亮，天已大明。随听江中水啸之声，两岸瀑声均为所掩，尤其礁平以后，滩声甫息，江喧陡作，涛鸣浪吼，恍如千军万马奔腾而来。探头崖下一看，天虽大亮，江峡中光景仍是萧森。遥望上流头，暗影中有两三条白影移动，转眼化为一座座小山般的浪头飞来。到了近侧江宽之处，突地自行破碎，一落数百尺，万喧齐发，声如雷轰，珠喷玉溅，随着急流汹涌，银光闪闪，飞舞电射而下。浪过以后，满江尽是波浪起伏，顺流而去，其速若飞。

石玉珠道："这还是杨、邓、易三位道友防备在先，你又是用神斧将礁石徐徐锉散，浪尚如此大法，若将礁石整根砍断，势必激得江水倒流，溃决横溢，近处舟船就难免不受害了。"

灵姑因听杨瑾说自己途中还有要事须办，未及问明，便已飞去，虽然以后无甚大险之言，终恐延误。见石玉珠贪看惊涛，似欲流连，不好意思催促，便应道："邓、易二位撤完禁法，将近泊舟船移回原处，就到江神庙去，不回来了吧？"

石玉珠明白她的心意，笑答道："邓师叔命你往榴花寨为人解围，又说途中有一要事须你自办，我见此中因果定数已早前知，此事与你必有大益，并还早有安排。你尽可随意前行，自然遇合，决无延误之理。杨道友不肯说明，便是防你早知就里，关心太甚，操之过急，容易偾事之故。既是灵妹心急，早些起身也好。与姊相伴，别的不行，多少总可帮你辨别一点厉害轻重，你还担心则甚？"灵姑谢了。二人随驾遁光往蜀黔交界苗山中的榴花寨飞去。

二人原是择那素无人迹的深山荒野上空飞行，飞得又高，除却同道中人能够知觉，俗人休说眼看不见，连那破空之声也听不出。行到午后之交，经过一处高山，灵姑无意中俯视前面，高山雄伟，地势极佳，绝好一处灵山胜境。心想来路荒静，深山无人，乐得顺路观赏，以为异日再来之地。便招呼石玉珠把遁光降低，并问："此山叫什么名字？风景如此美好。"满拟石玉珠常年云游，多历名山大川，总可知道底细。

不料石玉珠独这一路无甚来往，以前虽也飞过，觉出下面景物甚好，因有急事，并未驻足停留，同样也不知名。

二人正问答间，石玉珠忽指左侧道："这里山水灵奇，如有人居，应是修道之士。记得那年由此过时，此山四外都是重峦叠嶂，周围峭壁排空，宛若城墙，毫无进出之路，林木都是原始森林，休说寻常人家，连个牲畜野兽足迹都不会有，你看那里怎会有炊烟浮起？溪旁还有水田？这里已离榴花寨不甚远，过了此山便是苗墟，一直通到榴花寨。湖心洲虽在深山无人之处，也离榴花寨不远。如有遇合，应在中途，我们飞了半日，并无所遇，这人家来得奇怪。好在解围之事应在明日，早到反而无益，由此去不消多时便可赶到。灵妹未断烟火，此时正该用饭，何不下去稍为歇息，向那人家讨些饮食，就便探询山名，有无仙灵。我想你那遇合就在下面都说不一定呢。"

灵姑本因途程早已过半，尚无一毫朕兆，唯恐错过时机，心中着急；加以自身剑合一以来，一气飞行数千里毫不停留，尚系初次，也想稍微歇息饮食再走。闻言不禁心动，立即应诺。飞行迅速，就这几句话的工夫，那人家水田已然飞过。于是选一僻处降落，同往回路走去。依了灵姑，身旁尚有少许干粮，意欲觅些山泉吃了再去。石玉珠说道："我知山中人多义气，炊烟未收，正是饭时。若无故探询，师出无名，转使怀疑。乐得借着求食为由，做个不速之客，如讨不到甚好食物，再吃干粮不晚。"灵姑一想也好，便同走去。

二人一会儿走到，见那地方是一座危崖之下的一片盆地，崖前清溪横亘，溪这一面芳草芊绵，广逾十顷。三面高峰刺天，山岭连云，曳紫摇青，延亘围拱。所有林树俱是千年以上古木，疏密相间，先在空中下视，只是一丛百十株矮树，行列也稀，没有沿途所见森林高大繁多。这时近前一看，每株也有八九丈高下，大都合抱以上。因有人居住在内，树干都经人修整过，收拾得甚是整齐。林外土地俱是水田，约有五六十亩，稻正繁茂，另外还种着些青菜。再一注视林内，并无房舍，树后却有火光闪烁，炊烟犹自摇曳上升，袅袅继续。

二人方待越过，灵姑猛一眼看到水田旁有一对七八尺高、五六尺粗的大水桶，桶上横搁着一根整株山木削制的扁担，一头系着一根野麻绳，也有臂膀粗细，水渍犹新。因就河旁隙地开发，并无戽水之具，田水却灌个八分满，看情景绝似每日用桶挑了河水现灌而成。此外一切农具，不论何物，俱比常人所用大好几倍。也没一头耕牛，却养着百十只鸡，正在野外寻找食物。石玉珠也已看到,二人方觉有异,忽听林内脚步之声甚是沉重。石玉珠一打手势,二人便不再进。左侧恰有一丛高达寻丈的山石,刚好容人。二人刚转向石后藏好,向外窥探,林中人已然走出,身量之高大,竟连石玉珠那么见多识广,也是生平初次见到。

原来林中走出的是一女子,身高竟达一丈四五。细看五官面目,均颇美秀,皮肤也如玉一般,又白又嫩。上身穿着一件野麻织成的浅黄色短衫,下着黄麻短裤,腰系虎皮短裙。底下露着水桶般粗的玉腿,双脚如雪,长达二尺左右,穿着一双厚草鞋。十个又白又胖的脚指头吃鞋上草绳一勒,脚缝上鼓起了好些肉岗,越显得软腻温柔,吹弹欲破。身材虽然粗大,如按通体看去,却是一个放大的美人,修短秾纤,无不合度。

灵姑觉得奇怪,悄道:"这莫不是山魈一类的怪物吧? 不知她害人不害?"石玉珠因女子出后,林中仍有沉重脚步之声走动,又见她生相纯正温和,身无邪气,刚答:"天生巨人,许非妖邪一流。"大女忽喊了声:"阿莽!"声音颇洪。方觉清婉悦耳,随听林里撞钟般应了一声,尘头起处,又走出一个男子。这男的更是奇怪,身材竟比女的大了一半还多。树林枝干最矮处也有三丈以上,那男的大人出时,头竟擦枝而过,这一男一女神情甚是亲热,看似夫妻,又不相似。

见面以后,女的便道:"我们自被仙人由火里救到此地,走时再三嘱咐,叫我姊弟两个种完了山,便在崖洞里打坐修炼,静等恩人到此接引,无事不要过河乱跑,出下乱子无人解救。本来这片田地树林,外人走过看不见的,你偏要没事找事,前些日使我过河打猎,以致遇见那头上长包的狗妖道,引鬼入室。占用我们崖洞、破了仙人藏形之法不说,他那徒弟更是坏人,乘他不在,又去山外头弄些好人家的妇女强奸,被几位剑仙寻上门来。幸亏仙人给我们的灵符还在,没有一同受害。

"日前他那两个逃走的徒弟又把他找来,在东山谷内摆那恶阵害人。虽然连日和那几位剑仙斗法,住在东山谷阵内,没有骚害我们,但昨日他徒弟来取酒肉,说他师父嫌我们洞里太敞,没有遮拦,东山谷又寻好了洞府,住是不再来住,以后却要我们做他佣工伙房,长年给他师徒做些吃的。他们每出外一次,也给我们带东西来,算作犒劳,如若怠慢,便要我姊弟两人的命。并说那几位剑仙都是青城派门下,已吃他那都天神魔大阵困住,再有三日便即送命,一个不留,这话也不知是真是假。

"我们东逃西躲，好容易立下安身之处，先是蛇咬火烧，把辛苦得来的田业葬送。这次蒙仙人可怜施恩，不特有了更好的地方，还在半天不到的工夫，代我们将开田垦好，余者要什么有什么，全用仙法给办了来，谁知还没有住多少天便遇妖道，跟着又闹这些事，真是苦命。我想照此下去，长年和妖人来往，定是有坏无好。你也不打个主意，看是怎了？"

那名唤阿莽的一个答道："胜男姊姊，我早想到了。仙人既命我们在此等候恩人交那封信，自然没有离开之理。妖道师徒固然可恶，我们不过吃亏点饮食，生点闲气。我看暂时还是忍受，真要不行，便将仙人赐的灵符丢掉，他自会来救，怕他怎的？"

那名唤胜男的大女道："你倒说得好，我们共总只有仙人这道救命符，能随便就用么？也不想想，总共来才多少天？自不小心，不听仙人之言乱走，将鬼引来，凭这一样就没脸再见仙人；再要无故焚符，以后真遇上事怎了？说你蠢还不服，真气人呢。"

阿莽道："依你怎样做呢？"胜男道："你可记得，我们那两个小恩人不也是青城派门下么？这几个被困的剑仙定是他的同道。可惜那日杀妖徒时我们不知底细，那穿道装年纪大的一个已连唤：'两个大人藏在何处，快点出来，免得异日受害。'我们平生胆小害怕，把话听左，仗有灵符隐身，没敢出去。直到妖徒们死的死，逃的逃，难女们被诸位剑仙救走，才出去收尸打扫，等回过味来已飞远了。

"为今之计，走是不能走，不走又受妖徒们欺，日后还不知再出什么花样，与妖邪为邻终非了局。适才饭后，我想妖道师徒都爱吃我的菜，何如冒点险，夜里做些吃的，装作巴结妖道，送往东山谷，看那被困剑仙是甚情形，或是想法偷偷放掉，或是问他有甚法子，给他仙山送个音信。这一来不但尽我们一点报恩的心意，弄巧还可将小恩人引来，多好。真要被妖道师徒发觉，再用仙人灵符求救脱身也不迟。你看好么？"

阿莽道："我只依你，姊姊主意自然是对的。可是夜里你不要去，我去好了。"

大人姊弟一边说着话，一边便用那比人还高的水桶，就河中舀水往田里倒，运用如飞，端的天生神力，敏捷异常。

吕、石二人听出二人只是天生异禀，人极纯良。及听青城门下多人被困，灵姑首先吃惊，暗忖："途中未遇甚事，已将到达，忽然有此，自己将来本应归入青城门下,师父所说定是应在这里。"还待往下听时,石玉珠将手一拉灵姑,纵身一同飞越过去。一落地,先低声说道:"你们说话怎如此不小心?妖人近在肘腋,机密之事,岂是随便高声谈说的?有僻静地方没有?领我二人里边说去。"

大人兄妹怔怔地答说道:"你这两个姑娘哪里来的?为何偷听我们壁脚?"

石玉珠笑答道:"我二人便是青城山剑仙,来寻妖道算账的。闲话少说,快去林内说去。"

胜男朝二人脸上细看了看,答道:"看你们倒像好人,不过我们所见仙人都会腾空飞行,你们却只会纵。依我劝说,如没甚法力,最好回去,另找人来;如打不过,吃他们捉住,就死活不得了。"

石玉珠道:"我们如不会飞,怎得几千里路赶来?这个不劳挂念。"

阿莽道:"姊姊,你没见那两小恩人么?初见面时怎想得到?也许真有法力。"

胜男道:"其实我也是好心。既是仙人,请到里面,我们再行礼吧。"说罢向前引路。

二人随后,见这姊弟一个胜过一个。胜男的手脚俱有一两抱粗细,像开道神也似缓步走动,地便生风,尘土高卷起两三尺,绕着大脚旋转。自己身量只齐胜男腿际,再比阿莽,更显大小相差到难以形容,不禁好笑。到了林内一看,崖脚还有一个大洞穴。一株数抱粗的大树后面有石块堆砌的炉灶,上置大锅,饭菜犹热,适见炊烟便由此出。大人姊弟便要行礼,被石玉珠喝住。一问,才知二人便是裴元夫妇在蛇王庙斩蛇时所救的天生大人——狄氏姊弟。

原来那日南绮、裴元先后走出,胜男姊弟正在闲谈,不料南绮追赶妖女,误用所炼太阳真火,妖女胡三娥虽被烧死,地火也被引动,立即发生地震。狄氏姊弟眼看危急,幸值附近有一前辈散仙,平日见过他几次,算出种种前因后果,这日恰有一同道好友来访,于是一个救火,一个救人。因知天书已为南绮得去,谷中怪叟保不定怀恨在心,不能再往。又因借这一点因缘,为南绮和谷中怪叟释怨修好,特地算明地点,另辟安身之所。传以道家入门口诀、两道隐形防身的灵符,并给南绮留下一封信。直等布置完妥,方始归去。

狄氏姊弟新居本为安乐,不料阿莽静中生动,过河行猎,遇一个妖道,破了隐去田亩的禁法，占居洞中。待了些日走去，留下五个徒弟，更是淫恶凶横。这日为摄一少女，吃青城门下剑仙追来，妖徒被杀死了两个，逃走了三个。第三日便将妖师寻来，先在东山谷设下妖阵相待，然后又去诱那四剑仙同来入网。日前四剑仙追杀妖徒时，道法极为神妙，四五道剑光如电一般，又快又亮。妖徒们放出黄光黑气，吃他一绞便碎。妖道用的剑光有十好几道，光华有青有黄，虽比妖徒飞剑高明，比起敌人却差得多。

这日双方动手，狄氏姊弟正在外面，先见一道黄光坠落溪前草地里，现出妖道最得宠的妖徒王申，右臂已断，周身俱是血迹，神情凶危，已是不支，落在地上便高声狂喊师父。同时还有三白一青四道光华紧追而来。相继落地，正是那日来的四剑仙。内中一个年长的，手指妖徒喝道："我们为要斩草除根，才容你多活片刻，跟来此地。你想借着献出妖道为由乘隙遁走，岂非梦想？现已回到你的巢穴，再想支吾挨命就不行了。"

妖徒一面狂喊师父，一面反骂，说四剑仙倚多为胜伤他，并说："师父现在东面山谷中打坐，如有胆量，随我前去，自会把你们碎尸万段。否则我已身受重伤，力竭倒地，已落你们之手，任凭杀死。你们逃走也只逃得一时，早晚我师父仍会寻你们报仇，休想活命。"

听这语气，好似妖徒奉命诱敌，恰在近处与四剑仙相遇，才一照面，便吃敌人断去一臂。当时本难活命，因用激将之法，说妖师业已回山，可随了去。四剑仙本就来寻妖师，知妖徒决难逃死，暂缓下手，随后押了同来。妖徒伤重，还没逃到东山谷，便已力竭坠地。二次又用话激，以为只要敌人肯容他引到东山谷内，妖师一出，立可保住活命。

不料四剑仙疾恶如仇，年长的一个还未答话，内中有一道童装束的，看年纪不过十二三岁，手底却辣，肩插一双短剑，略一摇动，便有两道青虹般的剑光飞出。上次所杀二妖徒，一个遁光迅速，已然逃出老远，便是吃他手指青光追上前去，杀死之后，飞剑还将人头穿了带回。行径也和同来三人不一样，只用飞剑追敌，人仍站在地上，并不飞身追去。这时听妖徒一激，首先发怒喝道："你这妖孽恶毒甚利，早晚容你不得。你师父既在东山谷，我们自会寻去，要你何用？"手指处，青光如电般飞出。

妖徒一听道童口气不佳，仍想侥幸逃脱，就地上奋力一挣，强纵黄光飞起。无如功候不济，早已伤重力竭，难再御剑飞行。身才离地丈许，青光已拦腰剪来，搭向身上，只一转，连人带黄光全都斩断，同落地上。

当地离东山谷尚有十来里山路，妖道本听不出妖徒呼救之声，因将妖阵布好，和残余妖徒徐虎、曹珍，还有新请来助阵的妖党胖魔君白晓，同立阵前石峰上观看。白晓好酒如命，闲时无聊，忽动馋吻，知道妖道收服的大人姊弟酿有美酒，还有好菜，意欲取食。妖道算计四剑仙所寄居的富民家中相隔颇远，妖徒前往诱敌刚去不久，还得些时才来，便命徐虎来寻狄氏姊弟，索取酒肉。

徐虎刚飞到王申倒处左侧岭上，便听岭那边破空之声由远而近，不敢冒失飞起，忙把遁光按落，掩身草树丛中，往前探看。还未到达顶上，便见剑光往下飞落，并听王申急喊之声，知道王申被人追落，凶多吉少。惊弓之鸟，哪敢上前援救：吓得再往下看都不敢，借着高岭遮蔽，轻轻逃到半山，急纵遁光逃了回去。本来飞行迅速，十来里路转眼即到，妖道赶来，原来得及；偏生徐虎胆小，唯恐敌人觉察波及，未敢当时飞起，下到半腰再飞，未免稍为耽搁。

妖道闻报，又急又怒，忙请白晓主持妖阵，自己飞赶前来。及至飞过岭脊，恰巧看见爱徒被人腰斩，一声惨号，身变两半，手足乱挣，飞舞坠地。对方仇人又是个年幼道童。妖道生性刚暴，先前二妖徒惨死，本就恨极，这一来益发急怒攻心。因那三人落地后剑光已然敛去，只见道童一道青光，没有看出厉害；又仗着新近得了十几口飞剑和两件法宝，怒火头上只恨不得当时将仇敌杀死出气。于是怪吼一声，扬手便是十来道青黄光飞出，分取四人。

谁知后面三人还未动手，道童口喊一声："来得好！"左肩一摇，又是一道青光飞出，护住全身，先前那青光早随道童手指处，倏地伸长数十丈，朝黄光横截上去。

妖道见道童小小年纪，飞剑如此出奇，心方惊异，对方三道白光已如电射飞来，连那青光穿入黄光丛中，龙蛇飞舞般略为掣动，闪了几闪，便听铮铮几声，黄光立即断碎了好几道，化为千百点残星，陨落如雨。妖道才知遇见强敌，单凭飞剑决非对手，不敢再斗，倏地掣回残余青黄光，飞空往回路逃去。就这样见机得快，逃得迅速，有两道黄光稍为落后，仍吃敌人飞剑追上。气得妖道咬牙切齿，这里四剑仙见他飞剑比妖徒强不许多，才一照面便逃走，未免轻敌，各纵遁光随后追去。双方一逃一追，星飞电驰，眨眼无踪。

狄氏姊弟见妖道如此脓包，一心还在盼望剑仙归途路过，请其少住，打探恩人裴元夫妇下落。谁知当晚妖徒徐虎、曹珍来取酒食，竟说四剑仙追到东山谷，吃妖道和胖魔君白晓发动埋伏困住。并说四人飞剑法宝俱为厉害，尤其那小道童虽然年轻道浅,法宝偏是灵奇异常。入阵以前,妖道竟被四人追上,如非白晓在阵中赶出抵挡了一下,几为所伤。妖道新受乃师所传的十四口飞剑,也被擒去了十之七八。因此怒火中烧,特命多取美酒,准备擒到四人摄取生魂时,嚼食他们的心肝下酒,以泄愤恨。狄氏姊弟一听这等凶法,妖徒说明情形又那么肯定,以为四剑仙必无幸免,心虽恨极,无如身是凡人,爱莫能助,只得委之命数,忍气献出酒。

次日妖徒又来,一问,说四人因有飞剑、法宝护身,虽然困住,急切间仍不能伤他们。第三日来,又说须将四人飞剑、法宝炼化以后才能除他们。狄氏姊弟不知妖阵厉害,心疑妖徒所说不实,定是用甚诡计将人困住,对方飞剑、法宝神奇,却奈何不得。

妖徒走后,狄胜男想起恩人裘元也是青城门下,一则爱屋及乌,二则双方强弱亲眼得见,人只一出困,妖道绝非对手。正和阿莽商议,借送酒为名前往探看,相机行事,不料灵姑和石玉珠赶来听去。

二女问话时,灵姑老觉心动。正要问妖道姓名来历,石玉珠性烈尚义,与峨眉、青城两派门下颇多交往,一听被困的是青城门下,而且被困已历三日,先自发急,狄氏姊弟也是情急,见有救星,抢着说话,全无头绪。石玉珠听二人说了这些时早已不耐,不等灵姑发问,接口说道:"朱、姜二位真人近年来开始收徒,门下弟子深浅不一。四道友被困三日,妖道不知布甚妖阵,灵妹之事定应在此。事不宜迟,速往救援除害为是。"说罢催走。

灵姑自然唯命是从,各纵遁光往东面山谷中飞去。狄氏姊弟见二人剑光比四剑仙还要强烈神速,才知所言不谬,惊喜交集。不提。

这里灵姑和石玉珠往东飞行,不多一会儿便到了东山谷上空。那山谷是葫芦形,妖阵设在葫芦中腰,被四围山崖遮住,人不近前不易看出,谷口山崖险峻,东山一带峡谷有好几条。二女匆匆赶来,不知妖阵设在哪条谷内,飞得甚高,已然飞过,才发现下面谷凹中邪雾隐隐。

石玉珠虽然救人心切,来得匆遽,毕竟修炼多年,久经大敌,备历灾厄,一见妖阵设得如此隐秘,便料妖人并无真实法力;不过凭着一些炼就魔火邪氛作祟,四剑仙轻敌过甚,因而失陷。所有阵中的一切玄妙,全在主持全阵的法台之上,如能骤出不意,凭空下击,破去阵中枢纽,妖人伏诛无疑。心中转着念头,并未停飞。

灵姑自知法力有限,一切听命。见已发现妖气,玉珠不但没有停落,反

68

催遣光加紧前驶,方疑玉珠没有看到,忽听玉珠低喝:"速降!"随往斜刺里危崖上面飞去,灵姑紧随在后。刚过山顶,石玉珠便用本门隐身法连灵姑一齐隐去,嘱令噤声,将手一指来路。灵姑回顾,一道黄光正由远处追来。

二女落处为全谷最高所在,那黄光不如二女飞行迅速,等二女降落崖顶将身隐起,才得赶到,想也看见二女改道,便往崖顶追来。落地现出一个面容狞恶丑怪的道士,一到便破口大骂:"何方小辈,赶来窥伺?"灵姑定睛一看,不由怒火中烧,目眦欲裂,当时便要飞身出斗。

石玉珠一见妖人行径,知道自己飞过时吃他发觉,只知是正教门下,还拿不定是否仇敌,所以赶紧追来查看:如是仇敌,仍用诱敌之计将来人引入妖阵,与四剑仙一齐困住,用魔火烧炼;如是无心路过,便也放过,不去招惹。见忽在近崖降落,更起疑心,非查看个水落石出不可。这一来正好将计就计,调虎离山,破那阵中法台。却见灵姑激怒欲出,忙用手一把拉住,不令轻举。跟着手掐法诀,准备施为。

那妖人性如烈火,也颇机警,二女虽未出声,只是轻微动作,已被觉出有异,扬手便是一团黄色的光,朝二女身侧打到。说时迟,那时快,双方也只一瞬间事,妖人发出魔火,石玉珠的移形换影之法也已发动,伸手指了两指,拉了灵姑便往左侧飞去。

妖人只看见火光落处,猛冲起两道青光朝前飞去,也没想想先见剑光一青一白,这时怎会变了两道青光。一心以为敌人有心来找仇,因惧魔火厉害,不敌而退。看那青光飞行比前较缓,必已受伤无疑。先困四人已有数日,未能收功。自己法力平常,全仗师父所炼魔火和所请帮手。唯恐正教中能手得知,或是路过发觉,前来破阵救敌,一个失利,不但爱徒之仇不能报复,弄巧还要身败名裂,日常都悬着心。新来这两个仇人剑光甚强,分明是正教中小一辈的能手,如被逃去,必将强敌引来。不禁又急又愤,怒吼一声,纵起黄光,破空追去。

灵姑实忍不住,二次要想动手,又被石玉珠拦住。转眼妖人已远。石玉珠见灵姑急躁异常,便笑道:"这妖怪又逃不脱,你忙做甚?"灵姑眼已垂泪,顿足愤恨道:"我也知道姊姊不会容妖怪走脱,可知这妖道便是与小妹有杀父之仇的毛霸么?"石玉珠道:"伯父仇人如是妖道,那更好了,贤妹只管放心,无论如何,我必使贤妹手刃亲仇便了。"灵姑含泪谢了。

石玉珠道:"妖道已中我诱敌之计,此时阵中法台上只剩他的帮手和妖徒,正好下手除他。"

灵姑还恐阵破以后,妖人见机遁走。石玉珠说:"正要这样。妖道如在阵内主持,见势不佳,必定收了魔火逃走,反有脱逃之虞;如乘他未到以前将阵破去,妖道回来不舍那些魔火法宝,定要拼死来夺,势非伏诛不可。不过这类魔火甚是厉害,妖阵也颇玄妙,我们飞刀、飞剑只能防身,破它却难,恰巧你在元江所得五丁神斧是它克星,大可一试。妖阵法台临山而设,上有一团青光。我们到了那里,我由正面进攻,你可隐伏云空之中。只听一声雷响,速施展你师传心法,用飞刀护住全身,骤出不意,突然飞坠。等那青光迎上,再用神斧,不论下面是人是物,只管直劈下去,法台自然立碎。然后再挥动斧光,斩断幡幢,扫荡妖氛。那被陷四位道友由我去救。彼时妖道也必赶回,如见魔火已尽,胆战欲逃,我还另有擒他之法,决不任其逃脱。现在妖道已然追出老远,事不宜迟,即行去吧。"

说罢,一同飞起,直上云空,晃眼飞到妖阵上面。石玉珠嘱咐灵姑仔细,务听雷声进止,随往阵前飞落。

那胖魔君白晓,当初原是妖道七首真人毛霸师叔,后因师兄弟失和,才行离开。和毛霸却是相投,妖法、剑术俱比毛霸要强得多。因毛霸得了妖师所收瘴毒炼成的五色毒烟,白晓心存恶念,日前特意寻来。恰值毛霸和几个正教门下寻仇,欲报杀徒之恨,便说:"论剑术、道法,你均非仇人之敌。现在仇怨已结,踪迹全知,你不寻他,人也容你不得。为今之计,只有用你师传毒烟和我平日炼就的凶魂厉魄,在东山谷隐僻之处设下十二都天神魔火阵,将敌人诱来,一网打尽,才可免患。"

毛霸既怀杀徒之仇,又恐敌人不肯放手,自知毒烟虽然厉害,师父兵解以前因恐造孽太甚,没有收摄生魂相合祭炼,灵效太差。也因师父生前不喜白晓,全由他自身心软胆小,明明是旁门,偏要怕痛怕痒,诸多顾忌,以致心意不投,断绝往来。白晓对于自己仍颇看重,他又是个尊长,患难相助,决无他意。此举不但报了杀徒之仇,还可把师父至死不传的炼魂秘诀学来,事后如法摄取生魂祭炼,使这毒烟化为魔火,横行人间,为所欲为,有多称心。

哪知白晓胸藏奸诈,谋夺他的法宝。商定以后,便即依言行事。白晓立将那能发能收的一葫芦毒烟要过,表面设台布阵,暗用极恶毒的禁法,将生平所摄凶魂选出四十九个,使与毒烟融为一体,操纵自如,另放出一些凶魂守护幡幢做幌子。毛霸上了大当,一点也不知,自恃师传毒烟邪火收发由心,葫芦仍在自己手内;白晓连收诀都没有问,可见无他。待将四仇敌陷住,静候魔火炼完四人护身宝光报仇之后,就势收摄生魂,开始祭炼,高兴已极。

几天过去,那些毒烟全与凶魂凝为一体。白晓深知邪非正敌,妖阵如被敌人发觉,立有强敌寻来,本心想走。一则见四剑仙根基深厚,如能摄其生魂,要增不少威力;二则毛霸对他十分礼敬,不等仇敌杀死就走,休说毛霸必为仇敌所杀,自己早晚也是不了。就算这四人不是对手,也必回去归告师长,大举寻仇,多厉害的魔火也恐抵挡不住。对自己人这等做法也觉稍狠。转不如等事完之后向毛霸强索,作为代他设阵复仇的酬劳孝敬,料他不敢不肯;就是不肯也无用处,还可多得四个好生魂,岂非一举两得? 于是变计未行。

偏生所困四人护身宝光甚强,连用魔火炼了数日,并未十分减退。白晓这日方恐夜长梦多,又想借刀杀人,收了魔火一走,由四人去杀毛霸。主意已然打定,又想起那些魔火虽可放在自带收凶魂葫芦以内,比原收毒烟的葫芦终是稍差。反正走后毛霸必死,一样要被他狠毒咒骂,乐得一齐取走。正想设词索讨,恰巧二女空中飞过,毛霸在阵前望见,立即追赶。

妖人此时收阵一走,原是机会,无如恶贯满盈,该伏天诛,既贪得那葫芦,又恐收阵之后毛霸不在,敌人发觉脱困,奋起力敌,又生波折。遥望去路,适过剑光飞行已远,死神当头,竟料二女系无心路过,毛霸多此一追,只想等他回来再行弃去,竟致疏忽。

二女回时飞行绝高,上空恰有层云掩蔽,来如电掣,神速异常。等到白晓微闻破空之声,石玉珠已当空飞坠。白晓瞥见青光飞落,光中现出一个道装美女,不由色心大动,妄想生擒作乐。匆匆嘱咐毛霸妖徒徐虎、曹珍看守法台,如法施为,亲自迎出阵去。

石玉珠因大人阿莽姊弟事前泄机,得知妖道师徒法力平常,适才毛霸又是亲出追敌,断定主持妖阵的人必是白晓。自己虽然多年苦修,道行精进,寻常魔火妖烟不能伤害。但主阵妖人尚未见过,深浅莫测。灵姑奉了师命,来报父仇,身怀至宝,胜算已定。万一妖阵厉害,自己不能取胜,便落下风,至交姊妹原无关系,灵姑终是末学新进,相形之下,师门体面未免不大好看,再者,如使主阵的人离开法台,灵姑下手也较易些。为此落向阵前,不往阵中飞落,又故意现出身形,好使敌人误认自己功力有限。

石玉珠原以为毛霸已然诱离远地,只有白晓和二妖徒在内。如是妖徒出来,便就势除去,或诱或激,必使主阵妖人离开法台,亲出迎敌,然后相机行事,免有疏忽。正往阵前飞落之际,忽见前面妖火闪动,由妖雾丛中飞出一个又高又大、面白如纸、兔耳方头、手持三尺小幡的妖人。才一照面,便将妖幡晃动,立即妖云四起,邪雾弥漫。妖人随即不见,一片黑烟中隐现着无数狰狞鬼影,走将过来。跟着便听妖人大喝:"那美人已然入我罗网,急速投降,无穷享受;否则我便发动魔火之力,连人带你防身飞剑俱成灰烬。"

石玉珠久经大敌,下时尽管神速,早有防备。一见妖人连话都未答便下毒手,当时觉着心神微一摇动,知是左道迷魂摄神之法,自己足能应付。把心神定住,正待施为,听妖人说话这等口气,益发愤怒。妖人生得如此肥蠢,分明是阿莽所说的胖魔君白晓无疑,立将主意打好。

白晓也打着如意算盘,一面出声恐吓,一面行使妖法,准备对方心神稍把握不住,妖鬼乘虚而入,立可将人擒入怀抱。哪知石玉珠见他如此险恶,心中恨极,身在剑光围护之下,道力又极坚定,反正无害,乐得乘机杀他。假作强自镇定,于是一声不发,也不往前冲去,停在阵外,故示惊惶,暗中行法将毛霸追的两道青光收去,便在毛霸身后出现,往妖阵上空飞来。估量时机将到,倏地怒喝:"无知妖孽,报应临头,还敢如此猖狂!"

随说,手扬处便是一个霹雳,夹着一团雷火,朝妖人发声的阴云邪雾中打下。同时运用玄功,身剑合一,电掣虹飞般朝前冲去,一下将白晓圈住。紧跟着手中迅雷密如串珠,发个不已,轰轰之声,振动山岳。

白晓先见敌人不进不退,神色慌张,以为来人必是正教中新收的女弟子,所用飞剑虽是神物,功力还谈不到,似这样时候稍久,必定被捉。喜极忘形之下,反恐阵中魔火厉害,所害的人决吃不住,一味连哄劝带恫吓乱说不休,丝毫未打别的主意。正得意间,猛见敌人秀眉往起一竖,话没说得两句,扬手已是一团雷火打到。幸仗妖法已有根底,遁避迅速,否则不等少时二女合力,这一雷先难承当了。

就这样,人虽避开未被打中,可是雷火连珠打到,鬼物潜形,邪雾烟消,妖法已被破去。白晓知是玄门中专破妖术邪法的太乙神雷,如非修炼多年的道术高深之辈,决无这么大法力,才知来者竟是强敌,而且骤出不意,不禁大吃一惊。方想返身诱敌入阵,施展魔火,不料敌人智珠在握,比他更快,一面借着发雷,使灵姑去破阵中法台,一面人已身剑合一,电射而至。

白晓见变生意外,不知敌人本领到底多大,身形已现,又难隐藏。猛瞥见青光电掣急飞过来，心神略一慌疏，恐退逃不及，忙将几道黑油油的剑光放起，护住全身，再往后退。慢得一慢，敌人青光已横亘阵前，将退路阻断。知道自己飞剑较弱，不敢硬冲，又想暗中行法，将妖阵倒转移向前面。忽听阵中一声清叱，夹着两声惨叫。跟着飞起一片带着五色有尾的光华，所过之处，烟飞雾荡，鬼号惨厉，魔火毒烟宛如烈火融雪一般，四下消散。同时空中黄光疾坠，毛霸也已回转。知道来者还有能手，而妖阵已破，不禁又怕又急，方想逃遁，又舍不得弃去飞剑，心里委决不下。

阵中所困四人，原有两个能手在内，闻得雷声，已知有人破阵，来了救星，各自准备里应外合。法台一破，魔火虽未尽灭，妖魂已失统驭，四人立即脱困飞起。

妖人也是死星照临。一个是到得恰是时候，只见白晓和敌人相持，势颇不支，妄想运用魔火移阵困敌，下得太骤，正好人到阵破；一个是既贪且吝，到了这等生死关头，不舍飞剑，想挣脱两道剑光，带了逃走，虽然犯险，事或可为。最可笑是，明知妖阵已破，还舍不得法台上所设的几面妖幡和那些凶魂厉魄。稍一踌躇，立昧事机，全被吕、石二女和先困四人围困了个风雨不透。胖魔君白晓首被石玉珠运用玄功将飞剑绞断，还在妄想用化血分身之法，拼舍一臂遁去。又被先困四人中一个能手看破，四五道飞剑合围一绞，形神一齐化为乌有。

灵姑先在空中等候，见石玉珠与妖人相持，虽知她有心如此，因毛霸黄光已由远处飞回，恐误时机。刚在着急，石玉珠突然发动神雷，妖阵红光闪闪，火烟蒸腾弥漫。灵姑虽看不出阵内景物，但见石崖突出一块，正当妖焰中央，早就断定法台在此。一闻雷声，立用飞刀护身，挥动神斧，自天直下。先还担心观察不清，未必砍准。谁知神斧神妙非常，斧光到处，魔火妖云宛如波分浪倒，纷纷向两旁退散。灵姑又是报仇心切，势子急骤已极，一眼望到法台，心中大喜，越发加力。

台上二妖徒闻得上面响声，仰视妖光散处，银光彩霞耀眼欲花，休说抵抗，连人影子都未看清，灵姑连人带斧已经飞坠，斧光到处，法台全碎。二妖徒只被神斧芒尾带着一点，各惨号了一声，便即毙命。灵姑方举神斧扫荡魔火妖氛，瞥见毛霸飞落，仇人见面，分外眼红，忙迎上去时，先困四人也各飞起，同将毛霸围住。

灵姑为要生擒毛霸，手刃泄恨，知他在众人围攻之下，白晓又已伏诛，决跑不脱,便收了神斧,高喊:"妖道乃我杀父仇人,诸位师兄、道长千万将他生擒才好。"众人闻言,齐声应诺,便将各人飞剑联合结成一个光网,大喝:"妖道急速受擒,免得多受苦蘖。"

毛霸只和灵姑在川峡中匆匆见过一面,彼时灵姑年幼,身材瘦小,不似现在亭亭玉立,英姿飒爽。后在莽苍山用妖法暗算吕伟,灵姑又未在旁。先见白晓伏诛,已知情势危急,凶多吉少;再听对方说自己是他杀父仇人,越知万难幸免。亡师遗留的飞剑共只余下了四口,一照面,一道黄的先吃神斧砍断,跟着又吃石玉珠和新脱困四人合力绞碎了一青一黄,只余一道黄光和一片妖雾,勉强护住全身,在剑光之中左冲右突。这还是灵姑必欲生擒泄愤,众人又有心侮弄,不曾加紧;否则不用合围,无论飞刀、神斧,只一运用,便即授首了。

毛霸眼看剑光逐渐减退,护身妖雾决阻不住,不由胆战心惊,通体直出冷汗。暗忖:"仇敌众多,个个厉害。与其被擒多受羞辱,转不如用本门心法借势兵解,拼舍肉体,将元神遁出窍去。日后或是修成鬼仙,或再寻一好庐舍,苦功修炼,以报今日之仇。"主意打定,气往上一壮,破口大骂,更不闪避,反往敌人剑光硬撞。

石玉珠看出他意在拼死,大喝:"诸位道友留心,妖道想借我们飞剑兵解,切莫放他元神逃脱,又去为害人间。"随说,早将自己飞剑撤出圈去,运用玄功暗中施为。

毛霸一听,心思被人叫破,照敌人所说,非使自己形神两灭,不肯甘休,不禁又恨又怕,惊魂都颤。唯恐身落敌手,心中一发恨,方欲回刀自尽,石玉珠早已防到,竟比他还快。

毛霸口才怒吼得一声,忽见刚撤去的那道青光又去而复转,迎面飞来。在此时还以为借势兵解,逃去较易,谁知念头还未容他转到一半,猛觉精芒耀目,护身黄光竟被青光围去。耳听敌人大喊:"灵妹,快接你的仇人。"同时面前人影一晃,身子一紧,四肢俱被束住,动弹不得,往下坠去。吃灵姑飞上前来,一把连衣带肉拿住。灵姑擒到大仇,悲喜交集,因是恨他,抓到手中,与众一同降落,就手用力一紧,纤纤玉指,立似钢钩一般,直嵌向背脊缝里去。

这时毛霸尚不知仇人便是吕伟之女,强忍奇痛,骂声暴喝:"贱婢是何人之女? 祖师爷身落你手,要杀快些,省得骂你。"灵姑切齿道:"该万死的妖道！我便是西川双侠之一吕伟之女灵姑，今日叫你知道厉害，想快死还早呢。"毛霸闻言，情知无幸，刚欲秽语乱骂，石玉珠道："你今日恶贯已盈，还想学疯狗一样狂吠么？我须由不得你。"说时将手一指，毛霸嘴忽自行张开，不能相合，急得两目闭上只是作声不得。众人也不去理他，互相称谢救助不迭。

原来那被困四人，一个是五岳行者陈太真，一个是烟中神鹗赵心源，一个是小孟尝陶钧的好友侠僧轶凡的弟子梨花枪许钺，那年青的小孩便是裴元患难之交火眼仙猿司明。

只陈太真是青城派。陈、赵、许三人都是奉命积修外功，行至近山各县，闻得妖人师徒恶迹，无心遇合。司明因奉师父银发叟之命往南山采药，这日与三人在山外富绅家中相遇，于是做了一路，为救那富绅的媳女，追杀妖徒，将人救转。本意离去，那家富绅却说："妖人师徒甚多，这一结怨，早晚必要寻来，反而全家受害。"再四求助。四人因那富绅人极长厚，又有善名，决计除恶务尽，救人救彻，便答应下来。

等了几日，毛霸师徒并未寻上门去，司明首先不耐久候，力说当地山清水秀，逃去的妖徒必要回去，反正无事，何不前往一探，就便查看那大人姊弟是甚来历。赵、许二人算计妖人必去延请救兵，未必还在原处，意欲等过两日，再定行止。

陈太真知司明将来也是同门师弟，难得他从师没有多时，居然独自出山行道采药。虽说银发叟生性好胜，赐有两件异宝护身，行前又承传授好些厉害法术，而且论起资禀，端的不在裴元以下，心中喜爱。司明再一求告，陈太真也就应诺，并对赵、许二人说："妖人已知事由富绅家中而起，我们杀了妖徒，自然非复仇不可。连日不曾来犯，不是妖师没有寻到，便是自知力薄，正往别处约请能手，妖徒已然深知我们厉害，当然不在的多，而且那大人姊弟一脸正气，根骨颇好，现与妖人师徒为邻，保不定堕落下去。那日不知被他们用甚法术隐藏，我们竟未看出。他们在当地居家，辟有田亩，物产丰美，决不舍去。妖人如在老巢，固然杀一个便去一害；如不在，也可将他姊弟救出火坑，岂不是好？"说完，四人同往。

恰好毛霸也已得信赶回，和白晓设下妖阵，命一妖徒往富绅家去诱敌，与四人途中相遇。妖徒虽被杀死，四人也被毛霸诱入阵中困住，待石玉珠、吕灵姑二人到来，方才脱身。要知后事如何，且看下回分解。

第七十三回

刃亲仇　孝女返灵岩
吞蛊毒　神蛛消巨害

话说众人互相说完经过，灵姑正想处置毛霸，石玉珠笑道："灵妹不是说莽苍山还有你两辈世交至友和一苗人义奴心中惦念么？你离家时久，报仇更是他们快心之事。此地离玉灵岩不过七八百里，如由莽苍山往榴花寨，由桐凤岭乌牛峡斜飞过去，不远就到。这条路我甚熟悉，好在榴花寨之行应在明日，正可趁此时机回家一行，让他们知道你年余未见，便到今日地步，又将父仇报去，岂不都是喜欢？"

灵姑因时已近暮，尚恐误了师命，心中思索。陈太真道："这里和榴花寨、玉灵崖两地是个斜角，绕这一道，在我们说来实远不了多少，并且桐凤岭过去有一个竹龙山有无名钓叟邱炀隐居在彼，他虽旁门一流，人却极正派，专精制蛊之法。吕师妹由彼路过，就便相访，于此行也许还有益处。郑师叔既把到的时期说山，其中必有深意。如在期前赶到，竟由你破那恶蛊好了，哪还给人解的甚围？并且话又简略，那天蚕妖女徒党遍于苗地，多是无知苗人，诛不胜诛，善后处置一切均未详说。我看十有八九知你要回莽苍，行时路过竹龙山，正与无名钓叟相遇，可以请教；否则时甚充足，报仇又无耽误，何必传命催你速行呢？"

灵姑本念张、王父子和牛子诸人，到苦竹庵后，曾命白鹦鹉灵奴私送过一次口信。因欧阳霜说修道人不应多此牵挂，不敢再命灵奴前去，但仍常挂念。听陈太真也如此说法，自是心动，便请众人同往。经由陈太真说："赵、许、司三位师弟均另有事，被人迫留在此，又在妖阵中延误数日，况且此行原用他们不着，何必同往？只在归途和阿莽妺弟见上一面，看事行事，就便与居停主人送个信，好使安心无恐足矣。"

说罢，分路作别：赵、许、司三人先行，经由陈太真行法将毛霸摄起，和吕、石二女往莽苍山飞去。灵姑从空中看视，只见月明星稀，山川灵秀，灵山风景依然如昨，想起来好生伤感。总算大仇已报，又给张、王诸人去一隐患，稍觉快乐罢了。

一会儿飞到山前。张、王诸人因山中平安清静，永无变故发生，俱都放心安乐。这夜正在洞外对月聚谈，遥闻破空之声，远远有几道青白光华移动。王守常知有剑仙飞行路过，惊弓之鸟，不知来人善恶，惊得直喊："这是飞剑，快些进内藏起，免生事故。"

王渊和张远一样，每日老盼着灵姑回山。因服灵药，身轻目锐，首先看出内中一道银光与灵姑飞刀相似，忙说："爹爹不要害怕，姊姊回来了。"王守常道："你姊姊才去年余，哪有这么好道法？知他是敌是友，你们还不快走！"张鸿自是持重，听王守常一说，早就站起，正催张远、王渊回洞，说时迟，那时快，就这两句话的工夫，剑光已经飞近。

牛子本来害怕，已离座先跑，因听王渊说小主人回来，重又定睛回望，恰好剑光飞近，也自认出，狂喜叫道："小主人真个回来了，快活死我了。"

张、王二人因剑光飞近，正各迫着爱子速行。王渊越发看准，也就和父亲争论。闻声一同看望，晃眼剑光便已降落，果然是灵姑，众人好不喜欢。牛子更喜欢得很，抢上前去，抱着灵姑的脚要亲，一眼望见陈太真肋下落来一个道人，心还奇怪。

王守常已认出毛霸，惊喜交集，也不顾和来人礼见，脱口叫道："打伤吕大哥的仇人竟被诸位捉来了么？"牛子闻言，惊喜悲愤，一时俱作，竟别灵姑，狂吼一声猛扑上，一把抱住毛霸头颈，张口便咬。灵姑知他性忠激烈，恐将毛霸打死，不能大快人心，忙喝："牛子快些放手，不许乱打。我这一年多已蒙仙师传授飞剑，今日寻到此贼，已被仙法制住，逃走不了。如此弄死，岂不便宜了他？"牛子情急太甚，竟抱住要咬。

毛霸虽落人手，邪法妖功尚在，只因擒他的人法力都比他高，适才一骂，便吃人将口制住，出声不得，如再卖弄，徒自取辱，多受苦难，因此丝毫未敢倔强。及至到了玉灵崖，见王氏夫妻俱都健在，方悔当初误信尤文叔之言，擒到人未曾杀死，便去追寻吕伟。嗣将仇人打伤倒地，又遇一正派中敌人，与斗不敌，只好逃走。以后明明知道洞中还有仇人之女，长得十分美貌，并还有那稀世奇珍天蜈珠也未寻到，偏又信了师父之言，说后来所遇强敌与仇人父女同党，去必无幸，一时胆怯心粗，竟未抽暇一探，以致留下许多仇人。

并且昔年川侠所遇西川双侠中的张鸿也在此地。这么多仇人，少时不知要受多少活罪，才能求得一死。

毛霸心正寒战发慌，忽被旁立一个老苗奴猛扑上来，双手紧扣头颈，张开一张臊气烘烘的臭嘴便咬，一下竟将鼻头咬掉，不由急怒攻心，实忍不住愤恨。正待暗运真力，先给牛子一个重创，如能将此人激怒，使出杀手，求个速死，更是快事。

谁知石玉珠自从毛霸被擒以后，早就留上了心。一见灵姑连声唤阻，牛子似未听出，毛霸鼻破血流，一声未哼，反将凶睛紧合，知要闹鬼，便在暗中准备应付。这里灵姑见牛子连唤不住，怜他忠义，不忍怒斥，忍泪纵过，刚抓住衣领要往回扯；牛子因张、王诸人齐声呼喝，灵姑的话也恰听出，将手一松，正好被灵姑拉起。毛霸却着慌了急，猛用真力，由口里射出一股黑气。石玉珠用手一指，便像蛇信子一般自缩回去。

毛霸骤出不意，只觉真气往回一撞，气血倒流，五脏全受重创，当时四肢百骸俱发巨痛，偏又不能言动，痛得泪汗皆流，无计可施。众人看了俱都快意，也不去理他，由灵姑分别引见。王妻先在洞中有事，闻信赶出，又和灵姑相携泣诉一番。张鸿便邀陈、石二人洞中坐谈。

石玉珠道："灵妹此次回山，一为当众处置父仇，使此贼多受苦难，以快心意；二则久别相思，便道叙阔。身奉师命，天明便须离去，为时无多。适听陈、赵诸道友说毛贼积恶如山，是猪狗不如的东西，何苦使他玷污洞府？洞外月明，正好坐谈。吕伯父不过暂作长眠，他年仍要回生，他那真灵也未离体，更不用设案祭灵。不过我们出家人尽管疾恶如仇，却不愿见恶毒之事。灵妹杀父之仇自然又当别论，毛贼委实一死不足以蔽辜。他那邪法适已被我禁制。可由灵妹和牛子主仆将此贼移到崖那边僻静之处，随意处置。余人愿去者听便，不愿去的便和我们在此坐谈相候何如？"

众人闻言，俱都称善。灵姑便令牛子带了苗刀、藤鞭、荆条等物，将毛霸夹往前崖碧城庄去处置。张远、王渊本极想念灵姑，知灵姑奉有师命，天亮即行，无多时间，惜别情殷，巴不得多聚一会儿。加以大仇已报，年轻喜事，一听招呼，王渊首先抢上前去，就地下抓起毛霸一只脚，横拖倒拽往前要跑。张远上前一把将毛霸上衣撕裂，露出满身虬筋纠结的黑肉，忙喊："二弟慢走，这厮练有一身好气功，不给破去，受不着什么苦。"

石玉珠见毛霸目射凶芒，愤恨已极，笑道："这厮淫凶狠毒，今日也该让他吃点苦头,才能为被害的人吐气,以快人心。"说罢将手一指,青光飞出,闪了一闪,毛霸身上便多了两条半寸来大的口子,鲜血直流。同时又将毛霸口禁解去。对灵姑道:"妖道妖法已失灵效。手足也被我禁住不能转动,只将口禁解去,好使自供罪孽。他如乖乖忍受,不妨在我们起身以前了结;如敢口出不逊,便留在这里,学他们邪教中对待仇敌之法,给他多受上两三月的活罪,再行处死便了。"

毛霸早料自己不知要受多少凌虐,初意本求速死。继一想:"仇人防范周密,立意要使自己形神皆灭。速死固好,无如死了魂魄也被消灭,连鬼都做不成,报仇一节更谈不到。现时身受禁制,百无法想。常言'好死不如恶活',何不拼受奇苦巨痛,用话激怒仇人,使其缓下毒手? 只要熬到明早,同来的三个会法术的仇人走去,剩下不过几个会武功的凡人,就便不能逃生,死后元神也许能够保住。"念头一转,重又破口怒骂。

灵姑刚向石玉珠讨教,由张远手中讨来一束荆条,听他骂人,不由大怒,扬手便打。石玉珠昔年几乎失陷妖人手内,对于毛霸这类妖人异常痛恨,看出他的用意,既不说破,也不再加禁阻。一面令众人拖了毛霸先行,一面唤住灵姑暗告机宜,嘱令少时如法施为。

灵姑侠肠佛心,虽恨毛霸刺骨,并想不出甚毒招。王氏夫妻因要陪客款待,人又性情和善,认为杀贼报仇已快人心,根本没想同去。张鸿虽然痛恨妖人,一则劫后余生,深悉运数前定,人力难施;二则又在洞天福地久居,潜移默化,无形中把昔年刚烈之性销去大半。适见灵姑年余光景,便到仙侠地步,眷念亡友,悲喜交集,未尝不想目睹灵姑手刃父仇,严处毛霸,以泄奇愤,只因身是主人,又想向陈、石二人请教,于是都未随往。只张、王两小兄弟和牛子随了灵姑同往。

这老少三人平日提起毛霸,就恨之入骨,誓不两立,一旦落到手内,如何还肯放松,几面一附和,毛霸的罪孽就大了。吃王渊脚上头下,擦地拖走,随后三人各持木根,此起彼落,满身乱打。还没走到庄田场上,毛霸已是遍体鳞伤,头脸口鼻全被山石擦破,肉骨糜烂,膏血狼藉。毛霸就是铁打的汉子也吃不住,气功已破,妖法无灵。先还拼命咬牙忍受,满口乱骂。

灵姑受了石玉珠之教,当作狗咬,并不理睬。张、王、牛三人俱都有气,王渊首先回手夺过牛子手中木条,猛打了两下,怒喝道:"狗妖道! 今日报应临头,还不乖乖忍受。等到了地头,我再好好收拾你。"越说越有气,手握毛霸脚跟，用力一拧。毛霸受了禁制，身已僵直，王渊还恐他苦吃不多，先使他倒地倒拽，口鼻与地相擦。毛霸又痛又吃土，虽也能骂，但是语声含混，骂得也不激烈。走了一段，又将他半脸贴地折转，方得厉声大骂。这时王渊又愤他骂得难听，意欲仍使口鼻向地，不料用力稍猛，竟将全身滚转，面目朝天。

牛子手中木条被王渊夺去，没了打的，一眼瞥见毛霸满脸污血狼藉中凸出一对凶眼，正朝自己怒视，骂声也越发狞厉，不由气往上撞，怒喝："该万死的猪狗！你还敢恨哪个？等我给你把狗眼挖了去。"声随手落，往毛霸脸上一抓，竟将右目挖出，掷向地上。

毛霸当时痛彻心肺，一声惨嚎，便已晕死。牛子还待再挖左目，灵姑恐怕弄死，忙即喝止，叫牛子取水来，将这狗妖道喷醒。牛子道："这个我有主意，渊少爷且不要走，待我将他带到那边救活再来，小主人却不要去。"说罢拖了毛霸，便往路侧密林中跑去。灵姑知道毛霸已如去了爪牙的蛇兽，不致生事，也就由他。王渊终不放心，随后赶往。

过有一会儿，灵姑正和张远互谈别后情形，忽听毛霸连连呼叫，杂以王、牛二人笑语之声。等走近前一看，毛霸满头满脸又添了许多污泥，那只瞎眼只剩一个鲜红窟窿，往外直流血水。左腿已被打折，斜拖地上，只有点皮连着。王渊仍拽着那条好腿，牛子用衣兜兜了好些沙土，一把接一把往他口中撒去。毛霸满口鼻俱是干沙土，身上又多重伤，连哼哧带咳呛都来不及，哪里还能骂人。张远问是怎么弄的？王渊忍笑说了。

原来牛子性本凶残，又重情义，一经归附，生死不二。牛子自从老主人死后，终日咒骂，欲得仇人而甘心。做梦也想不到会被小主人生擒回来，当时心花怒放，恨不得生吞活嚼下去才能快意。继见灵姑等三人除了一味用木条抽打外别无妙法，觉不称心，借着救活毛霸，乘机拖到林中无人之处，照头先撒了一泡臊尿。毛霸逐渐回醒，觉着脸上热烘烘，臊味刺鼻，瞎眼眶里刺痛非常。睁开那只独眼一看，不由又急又恶心，怒火上攻。刚暴吼得一声，牛子已早打好制他主意，就地抓起一团沙土往嘴里便撒。

毛霸如被将口填满，也就完了，偏又急于应变，见势不佳，立即把口闭紧，沙土只塞了一点进去。只觉又臭又腥，忍不住"哇"的一声，连肚子中食物也呕了出来。牛子正低头相对，一不留神，被花花绿绿喷了一脸。气得牛子双足乱跳，也不顾污秽狼藉，用手抹将下来，朝毛霸脸上一搭。跟着用一根藤蔓将毛霸倒吊树上，向王渊手里要过木条，一阵乱打。

毛霸既愤恨急怒,又见灵姑不在面前,想激牛子就地杀他,元神便可脱去,遂专用苗人厌恶之言咒骂不绝。牛子一面乱打,一面也和他对骂。王渊见了这许多怪状,只笑得肚疼。毛霸偏是强横,虽受若许重伤,毫不软口。王渊恐灵姑等久,连声催促,牛子只得放下。

毛霸厉声狞叫道:"挨千刀的老贼,祖师爷一身本领,凭你还敢弄死我么?"牛子怒喝道:"我知你这妖道想死,偏不容你快当,且叫你受个够呢。你以为我不能杀你,先把你弄个半死来看。"说罢,将毛霸腿骨用块山石搁住,猛力往上一端,立即断为两截。

毛霸二次惨嚎,痛晕过去。牛子叫王渊撒尿,王渊不肯。近处又没水源,只有一个沙洞,略有些积沙。牛子也不管他,径取湿沙抹了毛霸一脸。毛霸一会儿也就疼醒,便由王渊拉回。牛子又折了一枝树干,随着王渊边走边打。毛霸只要一骂,便就地扒些沙土给他满口撒去。闹得毛霸连声叫苦,心内痛苦万状,口有沙土,忍不住要往外吐,口才一张,牛子的土迎面撒下,又闹了许多进去。身子僵硬,躲是没法躲闪,加上满身重伤和那断腿,端的痛极。有时伤口在地面石棱上擦过,更是奇痛钻心刺骨。知道如再倔强,苦难更多,这才把凶焰敛尽,停了叫骂。

灵姑初意想将仇人千刀万剐,才称心意。及见毛霸身受如此惨酷,不由心肠渐软。随走随喝道:"你这妖道,昔年威风往哪里去了? 今日报应已到,不知悔悟,甘心待死,反而狂吠不休,平白多受罪孽。我们早已料知你那鬼心思,是想求一快当,乘隙遁走元神,再去借体回生,为害人世;或是挨到我们明早起身,洞中诸人不会法术,容易逃走。你可知道,石仙姑适才行法时已将你元神禁住,存心使你备尝痛苦,再行杀戮么?"

毛霸闻言,才知心计白用,生机已绝,敌人早有防备,自己不知还要受多少苦难,才得一死,不由心寒胆裂。那条断腿尚连着一点筋肉,不动已是痛楚非常,再就地一拖,直疼得通体冷汗交流,说不出的难熬。心想:"反正一死,还不如放痛快些,少受好些苦难。"忍不住颤声哀告道:"吕姑娘,我当初虽用重手法伤你父亲,也只一下倒地,并还留他全尸。你也是玄门中人,何苦如此狠毒? 我已知道孽重,难逃一死,请你给我一个痛快吧。"

说时牛子正要撒土,给灵姑拦住。灵姑听他说完,忍泪切齿道:"并非我心毒手狠,只因昔年川省相逢,我父亲已然将你擒住,杀你易如反掌,因为天性仁厚,不杀硬汉,将你放掉。后来避居莽苍,只说可以终老,谁知你这妖孽凶毒到极，恩将仇报，竟会寻来。已然言明各凭武功交手，你却暗用妖法将他打成重伤。如非仙师垂怜，恩赐灵药，从此永无回生之望。杀父之仇，已然不共戴天，适听诸位师兄说你师徒在云贵两省造孽不尽，就此杀死，太以便宜。为此带回本山，本想将你尽情折磨，为诸受害人泄冤解恨。你既如此哀求，我和张、王两家父执世好，久别重逢，也有许多话说，好在你死之后形神皆灭，无能为害，等寻到你那狗骨头的埋处，就下手好了。"说时，已到碧城庄梅林之内。

灵姑见地幽僻，正好埋尸，方欲下手。牛子首先不愿，极力阻挠说："小主人有事自去，由我处置这猪狗。"张、王二人又力说："不可使这几根狗骨头污了梅花高节。"于是又把毛霸拖到水田对面极冷落的山洼之内。牛子还欲阻挠，灵姑想和张、王夫妻三人叙阔；又觉过分残酷，不是修道人所为，强着牛子下洼去掘了个坑，把毛霸扔落坑中。照石玉珠所说，将飞刀放出，一片银光裹住仇人全身，不使漏出丝毫缝隙，然后运用玄功，只一绞，毛霸便成了一摊血泥。令牛子扒土掩埋，一同回到洞前。

张鸿问将仇人如何处置，灵姑说了。石玉珠笑对陈太真道："灵妹善根深厚，心虽痛恨父仇，终究适可而止。陈道友你看如何？"灵姑问故，石玉珠道："这类妖邪最是可恶，昔年愚姊交友不慎，误听许飞娘、朱柔竹等左道妖人蛊惑，几受妖党陷害，恨之刺骨。近年只要犯到我的手里，从没轻易放过。来时因听妖道淫凶，又是灵妹父仇，心想要使他多受苦难，为你雪恨，特意传你那些辣子。后和诸位谈起，陈道友以为妖邪害人，虽非父仇，也该诛戮。妖道已受禁制，终于形神皆灭，使他死前多受点罪，以报杀父之仇，原无不可；如学绿袍、妖尸等毒虐仇敌酷刑，不是我们正教门下所为，并且杀孽一重，于修为上也还有害。我闻言也觉后悔，本想前往嘱咐，又想你为人多半不会怎样狠辣。正谈说间，你就来了。"

说时王妻已把消夜端来。陈、石二人本都不禁烟火，王妻又善烹调，俱都赞美不迭。灵姑不尝家中风味已久，加以日里就该饮食，迁延至今，吃得越香。

吃完，同往中洞存放吕伟遗体之处查看了一番。灵姑思亲悲伤，和陈、石二人商量，意欲行法破土，下到地下内中探看父体，二人齐说："老伯心并未死，仗着灵药仙法，神正守身静养，以待时至回生。你如下去探看，不特泄了地底灵气，于遗体有害，并还惊扰心神，此举万万不可。"灵姑知是实情，不敢造次,又痛哭了一场,才被众人劝将出来。由陈太真二次行法封禁,同到洞外。

谈不多时,东方渐有曙色。陈太真说时至该走了,张、王诸人又强留了片刻。两小兄弟几次求三人携带。陈太真说:"张远禀赋颇厚,时还未至,将来自有遇合;王渊却说不定。此时我三人俱未到收徒时候,如何携带?"王渊闻言,又是一阵难过。灵姑见他两眼泪花乱转望着自己,也觉可怜,便用言安慰,力说自己必为留心,勉任其难。又勉励了张远几句,重又告辞。众人知难久留,只得任之。

陈、石、吕三人随即议定途程,往竹龙山飞去。快要到达,遥望前面山凹中有数亩方圆一片彩云包围着一团青光,在那里相持不下。陈太真惊道:"无名钓叟怎也会被恶蛊困住?势颇危急,我们急速上前要紧。"说罢一纵遁光,电一般朝烟光中急射下去。

灵姑一催遁光,正待追去。石玉珠识得厉害,忙即拦阻道:"内有金蚕恶蛊,厉害非常,寻常飞剑不但难除,反会为苗女邪法所污。灵妹速将金蛛备好,方可必胜。此蛛野性未除,你用它次数不多,降制它的灵符和火灵针务要持在手里。"说时,陈太真已飞入妖云邪雾之中,二人遁光也飞临切近,就待往下降落。灵姑忙将身后朱盒取下,捧在手上,将飞刀与石玉珠的飞剑连成一片,护住二人全身,然后穿雾而入。

到了下面一看,靠崖壁山石上坐定一个相貌清古的长髯道士,还有一个身着短装的美少年,似是道人的徒弟。除各有一片青光护身外,道人右手中指上更发出一股丈许长的烈焰,冒出青光之外,与那些恶蛊妖烟相抗。那四外五色烟雾中的恶蛊,都是蛇蝎蜈蚣等毒虫之类,长者逾丈,小亦数尺,各带着一溜金黄色的火焰,张牙舞爪,满空盘飞,向前扑去,但吃青光阻住不能近身。其中金蚕蛊最少,共只有五六个,大只如拳,也最狞恶,满身金光烈焰火一般朝前飞扑,啸声凄厉,听去刺耳。道人便是无名钓叟,中指上所发烈焰专为敌它。别的恶蛊遇上这类道家纯阳真火,不逃即伤。独这金蚕蛊却只阻住,直伤它不得。看神气,师徒二人受困时久,颇有不支之势,面上均带忧急之色。

再看陈太真,在剑光护身之下,手扬处,太乙神雷连珠一般朝蛊群中打去。雷火尽管猛烈,恶蛊却多半不怕。有的还在躲避。有那凶一点的,见有人来,反倒舍彼就此,冲焰冒火包围上来。

灵姑四顾不见敌人所在，便听石玉珠之言，先除恶蛊，径将手中蛛盒打开。金蛛在盒内早已闻到恶蛊气味，馋吻大动，急躁非常。灵姑一撤禁开盒，立即暴涨飞出，直向蛊群中飞去。众恶蛊见了对头克星，不由惊悸悲号，当时就是一阵大乱。这一来，恶蛊固是到口不能幸免，便那妖雾毒烟也被随口吸入，化为乌有。群蛊未始不想逃走，无奈身有邪法主持，主人没有行法收还，石玉珠又是内行，一下来便撒下天罗地网般的禁制，枉自满空纷飞惊窜，一个也逃走不脱。

这时妖女天蚕仙娘已往湖心洲，所留主持行法的妖徒名叫红云大仙姬山，原本隐身坐在对面一块兀立的怪石上面，因奉妖师之命要生擒无名钓叟的徒弟瞿商，欲等无名钓叟用指血所化的太乙纯阳真火时久耗尽，再行下手，免得玉石不分，连师娘心爱的人也为恶蛊伤害，又受刑责。眼望敌人第三指血已将用尽，火势渐弱，自己这面只小蛊略有伤亡，金蚕蜈蚣等极恶之蛊一个不曾受伤，少时擒到瞿商，定是大功一件，方在高兴，忽见空中飞落一道光华，内中一个中年道人扬手便是一团雷火，气候稍差一点的群蛊连被打伤了好些。心中大怒，忙指挥恶蛊发动妖烟邪雾，潮水一般拥上前去。正待围攻，晃眼又是一道银光和一道青光如惊虹电射，拥着两个少女穿雾而入。

也是妖徒合该伏诛，他那精铜蔽影原非邪法，如若隐而不出，少待须臾，便看出金蛛厉害，即便不能将恶蛊收走，急切中来人查看不出，自身总可逃免，偏是死星照临，见二女貌美，动了色心，刚怒喝一声，现身上前，灵姑金蛛已经飞出，才知遇见克星。方欲发动妖法抵挡，并打逃走主意。石玉珠本在留神查看妖女踪迹，如何还肯放松，又见金蛛奏功，更无他虑，忙和灵姑分开追将上去。妖徒见来势甚急，慌不迭将手中飞刀掷出，化为一溜赤火，待要抵御，被石玉珠手指处飞剑一绞，立即碎裂，化为红雨飞落。紧跟着飞剑电射而下，妖徒纵有邪法也措手不及，青光绕处，一声惨嚎，血肉横飞，就此了账。

妖徒一死，恶蛊益发没有生路。无名钓叟师徒先见陈太真飞临，还恐他也一同被困。后见二女相继飞落，放出金蛛，身外群妖纷纷惊逃，知道必胜。恐将恶蛊妖怪放逃一些，又去为害人类，忙同飞起大喝："金蛛必奏全功，诸位道友可将剑光联合阻住恶蛊，免又逃走为害。"众人应声，如言施为，将恶蛊上下四围一齐圈住，任凭金蛛吞食咀嚼。片刻工夫，烟消雾散，全给金蛛吞吃了个干净。众人这才相见叙礼，各说前事。

无名钓叟道："昨日我便接到纪光求救的信符，正欲往援，不料妖女已先寻上门来。她起初因我门人瞿商拒他义女玉花婚姻，本已怀恨，一则知我有制蛊之法，一则她在苗疆多年，威望煞非容易，胜固可喜，败则身败名裂，没有必胜之方，不敢贸然从事。自从近年金蚕恶蛊够了功候，又练会了些邪法，已跃跃欲试，只是未得其便。

"日前瞿商下山采药，与他爱子妖蚕仙童路遇，为争药草争斗起来。妖童出门闲游，只带着三支飞叉，恶蛊、法宝均未随身，致为瞿商所败。妖女访知是我门下，正要寻来，恰值榴花寨玉花姊妹又与纪光祖孙结怨。她本意先往湖心洲去寻纪光，后再寻我，偏在出门时又与瞿商相遇。妖女忽生邪心，立即舍彼就此。瞿商本来不是她的对手，仗着人还机智，守我叮嘱，存有戒心，又从我学会隐遁之法，见势不佳，立用巧言稳住妖女，冷不防乘隙遁走。

"可笑妖女色欲迷心，两处都是劲敌，却想一身兼顾。我虽连破了她好些恶蛊邪法，终于吃她用心血祭炼的小修罗法将我师徒困住，另用诸般恶蛊围攻。此番劫难，我早算定，一意防卫，不为所动。她见久持无功，湖心洲那边又连番告急，方始留下一个得力妖徒在彼守洞，意欲将我杀死，生擒瞿商回寨遂她淫欲。因为时太久，所留金蚕功候甚深，神通变化，不畏飞剑阻隔。我迫不得已，才咬破指血，运用本身纯阳真火，仅能阻住不使近身。势已危急，直等诸位道友驾临，方始转败为胜。

"妖女此时必在湖心洲肆虐。她那金蚕恶蛊，虽不似昔年绿袍老祖用生人、蛇兽、毒草所喂养的厉害，寻常飞剑却也敌它不过。更有一面蚕丝结成的宝幛，更是厉害已极，只有千年金蛛是它克星。吕道友既奉令师大颠上人之命前往援救，妖女数尽无疑。不过妖女所习虽是邪术，但奉她教的人必须随时贡献，予取予求，规矩更丝毫违犯不得。那些信徒十九都是苗人，事出心愿，纵死都无怨言。如不奉她教，只要不犯她，并不强人相从，对于汉人也还不怎过分欺压。以前她教下苗人与汉人有甚争执，她也先讲情理，并不偏袒一方，近年才骄横些。西南各省苗民甚众，多养妖蛊，有她统率，定有戒条。

"汉人若不是自行不义，无故受害者极少。她死之后，教下妖徒势必各立门户，互争雄长，不知要造出多少孽来。妖女追赶瞿商到此时，我正神游在外。她教下有八个子女，号称八恶。为首一个名叫龙驹子的，秉性尤极凶残。妖女曾命八恶用四十九条金蛊嚼吃我的肉体，如非发觉得快，几为所乘。先前我以为八恶俱都隐伏一旁，适见道友所杀只是八恶之一，想必湖心洲那里有甚能手，或是妖女要布甚妖阵，用心灵感应之法将他们唤走。

"道友此去，最好不使一人漏网。等妖女师徒母子伏诛，湖心洲上还有两个苗女玉花、榴花，这次争端便由她俩而起。二女出身苗族，也习邪术，却是心地纯良，洁身自爱，并且资禀颇好，以前极得妖女怜爱，造诣颇深。八恶一死，妖女教下更无人再比她俩强。如令承继妖女，统率此教，令其改订教规，不许习蛊之人妄为，以毒攻毒，岂非绝妙之事？"

众人闻言，方在纷纷称善，忽听空中啾啾唧唧，异声嘈杂，由远而近。抬头一看，一片黄云中有无数奇形怪状的蛇蝎蜈蚣等毒蛊铺天盖地而来，声势急骤，甚是惊人。瞿商在旁急叫道："这便是适才领着金蚕和铁翅蜈蚣布阵的龙驹子等妖人，又回来了。"

说时迟，那时快，妖云已经飞近，中现七个妖人，为首一个，大头粗颈，身材矮胖，面赤如火，红发突睛，全身半裸，头插鸟羽，腰围豹皮，声如狼嗥，相貌最是狞厉。下余六人，四高两矮，俱都奇形怪状，一般装束，身背竹篓，手持火焰长叉，满身火焰围绕，看去凶恶非常。一到便厉声怪啸，齐喝："何人大胆，伤我神蛊？快些上前受死！"

原来龙驹子等八恶自恃精通妖法，虽是同门，各不相下；又嫌妖女柔善，不能称心，久欲乘机比拼，只因妖女规令素严，未得其便。这日知妖女在湖心洲遇到劲敌，不能分身，白云妖童又未在侧，无人监察，以为无名钓叟被恶蛊困住，迟早成擒。意欲乘此时机，往附近山谷僻处私自分个高下，定出为首之人，以便将来乘隙合力暗刺妖女母子，篡位继为教长，另创规条，为所欲为。商议定后，只留下一个道力稍弱的同党主持阵势，余人均往后山谷中飞去。到后各自施展神通，斗了些时，只龙驹子稍强一些，谁也不曾大败，不能算是定局。

龙驹子见各人所养恶蛊已伤了不少，恐伤亡太多，事后妖女查问，露出私斗马脚，便将众人喝住，暂且回去，等办完正事再说。正往回飞，遥望桐凤岭上空，适才布阵之处烟消雾散，恶蛊妖人一齐无踪，当是私自离阵，所留妖党法力不济所致。妖女如知此事，焉有命在？不由又惊又怒又惶急，人还未到，便各把恶蛊妖烟尽量施展出来，恨不能把敌人嚼吃粉碎，方称心意。

谁知对方来了对头克星，他这里刚怒喝两声，石、吕二女早商量好主意，由石玉珠和陈太真暗飞空中去断妖人退路。灵姑一面放出金蛛去除恶蛊，一面用飞刀护身，手持神斧飞身上前。龙驹子见对面飞来一道银光，其中有一位美貌少女，心中狂喜，将手一挥，四外恶蛊齐声怒吼。刚卷上去，猛瞥见银光中飞出一只大金蛛，才一露面，蛛腹下便飞出万千缕银丝，比电还急，四下迸射，光眼布满天空。众妖人见状大惊，知道凶多吉少，忙欲收蛊逃走。无奈双方来势都是迅急异常，众妖人急于复仇，所有恶蛊全放出来，似一窝蜂聚拢前扑，凶横已惯，只顾向前，未留退路。那金蛛先吃了许多恶蛊，元气格外强盛，骤出不意，一下喷出蛛丝，等众妖人看出不妙，已将蛊群一齐罩住。

龙驹子最为凶狡，知难挽回，正化妖光欲遁，灵姑早已料到，因知妖气毒重，恐受侵害，径将火灵针朝前打去。同时舍了金蛛，任其吞食恶蛊，自挥神斧追杀。龙驹子未及转身，一溜火光已经飞到，打了个透心穿。同时无名钓叟师徒二人也飞起助战，见龙驹子被火灵针打中下落，无名钓叟手扬处，一团雷火打将下去，将龙驹子炸成粉碎。灵姑想不到火灵针也如此神妙，心中大喜，忙朝众妖人连连发放，转眼又伤了两个。下余四个方纵妖遁，逃出不远，吃陈、石二人横空一截，灵姑和无名钓叟师徒也已追到，四面夹攻，剑宝齐施，晃眼一齐伏诛。

石玉珠恐金蛛吃完恶蛊出什么花样，忙和灵姑飞空监防。眼看那一群恶蛊吃金蛛风卷残云般吞吃净尽，才用火灵针逼令归盒，一同下落。无名钓叟喜对灵姑道："道友此举功德无量。如今八恶已戮，就剩妖女和白云妖童母子二人，道友手到成功无疑。事成之后，即令玉花姊妹承继妖女掌教好了。"灵姑应诺。

吕、石、陈三人便即辞别。无名钓叟道："湖心洲那妖女，有吕、石二位道友前往已足。妖女巢穴离此不远，洞中养有不少铁翅蜈蚣。此蛊恶毒仅次于金蚕，未成蛊时，人被咬上，已难活命，一经成蛊，更是难制。玉花姊妹尽管善良，留此终是隐患。此外石匣还藏有一部妖书，封闭严密，俱是济恶之具。老朽意欲乘那恶蛊未成气候之时一并除去，并将妖书取出毁掉。只是妖女邪法禁制也颇神妙，一人恐难胜任。陈道友无非便道看望纪光，何妨暂缓一日，先助老朽办完此事，再去如何？"陈太真应了。

吕、石二女随即作别起身。因有无名钓叟面授机宜，胸有成算，又知此行乃功德不小，好生欢喜。中途已经耽搁，恐误事机，各运玄功，催动遁光，加急往湖心洲驶去。

这时韩仙子的门下美魔女辣手仙娘毕真真,因和裴元之妻南绮负气,轻敌涉险,吃妖女用天丝宝幛困住,眼看情势危险。毕真真情急之下,正欲毁去一件至宝和数十年苦练功行,与妖女拼个死活,吕、石二女恰好赶到。遥望湖心洲上彩云撑空,霞雾蒸腾,内中裹定一道光华,上下飞跃,倏忽如电。石玉珠看出不妙,忙催灵姑下手。

也是天蚕仙娘合该伏诛,以为天丝宝幛飞剑雷火所不能伤。心恨仇敌刺骨,又见毕真真道术精奇,飞剑神妙,自己损兵折宝,好容易将劲敌困住,唯恐逃脱。为要增长恶蛊威力,自以为必胜,竟然化身飞入网中,准备向真真施展毒手。还未飞近敌人身侧,忽听身侧不远恶蛊吱吱惨叫之声,心中大动,忙侧脸一看,只见一青一白两道光华带着一团青光和万点金星盘空飞舞而来。所到之处,先射出无数粗如臂膀的青气,所有恶蛊、彩烟竟似潮水一般倒退下来,稍缓一步,便吃青气卷去。

妖女不知金蛛原形被石玉珠行法蔽住,只看出青白光华是正教门下飞剑,心虽惊异,终不甘服。暗忖:"那团光影金星是甚宝物,如此厉害?"正待看清下手抵御,那剑光青影并不往身前飞来,只将天丝宝网冲破一洞,径朝斜刺里毕真真身侧飞去。这一来越发助长了妖女轻敌侥幸之念,以为下面南绮等人见真真被困,不知用甚法宝护身,犯险来援。空中彩雾虽被冲破,但这类天丝宝网分合由心运用,破处瞬息便可补上。敌人未敢上前,专一救人,可知力微胆怯。便不去追那青白光华,欲将宝网破处补好,再行上前,以便一网打尽。

不料石、吕二女早有安排。石玉珠见妖雾毒烟弥漫空中,未曾飞入,先与灵姑身剑合一,将金蛛全面护住,只露出极窄小的喷丝缝隙。金蛛性贪,先在桐凤岭嚼吃了好些恶蛊,气力陡增,所吐之丝也由灰白变成青色。这时一见又有许多美食,巴不得一网打尽,不由发动本能,只管将那蛛丝化为一股股的青气,向高远处激射上去。二女又禁制着不许急上,越发着急,喷丝不已,晃眼布满高空,罩在彩雾之上。

妖女先见一股股的青气冲空而起,势疾如箭,做梦也没想到那是蛛丝凝成。及至运用真元补那天丝宝网,猛觉所有天丝似被甚东西粘住。方觉不妙,青白光华已与真真剑光合拢,电一般朝己飞来。心方愤怒,敌人已经飞近,三道剑光微微一掣,突地现出丈许大小一个周身碧绿,满布金气,口大如盆,两翼六脚的怪物,迎面飞扑而来。妖女认得那是千年金蛛,不由着慌,锐气全消，当时花容失色，惊叫一声，慌不迭回身飞逃。

灵姑忙将禁制一撤，大喝："金蛛，任你饱餐，急速上前，莫放妖女逃走。"金蛛长啸一声，展翅便追，箕口大张，吞吸不已。所到之处，彩烟中恶蛊惨啸如潮，纷纷消亡，俱成了蛛口中食物。妖女往上一升，才知上层蛛网已然布开，天丝全被粘为一体，自己如网中之鱼，焉能逃走。起初金蛛只顾吞吃恶蛊，追还不紧。后来恶蛊吞食殆尽，瞥见妖女身上蛊气甚重，自然不舍，飞快追来。妖女惊悸慌张之下，自知无幸，又妄想借敌人剑光兵解，只要元神保住，仍可借体回生，再报今日之仇。

偏生金蛛在前，剑光只在蛛后监督。如被金蛛吞食，休说形神全消，那啃咬咀嚼之惨先便难当。欲待舍却本身神蛊，单将元神逃出，至多只能转劫投生，又无伎俩可使。方一迟疑，金蛛已越追越近，附身神蛊受了克制，已起反应，再不见机，势必反噬，不死于蛛，也死于蛊，轻重依然一样。

妖女正急得通体汗流，忽见三道剑光中敌人一齐现身。内中一个青光护身的道装女子喝道："天蚕妖女，你大劫当头，怎还不悟？无名钓叟怜你以前颇知约束门下，不怎残害汉人，近始横行没有多日，嘱咐我们给你留条生路。还不速将附身恶虫脱去，就势兵解，想要形神皆灭么？"妖女闻言，倏地警觉，边逃边回头哭喊道："你们自己开衅，倚众行凶，这样赶尽杀绝。现在拼舍一命，你们不将那恶虫止住，我这神蛊如何脱法？"

吕、石二女见妖女生得花容月貌，已吓得声嘶体战，面无人色，不免惺惺相惜。灵姑首动怜悯，忙喝金蛛慢追时，不料金蛛已将恶蛊吞完，见妖女身附神蛊，急于嚼吃，闻声只略回顾，停了一停，依旧前追，不特没有停止，反将空中蛛网往回吸收。

妖女看出势越不妙，把心一横，忙咬破舌尖朝侧一喷，随口一团火光裹住一条蛇影飞出。随拔身旁佩刀，朝着五官胸腹等处一阵乱刺。每刺一处，照样一团火光，裹住蜈蚣、蛤蟆、蝎子等各种毒虫化成的蛊影，四下飞去。金蛛见了，立即追上吸入口内。最后妖女刺到心前，飞出一条金蚕蛊。金蛛正张口待吸，妖女倏地丢下佩刀，恶狠狠张开樱口，回手伸入口内，待将左手五指一齐咬断。

石玉珠见妖女动作仓皇，满面鲜血淋漓，目蕴凶光，甚是狞厉，已早防她兵解以前乘隙反噬。见状大喝道："我们开恩赐你托生转劫，还欲如何？"说时剑光电掣而去。毕真真更是恨极妖女，先听石玉珠说要放她托生，心颇不满,只为来人初见,尚未叙礼,又是救星,不便说出。见状正好下手,扬手就是五支火箭般的红光射将出去。

这时妖女左手五指已经咬断,一见飞剑、红光相继飞到,红光来得更快,知是徒劳,毕真真恨重仇深,所用必是制命法宝。不顾说话,径舍剑光不顾,将口一喷,那五截断指便化为五段三尺来长的血光飞将出去。恰被真真火箭钉住,就空一阵轻雷之声,全部爆散,化为灰烟而灭。同时妖女也吃石玉珠飞剑绕身而过,一声惨叫,一条白气冒过,死于非命。金蛛恰将恶蛊吃完,飞将上来,一把抱住残尸,晃眼嚼尽。要知后事如何,请看下回分解。

第七十四回

芟妖孽　二女驰蛮荒
寻巨灵　群仙搜怪踪

石玉珠见那白气仍在网中飞驶，真真为伤妖女元神又毁了一件法宝，越发愤怒，恐她又下绝情，忙和灵姑一使眼色，令收金蛛，自向真真叙礼。灵姑见蛛网甚小，自身尚在网中，便取出火灵针，假怒喝道："大胆金蛛，恶蛊已灭，还不将网放出空隙自行收去，要找死么？"金蛛欢啸了一声，张口一吸，空中青雾立即由密而疏，仍化成百十股青气自投蛛口，晃眼全尽。妖女元神也早遁去，不提。

灵姑收蛛回盒，与石、毕二女一同降落。湖心洲上纪光、纪异、裘元、南绮、花奇诸人也早望见，迎上前来。

原来妖女爱子先奉妖女之命，带了万千恶蛊暗中过湖，欲先杀玉花姊妹，再布蛊阵，将洲上诸人一网打尽。妖童偏是报仇心切，以为玉花姊妹是网中之鱼，叫死便死，无足重轻，没照妖女话做，移后作前，先往洲上布阵。妖童阵才布到一半，正在暗中行法之际，南绮忽想起玉花、榴花可怜，强逼裘元持了大人阿莽兄妹所赠网兜，去往洲后苗女藏身的蛇洞中查看。快要到达，便听有一女子口音惊呼身后有蛊。裘元听出是苗女口音，忙将手中网兜回身往后一捞，果有数十点蛊火妖光飞落网中。玉花姊妹也从树顶飞落，面无人色，颤声低告："师娘已命妖童带了蛊群来此布阵，只此网兜能破，迟恐无及。"

裘元大惊，忙令二女跟随指点，赶紧飞回，朝众人身后持网一阵乱打乱网，网了许多恶蛊、蝗群。复由南绮行法将妖童擒住。妖童恨极玉花姊妹，仍想将元神幻化的恶蛊暗中飞出害人时，吃裘元无心中一脚踢向腮间，将恶蛊断成两截。妖童方惨号身死，灵姑等三人也已功成飞降，仍用金蛛将那些残余毒蛊吞食净尽。

石玉珠用言语试出玉花姊妹心志,告以妖女、妖童、八恶皆已伏诛,令其继为蛊神,重立规条,严束徒众,不许为非。玉花虽仍爱裘元,但见南绮道法品貌无不在己之上,况且二人前缘早定,本是一对神仙眷属,万拆不开,自问非己之爱,也就不敢再作妄想。

毕真真虽经灵姑、玉珠暗示明讽,对于南绮起初袖手神情仍是有些介介,表面却未露出。花奇却知南绮即便上前,也非妖蛊之敌,那网兜乃无心发现,当真真被困之时实力不济,并非有意藏私。她和真真相处多年,深知她的习性,不便当人明说,只得留待后来再作解劝,也就未提。

灵姑、玉珠都是性情豪爽,胸无城府,见诸人都是笑语欢容,朝己称谢,以为到得恰是时候,谁也无甚芥蒂,就此放过。事完,灵姑传述师命,并转述青城教祖朱真人之言。裘元、南绮一听要与灵姑一路积修外功,喜得良伴,高兴非常。

玉花虽是苗女,生得绝顶聪明,就这一二日工夫,已明邪正之分,虽喜能继妖女之位,仍怀着戒心,唯恐将来重蹈覆辙。见众仙侠个个道法高强,羡慕已极。看南绮人最天真和善,本心想求教益,因知南绮夫妻和灵姑一样,入门未久,不能收徒。石玉珠已然峻拒于前,再求无益。想来想去,只有毕真真修炼年久,近已自立门户,所居近在雪山,朝发夕至,又常来湖心洲走动,或许有望。玉花姊妹本已领命拜辞,走到路上,越想越觉时机不再,稍纵即逝,于是重又赶回。

湖心洲上那些银燕都具灵性,妖女恶蛊来时,全都飞避,这时妖云尽扫,纷纷飞回,翔集湖上。时已入夜,明月清波,澄澈空灵,益以银羽盘空,飞鸣翔集,点缀得景物十分清丽。灵姑正和真真谈说银燕来处,忽见两溜火光如流星赶月,迎面飞来,后面紧紧追着一道光华,疾如电驰,已将追上。众人见前面是妖蛊,后追乃是正教中飞剑,俱想妖女师徒子女已全伏诛,剩下的只玉花姊妹道术较高,难道还有残余妖党前来寻仇?方在戒备,说时迟,那时快,晃眼之间,蛊火剑光业已首尾相衔,飞过湖来。毕真真倏地连人带剑光电射而起,直向空中,迎着那道青光才一接触,双方便缓了势子,一同飞落。

同时一声惨叫中,蛊火也已越湖飞来,落在众人面前。南绮猛想起玉花姊妹,不顾看青光中飞来何人,忙止住众人,飞身上前。定睛看时,果是玉花姊妹,业已吓晕过去,身后各现一条蛊影,火光方才敛去,石玉珠也认出来人是谁,飞迎上前。与真真本人一同降落。南绮随取丹药医救玉花姊妹。

这里众人便和来人相见叙谈。才知来人正是五岳行者陈太真,因和无名钓叟同往妖女巢穴去除铁翅蜈蚣蛊,不料洞中还有两个守神灯的妖童,甚是机警。先见法台上千百神灯忽然灭了好些,方在惊疑,隔不多时,忽然神灯全灭,越知不妙。这二妖童年纪甚轻,俱精逃遁隐形之法,妖女法令素严,虽不敢擅离职守,人早留神暗中戒备。

妖洞本有重重禁法封闭,法台又设在地底,洞外稍有响动,便即警觉。无名钓叟如在灵姑走后即来,此时妖女未死,神灯不曾全灭,本可将二妖童擒住。偏因瞿商抗敌时久,真元亏耗,须要医治,耽误了些时,等到起身,妖女已然伏诛,守洞妖童有了戒心。无名钓叟和陈太真攻洞时,妖童还在用禁法抗拒。及至二人攻入神坛,二妖童知无幸理,骤出不意,各带了本身恶蛊逃去。无名钓叟为除洞中恶蛊,不能分身,便由陈太真独自追赶。

二妖童见飞剑迅速,恐被追上,便用化形诱敌之法将身隐去。陈太真不知前面飞的乃是幻影,一味穷追。追到湖心洲左近,幻影失了效用,忽然不见。恰值玉花姊妹中道折回,二女和二妖童俱是一般传授,飞起来都是一溜火光,形状绝像,本身已为蛊火所掩。陈太真误认为是妖童,穷追不舍。二女连经挫折之余,身受创伤,灵元未复,无力抵御。幸而机警,知道蛊是邪教,不为正教所容,才一对面,立即亡命飞驶。总算湖心洲相去不远,毕真真急救尚早,料定二女必去而复转,立即飞起将陈太真飞剑挡住,才得保全,稍缓顺臾便无幸了。

众人说时,玉花姊妹也相继醒转,喘吁吁低述来意,南绮已悉真真性情,又看出她对己阳奉阴违之状。暗忖:"二女法力浅薄,所习又不为正教所容,此时虽有无名钓叟诸人助她承继妖女,但绝经不起甚风浪,能得一能手护庇,自是佳事。只是真真好似与我存有芥蒂,如代关说,必更推却。"想到这里,回顾真真正和石玉珠、陈太真叙说前事,不曾听见,便朝玉花姊妹使个眼色,故意叱道:"你两姊妹怎不知足?先时你们要拜师,石仙姑已曾和你们明说,怎还不肯死心?毕仙姑乃是韩仙子的门下,怎会收你们为徒?就她答应,我们也必劝阻,岂非多此一行,差点还把性命送掉。依我良言,急速回家收拾,同你三妹义儿去往妖女洞中,与无名钓叟相见,共商承继之事,这里少来为妙。"

玉花见状省悟,哀声哭道:"我姊妹也知出身微贱,难蒙上仙收录。无奈法力浅薄,适已几乎送命,日后继承师娘掌教,更不知要受多少风险。因见毕仙姑道法高强，又是自立门户，与别位仙姑不同，为此赶回拜师，以期他年得一正果，免受灾劫和外人欺凌。不想如此坚拒，我姊妹早晚终无活路了。"说罢哀声痛哭起来。

玉花人本娟好，哀鸣婉转，分外动人怜悯。南绮正在故意怒斥，真真在旁早听了去，心恶南绮代她做主，便走过来佯问二女何事悲泣。玉花见了真真，立率榴花滕行上前，抱着真真的腿哭诉前情。真真笑道："你两个所说也是实情。我自脱劫以来，还未见过恩师，本难收徒。现念你二人处境可怜，姑收你们做个记名徒弟。如有甚事，只管寻我。等到将来见过师祖请命之后，看是允否，再定去留好了。"二女闻言，喜出望外，双双拜舞不迭。花奇在旁颇觉真真此举奇怪，才一开口劝阻，便吃真真作色朦了几句，只得罢了。南绮知她为己而发，暗中好笑，表面却装出讪讪的。众人闻二女拜真真为师，多代幸庆，互相称贺勉励。

纪光祖孙便在湖边置酒款客。陈太真代纪登致意，说苍须客程迪现正回山，可令纪异前往从师学剑，以便早日学成，积修外功，再和灵姑同往峨眉山凝碧仙府求取芝仙灵血，归救各人父母。同时说道："云南竹山教主因朱、姜二位师父屡次杀害他教下妖人，结怨太深，在苗山中下苦功七年，炼成好些邪法异宝，前令妖徒万里飞蝗滕莽去青城山金鞭崖向朱真人挑战，本定在明年冬至前半夜，朱真人去妖洞赴约，各施神通，决一胜负。不料上月妖徒滕莽往滇池香兰渚盗取香鲤，恰值神驼乙休和追云叟白谷逸的大弟子岳雯，往访渚上隐居的　位散仙宁　了，正在下棋，以致引出一段故事。

"香鲤本是小南极明月洲中异种，宁一子虽是散仙，未断烟火，性又嗜酒，喜那鱼生具五彩金鳞，香而味美，取些鱼种移养渚边，轻易难得钓取。妖人师徒偶游滇池，无心发现了两尾，食后爱极，还想再得。不料那鱼俱在香兰渚附近繁殖，宁一子曾用法术禁制，前两尾乃是行法时无心逸出，别处如何能有。后来妖人访出产鱼之处，因宁一子道术高深，不便为了口腹之欲招惹是非，也就罢了。

"滕莽为博妖师欢心，私往偷盗，已非一次。每去宁一子都知道，先因所取无多，习于安静，不愿多事，也就任之。妖徒不知宁一子有心相让，以为自己法力高强，隐身神妙，取之不已。妖人起先也还顾忌，及见未生事故，以为无碍，遂肆无忌惮起来。妖人门徒本众，起初滕莽取鱼不过两三尾，只供妖师一人之食。后来所取渐多，众妖徒渐尝异味，无不癖嗜。滕莽胆子越来越大，心疑宁一子只是处士虚名，徒负盛名，不由目中无人，去的次数越多，大有竭泽而渔之势。宁一子本想略示警戒，使其知难而退。神驼乙休又恰好来访，滕莽正碰在钉子上。

"这日偏又是岳雯和宁一子对弈，乙休观局。乙休忽见渚旁微风飒然，知有妖人到来。心想：'宁一子素来与人无争，性又嫉邪，不与交往，怎有妖人来犯？'方在寻思，宁一子也知妖人盗鱼，因和岳雯争角，正在构思之际，不欲分神，心想姑且由他，再来时再作计较。

"乙休见宁一子竟如未觉，定睛一看，妖人已在水中下手捉鱼，又贪又狠，晃眼擒了十几尾，还不肯罢休。乙休也曾食过香鲤，知是宁一子心爱佳鱼，决不容妖人肆意妄取。尤其自己在此，妖人稍有眼力，不会不知，居然敢当己面下手偷盗，心颇不悦。又当作宁一子有心要己下手，随用禁法将滕莽困住，浸在水里。等宁一子局终，问知就里，又把滕莽提出水面，折辱了个够。幸而滕莽识得乙休厉害，丝毫没敢强为，才得放逃回去。

"妖人明知乙休与宁一子俱不好惹，无如面子上太下不去，自往滇池香兰渚寻仇，到时三人还未终局。妖人最擅隐形之法，见三人在渚边据石对弈，神态悠然，一点没有觉察，正好乘隙暗算，立即施为。因防乙休神通广大，一击不中，反为所乘，下手还极谨慎。先用神蛸网暗将全渚罩住，再将所炼阴魔之火发动，准备一击成功。

"不料烧了半日，网中敌人依旧谈笑从容，若无其事，一任喝骂叫阵，只不理睬。知道不妙，其势又不能就此善退，率性一不做，二不休，又将朱辰剪放出。此剪妖人曾下十七年苦功祭炼，专污飞剑、法宝，修道人如为所伤，身死神灭，厉害非常。他所以约朱、姜二真人斗法，一半因为恃有此宝。炼时极秘，因恐仇人知觉，从未用过。这时情急施为，两道像蛟龙般的暗赤光华刚朝妖网中飞入，忽听身侧不远有人哈哈大笑道：'我说不忙，下完这局棋便替朱矮子除害，你看如何？'

"妖人闻声回顾，原来香兰渚尚在左侧，渚上三敌人似已终局，正指自己说笑呢，忙看行法之处，也和实景一样，人影遽敛，只存一片空水，并无实地。知道敌人用潜光传影之法将实地隐去，却将原有景物移向前面，现出一片幻影，自己必已中了道儿，不禁大惊。忙即收回法宝时，就这转眼之间，妖网所罩之处倏地平波下陷，光华闪了两闪，所有法宝全都不见，势绝迅速，不容一瞬。同时一声霹雳，满天雷火夹着万道金光打下。妖人骤出不意，抵御无及,仗着见机灵敏,逃遁迅速,立纵妖光遁去。就这样,右肩仍吃太乙神雷打中,受了重伤。

"因此一来,锐气大挫,明年冬至之约不是改期,便是设词规避,也不敢轻举妄动了。不过他教下妖徒甚多,颇有几个能手,为祸人间,无恶不作,又都恨我师徒同门刺骨,此行必要遇上,务要小心应付。竹山教下妖徒奇形怪状,装束虽不一样,每人却各佩一个寸许大小三角形的东西。佩戴之处各不相同:有的悬在胸前,有的嵌在他那束发铜箍或道冠上,也有暗悬胸衣以内和肘腋下隐僻之处的。看似佩物,实则是他教下分别等次的标记。中贮两道妖符:一供危急脱难之用,一供人被困不能脱身时遁逃元神之用。

"这三角小匣以木制的为上,那木也非常木,乃海外返魂香木挖空制成,经过邪法祭炼,除贮妖符外还兼有别用。余者金、银、铜、玉,为质不一,以次递降,大约玉匣最次。

"妖法强的佩处都甚明显,一望而知,极易辨认。妖徒对三角匣珍逾性命,遇时如占上风,第一防他开匣取符,还有近年来妖徒法力较高的都炼有阴火,如见身佩小葫芦或鱼兽等皮袋的,便贮此火,只是不似乃师厉害,预先戒备,便不致为他所算了。"

灵姑早闻苗疆有一奇童,生具至性,母死也是虚葬,他年仍能复活,并与自己同往峨眉求取芝仙灵血救母,时刻都在留心。湖心洲事完之后,听说纪异出身经历,竟与所闻相合,不禁怦怦心跳,渴欲一知下文,不料陈太真追逐土花姊妹忽然飞来,耽误了好些时候,一心盘算老父他年复生之事,陈太真的话多未细听,等他说完,忙又重询前事。毕、纪诸人便说了经过,灵姑听了好生欣慰,又去纪异母墓看望了一阵。

陈太真因妖洞二童系由自己手内漏网,玉花姊妹又说妖童只擅隐遁之术,无甚出奇本领,终觉二童年纪轻轻,如此灵敏机智,相貌又极凶狡,唯恐遗留后患。急于要和无名钓叟商议,并助他办理善后之事,略用一点酒果,便即辞去。

灵姑等三人也要起身,真真虽和南绮有隙,与吕、石二女却极投缘,纪光祖孙也挽留至再,情不可却,只得留住二日。石玉珠行云流水,本极清闲,灵姑强拉做伴,也就应允。到第三日,纪光祖孙和毕、花诸人还想挽留,灵姑胆小,恐多耽搁,师父怪责,执意不肯,只得各定后会而别。

纪异虽然急于往云梦山学道救母,一面却依养着祖父,恐己走后,祖父孤身在家无人陪侍,好生为难,自经纪光再四劝说,告以厉害;毕、花二女又力允常来照看;同时玉花姊妹想起前晚被擒,多亏纪光解劝,众人才得免死,如今反承袭仙娘做了教祖,并得众剑仙随时相助。好生感激,便告纪异说:"师叔走后,太师祖一人寂寞,我那三妹义儿人颇灵巧,原先因怕师娘见害,逃往别处相候,行法一招即至。可令她移居洲上,早晚服侍太师祖,等师叔道成回来,你看如何?"

纪光知玉花此后做了苗民蛊神,威权至大。因适才拜了毕真真为师,改称纪异师叔,已觉太谦,怎肯再屈她妹子来此服役。便说:"这样万不敢当,如见小孙行后老朽孤寂,命一教下苗人来此助理琐事足矣。并且这样称谓也太客气。"

话未说完,玉花凄然道:"愚姊妹如非太师祖,早已做鬼,前日师娘如再获胜回去,死得更惨,万想不到会有今日,怎还不容稍尽心意?我本来打算过两三天便派近处苗人按时来此轮值,但是他们粗笨,才命三妹来此,粗事由苗人做,三妹专一贴身服侍,就陪伴太师祖出入解闷也好。"

纪光还要推辞时,纪异原见过义儿,祖父也曾说过她明慧;玉花继为蛊神,苗民敬奉,死都不惜,得她妹子来此相伴,还有甚不放心处? 真是再好没有,早就答口称谢。毕真真又在旁说道:"玉花姊妹报恩心切,况我已收她俩做了记名弟子,异弟患难骨肉之交,她俩敬太公即是敬我。这些话足见她二人的天性纯厚,依她就是。"

纪光知苗女心实,真真这样一说更在必行,再推反假,只得再三称谢,并请玉花姊妹不要多派苗人,有一二个相助力作的尽够。玉花说一二人太少,自己决不像师娘那样,但凭己意,不问受役人的甘苦。就多派两人,也只按月轮流应役,不特不令荒废田业,还另给他们加倍好处,太师祖只管放心就是。纪光知推不掉,只得任之。纪异宽心大放,这才定了行计。

花奇和纪异交厚,挽留多聚一天,并说日后还去云梦看望,行前又赠了一道韩仙子赐她的护身神符,以备缓急之用。真真见她妄把师父灵符赠人,本意拦阻,改赠别的法宝,偶一注视,纪异眉间杀气隐隐,想起先前救助之德,拼着日后同担不是,也就罢了。

花奇有符赠行,自己何能独外,便将自炼飞爪取出相赠。传毕用法,说道:"此宝用时,脱手五道黑光连在一起,不特可以防身御敌,有时还可抓取敌人的法宝、飞剑,尽可随意应用,奇妹平日不肯用心,法宝多出所传,常人又实难运用。见你性太刚直，初学无甚法力，见师父灵符应变神速，故以相赠，此符只用一次，当我们未出困前还不能用，务要十分留意，不是危机瞬息无法解免，千万不可妄用。"纪异一一领谢，记在心里，随即拜别起身，往云梦山走去。

毕、花二女因玉花姊妹依恋，苦求传授正教中心法，又留住了两日才走。

玉花姊妹拜送之后，便将义儿行法招来，谈起出死入生经过，悲喜交集。方在痛哭，无名钓叟邱炀和五岳行者陈太真忽然飞来，说道："二妖童探知天蚕妖女师徒子女全部伏诛，妄想称尊，暗中兴妖作怪，向各寨苗民故示灵奇。此二妖童性颇机智，又精隐遁，连拿两次均被兔脱，末次有一妖童身受重伤，似已胆寒远遁，但日久还会卷土重来。妖童天生恶根，机警非常，苗民易为所惑，最好乘他根基未立以前，速接妖女之位。如今群邪无首，玉花承继之事刻不容缓，但是妖童夜郎自大，二女继位，必不甘服，定来扰害。此时气候尚浅，除他容易，正好将计就计，引他入网。二女法力自比不上天蚕妖女，但有众人相助，决可收拾人心。"

玉花道："那两个小童，一名种温，一名姬红，本是红棉峒中孤儿，为人牧牛，顽皮太过，将牛杀死，把前半身偷吃了，却将后半身塞向山石洞里，露出腿股牛尾，洞中预伏另一同伴装作牛叫，并将牛后身钩住。二童归告主家，说牛已穿入山石，牵拽不出，主家到来看出是诈，正要拽出牛尸，痛打二童，恰值师娘爱子白云童子路过，动了童心，暗中行法，那半截牛不但没拽出来，反倒钻进里面去了，那洞口也自行封合。主家才信是真，没有责打。

"可是洞中还有一童，种、姬二童见石已封合，不知是障眼法，半夜里带了锄头私往掘洞，欲将那童救出，到时瞥见洞已重现，内有火光，探头一看，那顽童正在洞内用树枝割着牛肉烤吃呢。于是坐在一起，且吃且咒骂各人的主家，到天将明，牛肉太多，三童怎吃得完，唯恐主家发觉，便挑好肉割下藏起，下余全都运往山涧中弃去。三童既饱且累，俱未回家牧牛，就此在草地里睡着。

"主家起来不见三童，寻到原处，发现石洞重开，脂血狼藉，余烬犹温。跟踪追寻，将三童寻到，毒打一顿，吊向树上，本定傍晚来放。不料午后来了一条毒蛇，先将另一顽童咬死。种、姬二童见状大惊，狂喊：'小天神'救命！当地苗民都敬奉师娘母子，白云童子又最护下好事，那养蛊人家遇到急难，多呼'小天神'搭救，神蛊感应，往往不久即至。二童不曾养蛊，本喊不应，偏巧日里妖蚕童子动了童心，立意救他们到底，唯恐事后吃主家发觉，仍然不免吃苦，那主家又是养蛊的，不便伤他，便在二童身上各附了一条蜈蚣蛊。原以为二童和常人一样，急难中一呼'小天神'，蛊影立可现出，主家也就不再责打。谁知二童受责时自知情真罪实，一味忍受，没有出声，这时方始情急高呼。蛊影一现，就无妖童在侧，毒蛇也不敢近前。

"二童被绑，哪知头现蜈蚣，依旧狂呼不已。终于妖蚕童子心动寻来，将二童放下，仗着心灵口巧，当时拜了师父，带回山去。师娘见了也颇赏识，爱屋及乌，加意传授，虽然年幼日浅，已学会不少法术。逃时他们正看守神坛，见势不佳，除本身神蛊外，蛊种必被带走不少。二位仙师连日又搜索这么紧，就弟子即往继位，他们暂时也必不敢来犯。他们法力虽浅，却极能闹鬼，本教之事全所知悉。有诸位仙师在此，不能立足，必逃往元江下流边荒之地，假托神灵，蛊惑苗人，为害人间，弟子布置完毕，即往追踪，自己人一寻便可寻到，除他也非难事，晚去数日无妨。"

无名钓叟知她依恋毕、花二女，想得传授，便道："似此小人本不值计较，无如二妖童都有异禀，偏又生具恶根，不能使他们弃邪归正，苗边荒山颇多妖人隐迹，如被遇上，定蒙收录为徒，似此戾质，再得异教传授，将来造孽无穷，此时不除，势必贻患。况且养蛊苗民众多，无人统率也易滋事，为此令你速往妖洞承接神位，略为部署，急速追寻妖童踪迹，杀以除害，免被异派妖人物色了去。如等他们有了遇合，不特除之艰难，日后还要勾结妖党卷土重来，向你寻仇夺位，事就多了。"

玉花闻言，方在盘算，毕真真也知她依恋心意，便道："修道人除清修外，首重积修外功，此事关系非小，我也急于回山，你急速接位去吧。"玉花无奈，只得允了。

陈太真因师门规矩至严，终觉二妖童是由自己手内放逃，尽管玉花说是接位之后三五日内即往追踪，仍不放心，唯恐此时疏忽，日后养成大患。其势又不能和玉花姊妹同行，便向玉花探问南疆渚土人墟寨情形，玉花一一说了。陈太真定下后约和相见之地，先去寻访踪迹，自去不提。

玉花姊妹拜别毕、纪诸位师长，先随无名钓叟赶往天蚕仙娘所居蚕神洞中，见所有厉害蛊种俱吃无名钓叟灭去，初颇惊惶，唯恐外面尚有恶蛊遗留，养蛊人一个不服，便难御众。及至细查神坛，除二妖童的本命蛊神外，俱为诸仙侠一网打尽，才知妖女这次竟是倾巢而出，已全伏诛，虽然以后自己法力远逊妖女，但却容易驾御，永无他患。二妖童比较可虑，不日前往搜索，料无漏网之理，本意不是借此济恶，多作威福，这样反少操许多心，转觉此后可以安心学道，徐图改邪归正之计，言念及此，大为欣慰。

次日，玉花姊妹便照妖女信号放出蛊火，设下神坛，先令五百里内养蛊苗民即日前来集会。到时当众晓谕：仙娘门下徒众子女多行不义，日前伏了天诛，仙娘也因此受谴遭劫转世，现经天神降命，令玉花姊妹一正一副继为蛊神，重订规章，令众遵守，违者必加严罚。种、姬二童违犯教规，私自盗了本命神蛊逃走，日内即往擒诛；众人如若相遇，勿为所惑，速急报知，当有重赏，并令传知远方各寨苗民一体知悉。

玉花姊妹在妖女教下，本领道法只比八恶稍次，人却和善，极知自爱，当地苗民本极尊崇。加以集会时有无名钓叟暗助，设出许多幻象，一时神坛上光华灿烂，花雨缤纷，神仙云集，飞腾隐现，显得分外神奇庄严，比起妖女专用恶蛊吓人情形又自不同，不由众苗民不信，俱各死心塌地，敬畏非常。

等二女退神收法以后，与会苗民纷纷贡献金珠宝玉，玉花笑止道："洞中珠宝金银堆如山积，我还想用它拯济贫苦，散将出去。你们终年勤苦，得之非易，我岂忍据为己有？我知你们为了例贡，时常卖去田业，或是出外劫夺，造孽非小。我既重订教规，不许你们无故侵夺别人财物，再收例贡太没道理。从今日起，只许贡献鲜瓜果、米粮、盐茶，以使你们尽心。但由各寨寨主承贡，无论何物，每一寨墟至多一担，不许多贡，其余例贡全都免去。如因天火人祸，或是人口众多，衣食艰难，只要不是偷懒为非，有出不耕，有业不作，可前来寻我，有求必应。"随将妖女原积存的金银财物取些出来，按人分赐。

妖女在日聚敛颇酷，苗民往往为了贡献蛊神，倾家荡产。虽然迷信邪神太深，成了习惯，不敢丝毫怨恨，但遇到索求无厌之际，想起也觉难耐。照例每次集会，无论贫富，都应竭力贡献。此次因知是新神接位盛典，又目睹许多灵异之迹，各人战战兢兢，唯恐所贡不当神意，好些人默许心愿：仓促应召，不及备办，贡物太薄，日后定必补贡，求神不要见怪。正心里打着鼓，闻言俱都喜出望外，尤其是蛊神赐物，视为异宝，荣幸非常，益发感激涕零，欢声雷动。

二女打发众苗民走后，知已服信，宽心大放，姊妹二人商量留下榴花守洞，玉花即日便去寻妖童踪迹。无名钓叟因所去尽是苗边蛮荒之区，峨眉派门下诛灭漏网的好些妖邪多半潜伏在彼，恐玉花不知底细涉险，遂详为指示机宜，如不得已遇上之时，如何应付趋避，免为所算。并告诉道："五岳行者陈太真业已先往，你只寻觅妖童，休管闲事。妖童如已有人护庇，不问对方法力如何，不可冒失上前，俟寻到陈太真，再行合力下手。"随即飞回桐凤岭去。

次早玉花叮嘱榴花几句，也就起身上路，心想："沿途都是崇奉本教的苗民，这次召集众苗民宣示继位，不日便即传播开去。妖童为无名钓叟、陈太真二人驱逐，虽料最后无处存身，只得往安南、缅甸与国境交界的深山之中，暂时也许还隐藏在别的苗寨以内，二妖童身量瘦小，平日专守洞府和神坛，各地朝拜仙娘的苗民极少见到，不比自己昔为女童，时常随侍出巡，只能使本命神蛊现身苗民家中诈骗一时，苗民信心不坚，又喜妄作威福，不等寻到，便有传闻。"

玉花意欲沿途访问前行，就便查看众心是否对己爱戴。又想："近五百里内众苗民都已当面晓谕，如见妖童踪迹，必来报知。养蛊苗民对于仙娘一声令下，生死不顾，虽只一日之间，消息必已四达，近处各寨均毋庸往，即便错过，妖童一发现，当地苗民焚香报信，榴花接报，立往神坛行法通知，自己再往回赶也来得及。只远僻之地，二三日内尚难尽悉。"便舍近处不问，直行法飞出八百里外，到了荒险僻远之区方始降落，择寨降临，查询妖童踪迹，一路搜寻过去。不提。

且说吕灵姑、石玉珠、裴元、南绮四人，因要沿途积修外功，剪除妖人羽翼，离了湖心洲，飞过榴花寨不远，便即觅地降落。灵姑本意欲想先往昆明、大理、普洱等地，游览滇池、洱海和金马碧鸡之胜，就便往香兰渚拜访那位和竹山妖人作对的散仙宁一子，然后游行云贵两省，随地行道济人，并在各地山中采掘灵药带回山去。裴元、南绮久已悬念大人阿莽、胜男姊弟，难得这次灵姑、玉珠与他俩无心相值，况又盼望自己前去。问知那地方名叫飞马山，乃莽苍山的支脉，相去不远，便和灵姑商量，先往相见，再定行处。

灵姑、玉珠也因大人姊弟资禀特异，心性纯良，日前晤时已想帮他们点忙，因值报仇心切，师命甚迫，擒杀妖人以后不及停留，曾托赵心源、许钺二人归途探望。此时左右无事，正好前去，立即应诺，由石玉珠前行引导，径往飞马山飞去。

到时，胜男姊弟正在傍溪稻田里农作，远望四人剑光星驰而至，阿莽惊弓之鸟，遥见剑光朝己飞来，意欲隐避。胜男力说："前日三位仙人来说，妖人毛霸、白晓师徒数人俱已擒诛，无一得活，今日所来剑光看去都颇眼熟，内中一道银光更似那日二位仙姑，弄巧与恩人都来，如何避他？"话未说完，四人已经降落面前，胜男姊弟见了，喜出望外，立即高声欢呼，俯身下去，各将南绮、裴元双手捧起，同说："恩人哪里去了？想得我们好苦。"

灵姑、玉珠见南绮夫妻身材本极文秀，年纪又轻，被这姊弟二人捧起，相形之下，真和大人捧着小儿玩具一般，不禁好笑。南绮、裴元深知胜男姊弟纯然一片天真，此时举动鲁莽，全由于久别怀念，喜极忘形所致，便也由他们捧着，不去挣脱。

胜男手指南绮，还待往下说时，一眼瞥见灵姑含笑而立，猛想起对于仙人不应如此亲热，忙说："我们真该死。莽弟快把恩人放下，还有二位仙姑未拜见呢。"说完，阿莽也已想到，忙即放落元儿，朝灵姑、玉珠身前走来，刚一举步，灵姑恐他抱持，摇手急道："有话好说，如若动手，不劳照顾。"

胜男姊弟正往下拜倒，闻言脸羞得通红。南绮笑道："胜男姊弟人极真诚，情分最热，我就爱他们这一点。"灵姑、玉珠也早含笑让起，胜男姊弟忙延四人入林。石玉珠爱洞外松杉森列，枝柯排云，清阴满地，间以繁花，景物幽秀，洞中较晦，不愿进去。阿莽忙去洞内取了几样常人用的几榻出来，放在树下，请众落座，胜男便去煎茶，端取酒果。

南绮笑问："前回相遇时，你们都就现成石案、石块起坐，这些家具都是斫木新制，莫非今日知道我们要来，特为备下的么？"胜男道："我们承仙人指点说恩人要来，每天虽是盼望，却没想到做家具，这都是妖人师徒占此洞时，强逼我们做的。"随向灵姑询问前事。灵姑便把处置毛霸报仇之事说了，胜男姊弟越发喜欢。

互相略谈别况，胜男便求南绮携带同行，并说救他们的仙人曾说他姊弟二人资质俱好，只有裴元、南绮可以接引。南绮问那仙人姓名，胜男答说："仙人生相古怪，一部长髯下垂过腹。当地震时匆匆飞降，将手一挥，身便凌空飞起，直来此地。先为布置居处田亩，用甚东西，将手一挥，便即飞来。我们知是神仙，求他收录，他才传了坐功口诀，只不令拜师。说昔年曾受我祖父好处，故来相报，但他生平不收徒弟，与我们缘分只此，如想学道，只有求恩人夫妇接引到青城门下。问他姓名，他笑说等我们将来见了青城朱真人，可说铁髯老人问候，人已代他寻到，莫忘昔年峒峒之约，他就收我们了。

"快分手时，他忽又停住说道：'你们去青城，朱真人定能守他前言，收你们为徒，但是裴元夫妇入门未久，未必敢带你们前去，我还是给朱真人一封信好。'随从身上取出一块黄麻布，也未见有字迹，命我做一布套装好，将松枝点燃，在布信套上写了两行草字，命交恩人一看，自会携带。适见恩人飞来，只顾喜欢，还没想到这儿呢。"

　　说时，阿莽已去洞内将信取来。南绮接过来一看，见布套外面写着："元素夫妇即携胜、莽姊弟并信，往呈令师朱真人亲启。"心想："'素'乃自己小时乳名，除姊姊外，连元儿俱未告知，铁髯老人怎会晓得？"好生惊奇。料是师父好友，和先辈也有交情，只是胜男姊弟身材太为高大，此行多走城市，带了同行，易惊俗人耳目，诸多不便；师父允否收录也还难定。一问石玉珠，也不知铁髯老人是谁。胜男姊弟见南绮神态为难，疑心不肯，复又跪地哀恳。

　　石玉珠早看出他姊弟资质、为人俱都极好，又喜他们一片天真，一面劝起，一面细询铁髯老人相貌以及行法时情景，知是隐名散仙一流。想了想，笑对南绮道："我看铁髯道人言行，必与朱真人同辈至交，他既命携带他们姊弟同行，必有原因。至于身材高大，恐骇俗人耳目，有我们几人同行，也不是没法子想，愁他做甚？"南绮道："我作难之处还不止此。师父原命我们由榴花寨起身，遍历西南诸省积修外功，不奉召命，不必回山；此老却命我们带他们去见师父，到底依哪一样好呢？并且各位师长俱在金鞭崖用九疑鼎炼宝，去了也见不到。妖人师徒已全伏诛，胜男姊弟也不是没有安身之处。我意决出全力引他们入门，但此时毋庸同行，暂在这里安居静候，等我和元弟奉召回山，或与师父途中相遇，代为交信，先容等师父答应以后再来接引，既免师父怪我们做得冒失，还省却途中许多累赘。"

　　胜男闻言，凄然道："自受妖人欺压，心胆已寒。恩人休看这里水秀山明，物丰产富，实则并不是好地方，近山谷中瘴气四起，毒蛇众多，还在其次；最令人挂心的是，自从妖人死后，近日常有类似他们同党的青黄杂色光华在空中飞行往来，昨日还有一个奇形怪相的老头落在溪那边，转了一遍，才往东山谷飞去。我姊弟幸是见机隐藏得早，没被看破，昼夜想着恩人到来，望眼欲穿，好容易相见，死也不愿留在这里了。仙人原说，此去青城如由山路绕越，步行也可到达，仅中间有两三个地方不免遇人，因是道途险远，还没走到，恩人便会寻来，并且事情也无此容易，为此命在这里等候，又恐闲中生事，才命开些田亩，借以活动筋骨，并非用作久居之计。如嫌我们高大碍眼，仙人行时原传有隐身灵符，我们不在人前出现好了。"

石玉珠和灵姑见胜男说时，一双大眼眶里珠光闪烁，晶莹欲坠，意极凄恋，不由动了怜惜，齐声劝说："此去随处流连，不比有事飞行，不能迟误，既可隐身，不足为累。此时群仙炼宝，去了既见不到，他姊弟在此也实可虑，莫如携了同行，途中如有机缘回山，顺便带往自不必说；否则，终有回山之日，一同行道也无妨害。"南绮本非不愿，因与灵姑新交，带这两个巨灵般的大人同行，途中遇事终是累赘，又不便舍了众人，独自先带胜男姊弟回去，所以作难，听灵姑也如此说法，立即应诺，胜男姊弟大喜，忙向众人一一拜谢。

当日本要动身，石玉珠和灵姑俱喜游览，见当地景物清丽，又见日已偏西，意欲住上一晚再走。石玉珠说道："我们此去行云流水，自在游行，本无拘束。现在天已迟暮，如若步行，前途乱山杂沓，晚来仍要崖居野处，食宿都不方便；如若飞往市镇地方，也不争此半日时光。这里崖洞清洁，林木美好，无物不备，那日灵妹空中路过，已动游览之兴。莫如在此住一夜，我们乘着月色作一清游，看看这里还有什么奇景；狄家姊弟食量兼人，就便使他们多备一点食粮，岂非一举两得？"灵姑也连声附和，南绮、裘元自是应诺。

胜男姊弟日里恰猎得一只肥鹿，肉甚鲜嫩，已早搭好火架，准备烧来敬客。灵姑游兴方浓，说："此时还早，既然不走，率性等游个畅快后，我们寻好风景处，把吃的东西搬去，在月亮底下对月痛饮还快乐得多。我们游山，令姊弟正好收拾带去的衣物食粮，一切停当，明早说走就走，免得临事仓促。"阿莽闻言，便停生火。

快要走时，南绮忽想起胜男曾说近日本山时有妖人来往，昨日还有一个在隔溪草地上巡游了一阵才走的，以为附近必有妖人住宅，重又询问。胜男说："自从白、毛二妖人死后，屡见异派剑光在空中来往，均未降落。只昨日那妖人好似在寻找我们神气，他先在空中盘飞了两转，突然降下来。当时阿莽正睡，我在田里，一听破空之声，忙退入林，拦住阿莽，将身隐起，那妖人好似一个瘦小老头，相隔尚远，天又有雾，看不真切。

"阿莽已退入洞内，没有看见。后来我说了妖人形象，阿莽疑心是以前追赶野豹时在梅花洞外遇见过的，向我们强讨宝玉的那个小怪老头。我记得阿莽初遇时回来曾说，那老头上身穿黄麻布衣，光脚草鞋。这妖人虽也生得矮小，却是脊背朝天，两手都挂有拐棍，走路虽快，看去却非常吃力。最怪的是他那黄光比毛霸他们要快得多，只不能随便飞起，仿佛身上驮着什么重东西，连作好几次势子才能飞起。偏又一离地便和电一样，略闪即逝，快得异乎寻常。去的地方便是日前毛霸设妖阵的山谷,谷中崖洞颇多,也许就藏在里面呢。"

南绮闻言,猛想道:"昔日曾与怪叟有约,寻到裴元,便即回去,借给他合沙仙长玉匣中所藏的两部仙书。嗣因寻到妖女胡三娥巢穴,救出裴元时,误用神火烧敌,致将地底真火勾动,地震山崩,烈火冲天,忙回蛇王庙去救狄氏姊弟,已吃人救走,当时忙着上路,遂致遗忘。事后寻思,觉那怪叟口气似和师父有交,剑光虽是旁门,颇有力量,也无邪气,正切盼此书脱困之际,已然应诺,自己不应失约。无如走出老远,裴元又说怪叟行径不是个好路道,仙书至宝他既能开取,又如此贵重,所说略看即还的话也未必是真,万一硬夺了去,岂不可惜? 反正他无此宝不能出困,意欲回山问明师父,再作计较,就此忽略过去。"闻言先颇心动,及听说妖人是个驼背,觉与前见怪叟不类,料是附近山中隐迹的妖人,此番行道,正为寻找此辈,乐得借着游览之便,前往查探,也许能建一件外功。便和众人说了,准备先往谷中一探,相机行事。

石玉珠久经大敌,更事甚多,与南绮姊妹又是旧友,遇事关心,一听妖人驼背,手拄双拐,起飞艰难,便知有异,见南绮不甚在意,便告诫她道:"南妹切莫看轻此辈,他那驼背许非真驼,或有原因。如非奉命行道,遇上不容不问时,还以不招惹他为是。"话未说完,灵姑、裴元同声笑道:"要是遇见厉害一点的就躲,我们直似专为游历,无事可做了。就算妖人厉害,遇上也是无法。"

石玉珠道:"我并非说不问此事,不过这厮必非庸流,须要多留点心罢了。以我猜想,这厮未必住居本山,阿莽居此必也早知;否则,人可隐身,那些田亩菜畦,还看不出有人在内么?"南绮道:"我们住这一夜,本不是为寻他的,只因适才胜男说近日常有妖人来往,那驼子又曾在隔溪逗留,才料他在附近山谷中隐迹,我不过欲借游览之便前往查探,并非断定在彼,何必为此挂念,败了游兴? 仍若无事一样好了。"

石玉珠虽觉南绮过于托大,本想详为解说,但见众人面上并无晦色。同时裴元心急,已先飞空四望,瞥见山后嘉木葱茏,泉清石秀,风景颇好,下来告知。灵姑便催快去:"如都步行,这大一座山,半日怎游得完? 莫把好景错过,妖人也被漏网。"说罢随即飞起。裴元、南绮也喊:"二姊快走。"石玉珠也就不再多说,一同往右侧高山后飞越过去。

到后落下一看,下面景物虽佳,在众人眼里也只寻常,比较起来,还不如狄氏姊弟所居的高林秀野、白水碧山来得清丽，好在要去东山谷，越山过去正是捷径，重又商量前往搜索妖人踪迹，率性查看个水落石出，再行尽情游玩。石玉珠仍主慎重从事，即便妖人无甚法力，也免兔脱。

于是各自飞起，到东山谷上空分散开来，把附近一二百里地面全都仔细搜索，除了野鹿、野羊成群游窜外，到处静荡荡的，并无人迹。至于所遇事物也都见惯，无甚新奇，远不如空中下视来得佳妙，倒是经此一耽延，日色已自衔山欲坠，倒影回光映成半天红霞，另一半却是深碧氤氲，时有片云滞空，其白如雪，东西辉映，绚丽无俦。众人凭虚御风，飞行于碧水青山之上，天风朗朗，仙袂飘飘，千百里内山峦林树、泉石烟岚齐收眼底。众人往日也常邀翔天空，一则多半因事飞行，不似此日心身闲旷；二则高山空际，常是云雾溟濛，似此下景既佳，天宇澄霁，风日晴美之时绝少。俱觉襟宇清空，豪快绝伦。

裘元更是兴高采烈，连声称赞，一路回翔浏览，不觉落在后面。这时众人已撤了隐蔽，裘元因惜晚景无多，斜阳不能永驻，见灵姑、玉珠、南绮三人在前并袂同飞，迎面高峰矗立，势绝雄奇，看神气似要往峰顶上飞去，忙催剑光赶上，高呼："三位姊姊请留仙驾，斜阳如此美妙，留无多时，就此放过多么可惜。况且山北一带还没去过，我们就在空中飞行游玩，不是很有趣么？"

南绮回头笑道："北山正是我们来路，已见大致，有甚好景？你只觉晚景可爱，今日这好天气，少时东山月上还更妙呢。你看这峰孤耸万山之中，高几入云，峰顶尽是磐石古松，难得这么高的峰会有这么大的松。此时去把胜男姊弟招来，就在峰顶赏月，用松枝烤那鹿肉，迎风畅饮，岂非佳趣！再说群山四野俱在脚下，一览无遗，有何不足之处？照你所说，莫非带着鹿肉在天空吃么？"众人虽是慢飞，因相隔甚近，话未说完，早同飞到峰上。

峰在四山环绕的广原中，拔地而起，干霄接云，峰顶约十余顷。那么高大的峰，却如石笋云骨一般，瘦透玲珑，峭拔非常。通体都是碧藓肥积，上生无数古松，盘根屈干，飞凤翔虬，大小高低，清奇古拙，千形万态。尤妙的是下半笔也似直，自腰以上忽然蜿蜒东倾，由此轮囷盘曲，时伸时却，快到顶端突作乙字形缩转回来，峰顶又比下面较广。直似神龙怪凤昂首伸颈，伸头吐舌，势欲腾越，忽然受惊又复掉头回顾之状。

四人先在空中且飞且谈，不曾留意。来处又当峰后，只觉峰高形奇，未能尽见其妙。及到峰顶，再一玩味，方始觉察，重又绕峰飞行两转，越看越像神龙,无不连声夸妙,共赞造物灵异不置。

峰顶万松罗列,常受天风,干多盘曲,大而不高,中心独生着一株古杉树,拔地十余丈,直立当顶,恰似龙的独角。元儿说神龙不应独角,峰又通体苍碧,便把峰名取作苍虬,以备异日再续前游。

凭临片刻,斜阳已坠地平。只见天边半轮赤影将没,余光犹射出万道红芒,照耀遥空,雄丽已极。南绮便说去接胜男姊弟,裘元也要随往。南绮微嗔道:"这也跟去。"

石玉珠笑道:"多一人帮着拿点东西也好。"南绮道:"我把梯云链留一面交与二姊,再多点人物也能带来,才不少他一人呢。"裘元道:"我是贪看晚景,想借此飞翔一会儿;他那里泉水又好,想饮一点罢了。"南绮也不理他,径将梯云链交与石玉珠一面,飞身而起。裘元仍涎着脸随后跟去。

灵姑笑道:"他夫妻感情这么好,于修为上可有碍么?"玉珠道:"南妹本天狐之女,住万花山长春仙府。山在西边,宇内群山无一能出其上。风雪云雾包没峰腰,千万年来休说凡体,便仙人也没几个往顶上去过。可是由冰雪寒荒之处再上三万七千九百五十二丈,便入了第三层天,与灵空天域接界,气候温和,四时皆春。因地高出天宇,又有冰雪浓雾隐蔽,历代修道人都当作穷空凝闭之区,俱被瞒过。及至羽化飞升时节,已入灵空紫清诸仙域,不须此了。

"至于一切散仙之流,多不知悉,偶有一二知道的也不知底细。因难得寻到朱果、墨苓、紫芝、黄慧等灵药,恐骤遇天域交界处的狂风,反正所居一样是美景,自身修为止此,这类仙域必有仙灵居住,何苦惹事,也就罢了。

"她父也是一时福至,想试那山到底多高,由亘古不化的万重玄冰中冒险攀升,连经险难,才达其上,又费了数百年苦心经营,本有无穷仙景,益发锦上添花。山与印度交界,中外名称各异:番名黑飞而士,道家称为元冰岭,只山顶一带经他改名万花山罢了。

"我和她相识,是因她姊虞舜华与家姊明珠交好,由此来往,成了莫逆。她姊姊常说她情长意重,唯恐异日道心不固,坠入情网,并没看对。听家师说,此女外柔内刚,根基心性无一不是成道之器。她和裘道友看去犹如胶漆,实则只是情好缘分,心极纯正。向道更笃,决无丝毫欲念,实为名色夫妻。比起刘樊、葛鲍只有胜之,于修道全无妨害。

"请想朱真人视裘道友为最心爱的末传弟子,是何等期许,稍差一点,怎会许他二人婚姻,破例收女弟子呢?她姊人倒极好,因见秦紫玲摆脱尘缘将成正果,一心想要学她,常把南妹比作紫玲之妹寒萼,以紫玲自居。只因秦氏姊妹为天狐宝相夫人之女,同嫁峨眉弟子司徒平,其后紫玲成道,其妹为异派所算,误落欲网,终遭兵解。我姊妹两个却料她更比南妹多情,心肠既软,人又温和,恐要适得其反呢。你看这两个小夫妻尽管言动亲热,诚中形外,毫无掩饰,而面上却是神光内湛,宝相外宣,可见灵府清空,不留渣滓呢。

"二人不知前生是何缘法,裴道友入门来,按理本不能由一只灵鹤驮起,犯着乾天罡风,飞往万花山去,偏在事前无意中得有宝珠,用防风寒。南妹为姊所激,誓不嫁人,偏又因几句口角,火烧裴道友,逼得不能不嫁。两人本有宿缘,又是一见钟情,互相爱好,几乎片刻难离,却不涉丝毫儿女之私。比起秦紫玲日夕战兢,暗中防备戒饬,仅能自免的,更强得多。这真是神仙载籍中的佳话呢。"

灵姑又问梯云链的功用。石玉珠道:"此宝乃金玉精英融会,天狐按照紫清天灵炼成。形如古玉符,共分两面,一阴一阳,动静相生,交相感应。阳符反倒主静,用时以阳符预交一人,或放在自己洞府以内。路上如遇危难,欲与持符人相见,无论相隔多远,只须如法施为,将阴符晃动,向空一掷,立有一片红霞护身,向阳符所在飞去。虽所去有一定地方,比不上秦家姊妹的弥尘幡,可以任意游行,念动即至,但也捷如影响,足可防身避害的了。"

说时梯云链上忽有红光映射,无故微微颤动。玉珠忙道:"他们来了。"随即扬手相待。灵姑定睛朝前一看,只见侧面遥空中似有一条红影擎动,方喊:"玉姊你看,那云霞层里的朱红是么?"一言未毕,那红光已由小而大,电驰一般飞至面前。红光闪处,落下大小四人,正是裴元、南绮和大人胜男、阿莽,手上拿有不少东西。同时锵的一声,那两面梯云链也自合一起,南绮随手一抬,收入法宝囊内。

阿莽、胜男所持多是鹿肉、酒果、用具之类。到地以后,一个忙着相度地势去支火架,一个便去捡拾松塔、松枝,准备烤吃鹿肉,痛饮赏月。裴元也将手中刀叉等物放下,跟着忙乱。南绮笑道:"你怎如此猴急,生怕吃不到嘴么?吟风弄月原是雅事,烟火油腻已经欠雅,便放从容些也好。再要这么馋相,急慌慌和山中猎户一样,打得野味便忙着生火,开剥大嚼,岂不俗气?"

裴元笑道:"我只觉绝顶凭临,对月迎风,割肉快饮,心里舒服痛快,美景难逢,早点铺排坐下享受多好,反正是吃喝这些事,有甚雅与不雅?来时远看，见那轮明月低得仿佛挂在峰角老松树上一样，又圆又亮。到了近前，还是那么光明圆大，却又悬在右侧空野里，比峰高不多少。四外山石林木都和浸在水晶宫里一样，固然升高一点，同是光明境界，到底各有各的好处，不早忙完来尽情领略，只管慢条斯理，岂不辜负美景么？"

南绮撇嘴道："明明猴急，偏有这些说的，我身上累累赘赘带了好些东西，分你两件都不愿，适才叫你带吃的家伙，明明胜男姊弟拿得了，怎又抢着拿呢？还说不是贪嘴？"

裘元笑道："南姊真冤枉人。你那些法宝我多不会用，衣包一向是我拿。多出来的东西就是蛇王庙得的那两块藏有道书的宝玉，还有那面金蛛网。本来我要拿的，你又说我没有宝囊，无处藏放。自从湖心洲用网破了恶蛊，你看出此网妙用，便越喜爱，嫌那木架是个树枝，不便收藏，被你折下。行时费了一夜的工夫，就你原有法宝改制，可大可小，随放法宝囊内，不是没交我么？"南绮微嗔道："我就恨你这人，甚事都爱强词夺理，我不理你了。"

石玉珠笑道："你俩夫妻莫拌嘴，快看那群仙鹤。"这时月光逐渐升高，照得大地通明，清澈如昼。适有几只仙鹤，银羽翩跹，由遥天空际飞来，掠峰而过，鸣声清越，上彻苍穹，点缀得空山夜月景愈清丽。

南绮见那鹤飞行迅疾，转瞬已遥，笑道："鹤儿也这等可憎，不知忙些什么？等我捉回来，叫它就在这峰前峰后往来飞翔，添个夜景好么？"胜男笑道："大月亮下，像这类白鹤、鸿雁飞过，果是有趣。但要它自来自去，我们无心遇上，才看不几眼，听不两声，便即飞去，等飞过后，由不得叫人想它才好。真要把它长留在此，尽飞尽叫，有心做作，又无甚意思了。"

南绮原是随便说笑，闻言颇觉胜男性灵自然流露。见石玉珠也在点头，方欲赞许，裘元忽道："你看那鹤儿知道南姊爱它，又飞回来了。"众人回顾，果然先去五鹤又复飞转，其飞迅疾，到了峰侧，忽然绕峰飞绕了一匝，然后向来路疾飞而去，晃眼无踪。因峰太高，鹤飞最近时，几乎一跃可及。

石玉珠方忖："此鹤怎不避人？飞得又那么快法？"胜男姊弟已将火生起，将预切好的肉片烤上，来请用餐。众人便围着火架坐好，胜男又将自酿的百花果露挨次斟上。

南绮左手端着葫芦做成的酒杯，见裘元叉了一片烤鹿肉放入口中大嚼，连声赞美，笑道："这么好的酒，唇都不沾，先抢肉吃，还说你不馋呢。"裘元笑道："鹿肉烤太老了不好吃，这本不是文雅吃法。难道你只吃酒不吃肉？"南绮道："你今天怎么专门和我争吵？这是甚好东西，我就不吃。"

裘元见她生气，正待赔话，忽听右侧横岭上有人厉声喝道："虞家婢子背信无礼，速将蛇王庙中所得合沙仙长遗留的玉匣奇书带来见我。"南绮一听，便知是蛇王庙寻找裘元时，在恶鬼峡深谷中所遇怪叟。先还自恃，未以为意，见裘元挺身起立，一面摆手止住，一面高声远喝："你可是恶鬼峡深谷中受人禁制的怪老头么？叫甚名字？"那人又复厉声喝道："无知贱婢，我便是终南三煞中的五方神叟朱缺。我因寻你已非一日，适才五云仙使归报，查见尔等踪迹，现来岭上相待。晓事的速将合沙奇书呈来，听我处置，以免累及无辜。"

裘元、灵姑入门未久，哪知厉害，闻言大怒，便欲发话。石玉珠见机，急声低喝："灵妹和裘道友不可妄动，在此少候，待我陪了南妹前去会他。"裘元、灵姑见玉珠面带忧急，南绮更是满面惊惶，起身欲行，才知变出非常，来人不是好惹。灵姑天生义侠，尽管心中失惊，敌忾同仇，并无退意。裘元料知爱妻有了劲敌，急怒交加，哪里肯听招呼，怒喝："要去都去，谁还怕他？"抢先便要飞起，吃南绮一把拦住道："你找死么？事不与你相干。这厮料也无奈我何，你去反而碍手，老老实实与我等在这里为是，不听话我真生气了。"

说时对方又喝道："你们商量好了没有？如觉我以大欺小，可将你那孽障师父朱矮子找来好了。"南绮一面强止裘元，心中本在盘算主意，闻言猛生急智，大喝："你既有此胆子，我就通知师父一声。"说罢，将身侧转，手伸到法宝囊内，暗中施为，将两玉匣附在梯云链上。准备停当，重又暗嘱裘元、灵姑不可妄动。倏地手扬处，一道青碧光华破空而起，疾逾闪电，瞬息无踪。

裘元听南绮说过，梯云链阳的一面专飞万花山长春仙府。似此手还未交，先把阳链飞回，必是情势危急，万无生路，才出此策，好生着急。知道明说决不让去，只得点头应允。谁知五方神叟朱缺竟知此宝妙用，哈哈大笑道："贱婢妄想逃走么？此时话未说明，任你闹鬼，少时且看你这梯云链能否逃出我的手底。你们几人无一是我对手，依我相劝，既然事不相干，最好不要来此见我，免得遭受池鱼之殃，我不直寻你们便是为此，休要不知好歹。"南绮、玉珠也不和他斗口，一面示意裘元、灵姑不要妄动，一面各自一打手势，双双往左侧岭上飞去。

二人刚一飞走，裘元便要跟踪随往。灵姑知他气盛，拦劝道："南姊有难，我们自然不能置身事外。不过她和石姊姊都那样说法，必有原因。石姊姊既然随往,许有转圜之望。事出仓促,不能详说敌人底细。相隔不远,一望可及,与其去了债事,不如姑且留此静以观变,相机行事,敌人真要倚势欺人,再与他拼不迟。"

说时胜男忽然惊叫道:"这厮正是昨日来的那驼背,不是阿莽在恶鬼峡遇的那怪老头。和我们从未见面,谁又失过甚约来?"二人定睛一看,那自称五方神叟朱缺的已在右侧岭头现身。人既瘦小,背脊朝天,又昂着一颗须发稀疏的尖头,一手拿着一根短杖,乍看直与山羊等类野兽相似,相貌丑怪,从未见过。玉珠、南绮与他对立,双方似在争论,朱缺语音急促,神情怒恶,听不十分真切。石玉珠似为双方和解,语直而恭。朱缺为玉珠所屈,不住用杖击地,火光随手而起,声色皆厉,大有动武之势。

二人已听出朱缺并非南绮失约的谷中怪叟,另是一人,因知合沙奇书为南绮所得,恃威强索。不料上来把话说错,没吓住人,反吃石玉珠拿话问住,恼羞成怒,益发横来。二人都是初生犊儿不怕虎,朱缺这人又从未听说过。尤其裘元见爱妻受人欺侮,义愤填胸,忍不住道:"天下哪有这等不讲理的?吕师姊要不去,我先去了。"灵姑忙答:"要去,你我一路。"裘元已纵遁光往右侧岭头上飞去,灵姑只得悄嘱胜男姊弟不可妄动,自己也随即飞往。

南绮回顾二人先后飞来,不禁大惊,未容裘元说话,忙回身拦道:"此事与你们无干,赶来则甚?还不快退回去。"言还未了,朱缺已哈哈笑道:"无知小业障,真不知天有多高,地有多厚,好意留你生路,偏要自来送死。既敢前来,一个也休想回去。"

玉珠、南绮闻言,知对方已变脸,互意一使眼色,抗声同答道:"朱真人,你倚势横行,强要霸占他人之物以为己有,去害自家同门,这等岂是修道人所为?我们不过念在你与师长相识,委曲求全,你怎如此蛮横不通情理?谁还怕你不成?"说时一面飞身后退,与裘元、灵姑会在一起。同时早把飞剑、法宝纷纷放出,将四人全身护住。

朱缺狞笑道:"无知鼠辈,敢在我面前卖弄?"说罢将口一张,喷出一青一黄两股真气,直朝四人身前射去。满拟所炼两股真气无坚不摧,似此后生末学的法宝、飞剑,纵不似摧枯拉朽,当之立折,也必受伤损毁,难作护身之用。不料石玉珠深悉此老专长,早已防到,预将自己飞剑抢到外层,暗将元江得来的青蛟链敛去精光,藏在飞剑之后。等朱缺张口喷出两仪真气,忙把剑一收,青蛟链突地暴长,化为一片精光彩霞,挡向前去,迎个正着。

同时灵姑见众人剑、宝齐施，心想："这驼背妖人必是厉害。"一面放起飞刀护身，以防有失；一面将五丁神斧取出待要一试。一眼瞥见青黄二气飞来，便在刀光护身之下纵出圈外，扬手一斧撩去。石玉珠见灵姑出圈，唯恐有失，忙纵遁光向前拉回告诫时，斧上神芒飙举，青黄二气已被绞断大半，电一般缩退回去。

　　朱缺也是轻敌太甚，先见前面敌人剑光无故自退，以为石玉珠识得厉害。忽见眼前霞光灿烂，有异寻常，两仪真气竟被逼住，不得上前，方在暗忖："是何法宝，如此厉害？"心虽惊异，仍想运用真气去毁敌人法宝。正在运用玄功，猛又瞥见一团银光裹着一个黑衣少女，由彩霞后飞出。跟着由银光中飞出半轮宝月，几股精芒。这才想起两件俱是前古异宝，知道不好，忙收真气，已是无及。那青黄二气原是朱缺用本身真元之气炼成，虽不同生共死，也与本身同共休戚，经此一来，无异损伤不少道力。阴沟里翻船，如何不急，立即怒喝："小狗男女，竟敢如此无礼。速将玉匣奇书献出，处罚还轻，否则休想活命。"

　　裘元吃南绮强拉住，不得纵出，见灵姑破了敌人青黄二气，甚是高兴，闻言怒骂道："不要脸的老畜生，你的伎俩已然领教过了，有本领只管施展。实告诉你，那玉匣适才已被我姊姊送往师父那里，你连这点都看不透，休说吹气冒烟，便放屁也没有用处的了。"

　　朱缺闻言，猛想起适才南绮所放梯云链，光华中隐含宝气，因事出仓促，收夺不易，稍一疏忽便行飞远，以为南绮是用此宝飞往青城求救，这时才想到，已是无及。此事关系重大，自己虽不怕矮叟朱梅，但奇书落在他手，必要开视，得了书中奥妙，不特不能再为己用，必还用以克制自己。越想越恨，厉声喝骂道："大胆业障，我因与你师父井河不犯，来此只想取回此书，本不想伤害你们，谁知你们如此刁狡无礼。死运临头，还有何说？待我杀了你们这几个小业障，再找朱矮子算账好了。"

　　朱缺说罢，昂首一声长啸。随听鹤鸣之声，适见五只白鹤忽自云中出现，回翅欲下。朱缺手往四外一指，中有四鹤立即四面飞去，只当中一只最大的停在中央。那四鹤飞出半里远近，也各按方位停住，银羽翻风，滞空不动。看去直和五只大风筝一般，离岭头约有十余丈高下。跟着朱缺二次张口朝空连喷，便有五色彩烟按着五行方位朝空射去，其疾如箭。初喷出时细才指许，到了空中，烟头吃五鹤衔住，立即由小而大，平铺着舒展开来，晃眼弥漫满空，凝为一片彩幕，将众人笼罩在内，朱缺又将右手短杖并入左手，五指齐张，鸟爪般朝地猛力一抓，立有五股黑烟直入地内，随听地底一片轻雷之声隆隆响过。

灵姑被石玉珠拉回后，见朱缺行法部署，几番欲出，俱吃石玉珠拦住，附耳低声道："我们几个人看面色俱不应有灾难，所遇敌人却这等厉害，其中必有解救，少时自见。这厮不比别人，战既不可，逃亦不能，只有守在这里静心待救。我的青蛟链足能防身，你那五丁神斧也有好些妙用，这样万无一失。否则这厮玄功奥妙，诡计甚多，此时出去，一个不巧，便吃他用五行隔影之法将我们隔开，那时彼此不能相顾。我还稍识他的底细；你虽有宝刀、神斧，功力尚浅，容易上套；南妹和裴道友更无敌他之力，如用梯云链遁走，听这厮口气，也未必能行，何苦白吃他亏呢？"

这时朱缺已然退立颇远，四人正低语聚议间，忽听厉声喝道："你们这些小业障已然入我罗网，我只消略为施展，上下四外五行神雷一齐发动，尔等立成齑粉，形神全消。不过我意在取书，我知天狐梯云链飞行甚速，朱矮子接到必来，暂容你们半夜活命，权作押头。我闻朱矮子和姜庶创设青城派，你们必是他的爱徒，如肯将书赎人，还可免死。

"天明朱矮子如若未来，不是恐怕丢人，装聋作哑，便是想舍却门徒，吞没此书，日后再设法寻找报仇，那你们就没命了。你们奉命下山，遇到事急，必有向他求救之法。你们俱是好资质，能有今日造就，煞非容易，如若惜命，速将你师召来，免得劫难当头，悔无及了。"

石玉珠见朱缺误把自己也认作青城门下，暗中好笑。有心乘机向帅父半边大师求救，继思："终南三煞中，朱缺最是有名的狠毒，现将他激怒，本该下毒手施为，怎还语气之间明激暗缓，好些迁就，与传说大不相似？令人不解。适才灵姑神斧一出，他那真气立即退去，前半还被斧光搅散。莫非此宝是他克星，唯恐两败俱伤，故以虚声恫吓，又想借此将朱真人引来，委曲商说么？"南绮、裴元、灵姑三人因玉珠不令与敌说话，南绮更是从小就闻终南三煞威望，俱未开口。

朱缺见四人静静的，只在宝光笼护之下一言不发，重又出声恫吓。这样一来，玉珠益发料他也有短处，便笑道："朱道长，你弄错了，我们四人乃是三位师长：家师是半边大师，这位乃大熊岭苦竹庵大颠上人弟子，只裴、虞二位是青城门下。便三位师长到此也须讲理，那合沙奇书本是虞南绮得自蛇王庙大人姊弟手里，是感恩相赠，既非巧取，也未豪夺。后遇商道长，也只说借阅。南绮失约，一则因遇变遗忘；一则因道路各殊，放心不下，就说理上有亏，所负乃是商道长，与道长并不相干。况商道长今日行径，正可证实南绮失约，所虑不为无见了。再者她答应的是商道长，失约已经愧对，如何再肯让道长夺去害他呢？"

朱缺初会玉珠、南绮时，因看出众人胆怯害怕，因而骄狂自恃，忘了隐讳，直说自己有一仇敌被困恶鬼峡谷中，若得此书，便可克制，使其亘古不能出头。二女一听所害的便是谷中怪叟，好生诧异。再闻知怪叟姓商，越知二人俱是终南三煞之一，同门至友，不知为何自相残杀。既愤朱缺不义，乘人于危；又想起平素所闻终南三煞行为，独这朱缺一人骄横凶恶，无论正邪各派，一言不合，便永成仇敌，最是可恶。

奇书本就不舍，况已飞走。先还和他好说，朱缺为理所屈，无言可答，正发横间，灵姑、裴元已双双赶到，双方立即破脸。朱缺上手便即受挫，平常骄横已惯，从不吃亏，当时暴怒如雷，恨不能将众人一网打尽，置之死地。五行恶阵布就以后，忽想起书未到手，自身还有短处，这几个少年男女必是青城门下爱徒，如若制死，岂能甘休？此时仍以和平为是。自己本和朱梅相识，倒不如用作押头将朱梅引来，拼着老脸皮，哪怕赔话服低，休说奇书到手，便能借阅一回，即可脱难超劫，岂不比和他成仇作对要强得多？

只因上来太凶，不便改口，只得仍用虚声恫吓。及被石玉珠看破，出语讥嘲，朱缺一听内有颠仙弟子，暗忖："元江全船宝物已为颠仙取去，内有好些异宝奇珍，俱是克制自己之物。适才真气为此女宝光所损，已在疑心，不料果是颠仙门下。怪不得对方明知自己来历，还那么把稳神情。这一动手，连半边老尼和郑颠仙全都结下深仇。老尼虽说厉害，还不足为虑。唯独颠仙新得前古金门诸宝，如与为仇，无异自寻苦恼。偏又对方说话尖刻，势成骑虎，多少年来威望，岂能为几个末学后辈所折？"

越想越气，重又勾动怒火，意欲先给四人一个厉害，使其畏服，再作计较。于是厉声喝骂道："无知业障，好言开导，执迷不悟，还敢任情狂吠，且叫你们尝我厉害。"说罢，左手朝上一挥，天空五鹤立即隐形不见。跟着那面五色彩烟结成的天幕便向四人头上罩下，晃眼由大而小，眼看近身而来。

石玉珠识得五行精气厉害，忙喊："众人不可妄动，由我抵敌。"说时将手一指，青蛟链倏地暴长，也化成一个形如穹庐的光壁，虹光灿烂，恰将烟幕挡住,近身不得。朱缺见状大怒,又是一口真气喷出,烟幕上立即发出青黄赤白黑五色火焰,漫烧过来,四人虽仗青蛟链护身,未为五行真火所伤,怎奈那光外五色火焰具有无边潜力,朱缺又在不住运用施为,重如泰山,故而只能抵住不动,突围上升万办不到。石玉珠原在意中,并不甚惊惧。

灵姑看出形势不妙,因适才神斧曾经奏功,意欲再试。石玉珠虽知神斧灵效,终觉灵姑道浅,不能深悉此宝妙用。五行真火非同小可,遇隙即入,如用神斧出斗,须将青蛟链微撤,稍有失措,四人同受其害;可是不用此斧一拼,又觉照此情势,万无胜理。心正作难,嘱咐灵姑少安毋躁,待机而作。

朱缺见持久无功,天将发亮;又因梯云链带着合沙奇书飞往青城多时,照说朱梅早该赶到,竟未前来,断定玉匣已开,知道四人有前古异宝护身,急切间难于伤害,此时必在详阅奇书,等将书中禁法学会,方来为难。这一来不特心愿全成画饼,日后仇人出困再来报仇,更是不堪设想。好好一桩事,谁知会上这几个小狗男女的当,一时疏忽,吃他们将书暗中送回山去,铸此大错。恨到极处,不由激动平常凶狠性情,咬牙切齿,把心一横,猛伸右掌往地面上一按,四人立身的岭腹内立起殷殷雷鸣之声。

玉珠、南绮俱知敌人已将地底阴火神雷发动,一会儿便要地裂山崩。四人俱有飞剑、法宝护身,虽不致死,但这一震之威也难禁受。并且岭崩以后,烈焰雷火由下而上,一齐暴涌千百丈,与上面火焰相会,将两仪真火结成一体,威力大增,化为火阵,把人围在中心烧炼。即便青蛟链能够抵御,时久仍难承受。念头略转,地底风雷之声渐猛,岭腹山石崩裂,炸音密如贯珠,石玉珠知道不妙,上面又难突起,事急无计,忙嘱四人聚立一处,将遁光连成一片。令灵姑速将五丁神斧取出,等护身光霞微撤,稍现空隙,立将神斧伸出运用,不可丝毫大意。

说完,正在战战兢兢戒备之际,朱缺忽又发话道:"两仪五行真火都已发动,再如执迷不悟,我一弹指之间,你们便成齑粉,后悔无及了。"石玉珠未及答应,忽听远空中有人接口怒喝道:"只怕未必。"声随人坠,凭空一道黄光,一幢彩云相继飞落。朱缺用心也真狠毒,听出语声耳熟,知道不妙,百忙之中,一面准备应敌,一面早把阵法发动。谁知来人早料及此,比他下手还快,才一落地,黄光中首先飞出一片紫光,电一般穿火而下,晃眼展布开来,将四人立身所在的岭脊全部包没。岭腹地火恰在此时发动,爆音如潮,响到四人脚底,地面已似波涛一般起伏上涌,千丈烈焰眼看就要崩山爆发。

紫光倏地罩在地面，晃了几晃，便即宁息。地底爆音吃紫光强制镇压，不能宣泄，益发怒啸不已。同时黄光便和那幢彩云会合，径直穿入火阵，往四人身前飞来。

南绮和石玉珠先见云影飞坠，已觉眼熟，近前再一注视，越发惊喜。方欲出声呼唤，忽听云里黄光中同时有人喝道："速将护身宝光撤去，以便出困。"石玉珠才想起云里阻着来人无法近身。但敌人五行真火若未破去，又恐有疏失，忙嘱灵姑戒备。刚把宝光微撤，外面光影已双双乘虚而入。只听一声："快收法宝，同离此地。"彩云便已展开，将四人齐拥住，电流星飞，冲开千寻火焰，往对峰飞去，晃眼到达。

云影中共是三人：一是宝主人秦紫玲，一是南绮之姊舜华，一是追云叟白谷逸的大弟子岳雯。除石玉珠全都熟识，余者多未见过，由石玉珠匆匆叙见。胜男姊弟先见隔岭光焰千丈，正在莫测吉凶，焦急万状，忽见云影飞来，众人现身，惊喜交集，也忙上前拜见不迭。

南绮觉那黄光似是异派中人，尚在火阵之内，方欲询问，虞舜华已说道："说来话长，我们且等看完热闹再说。"四人往来处一看，岭上五色烈焰已渐减退，黄光已敛，现出一个蓬头赤足的老头，相貌也极丑怪。装束神情俱与朱缺仿佛，只是背不驼。南绮一见，便认出是恶鬼峡中商姓怪叟。怪叟先和朱缺并未动手，只各张着嘴猛吸，似和朱缺争着收那五火。朱缺收火本快，因有怪叟作梗抢收，看去好似有点手忙脚乱。

会儿，火被二人收尽，怪叟方指朱缺大骂道："你这忘恩背义的叛徒，自己犯了教规，不知悔改，竟敢勾通妖邪叛师犯上，老三已被你害死，又想将我一网打尽。我初会你时，只当你念我这多年来为你负过，受尽苦难，稍一脱困，便来看我，只望助我一臂，彼此免去累赘，不惜倾吐肺腑。

"谁知还是应了师父当年的话，你竟人面兽心。表面是探我虚实和对师父心意，实乃听我说出合沙奇书发现经过，你好设法寻那得书的人。又知我虽受苦难，并不怨恨师父，越发中了你计，立意置我于死地。我对你原无机心，势非为你所算不可。偏你心性古怪，又因师父已然兵解，除去这部合沙奇书，我万无脱身之日，临去时你忽然变脸，自露凶机，我才知道你杀师叛教，万恶滔天。无奈我身在困中，又与你反目成仇，如不能寻到此书，命且不保，出困更是无望。深悔事前疏忽，已是无及，你如此凶残狠毒，此书只一寻到，便是我商祝遭劫之日。

"日前幸遇一位道友,为我出力划策,代求神驼乙休出力。恰巧乙道友同时接到青城朱道友飞书相托,命白道友的弟子岳雯持了灵符,暗伏前面神鹤岗上空。此时你正命你门下孽徒幻化的妖禽,将书主人虞南绮等寻到。你以为罗网周密,凭几个末学后进,怎能逃出你手,志得意满,大言不惭。不料虞南绮人甚机智,知你志在得书,先用法宝将书飞走。吃岳雯中途用乙道友灵符接住,立即与我送来。开书一看,不特知道制你之法,并且合沙仙长已早算出今日之事,书中还附灵符两道。岳雯接书时,恰值南绮之姊舜华空中路过,认出梯云链是她家宝物,为此耽延了些时候。

"如非秦紫玲同行,弥尘幡飞行迅速,我若再晚来一步,你将五行真火上下一合,地火被你勾动。地裂山崩,烈火暴发,被困诸人虽有前古至宝防身,不过受一虚惊,这方圆千百里内的人畜生灵岂不全葬在你手? 若不是天夺你魄,怎会倒行逆施,自造这么大罪孽? 你已恶贯满盈,还有何说?"

众人见朱缺那么凶横强暴,这时耳听敌人数斥却一言不发,好生奇怪。细看又无别的异状,朱缺只是满面怒容之色,目闪凶光,注视商祝,一任讥嘲辱骂也不答话,好似全神贯注在敌人身上,只守不攻之状。商祝虽较从容,口里说着话,两眼也和朱缺一样,目光注定敌人,毫不转眼。商祝后又历述朱缺罪恶,说得淋漓尽致。按说这类刺心的话,又出诸仇敌口中,怎么也受不下去,朱缺却只管目蕴凶光,始终不答,商祝也大骂不休。一晃天明,二人仍在对立相持,除上来抢着收那五火,无一动手,连那立的地方都未更易。

岭腹内地火熔沸,山石之声仍如潮涌。裘元等久立难耐,觉着无甚意思,忍不住问舜华道:"大姊,你说有热闹看,他们怎么老不动手? 那姓朱的妖人听人叫骂,连声都不回,是何缘故?"舜华笑道:"你们如要看,也极容易。那姓朱的叛弑师长,残害同门,最是可恶,你俩也受他气,如等得不耐烦,不会同南妹骂他一顿出气? 也许他因你们一骂动手,不就有热闹可看么?"

南绮较为高明,已早看出二人虽未动手,俱是蓄势待发神情。尤其朱缺神志专一,丝毫不敢松懈之状,分明识得厉害,心中内怯。二人表面尚未动手,实则已在暗斗;否则便是彼此互知各有短长,互相待隙而动,不发则已,一发便分出存亡胜败,所以谁也不肯轻举妄动。又知裘元稚气未除,姊姊平日常喜引逗,以为又是拿他取笑。刚喊得一声:"呆子!"想要拦住裘元。忽见舜华微使眼色,石玉珠却往裘元身侧靠近,并肩而立,神情似在戒备,料有原因,便不再拦。

裘元便对朱缺高声喝骂起来，初骂时朱缺未睬，后来裘元附和商祝，大骂朱缺是脊背朝天，人面兽心的畜生妖孽。又问他昨晚凶焰何在？如何装死装呆，连话都不敢答？越骂越凶，以致触着朱缺痛处。他本是蕴毒蓄愤，强自忍耐，虽未出声，忍不住斜睨了裘元一眼，凶睛一动，心神微微地一分。商祝本在伺隙，便把手一扬，五指尖上立飞出五股青气，迎面射去。

就这瞬息之间，朱缺已知把握不住盛气，为敌先发，落在下风。不等青气飞到，已将左手短杖掷地，随手一扬，也飞出五股白气，将青气迎住。白气才飞出丈许，青气已然飞到，两下里才一接触，商祝手连扬处，青气忽又化为红色。朱缺见状，把手连扬，白气也变为黑气。由此各按五行生克，色彩互易，循环不息。朱缺虽能敌住，终因发动稍迟，被敌人盖住，落在下风，比较短促得多，气得他咬牙切齿，全力应敌。双方都是变幻神速，商祝虽似略占上风，也看不出一点制胜之道。

舜华笑道："如何？这都是妹夫一骂之功，不然还不知如何才能见他二人动手呢。"

南绮闻言兴起，也随声辱骂起来。骂了一阵，裘元见商、朱二人各用所炼五行真气相拼，一时难分胜负，久看觉无什么奇处，以为二人俱出全力苦斗，不暇他顾。此时如若上前相助，胜了固好；如照玉珠、舜华所说，真正神妙难敌，当时退将下来，也不致受甚伤害。忽然心动技痒，意欲上前一试。知道明说众人难免拦阻，念头转定，身剑合一，便往对岭飞去。

两地相隔不近，剑光迅速，瞬息即达。正想出其不意，夹攻朱缺，忽听商祝喝道："来人急速退回，不可造次。"裘元原从朱缺侧面飞到，朱缺知道有敌，仍如无觉，竟连面都未回。裘元闻得商祝语声，微一停顿之间，猛觉眼前一花，十来股五色彩烟飞箭也似交射而至，剑光直似撞在一种绝大潜力上面，几被倒震回来。同时又是一道经天彩虹飞至，横亘在彩气剑光之间。耳听石玉珠喝道："裘道友还不速退，商老前辈自有机宜，毋庸相助呢。"

裘元闻声警觉，也知不可轻敌，只得退回。到了峰上，舜华埋怨道："妹夫怎的不知轻重？你就要去，也说一声。起先石二姊见我借你诱敌，早就防到你要见猎心喜。知道终南三煞所炼五行真气，便是各派长老，也只寥寥十来位能敌，破它仍是颇难，寻常飞剑被它绞住，不毁必伤。幸有前古至宝炼成还可应付，故特意守在一旁。待了好一会儿，没见你动，方以为不会妄动，想不到这等冒失。如非商老前辈看出不妙，将那厮真气敌住，你所用又是青城教祖久炼奇珍,能够人剑都平安退回么？可笑南妹又不是适才没尝过厉害,见你一走,也想随往,幸被我拉住。如今各异派中能手甚多,前途所遇多是竹山教下妖党,如此轻率行事,真教我替你们担心呢。"要知后事如何,且看下回分解。

第七十五回

明月朗青峰　炙鹿燔松清游如绘
重霄翔白羽　熔山沸石烈火烧空

话说南绮闻言,脸上一红,正要答话,忽听岳雯、灵姑惊诧之声。众人回望,只见全岭已被烟光笼罩,看不出商、朱二人所在。空中五鹤重又现形,各在云层里疾飞盘旋,绕着岭头往复回翔,哀鸣不已,鸣声听去和人语一般,甚是凄厉。众人已知五鹤俱是朱缺门人幻化。灵姑见南绮被乃姊数说,讪讪地不好意思,笑道:"此鹤既是妖徒幻化,我们将它除去不好么?"

石玉珠道:"终南三煞门下颇多异术,稍失机宜,纵然当时杀死,元神逃走,为害更烈。何况他与别的异派妖邪不同,平日也和正教一样积修善功,叛师为恶的只有朱缺一人,他那五个徒弟受师禁制,化形羽族,想已受了不少苦处。如若不问情由,一体杀戮,他们为人善恶也难分别。还是听凭商老前辈一人主持为是。"

正谈说间,岳雯忽然失惊道:"这老怪物真个机许百出,仍然被他化形遁走了。"

众人闻声注视,只见一股白气正由岭头彩雾迷茫中激射而起,其长经天,晃眼白虹贯日般射向遥天空际。紧跟着下面商祝也由雾影中飞起,周身紫气围绕,手下托着一个形如日轮的法宝,射出万道红光,势绝迅速,比起白气还要稍快,意似发觉敌人乘虚逃走,待要追去。同时空中盘飞的五只大仙鹤也各齐声哀鸣,两翼一束,银丸飞坠般落将下来,挡住商祝去路。商祝方喝:"尔等急速离开,免得送死。"两下都是势疾如电,声才出口,手上日轮红光照处,当头一鹤一阵青烟冒过,已然化为灰烬。跟着二、三两鹤也是才飞到,又经日轮红光一照,各化两缕残烟而灭。

说时迟,那时快,这些情景不过一瞬间事,商祝本是向上激射而起,见五鹤迎面飞拦,话未说完,便葬送三个。好似有些心软,忙把日轮宝光一敛,待要闪开后面残余二鹤。那紫气红光紧随白气之后，原是衔接一起，这宝光略收，微一停顿之间，白、紫二气相接处好似匹练中断。这头紫气还待上升追逐，那白气已似惊虹电掣般曳向天边，连第二眼都未看清便没了踪影，快到无法形容。连秦、岳、石三人得道多年，久经大敌之士，都觉生平所见各派有形遁光飞剑，从无一个有此迅速，俱都相望愕愕不置。

残存二鹤见同伴惨死，一点不以为意，仍朝商祝身前飞去，鸣声介于人鸟之间，听去益发哀切。商祝见白气遁走，似知追赶不上，大喝："无知蠢业障，还不快去那旁峰下等我。"二鹤将头连点，哀鸣了两声，各自飞下，径直往众人存身的孤峰上面飞来，只不近前，在峰顶上飞落，延颈望着隔岭商祝低鸣，意似死里逃生，互相哀庆。

裘元、南绮、灵姑都是年轻喜事，见二鹤高逾常鹤二倍，雪羽修翎，长颈钢喙，丹顶映日，目射金光，顾盼神骏，十分威猛，尽管悲鸣如诉，一点不显萎惫，不由心中喜爱。又看出二鹤已为商祝所收，静俟后命，不会有失，俱欲飞近观看探询。石、秦二人连忙拦住，低语道："他们道行颇深，休看此时失势，依然轻视不得。他们既不肯近前，心中难保不无愧愤，稍一不慎，便树日后强敌。等见商老前辈，看是如何，再作计较吧。"

说时，二鹤侧看众人两眼，又低叫了两声，忽然一跃近前，俯首低鸣。众人先听鸣声似人，远听只觉凄楚，鹤鸣又急，听不真切。及至走近相对，鸣声又缓，细心听去，分明与人语差不多少，只尖音多些罢了。因知是人幻化，各有很深道行，不敢轻视。石玉珠先道："劫数前定，二位道友不必悲苦，令师叔事完定有安排。彼此素昧平生，道友姓名来历可能见告么?"二鹤口吐人言，说了自己的经历遭遇。

原来他们同门师兄弟五人，个个宿孽深重，一学道便误入旁门。早年遇难本该惨死，被现在的师父朱缺救去，几经哀求，始蒙收录。拜师之时，朱缺原与约定：一旦为徒，凡事皆须听命，日后纵令披毛戴角，赴汤蹈火，俱都不能少违。起初十年尚是人体，每日从师学道，一切由心，毫无拘束，为拜门后最安乐的光阴。

这日朱缺忽从北海擒来五只仙鹤，说五人修为日浅，不配做他徒弟，五鹤俱有千年以上道行，擒时元丹毫未损伤，命将本身躯壳舍去，附身为鹤，借它原有道力元丹，转过一劫，便可白得千年修炼之功，五人入门时早有誓约，朱缺平日虽极随便，但是言出法随，心肠又狠，稍有支吾，便生奇祸，除了唯唯听命,更无话说。

事在半月以后,当时本可乘隙逃走。一则怯于严威,不敢离开;一则又知本门中人必须受过兵解,或在禽畜道中转上一劫,才能有大成就,何况朱缺也允异日许其复体为人,于是安安心心静俟施为。谁知朱缺性情乖僻,无论甚事,想到便要尝试,因游北海,看见五鹤神骏可爱,已成仙禽,立意收带回山。偏偏那五鹤不肯驯服,一时触怒,乘鹤主人未在,强擒了来。

因知鹤恋故主,决不归顺,忽想起洞中五人正可化身,不特五鹤可得,异日用处甚多,并与道号符合。只顾逞那私心,并无丝毫师徒情分。五人等到化形为鹤,才看出乃师心意,虽然不免难过,终因不遇朱缺,也许早化异物。现在除却每年有四十九日炼法之期受点苦难外,平日无甚苦处,年时一久,也就相安,仍然效忠,并无怨望。

直到适才商祝痛骂朱缺,历数其罪状,五人才知师父凶残阴毒,不特将人化鹤全出私心,并连入门以前所遭劫难,也全是他诡计造成。正在空中相顾悲鸣间,忽听朱缺也在下面运用玄功,暗传心语,说商祝所说全是假话,因和他有仇,存心离间,实则想将他师徒一网打尽,自为宗主。此时合沙奇书被商祝得去,如若反唇相讥,口一出声,心神稍懈,便为所乘。如他一死,五鹤也必被商祝真火炼成灰烬。并说:"商祝手上持有一件形如日轮的宝物,是我克星。少时我如不敌,元神舍身逃遁,你们可挨次近前去夺那朱轮。能得手更好,即便为日轮所伤,你五人原体尚在洞底石穴密藏,立可复体为人,至多减却一点道力,并无大害。"

五鹤也是平日受制,信服太甚,又以为乃师从无虚言。心想为鹤已久,难得有此良机,认作因祸得福,信以为真。果然朱缺元神一逃,就立即拼死上前,结果头前三鹤相继为日轮所化,形神俱灭,后二鹤才知受愚。无如去势太急,收势逃遁万来不及,自分必死。幸蒙师叔商祝开恩,在危机一发之间,将宝光收敛,才得苟延残喘。但他们见朱缺已然乘机逃去,如知他们归顺师叔,必然恨极,吉凶祸福尚还未定,因而仍然十分害怕。

二鹤刚刚说完,隔岭烟气已近,只剩一片紫光笼罩岭上。商祝忽然飞到,对岳雯道:"多蒙诸位道友借我奇书,得脱苦难。虽然一时心软,为救二鹤,被他遁走元神,日后尚须多费手脚,但他所盗先师先天五行真气业被我收去大半,后又仗着合沙灵符妙法与本门真火将他烧死。此后纵想寻仇为害,他那元神背上仍负有先师遗留的千万斤重禁制,日受苦难,也无法肆其凶焰了。"随将合沙奇书连玉匣递与岳雯转交南绮,嘱令好好收存,丝毫不可大意,落在外人手内关系非小。

岳雯接书,笑对南绮道:"此书实是关系重大,师妹和裘师弟此时在外行道,用它不着,带在身边易启异派妖邪觊觎,虽说不怕,终费手脚。不如由我送到青城由朱师叔收存,异日回山再行习练,尊意如何?"舜华在旁,忙抢口道:"我正为此担心,如此甚好。"南绮梯云链已先取回,闻言一想,朱缺元神尚在,带书上路反多操心。只没见过,意欲看上两眼,再交岳雯带走。秦紫玲道:"二妹既不带它,最好连这一看都无须吧?"南绮、裘元俱都好奇,话未说完,裘元已先从岳雯手里接过,和南绮一同观看。

见那合沙奇书并非寻常楮叶,而是玉叶金章,宝光隐隐,共总薄薄七篇,满是古篆文和符箓。裘元虽认不出,南绮从小就随父母多参秘籍,能辨别古字,知道古篆文是符箓的注解口诀,再一细心参详,竟悟出了两道伏魔符箓,默记在心,好不欢喜,满拟此书不用师传便可参悟,不料只上来那两篇领会,余者百思不得其解。

南绮正想借词和岳、秦诸人商议将书暂留身旁,日后自送回山,商祝忽然微笑道:"现时能解此书的并无多人。头两章只要学过天府符箓的俱能领悟,底下却极深,休说不识,便识也须另加苦功勤习始能应用。承你借书之德,虽说因人成事,不是你安心践约,总由你才得解。我生平无德不报,必定约地传授,无须由岳道友带返青城了。此书最干各派妖邪魔怪之忌,带在身旁,他们定必千方百计齐来攘夺,不得不休。那前两章符咒你虽能领悟,也还有好些未尽之处,用起来能发而不能收,容易生事。隔岭地火被朱缺勾动,内中已藏有石油,全岭已熔,早应爆发。因恐多害生灵造孽,我已行法禁制,静俟它大都压归地肺,再将余火残烟连同地火烧熔的浆汁宣泄出来,免使为害。火须缓缓压束,尚有一些时候耽搁。今与你们相遇,又承借书之惠,总算有缘。这头两章符箓学虽较易,均有伏魔驱邪威力,于修道人防身御害有好些妙用。我意欲对在场诸人,连阿莽姊弟也一齐传授,你们心意如何?"

南绮见心事被他道破,自己虽说能够解释,用时是否灵效尚不可知,闻言大喜,立即应诺,众人俱称谢。

二鹤也鸣语相求。商祝笑道:"你两个此时正好代我在空中巡视,没有复体为人,还学它不得,异日随我回山,自有道理。"二鹤本来不知本身吉凶,神态忧疑，闻允带他们回山，知已转祸为福，不禁大喜，刚刚振翅欲飞，重又停歇。商祝笑道："你们怕那孽师来害你们么？休说有我在此，他不会自来送死，且他此时自顾尚且不暇，怎会再来？你们只须防别人，稍有警兆，立即报知。这不过是以备万一，谅外人也无此胆子。急速去吧。"二鹤方始喜应升空而去。

商祝随令众人并立为一行，自在众人身后立定，将手一扬，先发出五股白气升向上空，再分五面直射下来，恰似五根白柱，将众人围在中间。跟着飞出一片黄光，大约三丈，高悬众人面前。最后才把合沙奇书要过，将手一指，玉叶上面的符篆便照原体放大了数十倍，在黄光上现将出来，晶芒四射，奇光耀眼。商祝解说完了用法，然后挨次传授。众人一一精悉领悟，方始收去，也无变故发生，空中二鹤才飞下。

商祝道："岭腹真火已然还入地肺，只是地底石土俱已熔化。且喜来得正是时候，这厮虽是情急暴怒，心中仍有顾忌，发动也迟，没被闯出大祸，所以还可收拾。此间向无人迹，兽类也还不多，总算幸事。不过余势强烈，不是寻常，发动后地震山崩，数百里内地方都被震动，人立稍近，必为沸石烈焰所伤。你们虽然不怕，终以谨慎为是。况且此峰相隔甚近，恐要崩倒。可速离开此地，同去西面高山顶上遥望好了。"众人闻言应诺，带了阿莽姊弟二人，同驾剑光，往西面大山顶上飞去。山岭相隔几有三十来里，幸亏众人多为慧眼，便胜男、阿莽也是极强目力，岭前地势又复平旷，看得甚是真切。

阿莽因昨晚一闹，众人烤鹿也未吃成，行时将鹿肉、用具一齐带去，就地觅柴支架，意欲请众再吃。南绮笑道："你没听商老人说，岭火一泄，附近数百里内都震动么？相隔这么近，怎吃得成？我们这几人，便不能辟谷的也都能耐几天饥，不吃无妨。你二人如饿，我先送你们回去好了。"胜男答说："无须，我姊弟也能三五天不吃东西。既嫌这里不好，事完回洞再吃也是一样。"

说时忽听咝咝之声起自前岭，尖锐刺耳。众人知已发动，定睛往前一看，只见商祝骑在一只鹤背上，凌空下视，那岭已被紫光包没。先是岭头上突起一股浓烟，其疾如箭，直冲霄汉。冒了一阵，烟中忽冒火花，商祝便由空中射下一道黄光，罩在岭头上面。火烟被黄光一压，愈发激怒，咝咝之声更烈，不能上冲，便往四外横溢。火穴也逐渐溃决，地底轰轰隆隆之声宛如万雷怒号，山岳崩颓，众人立身的高山也随着震撼动荡，大有塌陷之势，商祝神情也似有点忙乱，不似先前安详。

南绮恐万一地震山崩，骤出不意，胜男姊弟不及携带，受了伤害，忙将胜男姊弟唤在身旁，暗中戒备。秦紫玲笑道："南妹不必担心，商道长既命在此，决无妨害。终南三煞中只他性最仁慈，以他法力，本可从容应付，只因朱缺勾动地火为时已久，全岭山石泥土俱都熔成沸浆，加以石油引燃，势极强烈。他见本山虽然无人，禽兽生物仍是不少，意欲缓缓宣泄，使众生物警觉逃走，免得骤然暴发，不可收拾。看这形势，岭腹蕴藏石油、石炭必然众多，经此长时，除表面一片看去无异外，里面已成了一个极大的火窟。这一强加镇压，蓄势越难宣泄。幸有合沙灵符之力，真火已然引入地肺，否则这千百里内全成火海，大灾已成，休说商道长不能善后，便各位师长一齐驾临，也不能遏止了。"

紫玲说到这里，偶望前面，忽然失惊道："看商道长神态颇慌，事出预料，必有原因。终南三煞平日颇多仇敌，莫非有人暗中作梗？此事关系非小，岳道友可同我前去助此老一臂，免致败事吧。"南绮闻言技痒，也要随往。裴元方欲开口，南绮怒视了一眼道："你代我保住胜男姊弟，我一会儿就来，你去则甚？"舜华本想连南绮都不令去，三人已经飞走，只得罢了。

这时岭头火穴已陷有两三亩大小，浓烟如墨，成一大幢耸立岭上，中杂熊熊烈火，往上直冲。黄光压在上面，起初高仅两丈，后来火焰势子越盛，商祝不敢过于紧逼，稍一放松，黄光立被冲高了二三十丈，声势益发浩大。等再强力下压，已是难制，一任商祝运用玄功奋力施为，也只勉强遏制，不使再往上升，不能降低。

远望过去，直似一根金顶黑身的撑天火柱。火头吃黄光一盖，浓烟便向四外横溢，油烟之味，奇臭难闻。火星溅向林木草树上面，立即引燃发火。幸是商祝处处留意戒备，一见火起，立用禁法止熄，才未引起野烧。虽似昙花一现，随起随灭，无如左近多是丰林茂草，火烟中杂有很多石油，沾着一点便燃，此灭彼起，层出不穷。

商祝八方兼顾，本就有些手忙脚乱，猛听岭后砰的一声，连忙飞身查看时，岭后山脚下又陷了一个大洞，四五股灰白色的火气咝咝怒啸，正往上空激射，离穴三五丈，迎风化为火焰。岭上原有紫光封禁，只留岭脊一个出口往外宣泄。火势本应向上，怎会向地底旁行，再行破土而出？

商祝一见，便知来了强敌暗算，尚幸岭后一带石土深厚，那火只是对头暗中行法，由地底穿通，勾引而来，不如正面猛烈，又系初发，还可勉力堵住。

忙即运用五行真气，手扬处，一团碗大黄气飞射下去，落在新焰火口以内，立即暴长丈许，将口堵住，虽未爆发，因是事出仓促，急于应变，心神一分，晃眼工夫，正穴火柱又将压顶黄光冲上去二十多丈。只有头上浓烟还是黑色，下余四五十丈已全变为烈火。环着火口的山石泥土早已熔化成浆，仗着紫光强禁，虽未溃裂，如无里外交熔，仅剩薄薄一层岭皮，稍有空地，或是行法人一个主持不住，立成滔天巨祸。似此全神贯注犹恐照顾不周，哪里禁得起岭后又有溃洞。

商祝见正穴火势渐难遏制，火口已开，如再用合沙灵符之力将其封闭，火由地行，由远而近逐渐燃烧，千百里内悉成火海，其害更烈。火中杂有地肺余火和无量数的石油，不是寻常法术和水所能熄灭，偏偏这时又有敌人在侧隐形发难，不能分神搜索，好生痛恨愁急。正在偷空暗查敌人踪迹，岳雯、秦紫玲、虞南绮三人已相继飞来。

商祝性情孤傲，初见众人，虽觉个个仙根道器，因系初会，不知深浅，又以前辈自居，本无求助之念。及见三人飞到，忽想道："峨眉、青城两派正当昌明之际，久闻门下弟子多半法力高强。现当危急之际，命他们抵御仇敌，以便全神顾火，岂不是好？"

想到这时，方要开口，岳、秦、虞三人先因高岭阻隔，只见商祝神情慌乱，别的俱未看出。及至飞临正穴上空，秦紫玲首先发觉那新火口，益发料定有人暗算。留神四顾，见相隔五里有一个十丈高下土坡，林木甚是茂盛。这时环岭百十里内黑烟飞扬，当顶一片红光上冲，天已成了暗赤颜色。四外云风，烟雾迷漫，狂风大作，沙飞石走，都是一派阴煞气象，那土坡看去本无异状。紫玲本就心细有识见，近年与齐灵云、周轻云在紫云宫海底宫阙勤谨修为，道法大进。又练成一双慧眼，见坡上黑烟笼罩和别的树林一样，已将放过，忽然一辨风向，看出坡上烟雾乍看似随山风升沉浮动，但是上密下疏，略散即聚，景物也较旁处隐晦，颇似有人主持神气。

情知有异，且不说破，暗朝岳雯、南绮递一眼色，抢先说道："想不到火势如此之大，现在全山火烟笼罩，少时火口一大，不知有多少生物遭殃。我意欲乘灾未成以前，与岳师兄和南妹环山察视一周，助商老前辈将那与人无害的生物移向远处避难，免被波及如何？"岳雯、南绮料有原因，同声应诺。

商祝见紫玲使眼色，也知必有所见，便道："这样也好，只是环岭地方甚大，野兽惯在隐处潜伏，不知死活，务要小心，莫使遗漏。"紫玲道声领命，便招岳雯、南绮二人近前,并肩向空飞起。土坡本在岭后东北角上,紫玲却先往东南角上飞去。

自来鸟兽虫介等生物多半能知天时,长于趋避。近岭一带鸟兽本就不多,当昨晚朱缺行法勾动地火之时,早都警觉惊走,及至商祝开了火口,火势越来越大,地底震动之声越猛,除了虫蚁等小生物无法逃远外,凡是能飞能走的生物,受不住那火烟熏灼,全都逃窜出百余里外,一个也看不见。

南绮虽料紫玲有为而发,但声东击西一层还不知悉。见黑烟滚滚,热雾滔滔,潮涌一般顺风飞去,前途尽是烟雾弥漫,又热又臭,笑道:"大姊,前面烟雾这么浓厚,鸟兽之类不热死也呛死,我看未必有甚生物呢。气味难闻,换个方向吧。"

紫玲乘机答道:"生物虽知趋避,惊窜之中易为烟雾所迷,或是误入死地逃不出去,既打算积点功德,自然由烟浓之处起始,再环绕回来,方免遗漏。你嫌烟臭,由我用弥尘幡同飞就无妨了。"随说随将弥尘幡取出,令二人贴身并立,一幢彩云簇拥三人同飞,端的星飞电掣,神速已极,晃眼便是百十里外。再由东南绕向东北,仍不直飞土坡,故意由斜刺里越过。等已过去里许,倏地折回,直往坡上树林中扑去。

那林中潜伏的敌人名叫畅吉,与终南三煞师徒积仇甚深,独自一人隐居本山多年,今早偶从崆峒访友回来,老远望见朱缺御风遁走,全岭俱是彩烟笼罩,耳听地底风雷之声,知火山行即爆发,连忙隐身近前窥探。看出商、朱二仇同门火并,不禁又惊又恨。知道仇人厉害,难于取胜,岭上神光笼罩,无法破坏,立即想好计策,暗下毒手:用法宝由坡前开通几处地道,通向岭腹,将火引出爆发,以分商祝心神,乘其手忙心乱,几面不能兼顾之际,邪法、异宝一齐施为。因火势太猛,开穴时若稍一不慎,不仅易被敌人发觉,自身还难免波及,遂先把穴道开至与火邻近之处,再退回去行法,一一穿通。

谁知商祝近年被困恶鬼峡,每日苦炼,也大为精进。适才又将朱缺盗取师父的五行真气夺回多半,法力越发高强。畅吉把火穴才一开通,便被真气堵住。畅吉嫌这样开法火力太小,正在另打主意,忽见敌人有三个同党飞到。畅吉妖法虽非寻常,只因强敌当前,昔年屡遭挫败,如惊弓之鸟,行事过于审慎,以为自己隐迹缜密,敌人难于窥探,想看清敌人虚实再举。同时又来了一个望门投止的密友,互叙别况,因此慢了一步。

畅吉先见紫玲等三人御风飞行,还有轻敌之念。嗣见三人施展弥尘幡,方知并非易与,当紫玲等绕飞而至,畅吉也颇戒备。及至彩云飞过,好似并未被发觉,心正一宽,不料目光一瞬,三人倏地飞临,同时雷火剑光迎头打下,疾若雷电,畅吉任是神通广大,也难躲闪。还算那新来同党吃过紫玲苦头,认得弥尘幡,深知厉害,一见一道光华飞到,势绝神速,一面让畅吉留心,一面暗中戒备,忙把手中玉钵往上一托,飞出一片血光紫焰,将三人剑光抵住,才未受伤。

紫玲只知妖人藏身浓雾之中,因没看出真实所在,才将雷火剑光一齐夹攻。畅吉骤出不意,无法施为,吃紫玲一雷先将妖雾震散。妖党为要抵御飞剑,又将钵中血光飞起,益发被三人看清地方。紫玲、岳雯各将雷火连珠一般朝当中打去,三道剑光更是惊虹飞舞,上前夹攻。畅吉已为三人先声所夺,再见这等情势,误认机密既泄,商祝也必发现自己,事完必来夹攻,心中发狠,把牙一错,手一扬,飞起三道碧油油的光华,将三人飞剑敌住。跟着一声长啸,和那同党收转妖钵。恰值岳、秦二人雷火打下,隆隆连声,只见满地碧萤流走,晃眼消灭,再找妖人已不见踪迹。空中三道碧光已被剑光绕住,只一绞,也化为万点碧萤,随风消散,直似洒了半天星雨。

南绮笑道:"这两妖人怎如此不济?"紫玲虽不认得畅吉,却认得那同党正是新从自己手下漏网的黑神女宋香儿,知道难犹未已,便道:"南妹,你莫轻视妖人。只因迅雷不及掩耳,才使其挫败。但我一时疏忽,见他飞剑放出,大有一拼之势,没料到他会舍剑地遁。便那女妖人都是劲敌,妖道更是一身邪气,我想他们决不会就此甘休。妖妇为困舍妹,曾在我手下漏网,既来投这妖道,必然比她还强。商道长正在紧急之际,莫要被他们做了手脚,商道长未必受害,贻祸生灵却不在小呢。"

话还未毕,南绮忽然惊呼:"大姊,还不赶快回去,火山要爆发了。"紫玲抬头一看,只见来路岭脚下又陷出三个新火穴,浓烟烈焰,泉涌一般,突突上升。商祝已不知何往。地底风火之声密如擂鼓。喊声:"不好!"不顾再往下说,忙招岳雯、南绮二人,同驾弥尘幡电驰赶去。

还未到达,首先发现妖妇宋香儿,正与商祝新收的另一只仙鹤在岭侧危崖之后恶斗。那鹤口喷一条白烟,周身也有白烟围绕,已吃妖妇一道黑光困住,苦命相持,大有不支之势。岳雯听紫玲一说妖妇姓名,便知她是九烈神君爱宠,有名的淫毒凶妖,心甚痛恶,唯恐又被漏网。忙道:"秦师妹急速去助商道长,待我诛此妖孽。"随说,手一指,一道金光直朝妖妇射去。紫玲知道岳雯法力高强，口应一声，独自越过火穴，往岭脊前面飞去。南绮生性疾恶，没等发话，早将飞剑放出。

黑神女宋香儿原是奉畅吉之命，仗着身有避火之物，前来放火。并由畅吉去斗商祝，好使他不暇兼顾，宋香儿才开了三洞，便吃仙鹤挡住，瞥见云幢追来，虽然尝过紫玲厉害，一则仇恨太深，一则又恃善于逃遁隐形之术，仍想把祸闯了再走。南绮飞剑出手，连忙迎敌，紫玲忽又飞走。心方一喜，岳雯金光已如匹练横空飞至。

岳雯为人最是谦逊，从不显露锋芒。适才初会妖妇时，因有紫玲、南绮同往，知道足可应付，一面随众将昔年初学道时防身飞剑放出，一面观察动静。这时因是痛恨妖妇，决计除她，一上手便将峨眉开府以后师传金鳞剑放将出去。

此剑乃昔年连山大师降魔之宝，经岳雯师父嵩山二老之一追云叟白谷逸在月儿岛火海之中取出，重经师徒二人玄功祭炼，神妙无穷，威力至大，与正派诸长老的仙剑几乎不相上下。妖妇如何能是敌手，一见便自心惊。

无如先放火时被那仙鹤装作空中飞过，为火烟熏迷，突然坠落，一到了妖妇身侧，冷不防爪喙齐施，又喷了一口真气，三下里夹攻。如非妖妇应变神速，长于闪避，立即遁开，几乎为鹤所伤毙命。就这样，还中了一爪，左肩也被真气所伤。心中愤怒已极，必欲将鹤杀死泄恨，竟将九烈神君的黑煞神剑放出，准备将鹤绞成粉碎。

那鹤久在高人门下，又是人变的，功力颇不寻常，一任妖妇施为，急切间仍伤他不了，那口黑煞剑的乌光反被鹤的真气绞住。妖妇并未觉察，一面另指一道淡灰色的剑光敌住南绮飞剑，一面纵遁避开来势。待将黑煞剑收回去敌岳雯，不料那鹤古怪异常，所炼真气极为强劲，表面看去似为妖妇剑光所逼，实则破它甚难，并无伤损。妖妇见岳雯、南绮剑到，想要撤剑转敌，那鹤如何能容，忙运玄功奋力一收，竟将黑煞剑绊住。

妖妇往常收剑捷于影响，这次收时，方晃剑光往回一掣，便被剑口白气牵扯，迟滞不能收回。骤出不意，心中才一失惊，未容转念施为，岳雯飞剑立似电一般卷将过来，妖妇见不是路，惶遽中又把妖钵取出，刚往上一举，金光已当头罩到，如神龙掉尾，微一掣动，便已了账。

妖妇以前屡遇正教中人，均仗着她狡诈机智，妖法高强，得脱性命。这次也是该当遭劫，般般凑巧，黑煞剑首先被仙鹤真气绊住；岳雯飞剑本就神奇,中间又经神驼乙休指点,越发精妙。妖妇纵有一身邪法、异宝也难措手。否则纵难逃遁,决不致死得如此快法。

妖妇一死,岳雯见那黑光仍被仙鹤白气绊住,便对仙鹤道:"按理此剑应归道友所得,无如剑上邪气太重,又是九烈神君教下之物,留在身旁必有后患,保持不住。况道友也收它不了,暂且由我收去,少时问过商道长再作处置,你看如何?"那鹤口吐人言,应声:"遵命。"刚把真气一撤,剑便腾空欲遁。岳雯忙按本门收剑之法,运用真气吸收下来。双手接住,只一搓,现出原形,化为一柄乌光晶莹、可鉴毛发的乌金匕首,在掌中不住跳动。岳雯随用禁法制住,藏入法宝囊内。

二人一鹤刚刚飞起,待要越岭而过,忽听轰隆一声巨震,岭头火口崩裂,烈火暴发,千百丈火焰黑气冲霄直上,爆炸之声响成一片。当时山摇地动,狂风大作,火势之大,从未见过。那妖妇新辟的几个火穴反倒小了下去,不再腾起。二人虽是御剑飞行,也不敢由火里冲过,忙将遁光升高。由火侧绕飞过去一看,岭上紫光已敛,颜色通红,恰似烧化了的铁汁,瀑布一般顺着火口倒挂下来。所过之处,无论山石林木,齐被烧化,满地淌去,声势骇人已极。再看妖人畅吉及紫玲,不知何往。商祝已离鹤背,独自飞身空中,一手发出五行真气射向下面,似想借真气之力,将火汁去路阻住。另一手掐诀行法,向西南方山多之处不住比画,不知是何用意。看那神情,甚是惶急狼狈。

岳雯料知巨灾已成,此火又非常大,不是五行之水可以浇灭。火口越陷越宽,火势越来越大,身在高空,还是上风,都觉奇热难耐。那流出来的火汁,吃商祝真气挡住,不能流远,晃眼聚有两丈来深,峰前那一大片盆地全被布满,赤焰熊熊,化为火海。不消片刻,下面地皮也被熔化。岳雯、南绮禁受不住火烤,只得随了二鹤往远处飞去。

商祝虽仍奋力施为,无如火域太大,那五行真气只能堵住前面低处。四外峰岭吃火一烤,纷纷炸裂崩塌,地动山摇,天惊石破,震耳欲聋。那西南方一座高山,先经商祝行法,似有移动之势,岭前火海下面地火一涌,忽又停止复原。岳雯才看出商祝先想移山压火,嗣觉火势过大,移山来压,一个不好,反加灾害,所以欲行又止。想不到地火威力如此厉害,枉有一身仙法,爱莫能助,眼看危急万分。说时迟,那时快,自从妖人逃走,火口崩陷成为火山火海,也只片刻间事。

商祝将远山止住以后,好似情急无奈,身在黄光拥护之中,一声怒啸,面上颜色倏地惨变。刚刚将左手伸向口边，待要咬碎五指，舍身救火。猛见一幢彩云拥着两个道装女子星驰而至。内中一个还未近前，便高喊道："妖人已然伏诛，师姊齐灵云现奉掌教师尊妙一真人之命，特由东海取来冰蚕和天一真水来此救火，请商道长暂退一旁，以便下手。"说时云幢早已飞近。另一女子也由云幢中飞出，身背两个葫芦，一大一小，通体俱是祥光紫气围绕，径向火山顶上飞去。岳雯一看，果是齐灵云到来，知道此火必灭，好生欣慰。商祝闻言也转忧为喜，面带愧色，和紫玲退将下来。

同时灵云也飞到火山上空，先将身后小葫芦取向手内，将盖揭开，朝下四外略洒，飞出几点寒星。晃眼之间展布开来，化为一片冷云盖将下去，恰似一座水晶结成的圆幕，直罩在整个火山之上。火头被它一压，立即退缩，渐渐下垂及地，四外都被罩住，全无缝隙。寒光晶影与内里熊熊烈火相映生辉，化为无边丽彩，煞是好看。

灵云随将大葫芦盖揭开，右肩微侧，手朝前一指，内中飞出一物，形如春蚕，通体雪白，初出长约尺余，迎风便暴长丈许。周身银光闪闪，隔老远便寒气侵人，适才酷热立即消灭。冰蚕出现以后，在空中略一盘旋，飞向前去，晶幕上立现一洞，蚕口张处，宛如滚汤泼霜雪，狂涛卷微烬。蚕口白气兀自喷发不已，转瞬弥漫全幕，不见火影。

约有顿饭光景，灵云一声清叱，冰蚕离幕飞回，自行缩小，钻入葫芦以内。那座晶幕依旧冰辉清莹，罩在火场之上，内中火势全都熄灭，火中浆汁已经凝为一片五色斑驳的石地，白气也早被冰蚕退时收转。灵云重又将小葫芦口对准冰幕行法，将手一招，幕上忽又飞起一根极细雨丝，往葫芦口内投去。一会儿由厚而薄，由薄而消，晃眼收尽，只剩劫灰，满眼一片荒凉。

这时在山头遥望的舜华、裴元、石玉珠等人也带了胜男姊弟飞到。除岳雯、紫玲和灵云本是同门，石玉珠也深悉灵云法力外，余人多是初会，见有这么大神通，好不钦佩。

商祝面有愧色，正待开口，灵云已先施礼说道："家父因知妖人畅吉假手妖妇，破去合沙道长灵符，意欲毒害生灵。商道长虽然法力高强，能灭此火，但是岭内和这一带地底均含有无量石油，地肺中火已被前人勾动，仗商道长法力强压归窍，时候稍久，难免二次引着，终是费手。此火只天一真水能够一举熄灭，此水为水阙至宝，这样用了未免可惜。且喜百禽真人公冶道长借用冰蚕已然交还，正好同时运用。有了此蚕，只须将真水化为冷云，压住火焰,使不聚于一处,再放冰蚕,喷出那数千年玄冰精英凝结的奇寒之气,便可消灭。真水也一滴不少,仍可收回。如命施为,果见妙用。来时家父并致道长一函,尚请一观。妖人畅吉业在途中路遇,与师妹秦紫玲合力除去,形神俱戮,永无后患了。"说罢将书递过。

商祝看了,笑道:"我因家师为孽徒所弑,朱缺受报在即,又得借观合沙奇书,终南三煞剩我一人,本意事完创立教宗,与贵派和青城诸派一样大开门户。今日一见,不特事非容易,道力也还不足。别的不说,像诸位道友这等资质,我修数百年尚是罕见,何从物色?况有今日之事,越发使我惭愧。归谢齐真人,说我感他盛情指点,来书之意我已心铭,必定依言而行。只等复了师仇,便即隐遁海外,不再作别的妄想了。"

岳雯见他手招二鹤,似乎要走,忙把黑煞剑交出,说了得剑经过。商祝见剑,惊道:"那妖妇竟是九烈神君门下?朱缺此次元神遁走,许是前往投她,我于此剑颇有用处,可能暂借一用么?"岳雯道:"此剑本系鹤道友真气裹住,后辈不过助他收下;况且异教中物,要它无用。老前辈只管取去,何借之有?"

商祝又笑道:"无怪各派群仙都道峨眉、青城人才辈出,日益昌明光大。起初我自负多了一点年纪,还不怎样在意。自从先后遇见诸位道友,个个都如仙露明珠,清华朗润,人言果是不谬。那些异派枉用心力,妄欲争衡,如何行呢?诸位道友各自珍重,仙业必不在远。行再相见。"说罢,举手作别,自带二鹤破空飞起,白气横空,眨眼不知去向。欲知后事如何,且看下回分解。

第七十六回

净妖氛　议觅双童蛊
急友难　言寻比翼鸟

　　南绮方笑商祝前倨后恭,灵云道:"你们哪里知道,这终南三煞修道均有五六百年以上,法力高强。尤其所炼五行真气,在各派剑仙中独树一帜,神妙非常。商祝人最肝胆,昔年因朱缺犯了本门教规,代人受过,同受严罚,日受风雷之苦。朱缺因是犯规首恶,性又倔强,不似商祝甘受羁勒,轻易制他不住,所以他师父铁鼓仙对他处罚最严。除禁制后洞外,并将洞侧飞云峰全山行法移来,压向他的背上,至今不能摆脱。"接着便说了事情的经过。

　　原来朱缺阴狠乖戾,不知乃师起初自恃道力,妄想肉体飞升,没打转劫主意,也未积修外功。近年道成,见同伴合沙道长已早仙去,自己枉自多挨了二三百年,依旧飞升不得。他也知旁门中人必经此一关,无如他这一派别有奇怪,如欲兵解,非本门中人下手不可。便借朱、商二人犯规,处罚加严,知道朱缺必不甘服,日久怀恨,一旦得脱,定要乘机行刺,特意假他的手,连同第三弟子终南三煞中的魏稽,同时兵解。因恨朱缺背义忘恩,杀师犯上,转劫时将禁制商祝的移山镇物自行毁去。

　　朱缺原因受制多年,日受风雷重压之苦,每遇魏稽,必向哀求。魏稽原和朱缺不睦,先未搭理。年数一多,见朱缺受尽苦难,不由动了多年同门之谊。无如师父法令素严,爱莫能助,徒唤奈何。到了近年,铁鼓仙忽说功业行将圆满,入定时多,往往经年累月,便将禁制朱、商二人之事交他执掌施行。他那本门禁法甚是玄妙,没有代形镇物,只须有法施为,人在千万里外,一样受到苦难,其应如响。

　　起初商祝只背上少了一层山压的重力,别的受罪俱和朱缺差不许多,行动起坐比较随意而已。魏稽和商祝情分颇厚,初接管时心惧师威,照样用心灵感应,发动后洞禁制,一日三次用地火风雷给二人罪受,没敢丝毫徇情。

过了些时，偶往云贵边界，便道往恶鬼峡探看商祝，私尽同门之谊。

二人见面互谈别况，说高了兴，不觉到了施刑时候。魏稽本意不忍当面下手，想要离去，商祝再三不肯，力说："你看我是私情，施刑是师命，各行其是，有何妨害？你我同门至交，别久会疏，难得见面，何必因此遽然别去？并且这几年来痛自悔悟，奋力虔修，所受孽难已然轻好些了。"魏稽无奈，只得依言行事。

魏稽以前行刑，虽知此法厉害，因在远地施为，从没亲见。朱缺禁处虽在本洞，一则平日有仇，懒得看望；二则他为人阴毒忌刻，受罪时节如往看望，相形之下，定要怀恨，所以除偶因取物路过相值，听他诉苦求说，敷衍几句外，一直也没看过。这时面对好友施刑，尚是初次。魏稽心灵刚与本洞镇物相通，如法施为，商祝立被风雷包围，身受极惨。魏稽越看越不忍视，当时激于义气，竟想拼受重罚，将风雷撤去。商祝力言："不可。我已受惯。师父法严，你只宽免得我一时，日后师父觉察，一生气，你白受连累，我的罪孽许还加重，岂非两误？"

魏稽无法，眼看他受完每日应有的苦难。又聚了些时，方始忍痛别去。回山立向师父恳求，说商祝受难多年，只知愧悔激励，毫无怨望，现在年时已久，可否特赐鸿恩，稍予宽免？铁鼓仙只是笑而不答。魏稽看出师父神情尚好，拼担处分，私把商祝每日应受苦难暗中减去多半。铁鼓仙竟故作不知，从未过问。

过了两年，魏稽无心中听师父提起，说昔年因愤朱、商二人犯规，本想处死，嗣经哀求，令其改受活罪。又说："我不久飞升，他二人难犹未满。我去之后，你至多徇情使其少受苦处，如想去掉二人禁锢，决无这等法力。"魏稽本知师父功行将完，又知所受禁制中藏先后天五行妙用，非比寻常，无人能破，闻言好生代商祝着急，再四探询有无别的破法。铁鼓仙说只有以前仙去好友合沙道长所遗奇书，如能得到开视，照书行法，方能脱困，此书现在蛇王庙大人阿莽姊弟手中。魏稽因本门教规最忌强取人物，又问出收藏书的是个凡人，不知宝贵，离恶鬼峡又近，连忙抽空前往与商祝送信，令其就近设法。又担着责任，将禁法松了一次，使商祝足迹能够离洞稍为走远，以便下手。无如禁法厉害，商祝只走到庙前而止，又为时甚暂，仍是无法得手。

魏稽回山，朱缺见了，重又老脸哭求。魏稽心肠一软，暗忖："都是同门师兄弟，何独彼厚此薄？"加以师父正在入定，要经一年才醒。于是也将他的

134

苦难减少。哪知朱缺早蓄异志,暗谋杀师,外面却装作感激涕零,好话说了无数。最后又说:"师弟不念前恶,无恩可报,昔年所炼至宝天辛神弩和一葫芦灵丹愿以奉赠。但是弩和丹药俱藏中洞昔年居室之内,封闭甚严,必须亲身往取始能到手。现时苦难虽减,但那整座山峰的重力常年压在身上,气都难喘。欲求师弟略松禁制,去往中洞将宝取来奉赠,聊表寸心,就便稍为活动筋骨。"

魏稽早就知他得了这件旷世奇珍,妙用无穷,闻言忽动贪心,以为暂去即来,并无妨害,便即应诺,松了禁制,将他领往中洞原居室内,果将宝物、灵丹取出,如言赠予。魏稽只顾喜谢,哪识狼子野心。那朱缺探出师父入定神游,禁制归魏稽掌管,便心存叵测。

赠宝以后,朱缺本该回到原处受禁,忽说:"被困太久,似此徇情又有一而不可再。难得还可在外流连片时,前洞太远不能去,中洞不愿去,到你室中稍聚片时如何?"魏稽虽知禁制之处与居室最近,并要经过,又是初受厚赠,高兴头上,以为不过片刻工夫,何苦人情不做到底? 便应允了,好心好意,还把自制仙酿取出款待。

万没料到朱缺欲取姑与,那天辛神弩曾经苦炼,与心神相合,随意施为,他原深悉本门法术,等走过禁制之处,看出就里,立即默运玄功,那天辛神弩乃西方庚辛真金精英炼成,形如一个三寸许椭圆铁球,一经施为,四面发射光箭,中人立死,那球在魏稽手上,倏地爆射出万道银光,魏稽骤出不意,立即惨死。

朱缺原想暗算魏稽,破了禁法遁走。不料魏稽自他被困以来,道法大进,已非昔比,那禁制也全由他心灵主持,一旦警觉中了毒计,知难免死,惊愤急遽中将手一指,竟将禁法倒转,发出五行生克妙用。朱缺虽将风雷破去,撤了拘束,能够脱身,那压身重力竟无法破。知道全峰重力背在身上,等师父元神复体,按图索骥,一拘便至,那时所受更要惨酷,一怒之下,就许形神俱灭,不得超生。当时情急,便起弑师之念。仗着禁制破有一半,远近由心,立即赶往前洞。先将天辛神弩放出,用心狠毒,竟想将乃师炸成飞灰。

谁知铁鼓仙早已醒转,故作入定相待,有意破他所发神弩。神弩才刚迎头飞落,待要射出光箭,忽见乃师头上红光上涌,将弩包没,一声迅雷,便爆炸成了碎片。朱缺见状,知道师父已回醒,心胆皆裂,匆迫间无计可施,只得将本门真气飞出,原意抵挡一时,决无幸理。不料乃师元神突从头上飞起,戟指怒视朱缺,往后洞飞去。朱缺也没敢追,猛听后洞雷鸣。方在惊疑,忽听地底风雷大作,山摇地动,眼看全洞就要崩塌,才知中了师父道儿。慌不迭携了几件法宝和师父贮藏五行真气的葫芦,飞身遁出。一片烟光拥着一座尺许高的峰峦,由后洞飞出,一闪即灭,全洞立即崩塌。

朱缺本想弑师之后,无人作梗,便可回到后洞,二次竭尽全力,哪怕多费岁月,好歹也将身背山峰的大累去掉,万没料到师父竟是早已算到今日之事,外表让自己看出禁法可破,诱使为恶,实则中藏微妙。以虚为实,防范异常周密,结果只将风雷之厄去掉,不特禁制没有破掉,那移形代体的镇物也同时当着己面毁去,从此千万斤的重力永压肩背之上,休想去掉,怎能不又惊又急。

如换旁人,到此地步必生悔悟;朱缺偏是乖戾异常,加以受罪年久,蓄怨太深,全没想到弑师叛教,负罪如山,反把师父同门恨如切骨。无如乃师法术神奇,一经发动,到处都生妙用,任朱缺费尽心力,丝毫攻不下去。情知镇物已毁,就能开掘到底,至多不过毁了死人遗体,聊以泄愤,并无别的用处,只得住手,另打主意。

总算以前修炼功深,道法高强,又有好些厉害法宝在手,乃师一死,去了桎梏,虽然日受山的重压,痛苦非常,倒也照样可以行动施为。又得了乃师生平聚炼的五行真气,益发助了威势。于是寻一隐修之地,先按本门玄功,将所得真气与己相合。

朱缺起初没想去寻商祝,继而寻思,老鬼近百十年屡说自己残暴乖张,昔年误当作美质,以为可以承继道统,因而妄加器重,以为凭己道力可代减去宿孽。近年悟彻几微,才知我孽重缘薄,天性难移,反不如商、魏二人尚堪造就。由此逐渐厌恶,不再传授,师徒情分因之日劣。即以这次犯规来说,也是由激而发。当受罚的第一天,老鬼又曾斥说:"此罚虽重,实则是你一生成败关头,如非念着相随多年,还不如此费事。只看你为人如何来定凶吉,如能洗心革面,忍受磨折,难满自然释出,以你多年勤修,仍可成就;如若中途生心,再犯教规,为师彼时大道已成,自有我的门人代我施刑,使你永世沉沦,万劫不复。"

朱缺困中静思,也常警惕,只因受苦太甚,仇深恨重,近日急于设法出困,竟然忘却。初意师父道法已得之八九,当初犯规,骤出不意,才被擒住。如能破禁逃走,寻他仇家护庇隐匿,便可无事。一时情急脱困,杀死魏稽,禁法又未全破,迫于无奈,铸此大错。身负重累,至少三五百年光阴,才能用法力像磨铁成针般逐渐消去。受苦还在其次,老鬼生平言出法随,终必应验,可是同门三人,只有魏稽与己不和,已死己手,无所能为。老鬼又没别的弟子,剩下还有一个商祝,原和自己一气,并且同受刑罚,定也怀恨在心。他此时脱困,去了风雷之厄,还是由于自己力量,难道恩将仇报?

朱缺想到这里,忽然心中一惊,暗忖:"以前老鬼也有不少恩义,如何反死己手? 商祝虽说合得来,但他平日对师极为尊重感激。即以此次而论,本是代人受过,与他无干,老鬼处罚那么严,他却甘心听命,毫无怨言,全不似自己倔强争辩神情。老鬼近年传授道法又都背人,今日许多埋伏准备,便非意料所及。也许私下传有辣手,令他到时代师报仇,弄巧连这移山禁制都有破法。"想到这里,立往恶鬼峡飞去。

商祝在终南三煞中性最孤僻,人却好义,重于恩怨。因入师门虽非朱缺引进,却由认识朱缺而起,这次受了朱缺的累,受苦多年,一点也不怨恨,又因是从犯,代人受过,处罚较轻;不似朱缺首恶,除日受三次风雷之厄以外,每日还要费尽心力,运用玄功抵御身负整座山峰的重压。于是数十年静中参悟,功力大进。二人道行本在伯仲之间,经此磨炼,商祝竟驾朱缺之上。

自从魏稽回山,商祝苦难渐减。心知师父法严,不许门人纵情,如非魏稽拼受责罚,便是师父有了宽恕,不禁忧喜交集。无如师父自将外功完成,迁了新居以后,便闭洞府,深居简出。因以前师徒四人多是一意孤行,敌友俱都众多,因嫌烦扰,洞府终年行法封禁,休说随意走进,连洞中人的行止动静也都占算不出。除却魏稽再来,无法知道底细。只得时常向师门虔敬遥祝,忏悔乞恩。

商祝正悬盼间,过不多日,所受风雷和诸般苦难突然撤去十之八九,以为师父开恩宽免,喜出望外。只是身仍受禁,不能出洞一步。知道占算不出就里,心想:"反正师父一允免罪,魏稽必要来传师命,至不济也必飞书相告。"遥跪谢恩之后,便在洞中静候后命,并未推算。初意或人或信,一二日内必知详情。谁知连候多日,全无信息,方觉奇怪。

这日正打算虔诚跪祝,默运玄机推算一下,朱缺忽然飞来。商祝见他受罚比自己要重得多,倒先释出,可是身负山峰重累却未去掉,当时颇觉可疑,但久别重逢,欣慰非常,也不暇细问,立即延进洞去。朱缺奸狡,见面不说真话,一开口便探询商祝有无解禁之法,嗣又盘问他对师父心意有无愤恨。商祝满拟朱缺是同门至好，又共多年患难，一点未存私心。先将合沙道长奇书在附近蛇王庙中发现的一切详情全部吐露。随又力说师恩深厚，所受苦难咎由自取，怎敢怨望。朱缺探出商祝倾心师门，好生不快，始而反唇相讥，终于破口咒骂，将弑师杀弟经过也说出来，方始愤愤而去。

二人初见面时，朱缺谎说："师父业已坐化，魏稽奉命匆促，未将破禁之法学会，闹得你是苦难虽去，仍困在此，不能脱身行动；我虽得脱，身上却背着一座小山。听三师弟说，师父升仙时，言中之意好似昔日对你曾有传授，所以我特地寻你行法解免。"商祝信以为真。及至朱缺肆口毒骂，自吐逆迹，不禁又惊又怒，悲愤交集，形于辞色。如非身在困中，诸多顾忌，几乎当时就破脸代师报仇了。

等朱缺走后，商祝猛想起适才误中奸计，竟将合沙奇书踪迹说出。朱缺阴险凶残，又将师父所炼真气法宝得去，愈助威势。看他行时神气，此去必将奇书攘夺到手，通解书中奥妙后，将本身重累解去，必来残杀自己，以便独创教宗，了他多年欲望。又想起昔日得书女子背信违约之事，把虞南绮恨到极处，枉自急愤，无计可施。

过了两天，商祝正待运用玄功推详未来祸福，忽见老友散仙裴融走来相晤。说起自他被禁以来，时常悬念，因为知难未满，又恐乃师不快，未敢造次。现已访知合沙奇书能救此厄，此书现被青城派门人得去，因和青城教祖朱梅、姜庶俱无深交，未便往求。本意将蛇王庙大人姊弟救出险地，暗中接引，使书主人裴元大如自行送书上门解救。适才得信，朱缺已然弑师出困，现命门下五鹤童子飞空四出，一旦查探到书主人的下落踪迹，便往夺取。早晚必被寻到，事已紧急万分。

又说："神驼乙休以前曾受山压之苦，较你所受尤重，终经他多年苦炼之功，脱出重累。二次出世以来，又和正教中的三仙二老等人成了莫逆之交，你和乙道友昔年曾有数面之交。何不求他设法？能借他手脱困固好，至不济也可由他飞书给青城朱道友，将合沙奇书从门人手里取回，相借一用，免被朱缺伺隙夺取，至成大患。"商祝虽觉事急求人有些内惭，无奈此外更无善策，自己又不能行动，只得写了封信，托裴融代去相求。

裴融刚到岷山，神驼乙休已接青城教祖矮叟朱梅飞剑传书，说起此事。朱梅同了各正派长幼两辈同门，正在金鞭崖上用九疑鼎祭炼前古仙兵宝物，不能分身，托他就便设法。追云叟白谷逸的大弟子岳雯，自从峨眉开府之后，平日无事，常被神驼乙休约往岷山对弈，因此得了不少高明传授。乙休接书之后，默运玄机一算，已知前因后果，正在吩咐岳雯，令其代往一行，见裴融来代商祝求说，立即应诺。

裴、岳二人领了机宜，先飞往神鸦岗上空，用乙休所传灵符，将南绮所放的梯云链收截了去。刚把玉匣奇书取下，未及开看，虞舜华、秦紫玲相次飞来，互相见面说明经过，便同去恶鬼峡。商祝一见合沙奇书取到，好生喜慰，匆匆拜祷。开匣一看，才知合沙道长道术通玄，因和师父交厚，嫌他刚愎自用，劝且不听，特意详参未来，留下此书。所有一切前因后果，俱都详加指示，除商祝破禁之法载在书中玉叶上外，并还附有一张纸帖、两道灵符：一道可用来收朱缺盗去的五行真气；另一道可致朱缺死命。

书中也曾提到，朱缺数尚未终，事机瞬息，弄不好元神仍要被遁走。灵符持久，灵效渐灭，地火也难镇压，必定破土爆发，酿成灾劫。所幸到时也还另有救星。不过朱缺元神一旦逃走，仇恨如山，必去勾结妖党为害生灵，又须费上好些手脚始能除去。

众人听齐灵云说完前事，南绮早闻峨眉三英二云之名，以及二云所居紫云宫中仙景，今见齐灵云果不寻常，益发敬仰，互相通名礼见之后，备致钦慕。灵云也颇喜她美质天真，便约她和裘元异日有便可往紫云宫相晤。南绮闻言大喜，由此记在心里，念念不忘。

来人除舜华姊妹久别重逢，意欲小聚些时再走外，岳雯、秦紫玲、齐灵云三人俱欲作别回山。经南绮等人苦留，石玉珠也想和齐、秦二人叙阔，再四挽劝，方允同去胜男姊弟洞中聚谈半日再走。

当下众人同往胜男姊弟所居崖洞相聚。且喜相隔火山爆发之处尚远，山容水态依然如前，没有受到波及。众人嫌洞中晦暗，俱在洞外树林中落座。先前带去的鹿肉，众人尚未来得及吃，便遇朱缺来犯，经此一日一夜，加以火发时一番酷热，肉已不堪再食，胜男姊弟只得将用具携回。因知众人一日夜未进饮食，又想诚心款待仙宾，各自汲泉生火，将石洞中藏的剩余鲜鹿肉，连同腌腊野味、自种的各种蔬菜，尽量搬运采取来制作烤吃，忙了个不亦乐乎。阿莽早搬来一块丈许长、二三尺厚的平整青石，另外搬了两块石头，连同原有木凳摆好，石旁搭着烤鹿肉的火架，一切齐备，来请入座。

南绮笑道："齐大师姊道法高深，已去金仙不远。紫云宫珠宫贝阙、玉柱金庭，什么龙肝凤髓、火枣交梨不常享受，莫非还吃人间俗物？似这腥膻烟火,肉已隔夜不鲜,丢掉它吧!"

胜男接口道:"鹿肉虽然隔夜,因我昨日知道今早就要起身,听裴恩人口气爱吃烤鹿,唯恐行时万一要用,剩肉全藏在石洞阴凉之处,味道和新打来的一样,决不会变。二位恩人和吕仙姑俱都爱吃,洞中又没甚好东西奉敬。齐仙姑如嫌烟火,请到上首落座,恰好背风,就闻不见味了。"

灵云忙笑道:"虞师妹休得如此,愚姊纵能辟谷,也只是近年之事,也并未尽绝烟火,不过有时同门快聚,乘兴偶一为之,不以为常罢了。我们异苔同岑,难得良晤,岂能为我一人,举座减兴:既如此说,我也奉陪尝些如何?"

众人见灵云谦恭随和,自是越发亲敬。因贪聚谈,率性各自围石而坐,由胜男姊弟烧烤了来端上。石玉珠笑道:"可见一饮一啄,俱有定数,吃这一点鹿肉,也有许多波折,几乎不能到嘴。那些异派妖邪,枉自心劳日拙,一旦恶贯满盈,仍是一个也逃不过日限去,竟少有听说火海抽身,回头是岸的。他们并非庸流,虽然所学不正,也都是道术之士,颇能前知,何以到头来总是不能自拔?真是奇怪。"

灵云笑道:"数固限人,人也未始不能与命数争,只看其平日恶重与否。这些年来,以我所知,能自拔的不是没有,只是太少罢了。即以今日伏诛的黑神女宋香儿而论,她原是九烈神君宠姬,身受老妖宠爱,享受无穷,以妖邪行径来论,还有什么不能满她欲望之处?所居洞府禁制尤重,无论正邪各派,非经允诺,休想轻入。

"她如安本分,只在洞中尽情享受作乐,不到外间生事,我们飞剑虽利,怎能伤她毫发?她偏静极思动,只因和九烈孽子黑丑一言不合,互相争闹,九烈护庇孽子,敷说了两句,她当时愤恨,盗了宫中几件厉害法宝,私自逃出,不再回去。九烈事后思恋,又把孽子责骂一顿,立逼黑丑去寻妖姬赔罪,务要接回宫去,否则父子不再相见。以致黑丑路遇妖人,受了愚弄,竟与妖尸谷辰合流,乘郑颠仙元江取宝之际前往侵扰,死在小南极女仙叶缤的冰魄极光剑和凌云凤师妹的神禹令二宝之下。她还惹出许多事端,至今未了。

"妖妇生性淫凶,自离本洞,便在外面广寻面首,以快淫欲。九烈教下虽不计较贞淫,并且还想她回宫重温旧梦,无如黑丑一死,其母又是九烈感恩敬畏的嫡室,推原祸始,自不甘休。经此一来,妖妇益发断了归念,自恃妖法异宝,恣意为恶,所以今日终伏显戮。按她本质,何等聪明机智,如肯归正,还不是我辈中人么?全系自作之孽,数限便由孽生而已。"

正说之间，灵姑忽想起元江取宝成功之时，师姊欧阳霜长子萧璋曾因乘隙盗宝，归途为一妖妇劫去。后来欧阳霜哭求师父去救，彼时在场各平辈剑仙俱和欧阳霜交好，纷纷请命往救。甚至连峨眉门下弟子，道法高强先进的师兄姊，竟连金鞭崖炼宝良机都甘舍去，欲往相助。数经师父劝阻，只派了秦寒萼等三人同往。妖妇姓名正是这黑神女宋香儿，既已在此伏诛，欧阳母子必已无恙回去，便向灵云打听。

秦紫玲笑道："此事大师姊不曾在场，只我一人身经其事，那妖妇煞是厉害，舍妹等如若晚到一步，萧璋是她迷恋的人，暂时还能保全，欧阳师妹就不能免于难了。就这样仍受了一点小伤，如非郑师叔赐有灵符，几乎从此残废，后来竟连舍妹等也一齐困住。

"经我接到舍妹用地底传音告急，恰值小仙童虞孝、铁鼓吏狄鸣歧两位新同门奉命东海采药，便道来访，正在宫中。两位俱识得妖妇来历底细，相助赶去。先由虞师弟用后羿射阳神弩毁了妖幡，又发先天太乙神雷震散妖气，与舍妹等里应外合。妖妇先还逞能，经我用璇光尺、庚辰剪、九音神锁连破去她十三件法宝，身上还受了好些伤。眼看被舍妹的柔麻擒住，微一疏忽，竟被她化身逃走。

"本不打算穷追，无如妖妇忒阴毒，临逃还下毒手，放出好些黑神刺。我看出不妙，忙用璇光尺去破时，舍妹和欧阳母子全被打中。此刺厉害不在白眉针以下，不过我们金蝉师弟和李英琼师姊俱有破它的法宝；不比白眉针，非陷空老祖的吸星球不能取出。经此一来，将众激怒，决计除她。

"由虞、狄二位先将三人送往峨眉仙府医治。为防妖妇逃遁迅速，难于追踪，又从舍妹手里要来弥尘幡，到处搜查妖妇踪迹。适才发现妖雾，遇见妖人畅吉，妖妇居然在彼。起初那么难法，想不到恶满限终之时，除她竟会如此容易。金蝉、英琼本已离山他出，那破妖刺的法宝为物蠢重，不便携带，照例留在洞中。我和他们分手已有数日，此时必已医治痊愈。欧阳母子不往青城金鞭崖拜见各位师长，必先回转卧云村故家看望，然后回转苦竹庵去，无须再为悬念了。"

灵姑于众同门中，和欧阳霜最为交厚。因常听师父说欧阳霜世缘未尽，致误仙业，非特不能和自己一样，异日转入青城门下寻求正果，并且还要遭受兵解转劫，堕落与否尚不可知。欧阳霜每一谈及此事，便自伤心落泪。灵姑觉她可怜，时常为她忧急，闻言才放了心。因知齐、秦二女道行高深，已离真仙不远,异日救父回生,全仗峨眉芝仙灵血,诸多倚赖;又想代欧阳霜求一解免之策。难得二人应允小留,人更谦恭和蔼,不以先进自居,正好乘机探询。见众人言笑晏晏,饮食将终,立即离座起身,走向二人面前,躬身拜倒。二人连忙扶起问故,灵姑一一说了。

灵云道:"灵妹至性格天,仙福甚厚,已听各位师长说过,就非同气也应相助,何况峨眉、青城本是一家。异日灵妹前往峨眉,愚姊必定先期赶往,代向芝仙先容,此层不消多虑。至于欧阳师妹,资质禀赋虽似稍差,人却极好,谊无恝置。虽然数限缘福已有前定,但我想事前使有趋避,事后再为照护援引,这点人力总可办到。如若相见,尚烦转告,但能为力,无不尽心。

"愚姊自从仙山开府,传了法宝道术之后,隔不两年,便奉教祖之命,同了紫玲、轻云二位师妹,带同金萍、龙力子等晚一辈的门人,移居东海紫云宫水府。本拟修道之余,重炼以前为取天一真水,驱除宫中五女,大破紫云宫时,各同门姊妹兄弟飞剑所损毁的仙兵。不料当初破宫时节,附近有一得道多年的水怪,引一散仙乘虚潜入,初意本为盗取宫中灵药,谁知朱师伯闭宫紧急,竟连这一人一怪封禁在内。

"人怪均擅隐形潜迹之术,更精太虚相神法,能颠倒五行生克,惑乱观听,藏处又是宫中最隐晦之处。师伯封闭时节,虽然觉出有异,但因峨眉开府盛会在即,破宫时所得神沙已用龙雀环摄往嵩山,尚须与白师伯合力祭炼一回,始能备做开府时的贺礼;又算出藏伏宫中之人益多害少;加以易鼎、易震兄弟因用九天十地辟魔神梭穷追天痴上人弟子哈延,被困铜椰岛,将受蛟鞭毒打,急须往救。诸般原因,竟率众同门闭宫起身,未暇穷搜。

"这一人一怪虽被封闭在内,但是水阙灵域地区广大,何地均可存身,宫中所遗灵药宝物更难数计,人怪合力,备极艰辛,竟由伏处窜入黄精殿内。那里正是昔日战场,遗有不少残破仙兵宝器,仗着朱师伯禁制神奇,宫中七个要地各有生克妙用,外人休想窜入。他们侥幸窜入了一处,已是精力交敝,中间还陷身阵中,连受多日风雷之灾,进退不得。如非那水怪有穿行地底之能,孤注一掷,使那散仙藏身怪口以内,仗着内丹护体,拼死硬闯,将虚实幻境冲破,得脱重围;再有数日,人怪都难幸免了。养息复原之后,几番冒险,再向别处尝试,俱都受挫,仅以身免,方始暂息妄想。

"好在黄精金殿也是宫中要地,仙景奇丽,地也广大。这一人一怪先在殿中修炼,方服了不少灵药,准备日久年深炼成道法,一举而破全宫禁制,自为主人。过了年余，贪心又起，见那些残破戈矛尽是前古仙兵宝器，于是就着黄精殿上原有的一座宝鼎，不惜艰苦，用本身真火将它化为熔汁，重新冶炼，使成各种异宝。谁知没有天一真水，不能凝炼。刚将这些刀剑戈矛化为熔汁，愚姊妹等便即赶到，和他们斗了几天法。

"始而各持一理不肯输服，我们又奉师命，说他们从来无过，只可善遣，不许伤害，不知怎的，竟被他们识破我们心意。第四天上，女神婴易静师妹回玄龟殿省亲，便道来访，相助我们将他们困住，他们仍老脸磨缠。嗣经轻云师妹作好作歹，将那仙兵熔汁分他们一半，又送还几株灵药，才行遣走。

"我们先想难得这么多仙兵被他们下苦工熔化，我们可以随意炼上数十件异物。不料那散仙私心甚重，精华竟被他们取走十之七八，虽然残余之物也胜寻常五金之精十倍，比他们所得终是大有逊色。所幸彼时谁也不知天一真水能使凝炼，未被强求了去。闹得双方都看着这些金霞灿烂、精光射目的熔汁，无计可施。

"近年才知底细，但我们若炼刀剑之类宝器决不如他们。虽说他们暂时不能凝炼，但早晚终有善法，我们不愿相形见绌。恰巧英琼师妹在幻波池地宫以内得到一部圣姑遗书，内有各种炼宝之法和诸般图样，与易师妹同来指点。又约凝碧诸同门协力，化腐朽为神奇，连经一百零三昼夜，炼成一百零三口三尖两刃的天灵刀，另外仿铸了二百四十根传音针。

"那刀乃为紫云宫的一层禁制，以备峨眉有甚盛会，宫中诸同门全往拜谒时防守之用，不能分赠。这传音针乃易师妹家传妙制，无论何时何地遇有危难，只须取针向凝碧仙府、紫云宫等求救之地或求助之人默祝，朝地一掷，任多厉害的妖法禁制，俱能冲开，立化寸许长极细一线金光，或上或下飞去，瞬息即达，不久救援便可赶到，端的神妙非凡。现时峨眉诸同门等人均有数枚，曾得过不少便宜。寒萼师妹日前为妖妇所困，便仗此针告急。灵妹眉间隐含杀气，前途保不住有事，今将此针赠予灵妹、南妹各一枚，以备缓急之需如何？"

石玉珠笑道："齐道友，难怪你说峨眉、青城本是一家，果有许多关顾，我们外人看了不眼热么？"灵云道："当初针成分赠同门之时，虞孝、狄鸣歧因与令妹明珠交厚，曾经多取了两枚，说是往赠令姊妹，石道友不曾得么？"石玉珠道："此针早已拜领，并托虞、狄二位代为致谢，适才所说乃是戏言。不过前次拜访三位道友，均往峨眉未归，虽有令师妹申若兰引往，正主人不在，未便久留,好些灵域仙景均未得见,至今耿耿于怀,早晚仍要拜访一次。"

灵云笑诺,随将两枚传音针取出,赠予灵姑、南绮,并嘱咐道:"峨眉、青城亲如一家,长幼两辈同门交均深厚,就未见过也都知道。只峨眉凝碧仙府太元洞和紫云宫两处设有主针,与此相应,如有急难,任向何方求救均无不可。不过此针每枚只用一次,用后便须异日重炼,不似易师妹传音针可以常用。现值炼丹采药事忙,无暇及此。

"前此针刚炼成,被金蝉、石生二弟取走不少,以为针多,不甚珍惜,又奉师命分居两地,时常用以通信,糟蹋不少。后经诸同门一分,又献了些与各位师长,紫云宫所存无多。失效之针,须俟将来有暇,始能汇齐重炼。此时存在两辈同门及各方道友手中的虽还不少,到底用一枚少一枚。前听各位师长说,竹山妖人与朱师伯之约将改在十二年后,诸位此行险阻颇多,非遇奇险,不可轻用。好在是同路行道,有此二针,足能防御两次大劫,也就到了时候了。"二人接过那针一看,长一寸二,粗约分许,其形如锥,光华隐隐,分量颇沉。各自领命拜谢。

岳雯笑道:"令裴师弟一人向隅,未免不公,前承齐、周二位师妹相赠,我共得了三枚,一直未曾用过。"石玉珠和齐、岳二人都极相熟,知他将要取针赠予裴元,忙插口道:"岳道友想赠裴道友么?这一来,只舜华大妹一人向隅了。我代她再讨一枚如何?"岳雯含笑应诺。

舜华闻言方要逊谢,紫玲知她尘缘难尽,异日险厄尚多,一面朝她使眼色,一面代向岳雯手里接过。笑道:"想当初此针炼成之时,我因它是宫中现成之物,为数颇多,我又不常出外,自问生平灾厄已过,后经各方分散,所余无几,便没再取。昨听商道长说,舜妹前途尚有灾厄,心中悬念。适见大师姊取赠南妹、灵妹,本想代索,偏生大师姊只带两枚。宫中还存少许,本意回宫取来相赠,岳师兄道妙通玄,三劫早完,反正用它不着,今赠舜妹实是合用。舜妹品端行谨,行善尤力。虽非同门,与愚姊妹均是至交,又是南妹长姊,并非外人,何必客气呢?"舜华方知此针关系将来自身安危,连忙喜谢收下。

灵云笑道:"此针子母相生,因求救之处只限仙府和紫云宫,凡赠外方道友的多将母针一同赠予,使自为用,故此非与本门有渊源之人,不便奉赠。此时子母成套之针,众同门中虽分得有,但只舍弟金蝉和石生、本门双英等有限几位。都是平日情分太厚,备有事时私相照应之用,无关大体。即使母针还有，虞道友独身修炼，交游至契中未必能有可供缓急之人，仍是无可相托。峨眉仙府诸同门十九不曾见过，遇险告急，诸多不便。用时请向紫云宫报警，愚姊妹定必赶到；如事不济，再由去的人向峨眉求援也来得及。我想虞道友也是我辈中人，但等最后一关过去就有遇合了。"舜华知道灵云道法高深，所说必有原因，极口谢教不迭。

灵云细看舜华晦色已映眉际，知道应在目前。因她为人极好，心甚怜惜，但又不便深说。问明南绮等行程之后，便劝舜华暂时不要回转长春仙府，可助南绮、灵姑等一臂之力，等将二妖童除掉再行回宫。一则就便积修外功；二则滇池香兰渚上那位前辈散仙宁一子道妙通玄，极喜提掖后进，除非无缘相拒，只要得见，必有好些教益，正是一举两得之事。舜华只当灵云要她相助众人除二妖童，反正回宫无事，随口应了。

又谈了一会儿，灵云、紫玲、岳雯三人便起身告别。众人挽留不住，只得罢了。先是岳雯一道金光破空飞去，齐、秦二女也未施展弥尘幡，只一举手道声再见，仙袂微展，全身都是光华拥护，二女连肩而起，晃眼高入云际，略一闪动，便已无踪。来时还有破空之声，走时则较从容，连点微音俱无。灵姑、裘元、南绮三人敬佩自不必说，连石玉珠见这三人飞剑、道术各有神妙，休说一切同辈中无此人物，便各派长一辈中人物有此神通的也没有几个，自顾弗如，赞叹不已。经此一来，不觉多耽延了两天。灵云等走后，南绮想起玉花姊妹可怜，恨不得她们早日将种、姬二妖童除去，好继天蚕仙娘之位。便提议欲往滇缅交界蛮域荒山之中相助，寻找妖童下落。众人也觉胜男姊弟人太生得高大，如此一直飞去，可免致惊人耳目，俱都赞可。

次早天才黎明，胜男便将食粮带好，又饱餐了一顿，一同起身。仍由石玉珠、南绮二人行法，带了胜男姊弟同飞。初意事完之后，先给胜男姊弟寻觅安身之所，日后见着师长再为接引入门。

刚飞出六七百里远近，经了许多沼泽瘴毒之区，忽见前面山岭连绵，高矗入云，气象甚是雄伟。石玉珠忽然想起昔年路过时所遇女子，恰值众人飞行了半日，也该觅地少息，使胜男等进点饮食，便招呼众人一同往下降落。

石玉珠说道："前面十来里便是云南的图奈山，一名云龙山。此山四外高山峻岭，危峰峭壁，遍地都是前古遗留的森林古木，往往数百里不见天日。尤其环山尽是瘴地，卑湿污秽，人不能居。我们来路一面瘴毒少些，又有峭壁阻路，高入云表，猿鸟俱难飞渡。山势蜿蜒，直达滇缅边境，占地千里。虽然广大，因有这些天生奇险，自来永无人迹。可是当中一大片山明水秀，气候温和，土地肥厚，出产富饶，端的是个仙区福地，比起莽苍玉灵崖不在以下。这好景致，因为地太僻远，外围诸山太高，又多枯秃险恶，休说凡人，连各派修道之士均未听提起。

"那年家师命我往苗疆各深山中物色几种灵药，无心中发现，下去一看，见那里山水灵秀，景物幽奇，胜过家师所居武当山十倍，所产灵药又多。由此接连去了几次，并曾劝家师移居在彼，或是另辟一座洞府，为门下弟子清修之用。家师却说此山已有主人，不必妄想，只未说出那人姓名来历。当时我入门尚浅，不敢多事渎问，后也不曾再去。

"这多年来承家师教诲和自身经历，无论邪正各派，只要稍有名望的人物，无不知道一个大概，加以性喜游山，又爱和同道清谈访问，竟没一个知道此山主人是谁的。再问家师，答说：'人家久已离群索居，不见外人。那里所产灵药甚多，你装作不知，任便采取，岂不甚好，问此则甚？'不久我便奉师命专修内功，又是一二十年未去，也就放下。

"直到前年又去采药，无意中深入腹地，忽然发现两个极美秀的少年男女，穿着一身树叶织成的衣服，在林中追逐为戏，甚是快活。知道隐居此山的决非常人，这少年男女必是他们的门下。心记师言，没敢冒失出去，隐藏在一株粗约五六丈的古橡树后，想偷听他们说话。不料二人只是绕着几株橡树往返追逐，一言不发。始而欢天喜地，后来跑得越急，忽然面上同现愁苦之色，口中也在喃喃不绝，像是祝告甚事神气。我刚觉出二人不是追逐好玩，似在练一种旁门中的奇特法术。

"所绕之树共是五株，俱是好几抱粗的古木，枝繁干长，占地甚广。当中一株老干上悬有两个铁环，先不知它何用。这时二人走着走着，忽然同声惨叫，枝上铁环倏地化为两个大火圈飞落下来，将二人拦腰套住，悬将起来，烧得二人连声惨号，求饶不已。这少年男女都是仙骨仙根，不带一丝邪气，人又生得那么美秀，经此酷毒，自然格外动人怜悯，偏又看出那束身火圈邪气隐隐，我当是受了左道妖邪禁制。这类妖法，我自信能破；即便妖人出来，持着法宝、飞剑，也能抵敌。一时激于义愤，不暇思索，遂将飞剑放出，将火圈双双斩断。剑光起时，似听二人惊呼：'不可多事。'妖法已被破去。

"二人立即纵落，各向身上火烧之处用手一搓，立即复原，男的气愤飞纵过来，厉声数说，几乎与我翻脸动武。还是女的通情理，将男的硬拦回去，过来问我来意，我对她说了，并问何故将好意当成恶意？既非左道旁门，为何甘受邪法酷毒？她朝身后空中望了望，面现惊惶，对我述说姓名、师长，以及因何受禁，此时俱难明告。不过每年今日，必有人来撞破，害我们功败垂成，又多受罪，不知何年始能脱出。适才先喜后忧，也是为此，只说今日无人，或可脱难，心终未放，不料你竟隐身在侧，到时仍坏了事，不过盛意极为心感，也许将来你能够相助我们脱难。此时时机紧迫，林中禁法吃我师弟勉强阻住，无暇多说。我们意欲再试一年，明年今日也许自能脱难，事后我如未往武当相访，便是又被人作梗坏事了。道友如若真心相助，到第三年上，不论是何月份，只在望前一日到此一行，便可相助。我二人也实是苦熬多年，忍受不住重刑，方始出此下策，否则万无借助外人之理。不过道友行时如见禁制发动，不必在意，只要期前赶到，便可预防，决无被伤之理。

"我和她说时，男的已飞向大树枝上，双手朝前猛推，好似有什么重力在前，业已红脸支持不住，女的说完，便催快走。我和她一见投缘，还想再问几句，男的已在厉声催促。女的不等我说完，只说：'到时自知，姊姊快走，迟恐无及。'双手猛地一推。我没料到此女有此高深道力，骤出不意，竟被她用金刚大力法将我推出林外。跟着便听水火风雷大作之声，同时林中五色光华闪闪隐现，一片山一般的青光竟朝我对面压来。

"这是道家极厉害的五行禁法，非同小可。耳边又听少女哀声遥呼：'禁法还有无穷妙用，休得大意，还不快走！'我知道厉害，所幸身已出圈。如若少退丈许，便非被玄门五遁卷去不可。我不敢造次，立即飞起。等到空中回看原处，那先天五遁神光竟一层接一层互为生克，将全林包没，少年男女已化为两团栲栳大的蓝光，在光层中上下飞舞，才知二人道力甚高。

"我回山告知家师。家师说：'你既已应了人家，他们明年如不来寻你，后年必须前往践约。但不可早去，至早须在下半年，免又生出别事。'我因再隔两月便是上次见面之日，本定下月望前赴约。恰巧今天正是望前一日，时候也还早，又由此地经过，我意欲乘此时机，前去看望一番。诸位在此少候，我如当时能够助他们了事更好，如若不能，或是问明底细下月再来；或是请舜妹、南妹率众上路，我至多明晚必能起身赶往。诸位心意如何？"

众人都是好奇心理，又知半边大师既许石玉珠赴约，决无妨害。乐得就便成此义举，交两个道力高深的朋友，俱愿随往。石玉珠料知无害，只嘱到时由己先导，不可多事。

众人略用山泉、干粮，一同起身，从前面高山飞越过去。那山远看峰峦错落，并排成列。近前一看，上面角尖林立，自腹以下，离地数百丈壁立如斩。环山脚俱是好几里宽的污泥沼泽，湿气上蒸，聚为繁霞，彩光映日。众人高空飞越，那腥秽之气尚且隐约可以嗅到，常人经此，更难飞渡。及至越过山脊，飞出十余里，又越过一片极高的峰岭，倏地眼底一亮，石玉珠已然引导往下飞落。

众人降时凌空四顾，只见那地方不但是山青水碧，洞壁幽清，奇花异卉，景物明丽，最难得是到处博大宏深，雄奇清淑，气象万千，比起以前所经名山灵域大不相同。先在山外只觉山穷水尽，瘴气郁蒸，直看不出一点好处。及至入了腹地奥区，所有的山都是厚厚地蒙上一层浓绿，不现片石寸土。不是繁花幽艳铺满其上，灿若云锦，便是苍松翠柏丛生其间，佳气葱茏，郁郁森森。

万绿丛中，倏由悬崖峭壁之上飞落下几条瀑布，如白练高挂，直的千百丈落到半山，或是汇为溪涧，顺流驶去；或是就着地势，盘旋穿行于林樾山石之间，遇到悬崖，重又化为大小瀑布，飞腾而下。间遇奇峰怪石阻路，便溅起数十丈高的雪花，玉射珠喷，朝前飞坠，化为无数道细瀑。绕到前面低处，重又合而为一，腾迅而去。时分时合，恍如无数大小银龙上下飞翔。变幻莫测，不可端倪，并且空旷之处甚多，不似别的泉石山峦局促一隅，空旷处不是茂林，便是繁花。更有奇峰怪石平地突起，瘦透玲珑，远胜云骨。峰必有泉，花雨缤纷，映日生辉。峰卜皁花得了灵泉滋润，其大如斗，露润烟涵，花团锦簇，分外显得肥鲜明丽，妖艳欲活。

这些丘壑山峦、泉石花树明明天生，因都那么整齐修洁，直似一个胸有丘壑、巧夺天工的妙手运用神工巧思，并合古今名画作为蓝本，再把画不出的奇景添了若干上去，建成的一座包罗万象的大名园，又把它放大了数千百倍。胜概万千，到处都疑出诸人工，至少也是经过人力整理修治。但一细想起来，又觉无此情理，俱都惊叹造物之奇不置。

以前峨眉开府，石玉珠原随半边老尼和本门武当七姊妹去赴过胜会的，见众人称奇道怪，便笑道："诸位可看出这里奇景多似出于人力布置的么？"

南绮道："谁说不是？真个奇怪。我那长春敞居，也是家父家母多少年来苦心经营而成，但是布置只限于由谷口万花坪起，经飞雪闸入谷，直到后山拂星崖为止。中间虽有不少峰峦山石，一则地方太小，比这个差得多；二则楼阁亭榭、花木鸟兽，一望而知不是本来。就这样还费了先父母多年心血，由移居此山，直到飞升，几无一日停过经营，方有今日境地。除了谷内灵空别府约有七十里方圆为精华所聚，谷外千峰万壑，灵奇之境尚多外，却似别有妙处，不似这里到处都是这般整齐繁丽。"

石玉珠笑道："我起初到此也觉得奇怪。尤其东面那山通体青绿，苍松成林，偏有那么一条飞瀑在上面盘飞旋舞，分合变化，极似峨眉开府以后，餐霞大师就着洞对过飞雷洞旧址新添的飞白嶂，先还以为这山是餐霞大师的底稿呢。后向家师说起，才知本山的主人神通广大，已尽得乃师传授。因听一位曾往峨眉参与盛会的人说起凝碧崖新辟许多灵异之景，无如身奉师命，受禁在此，魔障重重，难仍未满，不能奋飞，乘着闲来无事，运用仙法，神工鬼斧，加以整理修置。

"他先还以为凝碧仙府僻居后山，虽有百十余处的仙景，开府之际海内外群仙云集，连同带来赴会的门人子女、珍禽奇兽，计数盈千，主人从容接待，留居仙府的动辄旬月，一点不嫌拥挤，但是地势决无此山广大雄奇，幽深繁富。意欲胜过峨眉，将这一带易名碧望幽筑。特就着原有的胜境，十日一山，五日一水，惨淡经营，巧思独运，规抚凝碧，削平添筑，移植开辟，铺青叠翠，绣紫嵌红。辛苦十余年，不知费了多少心力，才修饰得山容水态，如了人意。

"正打算建造些仙山楼阁于青山白水之间，恰值那位道友又来看望。再一探询，才知凝碧仙境超越寰区，休说那些新添奇景多是各位前辈真仙所赠礼物，本质半是异宝奇珍，不是专凭法术所能兴筑，便是那五座洞府，金庭玉柱，翠字瑶阶，也是两间灵秀之气经千万年凝结而成，宝光辉煌，亘古长明，决非寻常山洞石窟所能比拟万一。至于地域之广虽不逮此，但除五府是峨眉山腹，万户千门，几占前山之半外，其余也有二三百里幅员。即便能模仿得一点形貌，那方圆百余里的太元五府天生灵域，和那些异宝奇珍化成的仙山楼阁、碧嶂丹崖，如何建造？先不说那些点缀仙景的琪花瑶草、灵药仙果就没处找去。

"主人原是闲中游戏之作，闻言知非法力所及，就此作罢。虽不再踵事增华，但是仙法神妙，雕山镂水，顿改旧观。比起峨眉仙府虽然不逮远甚，但也别具博大雄奇，空灵开旷之致，比起愚姊所居荒山野洞就强得多了。"

众人边走边说，又经了好些灵妙景致，不觉走到一片森林前面。林中尽是合抱不交，高干入云，千年以上的松杉古木。石玉珠忽唤众人止步道："这位女道友临分手时曾说，他二位平日行迹不定，此山广大，有好几重仙法禁制埋伏变幻，大都五行禁法为多。嘱我再来，寻一空旷之地下落，见了树林须要试探前进，免致误入埋伏，虽然无碍，终费手脚。我知这里禁法厉害，她说的是客气话，今又带胜男姊弟，故格外留心，老远便已降落。一路寻来，并无动静，我想那二位道友道妙通玄，不会不知我们来此拜访，也许嫌人太多。前面便是树林，诸位可在林外少候，待我试行入内。"说罢，独自一人身剑合一，往林中穿去。

舜华姊妹俱是内行，见石玉珠剑光飞入不远，好似飞起一片青光，与剑光微一接触，忽又敛去。再看石玉珠，仍在御剑缓缓前飞，剑光隐现，穿行于不见天光的森林之内，渐入深处不见。知道乙木遁法已然发动，必是主人知道客来，将遁法撤去，青光微现即隐，石玉珠才得从容飞入，未受阻碍。舜华知道厉害，首嘱裘元等三人仔细，各就草地坐下静候。

正谈说间，前面林中青雾蒙蒙，烟光涌现，乙木遁法忽又发动，石玉珠入内不久，吉凶莫测，两地相隔咫尺。舜华、南绮二人方在惊疑，暗中戒备，猛觉脚底微微一软，烟靡雾涌中，倏地一片极强烈的青光一闪即灭，跟着眼前一暗。二人方觉不妙，定睛一看，前面森林忽然隐去，立处已换一幅境界。

面前一座奇峰玲珑剔透，高拔入云，峰侧不远是一大片竹林，林前一道清溪，沿溪尽是垂柳，柳下繁花杂草，五色缤纷。衬着四围山色，曳紫萦青，空山寂寂，万籁萧萧，四无人迹，越显雅丽。再　回顾，忽然波光耀眼，相隔半里现出一片湖水，广只百顷。除一面靠山外，三面俱是平野，到处嘉木清阴，鹤鹿往来，三五成群，意态悠闲。

湖中山色天光，上下一碧，清波浩浩，激石有声，西山红日斜射其上，映成千万金鳞，闪闪生光，倍增壮丽。正中心独涌现出一座亭台，就着湖中原有石基建成，相隔水面约有十丈，占地不大。飞阁流丹，平台广阔，直与画图上仙山楼阁相似。

众人方骇顾间，面前青光闪处，现出一个白衣少年，含笑为礼道："山居孤陋，幸蒙宠降，事出意外，致失迎迓，诸多忄曼。现在石道友已在小居，特来欢迎。小舟已在湖边，请诸位道友同往含青阁相见吧。"舜华等知是玉珠所说少年。定是玉珠到后，主人倒转禁制，用大挪移法接到此地。主人神通果是广大，心越敬佩。谦谢了两句，还未及请问姓名，少年已举手揖客，当先走去。到了湖滨,将手一指,又是一片烟光涌处,现出一叶小舟。少年请众登舟,等人上完,合掌向外用力一推,舟便破浪前进。

　　裘元见那舟通体作金黄色,光华隐现,用手一敲,铿锵有声,直看不出何物所制。长不逾丈,一行五人恰可容下。暗忖:"这一点远的地方,飞行转瞬即至,主人想是要摆摆排场,偏有许多做作。如非客气,直想径往台上飞去。"想到这里,回顾少年,仍立湖滨,双手向舟遥推,看去甚是费力,心中奇怪。南绮已经觉察,恐他说错了话,招主人见笑,故意说道:"这金水相应的五行禁制竟有如此神妙,我们如非主人盛意来迎,只好是仙凡咫尺,望湖兴叹,可望而不可即了。元弟,你看这船这水。"

　　裘元闻言,往水中注视,这才看出小舟看似冲波急驶,实则进行颇难,随着少年遥推之势,时缓时速。别处湖水也无异状,唯独舟行之处,碧波中青霞片片,急转起万千光波,看去其深无际,令人眼花缭乱,神为之摄。舟首和两舷近水处,也一圈圈发出万千道金光,同样急转,两下一触即散,仿佛暗中有人斗法一般,顿悟仙法神奇,必是不能由水面上飞越,幸亏南绮点醒,没有失口。

　　舟行刻许,方到湖心楼台之下,少年已然先在,竟没看出他是怎么飞到的。石玉珠同一白衣少女,早在台上倚着玉石阑干相候。那台就着水中原有石基筑成,共分两层,水边设有与石相等的宽大石阶。上约十余级便是一个广约半亩的平台,台上陈列着十几件几墩塌案,俱是青黄色的美玉制成。另有百十来种华草奇花,俱用玉盆栽种,陈列在两旁石栏和几案花架之上,缤纷幽艳,名擅胜场,时闻妙香,令人心清神怡,不舍离去。

　　到了尽头,又是一列石阶,约有八九十级,上去方是主人所说的含青阁,众人上不一半,石玉珠同那白衣少女接将下来。上完石阶一看,迎面先是一片平台,三面碧阑较低,靠里一面现出两层楼阁,似是宽敞高大。翠舞珠飞,到处明丽清洁,不见纤尘。台上陈列锦墩翠鼓、玉几晶床,附以琴棋箫笛之类乐器。另用千百年古树根,就着原形雕成许多花架和坐具,高低大小,各不相同,无一件不是形制古雅,巧夺天工。加以全台石色温润如玉,光可鉴人,天风泠泠,湖水汤汤,远山近岭,紫紫拖青,树色花香,绝幽极艳,四边景物那么空灵清旷,几疑神仙境界,未过于此。

　　舜华和裘元夫妇曾在长春仙府住过,虽然赞美非常,还未十分露出。胜男姊弟出生以来,几曾见过这等场面,阿莽首先失声说道:"这等仙宫,能在此住上十天半月，真不枉虚生一世了。"说时，少女正由石玉珠向众人引见叙礼，闻言看了阿荞一眼，面上似有喜容。

石玉珠随令胜男姊弟向少女行礼，通了姓名。才知少女名叫冷青虹，少年叫桑桓，俱是昔年散仙桑仙姥的门下。看去年纪虽轻，实已修道百年，尽得师门心传，道法高深，神妙非常；只因隐修多年，从未出山，乃师仙去以后，又奉遗命，非等脱去诸般魔劫，不许离山一步，生平只有师父在日交下的一个同辈道友。

二人都谨守师戒，深自韬晦，从未与人往还。这多年来，只在本山遇过一些无故来犯的敌人，多半死在乃师遗留的五行禁制和二人飞剑、法宝之下。近年虽有几个见机逃走的，仗着二人隐身神妙，不曾露面，敌人也都不知他们底细。山势既极偏僻险恶，加上重重禁制隐蔽，外人轻易不会走过，所以不为世知。便是石玉珠也是适才赶来赴约，双方一见如故，成了好友，才将姓名说出。

二人因听同来还有数人现在林外相候，正合明日脱困之助，急于相见。师遗禁制埋伏十分厉害，须要二人合力，始能挪移收放。尤其湖心含青阁高台是二人修道居处之所，埋伏重重，更具无穷微妙。碧波千尺，金水相生，无论仙凡，俱难飞渡，必须用乃师当年在黑海斩妖蜃时飞渡弱水的度厄舟，始能冲破水中埋伏，驶抵台下。主客三人匆匆谈了几句，便由桑桓过湖，具舟迎客，冷青虹自往阁楼上挪移禁法。一切详情，尚未谈到呢。

互相见礼之后，桑桓笑道："度厄舟迤逦实是费力，辛而石道友一来就说还有诸位道友同来，否则又须枉费好些手脚。今晚子时便可脱困，连同别的法宝一齐收去，也是一样，不必再费事了。"

冷青虹道："修道人哪有像你这般懒的？我们多少年的苦难艰辛都熬过来了，岂在这一点上？况且湖中金水禁制何等厉害，此宝虽说不怕，无人主持运用，任其长时侵蚀，终非所宜，还是送回原地的好。时候虽还有些富余，但是嘉客远来，尚未少尽地主之谊，早做准备也从容些，快去快回吧。"

桑桓应了，随往台下度厄舟中飞落，缓缓往台后驶去。舟行甚缓，犹如遇见顶风逆流，桑桓身立舟中，手掐灵诀，目注湖波，指舟而进，毫不旁瞬。船头和两舷彩霞重重，水面之下光华隐现，看去似比众人来时还要吃力，别的也无异处。

冷青虹苦笑道："诸位看他驾舟游行金水遁中费力么？少时送到藏宝的

一关还更难过呢。起初桑师兄道行法力远胜于我，人更正直光明。这些年来不知遭了多少魔劫，全仗他尽心照顾，互相切磋，得有今日。便是这次请石道友相助脱难，也全为了小妹。否则我们明是受苦，实则先师玉成我们，如以诚心毅力坚持下去，终有自己拔脱，功行圆满之日。那时超诸苦难，万魔全消，不必再有修为，只须再积外功，便可飞升灵空，岂不比现在出困强得多么？"

南绮忍不住问道："这太可惜了。现在禁法未破，还来得及，何苦任其功亏一篑呢？"

冷青虹笑道："道友哪里知道，先师道妙通玄，早已算出前因后果。知我二人几世夫妻，情缘未了，道根虽厚，凤孽更重。桑师兄是她胞侄，冷家与桑家累世姻缘，我与桑师兄原是总角之交，因遭家难，被先师从小引度入门，一同学道，后渐年长，先师做主，令为夫妇。我二人平日亲同骨肉，虽极互相爱好，但知先师已参玄门上乘妙谛，不久飞升，衷心向往，都不愿为此缘孽自误道基。

"无奈先师春温秋肃，言出如律，不能稍有违忤，主婚以前又曾说过：'为师不久飞升，留下你们孤男寡女同居学道，不正名分，诸多不便，况且你们劫难重重，一为夫妻，御魔之时便可合力同心，互相关照，无微不到，免却许多男女顾忌。这只是一种名分，如若道心坚定，奋志前修，何在乎此？'我二人一则不敢违命乱情，二则先师所说也是实情，只得从命。先师为此，还在行礼之日请了几位从未见过的前辈道长来此观礼。

"过有十年，先师功行圆满，飞升期近。我二人也都向道虔诚，十年如一日，相敬若宾，名是夫妻，从无半点儿女之私，互相谈起，总是高兴。这日先师忽将我二人唤到面前，说道：'会短离长，我已将去。可知你们近来情魔缠绕，陷溺日深了么？'我二人闻言自是诧异，颇觉先师误会了。及听先师一说，才知我二人实是情深孽重，难于自拔。只因从小入道，深知情缘之累，一意向上；又在仙师面前起诺，婚后越发自重自爱，唯恐误己误人。其实只是表面上踪迹较前疏远，暗中情好反更深厚。一切虽非作伪，却全出矜持强制之功，稍受魔诱，立败道基，不可收拾。

"桑师兄先还自信灵府空明，不甚信服。及经先师命我二人入定，行法一试，直是浮动已极。幸是幻境，否则当时便走火入魔了。我二人修炼多年，道心依然如此薄弱，自是又急又愧，伏地跪哭，愤不欲生。先师才用婉言开导鼓勉,说我二人修为能到此等境地,已非容易。又说:'你二人缘与孽均难避免,如真有志真仙位业,便须备历诸般苦难。虽然决不能如我所期,但只要内外功行兼施并用,一样也可追我后尘。否则,由古至今,也有许多神仙眷属,你们以我所传,地仙散仙总可学到。路只两条,心志却要拿定,免得一时好高骛远,异日惹火烧身。此举也可说是逆数而行,由此做去,须经三关和许多苦难。那头一关,因我还在,有不少助力,你二人初志又极坚定,极易渡过。那二关中有天、地、人魔三劫,为你二人成败关头。如能早些知难而退,仍可做一散仙之流,只不过白受多年苦难辛劳,却于事无碍。最怕的是在魔头来时,一个把握不住,纵不形神俱灭,也须败了道基,遭受兵解,重堕轮回。二关渡过,内功便完十之八九,只以后每逢月望受一次身外苦难,这便是第三关。那侵害你二人的虽非以前所经诸般魔劫,但也是正邪各派中的法宝、异术,到时发动,一一身受。这等苦难并无定数,功行圆满,自会停止。否则这一年十二次中,本有一次隐伏脱难玄机,必定为人破坏,使你们成功不得,而这一次月份并不限定,事前也看不出,苦难却最酷烈,非等事后,无从知悉。实则二关一过,道行法力大进,加上师遗诸宝,虽不能涵盖一切,寻常妖邪异派已非敌手。尽可照我传授,寻一能手相助,收去诸般埋伏禁制,由后湖水洞取出藏珍,一同出山行道,外功内功同时并用,一样也有成就之日。只是功候未纯,真要遇见极厉害的人物妖邪,仍难抵御罢了。'

"我二人知道师父苦心熟虑,打人定胜天主意,欲以玄功妙法设下禁制,使我们潜伏山中,在自家洞府以内受诸般魔劫。犹恐道心不定,另外加上许多防御之策,胜固仙业可期,败亦可以退为散仙。真是爱深望切,无微不至,恩德如天。我们自然感激涕零,极口遵从。先师重又详示机宜及应付之法。次日夜间先师布置停当,我二人便受了禁制。

"在先师仙去的前十年中,我们只能同在此含青阁上日夜修炼,不能离开一步。直到第二难关渡过,参悟出许多玄机,仙师遗示逐渐出现,始能在满山游行,可是心神仍受禁制。加以环湖百里以内到处设有五遁埋伏,不但离山办不到,便是山中闲游也要二人合力运用,或是挪移禁制,或是冲出埋伏,始能通行。这多年来,不知受了多少苦难灾劫。那每年十二次磨难,千奇百怪,无一雷同。先是无论磨难有多厉害,我们都咬牙忍受,无法抵御,虽只个把时辰便自行消灭,苦痛也实难禁受。

"又隔些年,功力较深,益悟玄机,只有一次必须身受,下余十一次,一经行法抵御,磨难便自行现而复隐。渐渐发觉这不能消灭的一次藏有剥复之机,其灵效竟与我二人功力并进,为时愈久,到时不宜用法力相抗,必须运用玄功护住本身真灵,慧珠内照,任其荼毒,一味忍受苦炼,始能完满功孽。

"那些禁法俱是先师预设的玄功妙用,就是宝物也非实质,我二人破它艰难,外人却是举手即成粉碎,甚或禽兽之微俱能冲破。我们先前并不参悟,末后悟彻精微,又总是被人和异类破坏。现象不一,幻境各殊,来人用意也有善有恶,但以恶意来者居多,颇为我们伤了几个。因见劫难连绵,永无了期,又闻各派盛事,心向往焉,屡动出山之想。谁知此念一起,身受竟更惨酷。

"去年临难,不见丝毫征兆,方意超劫有望,不料石姊姊竟会隐身在侧,误以为我二人受了邪法禁制,仗义相救,致使我们又误时机。事前我二人原曾商量,此次再如误事,便寻我们生平唯一相识的道友相助,宁甘多受辛劳,不再受这无穷苦难。石姊姊人既正直光明,此来又是出诸善意,一见投缘,因而不揣冒昧,便以相托,竟蒙惠诺。石姊姊去后,我们以为她今春必要前来,不料消息杳然。唯恐因事羁迟,一时心急,日前又以飞书请那道友来此。昨接复书,竟不能至。今日石姊姊忽同诸位道友宠降,可知定数所限,非仗鼎力不可了。

"至于仍照前修一层,因已畏难动念,难期更无终极,不能再返初衷了。好在这数十年来经历造诣,先师早已前知,每次均有遗札出示,说是能到今日地步大非容易,前途纵有艰危,也非不能抵御;此出并还另有遇合,厉害相兼。我无所恨,只惜桑师兄本来早可脱难,只为伴我,不肯独进,迁延至今。因他不能早完仙业,还许同受许多艰危,未免愧对罢了。"

石玉珠自从遇见桑、冷二人,始终猜不透这少年男女是何来历。屡问半边老尼,只说他们师徒法力甚高,所炼五行禁制自成一家,与别派玄门不同。乃师五遁中尤精乙木遁法,与铜椰岛天痴上人有异曲同工之妙,厉害非常。这两人必是她的门徒,不知尽得乃师所传也未?

此人生性孤僻,不与同道交往,只在末数十年中与一道友因打而成相识,由此辗转援引,认识了一些散仙,不久便即封山,所以知她根底的人极少。又说石玉珠与桑、冷二人订交无妨,要去务在下半年才有益处,赴约时一切言动尤须谨慎。姓名来历均未明白。

石玉珠今日一到,见沿途诸般设施禁制多是另有微妙,如非主人接引,休说闯不进去,弄巧还要被困在内,心中越发奇怪。同门中自己交游最广,这二人从未听说,怎有这么大法力?就说是乃师仙去以前所遗,他们却能够主持运用,道行之高,也可想而知了。互相叙谈通名之后,一听乃师是桑仙姥,心便一动。及至南绮发问,冷青虹说起前情,石玉珠忽然想起那年峨眉群仙聚会开辟五府时,曾听成都辟邪村玉清观玉清大师与峨眉门下最有名的三英二云五位剑仙闲谈过。忍不住脱口问道:"冷姊姊,令师姓桑,姊姊又名青虹,当年可曾在小南极不夜城青虹岛隐居过么?"还要往下说时,冷青虹闻言,面色已突地一变。

石玉珠又想起师父曾嘱自己不可妄谈此人师长。又见青虹闻言变色,定如玉清大师所说,乃师尚在,不曾真个仙去,中有难言之隐,不愿外人知她师父底细,这一问触了忌讳。尚幸不曾往下深说,连忙把话缩住,装作不甚经意神气。

冷青虹听石玉珠一发问,便料她也许知道乃师底细,虽然一见投缘,终是初交,又是寻常问话,并无触犯,拦又不好意思,并也有害,话已出口,无法令其收回;不拦又恐触犯此间禁语,贻误事机,生出别的灾害。及见石玉珠忽然住口,不曾往下深说,似已看出自己神色,越知所料不差,好生忧急。想了想,故作镇静答道:"那不夜城东青虹岛,亘古以来尽是冰雪封埋,现在洞府还是昔年先师到后才开辟的。便妹子拜师时年纪甚幼,只有乳名,青虹之名也由岛名而起。先师避地清修以及移居本山,绝少与人交往,姊姊怎得知道?"

石玉珠一听,乃师果是前在峨眉玉清大师所说的那位怪人,心里便有了主意,再听冷青虹语声微颤,又说得慢,料她是以眉目示意:乃师脾气古怪,道法灵异,弄巧就许隐身阁内,如被识破,互相勾串弥缝前言,难免彼此都有不便。于是假装眼看左近陈列的奇花异卉,随口答道:"妹子先前也是不知,前年偶游南海,无心遇到两位散仙,说起令师桑仙姥法力高深,冠冕群伦,尤其所炼仙药灵丹,于他二人大是有益,只惜飞升已久。听说生平只收了一个门人,也和令师一样一意静修,不特不喜与人往来,反因令师飞升时青虹岛故居渐为世知,恐有不速之客拜访,扰及清课,竟将那么灵奇富丽的仙山宫阙舍而不居,用师遗灵符封闭洞府,另往别处幽静无人的海岛隐居,寻访多年,一点不知音信。听说青虹仙府藏有不少灵药,因令师仙姥曾有留待有缘之言,几次想去,终以仙法禁闭,妙用无穷,洞前金鳌神碑无法攻倒,未敢轻于尝试。妹子初会姊姊和桑道友,只觉道法灵奇,想不到竟是仙姥的高足,从此可以多领教益,真幸会了。"

石玉珠说时,瞥见冷青虹好似转忧为喜,话完沉吟未答,料她还有文章,众人都不知仙姥师徒底细,南绮更是好奇贪趣,一问正好掩饰,便照所说,又加了一番铺叙,石玉珠如早知底,众人闻言,自然不会惊奇追问,这一来,所编的伪言,越发的真,连冷青虹也觉所料非实,石玉珠前言只是无心之中道听途说,略识姓名,并不深知了。心中一宽,暗忖:"石玉珠虽然无心一问,话也不关紧要,但是师父最恶人知她出身来历,保不住生疑。反正对方不知,乐得做作一下,以备万一。"等众人问答完毕,倏地起立暗施禁法,将手朝外微指,起身朝石玉珠正色问道:"姊姊既已知道先师青虹故里,别的怎都不晓呢?还有姊姊与那两人素昧平生,怎会深谈到此,连想去青虹岛盗取丹药的事都说出来了呢?"

石玉珠自和青虹初见,便知她倾心结纳,又见适才惊喜情形,越知关注甚切,此举实是故意盘诘。便若无其事笑答道:"那两人姓裘,是同胞兄弟,成道不过数十年,法力好似不甚高深。本非素识,因他们与峨眉门下南海双童甄氏弟兄交好,妹子走时先遇甄兑回岛省墓,途中相值,正谈近况,二人恰巧路过,因想借家师紫烟锄去破那金鳌神碑,托甄道友代为关说,问他何用,因而说起。

"那紫烟锄在师姊张锦雯手中,我本欲成人之美,等我回山一问,才知已为一异派妖人所毁,失去灵效,只得飞书峨眉,仍由甄道友代达,并未借与,以后便无音信了。这本不相干的事,看姊姊神气,洞中灵丹必关重要。幸而此宝已毁,否则妹子一向不知仙姥和姊姊的来历,素昧平生,看在甄道友面上,必然借与了。

"照他二人所说,令师飞升时节所遗灵符、异宝均有无限威力,洞内外共有十余座神碑,俱是前古至宝,厉害非常。金鳌之外,有一金凤神碑,尤为神妙,因那一炉灵丹采炼时中途有了阻滞,耽误年余光阴,炼成之日,恰值令师功行圆满,飞升期届,不及亲自开取,遗命留待有缘。现仍藏在头层洞府原有丹炉以内,金鳌神碑一倒,入洞便可取到,不想里面还有十二层洞门,难于攻进。此碑万邪不侵,只家师紫烟锄能破。妹子也不知神碑有何神妙,万一被他用紫烟锄真将此碑破去,盗了灵丹,如今相见,岂不愧对么?"

冷青虹闻言,面色立即转缓,笑答道:"先听姊姊之言,还当这两人处心积虑觊觎灵丹,又知紫烟锄可破封洞神碑,必然深知洞中虚实,道行法力当不在小,原来也是捕风捉影,只见一斑呢。不瞒姊姊说,青虹故居,先师并未留下什么法宝。洞府前后共只九层,头里三层还是敞开的。灵丹倒有,另有藏处。

"炼丹之所向在最后一层,里壁乃万年玄玉,当中有七个尺许方圆孔洞,深约三百丈,正与南极天枢真磁极光相对,外人不论多大法力,均难轻易涉足,那极光真磁精气长年由玉孔中射入,每逢寅申二时,尤为强盛,任多厉害的法宝、飞剑,只要是金铁等质所制,立为所毁,人还连带遇险。此层业已封闭。洞中灵异之景甚多,神碑却只一座。此碑只能由我们自己人移动;或是来人有此仙缘,明白用法,还须事先虔诚叩祝,得了允许,碑上现出字来,始能入内,但要取那灵丹,仍非手到擒来。

"至于金凤神碑,竟连妹子也未听说过,何况还有十余座之多呢。紫烟锄虽能克制此碑,可是碑倒以后,所有禁制一齐发动,头层洞中预伏的元磁神雷也相继爆炸,发挥威力,环洞数百里内人物俱难幸免。这两人有的言之过甚,有的又不得其详。幸而姊姊此宝未借,不然还要闯出祸来呢。"

石玉珠原是临机应变,故意编造,见她信以为实,心中好笑,便答道:"妹子癖嗜山水,最喜游览,宇内名山十九涉足,海外诸仙山只到过东海钓鳌矶、青桐礁和峨眉二云所居的海中仙府紫云宫等有限几处,余者多未去过。久闻小南极不夜城左近有三十五座冰山雪岛,因有极光普照,亘古光明如昼,到处都是水晶宫阙,琉璃世界。只因相隔太远,各岛土人除金钟岛土叶缤,因与九烈神君结仇,得峨眉诸道友相助,还与外人往还外,余者大都奇福独享,习于清静,不愿人去渎扰,甚而邻近诸岛彼此多不通闻问。所居岛宫仙府,又都禁制重重,封锁甚严,无因而前,恐生误会,故而徒自神往,苦无机会。不知令师飞升之时可有遗命,令二位道友他年重返故居么?"冷青虹摇了摇头。

灵姑心思独细,座位正在石玉珠对面,暗忖:"桑桓将度厄舟送进宝库,只绕向阁后这一点水路,行时冷青虹并还嘱令快回,怎去了这么多时候?冷青虹面上神色又是时惊时喜,恭倨无常。记得元江取宝那几日,各正派中前辈道友来了不少,有几位曾说,海外各岛散仙多半不是玄门正宗,尽管法宝神奇,道术高强,终于难成正果,便由于此。尤其此辈所学驳而不纯,人品也有邪有正,不过修道多年,恐遭劫数,人不犯他,他也不敢公然为恶罢了。

"小南极三十五岛便有不少妖邪盘踞。主人行藏如此诡秘,乃师恰又是在小南极住过。照诸道友所谈,这些散仙均因自知法术胜于道力,根基不固,才避居极荒,另辟洞府,一意享受逍遥,不复再参上乘正果。只能永为散仙,每隔五百年仍要打点一次灾厄,到时一个不善趋避,或是抵御无力,仍然难于幸免,飞升霞举一层简直无望。即便有一两个成就的,也是别有仙缘遇合,舍旧从新,不是本来功力所可达到。她师父桑仙姥飞升,不知是真是假?

"主人言语神情既多可疑,石姊姊适才分明是想起主人师徒来历想要发问,话没说几句,因她神情骤变,便即住口。由此细辨二人口气,好似一在加紧盘问,一则设词掩饰。父亲在日常说人心难测,对方终是初见,出身又非玄门正宗,如若真心交好,何必这样隐讳?再说这里布置陈设,无不巧夺天工,富丽堂皇,也不似真正修道人的行径。石姊姊既以假言掩饰,不与一心,可想而知,必是先未想到,通了姓名,方始觉察,不得不敷衍过去,免树强敌罢了。"

灵姑越想越觉可疑,自信这种五行禁制虽然厉害,终是异端,不是正教,对方真要居心不良,凭着众人的法宝、飞剑和自己的五丁神斧,大概也能应付。有心和石玉珠使个眼色打一招呼,石玉珠偏和冷青虹谈在兴头上,装得极为自然,始终没拿眼看自己。再一回顾左侧诸人,除胜男姊弟犹自懵懂,听出了神外,南绮不知何时已与舜华易位,同裘元挨近,姊妹二人装作闲看,实则四下留意注视,颇似暗中正在戒备情景。

南绮见灵姑望她,又把眼皮微微一抬,灵姑心料三人已经警觉,正替胜男姊弟担心。猛一眼瞥见石玉珠身后似有青芒微闪,飞向外去,光微且速,其去如电,如非一双慧目,绝难发现。同时便听冷青虹笑呼:"师兄快来。"跟着一道青光闪过,台口现出一人,正是桑桓,带着转忧为喜的神色走将过来,先向冷青虹道:"度厄舟已还原地,这就好了。请青妹和诸位道友同策进行吧。"

冷青虹闻言,立即满面喜容道:"我只顾和诸位道友闲谈,嘉客初临,一点还未待承呢。你且陪坐一会儿,待我先进,你再听请。"说罢,道声简慢,自往阁中走去。

桑桓朝众略一点首,便请一同落座。灵姑见他口里随众问答,目光不时注在胜男姊弟身上,知有用意。先见青芒自石玉珠身后飞出,他便台口现身,先后分明是一人,不由又加了一番疑心。

一会儿阁中冷青虹急唤："师兄，请客进来。"众人随了桑桓刚走到阁门前面，瞥见阁内共是七间，围成一个圆圈。当中一间较大，独作六角形，各面平台陈设那么奇丽，阁内却空无一物，并且所有隔墙俱似精铜所制，可是每间都似透明，可以看见。众人进时，冷青虹正在当中六角房内，手上托着一座高约尺许、形如圆筒之物，精光湛湛，耀眼欲花，好似沉重非常，压得人都站立不稳神气。众人除却石玉珠以外，余者多觉这等情形绝非是款客之道，心疑有异，不由却步。

桑桓揖客同行时，便挨在阿荇身侧，一见冷青虹面现吃力之状，倏地把阿荇往前一推，飞身同入。冷青虹忙将手中圆筒奋力往上一掷，直向阿荇当头落下。这些举动都是急骤非常，南绮、灵姑见状大惊，更以为冷、桑二人想害阿荇，不由勃然大怒，正待上前发作。说时迟，那时快，阿荇骤出不意，猛觉身子被人推入，脚未立定，一团宝光已经当顶压到，一时手足无措，不由伸手往上一挡。同时冷青虹已在急喊："诸位道友暂停贵步，少时自知。"

言还未了，那圆筒本是端端正正压下，吃阿荇猛力一挡，往侧一倒，忽然觉得满街云霞辉煌，千万道彩光一闪而过，晃眼之间，眼前又换了一片景象。原来阁中七间铜室已全不见，却换了一正两偏三间高大庄严的精室，所有用具陈设之华美精奇，多是众人目所未睹。冷、桑二人和阿荇俱在离门不远之处立定，阿荇自是满面惊愕，桑桓正向他赔话。冷青虹也在举手肃客，口呼："诸位道友请进，诸乞相谅。"

石玉珠知众惊疑，无如有好些话都难在此明说，只得一面向众招呼，一面首先走进。胜男对于诸人无不信赖甚深，见阿荇适才情形，虽也吃了一惊，并不疑心有异。灵姑、裘元和舜华姊妹却是疑心颇重，仗着冷、桑二人收法神速，没说出甚不好听的话罢了。

中室左偏便是冷、桑二人宴居之所，众人随同入内一看，玉榻琼寝，翠几瑶墩。室既高大明爽，到处晶光宝气，灿若云霞，陈列之珍贵华奇又胜于前直令人眼花缭乱，目不暇接。桑桓先请众人落座，冷青虹目向里间，用四只白玉盘装了不少珍奇果肴，另有一只翠壶美酒和九只古玉杯，层叠着双手捧了出来，放在邻近碧窗的青玉案上。

众人见那玉盘大都径尺，白腻如脂，光可鉴人。盘中所盛，除了桃、梅、李、杏、梨、枣、莲实、菱、藕、榛、栗、松仁、枇杷、葡萄、龙眼、荔枝以及好些不常见的果品外，还有好些干净整洁的山肴野蔬，五色纷披，灿然杂陈，美食美具，分外显得好看。尤其那几只酒杯，大小玉色不一，各有各的款式，形制古雅，精丽绝伦，连舜华姊妹素富收藏的长春仙府，也都没有这类东西，因而俱都惊异不置。

灵姑、南绮二人一般心思，不知冷青虹是要假手外人之力，才能将乃师禁法倒转，延客入内；以为主人卖弄神通，故闹玄虚，心已加了好些不快。及至纵观室内，又看出两只玉榻并列相对，分明冷、桑二人同居一室，心里更加鄙薄。又见主人端出酒果，暗忖："二人曾说隐居避劫，日夕苦修，从未出山一步，此间用具陈设，无不珍奇宝贵，固还可以说是乃师桑仙姥遗留下来；这些果品都是四方四时的名产，不是山中所有，仓促之间，如何能够得到？再说修道人理应清净无为，不该有甚嗜欲，照他们这样奢华富丽，备极珍奇，定是用尽心思聚敛，巧取豪夺而来，这等人万无成仙之理。

"石姊姊和他们新交不久，照适才掩饰口气，分明刚料出一点来历，必因同行诸人道法深浅不一，又带着胜男姊弟两个凡人，已然深入险境，当然不便乱动，只得暂时虚与周旋，以免结怨树敌。果能敷衍到走也可将就，只恐这类人心多叵测。适说借助，不知何事？万一要想移祸江东，用我们来顶替；或是禁制厉害，要大家合力拼死，代他硬闯，岂不上当？"

正寻思间，冷青虹已将各人面前酒杯放好，依次斟满，请众同饮。众人见石玉珠首先称谢举杯，也各试饮一口，觉着甘芳凉滑，香沁齿颊，心神为之一爽，渐渐随着饮食起来。

冷青虹似觉灵姑等四人心存疑虑，笑对众人道："这些果子十九不是本山出产，并且远近皆有，季节不一，我二人又不能出山，诸位道友可觉异样么？"

石玉珠道："姊姊和桑道友虽不出山，但是道妙通玄，万里犹如户庭，弹指可即，只出产时令不一，稍觉奇怪。可是预先按时行法摄取到此，再行用禁法将它们保藏至今的么？"

冷青虹道："先师家教素严，我二人怎敢为了口腹之欲，暗中盗运远方之物？只因先师昔年移居此山时，曾于无意中在湖心泉眼里救了一只灵兽，名为五爪飞狸。此狸通体茸毛，红如丹砂，前额生着三只品字形的眼睛，当中一眼光色随时变幻，功能透视重泉，无论山石泥水，相隔千百丈厚的地底俱可看透，纤芥不遗。胸前另生着一只人手般的怪爪，大小由心，能隐能现。两肋生育四片金翅，飞行空中，其速如箭。

"它本是前古一种水陆两栖的异兽，因为生育极艰，平时那么威风猛恶，产后却如死去一样。公狸又绝无情意，一年只交配一次，未配以前热情异常，只一配上，便生厌恶，不顾而去，母狸巢穴多在滨海之区，营构极为精巧曲折。母狸产时，尽管所居隐秘，封闭坚固，无如肉有异香，产后犹浓，容易将异类仇敌引来，连母带子一齐吃掉。公狸没有胸前暗爪，翅短难飞，只在海滨水中游行觅食，既没母狸的本领大，更不合群，遇上比它厉害的水族异兽，绝少幸免。于是日少一日，久已绝种，不知怎的留有这么一个。

　　"此狸有千余年的道行，已能通灵变化，本山旧居停也是一位女散仙，只是生在富贵之家，得道以后积习未改，极喜修饰洞府，陈列花草珍奇之物。她深知飞狸神目妙用，千方百计，费了无数心力，将它捉来，用金水相生的禁法囚在湖心泉眼之中。每值出外云游，便把此狸缩成松鼠般大小，装在一个宝囊以内，逼迫它说出沿途地底埋藏的珍奇之物，此狸虽是水兽，因它从来素食，轻易不肯伤生，性极灵异，颇能自爱。知道此举大干造物鬼神之忌，不是修道人的行径，先勉强替她寻了些，便即停住。

　　"偏那散仙贪得无厌，一有不从，便发动金水禁制使受禁毒。它被迫无奈，只好依从。那飞狸胸前灵爪变化神奇，多厚多坚的山石金铁，挨着便碎如腐朽，连寻常飞剑都伤它不了，弄巧还被抓去。只要看出藏宝之地，那散仙便在夜静无人之际将它放出，狸身也长复了原形，当中一眼射出金红光华，注定地面，灵爪突然暴长伸出，狸身不过四尺长短，那只灵爪却可长到丈许，五指各有五尺长短，一爪下去，丈许大一片山石泥上，立即随爪而起，又灵又快，晃眼可挖成一个又深又大的地洞，狸也随身而下。

　　"它本有穿地断金之能，无奈对头防备周密，锁它的颈链乃天蚕丝结成，外用金皮包裹，本是一件长短随心、烈火飞剑俱不能断的异宝，况又暗中加了一层禁制，时刻都在留心，结果逃走未成，反吃了许多苦处。最后无法，才和这散仙明说，这等行为对彼此都有不好，难免害它异日遭劫。它因修道千年，甚地方都到过，何处有宝全都知道。海里沉埋的奇珍更多，但是不能多取，须有限度。问她需甚东西，情愿一次给她找全，可是事完必须放它，至少也将禁制撤去。

　　"哪知这散仙贪心太重，恐飞狸在外难保不落人手，事完之后，不如拜在她的门下做个兽徒，一同学道。

　　"此狸虽是兽类，却能辨别贤愚，志气也高。早看出旧居停以前还能清修，自将自己擒到以后起了贪欲，时以寻觅地底藏珍为念，照此存心为人，决无好果，不愿将来受她连累，心里又愤恨。便推托身是异类，不配做仙人门徒，只等自身元胎炼成，脱去原有躯壳，便转世为人，重修正果。一经释放，即返旧巢闭户静修，并无余暇为师服役，空做一个挂名徒弟有甚意思？并且所炼道功又不相同，真蒙错爱，请早开恩释放回去，再修炼个百余年，元婴炼成，转劫投生以后，再来拜师也是一样。

"那散仙经它婉言哀诉，也就应允。彼时所居在山北崖洞以内，陈设布置也颇华美。而这里那时只是一片湖荡，连地基都没有。因飞狸答应为她再取一次地底藏珍，意欲多得，便说所居石洞气闷，要在湖中建一所楼阁，以备游赏宴居之地。照着预拟，以前所得只够此楼一半之用，只要能陈设完美，立即释放。

"飞狸对她原有深心，假说前古仙人所遗法宝仙兵，临化去时都有仙法封禁，留待有缘，多看不出，就勉强看出一点影迹也取不到，否则这千年的光阴，自己也得了不少了，何待今日？所掘取的都是历古沉埋的珍奇玩好和用具，只能应用陈列，不是珠光宝气，便是古色古香，只管华丽好看，一点不能作防身御魔之用。实则它既痛恨对头，又恐此端一开，征索既奇，不特更犯天忌，并且容易闯祸，宁甘多受一点折磨，坚不肯应。

"那散仙先还不信，接连威吓过两次，飞狸终不为动，只得令它寻掘珍玩，虽也不愿，却是一遍就允。散仙以为飞狸平素又极诚实，只要答应，必定办到，也就深信不疑。

"这次飞狸因她洞内几间石室已差不多陈设完竣，每次命自己出外寻宝，十九总是以本洞为题，以前也露过口风，恨她贪心，没有应允，往往被逼不过，才代寻掘过三两件搪塞。就这样，已是满洞琼瑶，金碧辉煌了。这次至多再代他找三数十件后，便可终止，谁知出下这大难题。

"无奈话已出口，不能收回，加以情急脱身，当时勉强应诺，却力劝了她一番，说：'麝以脐而亡身。珍奇宝物向为祸水，所取太多，德不能胜，上干神怒，适以速祸。我受逼迫而为，情非得已。你务要稍为谨慎，不可过于贪取。我虽异类修道，决不要此身外之物，也并非惜力，好言相劝，实恐彼此造孽太深，引出事来。'那散仙也知所行有点不对，无如迷恋已深，不舍就罢。当时总算稍为动念，把原拟的三层楼阁去了一层。先用法术由云南点苍山运来佳石，在湖心中建了地基，移种下不少异草奇花。然后建起现在这所楼阁，本名叫作灵琼小筑，现在阁名乃是后来妹子所起。

"她建造时，从石基起，以至一椽一瓦之微，无不穷极精丽，巧夺天工，所有材料均自各地名山胜域使法运至此地而来。以她那样法术神奇的人，还费了将近一年光阴，才行建成。她能役使六丁，本来建并不难，所难全在访寻移运之上。稍不合意，或是听说别处还有较好之物，立即舍了原有，重去寻取。

"每次出外，仍带飞狸同行，沿途屡问所经之地可有什么珍宝埋藏地底。飞狸不是答说没有，便说是她厌憎之物，她自然不信。及至发掘，果是一些形制陋拙，水土侵蚀，残破不完的前古铜铁陶石所制器具。她生具洁癖，破铜烂铁素所不喜，只得罢了。连试几次，俱是如此。又问飞狸，楼阁将成，应用陈设尚未取得一件，时日已迫，如何打算？

"飞狸先只答包有，坚不吐实。到阁成前两天，才对她说：'陆地宝物，凡是珍奇而可取得的，这些年来已代你发掘殆尽。海中沉埋之宝却非少数，地方也早知道，到即取来，只不可心贪背信，事后食言。'那散仙当时欣喜非常，唯恐飞狸有诈，去时又设下法坛，用一镇物暗中将它元神禁住，然后同往海中觅取。果如所言，在东海两处岛湾中觅了不少宝物，看见现在所得的珍宝，比起以前在陆地上采的，所得更胜于前，为数又多，连搬运了十几次才完，这楼阁上下也全布置完竣。那散仙本意还想再多取些，不知飞狸用甚方法，来个不多不少，恰到好处，再取一件都无。

"飞狸自然要她践约将自己释放。散仙虽然不舍，但不好意思食言，应是应了，偏那移形禁制之法设得太毒，解除颇费手脚。只得明说出来，容她明早出去，等到寻来替死之物，立即释放。飞狸闻言大惊，才知她居心如此恶毒。幸而自己谨慎守信，又不愿自残肢体，更想落个全好，以免异日树敌，在海底取宝时不曾用异类中解体分身之法逃走；否则千载功行，全付流水，休说成道，连形神都会消灭了。知道厉害，不敢再催。那散仙果真出外代它寻觅替身，为表决心放它，除代形镇物外，别的禁制全先去掉，任其在阁中静候，也没带了同行。

"飞狸本以为出困在即，不料灾星未退，该受磨折。那散仙为它出寻替身，出山不远，便遇见两个左道中人，拿着一面古铜镜子，在地下乱照。她于是隐身过去一看，镜光所照之处，竟然能够透视地底数十丈之下，地底有甚东西全都看得出来。宛似百丈澄波，空明莹彻，无论草树、根须、蛇虫、蚂蚁，俱在一泓明镜之中，纤介不遗，看得清清楚楚。心想如将此宝得到手中，地底任何珍奇异宝均可发掘，岂不比五爪飞狸又强得多？

"那散仙贪念方萌，二人忽然将镜收起，说起得宝经过，才知是在本山附近一个满布瘴烟的泥沼中发现宝气得来的，共才三天。因疑地底许还有别的宝物，重来寻取，顺着地脉找来。最可气的是，那片沼泽日前运宝回来时曾经路过，自己也曾发现宝气隐隐透出地面，命飞狸一看，力说无有。

"前此她在海中得了许多宝物，正在心满意足的高兴头上，又见瘴泥污秽太甚，发掘时既要多费好些手脚，飞狸劳苦功高，再让它深入秽泥里饱尝臭味，也觉于心不忍。加以生性好洁，以为地底宝物决不会比已有的强，似这样久沉秽区之物，就算得到手，也令人有点不快。平日过信飞狸，虽稍生疑，一会儿也就中止，忽略过去。昨日路过宝气已不再现，因为嫌那恶臭，没近前查看，便自回去，谁知果有奇珍潜藏在内。

"她越想越恨，贪心也越浓。恰巧所遇两人又将宝镜取出，满处乱照，好似得意忘形，照着好玩之状。自己隐伺许久，通未觉察，误以为那二人无甚本领，又是左道旁门之士，可以随便下手。哪知这两人俱是旁门中能手，妖术神奇；所得那面宝镜不但能照彻九幽，还惯破人隐形法术。那散仙适在两人身侧，且只顾注视地底有何物事，不料身影已在镜中映出，敌人恐她警觉，才行收去。直到打好擒她主意，故意二次取镜照地，暗中却在行使妖法。

"她这里正下手想夺，敌人倏地一声暴喝，旋转身来，一人镜光到处，先破了她的隐身法，另一人便将妖法发动。总算运气还好，那两人为她美色所动，打算用邪法将她困住，生擒了去，未下毒手，这才幸免于死。无如骤出意外，没有防备，虽仗着道法高强，不特挣脱罗网，并还占了上风，可是性命已只呼吸之间，差点中了敌人道儿。那面宝镜终未得到，心既痛惜至宝，又想起飞狸是个罪魁祸首，恨到极处，当时回来。

"飞狸还当是替身寻到，回山践言放它，满心欢喜，迎上前去，谁知才一照面，片言不说，便吃对头用法术禁住，先放在湖心泉眼里，用金水相生的禁法折磨了三四天。忽又来了一个同道，说起飞狸神目如电，下瞩九幽；尤其天生灵爪，碎石如粉，穿行地底，如鱼游水。不特什么至宝奇珍，只要地下有，便能发现；便是前古真仙遗留之宝，也能望气测知，从容觅取。即便设有厉害禁制，正面攻不进去，侧面和地底仍攻得进。

"散仙一听，更是生气。人去以后，立把飞狸提出水面，告以罪状，逼令掘取古仙人遗藏的法宝赎罪；否则永沦泉眼之下，日受金水禁制的苦难，不复再有出头之日。飞狸悲愤已极，不由发了憨性，死不答应。散仙只得将它仍沉水底，使其子午二时受那金水二遁的禁毒。隔些日又提出水来，软硬兼施，逼上一阵。

"散仙本意想它日久受苦不过，自然驯服，谁知那日飞狸见她无缘无故反颜相向，食言背信不算，并以酷刑相加，禁闭在泉眼以内饱受禁毒，当时悲愤填膺。加以苦痛难禁，竟在泉眼以内拼犯奇险，用解体分身之法，将灵爪五指断去一指，作为替身。虽因对头设有镇物，不敢用此逃走，可是禁法发动时已有替身代它受罪，不能再加侵害，如何还会肯为仇人效力，故一直倔强到底，散仙放既不舍，就此除去，又觉飞狸曾代自己觅取若干珍奇玩好，又非害人之物，于心不忍。因而无计可施，只得把它长留水底。

"过不两年，那散仙忽然访到前遇两人下落。一则仇恨太深，二则宝镜难舍，只因那两人自知不是对手，隐身以后，踪迹隐秘，连去寻了几次，终未寻到。忽然听人说起，如何能容。得信后立往仇敌潜伏的南海赤鲸岛赶去。两仇人虽然寻到，也杀死了一个，但那宝镜为另一仇敌带了逃走，仍没到手，却因此惹下杀身之祸。

"原来她一心想得那面宝镜，紧追仇人不舍，一直追到小南极附近一个无名海岛之上。不料那里住了一个敌人的厉害同党，全岛都设有禁制，一到便被困住，接连受了许多重伤，冲突不出，敌人又不住口逼令降服。待要自行兵解，又恐元神被妖人摄去，终古沉沦。眼看形势危急万分，幸得先师在南极故居远远望见岛上妖气笼罩，知道岛主田无害阴毒险恶，素行淫邪，必有好人被他困住，急忙赶往劝解，言语失和，争斗起来，岛上几个妖人俱被杀死。

"散仙虽然获救，也只暂保全身。自知所受邪毒创伤太重，朝夕不保，便把这里的地方说出，由先师送她到此，她原有一个宝库，恳托代为照管，等她转劫托生，前往接引，再行发还。为报相救之德，将所有珍玩连同自炼的法宝，选送了三十多件，那度厄舟便是所赠诸宝之一，事前并把飞狸提出水来，告以善事新主人，不可倔强，再受苦难，只是不肯释放。飞狸再四求告，请将镇物撤去，也未应允。说完，仍然回禁水底。先师先助她兵解以后，也没再发动金水禁物危害飞狸。

"第二天，先师将飞狸提出水来，它哀诉经过，先师甚觉可怜，先将它禁物撤去，令在阁中暂住。因见这里地势幽僻，景物灵秀，从无人知；又因自己不久飞升，留下我二人在青虹故居，恐受外敌侵害，不久便将故居封闭，移来此地。散仙对于飞狸所施的禁制之法，呼吸相应，甚是恶毒。那镇物若不用一个有根基道行的人或异类代死，便须不少手脚才能破去。先师轻易不肯出来，又不愿无故伤害有根器的生物，费了许多心力，才用一株树木将镇物毁去。

"飞狸自忖对头一死，除了等她转劫重来，回心转意，万无出困之望，不料先师心肠这么好，感恩刺骨。它说对头因贪宝物而致丧生，它不愿以爱人者反而害人，宝物决不代取，大恩却是必报，先师只一笑置之。它也飞走，由此每年必来看望一次。

"飞狸一生素食，最喜吃各种鲜果，加以得道千年，什么灵秘幽险之区全被游遍，何地有甚名产俱都知悉。知先师也有同好，仗它法术灵奇，任何难于存放的珍果佳实，均能保藏经年，色香味一丝不变，食时宛如新摘。所居洞穴深藏地底，甚是宽大，里面有上千株的果树，连同草本藤本的，不下数百种，尽是宇内珍奇名产，多年物色移植而来。经它妙法培植，灵泉滋润，结实益发丰美。每来看望，必把洞中所产各色珍果带些前来。

"以前每样只有四五枚，因是种类太多，聚在一起往往有十好几种，多半均不知名。也有好些味作奇苦酸涩的，简直没法进口，样子也极奇丑难看，它却视为美味。后来我们不要它拿这么多，只挑那爱吃的，如荔枝、龙眼、榴莲、菠萝、枇杷、杨梅、葡萄、苹果、梨、枣、桃、李等常果中的异种绝品，共有二三十样，余者一概不要，渐渐习为常例。先师道成飞升，它仍每年照送，并往先师昔日打坐室内顶礼膜拜，备极思慕。

"近年它不知怎的道行大进，先师所设二遁及各种禁制颇具玄妙，外人万难侵入，它却能用神通变化，来去自如。问它怎能到此境地，却是坚不肯吐。只说自遭金水之厄，已决计不再用它神目、灵爪掘发藏珍，为念我们情谊，拟在出山之时破例各送一件得用的法宝。诸位道友来前两日，它正来过。我们因它所赠甚多，一年之中算起来虽有少半日子以此为粮，但是明日便可脱困出山，用它不着，余下也是平白糟掉。这酒也是这些果汁连同本山所产各种香花酿成，积有不少。诸位道友只管尽量食用，无须客气。"

灵姑、南绮虽见她清谈款款，语颇由衷，神情也甚诚恳，不知怎的总觉疑念未消。只因那酒果看脯无不甘芳清腴，味美绝伦，也跟着大吃起来。

谈笑晏晏，不觉月到中天。石玉珠和南绮连问两次少时如何破那禁制。冷青虹先说："此时未便明言，到时再行奉告。"等南绮见天交亥初，快到时候，二次问时，她又说："诸多碍难，事前委实不便明告。但是去的人并无凶险，那最紧要关头，只须一位相助已足。不过我们还有一个仇敌，所居离此甚近，难保不来侵害作梗。如无诸位道友同来，原拟由石道友相助桑兄破那禁制，妹子一人防御仇敌，力较单薄，虽终无害，到底难些。幸得诸位道友等一同光降，容易多了。既承盛意相助，妹子等感激不尽。如何下手，暂不明言。到时请照妹子所言行事，并请不要追问，准保万无一失。"

南绮、灵姑见冷、桑二人说时神色黯淡，似颇惊惧，对于如何下手、用谁助他等情节又坚不肯吐，便疑这半天的清谈都是有心遮掩，延捱时辰。因石玉珠已然应诺，不便再问，心中隐忍，暗打戒备主意。

光阴易过，晃眼到了子初。冷、桑二人忽然起立，先向众人谢了相助之德。然后说道："时辰已至，请石道友与诸位道友先往外面平台之上，如见湖水浪涌作响，便是禁法破了一半，不论这所楼阁和阁中人有何异状，不要理会，即时飞起空中，不可停留。只要湖心中飞起一团黄影，便是仇敌业已暗中侵入，千万将他拦住，不可放他飞向阁内。此人法术精奇，能以幻象愚人。诸位只守定空中，用法宝、飞剑将阁顶护住，不令飞落，便不妨事了。诸位飞剑神妙，他见不敌，也就走了。"

众人因她前说还有一人随往相助，方欲询问，冷青虹已指阿莽说道："至于相助我们破法的，并不须什么法力高强之士，只这位狄道友一人已足。时已紧迫，强敌密布，诸位道友离台飞起时一个不巧，便须各自为谋，如若互不相见，无须惊慌，仍照前言行事。那也是对头闹的玄虚，休说此时他好些法力已难施为，即或修炼年久，别有灵异，他和诸位无仇，决不至于相犯，无论来势善恶，只要不为他所动，大功便可告成了。"说时，桑桓已先带了阿莽同向阁中飞去。冷青虹说了两句："诸劳精神，容当后谢。"也自飞走。

众人除石玉珠知道主人一半底细，胜男是唯众人马首是瞻，尽管兄弟被人带走，以为既是石玉珠引来，主人相待又那么殷勤，心料不会有险。余人都是疑信参半。偏生石玉珠适才说话不留神，引得冷青虹那么一做作，知道所言犯了主人大忌，想起师言，以为这时言行仍在禁制之中，灵姑、南绮刚一发问，便使眼色止住，不令开口。

待了一会儿，灵姑想起胜男不会飞行，忍不住悄问道："石姊姊，少时我们都要防御敌人，胜男姊姊交与何人照管呢？"石玉珠只说："交我好了。"随又将头微摇，灵姑不便再问，只得令胜男站向玉珠身侧，以防事发仓促，不及携带。自和裘元、南绮、舜华三人凭着玉栏，四下眺望。

这时月明风清，晴空一碧，湖中还有金水禁制，洪波浩浩，金辉闪烁。远望四围山色，依旧泛紫浮青，明澈如昼。再加上这座神仙楼阁，金妆玉造，美丽绝伦，耸立在万顷清波之中，金碧辉煌，朱霞潋滟，倒影波心，上下天光交相掩映，清丽庄严兼而有之，比起日里又添了若干美妙。端的佳景无边，应接不暇，令人心怀舒旷，神志清明，觉着景是仙景，人是神仙，便是银河仙境，未必逾此，纷纷赞美不置。

众人观赏了一阵，眼看时辰已至，阁中仍无动静，俱觉奇怪。因主人有已出不能复入之言，未便再进去探看。越是静悄悄的，越恐变出非常，各把目光四外流注，暗中加紧戒备，正挂虑间，裘元忽然手指阁内，意令众人观看。原来阁中不知何时已变了一幅景象：上层满被密云围绕，隐泛红霞；下层先前所见房宇物事全部不见，却换回了初进门时所见的六角空房，一切墙壁间隔均可透视。内中奇光闪闪，五色相间，变幻不同，只是空无一物，也不见一点人影声息。

众人中只有石玉珠一人知道那是阁底埋伏的一座极厉害的阵法，所有墙壁俱是金水精英所萃，当中一间正六角形的为全阵枢纽。至于桑仙姥的法体，如照峨眉诸人所说，必是藏在其下。这时阿莽已随了冷、桑二人在里面下手破法，正当紧要关头。玉珠刚打手势令众人留意外面，湖中忽然发出一种极凄厉的异声，跟着离台半里正中心湖波滚滚，似开了锅的沸水一般往四外散去，金辉电耀，好看已极。众人连忙带了胜男凌空飞起。

初起时，湖水沸处高仅三数尺，越往后越突起，晃眼成了丈许方圆、十余丈高一座水塔。涌着涌着，又往下落去，落处成了一个深潭，旋转如飞。众人因有冷青虹预嘱，又见除有漩涡处外，已和常水相似，水中金光幻影也不再现，知禁法已被破了大半。只是四处留神查看，并不见所说仇敌踪迹，湖中水塔漩涡俱在金水禁中，未破以前，先已发现，当是题内应有现象，不像是敌人已来情景，觉与冷青虹所说并不相符。众人多是一样心思，只顾在空中东张西望，注视外敌之来，对于湖心漩涡未免稍微忽略了些。

正眺望间，猛听一声极清脆的爆音，由湖心漩涡中如流星赶月般射起酒杯大小三团淡黄色的光华。众人才知敌人竟由水遁暗中侵入，只不明白她遁法既如此神妙,直入阁内下手,岂不更方便些,为何形迹只隐一半,不等深入堂内,便先显露? 仓促之中,均不测敌人用意。

见那黄光飞升约有百十丈高下,倏地暴长,其大如斗,掉转头飞星下坠般往阁底飞去,众人自然不容。因那黄光并无邪气,灵姑、舜华、裴元夫妇更对冷青虹二人疑念未消,未判明对方邪正善恶以前都没想伤害来人,各把剑光飞起,将他挡住,不使下来,并未进逼。那黄光却甚灵活狡狯,忽东忽西,忽上忽下,剑光一挡,立即避开,似急于乘隙而下,并不和众人正面冲突。众人被他引逗得越来越高,因敌人始终未见现身,光又是黄色,俱当作那是元神幻化。

石玉珠一边指挥飞剑迎敌,一边带着胜男,先也同被瞒过。斗有半盏茶时,见那黄光永不与飞剑相接,只要相遇,不往侧闪,却往上升,以至互相追引,越上越高,细一观察,那黄光除飞驶跳动灵敏异常而外,直看不出有甚威力。再一寻思,忽然警觉,料知不妙。念头才动,还未及招呼众人,灵姑、南绮也已发现一桩异事,舍了黄光,往下飞去。

原来二女心仍疑虑未消,老防备阁中冷、桑、阿莽三人有甚变动。那三团黄光仍是兼顾,飞起也低一些。正斗之间,一眼瞥见一团黄影由脚底飞过,向下投去。南绮首先警觉,知中敌人调虎离山之计,便和灵姑双双追去,谁知那黄影比箭还快,在离阁顶二十余丈的高空上,似蛇钻洞般钻了两钻,忽然觅到出路,流星飞泻,直往阁中射去,等二人招回剑光赶到,已是不见。

南绮见黄影飞下时,空中似有一层阻隔,适才冷青虹已有"离地飞起,不可再降"之言,便留了神。刚缓得一缓,还未及招呼灵姑,灵姑心急,已凌空飞坠。那含青阁上原有一层禁法,不知门户生克,休想飞落。这一来恰好触动,当时涌起千百丈青雾,将灵姑困在里面,脚底楼阁平台也没了踪影。同时南绮和裴元、虞舜华三人相次赶到,虽未乱下,也俱被那青雾拥住。彼此各不相见,左冲右突,脱身不得。要知后事如何,且看下回分解。

第七十七回

无意相逢　石玉珠班荆成宿契
有意求助　冷青虹促膝述前因

石玉珠经历甚多,一见黄影,便知今日铸了大错,敌已侵入,万来不及。一则身旁带有胜男一个累赘;二则空中三点黄光尚未测出底细,既恐一误再误,又知这类禁法厉害,众人已被困住,如逃不出,下去也是白饶。反正主人不会伤人,何苦一齐丢人,青雾一起,立带胜男急速上升,未遭波及。心想:"那黄影必是敌人。这三点黄光到底是何物? 如是法宝,不应毫无变化,也不与飞剑接触;如是敌人幻术,又不该如此灵活神速。固然众人都只阻挡,无心伤他,怎会圈他不住? 冷青虹本约自己一人来此,便可助她破禁脱困,如今带了多少人前来,反倒误了她事。她把敌人看得如此郑重,再三相嘱留意,其非庸流,可想而知。事前一切明言,也不致此,偏多藏头露尾,诸般顾忌。万一因了敌人侵害,贻误全局,何颜相见?"

石玉珠想到这里,又愧又急,不由对空中黄光起了敌意,不问是元神是法宝,且先擒住再说。主意打定,便将青蛟链向空掷去,运用玄功将手连指,一剑一宝立即大展威力,化为两道经天长虹,各向一团黄光卷去。眼看就要圈住,不料晃眼之间,黄光忽然爆散,内中现出三个鸡蛋大小的飞虫向空飞去。玉珠这才知敌人用的仍是幻术,这飞虫必经法术祭炼,也非常物,否则不会如此灵活,竟敢引逗到底,连飞剑都不害怕。因想看是何物,以为蠢然一虫,幻术灵效已失,还不易于擒到? 便将飞剑、法宝止住,用手一指,待要行法擒拿时,却慢了一慢,那虫已由光隙中冲出,越过雾层往湖中飞坠,迅若流星,一个也未挡住。

石玉珠正在想起有气,忽见下面青雾纷纷消散,内中冲起一团黄影,后面追随着一道带有五色奇芒的光华。定睛一看,前面正是适才所见敌人元神幻化的黄影,影里隐隐现出一个少年女子,胸前似还抱有一物,光烟闪烁看不真切,往斜刺里逃去。后追光华正是吕灵姑,一面御剑急追,一面将那五丁神斧也取了出来,五色奇光便自斧上发出,荡开了千重青烟,往斜刺里追去。跟着裘元、南绮、舜华三人也由下面青色残烟中冲将起来,一同追敌。

石玉珠料定敌人业已得手,桑、冷、阿莽三人一个未见,吉凶难卜,负人重托,又愧又急。不顾得再搜寻那飞虫下落,慌不迭催动剑光朝敌人拦去。石玉珠因和先那三点黄光相持,又因下有乙木禁法,恐被波及,因离地面,已甚高远。只须往侧一横,便可将敌人抵住,那黄影虽然飞行迅速,无如后面追得既紧,前面又有敌人阻路,微一迟顿,便被追近,一时情急无奈,便将所抱之物回身朝灵姑打去。

灵姑正追之间,遥见石玉珠一道青虹经天横亘,挡向黄影前面,知道敌人已难逃遁,心中大喜,益发加紧飞行,朝前追去。眼看两下相去不过三五里,正把神斧举起,猛见一团彩丝光华闪闪裹住一物,由黄影中发出,迎面飞来。灵姑因起初错疑冷青虹有诈,不肯十分出力,举棋不定。这时底细虽还不知,但觉出前疑之误;追时又听冷青虹哀呼求援,心存愧怼,决意将敌人追上。见飞来一团光华,当是什么奇怪法宝,又因适才脱困时试出五丁神斧的威力灵效,随手一斧撩去,只见大半轮红光放出五色精芒飞上前去,恰好迎个正着。

只听一声微呻,那团五色光丝立即破散,由光网中坠下一条人影。随又是一幢青气上升霄汉,内中簇拥着一个老妇般的婴儿,朝着石、吕诸人含笑点首为礼,往东方高空电驰而去,晃眼高出云表,没入青冥,不见踪迹。同时那团黄影也自爆散,一声悲啸,现出一个黄衣少女,忘命一般冒险往空追去。众人也都合围追近。

灵姑还待下手时,石玉珠已看出两个俱是修道人炼的元婴:先飞升一个正是主人的师父桑仙姥;黄衣少女不知何人,但也决非妖邪一流。忙喊:"灵妹休得造次。桑仙姥已然兵解,只把这位道友挡住,不令阻她飞升便了。"

说时冷、桑二人也由阁中飞出。桑桓面上尚有愤色。冷青虹却向黄衣少女哀声说道:"沈仙姑,我师父受了多年苦难,依然和你一样不免兵解。照你从前功行,也只如此,当初如不遇我师父,你为妖人毒剑所伤,也未必能够逃得回来;即便逃回,终于难免兵解,打算永为散仙,仍是不能,固然我师父不该私心自用,背信食言,害你在湖底受了若干苦处;你如不是这多年禁锢,怎能会有今日的成就?

"自我师父走火入魔,我和桑师兄如照当年师父所为,日夕催动禁法,就算你道法高强,也受不住那样磨折。我和桑师兄却怜你无辜,一回也未施展。现时我师父已然应了昔日誓言,本身所炼乙木真气终非前古元金之敌,应劫而去。可知一切均是定数,何苦冤怨循环,永无终结呢?

"我们也不瞒你,我师父婴儿虽然炼成,但是功候尚还不够,难于冲破灵空天域的七重罡风劫火。必须再炼一甲子,始能完成正果,此时已往南海至友那里闭洞修炼。你如看我二人分上,解去这场冤孽,必有报德之日;你如寻去侵害,休说当地居停不肯甘休,我们也成了你的不世之仇。

"你虽婴儿成长,元气坚凝,因以前无意及此,外功尚差,仍须数十年修积,多树强敌,后患无穷,我师父乙木真气尚为神斧所破,何况于你。在场诸位道友均和我情如姊妹,你如不从,我为报师恩,宁遭天劫,当时便请诸位道友代我师徒永除后患,你就悔之无及了。"

这时少女绕身黄云业已尽敛,现出全身,闻言指着冷青虹冷笑道:"你既求我,无须再用虚言恐吓。我深知诸位道友俱是正教中人,决不伤害无辜。适才穷追不舍,只为想夺回我抢去的东西,本无伤人之念。否则我也决不会冒此奇险,仇人已然遁去,还想追赶。你便哀求他们杀我,他们也决不会应允。

"仇人去处我早想到,报仇不是不行,只是太难,还要误我一劫,太不值得。适才既被诸位道友挡住没有追上,又念在你二人确是怜我,爱莫能助。虽然我被困湖中已有代形之物,此时你就发动禁制,也受不到伤害,居心总是好的。看你面上,解冤不难,但我蓄志报仇,反倒成全了她,心总不甘。而这神斧于我恰有大用,你如能使诸位道友两月后助我去一异派妖邪,我便可以依你。"

冷青虹方欲答言,灵姑在侧,因自己误杀人师,已铸大错,心中惶恐,惭愧万分;又见那少女看年纪只有十三四岁,却生得那么明艳绝尘,秀骨珊珊,由不得动人怜爱;也看出冷青虹好似碍于新交,不知众人允否相助,未便即应之状。急于挽盖前失,也没回看石玉珠神色,骤然脱口应道:"妹子等奉家师之命,下山积修外功,本以崇善诛邪是任。这位道友的仇敌既是异派妖邪,义不容辞,只要能够略效微力,有何不可?"

冷青虹原听说众人只抽一日闲空陪了石玉珠同来,前途尚有不少事要去做;又是初交,除石玉珠一人外,余者多存疑虑。这次师父兵解,因是定数,适才灵姑如不心存疑忌,未始不可人定胜天,免却这场大劫。少女偏又看重的是她,余者俱是附庸。知灵姑与石玉珠至好,好在师父已然兵解,元神远走,禁制皆除,可以畅言无忌。先想和石玉珠以目示意,如若点头,再请其转烦众人,谁知石玉珠目注别处,竟如未觉。料知事有阻难,正在心里着忙,不知用甚言语回复,试探众人口气,忽听灵姑脱口应诺;加上裴元、南绮又都气盛好事,灵姑话完,立即随声附和,俱愿到时应约。石玉珠交情在先,双方还是由她引见,自然说不出拒绝的话。众人俱允,虞舜华也无话说,就此定局。

这一来,冷青虹和那少女都欣喜非常,桑桓也把怒容敛去,化敌为友。三人先向众称谢了几句。冷青虹随又说道:"妹子适才并非藏头露尾,内中实有难言之隐。所幸石道友定已先知苦衷,想能见谅。现时劫报均完,冤仇已解,无须再有禁忌。但说来话长,且请诸位道友仍回含青阁内,容妹子一述经过,便知妹子情非得已了。"

说时,众人早把飞剑、法宝收去,刚随三人飞落台上。南绮忽想起阿莽自随冷、桑二人同去,一直不曾再见,落地便问人在何处。桑桓答道:"家师春蚕自缚,如非狄道友相助,另换一位,也许结局更恶都说不定,狄道友基禀至厚,终属凡人,一无法力,本不会受甚伤害。只因临事胆小一些,未能尽信我所说的话,欲以灵符护身,略受了一点小困。我出来时已给他服了一粒丹药,扶向榻上,卧倒养神。因恐万一受伤,愧对诸位道友,被困时我以全力救他出险,人并未伤。服了此丹,于他也不无小补呢。"南绮等才放了心。

冷青虹早抢向前去,略一施为,全阁便复原状,迥不似先前倒转禁制那样难法。晃眼之间,一座神仙楼阁重又现将出来。除左侧玉石阑干,因灵姑追敌匆忙,剑芒扫着一点,裂断了一截外,余者俱是好好的,碧海青天,琼楼玉宇,无边仙景依然如故,直看不出一点别的痕迹。桑桓揖客入门,仍到先前室内。冷青虹重整酒果,请客入座,先带少女一一引见通名,然后追述前事。

原来桑仙姥的祖父桓雍,乃南宋名武家周侗晚年最心爱的末传弟子。幼年从师学练周家独门内功,本打终身不娶的主意,无如家运不济,到了中年忽遭瘟疫之灾,桓氏全家老少二十余口丧亡殆尽。只有桓雍和他六十多岁的老父,因闻岳飞被奸臣秦桧陷害下在狱内,由琼州故乡赶往营救探看,未遭波及;桓母也被邻县娘家弟侄接去游玩,幸免于难。

权奸当道,受了金人贿赂,窥知高宗尽管迫于大义,表面上日盼徽、钦还朝,实则事与心违,并非所愿,已然用十二道金牌将岳飞矫旨召回,立意置之于死,如何容人解救。桓父之去,只是激于义侠悲愤,打算到后见机行事,好便好,不好便令儿子拼着性命不要,前去劫牢救人。休说奸贼防卫严密,无从下手,即或可行,岳飞孤忠纯臣,也决不肯。何况得信已晚,等他父子星夜赶到,岳飞已被秦贼用"莫须有"三字罗织成了千古无对之奇冤了。

桓雍先还有附带刺杀秦贼的心意,不料老父闻得凶信,一恸几绝,就此吐血病倒。桓雍好容易将老父的病医治半痊,突又闻说故乡疫疠盛行,猖獗异常。来时因莫测此行安危,唯恐走漏风声,异日行刺事成连累家人,只说去武夷山中访友,又未明言去处,音信难通。既关念老母全家安危,又见奸贼警戒森严,养着不少有本领的鹰犬,岳飞遇难以后,好些孤忠激烈之士为想刺杀奸贼,事均未成,反都白白送了性命。自己还有一位老病之父同行,万难兼顾,不由气馁下来,向父婉劝说:"奸贼气焰正盛,难于下手,不如先回家乡,等事稍冷,儿子独身前来,再取奸贼狗命,免有顾忌,临机心乱,反倒偾事。"桓父还骂他儿子胆小,没有忠义之心。桓雍再三劝说,期以一年誓必杀贼,方始勉强应诺,担惊害怕地起身。

二人脚刚踏进邑境,便闻十室九空、白骨蔽野之讯。再一打听,家中哪还有甚活口,悲恸自不必说。疫势虽消,余气未净,不敢贸然回家,只得先往邻县戚家暂避,直到冬寒疫尽,方始还乡料理完了葬礼。遭此惨祸,触目伤心,都不愿再在原居地居住。便把家产变卖,迁往武夷山水胜处,辟建田宅,重又立起家业。

桓氏自汉以来,族户本就不繁,而桓雍这一支更是累世单传。到他这一辈忽然人丁大旺,不料又被一场瘟疫葬送殆尽,眼看血食将尽,如何不急。桓父家宅一定,便对桓雍责以大义,说:"起初你为学武,不娶妻室,已非人子之道。只因当时你兄弟有好几个,子侄众多,你又立志甚坚,因此我未加拦阻。如今天降大祸,你如坚持成见,桓氏宗嗣由此而断,不孝之罪便上通于天了。"

桓雍本孝,见衰年父母沉痛告诫,声泪俱下,自然不敢违抗。当年娶了一房妻室,也是一个名武家的女儿,貌甚丑陋,是个三十二岁的老姑娘。第二年,两老相继病死。桓雍秉着遗命,两次行刺秦桧,均未得手,末一次还差点把命送掉。后来秦桧也伏了冥诛。

桓妻过门十年,不曾生育,忽然一产双胎,生下一男一女。桓家隐居之地,名叫古桑原。起初为避奸贼耳目和一班江湖朋友,见所居四外俱是野生的古老桑树,便借桑为姓,隐姓埋名,已有多年,暮年得子,加以这一对子女都是生来力大,资禀极好,自是钟爱非常。只是美中不足,乃女生相奇丑,更甚乃母,人却聪明异常,知识更开得早,年才十岁,每遇春花秋月、良夕佳晨,便多感触。

桓家屋后危崖腰上生着一株奇怪桑树,粗仅合抱,枝叶极繁,生得苍干铁皮,坚硬非常,用石块叩上去,嗡嗡作金铁声。老干樛拗,蟠屈飞舞,矫若游龙。春、夏、秋三季碧云如盖,荫被数亩,高高悬在桓家屋宇之上,将日光遮住,清荫下被,平添了许多清致,家人都爱惜它。

桓雍夫妻都是武家能手,子女幼承家学,小小年纪,便练就一身本领。那危崖虽极陡峻,上落之处颇多,恰是练习攀缘纵跃的好所在。桑女夏日尤其喜欢扒在桑树枝上迎风纳凉。桓氏夫妻先还喝禁,以防失足受伤。嗣见子女生来身轻骨健,十余丈高处坠如飞鸟;连试演了两次,又见扒坐之处,虬枝盘错,层层相间,失足也不易下坠,也就任之。

这年春天,桑女又往树上凭临远眺,偶见空中鸿雁,自伤貌丑命薄,忽起遐思,一时情动神慵,抱着树干沉沉睡去。醒来神思迷惘,恍若有遇,身却舒畅非常。渐渐尝着甜头,成了习惯,不知怎的,肚子却一天比一天大将起来。

桓氏夫妻见女儿近半年来神情颠倒,每日守在崖树之上,也不再和乃兄同玩,回到家里便默坐无言,若有所失。面色目光又极好,不像有病之相。可是周身老像裹着一层青气,肚子也逐渐长大,情知有异。因她年只十一岁,隐居山僻之区,四无邻里,父母胞兄外,只有几名年老佃工。细查行止,除爱在树上玩是她从小积习,永不往远处游玩,别无可疑之状。起初虽然发愁,并没想到别的。又过两月,见她身上青气越来越显,肚子也大得和怀胎妇人相似,才越发着急起来。

桓妻背人验过女儿童贞未失,故未想到怀胎上去,当是得甚奇病,连由山外延了医生诊治,均说是喜脉,人并无病。桓氏夫妻自然不信,又带她到福州寻一名医诊治。刚走到中午,还未出山,女儿忽然失踪。正在着急寻找,家人赶来报说,女儿已然逃回,现在桑树上面。赶回一看,果然。

似这样连带出山几次,均被中途逃回。问她何故,只说舍不得家,本又无病,不愿远游。桓氏夫妻又极钟爱子女,不舍强迫。情知中了邪祟,必与

176

屋后老桑有关。可是女儿爱那桑树如性命，刚有砍伐之意，便被觉察，立即哭闹不休，自绝饮食，欲以死殉，哪里还敢动那老桑一枝一叶。万般无奈，只得又往山外延请名医。中途遇见一个年老道婆，自说能医奇疾。桓雍是老江湖，极有眼力，看出道婆不似常流，便求救治，恭恭敬敬延到家中。

道婆只朝老桑树上仰望了望，便令屏退从人，悄告桓氏夫妻说："令媛已与神木元灵相感，身怀奇孕，须怀三年零七个月始能生产。所产子女乃先天乙木精英所萃，生具异禀仙根，落地便有一层青霞护体，水火刀斧所不能伤，稍遇机缘，立致仙业。只见那古桑逐渐枯萎，便是临盆将近。只是生时极为艰难，令媛难免凶险。我如能来，自可无事，否则便须预为之备。

"现留灵符一道，灵药两丸，一为神婴御劫之用，一为产妇催产保安之用。月份一满，只看日里桑树一死，到了子夜，如见风雷大起，正南方有火云飞来，便该降生。贤夫妇速将灵符向空掷去，自生妙用；那药也速给产妇服下，自可无事。

"只是降生日期不定，也许还会延后几天，所以由那日起，每夜均须由亥正守过丑初才可安歇。山中雷雨无常，最怕适逢其会。符只一张，先期误用和到时遗忘，都是一样偾事。只要把此关过去，母子平安脱难，神婴成长，合宅飞升虽不敢必，全家半仙之望，数十年后总可如愿相偿了。神婴关系君家仙福至大，不可轻视。此时令媛最好听其自然，不去管她，免生枝节，反而不美。"

桓氏夫妻再三叩问姓名法号，道婆只不肯说。又拜请她到时相救，答说："贫道意欲玉成其事，无如机缘不巧，我尚有一个约会也应在三年以后，到时能否前来，尚难定准，但可分身，必定赶来。最好仍作我不能来的打算，依照前言行事。还有令媛所生神婴，易启妖邪觊觎，我去以后，直到降生十年以内，切忌张扬，事越隐秘越好。对佃佣们只说冒犯山神，得了腹蛊，已然托人寻药，到时自愈，不许传说。生产前三天更不可令其出山，以防泄露，惹出乱子无人解救。即使我三年后有了变故不能前来，无人传授，他自己也必能参悟，勉力前修。那与生俱来的乙木真气也自凝炼，足可仗以防身，寻常妖邪水火刀剑已不能伤。除防他自走外，决无妨害。好自珍重，行再相见。"说罢，满室金光，不知去向。

桓氏夫妻知遇仙人，又惊又喜，随即依言行事。先还恐怕女儿肚子与日俱长，年岁身子大小，支持不住。嗣见七个月份过去，便不再长大，那精神身体却一天比一天健实，只是相貌神情愈发丑怪，周身俱有青气隐隐透出。穿着衣服还不怎显，衣服一脱，远看直似一幢青霞裹着一个小人影子，连面目都几难分辨。头脸因是无法遮蔽，更青森森的怕人。想起老道婆所说妖邪觊觎之言，着实担了些心。

总算散仙里该当出这么一个奇特人物，桓家所居既极僻险，向无人迹；桓雍隐居时又留了一番心，诸事缜密。所雇佃佣大都是家乡年老旧人，共总四人，倒有三个是孤老。只有一个壮汉，已于前数年为他娶了妻室，移来山中同住。风景既好，出产又多，百物皆经预储，轻易无须出山，待遇更优，情如家人。略为编些话一叮嘱，全都守口如瓶，就是偶然因事出山，也无人肯向外泄露。桓女除食宿外，每日只在古桑之上起坐盘桓，傍晚方归，永不离开，也不大说话。枝繁叶密，隐身其内，不近前细看，直看不出树上藏有一人。

光阴易过，居然平平安安地过了三年多。桓氏夫妻算计女儿产期将近，起初没有留意，不知女儿感孕日期。桓妻背人盘问了好些次，好说歹说，只不答言。老道婆一去更不再来，唯恐延误时机，只得日常格外小心，看那古桑黄落也未。

这日桓雍起来得特早，因是隆冬夜长，天还未亮。照例桓女不论冬夏，总是日将出时，才往桑树上去，从没在天未亮前去过。桓雍见天还早，虽是岁暮严寒，百草凋零之际，那桑树依旧绿油油一片青葱。老道婆又说桑叶在日里黄落，女儿分娩应在树怙以后，这几日桑树愈加繁茂，想必时还未到。又因女儿近日尽管神采鲜明，但是睡眠极少，饮食也愈稀微，一听后室没有声息，当她睡熟，未作理会。

桓子名叫超群，人极好强向上，每日都在天未明前，一人去到屋外广场上，独自勤练家传武艺，盛暑奇寒，永无间断，全家以他起身最早。近以乃妹将产灵婴，也是时刻都在留神。桓雍起时，他刚刚穿衣走出，待不一会儿，忽然跑进，急喊："爹爹，快看妹妹。"桓雍忙往后室一探头，女儿已然不在。山中狼多，门宇封闭甚固，桓子出时门并未开，也无声息，竟不知怎样走出去的。桓妻也是闻声惊醒，老少三人连话都顾不得说，匆匆披上棉衣，相继赶往屋后。外面正下着大雪，雪花飞舞，晓色朦胧中，遥见后崖老桑上有一幢青气，忽上忽下纵落如飞，隐隐闻得女儿哭诉争论之声。

桓女生赋异禀，幼承家学，虽然八九岁上已能援着十几丈高的崖树轻轻下落，似这样平地飞身一纵十余丈，却是从未见过。因那老桑繁茂如初，挺立风雪之中一丝不动，也无异状，才略放心，只不知女儿何故如此。正待近前询问，桓女回顾父母兄长赶来，忽然住口，纵向桑树枝上坐定，一任呼唤不再下来。桓子援向树上盘问，只不说话。桓氏夫妻又上树去，屡问不答。嗣以孝道再三劝说，桓女倏地暴怒，朝当中树干乱抓乱咬，桓氏夫妻因见她连日神情有异，疑是疯狂，便硬抱她下来。桓女竟不似往日倔强，一抱立即相随同下。

到家以后，父母兄长屡次盘问，她只口角微动，苦笑了笑，两眼青莹莹落下两滴眼泪，仍和哑子一般，默无一言。尤怪的是，由当日起，便在家中兀坐，也没有再往桑树上去。家人因其反常，防他变，日夜轮流陪守。直到过年初春，均未有事，老桑也未黄落。桓女饮食也越来越少。身边藏有一个桑瘿挖制的木瓶，每日除却在室静坐外，便将那瓶取出展玩，人要索观却是坚持不与，也不知她何处得来。

桓雍算计早过了道姑所说时限，心正愁急。这日早饭后，桓女忽向父母兄长一一跪拜。然后跪在父母面前，含泪开口道："女儿不孝，遭此孽缘，父母恩深，不加罪责，反倒费尽心力，百计调治。尤其这三四年中，使父母兄长日夜焦愁。近半年来我守仙诚，恐泄天机，状如聋哑，更累父母忧急。负罪如山，心如刀割。女儿早该分娩，因是不舍慈亲，意欲少作团聚，才多延了三个月份。如今腹内灵胎已早成熟，不能再延。此子因差一劫，落生乃是女体。女儿为了成全灵婴，使其五百年后遇劫能够避免，血髓全都耗尽，生后七日命必不保。所幸生前根骨不差，又得了灵木精气，虽只三年修炼之功，居然悟彻玄机，本身血髓虽枯，元神却极坚凝。此去投生，转劫重修，便可成就仙业；比起暂免一死，得享修龄，迟早乘化归尽实强得多。

"那年来的道婆，乃戊土之精转世，修成仙体，她与婴儿天生克星，前此之来，是想借救女儿为由，残害婴儿，遂她私愿，实非好意。去冬她如到此，女儿或可暂免，婴儿之命必不能保。也因宿孽尚重，前年、去年正当她应劫之时，去冬未来，谅已应了劫数，婴儿能得成长，总算天幸。

"不过她说的话有好些却是真的。崖腰神木应三场大劫，头一劫乃是乾天丙火。这时婴儿初出母胎，灵元未固，本身乙木精气也未凝炼，本来最难抵御。但是对头除报仇外，尚还存有自利之心，并不想将婴儿当时化成灰烬。她唯恐到时不能赶来，所留灵符具有五行生克之妙，一经如法施为，先化为一片玄色光华，与侵害婴儿的丙火会合。然后化生出戊土的威力，变作一幢白光黄气，飞回来将婴儿全身裹住。由此乙木之精便为戊土庚金所制，再也不得成长。可是终年身有青黄光烟围绕，水火刀兵仍是不能伤害。

"在她以为女儿仗她活命，全家感激信服，必能好好保持，等她十四年后转劫脱难，再借引度成道为名，将婴儿骗去，称她多年妄想，所以尽管利令智昏，没有急下毒手。却没料到灵木转劫托生，虽比她晚了二三百年，根基造诣却比她强得多；尤其得天独厚，未转世前早已通灵变化，附在古桑之上，千百年来刻意韬光隐晦。女儿感孕不久，便能灵感相通，对她阴谋诡计已有破法，即使到期赶来，也难如愿，何况不来。此时不但不能伤害，反可借她那道灵符来御天劫，使与乾天丙火同归于尽，真乃快事。

"至于如何应付，女儿早已在暗中有了准备。事情就应在今宵，交申以后桑叶便自黄落。请父母到时一任女儿行事，万不可惊慌拦阻。否则白受一场虚惊，累及他人，于事仍然无补，甚或女儿元神也为天火所伤，投生不得，就悔无及了。起初父母只因不知底细，日夜忧急，现已明说，务求释念宽怀。

"门前不远打稻场上有一株小桑树，到了亥正女儿走后，爹爹可拿着灵符，守在离那小桑树十丈远近的石臼之中，只等到了子时，雪势忽止，风雷大作，正南方有一团火球飞向小桑树上，待要下落之际，速照对头所说将符掷出。不论形势多么险恶，人绝不会受伤，无须害怕，一过子正，大功便可告成。

"那时女儿身在崖腰老桑之上，灵婴也在丙火飞来之际降生，事完自会下来。此后女儿尚有六七天的活命，未死以前人还是好好的。女儿感激父母深恩，无以为报，怀中木瘿瓶内贮有少许灵木仙乳，服后可以长生健体。婴儿本是灵木化生，从小即能自修。至于她肯不肯引度父母兄长，须看各人缘法，尚不能定。瓶中仙乳乃腹中灵婴的精气所聚，长日聚敛，费了不少心力，仅得少许，所以还想多积一些，以增灵效。此事不是婴儿所愿，无如她元胎已早成长，除元神尚寄树上外，所有乙木精气为护元胎，全附在女儿身上，又是由渐而进，徐徐诛求，无力见拒。

"女儿一死，甚事从缓，第一先将此瓶取出，赶出院去，面对东方，分服下去，再把女儿火葬，用缸装好，埋在崖腰老桑之下。服时越快越好，免被婴儿看见生心，或是强夺了去。还有对头本心想救女儿，所赠灵药至少也能保得十年寿命。一则人生终有一死，女儿又急于转劫，正好转赠哥哥服食。即使无甚遇合，此丹功能起死回生，好人服了永享修龄，总可如愿了。"

桓女终日沉默已有三年，桓氏夫妻父子三人忽听她侃侃而谈，言语真挚，至情流露，始而相顾错愕。及至听明言中之意，才知她到了时限，产后即死，不禁满腹悲酸，又怜又爱。几次想要劝说，不令即死，拟以道婆所赠灵丹和木瘿瓶中灵乳续命，俱被摇手拦阻。话才说完，桓妻早忍不住一把搂住悲哭起来。桓女恐父母伤心，再三劝慰譬解。桓雍自能权衡轻重，知道无法拦阻，逆她反而不好，便一面劝住妻子，一面想赶向崖后看那老桑黄落也未。

桓女凄然道："爹爹不必担心，女儿一切皆有成竹。外面风雪严寒，事应子夜，桑叶黄落不过一个先兆，既已知道，不必再出去受冻了。"桓氏夫妻闻言，自是不免伤感。桓女一再婉言相劝，知是定数，也就罢了。

桓子出外连看了三次，果然那株青枝绿叶的老桑，始而树叶发黄，渐渐变为枯干，忽然一阵风过，残叶全都凋零，纷落如雨，只剩老干槎丫，挺立雪风之中，飒飒有声，了无生气。雪仍下个不住。因时愈近，桓女虽说家中无须准备，桓妻终不放心，一切仍按寻常生产布置停当。桓女依在父母膝前，寸步不离。只桓子一人不时出外探看。

那打稻场就在桓家左侧，斜对着崖上老桑树。有一石臼，高约三尺，上面搭有木架，中悬石杵，以备春稻之用。田事已毕，一片平地，空无一物，相隔左近几处桑林均远。

这时雪已积厚尺许，桓子为那石臼要备藏人之用，曾去打扫积雪，仔细查看，并无小桑生出。及至桑叶黄落不久，忽有一株极细桑苗破雪而出，便归告乃妹。桓女坚嘱此时不可再往探视，到了傍晚自能长大，并令佃佣人等各自在屋中，不要出来，以免大惊小怪。

入夜，桓子偷往探视，日间那棵小桑苗粗已半尺，枝叶纷披，亭亭若盖了。桓女闻言，喜道："想不到神木精华已尽，犹有如此神通。今晚只要能照我所说行事，不生出别的枝节，决可无碍了。"

挨到亥初，桓雍唯恐误了时机，坚持先往，老早便饮了点酒御寒壮胆，带上老道婆所给灵符，去往稻场石臼之中埋伏等候。桓妻、桓子也要随去，桓女再三拦阻，才行作罢。桓女又对桓子道："我家世代单传，爹爹只生哥哥一人。婴儿因是神木附体，生有灵慧，只记我一人恩义，对父母兄长推爱无多。木瘿瓶中灵乳是她元精，最为珍惜，被我强行取来孝敬父母，求一高寿。此事要迟婴儿多年功果，大非所喜，她虽不致因此怀恨，心终难免介介。起初我原说是为她吃苦送命，陆续勒索了来。服时不被发觉最妙，如被发觉，如见辞色怨望，或是露出口风，可对此女开导，说我因报亲恩才有此举，全是我的主意，与父母无关；并将今晚全家为她如何出力御劫加以粉饰，时常提说。此十年中相待更要从厚，不论她行径如何，不可以加以斥责。只要她有了感恩之意，不但全家得福，将来子孙中必有一二人受她接引，岂非佳事？"桓子一一应了。

桓女重又拜别母兄，又去稻场上向桓雍道："女儿本拟走后才请爹爹出来，爹爹偏是小心过度，白受了多时寒冷。现在时已将至，分娩之后便许不能说话，诸望宽怀，依照前言行事，勿以为念，女儿去了。"说罢，拜了几拜，纵身一跃，满身青雾环绕。那小桑树上也冒起一股青气，簇拥着桓女，直往崖腰老桑之上飞去。桓雍知在紧急之际，不顾悲伤，藏身石臼之中，留心守候。雪仍未住，一片迷茫，除影绰绰看见前面小桑树上不时发出一点青色烟光外，什么也看不见。等了片刻，没甚动静。方愁雪大迷目，如丙火飞来，一个疏忽没有看出，便要误事，正在忧急，忽然狂风四起，声如潮涌，随即雷声大作。

隆冬大雪，天气突发巨雷，自然骇人。桓雍不敢怠慢，一面暗运气功抵御严寒，以免手足冻僵，不便施为；一面持着灵符，全神贯注前面，准备应变。

一会儿风雪渐住，那雷火电光却在稻场上盘旋不已。倏地一个震天价大霹雳朝小桑树打下来，电光照处，眼看打中，树上忽冒起一幢青色烟光，竟将雷火冲荡开去，随声而灭。那雷一个接着一个，只离树梢三五丈，便被青烟冲散，始终未被打中。

似这样约有盏茶光景，雷火持久无功，似已暴怒，先是盘空蓄势，轰轰连响了一阵。猛然电光雪亮，连闪两闪，"嚓"的一声爆响，七八团栲栳大的雷火夹着万道金蛇，由四外集拢，齐往中心打将下来。桓雍生平从未见过这么声势猛烈的巨雷，虽有一身好功夫，也被震得魄悸魂惊，耳鸣目眩。同时那雷火势雄厚，虽被树上烟光阻住不能下击，并不似此前一冲即散，依旧停在空中上下盘舞，互相磨荡滚转，发为怒啸。

桓雍藏处离树不过十丈，大有当头下击之势，越显可畏。算计时辰已至，丙火未来，雷已如此厉害，不禁惊惧忧惶。猛一抬头，瞥见正南方暗云中似有极红亮火星出没，不禁心中一动。晃眼之间，那团火光已由小而大，由近而远,穿云而来。来势之神速,无与伦比,乍看还在天边,不等看清,便已飞近。到了面前,变成百丈火云,直朝小桑树上罩去。

幸是桓雍胸有成竹,时刻都在提防,动作也是极快,心随手动,火云还未罩向树上,手中灵符已是向外掷去。只见立即化为一团玄色光华,捷如影响,直向对面火云飞去,火云一到,空中迅雷恰也突然爆发,打将下来,于是三面相撞,迎个正着。只听轰隆之声,宛如天鸣地叱,山崩岳坠。雷声响过,火云玄光融成一体,闪了两闪化成一幢白光黄气,正要往小桑树上罩下。说时迟,那时快,就在丙火、癸水相克相生,云光闪烁之际,那株小桑树突往地下缩沉下去。同时由崖腰老桑之上,流星赶月般接连飞射下三点拳大青光,直投白光黄气之中。叭叭叭三声极清脆的爆音过处,全部消灭,化为乌有。

桓雍料知大功告成,忙由石臼中纵出,路遇其妻其子,便同往屋后赶去。刚到崖腰老桑之下,便听儿啼之声宛如松涛,既清且洪,不禁悲喜交集。桓妻连忙飞援上崖,到了上面一看,桓女坐在密枝上面,怀中抱着一个相貌奇特的怪女婴。上衣撕破半边,右肋骨裂开半尺来长一条口子,并未流血,桓女正用手捏拢伤口。好似精力已竭,面如金纸,累得直喘,一句话也说不出来。桓妻见她疲乏已极,又见肋下裂口,只当御劫时受了重伤,又疼又爱。顾不得细看婴儿,忙喊丈夫、儿子取来布帛,将女儿母子裹定,缓缓缒下,双手捧起,赶回家去。

桓雍见女儿身上青气已然散尽,和寻常人一样。所生女婴却是青气由皮肉里往外透出,隐泛青霞,宛如云飞霞绕,十分浓密,不近前谛视,几连眉目五官都难分辨。那相貌更是丑得异乎寻常,比起乃母还要难看十倍。身材是又瘦又小,通体作青蓝色,满身满脸都是老树皮一般的大小皱纹瘿块,通体没几片平整之处。阔鼻如箕,上有五孔。眉耳都如桑叶,纹络显然。嘴如卧蚕,独作灰白色。额生三只圆眼,大如蚕豆,初生不久尚还闭着,微一睁开,便有三点蓝色晶光远射数尺。从前额直到脑后满是绿毛蓬松。尤怪的是下半身奇长,几及全身十之七八,穿着一件形似披肩的短衣和一条短围裙,看去青茸茸又滑又细,非丝非帛,不知何物所制,像是新穿上的,平日也没见女儿做过。明知怪异,但也无法。

桓雍因见爱女累极,欲令其妻将婴儿抱过。婴儿偏恋在母亲怀里坚不就抱,力大异常,桓妻竟强她不过。且喜女儿肋下伤口业已合拢,只剩一点痕印。忙又把备就的汤粥与女儿服用,桓女只把头摇了一摇。夫妻二人想不出主意,只得任其安卧养神。守到次早,桓女方始睁开双目看了看婴儿,喊声爹娘。

桓女事前早把应说的话说完,曾嘱父母兄长在她分娩以后,当着婴儿不可多言。桓妻终究是妇人之见,心疼女儿,想起爱女吃苦短命都是桑树作怪,婴儿貌相又那么丑怪,老大不快,尽管桓雍在侧示意拦阻,仍是絮聒不休。先问桓女身体如何,并劝吃点饮食和产后应用的汤药。婴儿只睁着精光四射的三只眼,依在产母怀中注视静听,并无异状。

后来桓妻因女儿说精血已尽,不是药石所能奏功,不肯服药饮食;又听说婴儿是裂肋而出,未经产门,不知彼时女儿受了多少苦难,忍不住发话道:"你说那老道婆是土精,又是你的对头。照你爹昨夜所遇情景,没她那道灵符,且敌不住那天雷天火呢。你如今精血已枯,只有七天寿命,就生下这么一个报娘女,不知所为何来? 老道婆说她给那丹药能够救你,为什么偏不肯吃呢?"说时恰值桓雍父子在外屋用饭,没在室内。婴儿忽然满面怒容,目闪凶光,不住口发出怒声。吃桓女一把抱紧,附耳急语,急切间未被挣脱。桓妻因她长相奇丑,怪眼时常放光,一个初生女婴,并未放在心上。

桓女产后力薄气弱,专一压制劝慰婴儿,不暇再顾别的。直到桓妻把话说完,看出情形有异,婴儿也已宁静,不再暴躁。桓女连急带累,已是面无人色,喘息不止。直到父兄饭后入室,方才把气缓过来,朝乃母看了一眼,凄然说道:"女儿早已说过,一人得道,九祖升天,女儿今生虽然受苦短命,转世却有成仙之望。女儿与神木乃是患难夫妻,理应同仇敌忾,他仇即我仇。休说此番遇合是福而不是祸,即使那丹药能够起死回生,女儿怎肯领受对头的好意? 何况还不能呢。她那丹药已被女儿毁弃,不相干的闲话提它则甚? 神婴怒性未退,照此情形,女儿怎放心去呢?"

桓妻还要说时,桓雍已听出女儿语藏深意,忙暗扯了她衣服一下,接口埋怨她道:"那丹药已然毁掉,此是定数,提它有甚用处? 你快吃饭去吧。"桓妻这才警觉说走了嘴,恐于女儿有碍,不敢再说,强忍悲愤走了出去。

婴儿除生母外,谁抱也不肯。桓妻走后,桓女附耳悄悄说了几句,她忽然径向桓子扑去。桓子早受乃妹指教,忙即接抱过来。因知婴儿生具神力,抱时暗运内功微试了试,竟如无觉,好生骇异,一面含笑抚弄,一面问妹子:"神婴可要吃点什么东西?"

桓女道:"她只饮点雪水,连人乳都不用。我也无乳给她吃。不知怎的,适才闻得外面饭香,她和我说想吃一些,偏又和娘不甚投缘。我说这里的田是爹爹和你率人种的,她才答应吃饭。本来不想叫她吃烟火食,一则她性偏强,再三索讨,没有不依;二则我想让你们甥舅亲热,才行答应,她暂时还不愿到外间去,可请爹爹把饭粥各盛些来,你自端去喂她吃,只不令她动荤好了。"说时,桓雍已随桓妻走出,闻声端了饭粥走进。桓女见饭上面夹有素菜,想要拦阻,婴儿已食指大动,馋涎欲滴,口中哇哇乱叫,不让再往外端。

桓女知拦不住,只得听之。婴儿吃得香甜已极,几口便把大半碗饭粥连菜一齐吃完,意犹未足。末了仍由桓女朝她怒叫了好几声才罢。

婴儿聪明异常,当日随着桓氏父子问答,便学会了好些人话,随声即会,一会儿便能记住应用。只和产母应对仍是原来互相吼叫,声音也颇好听,听不出说的甚话。除和桓子比较亲密,桓父也甘受抚弄,有问必答外,余人都还平常,只是见桓妻不得。桓女为此,时与互叫争辩。次日起,虽不见即怒视,终非所喜,桓妻口里不说,心里对婴儿极为厌憎,又因女儿死期日近,追原祸始,想起伤心,越发看都懒得看她。

桓女见状忧急,当着婴儿不便明说,只管时常暗中示意,终难减老母悲愤的成见。婴儿到第三天便能下地行走纵跃。桓女见父兄因婴儿灵慧绝伦,颇为喜爱,婴儿对于外祖、舅父也渐亲热,以为可以无事,才略放了点心。自知体气日益衰微,不久人世,老想把婴儿支开,向父母重新叮嘱,婴儿偏只守在房中,寸步不离。

一晃过了五天,桓女自知只有一二日寿命了,不能再延下去,方向婴儿哭诉,力说:"身受父母养育深恩,丝毫未报;便于你也将有十余年抚养之德。我父母家人以后不问待你好坏,均须看我分上,不可丝毫见恶。"说完,先要婴儿立誓,然后说要背了她与父母诀别。婴儿被她絮聒不过,应是应了,只嘱咐其母不可做出与她不利之事。桓女自然一口应诺,这才由桓子将婴儿抱出屋去。

婴儿一走,桓女含泪埋怨母亲说:"神木借体,自孕灵胎,与寻常母女不同,女儿虽然今生葬送,他生却是受益无穷。她与我本来无甚情义,那老道婆是她宿命克星,深仇大敌,母亲那日不该走嘴,对她神情又极厌恶。恶因一种,将来难免后患,实是悬心。

"尚幸爹爹见机,相助用话遮盖,否则当时便许生出事来,此女生具灵异,休看初生乳婴,翻起脸来,全家合力皆非敌手。那木癭瓶中所贮灵乳乃她先天所生元精，多服一点，便有若干灵效。本该早奉父母服食，因女儿本身还有少许，现藏口内，连日仗它苟延残喘，欲等去时全数奉上。连日查看此女灵慧无比，因看出女儿体气太弱，已疑心前次向她勒索盗取的丹液不曾全服，一连盘问过几次。女儿至迟后日必去，一个措手不及被她觉察，不是当时夺去，也必因此结嫌。虽对哥哥说过有了防备的话，想来想去，与其有了嫌怨再行设法劝解，终不如无事的好，为此借着诀别将她支走，豁出糟蹋一滴，请父母今日便即服用，以免夜长梦多，又生变故。"

桓女说罢，自将胸衣解开。桓女本瘦，生育之后益发成了皮包骨头，又瘦又干。桓妻见了，自是心酸。方问木瓶藏在哪里，桓女低声答道："本来藏在胸前肉皮之下，女儿死时自会现出，日前因见婴儿机警，整日在怀抱之中，恐被看破，乘她初生正在养神，双目未开之际，偷偷塞向肋下创口之内。那地方乃婴儿产生之处，不比胸前原是贮藏克敌宝物的所在，曾练仙法，可以收合由心，为此还多受了一点苦痛。但是隐秘异常，婴儿万想不到。这乙木灵乳见了大风即化乌有，五行均不能沾。虽它有本身桑瘿制的木瓶可以封存，不致见风透气，瓶外仍须时常温暖，又不能用火烘它，除借人体温别无他法。

"否则她已有点生疑，如何还肯离开一步？不过那木瘿瓶，女儿骗她已在抵御天灾时连同法宝一齐消灭，所以服了灵乳以后，务须缜密收藏。此瓶虽是木质，火不能化，寻常五金所不能折。再者还有明目灵效，哪怕多年盲目，只须将瓶盛了泉水，洗几次立可重明，毁了也是可惜，最好装一瓦坛，觅一僻远之处埋入地底，等他年婴儿成长仙去，再行掘出，永为传家之宝，济世救人。只要她在日，却不可使她看见。"

桓女说时，上衣已全脱去，边说边将手指向肋下连划。产儿创口本早合拢，只剩下一条半尺来长的红印。桓女划了数下，倏地咬牙皱眉，手指往缝痕中硬插下去。桓氏夫妻看她痛苦，方要拦阻，嘤咛一声哀呻，一个两寸来长，寸许粗细的木瘿瓶已应手而出。桓女颤巍巍递给母亲，神情好似痛楚已极。紧跟着前胸挺了两挺，当中胸皮忽然由凹而凸，迸落下一个形似桑葚之物。桓女一手接住，用掌心握向创口之上，往上揉搓了几下，创口由开而合，点血均未流出。

桓女事完，喘息着将瓶要过，对父母道："瓶中灵乳共只九滴，一滴可延一甲子的寿命。趁女儿在世时看着服了，不过是有一人多服一滴。"说罢，便请父母同立面前，自将瓶上木塞揭开，瓶口先对着桓雍的嘴，微微一倾。桓雍猛觉一滴甘露洒向口中顺津而下。当时甘芳满颊，心胸爽朗，神智为之一清，桓妻服了也是如此。似这样轮流了四五次，算是桓雍多服了一滴。服完将瓶交给桓妻收藏，又嘱咐了一番，才把婴儿唤进来。

婴儿虽是灵慧绝伦，毕竟初生数日，稚气犹重。桓子更善于引逗，特意引到田场、草地、菜圃等处，向她一一解说各项用途，故意延挨，所以去了半日，一点未起疑心，如非着人去唤，尚无归意。桓女见她没有盘问，颇自欣慰。桓母乘空，先照女儿之言将木瓶偷偷带出，寻一僻远之处埋好。夫妻二人经过女儿再三譬解，也不再像前些日那么伤心，只把后事从优布置，一切停当，静候数尽。

当晚桓女请父母兄长不要进她屋里，自和婴儿低声密语了一整夜。次早日出，才许家人进去，告知父母，自己正午便要身死，千万不可悲伤，否则无益有害。这些话原说过不止一遍，桓氏夫妻见事已至此，只得依她，一口应了。桓女然后对兄长说："婴儿本是神木寄身，并非真实生女，暂寄居我家十余年便即仙去。只要不触怒她，这居停之德终有以报。父母也许只享高年，哥哥似有凤根。昨与婴儿同出，相处甚好，大出意料，想是有缘。此后务望诸事容让，但能办到，即随所欲。最好拼着这十多年的光阴，日常陪伴她，不要离开，以免走远，与外人相近，生出事来。昨夜我已再三托她对你格外垂青，能如妹子所说，必可得她不少益处。"桓子自然极口应诺。

婴儿明知生母将死，一点没有戚容，只赖在乃母怀里，仰着一张满是皱纹、形如老妪的丑怪嘴脸，嘻嘻直笑。桓子深知此女不好处置，欲趁妹子未死以前和她亲近，便守在旁不时摸弄说笑。婴儿近日益会人语，每当桓子爱她，睁着额上三只精光青荧的怪眼，也是有说有笑，颇为亲近，只是不让他抱。桓子方愁她少时母死，万一死抱不舍，休说妹子遗言不可强制，这等天生神力也无人制得她住。

光阴易过，一晃便到了午时。桓氏夫妻只此一子一女，眼看活生生一个爱女就要死去，任怎强制，心终忍不住悲痛，诚中形外，不觉现在脸上。桓女一眼看出，见时已迫，忙道："爹娘如不能听信女儿之言，便请出去，只留哥哥一人在此，免致两误。"桓氏夫妻总算服了灵乳之后长了好些机智，看出女儿神色凄惶急迫，料知关系重大，互相劝诫，极力强为欢笑，将悲容掩去。

桓女见母不舍退出，心终愁虑，唯恐见了自己死后惨状，忍耐不住装苦，意欲再加力劝,勉强挣扎。无奈气数已尽,血髓全枯,终于支持不住,只口里高声急叫道:"今日一有哭声,便遗全家后患,千万大意不得。"说到末句,声音越厉。倏地挺身自起,直立榻上,全身用力一挣,嚓的一声响处,头脑爆裂,由顶上箭一般射出一股青气,在室中略一盘旋,穿窗飞去,再看桓女头壳已然裂成两片,想系修炼功浅,婴儿不曾炼成,血髓已枯,难再生存,精气内闷,无法出窍,只得震破天灵脱出投生。去时把点余力全数用上,势子猛急了些,不特五官七窍俱是裂口,全脸皮肉也都成了龟裂,一只眼珠更突出眶外,死状端的惨得怕人。

婴儿本在母怀,原极依恋,及至桓女快死以前,忽向乃母叫了几声,径向桓子扑去。

桓子知时已至,忙即接住。刚抱过手,桓女说完末两句话,便已身死。桓雍父子尚能守着前诫,勉抑悲思,故作无事,桓妻终是女流,如何见得爱女这等惨状。又见婴儿看乃母为她惨死,竟如陌路,毫未动容,越更悲愤,虽未放声大哭,眼泪却点点滴滴流将下来。等桓子想起避讳,将婴儿脸抱向外时,已被她看在眼里,不禁心动了一下。当时无甚异状,也就放开,不以为意。

桓妻经丈夫一再作色示意,才强把眼泪忍住。桓雍知女儿言必非妄,恐生事端,好在棺葬俱早备就,一面劝住妻室,一面忙去唤了人来赶紧成殓,桓女头晚便即沐浴换了新衣,头上裂口虽多,并无血迹,仅略有点淡红水流出。当下由桓妻用热手巾轻轻将两眼珠按回眶内,拭了拭脸。不消片刻,装殓停妥,钉好棺木,抬出屋去。崖腰老桑之下,穴已掘好,用长绳吊下棺木,立时埋葬。葬时婴儿却要随往,仍由桓子抱持,在崖下站立。婴儿见众人忙碌上下,似觉有趣,时发丑笑,东张西望,神情并不专注。

那老桑生根在崖腰壁缝之中,因树身越长越粗,年深岁久,崖壁撑裂越大,石土逐渐崩落,树根下面现出一个丈许大小的洞穴。桓女预嘱平葬,不要坟头,埋处须靠石壁。自己精魂已往投生,这臭皮囊无须珍惜。只那一滴残余的灵乳灵气尚在,异日葬处生一小桑便是所化。根生尸口之内,万一将来家中有人病危,可背着婴儿将桑掘倒,将主根由尸口中拔出,捣汁敷服,立可起死回生效力。

这时刚把土平好,婴儿忽似有甚警觉,想往崖腰上飞去,倏地由桓子手上一跃而起。任她神木转世,到底初生才只七日,筋骨尚未十分结实,全仗先天终是稍差，纵没三丈便已落下来。桓子见状大惊，忙去接时，婴儿已落到地上，二次又复跃起。这次因自地上纵起较易用力，纵得比前稍高丈许，但离树干仍差好多。桓家诸人均知婴儿，她如不吐口求助，最好听其自然，不可助她多事，也就不抱她上去，任其自纵。似此接连三纵，尽管一次比一次高，均未纵到。

桓子与她相处不久，不知她生性奇特，无论多么急于要做的事，至多两次没办到，立即弃而不顾，这次还是多的。见她三纵不到便不再纵，口里哼了一声，面现狞恶之容，意似愤恨，恐其发怒，随即抱起抚慰，笑问道："上面只一个土洞，阴湿晦暗，无甚好玩，我同你找地方游玩去好么？"

婴儿闻言忽又笑了。桓子因知父母痛女情切，葬后难免悲泣，心念妹子临终之言，恐为婴儿所见，虽想借此引开，因她在愤怒头上，以为未必肯走。不料竟和常婴一样，说好就好，适才怒容全部掩去。于是抱了便走，也不再向崖上回顾。渐渐觉出婴儿天性暴戾，冷酷无情，喜怒无常，记仇之心特重，由此时刻留心，不提。

桓雍夫妻既痛爱女，又觉婴儿乃妖孽托生，照女儿死时情景和一再叮嘱的话，未必是家中之福，这十数年间，全家老幼佣工都须存着戒心。过惯安静闲淡从容岁月，忽然加上好些禁忌拘束，岂不难受？尤其婴儿相貌丑怪，目射凶光，必不安分，初生数日已看出不好对付，大来更不知如何难办。偏又生具神力，烟云护体，刀剑不伤，无法除她，任多大的害也只能忍受。婴儿抱走以后，老夫妻同到家中，越想越愁烦，再忍不住伤心，相对痛哭了一阵，无计可施。最后商量把婴儿另安置在一处，将桓女住的一间后房由前面隔断，用具陈设重新布置，作为婴儿卧室。由后墙开一门户，使其一开头就这样习惯。

虽是一家同住，却分两起出入，以免多生事故，又省他们见了烦厌，山居木料、石头俱都现成，人手又都会干，只招呼得一声，佃佣们全都赶来。七手八脚，个把时辰便改建停当。

桓雍本意是女儿既将婴儿交托爱子照看，又是初生乳婴，应与爱子一同卧起，不应任其独居一室。桓妻终认婴儿是个怪物转世，心中疑虑，执意不允。桓雍虽觉不妥，一则强不过老伴，二则又恐婴儿善恶难料，爱子此时与她一同卧起，异日如有不合，反倒难于分开。倒不如趁她母亲新死，开始就令独居，可免日后顾虑也好，便即应了。

直到傍晚，桓子才带婴儿回转。回时婴儿已不再要人抱，并还打到好些野味，用些山藤穿扎，和桓子二人由地上拖了回来。见面一问，才知桓子超群不敢把婴儿抱出太远，又想多延一些时候，先在附近山谷中游玩了片时。正恐久了婴儿不耐，忽发现树窟中藏有几只山鸡，仗着身手灵巧，纵上树去，生擒了一只下来，用身边带子系好，初意不过引逗婴儿多玩一阵。

婴儿果然喜欢，先把山鸡捧着玩弄，不知怎的手一松，竟吃飞去。婴儿立即暴怒，怪啸一声，纵身一跃三丈多高，一把抓住鸡腿上系的带子，二次擒了下来。好似愤那山鸡不该遁走，到手连看也未看，一阵乱撕乱扯，扯个稀烂，扔到地下。气犹未出，一眼瞥见旁边矮树上又有几只飞起，跟着追踪过去，又被抓到一只，照样乱扯，扯得毛羽纷飞，鲜血淋漓，方始弃却，兀自恨恨不已。

超群因父母全家俱喜吃山鸡肉，见当地山鸡既多且肥，大雪之后竟出觅食，易于擒捉。又见婴儿居然能手抓飞鸟，毫不费事，甚是惊异，一时不留心，便对她说山鸡如何肥美好吃，可带些回去享受，不要扯得稀烂。婴儿自信超群之言，相与满山驰逐。超群本是好身手，婴儿纵跃又极轻灵，目光如电，敏锐非常，性情更是残暴，捉时稍不遂意，便即怒啸乱蹦，定要全数搜杀，一只也不肯放逃脱。不久却又生厌，改寻别的野兽晦气。杀机一开，见了生物便想捉了来弄死，只要被发现，极难幸免。

这一来，当地山鸡固是遭殃，别的野物也跟着受了扰害。只见青色烟光环绕着一条小人影子，在积雪满布的山谷林树之间往来驰逐，纵跳如飞。所到之处，鸟兽悲鸣，惊飞逃窜，多半仍被赶上，死在利爪之下。超群只想打上几只肥山鸡回去，与父母家人下酒，少解悲思，并使婴儿在外多待些时，没想到她手下这等狠辣。高兴头上，不便拦阻，只得自己住手，由她一人追逐。婴儿直把那条山谷穷搜殆遍，方始兴尽停歇，天也将近黄昏了。超群一检点，她所猎杀的野味沿路都是，雪地上点点滴滴尽是鲜红血迹，再加几个人来也拿不完。只得了些寻山藤树干，编成排子，挑了一只肥鹿、四只野兔、二十多只肥山鸡，绑扎到上面，顺雪地拖了回来。

到家时桓雍正在门前迎候，假说婴儿是神仙转世，恐家人渎犯，现在后面为她辟了一间静室，以供独居养静之用。每日仍着超群陪伴，只夜里分居。超群会意，婴儿也未置可否。桓雍便命人接过野味，领向后室中去。桓妻还想连饮食也给分开，超群牢记妹子之言，执意不肯。夜里烧些野味，超群与婴儿一同吃了，陪着又玩些时，劝婴儿睡下，才回正屋去睡。

由此超群每日除睡眠外，俱和婴儿在一起，婴儿也离他不得。超群恐将武功抛下，有时当着婴儿练习。婴儿初见时望着有趣，也跟着习武，任多难的功夫，一学便会。只无常性，学不多日，便即丢开，反嫌超群练武，撇她一人气闷，时常阻扰。超群无奈，只得改到夜里婴儿睡后独自练习。

半年过去，超群方愁日后练武为难，这日刚吃完晚饭，婴儿便令走出。超群当她想睡，未作理会，不料此后每夜都是如此。这时婴儿已然长有四尺高下，除相貌丑怪，周身青气环绕外，看惯也与常人无异。只脾气越大越古怪，凡是人世上的服食玩好无一不爱，只见到便向超群要。超群也曲意将顺，悉为办到。两老夫妻心中自是厌恶，幸亏婴儿无论有甚需索，只向超群讨要，永不向别人开口，高兴时见人问话还答一两句，平日多不理睬，因此还能相安。因母死时忘取名字，人见她形如老妪，便叫她桑仙姥。

超群因她一向最爱风晨月夕，照例夜晚总强着自己陪到夜深才放回屋。连日正是月夜，又是夏秋之交，乡间饭早，晚饭后天还未黑，怎便催睡？又不出外纳凉，独在屋中做甚？不由起了疑心。偷偷掩去，隔门缝一看，油灯已灭，室中地上不知何时掘了一坑，婴儿赤身立在坑内，下半身不动，头却忽低昂，忽侧忽正，连同双手起落，做出许多样式。那身上原有的青气也随着时收时发，青气中迸射出一片光霞，映得满室均成青色。

光比灯强得多，不似往常只是一幢青雾将人笼住，黑地里便看不清切。婴儿想是知道居室僻在房后，除超群外从无人去，超群已然遣走，照例不会再来，以为无人窥伺。独个儿在里面演了个把时辰，忽然停止，只将身往左侧，双臂也一伸一缩，随着上半身斜探出去，更不再动转。身子烟光全敛，三只怪眼也全闭上，直似入定神气。超群也看不出她这举动是何用意。室中漆黑，月光自来不能照进。等了一会儿，无甚动静，独自回屋。

次早，超群到后屋一看，昨晚的坑已然不见，地皮仍是好好的，并无发掘之迹，看婴儿神气，似未觉察，便不说破。夜饭后，婴儿催走两次，超群故意延宕试她。婴儿情急，竟现怒容，立逼非走不可。超群料定事非偶然，立意探个水落石出，到外面转了一转，重又掩将回去，伏身室外窥伺。见婴儿举动仍和前一晚差不多，只是式样较多，烟光越盛，末了仍是站在坑中闭目入定。似这样接连窥探了五六夜，才悟出婴儿演的像是树形，一切动作全都模仿树的姿态。知她自练道法，与人无害，既秘行迹，若每夜如此窥视，早晚难免撞破,反倒不妥,便即中止窥伺。

又过半年,婴儿身上青气竟是由浓而淡,由淡而无,除脸仍青色外,几与常人无异,超群觉着奇怪,夜往窥探,还未走到,老远便见室中青霞一闪一闪。正要掩将过去,室中婴儿已有觉察,青霞遽敛,厉声怒喝:"何人大胆来此?"超群近来已觉出婴儿机智绝伦,任何事都瞒不过,已被警觉,回去反露痕迹,忙即应声说是当晚无聊,见月色甚好,想来约她一同出去散步。因不知睡未,故此轻轻走来,如若睡了,便不再惊动。

总算初被婴儿发觉,话编得圆,才未十分发作。只厉声喝道:"我这里有事,速去田场相候,不许进来。"超群自不敢强,到田场上等有两个时辰,婴儿未至。不便失约,天气又冷,正在心烦,忽听身后"嗤"的一声。回头一看,婴儿正立在一株大树底下,好似窥伺已久。忙把心神按定,迎上前去,笑问:"仙姥,怎来得这么晚?"

婴儿正色答道:"这里的人只你还好。适才你虽到后屋去,因你以前从未这样过,想是出于无心。我以后事情还多,但于你家决无妨害。已过之事不说了。以后我如叫你走开,我不喊时千万不可到后面去。若不听良言,受甚伤害,莫要怨我情薄。须知今晚来的是你,另换一人,不论有心无心,我都不饶他呢。"

超群见婴儿说时声色皆厉,一点不带平日稚气,三只怪眼一齐睁开,精芒远射,威风凛凛,由不得令人望而生畏。知她翻脸不认人,哪里还敢分辩。勉强陪着玩了一会儿月,各自归卧。

超群以为婴儿天性凉薄,已经触怒,对己不快,日后恐难相处,颇悬着心。次早见面,婴儿仍是好好的,言笑如常,仿佛昨夜之事已然忘却。人心好奇,超群又是饶有胆智的少年,自从昨夜以来,越觉出婴儿神情举动过于诡秘,又见没有怎样怪他,日子一久,重又生心,立意想窥伺个水落石出。无如婴儿机警非常,已然警告,如往后屋,再被看破,立生事变。除每日相见时刻留神观察外,不敢冒失再蹈前辙。筹思多日,苦无善策。

崖腰桑窟正对婴儿卧室,由上望下,虽然隔着纸窗能看出一点影迹,但离所居太近,上下不便,且易觉察。只有崖上树木山石之间藏身之处既多,婴儿足迹从所不到,她又不知上下途径,即使被她察觉上面有人也易逃避,追赶不上。只要不被她认明相貌,至多相隔过高,看不见室中人的动静,别的决无妨害,大可一试,那崖既高且陡,由屋后这面上去,只能爬到老桑生根的地方为止。过此势愈陡峭，人不能上，须绕出村外二里，抄向崖背，由一个极险窄的壁夹缝中攀萝援葛，手足并用，猿行蚁附而上，始达崖顶。除这壁缝外，崖背势更危峭，上凸下凹。壁间却多老藤，蔓草附生，中间又有几处突出来的奇石，上虽艰难，武功好的人，下却容易。崖顶尤为平坦，松石洞穴俱多。以前只超群兄妹夏秋间常去纳凉游玩，桓雍夫妻无此兴趣，佃工们又无本领上下，向无人迹，便超群也有年余未去。

当地山石每易崩裂，超群主意打定，本拟日间先往探看壁缝故道湮塞也未，无如婴儿片刻不令离开，走到哪里都要随往。平日晚饭吃罢便即分手，这晚偏巧留住不放行，也无甚话说，只是二人对灯枯坐。婴儿偶然也去屋外略为眺望，仍回屋坐。超群一心盘算如何去外崖顶窥探，并未觉出有异。直到子时过去，方始辞别出来。暗忖："日里不能分身，此时虽然夜深，乘此月明，且先探一探路也好。"于是走到村外，从崖背面绕去。

且喜壁缝依然，无甚阻隔，仗着身轻力健，一会儿便援上崖顶。正在回想："今晚婴儿怎不入定，却留我久坐？神情举止也与往日不同？"猛见前面山石似有黄光一闪。超群心灵胆大，觉出那黄光眼熟，心中一动，忙把脚步止住，身往左侧矮松后一闪，留神往前观察。

时已深冬，南方地暖，崖顶树下俱是矮松刺柏之类，枝叶茂密，易于隐藏。超群候有片刻，黄光又闪了两闪，忽然想起婴儿降生之夜，老道婆灵符所化黄光正与此相似。山石后面不远正对婴儿卧室，下面崖腰便是老桑生根之所，危崖险峻，深更半夜，何来人迹？那光又黄又亮，决非灯烛，定不是甚好路道，弄巧就许是婴儿的对头来此暗算。

这时超群虽见婴儿留此，全家不安，父母尤为厌恶，但由于心慕仙业，又目睹一切灵异之迹，牢记妹子临终叮嘱，打定主意用上十几年的心力向婴儿结纳，以便异日求她引度成仙，因此一念，对于婴儿异常爱护。婴儿也对他独为亲近，使超群增加好多希冀。心中尽管疑虑，一旦发觉来了仇敌，立起同仇敌忾之念。明知身是凡人，难免危险，仍想探明底细，设法应付。略一盘算，自把胆气一壮，借着崖树遮蔽，轻悄悄掩将过去。

超群趱到山石后面立定，探头一看，只见前面对着婴儿居室的崖口，站着一个身穿杏黄色道装的少女，年纪不过十三四岁，手里持着一柄形似蝇拂之物，面对崖下，神情似颇注意。忽然蝇拂往下一挥，立有万点金星洒落如雨。紧接着崖下也飞起一股青霞，带着万点萤光飞涌上来，迎着金星只一撞，金星萤光全都消散。那股青霞却由青黄星雨中直向少女身前射到。

　　超群知那青霞是婴儿所放，既已觉察对敌，可知无碍，心中大喜。因少女生得美艳如仙，月下看去越觉丰神绝世，容光照人，不知不觉生了怜爱，将敌视之心减去大半。一见青霞来势强盛，方在替她愁急，少女早已防备，先扬手放出一团大黄光，照准青霞打去，叭的一声极轻脆的爆音，黄光爆散，青霞立即缩退回去。同时少女也往后纵退，坐在一块大石之上歇息了一会儿，将石侧放着的一个二尺来长的黄色兜囊拿起，伸手入内，取出一件雀卵大小、隐泛黄光的弹丸，两手合拢，连搓了一阵。忽然秀眉一耸，仍持蝇拂走向崖口，重又往下一挥。星雨刚刚飞落，青霞又带着萤光飞起，双方又是一撞即灭。这次少女发动较快，青霞才现，左手扬处，一团大如栲栳的黄光先已打下。青霞也较前强盛，依旧是一个爆散消灭，一个缩退回去。

　　似这样接连又是三次，少女所发黄光和下面青霞都是逐渐加大增强，但都分不出胜败来。只少女面上神情越往后越带愁急，全副精神贯注下面，竟没防到有人在侧窥伺。

　　超群为她美色所动，久了竟是越看越爱。因见少女每斗一次，必退回来坐在石上喘息，然后手向右侧兜囊中取宝再斗。所取宝物大小形式虽不一样，出手总是一道黄光。心中奇怪，便留了神。

　　最后一次，少女好似久斗不胜，情急之下，由囊内取出三粒精光四射的黄色晶丸，其大只如龙眼，看去甚为沉重。少女拿在手上先掂了两掂，觉出东西太重，力不能胜，又恐少了不能克敌制胜，先放回囊中两粒，略一踌躇，把牙一咬，又多取了一粒在手内。照前样搓上几搓，两手各持一粒，倏地纵向崖口。少女这次连蝇拂也未使用，一到便将左手往空一抛，化成一团栲栳大的金光，刚刚飞起，右手晶丸相继飞出。不等青霞飞上，两粒晶丸所化星光先自相撞爆发，化为数十丈金霞。紧跟着将背上插的蝇拂拔出，连身纵起，只见一条黄影其疾如矢，射向金霞之中，两下会合，往崖下罩去，光辉灿烂，山石草木都被映成了金色。

　　超群心里尽管向着婴儿，却也不愿少女受什么伤害。见下面青霞只在少女身光相合时略闪了闪，未及涌到崖口，金霞即盖将下去，由此便不再现。侧耳一听，崖下静悄悄的，并无声息。少女下时面容惶急，已现败意，此时如已获胜，定必飞起。婴儿一向手辣心狠，何况来的又是她的仇敌。虽然爱莫能助，心终悬念，唯恐少女遭了毒手。

又待一会儿,超群实忍不住,见左近崖口生着一株老松,轮囷盘曲,势甚飞舞,除却生根之处,上半树干齐向崖外伸出,正好潜身下觑。轻悄悄踅了过去,掩身松后偷偷朝下一看,只见一团金光黄气裹着少女的影子,与下面一片青霞往来驰逐,斗在一起。再看婴儿立在崖下,双手不住向上连指,隔不一会儿把口一张,喷出一粒青光四射的晶丸,飞上崖腰青霞之中爆散,势便增强许多。

少女几番乘隙冲下,俱为青霞所阻,左冲右突,奈何不得。少女金光虽较青霞势子稍弱,急切间也难分出胜败,料知双方势均力敌。

超群看了片刻,偶一回顾,少女藏宝兜囊尚放原处,并未随身带下,忽动好奇之想。乘着双方相持不下,赶将过去一看,那兜非丝非麻,不知何物所制,摸去柔软异常,分量极重,好似地上有甚吸力,直往下坠。超群生具神力,又是家传武功,从小练习无间,提在手里,竟觉十分吃力。细看那囊中,除适才少女放回去的一粒黄色晶丸外,仅有两柄红色玉刀、一个黄漆葫芦,看不出有甚奇处。只那晶丸虽只龙眼大小,分量少说也有一二百斤,心中奇怪。

超群年轻,稚气未退,加以一见少女便自爱好,暗忖:"此女并非前来道婆,不知何故来与婴儿作对?看神气,少时她必仍为婴儿所败,上来必将兜囊带了逃走。久斗无功,也许知难而退,不会再来。这晶丸如此沉重,发出时又有金光,必是一件宝贝。她既放心将宝物放在这里空身出敌,必定以为深夜荒崖无人能到,不会失落,走时多半疏忽。我如将宝物取走,她回去发觉决不肯舍,明晚仍要再来此地。那时我伏在来路等候,假说无心拾得,以此要挟和她交往,就便劝说她与婴儿解却前仇,岂不是好?"

超群想到这里,因那葫芦大有尺余,凸起囊中,由外可以看出,又无光华,便没有全取,只把晶丸,玉刀取出。做贼心虚,身是凡人,唯恐当场撞破不好措辞,又料定婴儿不致闪失,偷到手内便慌不迭由原路逃回,先把所盗宝物严密藏好。心仍悬念双方胜败,有心再探,又因婴儿恨人窥她隐秘,上次曾经严词告诫,恐被觉察。继一想:"屋侧大树甚多,虽被屋宇挡住,看不见后屋,双方所斗青黄光华却总可望见。"忙又赶出,择了一株大柏树爬将上去,见青霞和金光黄气已然纠结为一团,斗了个难解难分,好似功力相等,差不许多。

超群正在端详双方胜负强弱,忽听婴儿在屋后遥唤大舅,声音颇急躁,忙由树上纵落。赶去一看，婴儿虽仍指挥青霞在与敌人苦斗，面上却带焦急之容。一见超群赶到，急道："狗丫头受了仇人指使，欺我初生幼小，前来侵害。现在她那些法宝多已被我破去，只有这点戊土精气尚难消灭。她由崖上下来，上面还带有仇人给的法宝不曾用完。后崖如若有路能上，你可急速上去。这些东西极重，多半不能近土，只一挨近，立被吸住，无法移动，多了你必拿不起。

"可惜你来得太晚，不曾看见，难于详说。此去如见上头堆放着你不经见的东西，便留神查找，只要见内中有拇指大的一粒金丸，急速与我取来，便能制她。余下的俱无关紧要，多了你更拿它不动。我知你极卫向我，见拿不走，难免要想毁坏。但这些东西俱有生克，非我亲自动手，你不知破法，一动便生祸害，切忌妄动。可恨我年纪太小，不能飞纵上去。你如给我将这事办好，我便能制仇人死命了。"

少女闻言，想是知道不妙，意欲退回崖去。无如敌人已早防到，嘴里说话，越发加紧施为，少女竟吃青霞绊住，急切间逃脱不得。这时超群只消将所得金丸交出，立可讨得婴儿欢心。一则心爱少女美貌，二则又知婴儿狠毒，如真照她所说，少女决无生路。

如若推托不能上去，又恐敌人长志，时久生变。只得答道："我试试去。"说完，故意回身就跑。刚到崖上，少女已然挣脱了身，飞向原坐石侧，伸手向兜囊中一摸，立即大惊失色，不知如何是好。超群没料少女脱身这么快，又无石山遮挡，避让不及，恰被看见。要知后事如何，且看下回分解。

第七十八回

山川险阻　首涉仙都
洞壑幽深　重逢爱侣

话说超群刚到崖上，恰值少女飞回，因少女神态惊惶，似要向己喝问之状，不免心生怜爱，一点也没害怕，反恐婴儿听出破绽，忙把手连摇，令其暂退。少女以为超群是由下面刚到，万没料到法宝早被偷去，只是情急喝问。见超群一打手势，知非恶意，立即住口迎上前去。

超群在前引路，又退出老远，估量婴儿不会听见，才悄声说道："姊姊，你那晶丸现被一人拿去，请明夜子时前到西面山后崖谷之中等我，也许能有报命，此时尚须向你对头遮饰，以防觉察。总之，你法宝虽然暂时失落，定能珠还，决不会交与你的对头用以加害，如想再和她打，却是难说。你对头一会儿便要寻来，撞上好些不便，请放宽心，先快走吧。"

少女闻言，意似惊喜道："你原来是个好人，我甚感谢。但那失去之物，玉刀还在其次，金丸一落敌手，我便要遭惨死。请你转告那人，只要将二宝交还，日后必有厚报。老妖心狠，谨防觉察两误。明夜必来赴约，我先去了。"说罢，带起一溜黄烟，冲霄而去。

超群眼望少女走后，仍作不知，跑向少女坐处。正待略为耽延，探头崖口设词回复，似听婴儿咒骂之声起自身后，益发故意满地搜寻。婴儿一会儿便由来路赶到，见超群东张西望，叫道："大舅不要找了。"超群假问："仙姥怎得来此？仇人杀死了么？"

婴儿愤道："我当然要制她死命，现在她已拼着受伤逃走了。你晚今偏睡得这么熟。幸你来了，不然她已得了仇人传授，我又年幼力薄，虽然仇人本来受我克制，连胜了她好几次，她又吃了功夫差的亏，不能发挥全力，久了仍是不行。今晚虽然没能乘空将她金丸盗来一粒，她也不能全部应用，又见我不怕她，还有你相助，未必还敢来犯。日后我元气逐渐增强，她失了时机，就奈何我不得了。仇人有这忠心徒弟，转劫容易。她得道在前，日后除她师徒须费我不少手脚，还不知能否如愿呢。"

超群见她已不再避忌，乘间探问仙姥和来人师徒到底何仇，如此循环不解？婴儿先听他问，没有吱声，忽然似要暴怒，又复强行忍住，对超群道："叫你不要问我的事，怎不听好话呢？实对你说，我对甚人和东西都不喜欢，只对你一人好。还有适才仇敌差来的小姑娘，虽和我打了半夜，我还差点吃她亏，偏会爱她，连我也不知什么缘故。屡次劝她弃了仇人降我，她偏不肯。尽早总有一天把她收了过来，和你做成夫妻就称心了。

"我那两个仇人，女的已然转世，将来成就也许还好。她那丈夫却是恶人，心最狠毒，女的遭劫便为了他。这次必是想把我制伏，好为他异日之用。自己不知受了甚伤害，不能亲来，又恐我成了气候，无法可制，把女仇人的徒弟遣来。那小姑娘见她法宝被我毁去，甚是惶急，她那元神定然受着禁制，所以任我苦口开导劝说，软硬齐施，老是一言不答。

"她逃回去难免不受恶人重责，我还可怜她呢。只惜我功候尚浅，不能传你法宝；否则此时如能代我一行，不特将这可怜人救出，还可将恶人除去，免得女的转世之后，夫妻重逢，合力与我为难，要多好些麻烦。日前我只料出恶人遭报，在他巢穴中静养，偏生相隔太远，那丫头又不肯说，无从知道底细。报仇除害，非等十年八年以后不可，真气人呢。"

超群不敢再问，只把话记在心里。次日父母偷问，俱以一向不去窥探屋后，夜里只听婴儿唤了超群几声，别的俱都不知，因恐惊疑，也就没有实说。婴儿也不再提前事，仍然一吃晚饭便令走开。

超群想与少女相见，闻言正合心意，假意询问："今晚还有事相唤没有？请仙姥先说，以便留心等候，免致误事。"婴儿冷笑道："那男老怪自不能来，又无人可以放心付托。只凭昨晚小丫头，她已成了惊弓之鸟。今晚不会再喊你了。"

超群暗喜，回到屋里取了金丸、玉刀，欲要赶往后崖赴约。行前忽起私心，恐将二宝还了少女，一去不来，以后无法见面，便把金丸重又藏起，只带玉刀前往。到了所约谷中，少女已然先在，超群问她怎来得这么早？少女凄然不答，只问超群："那两件宝物代我取来也未？"超群便把玉刀交还。推说："取宝那人是桑仙姥的好友，但又气她残忍，虽将宝物取走，并不使她知道。先恐你拿回去，异日又助仇敌来此扰害，本不肯还，是我再三劝说先把玉刀

198

还你。那金丸他也不要,更不会交给桑仙姥来害你,只等十年后桑仙姥成长,立可交还。只管放心,决无虚话。"

少女闻言,立即花容惨变道:"我今日前来,身无长物,如被敌人知道,立即身化成灰,死无葬身之地。就此还被山主疑心,经我再四苦求,才许一行。金丸关系双方死活存亡,你既和敌人亲戚,料不会不知底细。因你像是至诚君子,拼冒奇险来此,不料这等结果。玉刀失去,我已不了;金丸是我师父交我保藏的元命之宝,如何肯舍? 昨夜回山,业已备受禁毒,今番更是没命了。我来时心便不安,知有大祸将至,果然应验,这可怎了? 幸而天时还早,那人想必住在近处,请你再代我去求他一次,好歹也将此宝要回才好。萍水相逢,本不应如此一再烦扰,只为此事于我干系太重,事已至此,除腆颜奉求外实无善法。如蒙仗义始终其事,必有以报。"

这一对面接谈,超群觉少女仙姿丽质,美艳绝伦,令人不敢逼视,心已沉醉。及见少女芳华凄楚,哀婉焦急之状,越发怜爱心软。本想答应,因贪图多晤对些时,便问:"山主何人? 既命姊姊前来,自非外人。胜败常事,本非敌手,怎能怪人? 姊姊也精通道法,何况另有师父,就他迁怒加害,令师也不答应,为何这样怕他?"

少女朝超群细看了一眼,便失惊说道:"照此说来,你并不知我来历底细? 难道令亲没对你说么?"超群道:"仙姥只说令师是戊土之精,已然转劫投生,你受她丈夫所差。她丈夫是个恶人,仙姥如能得到那枚金丸,便可制他死命,可惜我去晚一步,被你带了逃走。并说她生平对人无情,除我以外,偏会爱你,昨晚曾苦口劝降。可有此事?"

少女闻言,不禁动容。又道:"我知桑仙姥原比山主好些,无如我身已受制,她又气候未成,此时爱莫能助,有甚用处? 我生平不会诳语,那枚金丸,敌人得去固然可期必胜,如不失落,在这两年之内,山主只要寻到替人,仍可来此寻仇。有我前车之鉴,所遣的人定比我要强得多,那时先后天戊土精气一齐并用,双方胜负正自难料。

"此宝又非可以消灭之物,除却敌人收去,便是遗失。也是我自不小心,道浅力微,只说以前曾来窥探数次,知道崖上素无人迹,令亲肉体尚不能飞身直上,那些法宝过于沉重,没有带在身上,致被人乘隙盗走。回山以后说被敌人收去也可稍好,偏又实说。令亲说得不错,山主乃先师丈夫,实是一个恶人。昨夜已然受他刑责,如不取回金丸,叫我怎生得了?"超群一听,如把金丸交还仇人，两年之内仍要差遣能手来犯，婴儿吉凶莫卜，暗自心惊。仔细盘算，仍以不还免害为是。又问少女山主住在哪里，叫甚名字。

少女见他只管絮聒不走，好生不耐，无如求人的事不便过于催迫，只得笑道："住处距此并不甚远，就在缙云山中。山主姓风。令亲气候未成，就对你说，也无法寻去。时已不早，请快向盗宝人求说吧。"超群心还迟疑未定，被她一催，脱口答道："那人今早已然带了金丸出远门去了，至少也须半年才回，行踪又无一定，如何寻得到他？"

少女闻言，知已绝望，不由大惊，突然变色道："这却怎好？想是命该如此，回山就脱毒手也九死一生了。谢你好意，行再相见。"超群见她说时满脸忧惧之色，珠泪盈盈，心中老大不忍，但话已出口，好生后悔。正想设词挽回，期以异日，只见一道黄光，少女已破空飞去。晃眼无踪，只得回去，悬念了一夜未睡，老恐少女为己所误，回山遇害，由此日夕相思，闷闷不乐。

过了些日，忽被婴儿看破，一盘问，见超群吞吐不肯明言，便发了怒。超群颇有胆智，原非庸流，不知怎的，对于婴儿由初生不久便生畏心，丝毫不敢违逆。知她机智，搪塞无用，又想乘机探询心上人的安危，便把心事吐露出来。只隐起那夜上崖窥伺，先将金丸盗走，以及与少女约见各节。

超群只推说事前一夜告辞回屋，因见时早，去往村外闲游，曾与少女遇过一次，一见钟情，生了爱心。起初只当是近村人家少女游山迷路，后来一交谈，得知她在缙云山中居住，有一山主对她甚恶，奉命来此采药。村女力微，被逼跋涉，并非心愿，此次如不能将药采到，便恐不免刑责。男女有别，时在夜间，她又说是这里路熟，不畏迷途，无须伴送指点，虽然爱极，未便追随。

次夜闻呼，赶到后崖，见黄光中裹着一人，正是此女，才知她是仇敌派来侵害仙姥的人。自从逃走，一直不曾再来，许已遭了毒手。听她所说口气，上次侵犯实系出于无奈。那晚如能将她擒到，逼令降服，常在这里，免受恶人之害也好，偏又慢了一步，金丸没盗到手，被她滑脱。为此日夕相思，仙姥屡诫不许多问，故此不敢探询，心中实是放她不下。

婴儿闻言喜道："我只料定仇人丈夫在巢穴中养伤，此时除他最是容易，偏苦于不知藏处。他那金丸乃戊土精英凝炼，不特可借此除他，于我还有极大益处，到手不久，立可成道飞升，不必再在你家鬼混这十多年。我看少女入门不久，仇人便遭劫难，可见本身无甚道力。此来全是仇人丈夫存心不

200

良,拿了仇人留存的一些法宝,想乘我气候尚浅之时,生擒到他洞中,逼献元精。异日伤愈,再把转世妻子度到山中,再借我先天乙木之气克制戊土,使我和仇人俱受他的挟制,成全他的道法仙业,为所欲为。

"偏生仇人死时,他也在场,受了重伤,不能亲来。又恐我功候日深一日,久了无法下手,才逼迫着仇人的徒弟代他行事。不料此女道浅力薄,枉有许多法宝,只知照他指教依样画葫芦,不能发挥戊土妙用,斗我不过。看神气,此女来时必已受了恶人禁制,所以任怎劝说,都不肯应,终于遁走。那夜如将此女擒到,不问降否,只要说出恶人藏处,交出一粒金丸,我便可致那恶人死命,她也永脱磨难。此女生得太美,连我也爱,实则擒住也不会伤害,她偏把我误当恶人,拼命遁走。

"幸我没被恶人擒去。恶人尽管暴虐凶残,还有好些顾忌,此女命决无妨,不过日受苦难恐所难免。缙云山不知离此多远?我近日正在修炼,下手偏在夜间,所以不能前往。你既想救此女,只要胆大心细,我略加传授,五日之后便可代往,只不知你有此胆量没有?"

超群深悔以前不该藏留金丸,致害少女受恶人荼毒,本就想往缙云山中寻访,无奈婴儿不能离开,又不知仇敌虚实深浅,空自愁急,无计可施。一听这等说法,不但可代婴儿去未来之患,还可将心爱的人救出水火,不由喜出望外,竟把亡妹临终不可离开婴儿之言抛向脑后,当时便请传授。

婴儿随令先取桑木削了三支木箭,同去后屋,将本身之乙木真气,令超群缓缓吸入腹内,再传以吐纳之功。自己则在夜里背人自练木箭。超群急于往救少女,用功甚勤,天分既高,加以从小家传内功与婴儿所传相近,容易入手,到第四天头上便已纯熟,能够随意运用。婴儿见他灵慧善悟,进境迅速,欢喜异常,极口嘉许。夜里又将三支木箭给他,传了用法。

超群第五日一早起身,因隔缙云山尚远,任是快走,往返也有数日,敌人又是妖邪一流,明告父母,决不放心,行前假说:"婴儿现在室中设有法坛行法修炼,以便早日成道离开此间,无须再待多年。但那法坛日夜必须有人坐守,不能离开一步。我因代婴儿坐镇,在法成的八九日内,不能与家人相见。崖后一带,家人更不可涉足窥伺,免得取祸。"为防万一,并在暗中备好十来天的现成食物放在屋内,把所说假话告知婴儿,请在自己未回以前不要离开后崖,以免家人疑心。婴儿也都应诺。

桓雍夫妻本以为婴儿多留一日,便多一日心事,能够早去,自合心愿。

又知爱子与她处得甚好，不过与婴儿一同食宿几天，料无妨害，毫未想到别的。超群自觉布置周详，话说得巧，便婴儿不能守约，出来走动，也不致启家人疑心，甚是高兴。

那枚金丸未对婴儿说实话，不敢献出。带在身旁，又恐到了仇敌那里挫败被夺，以后更无制敌之策。意欲寻到仇人巢穴，当时能凭婴儿传授，将恶人杀死，救出心上人，一同回来，话自好说；如若仇敌厉害，不能如愿，或是心上人已然遇害，抵敌不过，逃了回来，再假说亲入虎穴盗出，献与婴儿，不特少女之仇可报，婴儿对己必更嘉许，便没有带去。

超群恐为人见，径由屋后援上崖壁，仗着家传轻身功夫，凭借壁上藤蔓援附，以及崖下高林掩蔽，一路攀萝援葛，直达村外，然后择路往前途赶去。行时曾由老桑生根的窟穴经过，鼻端忽闻一缕异香。回顾妹子埋骨之地，似有一株矮树，树根还有微光。因天渐亮透，佃佣已渐起身，急于上路，便自走去，并未回头细看。

所去缙云山在浙江处州府境内，相去武夷起身之处有好几百里，中间山险水阻颇多。超群从未去过，幸而人甚聪明，早好些日便由佃佣口中将途程探询详细。上路不久，又遇两个惯在浙闽交界往来的小商贩，知道去缙云山的途径，问出有两条山路，险阻虽多，比较稍近。又练有一身武功，遇到难通之地，可以翻山援崖而过，食粮、银钱又都带得充足，一切俱不为难。沿途加紧驰行，只两天工夫便到了处州府辖境内。

途中遇人，屡次访问，均说处州境内大山虽多，缙云山却从来没有听说过。有一大山名叫仙都，却是雄深幽秀，久传灵迹，有仙都百景之名。超群只得沿着缙云江边找去。

找到傍晚，偶然发现仙都尽头有一胜境，名叫小赤壁，正临缙云江边，由此起便入仙都。心想："缙云许是古时山名也未可知。"一鼓勇气，连歇也不歇，乘着月夜，便往山中走去。

那仙都山为括苍山的支脉，旧传为黄帝乘火龙上升之处。两山相距六十里，由括苍起，山脉蜿蜒起伏，至仙都而蔚然大观。回环二三百里，景物幽秀，自来仙灵地方，大小山峦洞穴不知凡几，一夜之间怎能寻遍。加以超群年幼地生，山名又与少女所说不甚相符，心中着急。

过了小赤壁，见前面石壁横亘相连，峭拔千仞，甚是雄壮，岩石本是白红相间，条理井然，宛如图画，月夜看上去隐泛金紫光华。头上是晴空一碧，时有片云飞渡。空山寂寂,四无人踪,景绝幽丽。超群由婴儿口中问知仇敌精通道法,住在有好景致的山洞以内。当地景物如此清妙,山洞又多,唯恐错过,上来便留了心,一路穷搜过去。

始而只要见是个洞穴,不论大小,均不肯放过。找到半夜,除在各洞穴中惊起好些狐兔之类外,少女和仇敌的影迹丝毫不曾发现。天色已到深夜超群沿途赶来又未怎歇息,虽有一身武功,也觉疲乏不支。再由高处回望来路,缙云江就在足下,月明如昼,江边木筏舟楫,人家村舍,历历可数。再望去路,却是山峦耸秀,峰岭杂沓,一望无际。才知入山未深,仅在临江一带盘旋。心想:"修道人所居多是远隔尘俗,决不肯住在邻近村市之地,不该上来便把主意打错,枉费心力,白耽延了半夜。"好生悔恨。

略歇了歇脚,取出干粮,就着山泉吃了一个饱,二次上路。又鉴于前失,非遇上像样一点的洞穴,不再穷搜,专一择那幽僻险峻之处寻去。无奈仙都山水灵奇,步步胜境,超群又恐遗误,刚走过去,忽又觉出左侧峰峦峡谷仙景不殊,似有异处,重又返身折回。这些地方多半看去不远,路却难行,上下攀缘,费了无数手脚赶到,却又扑空。不去,心又放不下。

本打算沿途顺便探查,到了山深之处再行加细搜索,经此一来,多了好些往返跋涉,依然没走出多远,反而更耗精力。眼看月落参横,计算山程,还没走完五分之一,连第二次预定的峰头都未走到,人已累得精疲力竭,不能再走,便就一片松林之内席地坐下。一时情急,发了童性,气得直哭。疲极之余不禁倒在草地上沉沉睡去。

山中夜凉,超群睡不多时便冷醒。立起一看,残月将坠,水星犹挂树梢,知离天亮已近。自觉精力稍复,振起精神又往前走。本拟越过前面一片峰峦,到此山深处,哪知山环水复,崎岖曲折,走出五六里便岔入歧途,左旋右转,怎么也找不到一条通向前峰的路径。

所经偏是山中风景最恶之地,灌木载途,野草塞径,连好一点的树木都见不到一株,形势不是高峻,便是窄陋卑湿。知道敌人决不会住这等所在,间或遇到洞穴,也懒得入内探看。哪知越绕越远,最后绕进一条峡谷里去。

谷中形如一洞,外有草木隐蔽,极不起眼,超群本已走过,没想进去,嗣因绕行时久,寻不到原路,意欲到高处窥望,无奈那一带危崖削立,藤蔓不生,无计攀缘。不知怎的绕退回来,发现谷口对面有一孤峰,势较倾斜。跑将上去一看,来时所见山峰和所经之地,已看不出在甚地方。正远望发急之际，偶一眼望到对面大山，好似中裂，隐现溪谷平野，若有人居，景颇幽胜，心中一动。忙跑下去沿着对崖寻找，往返两次，才将那入谷小洞找到，于疑似之中钻了进去。

前段谷径甚窄，满地刺荆杂草，霉腥芜秽，刺鼻难闻。先已遥见内景，觉出有异，依然勇敢前行。连经好些艰难险阻，弯弯曲曲进约数里，方觉谷势开展，一转折间忽到尽头，前面峭壁排云，又是无路可通。心疑走错了路，正在懊丧，隐约闻得伐木之声自壁后传来。暗忖："自从入山以来，只小亦壁近山一带略有山民居住，以后山景虽佳，并无人迹，连野兽都不多遇。这等偏僻所在，怎会有人伐木？许是无心中走到敌人巢穴也说不定。"恰巧在右壁有藤蔓四垂，上面半截石形礌砢，可以攀升，又与正面危崖通连。便轻悄悄援将上去，绕向危崖顶上，伏身下视。

崖后乃是一片桑林，树干均不甚高，有一白衣人影在内往来隐现，伐木之声便由此出，相隔过远，也看不出那人是男是女。超群猛想起桑树是婴儿的本命，沿途所见野桑甚少，偶遇一二株也是多年老树。下面树木看去比那白衣人高不多少，分明是近三四年前所种。来时婴儿曾说，此去敌人巢穴，如见以桑木做甚奇怪事物，可按所传法术，用木箭毁去，勿令存留。下面田无一亩，却种了这一大片桑林，太不合情理，又不见有人家，越看越怪。

再看下降之路，那危壁来的一面虽然削立，沿壁这面却有几层极陡峭的道路。超群一身武功，自然容易下去，便一层层轻轻纵落，掩将过去一看，桑林一带的崖壁竟是凹进去的。树只八尺高，果是三四年的新种。占地约八九亩，由外种起，直到崖凹，剪伐甚是整齐。白衣人已不知何往。忽听女子悲号之声由里发出，凄苦异常，越发心动，忙赶进林去一看，崖凹虽深，到头处只是石壁，并无洞穴，不似供人居住之所。形势高大，由树空中望去，一目了然，哪有人影。

超群细听哭声似在地底，心想里面另有地洞也未可知。正待循声潜入仔细查看，忽听遥天破空之声。抬头仰望，一道淡黄光华正由东方飞来，似有往林中下落之势。超群不敢大意，忙往侧面大石后一闪。身才站好，黄光已向崖前降落，现出一个装束奇诡，背插三支钢叉，腰佩宝剑的黄面道人，落地先在林中看了看，面现狞笑，走了进去。

超群人本机智，见那道人生得虎面鹞睛，阔口鹰鼻，相貌凶恶，从来未见，忽想起："婴儿曾说那恶人也甚厉害，只因身受重伤，不能行动，所以才可相机行刺;否则休说此行凶多吉少,必不成功,上次如若亲来,连婴儿也未必抵御得住,这里形势极像恶人巢穴,妖道既能在空中飞行,本领可知,即使不是恶人伤愈出洞,也是一个厉害同党。父母只生一子一女,前年姊死,悲痛至今。现已衰年,只我独子,又孤身一人深入虎穴,倘有不测,父母岂不痛杀?"想到这里,心气渐馁,没敢冒昧深入,只伏在石后想主意。

超群听到女子哭声,心如刀割。不一会儿哭声顿止,微闻暴喝之声,当是心上人受完了刑,正被恶人喝骂,正在留心静听之际,猛觉有人在身后拉扯了一下,吓了一大跳,慌不迭手按木箭,偏头回望,不禁惊喜交集。刚把口一张,话未说出,来人已伸出纤纤玉手,将超群的嘴捂住,在耳边低语道:"此非善地,东边坡后有一土洞,在那里潜伏等我。此地四处设有埋伏,再来便要发动,千万耐心等我,不可再出。"说完把超群一推,急催快走。

原来这人正是超群心目中想念的少女,上两次相遇俱是匆匆在月下晤对,哪有如此亲切。当时只觉少女耳鬓相接,吹气如兰,嘴唇着手之处柔指葱纤,温香凉滑,由不得神情飞越,只管将鼻微嗅,尽情领略,哪还顾到别的。直到少女说完,把手放开,将他一推,走了两步,才想起话未十分听真。又不舍就走,想要回去时,少女忽然变色,把手向外连挥,不住顿脚,一面偏头回望,神情甚是惶遽。

超群见她忧急胆小之状,好生怜惜,不忍拂逆,只得往外跑去。出林回望,少女已急匆匆往正面崖凹中跑去。跟着桑林中便冒起十来道黄光白气,匹练一般在树梢上往来交织,知道厉害。依稀记得少女所说藏身之处是在东面坡后土洞,少时还来相会,便一路留心寻去。

那土坡相隔当地有三四里,中间隔着一道小溪、一片松林。到处陂陀起伏,草莽纵横,路颇难行。超群寻到坡后一看,迥与来路荒凉之景不同。名虽土洞,实则经过人工修饰,向阳开户,甚是明亮爽朗,空气清新。洞在坡的中腰,四外俱是原生古林木,奇石怪松罗列其间,景殊幽胜。洞口大只数尺,日光正照,内里极为整洁高大。明是土壁,却不知是何物磨制,通体作黄金色,坚润如玉。对着洞口,有一细草织成的蒲团。另外有一几一榻,皆是土制,与壁同色,而莹滑温润过之。壁间还嵌有一面与人一般高的椭圆大镜,非金非铜,似水晶非水晶,不知何物所制,晶明莹澈,无与伦比。镜前有一土墩,似是供人照镜之用。

超群初入,不甚留意,以为室只一间。久候少女不至,一时无聊,因觉洞壁奇特,想查看到底是否土质。忽在无心中发现正面左侧有一长方形的空格细线隐现壁上,格内壁色微深,格旁色略淡,近线处有两小孔恰可容指,好似以前是一小门。试将大、中二指伸入孔口,用力往外一拉,竟未拉动丝毫,暗忖:"自己已用了十成力,这一拉,哪怕一座实心的铁壁,便拉不动,这两小洞也须有点破碎,怎会纹丝不动,是何物质如此坚硬?"越想越奇怪,又用力往里推了推,仿佛觉得方格内有点活动,可以推进。放手细看,壁纹仍是平的,当是料错,也就作罢。

又候片时,超群渐觉饥疲,取出干粮吃了个饱。洞中无水可饮,出洞寻水又恐少女走来,不敢离开。吃完便用粮袋当枕,往榻上一倒,睡到了午后,候等少女只不见来。口干舌燥,实实忍耐不住,重又爬起,在室中转一转。暗忖:"看洞中情景,少女所说地方决未走错。既令我在土洞等候,偏是久等不来,口又渴得难受。天已傍晚,何不留点心沿途迎去,早点见面问明下手,将人救了回去,省得父母万一发觉自己出走,心中忧急。"边想着心思,往洞外走去。

超群本以为婴儿所传桑木箭,无论多坚厚的山石均可攻穿,唯恐少女回洞晤面,打算用箭在壁间留下一行字迹。因口渴难忍,又想起少女分手时面带惊遽之状,也许又出甚事,正受恶人凌虐,心里一着急,不暇再顾别的,纵身出洞,便顺原来途径往危崖桑林跑去。途中寻些溪水喝了,一路留神查看,并无人踪,遍地草莽荆棘,全不见有人行途径。有的地方连自己用家传踏萍渡水的轻功,由草树之上飞过去都极艰难,如换常人,简直无法通过。以为少女往来必是御空飞行,不走地上,并未觉出有异。

眼看云色低迷,落山夕阳只剩一轮红影出没挣扎于遥空暗云之中。山风飕飕,惊砂四起,光景昏茫,大有风雨欲来之兆。超群知道山中气候百变,照此沉阴,一会儿天色便暗下来,除却危崖虎穴,更无避雨之处。离洞时因恐遇见少女,当时下手杀敌或是挟以同逃,时间匆迫,不及重回土洞,便把一个夜里防寒的小衣包带在身上,少时下雨,连换都没法换,好生发急,越把脚步加快。

一会儿赶到林前,只见烟光已然敛尽,超群料定那是准备炼来侵害婴儿的妖法已然撤去。一眼瞥见林内又有白衣人影出没,当是少女在内,心中大喜。因少女适才催走迫切神情,恐有连累,不敢造次。意欲试探着先打一照面,能进再进。刚往里一探头,正赶上白衣人也回过身来。方觉不是心上人，那白衣人已然看见超群人影，赶了出来。

超群见那人也是一个少女，只是生相甚丑，白衣又极宽大。知道踪迹已然败露，忙欲逃走时，丑女忽将手连摇带比，追出林来。超群心想："这里人俱会法术，逃也无用。事已至此，倒不如相机行事，或许还可探出心上人的吉凶底细。"便把手伸入怀紧握那三支木箭，立定相待。

超群方觉对方手势似无恶意，丑女已然赶近，回望了望，悄声笑道："你是找我秋云妹妹的么？她早就想会你去，无奈今天山主有事，分身不开。这还不说，最糟的是你那藏身的土洞本是我师父卧室，本来除却我妹和我，一向没人去过。

"今天偏来了一个狗道人，强逼山主说出我师父停灵藏宝之所。山主现时不能行动，虽会法术，不是那狗道士的对手，适才已由地道前往。妹妹知你在内必要撞上，纵可推说不知你是仇人所差，是自己来的，你这条命亦保不住了。知你为她来的，小小年纪，这一路上不知受了多少辛苦艰难，才得寻到，如今为她送命，心怎不痛。两次想拼一死前去救你，又受不起山主刑罚，急得直哭。不料你竟无心躲过，再好没有。

"休看那狗道人能够制伏山主，比我师父却差得多。洞中到处都是禁制，那最要紧的所在连山主也无法进去，那狗道人必然白去一趟，扫兴而返，回来也许无脸再闹。我比秋云妹境遇好得多，山主对我放心，出入随意，不似她不能出林一步。这林中设有戊土、庚金禁制，你千万不可妄进，土洞也不可回。秋云妹大约不到夜里不能分身，你可藏在那边崖夹缝里。等我先给秋云妹送个信，叫她放心。等狗道走后，我再通知你，你再回洞等她。只要秋云妹稍一得空，必去寻你。

"她近日受不住磨折，几次想逃。一则她孤身一人，世上半个亲人俱无，逃出去无处投奔；二则她又受了山主仙法禁制，不逃不过受点苦痛，一逃被山主发觉，将禁法一发动，周身便似火焚，比在这里所受还惨得多，最终还是忍耐不住，被逼回来。当师父未死以前，山主不知怎的看出秋云妹将来必要背叛，始而想将她处死，收去魂魄，为炼宝幡之用，后又想将她送给一个同道恶人为妾。师父虽听山主的话，却因为秋云妹执意不从，才得保住。

"起初师父受了山主的愚弄。山主想聚合五行精英，按先后天生克妙用创立道统，并且不知师父成婚以前与人所结仇恨，强着师父同往西海磨球岛离珠宫盗取少阳神君的丙火奇珍。不料少阳神君手下男女门徒个个厉害，法宝没有盗成,反吃木火相生的禁法困住。师父本心不愿伤人,为救丈夫,迫不得已,强用自炼元精护住山主,用先天戊土遁法冲出重围。去时连毁了对方两件法宝,仇怨本已结得不小。逃时更不该听信山主怂恿,暗用后土神珠将少阳神君一个心爱女弟子打死。此后十多年师父才收秋云妹为徒,当时山主恰好去南海采药,三年未归。回来一见痛恶,是因秋云妹与那被杀女徒相貌有几分相似之故。

"谁知秋云妹并没背叛,倒是仇人自在宫中将功行修炼圆满,亲身赶来为徒复仇,师父遇害遭劫,山主也被仇人反客为主,将他困在地底洞壁之上。总算师父预知大劫难免,事前有了准备,人虽身死,形神尚均保住;又在遇害以前明白了山主奸诈,那藏宝之处始终未向山主说明。

"师父死时我二人同在桑林地洞里面,师父一面命我和秋云妹照她所说埋藏法体,一面对着被困壁间的山主说:'你屡说秋云叛我,我本来不信,日前为应大劫静中参悟,也似不为无因,但我极爱此女。你这十多年内身虽不能行动,法力尚在。我转劫以后,除非她实凭实据真欲背叛,否则如害了她或无故凌践,我异日归来决不甘休。'说完并要山主立誓,元神方始离体。

"上次她失去了一粒宝珠,本要处死,因为只是临敌疏忽,本身并无叛迹;又因山主虽然打着将来制伏师父的主意,无如自身尚未复原,异日能否如愿实是难料,唯恐师父劫后回来无话可答。便只给秋云妹受了些苦,没有把她处死。这一逃正好被他借口,焉有命在? 留在这里受尽禁毒,度日如年,也是难熬。

"所以不逃则已,要逃必须通盘筹计,谋定后动,决不能再被山主捉回才行。前日我见她受刑可怜,已然商量好一个善法,可破山主的戊土禁制,不必再用乙木之宝。若再能为她寻一安身之处,静等他年师父转劫重来,山主奸谋败露,师徒相见就好了。

"我先听说有人窥探桑林,当是仇敌派来的奸细,如不举发,被你将林中禁法破去,不但是她,连我也脱不了干系。是她力说你是为她而来,决不至于料错,我才立意助她脱此苦海。你务必要实话实说,不可隐瞒,否则休看山主不能行动,由林侧起直达地洞,到处都有埋伏。我也不是无能之辈,我爱秋云妹,更爱我师父。明知山主凶恶昧良,依然在此忍受,不肯离开,便为师父转劫重来的头几天,有用山主之处。

"我如想逃,早和秋云妹一起逃走,秋云妹也不会还在此受罪,等你来救她了。我长得丑，虽没人爱，却是知恩感德，心口如一。因感师父昔年大恩，业已立誓守护师父遗体法物。你救人，我必助你。如真受她仇敌所差，趁早休想。

"我和秋云妹也曾说过，她所失的法宝现在你朋友手内，那东西一落到仇敌手中，便可制山主和我师父于绝地。她如不怀二心，我自然助她到底，即使此去降了仇敌，若是为事所迫，我也不怪她。如若献功讨好，引敌入门，我便立时和她成仇，以死相拼。

"照她说，你这次金丸并未带来，不似要寻师父遗体遗物的晦气，我还不甚相信，后来与你见面一看，那金丸果未带来。否则此宝一落敌手，万无轻放之理，就自己不能前来，也必传你用法到此暗算。可见以前你答应秋云妹不使此宝落于敌手的话并无虚假。

"其实桑仙和我师父本非深仇，全是山主一人之过，又是桑仙克我师父。此仇不是不能解免，你二人回去，如能向桑仙劝说，解去这场仇怨，再劝你那朋友将宝交还，我师徒固是感激万分；即或不然，也请守定前言，不来侵害，免我只顾对不起师父，与秋云妹同归于尽，那你二人就悔无及了。"

超群本来手伸怀内，握箭戒备，因听丑女这等说法，敌意渐消，便把手缩退出来。丑女说到末两句，忽对超群腰间注视，意似有甚警觉。方要开口，崖凹以内暴喝之声又起，忙道："那恶人回来了，决不至于再去。你藏在这里易于被他看破，雨快大了，你仍回洞等候比较稳妥得多。可是你不会飞行，走时踪迹务要隐秘，以防那恶人走出来发觉。"说完，侧耳听了一听，面上突现愤色，将脚一顿，一片黄光闪过，便已无踪。

超群自然喜出望外。耳听凹内争吵甚烈，并还杂着二女叱骂之声。细查丑女起初所指藏身之处，原是崖壁间一个裂缝，外面甚窄，如非自身瘦小，直钻不进去。尤其是裂隙甚多，由内可以侧望桑林，外人决看不出。心念秋云，知她半夜始能前往土洞相会，意欲查听片刻，便钻了进去。

这时夕阳已没，雨虽不大，天色迟暮。满空浓云迷漫，冷雾沉沉，甚是阴晦。山风凛冽，超群的身上又被淋湿，寒冷难耐。所幸壁缝颇深，里面倒还干燥，外面无甚可看，便在里面席地坐下，留神静听。细听了一会儿，也没听出所以。外观天色愈暗，想起再不赶回，少时天黑雨大，就是从小练就目力，在这荆棘遍野，泥沼纵横的生疏山路，也是难走。

超群刚想起身回转土穴，忽听崖凹中男女喝骂越厉，好似双方已然动手。超群因知山主不能行动，适自空中飞落的妖道法术高强，人甚凶恶，必是适去土穴寻宝不得，重向山主逼索，因起争斗。唯恐二女遭池鱼之殃，越听越放心不下，已然手握木箭，打算乘着二虎相斗之际，冒险入内窥探，相机行事。

忽听一声怪啸由崖凹中传了出来，随听丑女喝骂之声。侧转脸一看，声随人出。先是日间所见妖道，满面鲜血，发冠披散，周身烟雾围绕飞将出来，破空便起，跟着桑林内三色烟光交织如梭，纷纷抛起，齐向空中射去。白衣丑女也已追出，在林中往来出没，看神气似是想用林中烟光将妖道困住。只惜发动稍慢，妖道自被遁走，只脚底扫中了一下。那妖道似知厉害，怒吼连声，连头也未往下回看，竟自逃走，神情甚是狼狈。

超群因见秋云没随丑女追出，不知有无受伤，丑女相隔又远，不及呼问，只好回身转入，空自悬念一阵，无计可施。天已黑透，崖凹内自妖道一走，便无声息，枯守无聊，纵身出去便朝土洞跑去。

雨势虽然稍小，遍地污泥水潦，路越难行，又因先见秋云一身缟素，与冰肌玉骨相与辉映，点尘不染，容光流照，本已自惭形秽；少时见面，再要弄得通体水泥污湿，岂不招她厌憎？就说在衣包内还有两件可换，鞋却没处找去。只得随处留意，查看经行之处，提气运力，施展家传轻功绝技——蜻蜓点水身法，在黑暗中辨识途径，由荆棘密莽之上，一路蹿高纵矮，连蹦带跳，朝前飞驶，端的费力不少。途中好些地方均须绕越，天黑如墨，看不准落脚之处，不敢朝前纵落。

超群约行半个时辰，累得遍身是汗，才赶回东山坡后土洞之内。知心上人性喜清洁，恐将洞中玷污，先在洞外附近丛树间寻了树枝，将鞋底帮上附着的污泥剔掉。忽想起洞中又无灯烛，必定黑暗，秋云来了只能暗中相对，看不见人。于是又将长衣脱下，将衣包裹好，择一突枝挂上。再取火种点燃一根油纸煤，打算寻些枯松枝，编扎火把照亮。

偏生当地林不茂密，又在雨后，都是湿淋淋的，一根合用的枯枝也没有。又料秋云快要到来，心方愁急，无意中寻到洞口。超群见洞中似乎甚亮，疑心二女已至，点起了灯烛，又惊又喜。刚要跑进，忽想起未换穿长衣，又慌不迭跑回原处，将衣包取下。急匆匆连包都顾不得解，伸手把由家中带出备而未换的一件新衣拿出穿上。用纸煤一照，鞋底泥虽剔去，污痕犹存。恰值树侧有一小洼积水，急切间无处去找布擦，便就先脱下来那件湿衣，在洼里蘸了水,向底帮上乱擦了一阵。擦完,鞋帮越发湿透,但自觉干净顺眼。唯恐二女等久不耐,接连几纵便到洞口。还没走近,便觉洞中明亮异常,高兴已极,便喊:"秋云姊姊等久了吧?"身便往里纵去。

及至到了洞内一看,果是通明如昼,映得满洞都成金色,只是不见一个人影。超群先还疑是二女来过又走去,留有灯烛等照亮之物在此,心甚懊丧。再看土室内仍是原样,并未添甚物事,也未留有人来过的痕迹,好生奇怪。

细一观察光的来源,竟是由壁间那面长圆形非铜非晶的明镜中发出。因那光华离镜越近越淡,光散而不聚,仿佛如气一般弥漫全室,无处不到,却看不出一丝烟雾形迹,连左右两面一齐映照,越离镜远光头越强。而全洞土壁、榻几、用具都是金子一般色彩,本有光泽,镜光照上去反射过来,恰好两下里融和,若不细心领略,直看不出光源所在。超群因料此镜必是神物异宝,心中惊奇,不时对镜凝望。

又去榻上歇息了一阵,估量天已深夜,不知二女适才到底来过也未,一时无聊,又去镜前对镜闲立,苦思秋云,盼她到来,手却不住摩攀镜子,心想:"此镜到底何物所制?怎会与壁齐平,嵌得如此工细平整?直似整面壁上磨出这么一块,除那一圈长圆形的镜心与壁不同外,通体看不出丝毫嵌砌之痕。"

一面盘算镜的质地来历,一面想念秋云。隔不一会儿,超群又对镜自言自语,低声默祝:"秋云姊姊,都我不好,该死,累你在此受尽苦处。现在我拼了性命,千里迢迢来此救你逃走,怎么还不见来啊?天神见怜,由我把你救出虎口,我什么都不想,只想将来得桑仙姥引度,使我两人能够成仙,一同修炼更好;要是没这福缘,不管夫妻也罢,姊弟也罢,如能生生世世守在你身边,要活一处活,要死一处死,我有甚福情愿都分给你,你要有甚夙孽罪过都由我代你承受,但求地老天荒,片刻不离,我就心满意足了。"似这样自言自语,越想越玄越情痴,率性走向蒲团上跪倒,面向洞外,把这些心事对天求祷起来。

超群独个儿胡思乱想捣了一阵鬼,又到镜前对镜说道:"宝镜啊,你在这墙壁上,我秋云姊姊不知被你照了多少次。现在我老想她,还不见来,你要真是神物,就把她以前的影子现将出来,使我先看些时候,省我想得心痛,我就感激你了。"

连说了两三遍,那镜子果然显了灵异。超群正在相思刻骨,如醉如痴之际,猛瞥见秋云的亭亭倩影,绝代容光,竟由对面镜子里突然现出,由远而近对面走来,自己身影反而不见。眼看意中人春山淡锁,玉颊含嫣,眼神微饧,明眸欲涕,显出一种似喜还愁,未笑先悲之状,越显幽艳欲绝,不禁爱极欲狂。

因自镜中无端出现,远远走来,知是诚心感召,宝镜通灵,示此奇迹。唯恐如水月镜花,一现即逝,不能尽情领略,饱餐秀色,哪里还敢旁瞬,只把双目注定镜中丽影,口中仍祝告道:"宝镜啊,你真个灵异,把我秋云姊姊影子现出来了。你率性把人情做到底,等她本身到来再撤去,让我看个够,爱个够吧。"

超群说时,方觉镜中人影越走越近,渐渐玉颜相对,香泽微闻,爱极忘形,忍不住喊得一声:"好姊姊,想死我了!"身子往前一扑,猛伸双手往前便抱。刚想起镜中所现只是人影,猛觉手伸上去并无阻隔,一下竟抱在实质上面,玉体娇柔,宛然在抱。心方吃惊,耳听娇叱道:"你疯了么?"紧跟着臂间一振,胸前被人推了一把,迷离惝恍中骤不及防,几乎跌倒在地。

退了几步,定睛一看,怀中所抱的人已然挣开,镜里爱宠竟是真身站在面前,不知怎会由镜子里走了出来。超群当时惊喜交集,出于望外,口呼姊姊,正要上前剖陈心曲,忽然想起适才把镜中人当作幻影,不特语多唐突,最后举止尤为轻狂,许多不合,她必定生气无疑,脚往前才走了一步,连忙缩退回来,心中又急又愧,偷觑秋云神色,果是玉颜微沉,满面娇嗔,星眸含怒,望着自己一言不发,越发惶恐,无地自容。好容易千辛万苦,眼都盼穿,才得见面,略慰相思,却被自己冒失,粗心唐突。她不知自己只是满腔热诚,钟情痴爱,并无邪念,必当是个轻薄无赖,自己便把心挖出来也未必肯信,如何还肯看中随了同逃? 一时情急伤心,流下泪来。

超群正在悔恨万端,不敢仰视,忽听对面扑哧一声。急忙抬头看时,秋云面上梨涡初敛,似刚笑过。见超群看她,微微叹息了一声,便往镜前走去。超群已知宝镜是她来路,看出鄙弃自己,似要走回,不禁慌了手脚,不暇再顾别的,竟飞身纵向镜前,将背朝镜拦住去路,跪下说道:"好姊姊,我实不知是你真身,当是宝镜显灵,不料冒犯了姊姊。尽管打我罚我出气,千万不要再走回去吧。"

秋云站在镜前,简理鬓间秀发,也不理睬。超群见她怒容虽敛,翠黛犹鼙，不知是嗔是喜，急得不住口地求告，把前言连说了好几次。秋云这才款启朱唇，从容说道："想不到你小小年纪也如此坏法。唯其是在背后，才见人心。这都是我自己不好，把一个才见两面的陌路人谬托知己，视若骨肉，才至于此。如今我已到了绝路，虎口不能再回，须你相助始可脱难，觍颜求人，情甘受欺，还有何说？快请起来，我见不惯这样子。"

超群闻言，急分辩道："姊姊不要生气，我自头一面起，便由心中敬爱姊姊，这是实情。但也只是盼望能和姊姊刚才所说一样，当作骨肉看待，永远守在一起，不舍离开罢了。如有甚坏心，神佛在上，叫我死无葬身之地。"秋云也不还言，只叫起来说话。

超群看出秋云意解，并未深恶痛绝，便撒赖道："我虽做错了事，心实无他。姊姊如还生气，心存芥蒂，不把我当作知己骨肉，我宁跪死在这里，也不起来了。"秋云又嗔道："你明知事在紧急，这样要挟，还说不是欺我？"说到"欺"字，眼泪花一转，凝眸凄然，意颇伤感。超群慌不迭起立答道："姊姊千万不要生气，我起来就是。"

秋云见他惶恐之状，也不禁破涕嫣然，微笑道："你既怕我伤心，起先放稳重点多好。"超群道："也是我运气不好，先对镜子求告半天，姊姊俱未听见，单单末几句话说得放肆一点，恰被姊姊走来听去。我又只当是宝镜显灵，一时情不自禁，铸此大错，闹得有口难分，真个冤枉。姊姊只要早来一会儿，听我说出心事，就知我不是坏人了。"

秋云笑道："你一人在此发疯自言自语，还当我不知道么？你磕头礼拜，埋怨人的时候，我便来了。因取师父遗留的法宝点交与尤师姊，耽误了些时。事完又陪尤师姊回洞，才行走来。你那些没遮拦的疯话已全听去，不然的话，我就拼受磨折苦难，也不会理你的了。"

超群一听，知道心迹已明，立时转忧为喜，高兴道："姊姊既然知我心迹，可以消气，对我好些吧。"秋云道："人心难测，口说无凭。看你前半心意还好，就我由镜中初出现时所说那些也还无妨，后来却是迹近轻薄，不似正人君子所为，不能不令我心生疑虑。我对你如何，现在还拿不定，须看你将来行为如何。"

超群见她薄怒轻嗔，隐含幽怨，虽觉仍是美中不足，但好容易面上现了一点喜容，唯恐再说下去又有触忤，只得叹道："姊姊不相信我，那也无法。日久见人心，迟早总使姊姊明白便了。"

秋云道："正事不说，只说这些闲话则甚？我问你，既对我如此心诚，那你此来倒是为我，还是奉了桑仙之命来寻山主，与我师父为难呢？"

超群道："我日夜思念姊姊，只恨自己是凡人，桑仙姥又不令离开一步，枉自终日愁急，无计可施。日前幸被桑仙姥看破，盘诘详情，我才婉转陈述，得以获准来此。行前她并炼了三支桑木箭，传授制敌之法。

"听桑仙姥口气，对姊姊固是极好，便对姊姊的师父土仙，也非深结不解之仇。曾说木能克土，但土并不能克木。全是恶人贪欲太重，妄想炼那五行大法，乘她桑仙姥气候未成之际，怂恿土仙设法暗算。不料害人未成，到时土仙受了孽报，恶人也连带波及。他不能亲往加害，便派姊姊前去，不料所留灵符反为桑仙姥利用，躲过一场天劫。复命姊姊前往暗算，仍未成功，因此桑仙姥痛恨山主切骨。只惜金丸没有得到，否则不必等她长大成了气候，此时即可遥为禁制，使恶人和土仙的遗体法物毁灭，永除后患。"说完，又将木箭取出与秋云观看，说了用法。

秋云见了桑木箭，惊喜道："日间见面匆促，当你私来，不知身有此宝。后来师姊和你说话，觉出你身有乙木精气，因值妖道正和山主翻脸，匆匆赶去接应，不及细问。

"师姊偷偷和我说，你既身带法宝，必奉桑仙之命而来，心有叵测。如若真与师父有害，必须下手除去，不能以私害公。是我力说不会，并对她说你为人诚厚，即使真奉师命而来，也能听我劝说，决不致下毒手。再者上次失去的那枚金丸尚在你朋友手内，你如遇害，必将此宝交与桑仙，合力为你报仇，岂非大祸？最后我又向她起了决不叛师的重誓，并将师父交我收存的遗宝奇珍交出，她才肯助我逃走。

"我先已在隔室留心查看，果然你乙木之气甚重。本来师姊仍不放心，唯恐她走以后我为你所动，用你所带法宝加害师父法体。幸而你捣鬼，我听你只想救我同逃，连说几次均未露出恶意，方始相信走出。

"我知桑仙下手狠毒，话出必行，你又受她挟制已惯，并是奉命前来，一定不许空回，尽管救我心切，对于这些机密必不敢泄。更恐那枚金丸也落在桑仙手内，如若以此行法加害，师姊为人言行如一，追原察始必不见谅，我因此老悬着心，想不到你真个对我至诚，毫无虚假。照此说来，那金丸之事桑仙至今还不知道吗？"

超群见她信赖，心花大放，便答："金丸之事，桑仙姥始终不知。这次我二人一同逃回，只要那人一回山，立可交还与你。"秋云道："我现拿它实无甚用，将来仍可交师姊保存，还与师父吧。"

超群闻言，忽想起此宝如还敌人，岂不与婴儿有害？秋云曾说事在危急，只顾谈话，还未提到走字，惊问道："姊姊不说事急么，怎还不走呢？"

秋云道："山主此时正在入定炼神，要到明早才醒。我承尤师姊相助，已将他禁我的法术破去了多半，还有一点牵缠，只要逃出三百里外，他就发动禁制也无奈何。我每日神思不宁，略为头痛身热，并无大碍。我不知你身带法宝竟是制他之物，所以害怕，非早逃出不敢放心。现有这三支木箭，不特可以从容起身，还可用它将禁制全行破去，永无后患。只是尤师姊老想留着山主，为他年接引师父之用。

"我深知这人狼子野心，他因自身不能行动，一切须人，又疑心我要背叛，知尤师姊感激师恩，死无二志，可以利用，时以甘言相诱。尤师姊也明知他不是好人，多半靠不住，但以为师父将来有用他之处却是真的，因此不肯除他。

"本来我这次逃走，尤师姊还担着一点责任。我们如用此箭偷入地洞破那禁制，便可推说敌自外来，将我救走，与尤师姊全不相干。无奈你奉桑仙之命而来，虽然本心专为救我，她却是想假手于你除却山主，去一隐患。如不把我救走，你还可推说敌人禁制厉害，无门可入，或是寻不到地方。你如单把我救回，她的事一点未办，回去如何交代？至不济，也须将山主设法预备复原之后寻找桑仙晦气的阵法破掉，带点信物回去，桑仙见了，才不至于见怪。

"这事原又伤不着山主，偏他生性忌刻多疑，唯恐有人暗算，那阵的旗门除将来制敌外，还兼着防身之用。日里交我和尤师姊照他所传祭炼，一到夜晚入定，便移在他坐榻前面，将他护住。共是三座旗门、一个主幡，主幡又插在他的肩上。如能顺顺当当将幡盗在手里，自可成功，不致和他争斗；否则他身虽死，好些法术均能使用，我二人万敌不过。

"这三支木箭虽能制他，但是此宝厉害，一发不可收拾，山主难免不死箭下。事后尤师姊如能见谅还好，一个不由分说，疑我和你勾串，有心背叛，师父所有法宝俱已交她手里，如全施展出来，却是无法抵御，岂非弄巧成拙？为此作难，想不出妥善之策。"

超群因对秋云情深爱重，一心专注，只盼携手同归，竟忘了此来使命，吃

215

秋云一说，猛然提醒。桑仙姥忌刻情薄，对己此行期望甚切，秋云在她只是附带公文。寸功未立，只将心爱的人带回，照她平日为人行事，休说自己讨不了好，连秋云也必不见容，不由惶急起来。略为盘算，便对秋云道："来时桑仙姥曾经料到敌人厉害，除三支木箭以外，另还传有临难脱身之法，我只顾姊姊，还忘了说。就此回去，决不宽容，但盼能够暗中得手最好，如被警觉，说不得只好一拼了。"

秋云道："事只好如此，其实尤师姊为人所愚，伤了山主，便可给师父除去本来隐患，即使尤师姊不肯相谅，日后也会明白。但是此宝厉害，无论尤师姊怎样逼迫，只可用一二支抵御防身，切不可伤她性命。如能应允，我便同你前去；要不的话，由桑林中起直到内洞，奇门遁甲重重禁制，不知底细的人休想擅入一步，你日里所以能走进去，恰值我正在林中将禁制止住，忽然山主呼唤，匆匆入内，未及施为，乃是一时凑巧；否则你纵持有乙木之宝，也不能走到洞底。只有镜中这条通路可以直达，我不引导，你不知其中奥妙，如何去法？"

超群道："我蒙姊姊不弃，以后无论甚事，全听姊姊做主，要如何便如何，焉有不听之理？只惜时间太紧，急切间传授，不能运用，否则我早将此宝交与姊姊，我只跟在身旁，省得姊姊疑虑多好。"秋云自觉已试准超群对己心志专一，言听计从，决无违忤，也颇高兴。说道："我原信得过你，只恐此宝厉害，到了紧急之时，你发了急无力自制，使我做出负心之事，不得不问明白。既然如此，这就同去好了。"

超群闻言大喜，便请引导。秋云随令超群随在身后，自往镜前立定，伸出一双素手朝镜上推了几推。随见光华闪闪，起了一层云圈，镜中一对人影便自不见。秋云把手一招，往里一纵便已入内。超群忙跟着追踪，只觉四外前后，烟光闪烁，全无阻隔。遥望前面，仿佛甚深，看不到底。超群觉着奇怪，方欲询问，秋云令与并肩同行，只听她说，不要多问，到时须照所说行事。超群自是唯唯应诺，便不再问。

镜中道路本在若虚若实之间，行时好似被一种力量托住，并非实质。超群见心上人并肩偕行，意态亲密，好生高兴，一边走着，一边不时偷觑秋云玉貌，饱餐秀色。秋云似也觉察，嫣然低语道："你这人不大好，我也是人，又不是没见过，有甚看头？"

超群见她没甚嗔怪，涎着脸笑道："我也不知怎的，看见姊姊就心里喜欢,越看越爱看,简直一刻都舍不得离开,真看得比我性命还重得多。"秋云笑道:"哪有此理? 万一不幸,不能常在一起,我要是死了呢?"超群笑道:"姊姊如有不测,我决不独生。有人害你,我便和他拼命;要是寿终,我便追了去。好歹死生都在一起,地老天荒决不分离。"秋云佯怒道:"胡说,我明天便死,看你跟去不?"

超群正要答话,忽觉语意不祥,忙改口道:"姊姊灵根慧质,神仙中人,万无此事。真要天地无知,神佛无灵,我必从死,以便一路投生,仍在一处,长相厮守。"

秋云道:"你这好心我不稀罕,我不要你死缠。我自知命和名字一样穷薄,恐不免身遭惨死。你根骨甚厚,早晚必有仙缘遇合,如能到时引度,使我不致堕落,就足感盛情了。"超群道:"就我能够成仙,没有姊姊我也不愿。但求同死同生寸步不离,休说做人成仙,便做鸟兽虫鱼也所心甘,等你投生,再去引度。就是此时学成道法,叫我在中间分别许多年,我也不愿。"

秋云嗔道:"照此说来,我堕入畜生道中,你也愿意? 来时才说听我的话,原来是哄我的。"超群当她真生了气,忙分辩道:"我自然听姊姊的话,只不舍分离罢了。姊姊精通道法,人又这么好,决不会死,何苦说这种叫人听了伤心的话?"秋云道:"但愿我不死吧,前面不远便到,不要说了。"

超群沿途行来,曾见有两处地方金光闪闪,旋转不休,与来路一样,只是光色不同,并且也强烈得多,像是通往左侧的一条甬道,心中奇怪,因秋云不许乱问,也就没问。一听将到,初临大敌,自是谨慎异常,立把精神振起,将三支桑木箭拿在手内。

秋云道:"呆子,时候还早着呢,事情不一定便像我想得那么糟法,此宝与戊土相克,威力颇大,洞底尽是戊土之宝,一个不巧,就许惹出事来。虽然你不行使,还是收紧些好。"

超群因来时桑仙姥曾说,敌人洞内禁制重重,进去时木箭必须紧握手内备用,以防险难突然发生,不及应付。虽听秋云之言,将箭藏入怀内,终不放心,手仍握紧。

又行不远,突然身子往下一沉,降落有四五十丈高下,忽见前面也是一面腰圆形的镜子。秋云一面摇手噤声,一面领着超群走到尽头跳将出去,方始现出平地。超群看那地方也是一个土洞,所有顶壁都和先前土洞一样,金光辉映,到处通明。只是地方要大得多,有好些门户,一切陈设用具均颇精美异常。

二人走过两间洞室，由一甬道走出，地势渐渐往上高起，连经了两处门户，均未入内。快要走完，秋云忽把超群止住，引向右侧一间大不盈丈，内中只有一个大蒲团的小室内，手指超群坐下，侧耳听了一听，独自往前面走去。

超群当她前去探道，少时即要回转，不料等了一会儿未回。因秋云示意，若她不来，不许离开，也就不敢往寻，轻轻掩向门侧，探头一看，前面不远是一间极大的洞室，陈设得更是富丽已极。虽看不见全室景物，照那势派，必是秋云所说山主的居室无疑。留神窥伺，看不出所以然来。越等越没动静，唯恐秋云禁制不曾全撤，入内时恰值敌人转醒，将她禁住，失陷在彼，不禁忧急起来。勉强又等了一会儿，实不放心，便由小室走出，试探着往甬道尽头那间大室中走去。

进门一看，好似主人宴居行乐之所，几榻用具固是华美，并还设有琴瑟丝竹等类乐器，五光十色，无不精雅，人却不见一个。紧靠左边洞壁有两个小门，俱都开着一半。门厚寸许，质色均与墙壁一样，都是独扇，却没门样，边上各有两个手指大的小洞眼。

当中还有一门关得严丝合缝，紧密异常，直似一片浑成的金墙。上面画着一个长方形的格线，如非左右两门开着作比，决看不出那是门环。超群这才想起东山坡土洞壁上方格果是门户，听二女口气，那土仙的遗迹和许多法宝必在其内。心动了动，正盘算哪一间是对头居室，忽听秋云挣扎喘息之声隐隐传出，不禁大吃一惊。

侧耳一听，似由正中门内传出，情急万分，不暇再顾什么凶险危难，急忙赶向前去，先伸左手，用大、中二指紧掐门边洞眼，用尽平生之力往外一拉，虽觉比东山坡洞中壁门要活动些，仍是拉它不开。耳听秋云在里面已带哭声，声音甚细，隐约可辨。暗忖："初来时秋云在内受罪以及对头喝骂之声，连洞外都能听到，现在怎在洞内声音反如此细小？"好生不解。

超群因见左右两门一开向内，一开向外，意欲双手齐上，用力往里猛拉一下试试。那三支木箭本在右手握着，匆迫之间竟由怀中带了出来。猛然灵机一动，想道："秋云曾说乙本之宝专能克制戊土，这里明明是就地下泥土挖掘出来的门户，却是坚如钢铁，明逾晶玉，精光灿烂，到处通明，想必也是戊土精英凝炼而成，何不用手中木箭试试？"

念头转完，立即如法施为，运用桑仙姥所赋乙木精气，将两箭交向左手，右手持了一支，朝门缝里插去。五行生克端的奇怪，一道青气射向门上，那么坚厚的一扇大门，立似烈火融雪一般，随着箭头所指之处纷纷消融，转瞬由上到下残缺了一大片。

超群目光所及，首先发现对着中门有一短榻，榻上端端正正坐着一个面容俊美的道装少年，在那里闭目入定，榻前三面俱是黄光围绕。秋云樱口里含着一面三尺来长的黄幡，身子已被一片黄气缠紧，那黄气像有知觉一样往回拉扯。秋云把幡含在口中，匀出双手，不住乱搓乱放，也发出一片黄色烟光相抗，身子也奋力往外强挣，好似将幡盗到手后，身便入伏，被戊土之气困住，受尽苦痛；又恐惊醒对头，不敢高声呼救，一味喘吁吁拼命想要挣脱，看上去神情苦痛已极。

超群见状，早已心血沸腾，百忙中将脚一端，那门立即端开，跟着纵将进去。秋云脸正朝里，准备施展全力脱出罗网，没想到超群会跟踪前来，并还悟出土木相克妙用，攻穿正门，深入禁地，等到闻声回顾，瞥见超群赶到，又惊又喜，知他为己情切，不顾厉害。忙用手势拦阻，已是无及，超群人到箭到，乙木精气早朝榻侧射去。秋云缠身的黄气，连那旗门上发出来的烟光，吃青气一撞，全部消灭。

秋云见对头尚未惊醒，好生欢喜，刚刚纵出，拉了超群要往外逃跑，忽听榻上厉声怒喝："大胆贱婢，竟敢勾引外贼，背叛师主，今日叫你死无葬身之地。"超群闻声惊顾，榻上兀坐的少年已然回醒。方觉少年相貌如此俊秀，语声怎如此粗俗暴厉？说时迟，那时快，少年话才出口，身后便有两股淡黄色淡烟从对面飞来，同时门前黄光一闪，那扇破门立即失踪，无路可出，上下四外都是灰黄二色光烟潮涌而至。

超群初经大敌，未免惊慌，又正拉着秋云，不及施为。幸而秋云深知个中玄妙，一听呼喝，便知上当，情势不妙，忙把手上黄光放出，恰好护住全身，才得勉强敌住，未受侵害。榻上少年见难取胜，怒啸了两声，又由口里射出一股黄气围绕上前。二人立觉身外黄光受了重压，眼看支持不住。

超群手持三箭，望着秋云，静候发令施为，一见事急，还未开口，再也忍耐不住。又见敌人烟光强盛，不知木箭灵效如何，方欲取一支试试，手中木箭忽然无故震动。匆匆不假思索，照着桑仙姥所传口诀，取了一支木箭，对准敌人发将出去。

一道青色光气刚刚脱手，只听榻上一声暴喝，瞥见烟光影里，敌人口内又飞出一团灰色光华，将木箭挡住，不得前进。超群顿觉身上所受重压越紧，几乎透气不得。再看秋云，已是满面泪痕，玉容悲苦，超群一时情急，大叫道："我和你这狗妖怪拼了！"随说随将手中双箭连同来时桑仙姥所传法力全部施展出来。

秋云不料他会有这等厉害，又惊又喜，急喊："弟弟，快将三箭收住，莫要全上。"说罢急收护身黄光时，两条青气夹着两道彗星般的芒尾，已然电掣而出，声如裂帛，所过之处，休说敌人烟光，连秋云所放黄光也几乎全数消灭。

就这烟消光灭，重复原状的一刹那间，榻上少年只惨号得一声，便没了动静。超群三箭也已收回，见室中烟光尽扫，适才进来那扇破门隐而复现。想不到无意中完成了一件大功，回去见了婴儿桑仙姥足可交代，端的心满意足，高兴非常。正催秋云速走，秋云已朝榻前奔去。要知后事如何，且看下回分解。

第七十九回

一念痴情　无心成大错
两番涉险　五遁见玄功

话说超群随同赶过去一看，榻上少年仍是端坐如生，乍看仍似生人，只头上命门炸开一洞。用手一摸，竟如酥了一般，化成粉末，随手倒塌。

秋云前后搜索遗物，找了一会儿，忽由少年怀里搜出一块古玉符，立即惊喜道："这是他多年来处心积虑暗算师父的真凭实据，被我搜到，他年再见师父，不愁没得话说了。榻下有一小洞。内藏好些珍宝。事已至此，率性一不做，二不休，乘着尤师姊别室参拜神光之际，全部取走，免得留在这里，被日里那妖道寻来生心，于尤师姊不利。此时心迹未明，又无法和她分说。"说罢令超群暂闪，将手一指，那座色如黄金的土榻便已移动。

秋云见榻移动甚缓，面上神情似甚焦急。约有半盏茶时，才离开了卧榻原处。榻下面仍是金色土地，只当中有一圆圈。秋云嘱超群在上面少候，自己走向圈中，手掐法诀一划，一阵黄烟冒起，人便由圈中下降。地上随陷了一个三尺方圆的洞内，俯视烟光弥漫，什么也看不见。

又待片刻，秋云才满头香汗，慌不迭地飞身走出，喘吁吁笑道："我知时已不早，只当师姊快醒，难免争执，居然无事。且喜大功告成，此非善地，我们快些走吧。"话才出口，猛然满室金光黄云，耳听一个女子声音大喝道："背师叛主的贱人，果是欲擒先纵，暗下毒手，竟中你奸谋诡计，今日和你们二人拼了。"

二人闻声惊顾，竟是丑女赶来，满脸杀气，手持长剑，怒骂不已。秋云见状大惊，忙也放出一片黄光敌住。无如丑女势盛，二人骤不及防，应付又稍晚了一步，未免相形见绌。超群见状大惊，忙欲取箭抵御，被秋云一手拦住道："尤师姊只是一时误会，当我有心叛师，等我把话和她说明，她就放我们走了，木箭太厉害，放出去便不能由你心意，万动不得。"超群只得住了。

秋云随向丑女说道："师姊，你先不必生气。你素来最怜爱妹子的，妹子今日实逼处此，你偏不曾眼见，使妹子有口难分。不把话说明，表明心迹，我决不逃。千万请你暂宽一线之路，就要处置也等妹子把话说完以后，免你和上次一样认错了人，事后悔恨。"丑女只管手中掐诀，一意施为，闻言连理也未理，眼放凶光，怒视二人，似要冒出火来。

秋云一面奋力抵御，一面喘吁吁急口分辩。刚说前情不到一半，丑女倏地一声狞笑，便从千百重烟光中隐去。急得秋云力竭声嘶，直喊："师姊不可如此，你我多年患难骨肉之交，连容我说几句话的香火之情都没有？你要明白，山主那么大法力尚且如此结局，我只是感激你屡次相救的恩意，宁死也不愿伤你，若是真要走时，我们并不是不能呀。"耳听地底丑女喝道："我已看清你叛逆的行迹，任是说得天花乱坠，也拿定主意不再上当了。"

超群听那语声发自地底，渐说渐远，好似丑女正由地底往下降去。等秋云二次哭喊师姊，重述前言，更无回音。丑女乍现时来势异常猛恶，虽有秋云所放黄光护身，但比适才少年所用烟光威力更大，全身都被逼紧，几乎不能转动。及至丑女隐去，烟光尽管浓烈，身外倏地轻了许多，一点也不感到难受。秋云却是花容失色，珠泪纵横，神情万分着急，好生不解。

超群心怜爱人，情不自禁伸手抱住秋云，劝慰道："姊姊你还愁苦则甚，尤师姊已然走去，如今她那黄光也被姊姊敌住。不听良言，由她自去，好在日久见人心，伤感则甚？还是由我用木箭破去戊土禁法，冲出去吧。"

秋云任他搂抱，也不闪拒。听到后来，忽把眼泪拭去，苦笑着问道："我知你对我一往情深，只不知适才同生死之言是否出于肺腑？"超群急道："我能与姊姊同死，决不愿一日生离，焉有假话？你没见适才尤师姊禁制那等难受，我气都透不出，只要一举手，便可脱身，因为姊姊一拦，情甘受罪，都不敢违吗？"

秋云见他如此情深，越发伤心，回身用一手抱住他道："我真对不住你，也不知前生造了多大的孽，受尽千灾百难，好容易可以脱出火坑，偏又多心，唯恐对头将来因制师传之镇物和法宝遗留在此，被日间妖道走来发觉，不特尤师姊要为此受害，再要不幸被她奔走，师父他年也永无超生之日。有心取走，不料晚了一步，吃尤师姊闯见，不容分说将我二人困住。我不是她，早已身遭惨死，生魂受了恶人禁制，万劫不复；这次又是她一力相助，怎能反恩为仇？说不得只好把这条命交给她。我是应该如此，你却因对我情深，无辜被我连累,叫我做鬼也难瞑目。如尤师姊不下绝情,或桑仙姥木箭威力稍次,也好想法,偏都各是绝手,只一发便不可收拾,无路可走,这却怎好?"边说边哭,甚是凄惨。

超群爱秋云甚于性命,如何见得这等情形,一面尽情抚慰,一面问:"现无异状,尤师姊难道还比山主厉害?我们不过不肯伤她。除非安心坐以待毙,怎见得就跑不脱,说出这样话来?"

秋云凄然道:"你哪里知道。我初意只想破了对我的禁制以后,再将对头所炼阵法破掉,好与你一同归见桑仙,以免寸功未立,回去受责,本心不愿杀死对头,所以将你拦在外面,独自冒险行事,意欲两全,真个不行,再作计较。好在对头正在入定,尤师姊又为师父拜参行法之际,时候足来得及。那破禁之法我又深知,先前只因尤师姊胆小,恐被对头觉察,再三拦阻。我得脱身已是喜出望外,多的罪都受了,何在这三两月的有限苦痛?又不是熬不过来,也就罢了。

"这次回来,满拟下手容易,至不济也只知难而退,人决不致失陷。哪知对头深心险诈,别有陷阱,连尤师姊也被瞒住。头次逃出,如非知机,听了尤师姊的拦劝,当时便会闯出祸事,休想还能和你相见。总算我临事谨慎,上来只管得手,一点没敢大意。

"等我盗了主幡,破去旗门,眼看就竟全功之际,忽然埋伏发动,将我困住。当时对头已然警觉,因是疑心尤师姊同谋,想以我为饵,挨到尤师姊来援,再下毒手一网打尽,所以装作入定未醒,却在暗中运用禁法使我受罪。我一点也不知道,仍恐你来伤他。妄以为我身带两件防身法宝,又知这类戊土禁制,只要无人主持运用,便可以挣脱,所以始终奋力挣扎,没有出声呼救。刚刚觉出不妙,有点支持不住,你便赶来将我救出,无意中将对头杀死。

"现在尤师姊当我真是师父宿仇转世,有心背叛,恨已切骨。师父法宝十九在她手内,这还无妨,最厉害的是这里全洞俱是戊土精英所萃,全阵枢纽便在尤师姊居室祭坛之上。只须如法施为,这一片大小数十间洞室全都化为青黄二色的毒沙,夹着地火风雷,除克制它的乙木真精外,真仙也难抵御。

"因她事前没有准备,这间土室又有对头劫灰和遗物,还想保存原样,所以我们在此室内只被烟光困住,不觉稀奇。实则她去时已将你上次所见两枚金丸,连同别的法宝,一齐施展出来。我们不走出去,暂时还好,只要一到外面,受制更甚,逃更休想。尤师姊平日对我虽好,对敌却极狠毒。此时必是回到地底居室,等发动好了阵法再亲自到此运用,逼我二人出去,再目睹我二人死时惨状,消她愤恨。我便仗着这件法宝全力抵御,也只能支持上个把时辰就没命了。"

超群闻言,暗骂丑女狠毒愚昧,悲愤已极。强忍怒火答道:"那也不见得,我除这三箭外,还学有遇险逃命之法。姊姊不过是不愿伤她,难道我们单逃命还不行么? 与其束手待毙,何如试它一试?"

二人先前匆匆相见,超群亟所叙阔,表白心曲,对于婴儿传授,语焉不详。秋云始终当他是个凡人,只凭那三支木箭护身制敌,不知超群已能吐纳乙木精气。超群已是一心在秋云身上,只知抚慰怜爱,死生均置度外,别的全未顾及,这还是无心说出。

秋云闻言,生机立转,惊喜道:"先听你说要用木箭破法冲出,我知此箭威力,恐伤尤师姊,铸成大错,所以不肯。照此说来,你总共学了几天功夫,难道桑仙竟肯把她本身乙木精气传给你么? 还是别的法宝呢?"超群便把来时婴儿如何传授说了。说未一半,秋云大喜,忙止住道:"我明白了,趁着师姊未来之前,你速行法,并好通道逃走罢。"

超群便问往何方逃走。秋云把眼往北一看,嘴里却说道:"此时我们已入重围,出去道路全非。我看东方为乙木正位,还是往东方逃走为是。我抱着你走,以免迷途。"说时又朝北方使了个眼色,将超群的手捏了一下。

超群会意,于和秋云互相搂紧,将三支木箭插在腰间,面向东方,手掐灵诀,如法施为。运用婴儿所赋乙木精气,张口一喷,便有一股青色烟光喷将出来,将全身包没。倏地侧转身躯,手向北方一指。青光刚刚涌起,待要斜飞上去,忽听丑女怒喝:"无知狗男女,已成釜底游魂,还敢逃走,今日叫你们死无葬身之地。"

超群闻声回顾,丑女满身俱是金光烈焰环绕,正由身后追来,披头散发,目射凶光,神态甚是猛恶,大有不能并立之势。本来青光初起,身外黄色烟光便似奔云一般朝前冲去,身上为之一轻。丑女这一现身,倏又大盛,四外烟光又复紧紧逼近,虽不似秋云先时抵御那么压束得气透不转,要想冲荡开去,看去却也不是容易。

秋云见丑女手中还持有两枚金丸,知道要逃已是无望,忙将超群止住,返身哀告道:"尤师姊,我适才说的话并无虚言,你一定要我性命,那也无法,但是此事实系由我一人而起，与超群无干。他还有父母，你如能放他逃走，我便由你处置好了。"

丑女戟指怒骂道："不要脸的贱人，你用这类苦肉计，当我还似从先上你当么？你见被我法宝困住，明知小狗是个凡人，山主被害乃是没有防备，那三支鬼箭只能暗算那不能行动的人，不能伤我。先是连笑带说假装约了情人同死；见打不动我心，语气里又故示恐吓，好似那三只木箭比仇人来了还厉害，并非不能逃走，实是感激我几次解救，不愿恩将仇报，全是一片好心；及见我始终没有应声，知道望绝，无可挽回，才现本相，打算冒险逃走。

"不料我回去发动完了禁制，便即暗中赶回，看你捣鬼，什么鬼伎俩全都被我识破。我这样说，你必不服。我来问你，你既感我恩德，欲以一死明心，为何这小狗一说除三箭外另有逃生之法，你便立时喜出望外？还恐我禁制周密，迎头堵截，用那声东击西之法，舍却东方正路，想出其不意，改走北方相生之路？如非我察觉尚早，看破诡计，几乎被你漏网。

"你只知用木箭恐吓我，却忘了你上次奉山主之命去寻仇人，还是与她亲身对敌，她都没奈何你，何况本人未来，只把新练的三支木箭交给一个乳臭未干的小狗，难道还能把我怎样不成？今日之事，不是你死，便是我亡。你已无须假仁假义，一任小狗有多大法力，只管施展出来与我对拼，我死了都不怪你。"

秋云不等说完，已气得浑身抖颤，颤声高叫道："尤师姊，你太辜负我们的好心了。你也听师父说过桑仙功力高深，只因初生不久，难施全力，由满岁起，多一天便增加若干功力。再者上次对敌，实是桑仙有心容让，想收服我，不肯伤害，否则当时便没命了。你这样血口喷人，我偏不肯恩将仇报，使超群发挥全力，自明心迹，还有何说？我只请你放走超群，我自认前生孽重，半生苦难之余，还要遭此不白之冤。"说到这里，气已接续不上。

丑女抢口啐道："无耻贱婢，还要花言巧语。你是叛师首恶，小狗是凶手，我如何肯容他逃走？你口口声声说小狗法力高强，不肯施为，我如就此杀死你们，显我不通情理，还便宜了恶人。既这么说，我使你们再多受点报应，暂缓你们须臾之命，有甚本领，速使出来；否则我便催动戊土禁制，使你们临死以前还要身受活罪。"说罢将手连指，那四外的黄色烟光便如山压一般拥将过来。

超群眼看心上人受丑女尽情辱骂，冤苦填胸没法分诉；四外烟光压迫越来越紧，又和以前所受差不多少，本就急怒交加。只因秋云看得丑女甚重，又曾答应甘与同死，不肯违逆，虽然强自按捺，心中悲愤已到极点。后来丑女说完，将手一指，一股黄气打将过来。秋云因离开超群挺身在前，护身乙木精气较薄，虽未打中身上，但是二气相撞，震动剧烈，秋云又当冤苦悲愤之际，没甚防备，一个吃不住劲，"哎呀"一声，往后便倒。吃超群一把抱住，急忙低头一看，已然满面泪痕，背过气去。

超群当时一着急，心神一分，四外的戊土压逼又加重了两倍，不禁勾动怒火，恨极了丑女。暗忖："照此情势，就用三箭也未必易丁逃脱。丑女如此心毒可恶，乘着秋云昏晕，何不还她一下，就死也出出这口怒气。"一想到死，忽又触动父母年高，身是独子，如何死得？心念动处，越发想和敌人拼个死活。当时气往上撞，把心一横，一面运用乙木精气抵御，一面回手取下三箭，厉声怒喝："无知丑鬼，秋云姊姊苦口良言，你偏不听，非要自寻死路。再不滚开放我们出去，叫你和山主一样尸骨无存。"

丑女也是该当数尽，明明见自己施展全力，对方护身乙木精气并未压倒，只略为荡了荡，超群一运用，反更强盛起来，仍然丝毫不知戒惧，反而想要楚毒敌人，以快心意。大喝："小狗不必着急，你们末劫还没到呢。你那情人只是弄巧成拙，又羞又怕，无颜见我，急晕过去。她的罪孽还没受够，哪能便死。你看这个。"随说，金丸脱手飞出，立化为一片金黄光华，当头罩下。

超群已是引满待发；又见敌人满脸狞厉狠毒容色；又听婴儿说过，那三枚金丸乃戊土精英所萃，多用一丸便加好些威力，如若三丸并用，只管木能克土，也难破它。因而一觉压力加重，不由情急，怒从心起，径将桑仙姥的传授全数施展出来，首先将三支木箭迎面发出。木土相克，如磁引针，三道青色烟光飞向那金丸，两下一撞，叭的一声，金黄光华立化烟云，四下飞散。跟着青光在空中转了一转，又朝丑女飞去。

丑女和秋云一样法力有限，两枚金丸无力并用。因为恨极敌人，正待将第二丸相继发出，见状大惊，适才警觉，才知秋云不是虚言。当时又惊又急，痛惜悔恨，慌了手脚。百忙中想起金丸乃师父转劫再生时安身立命之宝，关系甚重，一丸已早失去，一丸又为超群所破。又见箭光来势厉害，四外戊土禁制随着箭光转处失去灵效，纷纷消散。同时敌人身侧青光大盛，不敢再用金丸抵挡。自料凶多吉少，满腹悲愤，一面发挥戊土烟光抵挡，一面且逃且高叫道："秋云妹子，我先是开门引鬼，后又因一时气愤自取其祸。你如念在以前情义，千万不可再令你那情人损害师父遗体法物。"

　　言还未了，这边秋云原是情急冤苦，受了一番大震，一时晕倒，稍停便已回醒，闻声惊视，见状大惊，拉住超群跳脚急叫："弟弟快收箭。"超群性刚，恨极丑女。心想："留着终是秋云与婴儿之害，率性一不做，二不休，除了此女再说。"闻言故作张皇，尽力去收，暗中却不用力。本来箭光已快追上丑女，就真心收转也未必得及，哪再禁得起略一耽延。只听一声惨叫，丑女在烟光中手脚乱舞，往后便倒，三箭归一，已是穿胸而过。

　　秋云放声大哭，不顾命地飞扑过去。超群也将三箭收回，因四外黄光虽散漫无力，但依然浓厚，唯恐有失，也忙跟踪赶去，一看丑女此时已气绝身亡。秋云哭问前情，超群推说丑女逼迫太甚，自抱秋云欲求同死都不获允。后来实受不住，才虚声恐吓说："你再不给个痛快，此宝飞出便悔无及了。"说时她正放出那枚金丸，化为一团黄光，荡开护身青光，快要压到身上。正在奋力抵御，也不知是宝箭通灵随心而动，还是木土相克自生感应，那木箭忽然飞出，想收已收不转，姊姊便醒了。

　　秋云因超群情甘同死实是真心，适才迷惘中虽似听他向丑女呼喝，并未听清，也就信以为真。知道丑女咎由自取，难怪超群，凄然说道："我以前实是几次三番仗她活命，人是极好，只是性情乖谬，固执刚愎，不查贤愚，运数该终，遭此大劫。我虽不杀伯仁，伯仁由我而死。休说良心上说不过去，另外还有两层难处。

　　"你所杀的山主名叫韩修，原是左道妖邪之士。师父不知怎的孽缘遇合，与他结为夫妇。彼时他并不像现在年少美秀，只因这厮既贪且狠，因闻人言天蓬山顶灵娇仙府小蓝田内产有许多长生不死的灵药，但是此山远在东海极边，高与灵空仙界相接，仙凡足迹皆所不至。宫中主者和门下弟子，得道多在千年以上，道法高强，非有土木精气炼成之宝护身，由土遁上去，不能妄入。韩修便乘师父远出访友，盗了她两件法宝，偷偷赶往天蓬山。用师父所传戊土遁法，费了三日三夜工夫潜达山顶，居然将小蓝田灵药苑寻到，得了一枚蓝田玉实，服食下去。

　　"他因见苑内满是瑶草琪花、灵药异果，又见对方乃少年男女，一派祥和安逸气象，看不出有甚法力，自己隐身右侧试偷服了一枚玉实，对方依然笑语温婉，直如无觉，以为对方只是得天独厚，并无什么真实本领。所以这千年来只是凭着地势僻远高险，度那长生岁月，不敢出山一步，足可随便欺侮。

贪念大炽，不特打算尽情攘夺，并想深入宫中探明白了底细，回去约了师父的同党大举往犯，强占仙府，据为己有。

"哪知妄念才动，所有苑中灵药异果全似精铁铸就。看去仍是琼苞玉果，鲜艳肥嫩，和先采服的一样，此时偏会用尽力气，摘它不下，贪欲蒙心，虽觉奇怪，并未省悟，反因对方那些少年男女神色自如，无人警觉，竟是大胆深入宫中窥探虚实。

"到了里面一看，到处玉宇瑶阶，琼楼瑶阁，万户千门，也不知往哪里走好。时见宫中男女侍者从容往来，从对面走过。暗用禁法试探对方，法力却无灵效，可是对方也未还手，终如未觉。后来走到一座宫廷里去，见陈设着许多奇珍异宝，刚要攫去，不料一抓便是个空。隐闻笑声哧哧，却不见人。方在惊疑，倏地满室大放光明，眼前景物忽然隐去，上下四外满是一片浑成晶镜，自己身形也在镜中现出。这才知道上当，想要逃走，已是不及，无论什么法宝遁法，到此全都失效。只一动作，便满室光华乱闪，眼花头晕，寸步难移；再不就是明明破壁飞出，飞行了好一阵，忽然回身一看，影子仍在镜中，并未离开原处。敌人也始终不见一个。

"似这样用尽千方百计在镜殿中团团乱转。宫中昼夜长明，那些禁法俱都损耗被困人的精气。韩修连被困了许多时日，终于力竭昏晕，人事不知。等到醒来，身已落在邻近福建的海滨荒僻之地，狼狈逃回山来。一算已然被困了七十多天，由此不敢再去。

"他因服了灵药，重返青春，容貌日益俊秀，除那天生豺狼之声没改去外，人却变成了美少年。师父尽管对他情深爱重，他却狼子野心，无情无义，既嫌师父相貌老陋，又听信同道妖人怂恿，妄想聚炼五行真经，重夺天蓬山地仙宫阙，创立教宗。不想一上手便为磨球岛离朱宫主者少阳神君所败，终于寻上门来，中了敌人法宝。总算手下留情，师父伤重兵解，他也受了阴火之伤，全身不能转动。最可恨是他身已遭报，恶念依然未消，朝夕打着复仇主意，并想等着师父转劫再生，重施故技，以致惨死。

"他咎由自取，原无足怜。但我曾受师门厚恩，此地遗有好些戊土法物宝器，关系师父他年存亡。那厮好些同党俱知此事，时常觊觎，你来时所见妖道便是一个。以前全仗他在此坐镇，便尤师姊不死也好。如今两人俱死，无人防守。我走以后，那些同党必肆无忌惮来此横行，不特法宝，连师父遗体也难保全。师父临化去时曾有遗命，我和尤师姊俱立过重誓，无论经受何等艰难困苦，也必在此护持，法体如受损害，立遭奇祸。此次被迫逃走，说起来已然有点违背誓言，尤师姊已死，自然责无旁贷。

"还有尤师姊愤极拼命，已将全洞禁制一齐发动。我人单势孤，法力浅薄，以后即使严密防守，也仅能自保，还须费我不少的事。再想与你同行，势有不能。而我一人在此，每日也是提心吊胆。即便你能伴我，你一个凡人，桑仙所授法宝，只能凭着五行生克威力破这戊土禁制法宝，遇上别的厉害敌人并无用处。何况你家有老亲，本是偷偷出来，难于久留，岂非进退两难？"

超群一听心上人不能携手同归，不禁着起急来，拉着秋云百般求说。秋云为他至情所动，也是恋恋不舍，无奈以前曾立重誓，不敢违背。只得一面用柔情蜜意婉劝超群，一面收拾残余。那些黄色烟光早就散漫无力，秋云不令超群扫荡，略一施为，便即止住。

当下二人同去地底法坛，先将戊土禁制收去。然后出来将二个死人的遗体就地埋葬。秋云本未断绝烟火，洞中另一土室之内藏有食物，二人忙了一夜，天明俱觉腹饥，各自吃饱，重商以后怎办。

秋云自知来日大难，尤其师父和仇人十分情重，至死不悟，一旦归来，必不甘休。就此舍去，投到桑仙姥门下，又觉问心不安，异日还要应誓遇祸。超群偏又情有独钟，死不肯舍，怎么也想不出主意。二人守在一起，彼此缠绵难舍。

直商谈到了次日过午，秋云终是心软情痴，自觉超群为她舍死忘生，备历险阻艰难，就此分手，委实对他不住，迫不得已，告知超群说："昨来山主以前同门师弟妖道景文通，曾想抢夺先师所留法宝，逼着山主指明藏宝所在。尤师姊和我表面故作不知，暗中行法发动土洞禁制。妖人还没到达宝穴时，便为戊土真气所伤，逃了回来。以为山主故意给他当上，争闹了一阵，愤愤而去，看那神气必不甘休。

"我与法体遗物誓共存亡。妖人未露本相时，山主把他认作心腹死党，已略说了此间虚实。现时洞外桑林准备陷害桑仙的阵法我已收回，却把所有禁制法力悉数用在防御上面。少时再把东山坡土洞封闭，除你我用那乙木之宝前往，本来外人休想妄入一步。无如此中妙用和往来门径，妖人知道好些，他又受过一次挫折，必定大举来犯，多少总有攻陷之法，不可不防。我就住在你家，也必须等这妖人来过之后，或是诱他入伏，就此除去；或是不令攻入，并假装山主已然复原，行动自如，恨他昨日欺心，要挟不与相见，却命我们对敌，施展师传法宝，使其知难而退，不敢再来。去此一害，始能定局。

"但是这厮咋已受伤，来时难以预测。你如真个想念我，我传你进入后洞之法。到时你这里却不要来，以免万一我在地底参拜不知你来，你于无意中入伏；或因情急抵御，妄用乙木之宝破去我的禁法，彼此有害。可仍去东山坡土洞以内，照我传授入门，先将禁制复原。然后用手抚按壁间晶镜，高声三呼'秋云'我便到来。如仍不至，便是我在地底行法参拜，你可在榻上坐候，我拜完真灵也就来了。

"这次你于桑仙建功不小，回去可代先师解去以前嫌怨，此行经过不妨明告。她还不知山主与同党妖人合谋在此种植桑林，暗设恶毒阵法，准备炼成，便派尤师姊前去诱她来此入网，知我撤去，必然高兴。她本爱我，也许能有两全之法，使我早日离开，无须在此看守。

"我极感你深情，尤其是你虽爱我，而一心至诚，不涉一丝庸俗儿女之念，更为难得。照你根骨为人，将来你我同归桑仙门下，共登仙籍，大是可望。我孤零一身，又何尝不愿你在此厮守？但你家有老亲，独子钟爱，背亲私出，为一女子千里迢迢犯此奇险，已非人子之道；再如流连不去，使父母惊忧，你固难逃不孝之罪，我也问心不过。

"桑仙行迹诡异，脾气古怪，常人不知就里。万一父母为了你，多生疑虑，向她追询，闹出事来，如何是好？如真爱我，必须速回。这也是我命苦，多生磨折。假使尤师姊不死，或是那三枚金丸全在，也可用它封闭宝洞、遗体，无须留此防守，偏都出了差错。人事无常，此后吉凶还不能逆料呢。"

超群吃她以大义责难，想起家中父母和桑仙姥性情为人，顿生顾虑，归心似箭。没奈何，和秋云握手依依，忍痛言别。秋云眼含情泪，亲自送出后洞悬崖之上，才行分手。

超群先藏起那枚金丸，秋云虽屡屡盘诘，超群因为自己一时私心，害得秋云饱受磨折，唯恐说出实话秋云怪他，只说："那晚取出金丸的是另一人，本与桑仙姥无关。我结纳桑仙姥，一切俱是此人所教。现时此人云游在外归期无定，迟早必能珠还。暂时虽拿不到，决不致被桑仙姥得去，为你师父异日之害。不过桑仙姥并不认识此人，你如去我家，见时不可提起，恐惹出事来。"

秋云虽觉与以前所说不符，一则爱情正深；一则又知超群以前毫无法力，不知此宝妙用；况且失宝之后才行相遇，以前虽然见爱，敌友未分，难免心有疑忌，未全吐实，也是人情。超群又把妹子临终所教的话选了些来编谎，秋云也就信以为真。

超群走到路上，才想起不该骗她，无如话已出口，无法挽回，真要说了实话，也许她寒心翻脸，故尔几次想要返回去，俱都欲行又止。后见路越走越远，觉着若是二次去时再把金丸带去，作为取宝之人已回，越将谎圆上，比较稳妥。念头一转，于是铸成大错。

超群生具异禀，脚程本快，归途毫无耽搁，又得秋云指他捷径，不消二日，便已回转。因已到家，使父母知道也无妨碍，没有绕走去时途径，径由正路入村。刚到村口，迎头遇见家用佃工程二，见面便惊叫道："大官，你到哪里去了？也不说一声。如今主母为了你已快送命；你阿爸急病在床；桑仙姥因和老主人夫妻吵架，业已负气出走。你还不快回家，看有什么方法挽回没有？"超群素孝，闻言吓得心中咚咚乱跳，飞步往家中跑去。到家一看，父母已然同在危急之中。

原来超群走后，头两天老夫妻也还相信，以为爱子在后崖小屋内为婴儿镇守法坛，未怎在意，到第三天上，桓妻因往后山一带行猎活动筋骨，偶然登高闲眺，遥见婴儿独自一人带着满身青气，在前面山坡上往来驰逐，随即走入林中不见。一会儿便有一群山鸡飞过，地上忽然射起千百缕青烟，满空交织成网，将那山鸡全部网将下来，一个也未逃脱。婴儿随又出现，好似闲得没有事做，将山鸡一只只拿起，把雉尾和翅根翎毛一一拔去，疼得那些山鸡悲鸣不已，婴儿仍拔她的。拔完将鸡毛聚在一起，将手一指，一股青烟射向鸡毛丛中，鸡毛立即满空飞起，彩羽飞扬，五色缤纷，映着日色，好看已极。

约有顿饭光景，婴儿好似玩厌，将青烟收回，任其飘坠，并将山鸡放掉。婴儿扯鸡毛时极为鲁莽，多半鲜血淋漓，委顿不堪。山鸡为青烟所禁，逃是逃不脱，本在延颈哀鸣，情急求脱，身上束缚一去，立即纷纷跳起，不顾命般四下惊逃。无如翅尾受伤，不能飞起，有的腿骨也被折断，满地扑腾乱跳，狼狈已极。婴儿见了这等惨状，不但未动恻隐，反比以前彩羽飞空还要觉得有趣，喜得哈哈大笑，声甚尖厉，又放出青烟拦住逃路，吓得那些山鸡惨声哀鸣，婴儿却引以为乐。

桓母始终记着爱女是为婴儿惨死，心中愤恨，又嫌她残忍太甚，不愿再看，已从便道走回。刚巧有一个佃工去往城市购物，带回好些超群喜欢的糕点。桓母忽然心中一动，想道："爱子曾说婴儿行法正亟，须他相助守坛，要

231

等事完始能出来见人，由此起便不见婴儿出来走动。既然行法，自然她是主体，为何爱子不能走出，她却这等闲空，糟践生灵？二人平日行动俱在一起，一直到夜，永无独出之时；婴儿况又不由正路，偷偷背人走出作孽，诸多可疑。自己一向厌恶这个怪物，自女儿死后，从未到后崖去过，不知他们闹什么把戏？这类怪物有甚天良，女儿已为她葬送，莫不爱子又上了她当，后崖永无人去，好歹也须知在里面做些甚事，免得出了乱子，发觉太晚。"

桓母越想越不放心，又想给爱子送点食物。因恐丈夫知道拦阻，以为婴儿在村外玩得正高兴，一时不致便回；即便回来撞上，母亲为儿子送食物，怪物又是从小便在自家寄居，多凶恶也不能不讲道理。便拿了些食物，也没告知家人，独往后崖探看。

桓母初意婴儿既在后崖设坛，爱子又那样告诫不令人去，必有好些鬼门道，弄巧还许只能远望，不能走进。及至崖后，静悄悄的，什么迹象都没有，心甚奇怪。试探着走到婴儿屋前，见门虚掩，探头往里一看，满地食物干粮碎屑杂乱不堪，哪有一个人影。又见室中有一块土地微微隆起，恰似一个新掘成的小坟。这一急真是非同小可。适才分明见婴儿独自在外，爱子并未相随，疑心爱子已为婴儿所害，那块隆起的土地便是埋葬遗骨之所。一时情急，也未深思，恰巧上次埋葬桓女时，佃工还留有一柄铁锹在崖脚草地里，忙去取来照地便掘。

桓母原是内家能手，接连几下，便掘了一个坑。一看里面并没有骨殖，心疑埋在深处。还待往下发掘，猛力一铁锹下去，忽听铮的一声，一股青色烟光突自穴中冒起。跟着穴中沙土无故纷飞四散，现出三枚鹅卵大的晶丸，青光荧荧，似要往上浮起。

桓母虽不知那是婴儿内丹所炼乙木之宝，但也明白与婴儿关系重大，如若毁损，必不甘休。心中一慌，手举铁锹照那三枚晶丸又是一下，铮的一声，内中一丸应手立即粉碎，化为一股青气迎面扑来。猛闻到一股极浓烈的木香，那青气扑向身上重有千钧，头重眼花，再也立脚不住。吓得刚刚飞身纵出，惊惧迷惘中，耳听一声怒喝，眼前似见婴儿人影一晃，纵向屋内，便自晕倒，失了知觉。

事有凑巧。桓雍适因一事要寻老伴商量，先以为人在田场上。刚走出屋，忽见崖后一股青气上冲，跟着便听婴儿暴跳怒骂之声。桓雍三日不见爱子，虽然事前已说明，也是有些悬念。听婴儿厉声怒吼，情知有异，以为爱子守坛不慎,误了婴儿的事。婴儿性情乖戾,唯恐有甚不测,父子关心,情不由己,便往崖后赶去。

桓雍一到,便见老伴卧倒在地上,似已身死。婴儿正站在门前厉声咒骂,手指一条青气,刚由老伴身上收回。爱子却并不在侧。猛想起老妻昨日曾说婴儿是个怪物,心肠歹毒,爱子近日寝食不安,面有愁容,与虎狼同居,殊多可虑。现在室中空空,并无人影,更不似设坛景象,分明爱子已遭不测,被老妻走来看破,情急拼命,为婴儿所杀。不禁悲痛急愤,暗把生平随身不离的连珠枣核钉握在手内,纵身上前。总算比桓妻慎重,没有冒失动手。一面准备拼命,一面仍然强压愤怒喝问道:"我儿何在?我妻与你何仇,为何将她打死?"

婴儿怒道:"你儿有事出山去了,明天自会回来。除他一个,你们全家通没一个好人。你那老婆子自寻死路,我想杀她,看在你女儿分上,还没有下手呢。"

桓雍一听,爱子或许尚在,老妻必是婴儿所害无疑,多年夫妻情分,哪能不急。无如爱子吉凶未卜,对方是个怪物,老妻一身武功比自己并差不许多,上来便倒,可知厉害。唯恐一击不中,反为所乘,立刻便是一场大祸,不由把来时锐气馁了许多。眼含痛泪,抱起老妻一看,周身仍是温软,只是没有气息知觉。忍不住气愤,指着婴儿颤声说道:"我与你有甚冤孽,好好一个女儿被你害死?照名分说,你是我外孙,我们平日对你也不薄,就算是外人邻里,也不应对我妻子下此毒手。如若稍有天良,急速将我妻子救醒,将我儿寻了回来;否则,我就做鬼也不与你甘休。休看你法术高强,这等为恶横行,终会有个报应,那时上干天怒,就来不及了。"

说时,婴儿三只怪眼齐闪凶光,怒道:"你那老婆子存心不良,乘我不在屋内破我仙法,自己无知触动乙木真气,将七窍闭住。等我心动赶回,她已受伤倒地。那做贼的家伙还在屋里,怪着谁来?你看也不看,便敞口乱说。如非看在你儿女分上和居停之惠,依我脾气,你夫妻一个也休想活命。我自借体化生,谁是你的外孙?早知你们除超群之外全憎嫌我,还说这等无礼的话,我走好了。"遂向桓妻怒视一眼。

婴儿回到屋里转了一转,一片烟光闪过,走将出来,指着桓雍喝道:"你夫妻虽然不好,我总算受过你们衣食居留之惠,尚未报答。你那儿子资质心性都好,现奉我命,也为他自己婚姻之事,出门去了。只因你们作梗,我又脾气不好,生怕隙末凶终,才未明言。哪知你老婆子愚昧无知,依然自取其祸,使我不能照你女儿临终之言,到了年限再去。现她只将气闭住,人并未死,我一举手便可回生。只因恨她平日无礼,视我如仇,今日又伤了我的真气,须费百日之功始能复原,不杀她已是便宜,咎由自取,乐得任她多受一点活罪。你如晓事,你子回来,可速令他去至后山寻我。我以后与你们如同陌路,稍有忤犯,决不轻容。除你子外,别人切莫前往,免得惹出不好的事,又道我狠。"说罢往外便走。

桓雍才知老妻暗中来此窥伺,不知怎的触动法术,受伤闭气晕倒,自不小心,并与婴儿无干。听那口气,分明有救。只因一时情急,语太刚直,致将婴儿触怒,决绝而去。同时又想到女儿临终再三叮嘱,又急又悔,想将婴儿挽留,好言求告,急喊:"仙姥慢走,老朽狂悖无知,千乞原恕。"急忙伸手去拉时,婴儿面上突现狞厉之色,冷笑道:"你做梦呢!"说时将手一甩。桓雍猛觉婴儿身上烟光微微一振,鼻端闻到一股木香,似有千斤重力迎面撞来,再也支持不住,倒退了好几步,几乎跌倒。再看婴儿,已然走远。知她心狠情薄,难于挽回,只得勉强抱了老妻走回屋去。

桓雍气急悔恨之余,再被乙木真气震了一下,周身酸痛。眼看老妻双目紧闭,满面愁苦之容,知她心中尚有知觉,所受痛苦必定酷烈。切盼爱子归来,或能挽救,偏是不归。又不知婴儿所言到底如何。几下里夹攻,忧思成疾,不由病倒在床上。

婴儿自离桓家,便在后山岸一带出没,并未回村,也未走远。佣佣们俱感主人恩厚,不时前往偷探,见婴儿神情越发喜怒无常,后山生物多受残害。所居崖洞外面老有火光,像是捉来鸟兽在彼烤食。有那大胆一点,自觉平日婴儿对他不甚憎嫌的,知婴儿不会弄吃的,故意做好一些食物与她送去,就便探询口气,窥伺有何举动。

婴儿见来人与她送食物,也不怎样欢喜,随手接过就吃。吃完嘱咐,超群如回,速令往见。并说超群如再等数日不回,也许给人擒住,自己也许前去救他,一同往别处去,不再回来,神情似颇关切。可是去的人只一提到桓老夫妻病况,微露出请她大度包容,仍回去住,将人救转的意思,婴儿立即暴怒,喝令速走,不许少留。

到了昨日晚间,婴儿忽在崖后旧居门外出现。恰被一个佣工碰见,心疑她在外不惯,有了悔意,想就势劝解,好将两老夫妻救转。又疑婴儿平素强横,这次好似自己和主人决绝,怎又来此? 只见她面有愧色,不等人开口,便已掉头纵向崖腰之上,攀缘纵越,捷逾猿鸟,如飞往外驶去,转瞬不见。

超群天性素厚,想不到才走几天,家中就遭此横逆之事。父亲虽然病重,看见爱子归来,心头一宽,还算不甚凶险;老母却是气息已绝,只周身尚还温软,不似死人情景,心中万分忧急。知道解铃还须系铃人,连自己外室也未进去,匆匆说了几句,便问明婴儿栖身之所,飞步赶去。到后一看,哪有人影。遍问佃工家人,自从昨晚在屋后发现过一次,今早也曾有人往探,便未再见她人影。超群无奈,只得率众在她以前足迹所经之地四外搜寻,仍无踪迹。

超群虽知她日前有往别处寻找超群之言,一则婴儿屡说自己形态诡异,一身青气围绕,出去必遭人暗算,不俟道成长大飞行自如,只能在桓家栖身,不能走开,这次负气出去,只在近处栖身,便是明证;二则仙都方向途径并不知悉,连超群也是辗转寻访,最后仍是无意之中寻到,似她那种相貌性情,出山到了有人烟处,寸步难行,决难问出途径。她也深知这次不能同往,便由于此。

秋云并说所居隐秘,仙凡足迹皆所不知,自己实是天缘凑巧,才能寻到。现时又将全洞封锁,外观只是一片石土,外人走到也不能发现。即使婴儿真往仙都,也难追上。父母又在危急之中,其势不能远离,除等婴儿自回,更无法想。

超群由午后寻起,寻到半夜,终无朕兆。正在愁急,忽想起妹子临终曾说,她身有乙木灵乳余精,日后葬处当有一株小桑生出,家中如有人病危,只需将土挖开,由尸口内将主根拔出,捣汁敷服,立可起死回生。那日走过老桑洞口,曾闻异香,定已成长,回来只顾急找婴儿,竟未想到,何不试它一试?

超群想到便做,急忙取了一束火把,持了器械赶向崖后,援上崖去。刚到桓女墓洞外面,便觉那日所闻异香隐隐袭鼻。入内一看,靠里一面果然生着一株二尺来高的小桑树,枝叶扶疏,色彩鲜明。火光照处似有一片极淡的青色烟光环绕树干,心中大喜。因恐将根掘断,过于小心,连锹锄也未用,只将随身小刀拔出,将土缓缓剔松,一点一点发掘下去。约有尺许来深,便见主根,碧嫩如玉,只无旁枝。又掘下尺许来深,现出棺材,桑根便由木板缝中挺生。恐其脆折失了灵效,掘时更加仔细,用刀齐着根侧,先将棺盖开裂一洞,用手揭开,举火一照,不禁伤心起来。

原来桓女面色仍与生时无异，桑根便生在口内。想是死后尚有知觉，预计日后要来掘取，口竟开而未合。因是上重下轻，四外无甚依附，桑树已然旁侧欲倒。超群用手一扶，觉着根下虚浮，强忍悲痛轻轻一提，竟是随手而起。见根下只是几根寸许长、小手指粗细的短须，肥嫩异常，清馨扑鼻。行时忘带帮手，恐有残毁，不敢放下，只得先救父母要紧，连棺材也顾不得掩埋，径持小桑飞身纵下。

超群回到屋内，取来玉钵，先将桑根脆嫩之处连根须折断。嫩根才一折断，便有一股浅碧色的乳汁流出。再用杵捣碎，益发清馨四溢，香腾满屋。超群一尝，入口甘芳，微带一点酸涩之味。知是灵药，忙用一个小碗盛着，端到榻前。因见其母牙关紧闭，其妹又有半敷半服之言，便取一些先滴入其母鼻内，又给前胸抹了些，再分出一点服下去，当时神志便略清。超群觉着灵效，等了一会儿，见其母牙关渐启，两眼已经微眍，心中大喜，便将剩下的多半徐徐灌将下去。果然其应如响，只听喉中格格连声，其母忽然大叫道："闷煞我了！"随即翻身坐起。桓雍也起立走了过来，母子、夫妻相抱一起，悲喜交集。

正要述说前事，超群忽然想起后崖妹尸还未掩埋，父母初愈，恐伤亲心，假说："这桑树还可存活，为异日之用，此时必须种植，迟则难活。"拿了那断根桑树往外便跑。桓氏夫妻只当他是向婴儿处求取来的桑树，不知取自亡女尸口，一想桑根如此灵效，便也由他，不曾拦阻。

超群因小桑根株虽断，有救父母之恩，不舍弃去。意欲掩葬妹尸以后仍插坟上，也许灵气未尽，能够重生，所以不曾抛掉。及至赶到崖后，还没上去，便见崖腰墓穴内有青色烟光外映。情知有异，并没想到有人在内，忙即赶将上去。才援上洞口，便见坟已平好，桑仙姥正往外走。

桑仙姥先见超群似颇喜欢，及见他手里持有半株无根小桑，立即转为怒，三只怪眼齐射凶光，一张丑脸更是青森森的，狞恶可怖。一开口便厉声暴喝道："我那木精灵乳是你盗去的么？当初因你妹子再三逼索，我又念在她和我的情义，才给了她几滴，本可多活些时，她却死得那么快，我一直疑心她藏在一旁，或是给了别人。

"日前离去你家，才想起那灵乳精气不会消灭这么快，如她真的服下，葬处必有小桑之类生出。刚来查看，偏巧遇见你家佃工，我说过永不再来，不好意思，只得走去。又想往仙都寻你回来代我来取。不料竟连遇恶人，受了好些阻碍，总未寻到。心想我那内丹所化灵乳，如不被你妹子强索了去，减去功力，此时已能御空飞行，多远都能前往，何致困居在此受人的气？

"越想越难受。又惦记着你老不回来，许被对头困住。意欲乘夜来此寻到灵乳，增长道力，只要一口气能飞行一二十里，便可避开有人所在，一路起落寻去。归途忽在后山发现一个木瘿瓶，那原是我当初内丹的外囊，你妹子对我说此物已在抵御天劫时为雷火所毁，怎得在此？内中并还有仙乳遗留的气息。如是有心藏匿，必藏你家，不会埋在野外，埋又不深。后来我料是降生时节被雷击坠，飞落后山，日久为土所掩。

"以前我常疑心你妹子将我灵乳偷给了你父母，所以我尽管住在你家，对他二老全无感情。经此一来，倒减了不少忌愤。哪知到此你妹子棺木已被人发掘，别无异兆。刚为她重新埋好，便遇你来，才知灵乳精英所结之宝已被你盗去。此物关系我成就迟早，急速还我，否则休怪我狠。"

超群见她越说越怒，知道一发作便不可收拾。且喜她细情未知，不致危及父母。一边听着，一边暗中早打点好回答的主意。话一听完，先不答复正题，张口头一句便先说此行大获全功，不但把婴儿对头杀死，并还由秋云相助，破了仇人所设陷阱。看出婴儿面色微转，然后从头述说自己如何费尽辛劳，备历艰险。秋云如何早已归心，只因仇人禁制太严，无法逃出。最终二人合力，出死入生，才竟全功，并把仇人戊土精气凝炼的至宝破去一枚。又将听秋云说，还有一枚金丸已在事前失去，如今只剩一枚，吃丑女死时不知用其方法藏起，虽未全数消灭，但已不能为害，一一说了。

婴儿闻言，果然高兴，夸奖了几句。忽又怒道："你此行功劳甚大，如无今晚之事，岂非极好？我对你仍要酬报，但我说了便须实践。如今你家已不能再住下去，这十多年的岁月万不能耐。那盗去的是甚东西？必须还我。"

超群深知婴儿性情固执好强，只能与她讲理，专用柔顺也是不行，已然疏忽，晚了片刻，吃她闯来发现，决赖不掉。如不设法善处，马上便是一场大祸。便厉声答道："无论仙凡，均有天良。休说我妹子待你的恩义，便你应劫降生之时，天灾降临，何等猛烈，我父母冒着雷火大险和仇敌的五行禁制，出死入生，饱受危险，才保得你平安降生。不久，我妹子便为你血枯而死。我全家不但不忌恨你，反倒奉若神灵，为你另建居室，百事顺从。又命我废了学业，长年陪侍。我妹子死时也曾再三向你叮咛，好好看待我父母，多加宽容。你就不念骨肉之亲，也应念在居停之德。何况我父母平日对你只有尊崇,并无忤犯。

"这次我虽想念秋云,假使你不是想除未来隐患,也未必会容我去,论起来,还是为你去的。我一个十几岁全无法力的寻常幼童,只凭你传我三支木箭,跋涉山川,间关千里,冒着无穷险难凶危,为你去出死力。我父母年老,有一爱女,已死你手,只剩我一个独子,多日不见,自是不免悬念。你如守我行时之约,不在人前出现,二老只当我和你在此行法守坛,即便走来见我不在,你只要明说,也还不会出事。

"你偏不知韬晦,整日在外残杀生物,使我母亲看出破绽,生了疑虑,来此查看,误认爱子遇害,埋骨室内,因而触动乙木真气,闭气晕倒。我父亲又误认母子二人俱遭毒手,才致和你争论,并无恶言。后来听你说了真情,并还极口向你赔罪。你终决绝,几乎使我父也受重伤。漫说二老一时无知,情急之举,不应计较;就多不好,你也应看在亡妹和我分上,等我回来,再作计较。为何见死不救,一怒而去?

"等我回来,到处寻你不见。眼看父母病危,心如刀割,万般无奈,想起崖上神木是你昔年依附之所,也许灵应可以相通,意欲来此求告。因闻亡妹墓上木香,无心中发现灵异之迹。掘出桑根一看,根须柔嫩,清香扑鼻。久祷无灵,当你一去不归,急病乱投医,因那桑根生自尸口,许有灵效,采归服用,二老幸脱危境。回来掩埋亡妹棺木,你竟在此,才一见面,不问我此行艰苦,便以恶言恫吓。

"自你降生起,我便终日相伴,几叫违背过你?墓中是我亡妹,此桑长自坟头尸口,即有灵乳,你已给她服用,论哪一样也应以我家为主体。那桑根短小,除鲜嫩清香外并无奇处,我父母服后好大一会儿才渐回醒,决不如你所言功效之甚。此事只能怪你心狠,见死不救,逼我走投无路。蒙上天鉴怜,巧得灵药,救我父母回生。坟和死人是我家的,你事前又不曾提过,怎得说我偷盗你的东西?此灵乳已给我父母服下,事情是我做的,你如不讲情理,昧却天良,以强凌弱,有甚灾祸,我自当之,杀剐由你好了。"

超群说时,婴儿早已怒不可遏,两只怪手抓紧超群两臂。超群尽管被她抓得疼痛彻骨,依然强行忍耐,侃侃而谈,神色自如,丝毫不为所屈。婴儿见他孤愤激烈,正义凛然,渐渐心折,把手松开。始而怒目注定超群,不住搔首寻思,不知如何是好。后又厉声盘诘超群此行经过和对头洞穴中情景。超群知是紧要关头,只盼婴儿能因自己此行辛苦,解去恶意,以为有了转机,极口铺陈，唯恐不详，一点也未思索，双方对谈竟过了半个时辰。

偏巧桓雍夫妻见爱子久出不归，着人来唤。超群忙答："我和桑仙姥说话，一会儿回去。"婴儿闻言，忽然触动，狞笑道："我也不是不念你全家对我好处，否则那日你父母都没命了。我因自生下来后，你母便拿我当仇人怪物看待，我自然心中大愤，特意使她多受几天罪。原想借此惩罚，等你成功回来，再教你去救她。其实不难，只须用我所传木箭朝她面上一晃，立可回生。再养上数日，便能复原。不料我因不放心你，恐有闪失，往返耽延，铸成大错。你救亲心切，事出无知，我也不再怪你。无如此物关系我成就迟早，休看你父母已然服下，我仍能吸取回来。你如殉亲，我便成全你的孝道，虽然忘恩背德，也说不得了。"

超群不知婴儿此时功候未到，不能前知；又已问出二老所服灵乳实是尸腹余气所钟，又细查那半段残桑也远不如所料之盛；再为超群至孝所折，心早缓和。只因想令超群去做那损人利己的事，故意要挟。超群闻言，不禁魂惊胆悸，吓得战兢兢跪倒在婴儿面前，哀声哭求，宁甘百死，以代父母，求她不可下此毒手。婴儿道："我素日言出必行，你所深知。而你也是个素不失信的人。要你父母不死也行，必须从我一事。"

超群立时心情一松，慌不迭应道："只要不伤我父母，无不可以应命。还有一个秋云，我知你是爱她的，而她又已归顺，又是有功之人，你也不会叫我去害她吧？"婴儿道："我怎能令你伤她，不过此事必须背她而行。如若成功，不特你父母可以无恙，你还可以把她接来与你成为夫妇，于我也有好些益处。现时成败系于你一言，你去不去？"

超群见她说到末两句又是声色俱厉，唯恐变卦，忙答："请仙姥说出甚事，只要我能办到的，无不应命。"婴儿道："你上次深入虎穴尚且成功，这回更是容易。你适才不是说，你先去的东山坡土洞墙上有两门缝印推不动吗？那门里面便是前到你家借救你妹子为名，想害我的道婆埋骨之所。你到那里，不可使秋云知晓，也不可相见。只用她所传进门之法入内，将我木箭顺壁上门缝痕印一划，一推便开。里面如再见门户，或是地上有甚痕印，也是如此。下到底层，无论遇上甚阻力，只要用此箭，便可破去。

"照此前行，寻到女尸，禁法必然发动，由尸口飞出一团黄光。你仍用箭将它制住，不可损毁，迫令现形下坠，不问是甚东西，急速给我取回。去时，我再费一日之功，传你制箭之法，以免只能发收，不能随心驾驭，无心坏了至宝,损人而不利己。得手后急速回来,你父母便有福无祸;如若不听我话,妄与秋云私见,你全家上下休想活命。秋云不能与你偕来,便为了这点牵挂。她事后发现,不知是你,必当是她师父的另一对头所为。由此无所依恋,事已至此,非来就你不可,岂不是我和你都好了么?"

超群救亲心切,又爱秋云过度。知她为守乃师遗体,不肯携手同归,这样作法虽与秋云心意有违,却可省她牵肠挂肚,孤身一人长年守在土洞之内,受那凄苦况味,自己也可与她长相厮守。婴儿言出必践,不答应也不行,没奈何,只得应了。婴儿面色立转和缓,随令超群自回,明日一早去至后山崖洞内传授法术。说完走去。

超群如释重负,回到家中。因日内又要出门好几天,不敢再为隐瞒,便变着话头把经过略为说了。桓老夫妻闻言自是忧虑。超群再三剖陈利害,并说:"此事成后,婴儿纵不立时远去,也决不致对于我家再有扰害。仙都我已去过一次,轻车熟路。对头妖人已死,只剩洞中枯骨,手到成功,决无他虑。"

两老夫妻一听,不放他去也是不行。桓母想叫丈夫和爱子同去。超群知道洞中戊土禁制甚是厉害,如令婴儿传授老父法力,决然不允。力说:"事虽平顺无险,但须缜密敏捷。爹爹全不明白其中奥妙,到了那里,反使儿子费力,多些顾虑。还是一人前去,省得一心两顾,易于误事。"二老只得罢了。

次早,超群去见婴儿,请其传授制箭之法,仗着凤根深厚,天资颖悟,半日便已学会。婴儿人喜,便命隔日起身前往。并说对头与自己秉乙木之气而生不同,原是生人修成,功候颇深。只因当初所习便是这类道法,那些戊土之宝虽与她异日归来成道有关,没有也实无大害,不过把多年心血练成与身相合,可以助她速成的法宝失去,要多百余年苦炼之功罢了。此时已转世,再过些年她回到故居埋骨之所,见宝失人亡,不能再作威福,也许因祸得福,就此舍却本来旁门左道,另投门路苦修,得成正果都说不定。秋云道行浅薄,只知奉命唯谨,何能深悉。

超群尽管答应婴儿,终觉秋云忠于乃师,念念不忘,又有昔日对师誓言,来时还嘱他向婴儿化解前怨,自己不但未为办到,反将乃师元命所关之宝尽去,害她一败涂地,不可收拾,良心上怎对得过?偏又被逼处此,无计可施,方在愧恨不安,闻言料知婴儿从无伪语,心始释然。当日回去禀知父母,次日未明便即起身,向婴儿辞别,重往仙都赶去。

超群初去时一心记挂父母安危,唯恐到时被秋云撞见作梗,不能下手,全家难免惨祸,特意算准秋云在前洞行法参拜之际,偷偷前往,哪知二人俱是命该遭劫,超群受了婴儿挟制,不敢和秋云相见。秋云在洞中虽然渴念,但知超群不会这么快赶回,又知出入路径方法,来时必照自己传授,向镜中唤人,一到即知,因而全神戒备着正洞来的仇敌,不曾留意东山坡土洞会出乱子。而超群前次隐藏的一枚金丸,两面瞒着,始终没有机会转口告知秋云,也致铸成大错,悔已无及。

超群到的这一天,秋云由头一晚起便有了警兆,兀自心神烦躁,坐立不安,恍如大祸将至。觉着婴儿尚幼,不能前来;并且她的仇敌已去,超群早应到家,又是自己祸福与共的千秋伴侣。心想:"东山口坟墓虽是根原重地,但那一带禁制神妙,隐秘非常,外观只是一个寻常不起眼的小土坡,便到近前也看不出。下面又埋有师父的遗体、法物,即使有人疑心发掘,触动戊土禁制,墓洞立即下沉,上面老是千寻黄土,发掘不尽,休想到底。除超群已知其中奥妙,可以随便出入,外人休想闯进一步。日前妖道连那镜中通路俱未走完,便即遇阻退回,自信万无一失。倒是前洞既已堵塞,并有重重禁制,但是妖道常来之地,位置、方向仍可辨出。此时心惊肉跳,必应在此。"唯恐势孤无援,万一疏忽,被妖道邪法攻入。越想越觉可虑,连地洞中参拜也都停止,终日守在前洞里面准备。

事也真巧,妖道已去多日,独于这时约一同党赶来。本意并不一定和主人翻脸,只欲强迫着再试一回。及见洞外桑林全拔,阵法已撤;崖洞也已不见,变为实质。先在外面厉声呼喝,令速现出门径,没听应声。以为主人记着日前之怨,有心决绝;又以为是不能行动,怯敌食言,闭关相拒。不由大怒,一面厉声喝骂,一面施展法宝攻山。

实则禁法神妙,妖道决攻不开。秋云终是心寒胆小,从来又没经过大阵仗,觉出兆头不佳,竟为妖道声势所慑,越以为先前料中。唯恐有失,吓得连那日和超群商定用来对付敌人的一番话全忘了说。专一藏在里面,战战兢兢,小心防守,一步也不敢离开。以致超群在后洞墓穴为所欲为,一点影子也不知道。

超群到后先照秋云所传入洞,随又如法施为,将洞口照旧隐去。然后照婴儿所说行事,取出木箭,顺着壁间门印一划,一阵黄烟冒过,顺手一推便开。走进去一看,里室和外室一样,四壁金光闪闪,明如晶玉。除当中有一土榻外,空无一物,壁间也不再见有门户痕迹。

超群仔细看了一阵,寻不到门径。暗忖:"秋云明说乃师法体藏在这里,出困以前她和丑女先还来过,怎会查看不出端倪?此榻位置在当中,与地浑成,都如黄玉一般,光色、质地全无少异,形式却极古雅,与外间不同。莫非这便是坟?下面藏有死尸也说不定。"想用木箭试试,又恐榻内便藏有死尸,无心毁损尸头,法宝得不回去,徒劳无功,还不好交代。事须从速,又恐秋云走来撞上。略为盘算,便将三支木箭取出。两支紧握手内,以防万一;只将一支如法施为,向榻角近土之处掷去。

五行生克,果具妙用,一触即发。箭尖上青光刚刚射向榻角,呼的一声,那座比晶玉还要坚硬透明的土榻整个爆散,满洞金光、黄云齐向身上压涌而来。当时光彩奇亮,耀眼难睁,超群七窍堵塞,几乎闭过气去。幸而超群上次尝到过戊土禁制的厉害,早就提防它突然暴发,难于抵御,下手时十分谨慎,只在丈许以外指定箭光行事,人没挨近。乙木之宝又有极大威力,具有克制妙用。

超群一见光烟冒起,眼花头晕,便知埋伏触动,忙把护身青气放出。一面再将手中双箭同时发出,与头一支会合,化成三道青光,飞向金光、黄云之中,只绕驰了两周,金光、黄云便已消灭。戊土精气一破,青光照处,再看那洞,已成了一个土洞。土气刺鼻,甚是黑暗,迥非初进时金墙玉璧,光彩辉煌情景。土榻已无踪迹,只当中地面上陷了一个丈许方圆土洞。

超群过去低头一看,洞并不深,与土榻一般大小,四壁俱是美玉砌成,里面有一短榻,榻上卧着一个中年道姑。头前有一石灯台,灯光极强,照得下面明如白昼。脚前放着一个小陶盆,满盛着水。左手持着一柄小金刀,右手握着一根枯木,木上也插有一柄小金刀。安稳合目,仰面向上,神态如生。离头尺许以上有一个三尺许小龛,里面放着几件质如金玉的刀、叉、剑、戟以及一些零星物事。

超群发现内有两枚金丸,比前见三枚稍小,黄光闪闪,颇与婴儿所说内丹相似,忽动灵机。暗忖:"婴儿凶残心狠,敌人已不能再为她害,还要逼我来此侵害死人遗体,做这类亏心没品的事。如照秋云所说,此地禁制重重,比起前洞埋伏厉害得多,并不似她说的那么容易。看这布置,好似含有金、木、水、火、土五遁用意,她三支木箭尚有那么大威力,焉知敌人这些布置没有妙用?一个不巧,吃了大苦,还累父母受害。还有道姑与我无仇无怨,又

242

是秋云最敬爱的恩师,爱屋及乌,怎么也不应害她。受逼而来,原非得已。何不先把这小金丸取到手内,再照她所说试上一试?能如所言成功更好,否则回去好有搪塞。此丸与她行时所说肉丸情景极为相似,也许就是此宝都说不定。"

超群想到这里,伏身洞口,往龛中一掏,便容容易易取了上来,随手掂了掂,藏向怀内。再将木箭握在手内,向道姑面上连画了三次,并无动静,也不见有黄气自口中冒出。

婴儿行前叮嘱,事由臆测,如若此法不行,超群便应发挥木箭威力,将尸侧所有法物毁去,最后将箭插向尸口以内,必有灵效,决不至于毫无所得。超群因此举过于狠毒,太对不起秋云,不忍下手;就拿了这两枚小金丸回去,又恐搪塞不住,贻害父母;再如延挨,秋云走来闯见,不特大事全休,还许为此绝交反目。

踌躇了一阵,自觉不能再挨,天人交战之余,终以父母安危为重。没奈何,只得站在穴口,朝道姑通白,力述自己迫不得已之苦。说道:"上仙如若有灵,可将内丹献出,免致损及法体,有负秋云姊姊重嘱厚爱。"心里还再想试探着行事,不将三箭齐用,但能不侵害尸体最好。

哪知对方防御周密,设有五行禁制,便婴儿未成气候以前亲身自来,也是伤她不了,何况超群一个凡人。当土榻消失,超群用箭在道姑面上画时,那些禁制已渐发动。如非超群心地仁厚,临事谨慎,只想搪塞,不曾依照婴儿所说鲁莽行事,就连命也保不住了。

超群祝罢立起,正朝穴底查看如何下手,忽听洞中隐隐有水火风声透出,声虽细微,甚是真切。心方奇怪,猛一瞥见尸脚陶盆中水无故旋转,头前灯火也炎炎上腾。一个波涛汹涌,一个烈焰熊熊,发射出万道火花,势均猛恶。因是具体而微,显得非常好看。再一看,尸手金刀突焕奇光,另一手所握树枝也似遇见大风,摇舞有声,时有细微青烟冒起。

超群不知危机已迫,童心未退,觉着好玩。这些法物均非婴儿始料所及,不知如何下手,缓得一缓,下面五行禁制势愈猛烈。这才想道:"照此继长增高,水火大作,如果不是戊土,不能用乙木克制,少时如何抵挡?至少也应将出路开通,免得临时慌乱,逃不出去。"念头一转,却救了自己性命。立即跑向门侧一看,那里已变成一座土壁,竟推不动。越发惊慌,忙将木箭放出,一道青光射向壁上。虽冲开了一个小洞,可是随分随合。情知不妙,不敢再延,忙将三箭一齐放出,施展全力,猛冲出去,当前土壁才得崩散。

超群到了外面一看,仍和前见景物一样。只是冲势太猛,将那光明如玉的地面毁裂了一大片。急匆匆照秋云所传,刚将门户开通,正想回身进入后室再试一回,猛听身后水火风雷之声大作。回头一看,后面土室已然不见,化为一片金光黄云,杂以水火风雷之声袭来,比起日前在前洞所遇,势更强盛。

超群先还自恃,一面发挥乙木真气护身,一面取了一支木箭朝前掷去,满拟仍和前次一样。哪知青光到处,金光、黄云倏地爆散,化为一片烈焰,将木箭裹住燃将起来,火势猛烈异常,晃眼涌到身前。超群一见不好,赶紧纵身出洞,火也跟着追来,超群见了,心中暗自叫苦,在风水雷火光交杂之中,忽飞起一片白光,闪得一闪,青烟散处,那支木箭立化乌有,火势也快要追上。加紧飞逃出来,洞外山坡上林木又多,纷纷燃烧。

一时烈焰飞扬,蔓延全山。同时下面洪涛大作,由洞口逃路向后山涌来。上有烈火,下有洪波,四外林木又被引燃,狂风四起,地暗天赤。吓得超群无路可逃,一路急窜,纵到左侧空地山石之上,上下四外水火狂风也渐合围而至。眼看火云下压,就要葬身水火之内。

也是超群不该惨死。正在惊惶无计,猛瞥见左侧山坡顶上地势较高,又无树木,以为水势就下,急切间不能漫过,中间虽隔有一片点燃了的矮树,自信轻身功夫还可由火头上冒险冲过,只要能纵到坡上,便脱出火云圈外,或能逃得性命。于是奋起平生之力,纵十数丈,径由大树丛中越过。

身到空中,猛觉囊中两枚金丸甚是沉重,以致预定地方并未纵到,差点还要落在火里。心中害怕,不由手伸入囊,将金丸取出,二次往坡顶纵去。脚才落地,那水火竟有知觉,也随着追来,压迫更为紧急,火云如血,已快压到头上。下面洪波浩浩,也似凝聚之物,水头高约数十丈,并不往四外旁溢,山一般直向身前压到,相去不过两三丈。

当这危机瞬息,一发千钧之际,超群见火离头顶不足三五丈,来势急骤,火云随着密布,晃眼广逾十亩,怎么也躲避不及,已烤炙得头晕眼赤,舌干口燥,气透不转,自分必死,骇得心魂皆颤,一时情急,仍想逃命,一边觅路纵逃,一边随手把金丸累赘向上打去。洞中五行禁制本以戊土为主,相生相克,自行变化,那两枚金丸正是此中枢纽。要知后事如何,请看下回分解。

第八十回

中奸言　险遭亡命
处世争　难结良缘

　　超群如若发的不是时候、地方,或朝水中打去,不但自身仍难幸免;而且这五行禁制已经引发,无人制止,秋云又在前洞御敌,不知后洞墓穴有此巨变,势必互为生化,闯出大祸,非得过四十九日,五行互克互消,才能自灭,那时全山林木、生灵也俱成灰烬了。

　　这时无心巧合,正合了火、土相生,克制癸水妙用。超群不会运用戊土之宝,脱手时仍是原样。一到火里,立时爆散,化为一片黄云,将火托住。紧跟着,火、土相合,成了一体,火云全变成了黄色。火焰全隐,天塌一般向下压倒。

　　这时下面洪涛依然继续增高,汹涌不已。超群万不料金丸能阻火势,乘这略一停顿之际,忘命往前飞逃,刚纵出十余丈,满天黄云倏地下压,势绝猛烈,超群便飞也飞不出圈子外去,不由广魂失魄。方把眼一闭,暗道:“我命完了。”觉着黄云似已压到,身外空空,不冷不热,那水也未涌到身上。睁眼一看,水已不见,只有一片五色烟光,匹练般往下面山坡卷退回去,晃眼无迹。自身仍好好的,直似做了一场噩梦。可是地上湿阴阴的,许多烧焦了的林木残枝遍地纵横,又非幻境,只不知怎会得救。

　　超群壮起胆子掩向坡后一看,土洞已然不在。照秋云所传入洞之法试一施为,也不见洞口现出。心想:“木箭已毁,无法再进。衣发皆焦,做的又是负人的事,无颜去寻秋云。但就此回去,又如何交代?”正在惶急忧虑,忽又想道:“那火和水退得太快,分明是金丸妙用。小的已是如此神妙,大的可想而知。家中幸亏还藏有一枚。婴儿素信自己,此次并非不为尽力,实是她来时所说好些不对,怎能怪我? 早知如此,还不如适才取得金丸便走,还好得多。事已至此,为救父母,说不得只好食言背信,编套话回复,用家中那枚去向婴儿搪塞了。"想到这里,便往回赶去。到时怕与婴儿相遇,不敢由村前绕越,特意绕道翻山回去。

超群到家见着父母一问,才知婴儿自超群走后不特未来,也无人再见她的踪迹。昨日佃工借送食物往探,只在所居洞口外遇到一个身材高瘦的道装少年,见了去人,迎前拦阻,不令走近。那佃工不服气,和他争论说:"这地方、道路又不是你的,我给洞中桑仙姥送吃的,怎不能走?"道人说:"桑仙姥正在洞中有事,请我在此看守。食物如愿留下,交我带回;真要过去,若吃了苦,莫要后悔。"佃工见那道人眼睛甚亮,听说与婴儿一路,便没敢招惹,只把东西留下,退了回来。大约又是精怪之类,决非好人。

桓母见爱子衣履残破污秽,神情狼狈,欲令更换再去,超群假说:"事已办好,这样显我劳苦,为她受罪,更要好些。"说罢,匆匆回到己室,将金丸取出。赶往一看,果有一羽衣星冠、相貌清奇的道人在彼。似早知超群来意,未等开口,便先发话道:"你是桓超群么?无怪桑道友说你好根骨,果然不差。我晚来了一步,致你此行白白饱受惊险,毫无所获。"

超群闻言,心方一动,忽听洞内婴儿遥呼,忙和道人走进。一看,数日不见,婴儿身材仍是那么矮小丑怪,面上神情却平和了许多,下半截身子全埋土内,乍见超群,竟似怜惜。刚说了两句安慰的话,忽然望着超群惊喜道:"我只当你此行白白受苦,虽然走时面无死气,不致送命,但是决无所获,如何身有戊土的精气外映?难道你真得手了么?此事大出我意料之外,受益不小,快取出来我看。"同时那道人在侧也似看出,面有喜容。

超群这次献出金丸,因是急救父母,迫于无奈。及听道人口气,似已前知,情形不似去时紧急。方打主意如何可以保全,婴儿便在洞中呼唤。心想:"进门先不说话,看婴儿如何说法,相机应付。"无如戊土精气竟吃看出。否则,照着对方两人语意,大可不用献出。悔恨已是无及,没奈何,只得取出金丸,照着预拟的话说了。

婴儿喜道:"我并不知对头法力那么高,防备又如此严密。日前为了寻你,遇见一个恶人,几乎吃亏被擒。多蒙铜椰岛天痴上人门下一位道友路过相助,用元磁之宝收去恶人困我的法力,方免失陷。我彼时把双方都当成了敌人,没有向他礼谢问话,便即返回。直到前夜,上人又命这位楼道友来传仙示,才知敌人墓穴设有五行循环相生的禁制,除却他们自己人,谁也难于攻破。以为你仅失去木箭,保全了性命,已是便宜。不料你会这样忠心,居然将她戊土精气所炼至宝得了一粒回来。我现蒙上人和楼道友仙法相助，只消修炼四十九日，便可另觅仙山，修炼三年，立成正果。如得此宝，不但早成，还可增长好些道力，我日前原因你为人诚实，钟爱秋云，不肯食言背信，故此以你父母安危来做挟制，其实并无伤害之心。今既为我建此大功，不特是你，便秋云也决不负她，迟早必使你二人如愿相偿，永为连理。你放心好了。"说罢，又说那道人名叫楼沧洲，乃天痴上人门下第六弟子，令超群上前拜见。

三人正谈说间，遥闻洞外女子惊号之声，超群听似秋云声音。忙赶将出去一看，果然正是秋云，业已受伤倒地。这时洞外禁制已然发动，遍地云烟。超群情急万状，急喊："秋云姊姊。"正往前飞纵，耳听身后喝道："超群，不可莽撞，等我过去给你救来。"

超群本觉愧对秋云，又见她受伤狼狈之状，料是因己后洞破法而起，心如刀割，神志已乱。只顾救人心切，也没想到自己是凡人，秋云尚且入网，何况是自己，竟把楼沧洲之言置若罔闻。楼沧洲偏又为人谨慎，自觉师门法令严厉，此次奉命引度桑仙，于本门成就关系甚大。所居又是旷野间的一个崖洞，神木灵脉所在之地，其势又不能迁往别的僻静之处，桑仙修炼期中，保不定有外魔来此扰害，为此在环洞四外设下极严密的禁制。除却自己引导，外人若不知误入，立有性命之忧。

秋云满腔悲愤，苦痛寻来，先到桓家寻超群，本还不知后洞之事是超群所为。偏巧桓母爱子情切，上次病愈，听爱子说起秋云如何好法，便记在心里。及至见面，果然美如天仙，认作未来儿媳。只顾怜爱，不知厉害轻重。一面咒骂婴儿；一面把超群日前如何受逼，去盗死人口里内丹，适才回来，闹得头发烧焦，衣履破碎，满身泥土，不知受了多少苦处等等尽情说出。

秋云一听后洞之事竟是超群做的，益发心如刀割。既恨仇人狠毒，又愤超群负心食言，便打了拼命的主意。不过她为人温婉，又知超群为救父母，无力与仇人相抗，被迫无奈，铸此大错，还有几分可原，因此虽是悲愤填膺，仍用好言安慰两老夫妻，一点不露神色，假说桑仙住处除超群外，外人不能去，不可令人去喊。此来有事和桑仙商量，必须自往，随即辞两老赶来。

楼沧洲本在洞外终日守候，因发觉超群身有戊土精气，随入洞中询问。不料阴错阳差，秋云不早不晚，恰巧赶到。楼沧洲先见当地虽无人迹，周围林木甚多，唯恐樵夫无知走入，遭了误伤。外层禁制只是人走近便被阻挡，进得越猛，撞回越重，至多重重跌上一跤，并无大害；若再前进丈许，便有无穷变化，厉害非常。

秋云也是情急拼命，死生成败，皆非所计，来势过猛。到了头层遇阻，觉出仇人防御不过如此，意欲骤出不意，冲入洞内行刺，猛下毒手。二次施展全力，刚把头层禁制冲破，立将楼沧洲所设元磁真气引发，受伤倒地。等楼沧洲追出，见超群不听喝止，禁制已然发动，一时不能收回，只得飞身纵去，将二人一同抓起。因是相隔太近，超群纵跃敏捷，也为磁气所伤，扑向秋云身上，痛晕过去。幸是救援尚速，再晚一会儿，全身便糜烂了。楼沧洲一看超群不会法术，竟比秋云所受的伤还重，虽能救转，再想学道修炼，已是艰难，好生慨叹。忙即一手一个，扶入洞内。

桑仙姥本意道成即命超群去将秋云接来，同往铜椰岛，见过天痴上人，践了助炼神木剑之约，另觅洞府修炼。见状知道秋云回生以后不过多费功力苦练，尚无大碍；超群则已近绝望，也是慨惜万分。当下由楼沧洲行法解救，取出灵丹，给二人服下。约有半个时辰，才渐救醒。恐有人再蹈前辙，楼沧洲嘱咐了桑仙姥几句，仍去洞外守望。

超群醒后，只觉周身有点麻痛，尚还不知厉害。一眼瞥见秋云玉容憔悴，怯生生坐在对面，眼含清泪，低着头一言不发，神情甚是可怜，心中痛极。脱口喊了声："姊姊。"便要起身扑去。

桑仙姥忙喝止道："你二人已为元磁真气所伤，虽然回生，仍须静养，不可妄自言动。在这几天以内，务要平心静气，喜怒哀乐，丝毫不能动念；否则自身元气再一消耗，立有性命之忧。你为救秋云情急，忘了自身毫无抵御之力，受伤更重，此后随她入山修炼已恐无望。有心令你日内尸解，仗楼道友法力转劫重生，重新救度，以你凤根转劫再来，反倒因祸得福，比等你老死转生度化实强得多。并且不久便可与秋云重新聚会，同在我们门下。你如不愿，我也不来勉强。我如果修炼圆满，便只能先带秋云往铜椰岛，你和我二人见面便须数十年后。你是否坠落，昧却凤根，还不一定。你自思量回话。"

超群还未及答话，那边秋云蓄下必死之念，醒后便在暗中运气调元，本来早就发动，因听超群受伤竟是为她，重又引动情怀，欲发又止，迟延了一会儿，后听与超群已难聚首，心想："今日这等惨局，全是仇人一手造成，实实放她不过。超群情重，能够随我也好。"念头一转，满腔悲愤重又勾起，更不寻思，随将身藏两柄火灵刀悄悄取出。桑仙姥面向超群说话，不曾看见。

超群一心惦念秋云，被桑仙姥喝止，不许过去，耳朵听话，目光却注定秋云，不曾旁瞬。正在心中悲急，忽见秋云将前在崖顶行刺时囊中所藏两柄玉刀紧握手里，面容随即惨变，一双剪水双瞳立射凶光。猛想起上次相见时曾听她说，乃师所有法宝俱受乙木克制，当桑仙初降生时还可一拼，现在功力日强，已俱无用。独这两柄赤玉刀，如出不意，还能伤她。别时又说身受师恩，如有人损她法体，必践誓言，拼死复仇。见状心方一动，桑仙姥一转脸，也已瞥见。方喝："秋云，你取此刀，意欲何为？"

秋云本拟出其不意，骤然发动，不料情虚胆怯，欲以全力暴发，稍慢瞬息，竟被仇人看破，越发心慌。口里颤声答了句："这是送给你的。"随说，牙关一挫，手扬处便是两道刀形烈焰朝对面飞去。

如换平日，桑仙姥事前不曾防备，相隔这么近，纵然不死，也必重伤。无如楼沧洲法力高强，防卫周密，全洞内外均有极厉害的禁制，桑仙姥早在元磁真气暗中笼罩之下。除却地肺中万年蕴结的阴阳两极真火，任何法宝均难伤害。桑仙姥下半身虽埋土内，只每日由子初起到正午六个时辰入定，平时本身法力一样可以发挥自如。秋云报仇心切，不曾探明底细，冒昧行刺，事先又没想好退路，以致弄巧成拙。

超群见她突然犯险行刺，料定卵石不敌，吓得心魂皆悸，急喊："姊姊，万使不得！"声随人起，赶急扑将过去。原想桑仙姥心狠手辣，一个行刺不成，当时一还手，便无生理。即使侥幸刺中，照平日所闻，目前任多厉害的法宝，要想致她死命已是万难，至多受上点伤。怨毒一深，更无幸免。何况洞外面还有厉害同党，可以一呼即至。分明大祸已成，凶多吉少，唯恐秋云遭了毒手，想拦在她前面。以为桑仙姥投鼠忌器，又爱自己，只当时不为所伤，再以情义苦求，或能宽免，保得残生。哪知三方面势子都快，几乎同时发动。

桑仙姥一见玉刀和秋云神色，便知她心藏叵测，不由勃然暴怒，更不怠慢。一面发动楼沧洲所设禁制；一面随将本身乙木真气由口中喷出，一股绿气夹着千百点碧光，瀑布一般直朝秋云射去。秋云玉刀稍为先发，超群一心在秋云身上，全没想到自身安危，恰于此时纵到。那两道刀光首先被元磁真气撞开。

秋云一见，自知无幸，忙拔腰间佩刀。同时那股乙木真气已先冲到，竟连自刎都来不及，连同超群一起撞向身上。双双哀号了一声，同时相抱跌倒，闭气身死。等到桑仙姥看出超群抢护，赶紧收势，已是无及。痛恨秋云，急怒交加，当时恨不能将秋云形神一齐消灭，气得厉声怒叫。等楼沧洲闻声赶入，秋云毕竟修道多年，魂魄坚凝，人一毕命，元神便已遁走。

楼沧洲心意却与桑仙姥不同，见这一双痴儿女终为情而死，好生感叹惋惜。一面将超群元神护住，一面对桑仙姥道："秋云人既多情端好，根基又厚，初意本欲归附，并无为仇之意，只因你行事太狠，逼她如此，忠义激烈，视死如归。超群事亲至孝，也是被你逼得左右为难，终于为了一念情痴，误送性命。都是可敬可怜的人，你怎么还恨他们？

"适才二人同受重伤，我本想就此成全他们尸解，一同转劫修为。无如你将来离开铜椰岛往小南极修炼时，必须有人随伴。超群受伤太重，已不能偕往。他家只此独子，父母尚在，兄弟全无，照人情说，万无令其死的理。你的性情古怪，非和你有夙缘的人不能共处，想来想去，只有秋云比较合适，你却又闹出这等事。

"你日前如不做那损人利己的事，他二人一双两好，随你一同修道，岂非三全其美？这样一来，超群却占了便宜。我现将他真神护住，俟你修炼期毕，我再给他另觅一个好庐舍；或令转劫脱生，他年成道，再令他去访秋云再生下落，仍全了他二人前世心愿好了。"桑仙姥闻言，方始消了怒气。

楼沧洲看出超群元神跳动不宁，屡想往外冲出，俱被禁法阻止。知他依恋父母，急欲回家，心越怜悯。便喝道："你身已死，因是凡人，不比秋云魂魄坚凝。外面日光如火，天风劲急，你虽具有至性，气旺神完，不致为风日消灭，但日间出去，终是禁受不住。并且此时出去，你父母未到睡时，不能入梦，徒使心惊肉跳，得些惊兆，于事无补。即便夜里能去，如使知道爱子死讯，老年父母只你一人，其何以堪？势必悲痛万分，反违你的孝思。

"我因你重新托生须在十年以后始能引度，而原身两受重伤，心身全毁，不能复体。桑道友既然须人，而你父母思子情切，也不能耐此长久岁月，本意桑道友功行圆满，带你另觅庐舍，为了成全你的孝道，今晚子夜便用我本门心灵相通之法，遥向铜椰岛仙师代为乞恩。必派同门师兄弟来，代我引你出山，先觅一好庐舍。这样，至多十余日即能重生。虽然相貌变易，音声、言动仍是一样。对你父母可说桑道友嫌你貌陋，服了我的灵丹变了相貌，免知你死伤心。

"我再赐你灵丹、道法，乘着桑道友在铜椰岛还有几年耽搁，你自在家中尽孝，就便勤修，以俟到时我来引度。今晚我再偷空见你父母，设词支吾；说你生具宿根,异日必有仙缘遇合,现与秋云同往仙山采药,半月即回。将前事一齐隐起,亦可显些灵迹,当无不信之理。岂不比你魂归诉哀,互相惨痛强得多么?"超群不能出声,闻言万分感激,连向沧洲拜谢,方始宁静下来。

一会儿入夜,楼沧洲先将男女二人尸首埋葬,偷空赶往桓家,如言行事。桓老夫妻正盼佳儿、佳妇回来,心中焦急。闻言虽然失望,因见沧洲仙风道骨,言动儒雅,话又委婉真切。并说超群劫难甚多,如不得桑仙之助便难活命,此时助人,将来即是助己。桑仙姥四十九日完满便即仙去,永不再扰你家。多的时日已过,何在此有限数十日?两老夫妻信以为真,以为不久可去大患,反倒高兴起来。

沧洲匆匆辞出回洞,便向铜椰岛行法遥拜。次早天明,便来了同门师弟林春。先将天痴上人所赐灵符护住超群元神,出外物色庐舍。第六天上,林春便代他在钱塘江上寻到一个极好的躯壳。对方是个美少年,年才十六七岁,并为富家子弟。因与学伴西兴访友,渡江时突遇暴风,船翻淹死。林春恰巧路过,行法救起行人。只将少年尸身摄往无人之处,将超群元神合了上去,又给服了一些丹药,立即回生。

超群自是悲喜交集,先向楼、林二人叩谢,赶紧回家,与父母家人相见。桓老夫妻先还不信,经超群极力解说,声音、动作又都完全无异,才渐渐信了。桓母问起秋云,超群想起伤心,不敢明言,只得推说自己和秋云俱都遭劫该死,全仗楼仙长仙法解救,重变形体,以避灾劫,自己幸得躲过。秋云因是自不小心,坏了木休,不能还阳,现往他处投生,须等十年之后始得相见了。二老知超群钟爱秋云,反倒再三劝慰。

每日超群仍往后山,从楼沧洲学习吐纳之术。仗着凤根深厚,天性聪明,一点便透,三四十日工夫,居然把基本功夫学会。楼、桑二人俱都欣喜,极口夸奖。

一晃,桑仙姥功行圆满,随了沧洲飞去。行时,超群说想念秋云,跪地苦求,请设法寻觅援引。

沧洲笑道:"你二人本有凤缘,他年自能相逢。此时漫说无暇及此,就能寻到,铜椰岛一时也不能带去,只有暂住你家。她已是凡体,你也道基未固,本来情好太深,稍一把握不住,便失真元。还有她那前师已早转世,被一散仙收去为徒,法力颇高,不久便要重返故居,收取前生法宝。此人前生之事记得甚真,性又褊狭,见墓洞已非旧观,失却好些重宝,必当秋云叛她,保不定跟踪寻来。秋云不在，你只照我所说回复，便可无妨；如见秋云在此，必不甘休，一个不好，连你也难活命，岂不爱之适以害之？转不如任其寄身别处，人海茫茫，无处寻觅，倒还安全。只等桑道友铜椰岛事完，迁居南极，将你接去，再过两三年便能与秋云聚首。总共不到十年光阴，一混就过，你心急则甚？"桑仙姥也如此说法。超群只得忍痛罢了。

超群送走楼、桑二人以后，便在室中侍奉父母，也不外出。每值闲中无事，便请求父母允他将来出家。两老夫妻自然不舍得，经不起超群长年陈说，知他立志出家，心已坚决，又见他修炼进境甚快，屡显灵异之迹，料难挽回，也就渐渐心回意转，认作运数如此，不再强迫他授室完婚了。后来岁月一久，桓雍夫妻受了爱子感动，加上服过灵乳的功效，年纪虽老，身子日益康健，自知应了女儿之言，修龄可期，便也动了出尘之想。超群自己伴同父母学道，以求长生，再照自己所知，尽心传授。似这样，膝下承欢之余，便同修为。

光阴易过，晃眼将近十年。一算约期早过，始终不见楼、桑二人到来接引。戊土对头也未前来访查秋云踪迹。超群所习虽不甚深，但是道家吐纳练气的根本功夫，因为天资颖悟，用功又勤，十年如一日，永无丝毫懈怠，自然融会贯通，不知不觉中功力大长。此外，楼、桑二人传的几种防身辟魔诸法术，也都练得精熟。久候无音，心念秋云，无殊饥渴，只不知她投身何所，无法寻访。屡向铜椰岛通诚遥拜，也无征兆。

等到第十一年上，相思太切，实忍不住，以为秋云死在木山，投生之处料不会远，意欲姑尽人事，先在近山村镇访问。渐渐越访越远，几乎把近山村镇府县全都访遍。同时又遣家中精干佃佣辗转托人，只要听出有秋云死难那日降生的女孩，立即赶往查看。

一晃又是四五年，仍无线索可寻。超群情深一往，终不死心。先还恐己他出，楼、桑二人突然寻来，错过仙缘，出去时均在家留有地址，如有人来，立可用快马寻回，不敢走远。这日一想："所约早已过了期限，以桑仙姥的性情行为，直不似个正经修道的人，也许在铜椰岛仙府中犯甚大过，受了严罚，故此违约不来。秋云转世已十数年，人早成长，不知能否记得前生之事？万一昧却夙根，今生父母又不知她的来历，将她嫁出，物欲锢蔽，忘了本来，由此堕落凡世，难再修为，永无相见之期，追源祸始，岂不又是自己误她？楼、桑二人如有心接引，即便因己远出相左，也必留下地址，等自己回来问知再去寻找，也是一样。秋云之事却是万不能缓。"心有偏爱，关心太切，便自己给自己解说，越想越觉有理。主意打定，告知父母，带了盘川，重又远出寻访。

哪知事情真巧，他等了十数年，楼、桑二人也未来，刚走不到十天，楼沧洲便已飞降。桓老夫妻自从学道以来，疑忌全消，已不似昔年心念，见面甚是恭敬。问起来意，才知天痴上人因所居铜椰岛为地极元磁精气所萃，无论什么法宝、器具，只要是五金之质，到了岛上，立被岛后磁峰吸去。所以岛上寸铁皆无，上人师徒所用飞剑仙兵，俱是岛上坚木所制。近因门人不时奉命外出采药，遇上敌人，师传法宝虽然神奇，但是飞剑本质略差，常为敌人所破，白费许多功夫祭炼，直和佩在身上的饰物一样，不切实用。知道只有采取东方乙木精气炼成飞剑，才可以发挥妙用，由二十年前起便命门人四处寻访。

门人辗转寻到中土，由一门徒无意中在武夷山中将桑仙姥寻到。当时本想约她同往铜椰岛见师复命，不料桑仙姥虽是东方乙木之精转世，因出生不久，性更乖张，暴戾多疑，竟把好心当作恶意，仗着天赋本能，隐身逃走。跟踪追赶了两次，俱被遁脱。那门徒恐她离本土远去，或生他变，被别人网罗了去，更难如愿，只得行法通灵，向师遥祝。上人随运玄机，费一日夜之功，推算出灵木降生因果。传示楼沧洲，授以机宜，令其赶往武夷，依言行事。

桑仙姥自知气候未成，容易启人觊觎。自寻超群遇见敌人，吃了点亏，又被人跟踪了两次，逃回后山后，行迹越发隐秘，宛如惊弓之鸟，遇上生人，先存仇视。楼沧洲费了不少心力口舌，力言来意，并无其他，把本意说明之后，桑仙姥才自喜诺。沧洲因武夷乃桑树生根之所，如不将崖上老桑根下精气吸尽，他年老桑重生，仍有好些隐患。当下约定，先用师传妙法助桑仙姥脱去本根联系，增长道力。桑仙姥未出走前在桓家后屋每夜身埋土内修炼，便是为此。初意少说也须两三年才能成功。如俟气候成长，须俟十余年后。一听只消四十九日即能成道，越发喜出望外，听命施为。居然到期炼成。

双方原约定桑仙姥功候圆满，同去铜椰岛，由她用本身乙木精气，将岛上千年铜椰化为神木，再由天痴上人伐木炼剑。事完，接引超群前往，拜在她的门下，一同送往小南极，觅一海岛，隐居修炼，使成正果，并助她免去好些劫难。这本是双方有益的事。

无如桑仙姥尽管因人成事，恶根依然未净。又以出生不久，不曾见过甚

253

世面,见铜椰岛上美景如仙,宫室壮丽;又有天生元磁精气凝成的一座磁峰,于她修为最关紧要。心想如将此岛据为己有,异日道成,便可独自称尊,为所欲为,连那天性相克的太白庚金也制她不了,宇宙之内更无可以伤她之物。所有应受灾劫,也不必再须天痴上人卖好相助,便能从容应付,永为五行之长。因而到岛才只数日,便起贪心,妄想反客为主。表面相助上人炼那灵木飞剑以及各式仙兵器具,暗中却加紧修为,只等功候精纯,便即发难,取而代之。

她和上人本可互相为利,彼此交受其益,这一阳奉阴违,成了仇敌。到第四年上,居然冒险发难。以上人道术神奇,她自然不是对手;何况上人一见便看出她虽得人身,未具人性,早将其奸谋凶心识破,有了准备。起初还想她于自己将来成道有关,又知此人记仇心甚,不欲反颜相向,屡用善言点醒,期其悔悟,哪知她觉出上人对她生疑,发动更速,终于被上人用仙法禁住。

上人因恨她下手狠毒,机深阴密,有的地方竟出意料,若功力稍差,立为所乘,如非将来还有大用,几乎处死,使其万劫不复。幸得沧洲仰体师意,代为求恩,将她送往小南极青虹岛上,囚居岛洞之内,每日子、午二时受那金水相生禁制之苦,迫使降服。谁知桑仙姥心性特强,一旦成仇,至死不忘,受罪越多,仇恨越深,宁甘百死,也不肯降服,使上人他年受她之助。威胁利诱,百折不回,枉费了若干心力,终无悔悟。

上人事后怒消,一则相见之初曾经互有誓约,不便加害;二则自己他年成道,非得她助不可,这样必然仇恨越结越深。又听轮值监防的门人归报,她因一日两次金水之厄受苦不过,竟想自残尸解,转劫投生,前来报仇。寻思无计,又命沧洲前往轮值,故卖人情,私停金、水之禁,再以婉言劝导。

桑仙姥起初仍是不肯,一提起上人,便咬牙切齿,毒口咒骂。后来沧洲长日劝说,上人又故命门人查看沧洲徇情也未,用了一回苦肉计,将沧洲处罚了一顿,同囚岛洞之内,共受金、水之厄。桑仙姥好容易免去受罚,不料二次重受,又累沧洲同当,越发难耐。沧洲又故用幻象,加上许多做作,长日苦劝,桑仙姥方始渐渐屈服。上人又听她时常思念超群、秋云,才看出她恩怨分明,只是生性冷酷,不易被人打动,并非完全绝灭天性,没有转机。又磨折了些日,才由监防行法的弟子代二人向师求恩,撤去禁制,也不再提将来用她的话,放将出来。

沧洲便劝她就在青虹岛上修炼，自己赶往中土来寻超群。因年时已久，见到以后，当时能访出秋云再生下落更好，否则沧洲尚奉师命，受有重任，不能久停，便先将超群送往青虹岛上，随桑仙姥修炼数年。等有了几分法力，再来中土寻访秋云下落。不料人已离家外出。桓雍留他不住，超群此去又没有一准定地方，归期久暂难定，恐误仙缘，便请指示方向途径，以便超群回来再去。

沧洲道："我此番回去，便和全体同门随定家师炼丹，非等三年之后不能离开一步。桑道友渴念令郎，并有用他之处，甚时前往皆是一样。只不过那青虹岛远在小南极，中隔数千万里大海，不特风涛险恶，中间一段还有数万里的厚冰雪山，海中时有十百里大小冰山随波漂流，便是铁铸巨舟遇上也无幸免，天气酷寒和海中巨鲸、恶鲨之类尚在其次，常人如何飞渡？此事想是因桑道友性情不好，弄巧成拙，自贻伊戚，阴错阳差，少此一二帮手，以致功候不能十分圆满，他年不免多受苦厄也未可知。令郎根器深厚，便无桑道友，早晚也有遇合，何况还离他不得，成道机缘决不致因此一行错过。只要过三四年，等我再来寻他，始能如愿了。"

桓雍闻言无法，只得强留款待，停了半日送走，桓妻终是妇人之见，巴不得爱子能在家中多留几年。哪知因此一耽延，桑仙姥和超群、秋云俱多受了好些苦难。

超群遍寻秋云踪迹仍无下落，岁暮回家省亲，闻说沧洲来过，因情系秋云，并不十分可惜。知秋云可以同往岛上，访求之心更切。又疑秋云夙根未昧，人已出家，隐居深山之中修炼，所以寻访不到。由第二年起改了主意，舍却城市，带了干粮，径往各地名山和沿途庵观之中寻访。要知后事如何，且看下回分解。

第八十一回

铸错信奸谗　忍教雹散春霆霜凋夏绿
锐身争急难　誓结三生鹣鲽同命鸳鸯

　　光阴易过,一晃三年。超群把东南名山寺宇全都踏遍,不知受了多少跋涉辛劳,茫茫宇内,终于杳然。一算日期,沧洲又快到来。心想:"还是仙人寻访较易为力,至不济也可托他转求天痴上人默运玄机推算。"恐再错过,只得赶了回去。果然到家第二日,沧洲便到,问起秋云,沧洲说:"上人已然算出她另有遇合,相见还须数十年后。此时漫说难寻,即便寻到,反于双方有害。"超群空急无法,只得拜别父母,随着沧洲,一同飞往小南极。

　　桑仙姥见了超群,暴跳如雷,怪他上次为何不在家中守候,致累自己种下祸根,此后非要报复,使超群、秋云同受其害不可。超群知她生性冷酷乖谬,言出必行,这次又是从来未有之愤,口虽强辩,暗中还是在担心,恐以后难处。哪知当时怒骂之后,第二日便又平和,反比以前还要亲切,也就渐渐放下心来。由此拜在桑仙姥门下,每日随同修炼,屡问秋云下落,只是支吾不言。

　　一晃过了三十年。超群中间三请归家省亲,均未获准,这日又请,竟一口答应。行时沧洲来访,方才说起秋云再生才七岁,随父母上任,船至钱塘江遇风沉没。秋云抱一木板随波漂流,被一有道行的女尼救去为徒,只不令她落发。仗着夙根深厚,前生之事并未遗忘,修为又勤,进境甚速,未满三年,便将根基扎稳,学了好些法术。

　　无如师徒缘浅,没等她尽得乃师传授,第七年上,老尼便已功行圆满,示寂坐化。老尼临去以前告知秋云,说不是佛门弟子,只凭夙世一点香火因缘结为师徒,日后另有遇合,方是归宿。所以不许她落发出家,只令带发修行,便是为此。不过前生孽重,中间要经好几次灾劫。

　　现已两次转劫再生,仗着灵根不昧,尽管一劫比一劫重,道基反愈坚固。

并说:"这第三次灾劫所受本应更惨。如能预识先机,脱将过去还好,否则不特仍要转劫,并还要在未来生中受尽苦难。稍一不慎,前功尽弃,立堕轮回。如在我门中,年久也还可抵御,偏缘分只此。如能先发宏愿,多立外功,等我灭度以后,即仗我所传道法修炼防身,随时下山行道济世,也许能借此积修善功,减去前孽。身受禁毒虽仍不易解免,再生失足之患总可无虑。"说完,又给了两件防身法宝,以及半葫芦灵丹、两封标明开视日期的柬帖,方始化去。

秋云感激恩师,痛哭一场。将法体安埋之后,心记师言,益发勤勉。不久便离开所居印南山,如言积修。秋云因自己生得太美,前世仇人俱已转生,在印南山中修炼恐生变故,不惜毁容微服,装成女丐,在齐鲁燕赵各地行道济世。

一晃数年,不曾离开北方。中间两遇灾劫和狭路逢仇,俱仗所留柬帖先期避过,不曾受害。眼看所许善愿将要圆满,不料黄河附近蛟精为患,得信时已有两处决口,本要赶去诛妖除害,免再为人祸,偏值为一沧州富绅家儿子治病。

那富绅姓方,人极正直好善。方子明敏多才,又是一个天生情种,秋云只管掩饰行藏,毁容自污,仍被识破。这时秋云正自别处行道,流转至此,寄居附郭土窟中,借着行乞为名,暗中救人。方子表面仍装不知,只以多金助她行善。秋云只能以法力为民除害医病,遇到穷人,便须设法先给富人医病,令其出资济贫,挹彼注此。

师门规严,不能无故攘取,就向人募化,也须出诸心愿,一个不巧,便感为难。居然遇到这样百求百允,永不推辞的父子善人。自己给方绅治过急病,以为无碍,于是一遇用钱济贫之时,便找他父子求取。方氏父子不特有求必应,对于她更是十分礼遇,也不向人宣扬她的灵迹,诸使心安。日子一久,不觉交谊日厚。

当出蛟前两天,秋云正要另去别处,方母忽然当面揭穿她的行藏,代子求婚。秋云自然坚拒。方子闻说不允,又听日内就要远行,不易再见,当时情急,吐血晕倒。虽仗秋云灵丹救转,无如心疾难医。秋云感他情谊,再四向他分解,许其结为姊弟。并说自己前生便为情缘牵累,铸成大错,以致惨死转劫。今生立誓清修,如今正奉师命积修善功。就这样苦行修持,尚恐难免宿孽,一误何堪再误?如照情分来说,超群比他更痴,并为自己送了性命,先世还有白首之约,她尚不愿相见,何况于你?

方子自知绝望,听她历述前情,渐渐意解,但心终不舍,便向秋云求说:"姊姊天上神仙,凡夫俗子自不敢再有同好之念。但是姊姊绝代佳人,一向韬光隐晦,风尘自污。相识经年,只似椟珠温玉,精华不能掩尽,神仪内莹,潜光外映之中略见端倪,从未现过庐山真面。务求涤垢去尘,现出本来容光,在我家中住上十天半月,聊慰年来相思之苦,就感激不尽了。"

秋云本不欲以色相示人,只因天性温婉,仍如前生,又见方子发情止礼,情深一往,心怜他痴,没奈何,允留七日。

秋云当晚便闻河决出蛟之讯。黄河决口原是常事,上次秋云曾往救过饥溺,也是传说水怪为患,略一查考,并无其事。方子再四挽留,继以哭泣,坚不放行。秋云不忍坚拒,方氏父子又允捐资巨万,以救灾民。心想:"灾患已成,空身前往,只救病伤之人,全活无多,反不如多住几天,带了钱去。"便留下来。

到第五天上,秋云突闻蛟患猖獗,在河南、山东境内竟连决了二三十处,人民、田舍丧失不可计算。那蛟也不似往常,初出时闹过一阵,便顺流入海,后只在农村扰害。秋云知道如若早去,必可保全不少,这一迁延,平白多丧失了千万生灵。虽系劫数使然,但照师门规条,这无心之孽,却造了不少。心急如焚,也不再和方氏父子明言,当夜起身赶往,不辞而别。

那蛟正在兰封上游作恶,秋云费了无数心力,才算除去。因为晚去数日,不特多伤人命、田业,而且蛟已成长,不似初出易制,费力不说,那蛟死前负伤情急,又兴风作浪,撞决了一条大口,虽仗秋云法力防堵,依然死了好些人民。秋云由此终日沿河行法,暗助官民防堵决口,连费了三月光阴,才行毕事。

秋云自以为功能补过,或者无妨。哪知她得信便走,行时匆迫,不及毁容易服,径穿了一身华服前往。除妖时又以须用人力相助,跟着又助治河,当地官民人等奉若天人。加以生性本来爱好,灵异已显,难再隐藏,欲俟事完再行乔装,重返初服,化身女丐,到各地行道。初意妖物已死,治河不难,至多不过十天八天工夫。没想到洪流猛烈,决口太多,人民死伤众多,灾民嗷嗷待哺,凶灾之后百端待理,直到走前还有好些余波不曾办理完竣。日子一久,远近哄传。

那前生对头正是一个贪色的妖道,闻说有一仙女在黄河诛妖,美绝人间,本就心存邪念,老远赶来探看。仇人相见,自是眼红,又贪她的美色,更不放过。无如目睹秋云治河时的法力比他高强得多,自知不敌,当时没敢下手,一直在旁隐伏,意欲相机发难,秋云一走便尾随下去。秋云行时如不为妖道所见,等到微服变形,也不致被他看出。偏又情重心慈,恐那些灾民衣食无着,重又去见方氏父子话别,就便募些钱米运往助赈。这一来,行藏全落在仇人眼里。

妖道一直跟了她两个多月,因知她人贞烈,不易勾引,自己法力又是不济,始终没敢露面。正打不出主意,这日行至野外无人之处,正在遥遥尾随,忽吃秋云看破。因妖道已不似前生相貌,只想起前治河时,曾见他杂在人丛中向己注视;今又在此相遇,行迹诡异,不似偶然,又带一脸邪气,料定不是好人。没打算伤他,只想略为警戒,遂喝问何故暗中跟随。

妖道贪色记仇,本已不耐,又是做贼心虚,误以为秋云已然看破,冷不防施展妖法,欲将人摄走。不料秋云法力高强,早有准备,斗不一会儿,妖道便即受伤被擒。妖道这才发觉秋云不认识自己,立即编些假话,跪地求饶。秋云只告诫了几句,便即放掉。以为妖道无甚伎俩,不足为患,依然化身女丐,在外行道,行藏显露,也未想到后患。

秋云前师陈嫣恰在前年回到仙都故居,寻取昔日所遗法宝,并与前生丈夫、徒弟相见。到山一看,兵解时所设五行禁制已发动过,并非昔年形势,人既不知去向,法宝也损失了好些。幸是道根深厚,元神坚凝,转劫时灵根未昧,法力犹存,转生不久,便被一地仙渡去,说她这么好资质,不应投身旁门。前生所习后土神经虽还不差,但用它炼那戊土之宝则可,不应以本身元命与戊土相合,受那五行克制。况又是生人修炼,不是土精投生幻化,何苦自寻拘束?令她改习玄门正宗,从头学起。昔年遭劫时不舍原有躯壳,令门人日久如法参拜,以备转世修炼,道成归来,重返原身。现在却毫无必要了。否则那先后天元命之宝——大小五粒金丸,已失其二,法体虽存,有何用处。

陈嫣悲悼了一阵,先料洞中三人俱为仇敌所害,心中愤恨已极。重又撤去禁制,收了秋云遗留的几件戊土之宝,再行法将前身尸体埋葬。回到山中,禀告乃师,请为推算。

那地仙早算出此中因果,以前曾经拦阻,不令她重返故山探望。闻言再四告诫,说她师徒诸人冤孽相缠,尤其前生丈夫是个心存叵测的妖邪一派。并说:"你夙孽未尽,如能借此解脱,不再闻问,最是佳事;否则,循环仇复,永无止境,他年仍有奇祸。那时我已功行圆满,隐居海外清修,却无人来救你。"

陈嫣初闻师命,也颇悚畏知警,无如天性褊狭,恩怨分明,既不舍那失去的宝物,又愤爱徒为己惨死,心终耿耿。这日,乃师去海外访友,闲中无事,欲往嵩山游玩,就便采取灵药。行至少室附近,忽与妖道相遇。二人本来都不相识。妖道人极机智,起初也和遇见秋云一样,见色生心,及至上前一勾搭,陈嫣激怒发话,欲下毒手伤他,才听出是前生妻子。不由惊喜交集,立即改口,哭诉自己为寻爱妻,受了无数辛苦艰危,乍见时忽然心动,觉出相貌虽变,声音神情好些相似,但拿不准,为此故意拿话试探,不料天假之缘,居然得遇。装得辞色甚是诚恳真切。陈嫣虽不忘师诫,对他也未十分忘情,又想探询前事和丈夫、爱徒被难详情。

妖道痛恨秋云,答说:"自你尸解以后,秋云欺我不能行动,又觊觎洞中诸宝,只是表面恭谨,叛迹未现。又值仇敌桑仙姥初生,恐将来成了心腹大患,欲乘其气候未成之际,永绝后患,那日命秋云带了许多法宝,前往仇敌投生那家行刺。彼时仇敌降生不过数月,本是手到成功之事,哪知她竟借此与敌勾结,将戊土真精本命之宝献了一枚与仇敌,回来假说途中遗失,事关他年我夫妻安危,自然愤急,对秋云略为加了一点责罚。因这时仍不知道秋云有心内叛,便一面追令寻回,一面加功祭炼阵法,以防万一。

"哪知她本仇人转世,自从受责,越发怀恨,不知用甚方法将仇敌的党羽引来。先将墓穴中所有法宝一齐盗去,又乘我入定之时引贼深入,破了榻前禁制埋伏。正下毒手,忽然惊醒,忙即行法抵御。不料小贼竟持有乙木至宝,下手又辣又快,又有内贼接应,深悉洞中机密。发觉太迟,未及施为,便为所伤。

"这时秋云才吐实言,向我辱骂,说她前生为我夫妻所害,转劫投生,灵根未昧,前生之事全都记得,法力也还尚在。只因戊土法宝厉害,不敢妄动,一直处心积虑,装呆多年,好容易才与桑妖勾结,得有今日,只惜你已尸解,不及手刃,只算报仇一半;虽将墓穴中法体毁去,仍是难消全恨。此后仗着桑妖师徒相助,必要遍寻宇内,将你寻到杀死,才能罢休。"

妖道又说秋云心忒狠毒,将自己制住以后,本想尽情辱骂以后,再下毒手,欲使形神皆灭。幸仗机警,见机不佳,知难活命,故作伤重不支,束手等死。暗中却运用玄功,突然发动,自行兵解,才将元神遁出,转劫再世。

日前忽在河南境内无心与秋云相遇，看出是她，仍和前生长得一样，意欲上前报仇。谁知她此生不知拜在何人门下，法力甚强，竟为所伤。总算天佑，没被认出，才得脱身，否则命又不保。仇深恨重，自顾非敌，思来想去，只有寻到爱妻，或能如愿。

以前连去仙都两次，所居洞府已非昔年形状，用尽方法，都被五行禁制阻隔，不能入内，恐损及洞中法体，未敢强进。及至上半年备了酒果前往祭奠，就便探查爱妻归未，到后发现后洞又改了样：五行禁制已撤，却把全洞泥土变成整片山石。知外人无此法力，断定是爱妻来过，已然复了原身，舍此他去。悲喜交集之余，益发相思不已，每日流转四方，遍寻宇内山川胜域，终未寻到。

正愁人海茫茫，不知何年始得与爱妻相见，这次因记叛徒之仇，来此寻一道友相助，反倒不期而遇，真是万幸。跟着又把秋云虽是俗装，看那行径法术，颇似投身佛门，现在化身女丐，云游各地，为人治病之事说了。

陈嫣闻言，觉得"昔年初收秋云时，爱她美质慧根，相待极为优厚，任人百般进谗，终不为动。临尸解前还恐丈夫疑心她是凤孽相循，心有叛意，再四叮嘱他务须善视。这等加恩，即便真是冤孽，也当化解，不料狼子野心，如此刁狡狠毒。就说与己有仇，丑女何辜，也遭惨杀？自来人死不结怨，杀死丈夫已可消恨，怎么也应想起昔年引度她入门的师恩深重，留一点香火之情才是，不该做得这等恶毒，竟连自己的法体也想一齐毁去。如非自己改习玄门正宗，无须恢复原身，尽管墓穴中防备周密，五行禁制神妙无穷，法体未被毁去，但是丈夫、爱徒俱早受害，无人代为主持行法参拜，戊土元命之宝又复失去好些，原体回生自是绝望，至多只能以现在之身重去修炼，法力、根禀便差得多。一不小心，被她遇上，二仇合谋寻来，必用极厉害的乙木之宝相克，万敌不住，稍有疏忽，便前功尽弃，万劫不复。"陈嫣越想越寒心，立将怒火勾动，同了妖道，前往追寻仇人下落。

秋云虽然乔装女丐行道，终不免露出一些灵异之迹在人眼里，每到一处，不消多日，不免传出。妖道、陈嫣有心探寻，自易寻到。妖道时常进谗，陈嫣心存先入之见，一见面，便不由分说，骤下毒手。秋云猛见前师归来，还在心喜，刚叫了声师父，第二句话还没出口，便被擒住。总算应变神速，一觉不妙，立即行法护身，只受了点伤，不曾送命。

陈嫣一则见她有佛法护身，一时杀她不死；二则连日丈夫苦求破镜重圆，仍为夫妇，明知他身入旁门，难于归正。又谨记师言：此人不可再近，以免自误仙业。秋云擒到后，又问出真情，消了好些怨毒。心想："丈夫生来好色如命，现时苦口纠缠，难于摆脱。难得此女美丽如仙，正好用她代替。"便把秋云带到越城岭铁鳞峡后洞中，禁闭起来。时常禁制拷打，逼令降服，嫁与妖道为妻。

秋云劫后重生，一意摆脱情缘，向道之心更切。连前生曾共患难的爱侣，尚恐情孽牵扰，不愿相见，如何肯从那生平最厌恶的两世仇敌，一任煎迫，百折不回。

妖道本觉秋云比陈嫣美丽，表面假惺惺，心中实是喜极，巴不得秋云能够嫁她。见秋云誓死不从，好生情急。便和陈嫣商量，借口报复前仇，欲将秋云带往王屋山中用邪法处置。哪知初见时，陈嫣对他犹有余情未断，后来看出他只是一味贪淫好色，并非真个情有独钟，不禁生了鄙薄之念，又为秋云贞烈刚毅之气所动，便和妖道直说："照此女前生行径，仅有无心之失。只恨她不该大意，失去我的至宝，引鬼入室，致误大事，又想使她嫁你，故此给她罪受。如论心迹，她为报师仇，不惜性命，以身犯险，也颇难得。

"你说她所言不实，但我所失诸宝，她身上并无一件；而且既然降顺桑妖，为仇人出此大力，怎还会遭劫转世，所习道法全是佛家传授，不沾一毫仇人气息？不过她前生实死我手，师父曾有仇冤相循之言，既然磨折，保不定怀恨，我又答应逼她嫁你，除了顺服，不便纵虎贻害罢了。你今生所习更是左道邪法，除非她自愿相从，我如将她交你，此女志行高洁，终不屈从。你如以恶毒邪法害了她，师父知道，也不答应。我近忙于修炼，师父海外之行也快归来，你在此诸多不便，最好先回山去。我也决不放她，年时久了，此女一旦回心允诺，再与你送去好了。"

妖道一听陈嫣竟下逐客之令，空欢喜一场，闹了个两无着落，好生不快。但是乃妻心情已非昔比，法力又高强得多，语气决绝，无法挽回。如死赖下去，弄巧还许变脸，白白吃亏，异日反难相见。只得忍气吞声，支吾了几句，作别而去。

由此，秋云便被困在铁鳞峡岩洞之中，陈嫣虽不再加折磨，终恐记仇报复，不肯释放。那散仙也一直未回来。

楼沧洲遍寻秋云下落不得，日前才由一个与陈嫣常共往还的同道口中，访问出了底细。桓超群一听便着了急，当时便要寻去。

沧洲道："那散仙得道已近千年,陈嫣虽未尽得师传,但她持有两件极厉害的法宝,凭你一人,决非敌手。我日内要随师父在铜椰岛上第一次用神木鼎炼丹,我和诸同门责任重大,不能离开,须有百日耽搁。在此期内,我将本门隐形之法传你。等到炼成,我也事完,来此与你同去。因那散仙与家师相识,我只能暗中相助,不便公然出面。敌人道法颇高,一被警觉,人救不出,自身还要失陷在内。这隐形法关系你的安危,务要精习纯熟,丝毫大意不得。功候不到,万不可冒失躁进,自投罗网。"

超群对于秋云刻骨相思,萦于魂梦,已有多年,忽闻音讯,又知落在仇敌手中,越发情急心慌,恨不能插翅飞去。等楼沧洲详说厉害,传了法术走后,立即加紧练习,日夜不辍。眼巴巴盼着沧洲炼丹事毕,相助同行。哪知百日期满,人却未到。又以桑仙姥前叛天痴上人,仇隙未消,不便往铜椰岛探看。越等沧洲,越无音信。心想:"反正沧洲不能露面,去了也是自己下手,不过多一后援而已。隐形法已然精习,只要临事谨慎,多加小心,便可无害。以前身是凡人,只凭三支木箭尚敢深入虎穴,犯那奇险;现时精通道法,飞行绝迹,又炼了几件法宝和乙木真气,怎倒胆小起来?"遂打算和师父商量,独自前往。

事有凑巧。这日,忽有一道装少女来青虹岛游玩,正遇桑仙姥师徒二人在洞外闲眺。桑仙姥褊急多疑,不愿外人入岛。少女见桑仙姥生相丑怪,不似生人,双方言语失和,动起手来,桑仙姥运用玄功将少女擒住。问起姓名、来历,巧与仇敌相识,新近还与陈嫣见过面。因来小南极采冰莲雪芝,路过青虹岛,下来游览,无端被擒,意颇愤愤。超群力劝桑仙姥将她释放,化仇为友。并告以小南极诸岛只产冰莲,那千年雪芝只本岛才有,愿以相赠,只要留她在岛上暂住些日。

少女名叫殷瑚,年轻好胜,自思身落怪人之手,万无幸理,就能逃生,也是奇耻大辱,不料如此优礼。因己长得美貌,误以为超群对她有甚邪念,心生疑虑,再三要超群说出留她在岛上的原因。超群知她已为师父木遁所制,就与明言也逃不脱,便把她延进洞去,将两生情事一一说出,请她详说仇敌洞中禁忌和秋云近况,以便前往。

殷瑚才知留她在岛是恐泄露,并无他意,闻言大为感动。于是笑告超群说,自己与陈嫣虽有师门渊源,但她性情孤僻,又多私心,每次前往,俱为拜望她师父,彼此并无甚情分。这次因往王屋山中采药,不知她师父出游海外,便道往访,只在洞中留了一日,便即辞出。

殷瑚并说:"你说的那少女我也见到过,果然生得美秀灵慧非常。我曾背人问她,说是初去时最受苦毒,几非人所能堪。如非佛法护身,真恨不能即死。后来再四详说前生经过,陈嫣先为妖道所愚,还不肯信。一直苦挨了月余,陈嫣连用诈计试探,见她并无异志;又发觉前夫心术不端,语多不实,这才停了刑逼。只是疑忌未消,依然要她答应妖道婚事才允释放。她自然不肯,可是陈嫣也未再凌虐。

"我去的前几天,陈嫣因洞中无人,将她由地窖中放出,命为服役,相待好似比前稍好。元神却被禁住,仍是脱身不得。她虽不曾明说,看那神气,以前所受必甚残酷,心已寒透。否则,陈嫣对她已生怜爱,身边又未收有门人,如若回心求说,重新拜师,必蒙应允。我拿话引她,却说她已入了佛门,一切苦厄磨难俱是冤孽运数,持以毅力恒心,终能消免。明知假意曲从和苦求拜师均可免难,但她师门信条切戒诳语,宁甘受罪,也不能犯戒欺人。我对她甚是敬爱。

"因谈前生之事,说起孽由自作,误己误人,以致两个至交良友,均为她送了性命。一个还可说是不察贤愚,鲁莽蛮干,自取其祸;另一个实是为她受了许多辛苦艰危,出死入生,百计委曲求全,结果为救自己横遭惨杀,践了同死同生之约。并还是个凡人,家有父母,尽管中间一段有点背信食言,但也为了保全自己所致。当时感激师恩过切,明知仇人厉害,卵石不敌,仍去犯险行刺,自死应该,白白害他一命。否则当时对头已允收录,只焄行刺之念,便可同往仙山寻求正果,何致今生受诸苦难? 那人也不知下落。

"我还不知所说的人是桓道友,便戏她道:'你志切空门,而语气之间不忘故剑,一往情深。令师不许祝发,想已前知,只恐将来仍是葛鲍双修一流人物吧?'她红了脸,没有回答。一会儿,陈嫣做完日课走进,我还为她说了许多好话,才行别去。想不到竟与道友巧遇。

"陈嫣此举,决非乃师所喜,我便为道友和那难女效劳,异日归来也不至于见怪。她的法力本领和洞中禁制我俱所深悉,如若同去,必将此女救出,道友一人前往并非不可,只是陈嫣为人狠毒,如无一人内应,一旦警觉,道友或许无妨,此女元神已被禁住,一个弄巧成拙,反害了她。"

超群觉殷瑚话虽诚恳爽直,终是初交,又是仇人同道之友,不可不加小心,便谢她道:"盛情心感。只是道友与陈嫣有同门之情,为此失和,令人不安,只请详示机宜,便感谢不尽了。"殷瑚便不再多说,随把陈嫣洞中详情,以及每日入定时刻一一告知。并说自愿留岛相候,等他归来再去,以示无他。

也是超群和秋云宿孽太重,灾劫未满,甚事都是阴错阳差,自投死路。这次不去,秋云固可无害;否则晚去十日,或与殷瑚同往,也可将人救回。偏对殷瑚不能放心;而楼沧洲在铜椰岛炼丹事完,又奉师命他去,迟来了好些天,赶到青虹岛,超群已走。

殷瑚之师乃湖北荆门山仙桃嶂女仙潘芳,原和天痴上人相识。沧洲问知前事,大吃一惊,便告诉桑仙姥不可如此,又向殷瑚解说。殷瑚笑道:"我彼时原可脱身,只因那日仓促之中,没想到岛主人秉东方乙木精气而生,以致被她擒住。经桓道友力劝乃师释放,以客礼优待,并未丝毫凌辱。他师徒不知我的来历,只知我与对头相识,难怪生疑。彼时如去,对不起桓道友。好在我无甚事,多留些日无妨,只是陈嫣法力不弱,又极机智,桓道友学道年浅,不是敌手。人又情痴,此去若不顺手,必还再接再厉,绝不罢手。初次仗着道友所传隐形之法或可无事,等对头已然警觉,二次下手,吉凶祸福便难逆料了。走前如对我说出他与道友渊源,至少也可设法使与道友相见一面再去。偏因我是对头之友,他心存疑忌,语多隐讳。我虽怜惜他夫妻志行遭遇,但我的身份在敌友之间,终于未便深诘。现他已去十日,我和道友及时赶去,也未必能够来得及了。"

桑仙姥本就心记陈嫣前仇,只因修炼正在吃紧之际,不能分身前往,闻言好生愤恨。厉声对二人说:"超群不死便罢,如若此行遇害,异日不将仇人擒来,使其身受无限楚毒,决不罢休。"沧洲知她性情如此。殷瑚对她更从一见面便生厌恶,后虽暂留岛上,依然格格不入,只想等到超群成功回来,或有甚音讯再走,长日相处,一个自己修炼,一个随意在岛上游散闲眺,轻易不相问答。闻言均未理睬。

沧洲随和殷瑚起身赶到王屋山铁鳞峡,超群、秋云已同在三日前遇害。陈嫣的师父恰在二人死后次日回山,得知前事,将陈嫣责罚一顿,先后离山,不知去向。二人到后,见洞口云封,空无一人,便知不妙。行法开通,入洞一看,在案上有那散仙一封书信,备述二人死因,才知经过。

原来超群到时,正赶上陈嫣的前夫妖道回山,妖道是因久等无信,心怨妻子薄情,假装相思,前来探望。又约请了两个厉害妖党藏身附近,意欲暗中下手,相机行事。能逼陈嫣重温旧梦,一箭双雕,固是绝妙;至不济,也将秋云摄走，强逼顺从。如果不允，便摄取生魂，祭炼邪法，再寻陈嫣晦气。

超群未入洞前，向山中樵夫探询铁鳞峡所在，恰被妖道等识破，尾随下来。超群情急救人，心无二用，竟未觉察。妖道等见他走不多远，突然隐身，知于陈嫣不利，忙令同行妖党在外防守，自往登门。陈嫣连日由秋云口中又问出妖道许多恶迹，越发心中厌恶，见他到来，把脸一沉，正要发话。妖道见秋云已然放出，在侧侍立，见了自己避去，陈嫣面色不善，恨在心里，当时且不说出，抢口便道："你先莫急，我今此来，实是为你安危，并非为了前事。请你速将洞中禁制发动，再行详谈，以免发生不测。"

陈嫣见他走进时身上突然烟云环绕，有如临敌之状，知他如有恶意，并非自己对手，正不知是何用意，闻言惊疑，忙问何故如此。妖道连说两次不听，因敌人身形已隐，不知是否在侧，陈嫣又不甚相信自己，只得凑近身去假说："闲游路过，发现一形踪可疑少年，似是仇人桑妖所差，现已隐形入洞。前说秋云是仇人一党，你还不信，只恐来贼便与此女有关。你只要将禁制发动，便可看出一点踪迹了。"

超群与妖道原是先后脚赶到，因秋云痛恨妖道，见他一来便往后走，超群本无心伤害陈嫣，一见心上人果然在彼，连忙跟踪往后赶去，妖道所说全未听见。否则，超群隐身法甚是神妙，只要不被人识破，至多暂时不能走出，隐在一旁。陈嫣查看不出异状，秋云又无逃走形迹，必当妖道有心闹鬼，两下为了秋云反要闹得同室操戈，超群正好乘隙将人救走。这一情急，却被看出破绽，误了大事。

秋云刚到后洞，想起妖道此来必将不利于己，方在惶急伤心，忽听耳侧有一极熟口音低唤道："姊姊，不要伤心，我救你脱身来了。闻你元神被禁，如何才能出困？快些说出，以便下手。我已另换躯壳，不是原来相貌了。"

秋云尽管志切空门，力争正果，不愿与桓超群相见，重惹情魔，心中却仍是未能忘情。尤其身在患难之中，一听出是他口音，知又为了自己，甘冒险难，来此相援，悲喜交集。刚要答话，面前人影一晃，一个丰神秀朗的美少年已经现身出来。知道对头厉害，稍一不慎，便无幸免，忙道："你已深入虎穴，洞中禁制重重，你万敌不住。我元神被禁，也不是急切间所能脱出，非候到对头入定，无法解免。你这隐形法甚妙，急速仍将身隐去，再作商量。此人多疑，适又来一同党，便是她前生丈夫转世。二人今已失和，迥非昔年夫妻恩爱之情，对我用心却是十分可恶。"说到这里，忽似有甚警觉，连催快隐。

超群本知陈嫣厉害，又见秋云惶急之状，将身复又隐去。秋云又道："此时不知何故，洞中禁制忽然发动。许是对头同室操戈，有了争执也说不定。若是另有别的缘故，这后洞禁制也要相继发动，你不可与我挨近。"说时，侧耳一听，中洞也有了动静，不禁大惊。估量超群入洞时多半已被识破，低声急喊："来了，快躲到东壁角去。你只要不胡乱走动，或是妄想走出，便可无妨。她看不见人，疑心一消，再挨到她入定之时，就好想法了。"随说，将手连挥。

超群见她惊惶情急，老大不忍，只得低声应诺，闪向一旁。秋云以前饱受楚毒，成了惊弓之鸟。又以陈嫣早已心软，不再紧逼，此刻突然发动禁制，又当妖道正来之际，越发害怕。唯恐所料如中，超群形迹败露，更是不得了。忧疑过甚，未免现于神色。一面挥手催促超群快避；一面暗中行法护身，准备万一。哪知二人一个惊慌失措，一个不能隐忍，一会儿工夫，相继露了马脚。这里刚准备停当，仇敌已然走进。

陈嫣对于妖道本是半信半疑；又知秋云虽受禁锢，始终逆来顺受，恭顺异常，元神又被禁住，无法勾引外人，即使真有仇人潜入，也是另外一事，秋云决不知情。因与妖道缘孽已满，加以今生所习道法门径不同，势犹冰炭，妖道品行心术又极卑鄙，越发心中厌恶。暗忖："真有仇敌潜入，洞门已然禁闭，不会查不出来。妖道所说如真便罢，如果并无其事，心藏奸诈，暗蓄阴谋，便借此反目，将他逐出门去。以免碍着前生情面，不便过于决绝，使他引为得计，时常来此纠缠，误己修为。"

陈嫣主意打定，一面搜敌，一面反想借此坐实妖道虚妄，乘机断绝，遂故意由前洞起，一层层发动，往后搜查过去。每到一处，俱施展极厉害的禁制，不特敌人不能遁出，就连在室中微有动作，也必与禁制相应，就不致当时受伤被擒，也可以看破，全洞七层石室封了五六层，并无影迹，陈嫣已疑妖道别有诡谋，所说不实，不住冷笑。

妖道虽然口硬，咬定还有一两层未到，来人是秋云勾引来的外贼，此时定在一处商议脱逃之计，但因那少年没到洞口便即隐身，是否入内，拿不一定，而这次陈嫣对己越发淡漠，视如路人，并还含有疑忌，神色大是不善，若搜寻不出敌人，说不定就会立时翻脸。所约两人不曾同进，无人相助，心中也颇害怕。

假定秋云神色沉稳自如，超群再能忍耐片时，不为义愤所激，也就双双

267

携手同归,不会再有以后那些事了。陈嫣快寻到后洞时,看出妖道色厉内荏,面上神色甚是难看,本已愤恨妖道,哪知秋云心中有病,情虚失智,瞥见对头怒冲冲同了妖道走来,以为事泄,大惊失色,陈嫣未及发问,妖道已先戟指喝道:"贱婢勾引外贼,今在何处?快快指明,免受酷刑。"秋云闻言,当是仇敌已尽知底细,更是惊惶。一心只在盘算,仗着佛法护住那已受禁制的心神,竟没答上话来,这一来,恰被妖道无心中诈出真情。

陈嫣见状,自然生疑,狞笑喝问:"你何时与仇敌勾结?他是什么来路?是否在此?怎禁制无有反应?"秋云闻言,才听出对头不曾知底,眼前登时现出一线生机。立即低声答说:"我连日在侧随侍,未曾离洞一步,如何能与外人勾结?"陈嫣又喝问:"既然如此,何故举止慌张,神色不定?快些吐实,免遭毒手。"

秋云知对头并未发觉机密,深悔自己情虚,差点露了马脚,闻言越发心定,便说:"我是因以前妖道进谗,备受楚毒,想起心寒,今日见他又来,心料必将不利于己,来到后洞暂避,本就担忧。你二人忽又追来,面色那样凶恶,以为又要用甚毒刑,所以惊惶。至于有甚敌人混入,休说我禁闭洞中,元神受制,无从勾引;就算有人,全洞禁制已然发动,敌人既敢前来,此时他走不出,当无不动之理,你们也不是查看不出。我本不知情,何苦听信妖人之言来凌逼我?"

陈嫣见她说时声泪俱下,好似理直气壮,已有几分相信。妖道眼珠一转,忽然大喝一声:"在这里了。"跟着飞身往前追去。陈嫣当是发现了奸细,追出去一问,妖道悄声力说秋云形迹可疑,不加拷问,决难吐实。陈嫣不肯,说:"今日就有来人,也不是她勾引,何况未必。以前因你说她背叛,白使她受了许多毒刑,后始查知冤枉,如非恐她将来报复,已早放却。此女资质心性均好,师父久出,洞中无人,本意还想等师父回山问明有无后患,收为弟子,此时正以恩相结,如何又去伤她?事情若虚,或是虽有敌人,与她无干,岂不又是冤屈好人,更难使其归心降服么?"

妖道再四力说:"今日所见小贼身有乙木烟光外映,与前生遇害时所见小贼一样,定是前仇转世,得知情人被困,赶来相救无疑。你以为此女无甚恶意,恐有冤屈,不妨以幻象加刑引逗。小贼如与她一党,见她受苦,必不甘休,出面一动手,不就试出来了么?"陈嫣道:"全洞禁制已然发动,没有不现形迹之理。现在朕兆全无,果如你所说敌人真尚未去,那隐身法定必神妙,此人法力也必不弱,那幻影怎能瞒得他过? 我如不都做到,你也不会死心。但是此女恨你如仇,誓死不从,你此来如想乘机播弄,将她带走,却是休想。"说罢,便唤秋云快去前面。

秋云深知陈嫣的性情,听出她声音和善,不带怒意,以为又是劝说她降顺妖道之事。一面答应;一面赶紧凑向壁角,悄告超群稍候,事已无妨,不可出屋行动。并说:"她那禁法神妙莫测,由心运用。如见我能走出,跟随在后,必被发觉。"匆匆说完,赶到中洞。陈嫣果然防到敌人乘机混出,催动禁制。

陈嫣一试,不见有人便对秋云道:"你与我原有师徒之谊,只因自不小心,误人误己,加以前三生又死我手,使我心中难安。虽不合不查虚实,便以毒刑相加,但你前生误我遗命,失却许多重宝,至今尚留有隐患,你也不能无罪。连日见你心性甚好,根器尤厚,既是一心向道,不愿嫁人,我也不再相强。等师父回来,禀明之后,便可决定去留,不会对你再有恶意了。

"只是适才有一小贼隐身潜入,虽然不曾亲见,但我唤你时心灵忽动,决非无故。你出时又来得慢,必有原因。我知来人即便为的是你,事前你也不会知情,你却不可瞒我。如若相识一气,从速说出真话,便可无事,我本不难施展大搜形法将此贼擒住,一则师父嫌此法过于狠毒,禁我使用;二则后洞乃师父日常修炼之地,恐有损毁。所以先和你说明厉害,真要不知好歹,我为除害计,大施法力,一将敌人搜出,你便难逃公道了。"

秋云不知自己关心过切,嘱咐超群时陈嫣已然发觉,还在强辩。陈嫣倏地变色怒骂:"无知贱婢! 你因为自己无辜受苦,引敌来援,也是人情。我意欲委屈保全,只要你吐实,试明心意,便可重为师徒,同修正果。你偏执迷不悟。适才你和人说话,我已听到,你还想抵赖么? 难道还要先将真赃实犯捉到,才心服口服么?"随说,随将禁制催动,秋云便被烈火包围。

秋云知道一时疏神,和超群说话被敌人听去,便行法护身,奋力抵御。心里还妄想超群能守定自己的话,后洞地方甚大,身在暗处,只要静观其变,陈嫣虽神通广大,亦未便毁及洞内,纵施法力也不致为她所伤,这样也可逃避目前之危。哪知陈嫣别有狡谋,一面施刑威逼,一面故意大声呼唤,连秋云痛苦惨号之声也一齐传向后面。又将通后洞的禁制放松一路,暗示机宜,令妖道故作后洞搜敌,去引超群自行投到。

超群见秋云一去不归,心甚嘀咕。一会儿,便听前面少女惨号之声,如断如续，隐隐传来，中杂敌人辱骂威吓之声，不知是陈嫣行法作伪。虽觉与秋云哭声不甚相似，无如关心则乱，又当危险忧惧之际，以为洞中除秋云外便是仇敌夫妇，更无别的女子。情急万状，如非秋云行时再三嘱咐，早就赶往前面，不禁切齿顿足，心如刀割。

也是妖道该死，陈嫣原令诱敌，他却忽然贪功，自觉敌人已入罗网，看年纪又极轻，也许只会隐身，无甚法力，所以到了洞中便即藏起。前妻转世已然变心，自己这次好意告密，反对自己生疑。万一敌人知道洞中底细，不肯到前面去，岂不心机白用？非但人搜不出，妻子保不定又生他念。于是一到后洞，便厉声喝骂："贱婢已然饱受毒刑，命在须臾，小贼快快出现，束手受擒，免得死前还要多受荼毒。"接着施展邪法，想逼敌人出现。

超群因听秋云说他心存邪念，恨入骨髓，哪里还禁得起撩拨。又闻秋云饱受荼毒，越发怒火中烧，愤不欲生，妖道刚一出手，超群也便发动。妖道转世以后，法力有限，本非对手，又是一明一暗；超群又唯恐一击不中，以全力施为。所以人影还未看见，十余道青光已电一般包围上来，那妖道一声未出，便绞成粉碎，血肉狼藉，惨死在地。

超群见除敌如此容易，妖道只发出一些烟光。自己仗有乙木精气附身，并无伤害。心疑秋云所说的埋伏禁制不过如此，只因她本身法力太差，惊弓之鸟，谈虎色变，才说得那么厉害，实则无甚了不起。妖道入内，并无异状，既能进来，必可出去。秋云正受苦难，命在须臾，事又由己救她而起，果真遇害，要死也死在一处，万无置身事外之理。当时气往上撞，更不寻思，往外赶去。

到了中洞一看，秋云果在烈火包围之中挣扎，虽未出声，面上神情甚是惨痛。陈嫣正站在对面行法辱骂，仇人相见，分外眼红，满拟像杀妖道一样，冷不防把所有法宝全施出去。超群隐身法神妙，出时路已开通。陈嫣料定敌人既然知机，不敢行动，出时必隐随在妖道身后，等人进门，突然施展禁法，立可出现，再行擒杀。万不料妖道会死，以致超群出时并未觉察。超群如若稍忍片刻不动，陈嫣久候妖道不出，必往后洞探看，秋云必可嘱咐，不会妄动。超群这一情急，便送了二人性命。

原来陈嫣法力甚高，虽看不见超群，却料到他随妖道出时，难免骤下毒手暗算，因而暗中早自戒备。尤其室中禁制神奇，敌人只一发动，立生妙用。超群眼看成功，忽见敌人身侧发出一片白光，将那十来道青光一齐阻住。心方一惊，耳听秋云急遽悲号："她有金水相生之宝，你非其敌。急速收宝，由原路隐退，或许还能免害。"

话未说完，陈嫣已将室中禁制催动，朝青光飞来之处一指，一片粉红色的淡烟过处，超群隐身法便被破去。在这情形之下，超群知道难逃罗网，又听心上人不住悲号，情急悲愤之下，死生已置度外，破口大骂："无耻妖妇，我与你拼了！"一面施展法宝迎敌；一面在百忙中又分出两道宝光，妄想破去烈火，救出秋云。

可怜超群学道并无多年，虽有乙木真气护身，功候尚还未到，如何能是陈嫣对手。秋云在烈焰包围中，见他当此危机一发之际，还想救己脱难，不禁心胆皆裂，急喊："我想不到你法力如此长进，此时敌人埋伏已全数发动在此，前洞空虚，只要拼着受伤，自断一臂，向白光红烟之中，速用乙木遁法往外冲出，便可逃命。回去再寻师父为我报仇不晚，千万不可顾我，以免同归于尽。"

超群没防到敌人正在加功行法，一举便制他的死命。闻言悲叫："姊姊如此受难，要死你我一起。我蒙桑仙姥传授道法，已成不坏之身。至多你我再转一世，仍为夫妇。现时妖火已为我法宝所破，渐渐减少，敌人又被绊住，难再加害。如侥天幸，再有一会儿便可救你脱难。即便妖妇厉害狠毒，你我要死也死在一处，我决不独生。"

陈嫣性情忌刻，本断定超群自己到来，秋云事前并不知情，没想一起加害。及听二人这等问答，不特敌人不能放脱，便秋云对己也是怨毒已深，万不能留。心肠一狠，竟欲将二人形神一齐消灭，斩草除根，永去异日之患。一听秋云指点逃路，恨上加恨，假装被那几道青光绊住，暗中加紧施为，竟将师门降魔所用最恶毒的五遁搜形大法施展停当，再行猛下毒手。当超群说到末两句时，一片五色烟光已由身后包围上来。

超群虽觉护身乙木真气支持不住，身如火炙刀裂，凶多吉少，依然不顾性命，咬牙切齿，强忍苦痛，奋力施为，想将秋云救出。秋云自是识货，知道厉害，无如超群为她视死如归，百折不回，一任忍痛呼号，声嘶力竭，兀自不肯听从。只得惨声急叫道："陈仙姑，他不听我良言，已入罗网，断难活命。我虽有佛法护身，一则元神被禁，难受长日苦难；二则他已两次为我送命，义不独生。你那禁制厉害，能否转劫再生尚不可知。请你暂宽一线，撤去余火，容我夫妻话别。"

271

超群虽然功力不济,已得桑仙姥乙木真传,心恨陈嬷切骨,已准备在万分难活之时猛下辣手,纵不能使敌人同归于尽,好歹也给她一个重创。闻言大喝:"这等丧尽天良的无耻妖妇,和她有甚话说?我已和她结下万劫不复之仇,我二人能逃便罢,不能逃时,姊姊既能以佛法护身,千万缓死须臾,不出三五日,必有人来复仇救你,睬她则甚?"

话刚说完,秋云绕身烈火已全破去,超群心中大喜,赶紧扑上前去。秋云忙喊:"你我已入绝境,护身真气不可松懈。"秋云话还未了,超群全神贯注秋云,本想运用玄功,发挥乙木妙用,将身外烟光猛力排荡开去,将护身真气略为放松,一把抱住秋云,再照前说断去一臂,一同拼死往外硬冲。

哪知敌人诡计,见他护身先天乙木真气厉害,虽已受了禁法压制,急切间仍奈何他不得,欲使形神俱灭,尤为难事。知道超群欲救秋云,必将真气放开,欲取姑与,故将烈火逐渐减弱。超群果然上当,尽管秋云双手连摇,大声疾呼,仍是不听。

秋云知势危急,万无生理,再如迟延,受害更速。只听长叹一声,投向超群怀中,双双抱住。秋云悲哭道:"此时万难逃走。我那元神现被敌人禁住,就在对面石室之内,恰巧也是戊土禁制。你如尚有余力,可速冲进去,用神木箭照那壁间阴影射去,便可破去。这样我二人虽然不能免死,或可另转一劫。事不宜迟,越快越好。"

这时陈嬷的禁制业已乘虚而入,二人都是心似火焚,通体奇痛如割,四外更受重压,痛苦已极。幸亏陈嬷所施五行禁制中的庚金虽是克星,要想消灭先天乙木真气仍是艰难,才得苟延些时。

超群先想拼将所有法宝一齐施出,强行冲出,闻言才想起秋云元神尚被仇敌禁住,当时运用全力往对面石室中冲去。两地相隔只有十来丈远近,本来转眼即至,无如四外都是五色烟光包围,力重如山,举步皆难。秋云因知此举比性命还要紧,也在强忍痛苦,运用全力相助抵御。二人费了无穷心力,方始缓缓移动,急切间仍难到达。

陈嬷见二人想冲入法坛,救了元神再行逃走,以为敌已被制入网,行动艰难,照此缓行,不等到达,形神已是全灭。又因行法正急,无暇分身退入法坛加害,一时大意,只顾加紧施为。

这里超群见秋云玉容愁惨,面如死灰,自己前进没有一半,精力已将用尽。四外阻力更大,身心痛苦也与时俱增。又听秋云悲号,不禁悲愤填膺,百脉皆沸,目眦欲裂,顿将与敌同尽之念勾起。猛喝:"姊姊且缓前进,我们不要再熬下去了。"秋云只当他力穷智竭,自己也实不支。刚一缓气的工夫,超群已是奋起神威,照桑仙姥传授毒计,猛地自将护身真气往外一振,运用玄功,咬破舌尖,一口鲜血喷将出去。

那十来道青光本来仍在烟光之中与敌相持,并未消灭,只是无人主持,又受庚金克制,减了力量。陈嫣因知先天乙木之宝乃仇人精气凝炼,毁灭甚难,再说也可惜,乐得杀敌之后收为己用。做梦也没想到超群会息了逃生之念,来个两败俱伤。瞥见敌人一口血光喷出,护身青气突然暴长,身外五色烟光竟被荡开了些,以为超群黔驴之技已穷,满想冲荡五行禁制,舍了秋云逃出。方欲喝骂,不料血光已射到那十来道青光之上,一声震天价的大震,随着超群手指之处,挨近陈嫣的一道青光首先自行爆裂,宛如万点流萤,四下飞射,近处五色烟光立被冲破。虽是一闪即灭,晃眼又复原状,可是声势猛恶异常,全洞震撼,似欲坍塌。

陈嫣首当其冲,直似中了一炮,如非法宝护身,几受重伤。就这样,还被震退了十来步。不禁大吃一惊,赶紧行法抵御时,哪知超群心存必死之念,不惜毁去法宝相拼,而先天乙木真气自行爆裂有绝大威力,又非后天五行所能禁克。紧跟着第二道青光又自爆裂,幸是雷霆之威,一击即止,否则也是一样经受不住。陈嫣知道厉害,又恐敌人遁去,反闹了个手忙脚乱。

这时超群如若遁走,并非不能,只因要救秋云,不肯独逃。秋云劝他不听,见身外阻力已减,超群一味和敌拼死,法宝已毁了好几件,忙道:"哥哥,你既不逃,这样徒伤法宝有甚用处? 还不如趁此时机,冲进室去救我元神,好歹也能图个转劫再世。"超群原是恨极了陈嫣,誓与同尽,正拟用最后一着,将残存的七道青光一齐爆裂,增厚威力,就不能致敌于死,也可两伤,幸得秋云提醒。

这次超群却极乖巧,左手抱定秋云,紧了一紧,故意喝道:"妖法阻路,我力已竭,难再冲行,反正元神难以救出,我还有极厉害的法力,因关碍着你,不曾施为;现时妖道已诛,我已决心和妖妇拼命,与她同死,不想活了。"说时,早把青光止住不发,暗中运足全力,猛伸手一指,一团栲栳大的青光忽向前飞去。

陈嫣受乙木神雷连击之下,刚缓过一口气,青光也已飞到,忙发一团烈火迎敌,两下一撞,立即爆裂,青色电光中,护身神光几被击散。只管事前戒备，未被木雷击中，因势太猛，也吃震退出老远。刚刚站稳，超群挟了秋云，已将第二道青光爆裂，荡开身前五色烟光，往侧面室中法坛冲去。陈嬷最担心的便是这一着，先听超群那等回话，还当真个力已用尽，心中暗喜。只盼敌人将那残余青光化为木雷发完，即可成擒。所以一心只在防御上设想，不料竟是诈语。木雷厉害，不敢上前硬拦，只得加紧催动五行禁制阻挡。

超群原已打好主意：一木雷将陈嬷震退，更不再发，下余青光专作开路之用，见只冲出丈许，五色烟光又复涌到阻住去路，便将青光相继爆发，似这样发挥先天乙木威力，朝前猛冲，居然到了室中法台之上。可是青光也只剩了两道：第一道是秋云所说的神木箭；另一道乃桑仙姥自炼之宝"乙木神梭"，来时才行传授，它与宝主人心身合一，灵应相通，最有威力，超群也最为心爱。本不舍毁，无如人到法台，陈嬷也已追进。超群回顾身后，五色烟光潮涌而来，秋云又在哀声催促急速下手破那台上禁制元神的戊土之宝。

事在危急，也不再顾惜，手指木箭，一道青光首先射中台上所悬黄影。烟光散处，秋云将手一指，喜抱超群道："元神复体，我们把躯壳交给仇人，一同兵解转世去吧。"说时，二人已被五色烟光连那残余的两道青光一同困住，举步皆难。

超群闻言，抱紧秋云，厉声喝道："没有那么便宜的事。姊姊不要害怕，待我给妖妇一个厉害。"随说，运用玄功，手指处，那一箭一梭突然冲开护身真气，一同往外飞出。只听震天价一个霹雳，化为千万点青星，爆裂开来，满空砂石乱飞，数十丈厚的洞壁竟被震塌，塌去了半边，天光立时透下。陈嬷也被震倒。秋云虽在超群怀中有乙木真气护体，也被震得胆寒惊悸。匆迫中，一眼瞥见顶上天光，惊喜道："我们脱险了，还不快些逃走！"同时超群也已省悟，二人互相抱持，往前便飞。

二人照势本可脱逃，无如超群的法宝尽失，秋云的几件法宝又在事前失去，只凭乙木真气护身，如何能敌？陈嬷法力原比二人高强得多，这一下，虽然受伤，并不甚重，知道超群两世宿仇奉桑仙姥之命而来，他那乙木神雷已如此威力，不于此时将他除去，如被逃走回山，将桑仙姥勾来，更是无法抵挡。见要遁走，如何能容。也不顾身上所受鳞伤，大喝一声，纵起便追。因见青光已然爆完，无所畏忌。一面施展极恶毒的禁制，紧紧追赶；一面把随身法宝全数施展出来。

超群既要护秋云同逃，是个累赘，难施乙木遁法；又当苦战力竭之余，逃走不快。秋云回顾身后，敌人已然追近，烟云滚滚，光华乱闪，电驰而来。暗忖："自己此时如死，超群或许还能脱身，但劝他定必不听。"便紧抱超群哭喊道："哥哥不可轻生，报仇要紧。他生再见，妹子去了。"超群闻言大惊，急说："不可。"秋云已下了决心，早将天灵自行震破，死在超群怀里。

超群悲痛欲绝，尽管情势危急，仍欲抱了秋云尸首一齐逃走。说时迟，那时快，微一惊顾停顿之间，身子已被敌人烟光围住。超群尝过厉害，自知逃生绝望，秋云已死，义不独生。恨重仇深之下，咬牙切齿，把心一横，百忙中二次施展辣手，暗中行法施为，抱紧秋云尸首，亲热了一下，故意把身外乙木真气放开，秋云遗体跌落下去，那五色烟云立即乘隙侵入。

陈嫣见敌人已被禁住，万无生理，正想连元神一齐消灭，不料超群死前还有一下狠的，竟不惜全身毁灭，一面放落遗体，同时咬破舌尖，又是一口鲜血喷出。血光射处，身外乙木真气立化神雷爆发，山摇地动，一声大震过处，青萤乱射，血肉横飞。超群虽遭惨死，尸骨粉碎，那五行禁制却被破去，元神得以遁去，又毁却两件法宝。

当超群被困之时，陈嫣好似闻得遥空中有人厉声呼喝："徒儿住手！"刚听出是师父口音，超群已运用乙木神雷自行炸死。跟着便听破空之声由远而近，晃眼飞到，正是从海外新回的师父。见面便埋怨道："你的凤孽甚重，我欲为你解免，所以再三叮嘱，不许再修前怨。你前生丈夫罪大恶极，我已说过，你仍不知警惕，又与交往，虽未随同为恶，却勾起这三生仇怨。

"秋云原是你前数世的仇人，注定两次俱死你手。但此女灵根一直未昧，魔劫虽多，道力也日增进。前生投到你的门下，不特事师恭谨，并还为你送命。你如乘机化解，消去前怨，她可免去一劫，你也免却他年一场大难，本是双方有益的事。

"你不合先入为主，忌刻褊狭，受妖道蛊惑，不分青红皂白，妄下毒手，加以残虐，致使她冤苦灰心。后来查明虚实，如能将她放掉，此女心性和善，自知冤孽，至多和你断绝师徒情分，绝无报复之念。前孽也可算是抵过，不会再有未来隐患。

"桓超群与她情孽纠缠，已历数世，均未得为夫妇。到了近两世，精诚感召，情谊日固，越发纠结不开。闻说秋云被难，前来援救，只想将人救走，本无伤你之念。你又不合二次听信妖道谗言，使二人一齐惨死。因你做得太过，秋云被擒时所受楚毒有甚于死，本已报复过当，转为亏欠，再加上桓超群这一个深仇大怨，如何解法？

"以我初意，本拟海外归来，使你传我衣钵、法乳。只因访友采药，在小南极四十七岛中遇一妖人，苦斗多时，最终虽然得胜，等到赶回，你竟铸成大错。桑仙姥前在铜椰岛得天痴上人指点，近在青虹岛上潜修，已成气候，非我师徒之力所能除去。你又天性乖张，即使能敌，永远寻仇，纠缠不休，岂非苦事？何况她那功候法力又是与日俱进，更得天痴上人师徒暗助，我等结局仍是非败不可。

"她和你自然生克，又是克你，于她无伤，嫌怨本来易解。前因桓超群爱屋及乌，再四劝说，已不欲对你不利。你现将她生平唯一亲爱之人杀死，死的人又与她成道迟速以及铜椰岛师徒好些关联，两家一定不肯甘休。大仇已结，强敌已树，不日即有人寻来，复仇以前，你永无宁日。

"似你这样不听良言，违背师命，本应由你自去。不过敌人下手惨毒更甚于你，念在师徒一场，我前在云贵边境乱山中物色到一座洞府，可去那里隐迹销声，闭门远祸。如能从此警惕，努力虔修，许能挨到老桑自身劫数到来。乘她有好些年不能行动之时，再行设法去向转世的秋云结纳疏解，也许能够避免。我不日即去海外修炼，师徒更无相见之日。此间已不可留，速去为妙。"

陈嫣悔恨已是无及，只得叩谢师恩，随同飞去。等楼沧洲寻到，破法入洞，只发现妖道尸首，敌人踪迹已杳，赶紧先回铜椰岛禀告师父。要知后事如何，且看下回分解。

第八十二回

恩怨两难言　谁启戒心因聚敛
吉凶皆自取　同遭孽累为贪嗔

　　话说天痴上人因超群夫妇与桑仙姥成道迟早有关,自己他年抵御重劫又非得先天乙木之助不可,木精修成若迟,便不能为己所用;他又天生怪性情,只此二人与他有缘,此外决不肯再收徒弟;虽然运数注定,仍是愤恨。便运用玄功,一面推算陈嫣下落,命人报仇;一面访查超群夫妇转生何处,以便一出生便引度到木精门下,二次重修,自然容易,这样仍可赶上自己抵御天劫,遂抢那人定胜天之想。谁知陈嫣得乃师指点,早已防到。不特隐迹变名,闭户虔修不出,并由乃师行法,颠倒生死,作为在路上为人所杀,遭了劫数。上人虽疑作伪,无如对方防备周密,连算两次,均推详不出下落,只得罢了。

　　超群、秋云二人精魂固结,磨难未消。投生两家本是对宇而居的至戚,生未周岁,同遭家难。恰值一个有法力的左道中人路过,救去为徒。沧洲等奉命寻找,偏在途中遇到意外的耽延,好容易访问到地头,人已不知去向。超群夫妻便在左道门下生长,从小习染,又受师长督迫,虽然偿了三生夙愿,成为夫妇,人却入了歧途。

　　总算二人慧根没有全昧,年久左道也伏了天诛,刚刚自拔,改行向善,结局仍是遭难。幸而回头尚早,又是为了一件救活多人的极大功德,方与以前同党妖人结怨,身遭兵解,功能补过,才得转世。只因遭难时人居两地,各不相谋,转世不在一起,相隔甚远。经此一来,耽误了不少岁月,天痴上人劫难已过。

　　桑仙姥虽因楼沧洲时常感化,到时竟弃前怨,赶往岛上,以全力相助天痴上人,无如功候尚未精纯,天痴上人脱难以前竟为天魔所诱,几乎走火入魔。事后全身不能行动,只能运用元神行使法力,必须若干年后始能修炼复原。跟着，桑仙姥也到了功候，法力甚是高强。无心中发现超群刚刚投生，那家恰巧姓桑，这才引度上山，取名桑桓，传授道法。

桑桓三世修为之身，不消多年，便练就颇深法力。再四请求出寻秋云，居然不久便即寻到。秋云末一世也是从小便丧父母，经人收养为婢，只知姓冷。桑仙姥嫌她婢名太俗，便以所居的岛命名，取名冷青虹。

陈嫣年久未见敌人寻她，早已静极思动。无意中收到一只五爪飞狸，乃天生灵物，通体茸毛，水滑光亮，赤如丹砂。前额生有三眼，当中一眼直立，睁开时精光四射，能透视地底，无论山石水土，只要在千丈以内，俱如镜中观物，一览无余，尤善鉴别宝物。胸前一爪形如人手，大小如意，隐现随心，多厚山石沙土，一爪便起。肋生四片金翅，飞行空中，其疾如箭。不用时包没全身，只露四爪，坚逾精钢，刀箭不入。陈嫣性喜华丽陈设，最爱宝物，尽管修道多年，积习未除。深知飞狸灵异，制伏以后便用诸般禁制逼它搜掘宝物。飞狸一则受人欺压刑辱，心中愤恨；二则知道这类贪欲，彼此俱有后患，因此始而不肯。后来熬受不住禁毒，只得给她找了几件。哪知陈嫣大劫将临，一味倒行逆施，竟忘了修道人的本色，此端一开，益发诛求无厌。将全洞陈设完竣以后，又在湖心建立了一座仙山楼阁，强迫飞狸寻掘宝物，将全楼阁陈设齐全后，始允放它。飞狸难耐金水之禁，急于脱身，只得把自己所知的几处海底珍藏说出，由仇人携同往取。满拟所建灵琼小筑陈设完竣即可释放，谁知陈嫣贪念日深，永无止境，推说所设禁制太毒，须要物色一个代死的替身始能撤去，欲以稽延时日，再勒索些宝物。

这日陈嫣出寻替身，遇着两个极厉害的妖人，拿着一面宝镜满地乱照，镜光到处，地底宛如一泓清水，纤微悉睹。贪心顿起，妄想隐身劫夺，不料自己身形早在镜中现出，才一近身，未及施为，反先中了敌人邪法暗算。虽仗道法高强，敌人见她貌美，意欲生擒，未下毒手，侥幸逃脱罗网，还占了上风，仍不免于受伤，形势也是危急异常。

陈嫣因听妖道说那宝镜就在所居附近瘴泽中得到，入土并不甚深。那地方瘴气极浓，时常彩烟上浮。日前海外归来，发觉宝气隐隐，曾问飞狸是否有宝，答说无有。彼时因新得了数百件珍奇之物，又以飞狸素来诚实，信以为真，竟将这稀世奇珍对面错过，被妖人得去，还几乎送了性命。不由犯了忌刻天性，想起飞狸知而不言，是个罪魁，恨之入骨。

回山不问青红皂白，便将飞狸禁向泉眼之中，要使其受完了百般磨折，然后提出，数以罪状，立逼掘取古仙人的法宝、神物赎罪；否则永沦泉眼之下，受那五行禁制无量痛苦，再无出头之日。飞狸悲愤冤苦之余，也发了野性，死不肯应。陈嫣无法，只得每日子午二时，运用金水之禁，给它罪受。飞狸自知难免，便将前爪断去一指，作为替身，经此一来，自然更不会应允。陈嫣见它倔强，到底杀之不忍。

过了两年，陈嫣忽听人说起前遇两妖道下落。既想得那宝镜，又想报仇，于是跟踪寻觅。二妖知道不是她的对手，一面加紧隐藏，一面另求能手相助。陈嫣寻了两次均未寻到。二妖人藏伏之处名叫赤鲸岛，乃小南极四十七岛之一。左近有一无名小岛，岛上有一妖人，名叫田无害。

二妖人本已和他定下诱敌之计，全岛设下禁制，欲诱敌人入网，陈嫣第三次赶去，恰好遇上，因是心辣手快，才一照面，二妖人便死去一个，另一个见机逃去。宝镜恰在逃人身上，陈嫣自然不舍，加紧追赶。追到无名岛上，被敌人发动禁制，逼令降服，陈嫣因邪法厉害，恐死后元神受了禁制，万劫不复，不敢兵解。仇人炼的又是采补之术，大仇已结，如若就此降服，身受痛苦，元精仍要失去。

正在生死两难，情势万分危急之际，桑仙姥师徒恰在青虹岛上遥望，无心发现无名岛妖烟笼罩。桑桓夫妇知道岛主田无害淫凶狠毒，前涎冷青虹美貌，曾有邪心，嗣知是桑仙姥门下爱徒，才没敢来招惹。此人留在左近，终是后患，这时既在卖弄伎俩，必又有甚好人被他困住，正好乘机除害，便力劝桑仙姥一同赶去。到时见陈嫣因忍苦不从，已然身受重伤，命在呼吸，危机系于一发，不特性命，连元神都快保不住了。

桑仙姥生平人不犯我，我不犯人，此去乃桑桓夫妻力劝，非出本心。又知四十七岛妖人均有联系。初意只令释放，便可无事。也是众妖人劫数临头。桑仙姥性情古怪，话带强迫，极不中听；田无害又心涎陈嫣的美色和随身法宝；又当人前，不愿示弱丢脸，以为当日岛上准备周密，许能侥幸连桑仙姥师徒一齐擒住，几句话便动起手来。吃桑仙姥发挥先天乙木神雷妙用，将岛上妖人全数杀死，一个不曾漏网。陈嫣也被救下。

师徒三人一看救到的正是陈嫣，桑桓自然仍记前生之仇，反是桑仙姥不令报复。青虹也觉事乃定数，彼虽不是，终是前生师父。现已苦尽甘来，成道可期，正可以德报怨，解消前孽，何必再使仇怨循环？便在旁力劝。桑桓与青虹此生虽是同门师兄妹，相亲相爱更胜前生，言无不从，又加修道多年，有了功候，一经解释，也就罢了。当下师徒三人便将陈嫣带回青虹岛，加以救治。

陈嫣自知所受邪毒过重，除去兵解，难于自拔。既感桑仙姥师徒以德报怨，又不舍灵琼小筑所遗留的那些珍宝。便与桑仙姥立下誓约，将实话说出。求桑仙姥将她即日送回山去，助她兵解，将尸骨埋藏前居洞内。并把多年聚敛的宝物、珍玩，以及师传法宝、道书之类，一齐转托，代为保存。等她转世之后，到了年限，命超群夫妻下山接引。这样不特可以重返故山，并收事半功倍之效，免得在尘世里迷了本性，以及受人侵害。桑仙姥一听说有这么多法宝、珍物，立即应诺，将她送回山去。陈嫣为报恩，还把法宝、珍物选赠了三十多件。又将飞狸提出水来，说明来历，然后由桑桓、冷青虹用飞剑助她兵解，借以了结前生因果。

陈嫣满拟诸事付托得人，可以无虑。哪知桑仙姥自知劫数也快临头，起初不报前仇，实则另有诡谋。后来又起了贪心，表面应诺，却阳奉阴违。陈嫣灵根未昧，一出生便知修为，并盼桑仙姥师徒前往接引。嗣见约期早过，终无人来，心中生疑，也防到师徒生心变卦，不敢冒失回转故居。又在别处深山中修炼了些年，自觉法力已和前生一样，才回山中探看，想好一番说辞，相机行事。初意对方即便昧良，也有救命之恩，自经大劫，已然彻悟，只要将代藏的师传法宝、道书发还，别的珍奇玩好能还固好，不还也就任之。到时故意不提前事，想探出对方口风再作计较。

桑仙姥阴险狠毒，早已罗网密布。谈不多时，便说自己不日就回转青虹岛，答应往后湖宝库点交宝物。陈嫣哪知她是有心试探自己，看是否仍以主人自居。一听发还前存宝物，心中一喜，便说："妹子离山日久，荒居全仗照看，不被外人侵入。患难至交，久别未见，正好聚首，如何便去？"

桑仙姥自来灵琼小筑，便喜当地风物清美。又以青虹岛旧居与四十七岛邻近，以前常发生事故，近又杀了田无害等妖人，仇怨日深，虽然不怕，未来百年内正是成道大关头，强敌时常扰闹，未免妨害清修。陈嫣兵解后，桑仙姥回到岛去，用奎凤神碑和五行禁制将洞府封闭，本打定鹊巢鸠占之计，永远据为己有。陈嫣来时如肯虚心卑下，甘居弟子之列，也可无事。这一自居主人，立惹下一场大难。刚同走到阁前平台之上，待往后湖飞去，五行禁制已经发动。

陈嫣法力既没有桑仙姥高，虽已精习五行禁制之术，无奈敌人以先天乙木真气为主，平增了许多威力妙用，比她所习厉害；又是出其不意，骤然发难。当时如若束手入网，也可保住一命，偏又错了主意。出时耳听一声断喝，立见当头百丈青烟倒山一般压将下来，情知中了仇敌暗算，当时又惊又气，自恃几生修炼的功力，不特想以法力抵御，并将来时准备和人翻脸的两件厉害法宝施展出来，妄想伤害仇人师徒。

桑仙姥因桑桓、冷青虹曾经苦谏，说初遇时若杀她报仇，并无不合。以前既不肯伤她，并还化敌为友，受人赠予和重托，为贪她宝物和洞府，不去接引，已然食言背信，于理不合；现她亲身寻上山来，强占人的宝物洞府，还要行此阴谋诡计，制人死命，良心上更说不过去。师父既不肯听劝还人故物，至少也不可伤她，只将她逼走便了。

桑仙姥先还迟疑不决，二人知她性情虽怪，可以理折，再三连劝带激，桑仙姥也觉理亏，才行应诺。只迫令屈服，舍此而去，本已不想杀害。不料陈嫣居然抵抗，桑仙姥立被激怒，竟将五行禁制全施了出来。

陈嫣和桑仙姥虽是数世宿仇，两人动手尚属首次。陈嫣先见青烟压到，虽被困住，并无预想的威力。以为自己今生法力较高，乙木真气已能抵御。胆气一壮，破口大骂，加急施为。忽见敌人面带狞笑之容，将手连搓。冷青虹面容骤变，急喊："此女数世修为，煞非容易，又是弟子前师，务求师父看在弟子面上，理应饶她一命。"桑桓也在侧劝阻。桑仙姥连理也未理。同时湖心中水沸作响，泉眼里隐有风雷之声。

陈嫣猛想起桑桓前生只是仇人门下末学后进之士，死前所发木雷尚有那么大威力，何况仇人本人，又是早有埋伏，哪有如此容易。自己所发的那两件法宝又吃青气裹住。身外青烟看似无甚压力，却是一任奋力飞腾，青烟滚滚，绕身而过，照理少说也飞出了数十里，可是敌人仍在原立平台之上，自己更是未离跬步。无论上下四方颠倒往复，往哪一面飞行，均是如此。初起不知怎么回事，稍隔须臾，才看出自己所有法宝、法术全都失了效用。

陈嫣刚觉出不妙，胆气一馁，桑仙姥已经发动，手扬处，满空光华乱闪，宛如万千道青蛇，电一般满空交织。略一掣动隐现之间，那百丈青烟立即化为乙木神雷，爆裂开来。如换法力功候稍差的人，这一雷中上，休说肉体，便连元神也被震散。总算冷青虹心地淳厚，仍未忘却前两生师门引度她的恩情，见势不佳，拼受师父嗔责，在旁大声疾呼："事已危急，速将元神遁入湖中，免使形神俱化灰烟。"

陈嫣被她提醒，以前又尝过木雷厉害，一见青色电光乱掣，知道危机已迫，又看出冷青虹实是志诚相援，明知湖中也是险地，但是此外无路，百忙中赶紧运用玄功，将元神离去本体。刚往湖中一沉，雷便爆发，血肉横飞，原身震成粉碎。心中方在悲愤，湖中金水相生的禁制也已发动，一片青光将她元神裹住，卷入湖底泉眼之下，由此被困在内。

陈嫣见那地方正是自己前禁飞狸之处，仇人所用禁制也和自己一样，只是道路不同，功力较深，另有一种玄妙，无法破它。这时方悟报应循环，师父前说的大劫应实在此。心想："假使当年不为一念贪嗔，就算以后狭路逢仇，照在青虹岛仇人师徒相救情景，并非不可化解，何致连遭两次大劫，元神又被禁住？到时五行威力发动，即便能够支持，不被人消灭，禁毒仍是不免。仇人如此狠毒，法力又高，逃出更无望了。"越想越悔恨悲苦。

事已至此，悔恨有何用处。尤其那金水相生的禁制非常厉害，平时已够受的，到了子午二时更发挥无限威力，越是难当。陈嫣料出仇人是想永绝他年之患，每日子午行法，有心灭她元神。心知照此下去，日久终无幸免，只得奋力忍受。心正悲急万状，不料五行有救，受了数十天大罪，忽在万分绝望之余，在泉眼深处寻到了当年飞狸做替身的断指。

这类代形的法术，陈嫣原会，无如肉身已被炸散，只剩元神，无法割裂代替，但却给她开了一条生路。暗忖："那日原身为雷震碎，也许剩有残余沉落湖底。只要能找到寸许残骨，便可行法，免受禁毒。"无奈平常有金水二遁克制，虽不像子午二时厉害，要想搜寻湖底，随意游行，真是万难。

事有凑巧。陈嫣正打不出主意，天又将近午时。方自悲愤忧惶，准备忍受痛苦，不料天已正午，非但金水之禁不似往日加增威力，反倒停了克制，只水面一层无法冲上。连受楚毒之余，忽然得此，顿觉轻快非常，喜出望外。知道此山外人足迹不至，必是仇人师徒有事外出，无暇及此。看这神气，元神遁出仍是无望，还是先寻到了替身，免被消灭，日后遇上机缘，再打逃走主意。想到这里，便往平台前面洄去。

陈嫣隔水遥望，见桑、冷二人并肩立在平台之上，手指湖中，正在耳语密谈。心想："也许是仇人试看自己功力，故意如此，看能逃走也未。幸喜不曾冒失，否则便中了圈套。"不敢大意，悄悄沿湖搜寻，居然寻到了一块残骨。因是修道之身，骨髓坚凝，尽管水泡多日，内中竟有些许血髓。心中大喜，忙即取回泉眼之中，运用玄功，如法施为，将那一片残骨炼成替身。

陈嫣因是本体已失,只剩元神,炼时甚是艰难。更恐炼到中途,功还未成,金水禁制突然发动,既要抵御磨折,又要加功行法,一个支持不住,不但全功尽弃,并且日子一久,元神多受一次禁制,便受好些损耗,再炼自是更难。那残骨也不是容易可以找到,寻时稍为疏忽,被敌人发觉,受祸更烈。

哪知这时桑仙姥已然应了天劫。她本是先天乙木之精化生,不致毁灭形神,只须运用玄功,以本身精气抵御,过了时限,便能免难。至不济,舍去现时躯壳,应了劫数,或以元神修炼,或再另转人生,均可无害。只因刚愎乖僻,自恃法力高强,生就不灭之体,又不舍这副躯壳,妄欲硬拼过去,以致走火入魔,将元神闭住,人也不能行动,终于仍要重修多年,再受一次兵解始能成道。无如她那先天乙木之气,非法宝、飞剑所能克制,兵解之望直是无望,错已铸成,后悔无及,只得每日苦修熬炼,等候时机,以致湖心禁制无人主持。冷青虹眷念前生师门情义,桑桓爱屋及乌,见桑仙姥现正在紧要关头,暂时无暇及此,乐得故作不知,宽容些日。

陈嫣全仗这一来,方得转危为安。等将替身炼成,桑仙姥也稍为恢复,脱了危境,除身子仍不能行动外,已渐能说话行法。知道冷、桑二人未代主持湖中禁制,还着实怒骂了几句。至于陈嫣有了替身之事,师徒三人却均不知悉。由此双方各自勤修。

一晃多年。桑仙姥对本身安危原经深思熟虑,遭劫以前虽然一意孤行,作那人定胜天之想,对于败着也早有一个打算。既恐桑桓、冷青虹法力较差,抵御不了外敌,一旦被人将洞府占去,自身虽不至于消灭,却保不定受人禁制利用,复体、兵解两更艰难。又恐桑、冷二人离山,舍此而去。心中想好阴谋,再用言语试探二人心志。假说自己遭劫以后,法体虽关重要,但可行法禁制,不使受人侵害。盘问二人:如仍在此修炼,便须候到千年以后,始能出山行动;如愿离此他去,洞府一经封禁,不俟自己转劫修成,便不能再来。心意如何,务须明言,免致到时后悔。

桑、冷二人夙根深厚,志切金仙。既觉起居陈设穷极奢丽,不宜清修;又以自身非禀乙木精气而生,任是如何勤于修为,到时依然难免天劫;尤其道家内外功行原是并重,桑仙姥一向独善其身,轻不出山一步,长此相随,终无好果。平居私议,原有遇机请求下山行道,一面积修外功,一面寻求正教之想,因而闻言正合心意。

桑桓在桑仙姥门下已历三生,深知她的性情为人,心中还在寻思如何答法。冷青虹见他踌躇，唯恐他恋着洞府华丽安逸，堕了远志，话说在前，不可挽回，忙先答说："师父道法通玄，已成不坏之身，此番大劫必能平安渡过。倒是弟子等禀赋既异，法力又薄，不得不按修道人的规矩循序而进。久欲请求恩允弟子等出山修积，因恐无人随侍，未敢明言。师父超劫以后便须入定静修，为时甚久。好在五行禁制神妙无穷，不虑外人侵犯，可否恩允弟子等下山略积外功，为将来成道打算？"

桑仙姥假笑道："你们有志向上，有何不可？桓儿也是这等心意么？"桑桓随她年久，知道老怪刻薄寡恩，说翻脸便翻脸。多少年面上难得现出笑容，不笑还可，这一笑决无好事。但是青虹话已出口，所说本是同心之言，如若不为分过，使她一人承担，非特所受罪孽更大，一个不巧，逼她一去一留，就许更无相见之日。遂立即亢声应诺。

桑仙姥当时狞笑道："你也如此么？那好极了。此劫我如抵御不过，我必使你夫妻了此心愿。但你二人法力有限，我门下的人决不容人欺侮。我如尚在，自不怕吃人的亏；万一我此次失机，虽然不致形消神灭，报仇却是无力，岂不使我干看着生气？我太不放心，为此给你夫妻预为安排：我如躲过此劫，对你二人去留自然另有吩咐；否则你们须照安排的那些关口，一一渡过，再出山去，便不致再受人欺，我也就放心了。"

桑桓知她狠辣，料定难当，抗声询问："师父想要处置我们，只管明言，不必藏头露尾。再者我二人只想出山修积外功，也是修道人本分应为之事，并非叛师。师父又说即便遭劫，可用法力封禁全山，不畏外人侵害，我二人留去无关重要，因此才想乘此闲空岁月出山行道，也非违背师命，强欲求去可比，如若收回前言，愿留在此，又当如何？"

桑仙姥厉声答道："言为心声，话出如风，岂能收回？我不遭劫，你二人还可无事；否则我虽设下诸般禁制，照我所传加工修炼，到了功候精纯之时，也并非不能脱出。便平日有点小磨折，也无甚伤害。只是出山路上有一片古林木，我在那里设有五遁，你们必须由此穿过。开头十数年，以你二人之力，仅能勉强忍受。等到功候精纯，每年到我应劫之日，乃是脱生之机，只要到时没有人物闯破便能脱身。

"还有一样：我乃灵木之精，秉东方乙木真气而生，最易启人觊觎，修道人如得了去，受益无穷。现时自然奈何我不得。此次如难免劫，我虽不致消灭，仅剩元气，遇上真正法力高强的人，仍能制我。多年隐居不肯出山，以及这样对待你们，均是为此。以后无论遇见甚人，只能说我已兵解仙去，如若泄露行藏，休要怨我行事狠毒。"

二人知她言出必行，向无情义，便也不再求说。一心只盼她到时能够平安渡过，或是兵解，均可免去许多罪受。

过不多日，便该是应劫之期。桑仙姥枉用了无穷心力，桑桓、冷青虹为了自己前途安危，也各出死力相助，依然抵御不过天劫。最终桑仙姥弄巧成拙，将本命玄关闭住，周身尽废，不能行动，法力虽存，本命元婴不能出窍，闹了个死活两难。遭劫之日，见桑、冷二人冒险护持，奋不顾身情景，看出心实无他，略为受了一点感动；又以他年脱离兵解，仍须倚仗二人之力，才把所施埋伏禁制的机密一一吐露，传以趋避之法。

桑仙姥并说："当初只当你二人生心离叛，将要弃我而去，心中恨极，故此罗网密布。到时如能忍受，每日虽受一点苦难，尚无大害；如果自恃法力，妄想冲逃出去，触动埋伏，万无幸理。日前看出你们对我忠诚，无如一切设施在前，除却你们练到功候，自行闯破，非我亲身行法不能撤去。此时我身不能动，已无法力。但你们如能照我所传勤苦修炼，日常虽不免于苦痛，于修道上却大有进益，未始不是将来之福。此中机密凶险，我已指示，熬炼到了年限火候，不问我能脱难与否，终有出头之日。这么长岁月中，保不定有外人来此闲游，如若相遇，仍须缜密，不可泄露。否则，你二人元神已为我暗中禁制，呼吸相通，休看我身不能动，制你二人死命仍极容易。"随令二人行法，将她法体移入底层地室之下。

这些都是应劫十日以后的话，说完，桑仙姥由此便终年不再说话。直到女昆仑石玉珠无心路过此山，与二人相遇，结交定约，桑、冷二人觉出脱难可期，心想："师父为人乖僻莫测，不知有无别的玄虚？"便通诚试探，桑仙姥才答了一个"好"字。二人见她辞色和善安详，与前在青虹岛拜师时初见心喜的情景一样，虽觉可喜，心仍不放。

其实桑仙姥自从应劫以来，先还急躁愤激，愈加乖谬，年岁一多，渐渐矜平躁释，心气和平。加以生具异禀奇资，修炼容易，年来虔心默虑，静体天机，已然悟参造化，洞彻天机，知道桑、冷二人脱困之期便是自己兵解之日。只为二人心地淳厚，只管自己相待严苛，无甚情义，他二人依然感念师门援引之恩，念切忠诚，多年困厄，毫无怨尤，事前如与明言反倒误事。因此不为详言，仅在吕灵姑等到前数日，二人照例前往参拜时，略示了几句机宜。所以二人始终谨畏，不敢疏忽。

二人一听石玉珠知道桑仙姥的来历底细，便吓了个心神皆战。桑桓更似惊弓之鸟，如非冷青虹暗中坚持，几欲请客起身，不劳相助了。后闻桑仙姥在地室传呼，桑、冷二人心还以为要糟，暗运玄功，以心灵叩问。桑仙姥对于今日来人竟是只字未提，只嘱速将渡厄舟送还。二人料知师父已许脱困，好不心喜。便请石玉珠、吕灵姑、虞舜华、裘元、南绮、阿莽兄妹等照预拟之策分头行事。

桑、冷二人只料定此次师父不致再闹玄虚，并没想一切早已前知。明知众人不免疑虑，总觉石玉珠得道年久，众人唯她马首是瞻，她既相信，必无差池。师父脾气古怪，未蒙面允，还是脱困之后再行详说，免得中途又生枝节，功败垂成，还累良友自受其害。

二人又以去年石玉珠去后，桑仙姥只说二人脱困时，自己也可以去掉一些束缚，但须开金水之禁，陈嫣当于此时乘机冲入地室，报复前仇，只要人在外防守，不令冲入，决可无事，并未说到别的。以为外有石玉珠等防护，比预拟的人还多了几个，并还多是能手，决可无害。

及至到了地穴，假手巨人阿莽，将那禁制元神的镇物和五遁枢纽破去，桑仙姥才说道："今日仇人必定侵入报复，危机一发，恐该数尽。她在湖底早有替身，休说有心纵放，便真照己意按时发动金水禁制，也无奈她何。现在她在湖心苦练多年，不特元神坚凝，法力高强，并还练就戊土真气，只等金水之禁略撤，便要出困寻仇。如照以前，我当然不怕，无如此时我春蚕自缚，身不能动，元神不能出窍，好些法力不能行使，万敌不住。除去西方太乙真金炼成之宝可使我兵解，否则一被仇人侵入此地，我必被她擒去，照样用五行禁制将我全身包围，饱受楚毒之苦，终于炼到形神俱灭为止。

"仇人元神玄功变化神妙无穷，你二人绝非其敌。我虽算出有一线解救，吉凶仍是难知。我这护身乙木真气，除非前古仙人用西方金精炼成之宝可以破去，寻常多厉害的飞剑俱无用处。兵解一层实不可靠，法体如被劫去，最好仗今日来人之助夺下；否则，仇人飞遁异常迅速，你们一旦追不上，被她将我带到一个地方收禁起来，只要受过几天五行禁制，便能救出，道行、元气均要损耗不少。追她反倒误事，且由她向西，你们自向东，急速赶往铜椰岛，去求天痴上人，命楼沧洲用他镇山元磁之宝，跟踪赶往相救。如蒙允诺速行，也许能赶得上，稍为迟延便无及了。仇人所去之处也是我的对头克星,你们自往也无能为力,白白吃亏。天痴上人师徒全知根底,毋庸再为先说了。"

桑、冷二人闻言大惊。又知禁制已去,不能再设,心中忧急,便向桑仙姥说:"今日所来诸友颇有能手,也许能将仇人阻住,不令进入。但此后樊篱尽撤,终是后患,还有甚别的方法没有? 可否由弟子同诸友人将法体护送到铜椰岛去?"

桑仙姥厉声答道:"昔年我和天痴上人反目时,曾说此身如在,决不自己登门。尽管现在前怨已解,万无说了不算之理。我如兵解,元神往投,尚还可说;本身前往,岂非自食前言? 你二人如念师徒恩义,只照我所说去做好了。"说时桑仙姥对桑、冷二人所设的全山五十三层禁制,由中枢破解起,一层层挨次失去效用。只等阿莽将桑仙姥自己设来抵御天劫的镇物破去,便算大功告成。

二人知道自在楼阁外面所施法力,绝阻不住仇人侵入,师父又不许将法体护送了走,一心正盼石、吕、裘、虞诸人能将仇人赶走,缓过目前之急,再作良图。便向桑仙姥苦口力劝:事须从权,成败关头,不可固执成见,致贻后悔。却忘了顾及阿莽。桑仙姥所设护身禁制威力绝大,阿莽初破法时,自觉仙法神妙,身是凡人,尽管桑、冷二人力说无妨,心终悬虚。

及至禁制相继撤去,现出宝座上面法体,见桑仙姥形容既是丑恶,宛如妖鬼,声音辞色又那么狞厉,本来有些害怕,破那镇物时,又发出极厉害的反应,一时万雷轰动,光烟四射,不由目眩心惊,欲以灵符护身。不料弄巧成拙,已然大功告成之际,为乙木真气所困。尚幸桑、冷二人解救得快,虽未受重伤,人已昏迷倒地。同时仇敌也在桑仙姥身能离去原座之际,在楼外面运用玄功,分影化形,乘虚冲入,只一照面,便将桑仙姥抱起逃走。桑、冷二人见状大惊,不暇再顾阿莽,忙即一同追出。

这时陈嫣元神已早飞出湖心,因看出仇敌防卫周密,飞剑、法宝个个厉害,自己深悉阁前禁制微妙,虽能冲破,仇敌所延的几个助手却难对付。现在幻影必被识破,非有实物,不能代形。便将前在湖心被困,闲中无聊时收养的怪虫三头作为替身,外用戊土真气围护,用来诱敌,一味在空中闪躲飞腾,等将众人越引越高,然后一个冷不防,将真元神往阁中投去。

南绮、灵姑首先警觉,知道不妙,赶紧追去。飞下时南绮忽然想起冷青虹曾有"离地飞起,不可再降"之言。刚把势子放缓,招呼灵姑时,灵姑性急,已是凌空飞坠，还未落到阁前平台，便被乙木真气包围，被困在内，左冲右突，不得脱身。裘元和舜华姊妹尽管留意，无如阁前禁制已被灵姑触动，千百丈青雾腾空飞涌，势急如电，飞避不及，也同被困在内。

石玉珠虽得道多年，见闻甚广，因见黄影飞投入阁，大错业已铸成，既恐一误再误，众人俱被困住，自己又带着狄胜男一个累赘，如再失陷，面子难堪。又见空中原来的三团黄光尚在飞跃，本因黄光全无邪气，不愿伤人，这一着急，不由生了敌意，打算不问何物，先破去它，以便少挽颜面。念头一转，立即拨头，向那三团黄光追去。

吕灵姑等四人正在雾中着急，一任身剑合一，四外乱冲，全无用处。灵姑一着急，便把五丁神斧取出，初意不过情急试用，不料前古元金所炼至宝，正是先天乙木真气的克星，再也恰当没有。才把斧扬起一撩，那大半轮赤红如火的光华发出五色奇辉，精芒电射，千百丈青雾立往四外潮水一般荡开。

灵姑心方一喜，猛瞥见适才所见黄影由阁中飞出，黄影里隐现出一个少女，胸前好似抱有一物，身外光烟闪烁，看不真切，其去如箭，迅速异常。跟着便听冷青虹高声疾呼："诸位姊姊，快将敌人截住，她把我师父劫走了。"话还未了，灵姑已先追去，一听桑、冷二人疾喊，追得更紧。同时裘元、南绮、舜华三人也自残烟中冲出追来。上面石玉珠刚把三团黄光破去，发觉飞虫幻化，心正有气，闻见这等情景，立即两下里夹攻，迎截上来。

陈嫣见前后皆是敌人，也是悲愤情急，想施毒计借刀杀人，返身迎着斧光，将桑仙姥朝灵姑对面掷去。哪知桑仙姥早有准备，灵姑当敌人使甚法宝，举斧一撩，正好将她以前作法自毙，用来抵敌天劫，反将元神禁闭的乙木真气破去，只听一声微呻，那团五色光丝立即破散。桑仙姥尸首下坠，顶门开裂，冒起一幢青气，簇拥着一个老妇般的元婴直上高空，朝着石、吕诸人含笑点首为礼，星驰电转，往东方飞去，眨眼投入遥天云影之中，不见形影。

陈嫣见仇人虽为元神禁闭窍内，但是功候精纯，善于趋避，竟在一发千钧之际，借着神斧威力，破去护身真气，开裂命门，脱体飞升。自己匆迫中不暇详思，弄巧成拙，明是报了杀身之仇，反倒作成仇人兵解，等她元婴修炼成功，永无制她之策。心里自然不甘，悲啸一声，自将身外戊土真气爆散，欲待冒险忘命追去时，石、吕、裘、虞等五人已经合围上前。

陈嫣尽管道妙通玄，因为原体已消灭，所炼元婴功候未到，生前所有法宝、飞剑又均在遇害时失去，势孤力弱，众人剑、宝厉害，更怯五丁神斧威力。

又听冷青虹哀声求告，想道："自己原是她两世杀身之仇，竟能不修旧怨。后来遭劫被困，危机已迫，又全仗她和桑梓釜底抽薪，得有今日。怎自己对仇敌便要苦苦穷追，不肯甘休，并且仇人飞行神速，看那神气，这些年的静中修炼，功候也必不是寻常。

"先天乙木本是戊土克星，适才只因她元神受了天劫反应，禁闭窍内，好些法力均不能施，才能反客为主。现已脱身飞升，双方都是元婴，论起功力，她并不在己下。仇人玄功奥妙，更能发挥本身先天妙用，中途追上也制她不住。再要穷追到了铜椰岛，天痴上人是她旧友，双方又有利害关联，必出护庇，与己为难，岂非自投罗网？

"再者此时仇人有许多能手相助，本来彼强我弱，照她平日为人，正不必逃，一面和自己相拼，一面令她门人、同党上前夹攻，自己焉有生路？她却含笑飞去，明示不再修怨之意。自处不利之境，她不寻找，如何反去寻她？历劫三生，苦练多年，煞非容易。以前已为气量褊狭，饱受灾厄苦难，几乎形神皆灭，好容易熬到超劫脱困，再觅名山，修炼些年，便成地仙不死之身，怎又为了一朝之忿，只顾复仇念切，竟忘厉害？"陈嫣想到这里，不由心惊气馁，立乘石玉珠拦劝与冷青虹哀声求告之机，乘风转舵，就便借用吕灵姑的神斧，去偿那梦想多年的心愿。

恰巧灵姑初出茅庐，不识个中微妙，妄自忖度，上来先错疑了好人，跟着又把仇敌放进阁去，最后更误杀了主人师长，连铸大错，惭惶无以自容。听出冷青虹急于为双方解去冤仇，少女又借斧要挟，正好借此稍赎前愆，也没看石玉珠神色，立即脱口应诺。

这一来，双方皆大欢喜，一同去至含青阁中落座。冷青虹这才想起阿莽，适才虽被全力救脱危境，尚还昏迷未醒。又令桑梓去往地室，将他救治醒转，给服了一粒灵丹，移入别室静卧养神。

桑梓回到室内，与冷青虹重整酒果，款待众人。说完桑仙姥经历以后，又说："那少女前三生名叫陈嫣。因为精习戊土遁法，虽和桑仙姥成了自然仇敌，并无寻仇之意。只因宿世孽缘，受了妖夫蛊惑挟制，欲乘灵木未成气候以前将其制伏，逐渐收服五行宗主，融会五遁，自创教宗，使举世修道之士，不论正邪各派，海外散仙，咸为臣仆。

"无知妄想虽大，法力有限，这里灵木之精未及制伏，那炼有南方先天丙火之精的磨球岛离朱宫少阳神君师徒首先被惹翻，寻上门来问罪，以致妖夫

289

为纯阴之火所困，不能行动，陈嫣也遭劫尸解。

"第二世投到一个姓沈人家为女，因是元神附体，夺来的庐舍，自从落生，便精道法。只是初生，童心未退，气量又复不宏，时常炫露。幸遇一位道行极高的女散仙，见她资质甚好，根器尤厚，恐入歧途，自暴自弃可惜，才六七岁，便度上山去，再三劝诫。说她以前所习戊土遁法只可用来防身，不可用以安身立命。令其舍旧图新，不许回转故山，免生枝节。陈嫣终不舍前生埋藏的那些宝物，再四求说。恰值女仙有事海外，她这一去，仇孽相循，重又引来杀身之祸。虽在湖心泉眼里禁闭多年，受尽灾劫，终于将本命元神炼成形体，成了地仙。"

众人见陈嫣灵秀美艳，丰神俊逸，宛如珠玉照人，俱都乐与订交。互相谈罢前情，虞南绮笑问道："道友如今已成地仙，桑仙姥前怨已解，此后仙山岁月，永享长生，怎还有甚为难之事须人相助？我等法力有限，何不先说出来，也好打个主意，看看能否同效绵薄呢？"

陈嫣答道："说来惭愧，这便是前生自作自受。本来学道甚好，冤孽纠缠，一时失足，误嫁奸人，为他所惑，妄想聚炼五行真精之气，去夺灵峤仙府，助丈夫创立教宗。除自炼戊土外，知癸水、丙火、庚金均可人炼，只有东方乙木系由自生。访查到灵木根源以后，当时如若收取，本极容易。因那灵木之精已然附在一个少女身上，孕有灵胎，不俟产出，法力不强。恰又闻得丙火主者少阳神君被灵峤宫旧友请去，须要盘桓些日，正好乘机夺他火珠。以为乙木虽属本身克星，但是初生力弱，自己又长千五道之术，在她初生十年以内，制她并非难事，便将灵符赠予少女之父。初意不过借此少杀雷火威力，能将灵婴乙木精气消耗一些，使其难于成长，以便异日易制固好；即使平安出生，她非十年以后不能飞行变化，自己也足赶得上。当时先往磨球岛离朱宫赶去。

"不料少阳神君法力高强，宫中禁制重重，所盗火珠不曾得手，反因下手太辣，伤了他一个门人，结下仇怨。回山不久，便被寻来，自身遭劫不算，还将我以前费尽心力在北海万丈冰窟中得来的一个赤玉球夺去。

"此球乃前古金仙留赐有缘之宝，看去通体浑成，实则可分可合。内中贮有灵液，为元婴成形后炼神至宝，有了它可抵数百年功力，但非前古元金所炼之宝，不能分裂。少阳神君虽然将它得去，至今仍未取出，现收藏在灵焰潭内。非有吕道友五丁神斧，难开此宝。那潭的上半百二十丈神火厉害，凡金到此,立即熔化,也非此斧护身不能下去。故此须请诸位道友相助成全。去时如再能带一滴天一真水,更是容易。只不过天一真水只峨眉太元仙府与紫云宫两处有,诸位道友虽有渊源,但闻少阳神君师徒与峨眉长幼两辈均有交情,又是稀世奇珍,必不肯给。"

这一席话说出,石玉珠便知事情并非容易。连桑桓、冷青虹、虞舜华、南绮也都闻言大惊,彼此相看,作声不得。裘元见几人俱不答话,陈嫣面上立现忧容,觉得适才既已答应人家,万无食言之理。并且峨眉、青城谊如一家,日前有难,齐灵云还赶来相助,用的便是天一真水,看她用得甚多,好似无甚珍惜。只要一滴,有甚难处?脱口说道:"按说天一真水也非难求。紫云宫中主人齐灵云、秦紫玲二位师姊,便是我们好友,日前还曾见面,彼时妖人烈火厉害,她将天一真水像雨一样发出。向她要上一两滴,料无不与之理。少阳神君虽与峨眉交好,我们拿去,又不要她同往,有甚妨碍?"

陈嫣闻言大喜,方要称谢,石玉珠已先说道:"裘弟哪里知道。少阳神君虽非玄门正宗,人却正直光明,所炼丙火旷世无双。岂但峨眉,便你我师长,又何尝不是旧交?那天一真水只这两处有,她不是不知道,如何可以冒失?你看齐道友破那烈火用水甚多,实则事后仍可收回。如用来破这丙丁真火,便是用一滴,去一滴了。

"话虽如此,我们话既出口,陈道友尽管放心,成败难知,事则必办。便天一真水也可和齐家大姊要一滴来,但此事不能由你我出面。我们原定往香兰渚去谒宁一子,南妹中途变计,欲助玉化姊妹除那妖童。我又为践冷妹妹前约,便道来此,才有今日之事。

"助人需要助彻,我们可仍去苗疆助玉花姊妹除那妖童。陈道友不妨在故居小住,等我们苗疆归来,然后同去紫云宫闲游,不提此事,只由陈道友说成道须此,求取一滴,我们均不开口,以为主人日后卸责之地。不过,两月之期未必能赶上了。"

陈嫣喜道:"妹子原因初脱大劫,意欲静养些日。自从遭难以来,久悟昔年谬妄,此间故居拟赠冷、桑二道友,自己不愿再住,只旧存法宝尚须取走一些,略有数日耽延。再者少阳神君离朱宫神火厉害,虽承诸道友盛情相助,也须做些准备,非有月余不能就绪。因此行期拟在两月之后,并非一定如此,久暂无妨。蒙允携带同往紫云宫一行,尤为快事。诸位道友虽然有事,妹子准在此间恭候,迟早悉凭尊意好了。"

众人议定之后，便欲辞别。冷青虹、桑桓、陈嫣三人惜别情殷，再四苦留了一日，到了次日傍晚才起身。石玉珠因阿莽初愈神弱，身是凡体，人又生得过于长大，有这好地方，恰可安置，反正不久归来，率性连胜男也一起留下，以便早去早回，免得累赘。冷、桑二人也因阿莽出力受伤，正不过意，一口喜诺。

四外禁制已撤，毫无阻滞，石玉珠、吕灵姑、裴元、虞舜华、南绮一行五人，自含青阁平台上飞起，晃眼便飞出山去。少了两个凡人随行，五人俱想早点将事办完回转，飞行更速，飞不多时，便入了苗山地界。空中凭眺，月光之下，四望丛林杂沓，林莽盖地，不时只见猛兽成群作队在下面往来窜伏，回环数千里，更见不到一处苗寨墟落。

石玉珠知道苗人最喜月亮，这等月明之夜，林中苗族定必成群出来，吹奏芦笙，乱击铜鼓，跳月赶郎为乐。二妖童既以惑人为事，又会一些妖法，藏伏之地许在深山苗族聚集之地，众人飞得又高又快，难保不会错过。好在四无人迹，便令众人将遁光放低一些，贴着林面飞行。裴元笑道："林有这么多，知道哪里是妖童藏伏之所？又是深夜，他如藏在山洞里头，不错过了么？"

石玉珠道："这一带都是苗地，东边一带便是我们来路，云龙山的支脉一直伸到滇、缅交界蛮域之中。我意原因月白风清之夜，苗民多喜出来跳月，许能访查出一点踪迹，不想如此荒凉。现打算照直飞行，越过前面哀牢山，过了红河，再绕飞到滇、缅交界云龙山边一带苗墟之中降下，那时天已大明，易于访查了。"

众人俱不识路，自唯石玉珠马首是瞻，一路飞行，不觉到了滇、缅交界之处。正打算沿着红河往有人烟的蛮域中飞去，忽见前面高峰刺天，瘴风四起，形势异常险恶。便把遁光升高，飞越过去一看，峰后又是一片溪谷，当中盆地上有大石台，四外丛林密莽中隐隐有炊烟浮动，山崖坡涧之间不时发现苗人所居的竹楼芦舍，而来路一段境极荒凉，气候也不好，知是山中苗人聚居的墟寨，与玉花姊妹所说之地一东一南虽不甚合，但是苗民这么多，也许能找到一点线索，便留了心。

众人正将飞行放缓，留神往下查看，忽见右侧一片极茂密的橡树林中走出一队披发文身，头插鸟羽，手执长矛的花蛮。当头四人，长矛插在肩上，分抬着两个长约丈许的号筒，在前引导。这队野人共有三百多个，内中还有一些抬有大鼓,手持乐器的。俱都生得奇形怪状,装束诡异,行走却甚迟缓。后面督队的是一个身体瘦小,满头乱发披拂,形如野兽的男巫,一手持着一根粗如人臂的白骨,一手摇着串铃,时前时后,时左时右,时而口中怪啸连声,张目四射,时而将身倒立,旋转如风。随在大队之后做作了一阵,倏地一声极尖厉的长啸,猛旋转身,弩箭脱弦般往来路林中如飞射出,一时更不再出。

前行众人直如例有文章,并无一人回顾,依旧缓步前行,往当中石台上走去。众人到后,为首四人,两人一面,各抬着那长号筒左右排立。抬鼓的几个,也将三面大约方丈的皮鼓架好,余人也各分排排列,似要举行什么大典,神气甚是严肃。中有十余人,各持利斧,跑到台侧密林之内,一会儿工夫,砍了许多木柴树枝到来,堆在台的中心。

石玉珠见闻最多,看出那是野人要用活人祭祀妖神,便令众人停飞,暂隐密云之中,如若害人,便下去救援。因知那督队妖巫惯用邪术惑人,权力最大,橡树林内树枝繁茂,绿森森一片,看不到底,必还有些花样。正待隐身飞入林内探看,花蛮忽将号筒吹响,声如牛吼,洪亮非常。同时又将皮鼓敲打,嘭嘭之声振动山林。跟着四方八面的花蛮闻声蚁聚,蜂拥而来,到了台下,各自环围拜伏在地。

石玉珠略停了停,还未降落,先回林去的妖巫已二次走出,神情动作越类疯狂,面向林中来路倒退而出,跳跃倒立,进退回旋,其快如飞,通没丝毫声息。 会儿,林枝动处,随着妖巫手舞足蹈,走出两只人白象。为首一只象背上坐着两个年约十六七岁,装束得半苗半汉的少年。

第二只象背上端坐着一个狮头虎面,身体奇胖,肩插幡幢,手执金钟的红衣番僧。最奇的是,象前面竟有两个女子,被番僧用一根细线套在头上,在地下行走,神情狼狈已极。

众人俱是一双慧目,见象背少年不是土著打扮,早已心动。再一看这被擒二女竟是玉花姊妹,不由又惊又怒。裘元、南绮首先按捺不住,当时便要飞落。石玉珠忙止住道:"我看玉花姊妹已为妖僧邪法所制,前行必是漏网妖童无疑。红衣番僧妖党甚多,不宜使其漏网。他既设下祭坛,必然还有许多做作,不必忙于一时,且把万全主意打好,再下不迟。"随令裘元、南绮和舜华分三面在空中隐身埋伏,堵截妖僧,以防漏网;令吕灵姑随定自己,一同相机下手。

分配停当,石玉珠和吕灵姑便即隐去身形,往下略为降低,停住等候。一会儿,白象走上法台,番僧将手一指,玉花姊妹自往柴枝堆上走去。灵姑见玉花姊妹面容惨变,好似失了知觉度,好生怜惜。悄问:"别时毕真真、花奇曾允急难相助,如何不见到来? 她二人也颇有本领,此时怎会神志昏迷,听人摆布? 莫非失魂了么?"

　　石玉珠悄答道:"我想她二人必是冷不防中了妖僧暗算,不及向毕、花二人告急,元神便受禁制,否则不会如此。看这情景,妖僧必有摄取生魂的镇物,但我细查未见,内中必有缘故。我们如不将镇物破去,妖僧再如逃走,追赶不上,她姊妹依然难救。适才我不令造次,便是为此。这事奇怪,也许还有同党和主持人未到,下手时,妖僧和二妖童千万不可悉数杀死,务须留一活口,以便逼他献出镇物,免致误事。若等妖僧一发火,镇物仍未出现,只好由灵妹速将飞剑、神斧一齐施为。杀死妖僧以后,尸首务要守住,或是提向一旁,以防万一镇物藏在身上。同时我便下去,一面救人,一面生擒妖童拷问。"

　　石玉珠说时,妖僧已在台中心坐定,口中喃喃,不住念那邪咒。妖巫和台上下千百众蛮也已奏乐舞蹈不休,状类疯狂。一时芦笙呜呜,皮鼓咚咚,相与应和,四山回应,势绝雄诡。石玉珠知道妖巫所念邪咒只是附和番僧助势,行法的仍只番僧一个。咒一念完,便该发动妖法,毁形炼魂。无如怎么仔细观察,也看不出镇物何在。灵姑几次要下去,俱吃石玉珠拦住,意欲等到发火时镇物也许出现,然后下手,免去了好些手脚,还有偾事之虞。

　　这一持重果然不错,番僧念完邪咒,立有一片红雾将全台笼罩,两妖童随走向番僧面前,双方似在争论。约有半盏茶时,忽听破空之声。跟着两道青白光华由橡林一面飞来,直投黄烟之中。落到台上,现出两个妖道,大声喝道:"贱婢甚是倔强,不肯服顺,我已无所怜悯,和尚只管行法好了。"

　　妖道话还未完,石玉珠早瞥见妖道一人手上捧着一个瓦罐,知是摄取二女生魂之物,心中大喜,悄告灵姑道:"我去破法救人,灵妹仍杀那妖僧,不可放过。南妹她们见我们动手,自会下来接应,毋庸再招呼了。"说时,二妖童已满面喜容,由妖道手里将镇物接过,一人捧了一个,站在番僧前面,静候施为。要知后事如何,且看下回分解。

第八十三回

剑气纵横　铜鼓山下诛邪祟
烟波浩渺　香兰渚上拜仙真

番僧刚刚离座站起，伸手去拔身后小幡，石、吕二人已凌空飞坠。石玉珠仍未现身，首先身剑合一，冲入红雾之中，扬手一雷，照二妖童打去。一声霹雳，满台雷火星飞中，妖童所捧瓦罐立即震破，两缕青光微闪即隐，柴堆上二女便已回醒过来。

番僧、妖道闻得疾风下坠，便知有警，赶紧行法护身抵御时，无如事起仓促，敌人来势万分迅疾，雷火声中邪法先破，二妖童也各受伤倒地。紧跟着，石玉珠现出身形，将手一指，玉花姊妹头上红线先断，一手挟着一人，驾剑光往上便飞。妖僧、妖道刚怒喝得一声，灵姑飞剑、神斧也在此时突然一齐发出。

妖僧法力实是不弱，偏遇见这类前古元金百炼而成的至宝，加以遭人暗算，一时怒从心上起，一心伤害敌人，出那恶气，并未想到纵身闪躲。瞥见大半轮红光发出五色精芒，当头飞到，以为寻常道家所炼飞剑、法宝，忙把右肩一摇，先飞起火龙也似一道光华迎上前去。同时摇动右手金钟，口诵梵咒，还待施展邪法时，灵姑的五丁神斧宝光已是落下，那条火龙迎刃立解，化为万点焰光，一闪即灭。妖僧百忙中见状才知不妙，方想逃遁，已来不及，斧光到处，只怪吼得一声，便被由头至腹齐当中血淋淋分为两片残尸，倒在地上。台上下之人见状立时一阵大乱。

灵姑原不知妖僧、妖道法力深浅，因日前为助冷、桑二人脱难，追赶陈嫣元神，冲入含青阁前青雾之中，几乎被困，这时见妖僧法台上满布赤红烟雾，不由生了戒心。又把妖僧认作主脑，下来时身剑合一，手握五丁神斧往下砍去，心里还以为妖僧事前诸般做作，妖法必是厉害，未必一击便中，及见下手如此容易，尤其台上红烟迥非含青阁前乙木真气之比，剑光一冲即散，毫无阻滞，心中大喜，赶紧朝二妖道飞去。

　　二妖道本想用飞剑、法宝追杀石玉珠和玉花姊妹，忽见又一女子驾剑光飞落，手中持着一件从未见过的奇怪法宝。先以为番僧邪法厉害，金钟一摇，敌人便会昏迷倒地，护身法术也极神妙，敌人万难近身。不料死得这么快，来人才一照面，便已了账，不禁又惊又怒。更恐妖僧身旁法宝被敌人夺去，两人都怀着同样心思，舍了石玉珠不追，各把手一扬，飞出一道冷森森的碧光，打算先将敌人挡住，然后施展分身化形之法，将妖僧残尸抢走，取了身旁遗留法宝，再用妖法异宝杀敌报仇，相机行事。

　　谁知空中还伏有三个强敌，早就跃跃欲试。见妖道到来，吕、石二人一同飞下，裘元、南绮首先按捺不住，一指剑光，流星下泻，跟踪飞坠，恰在此时降落。妖道只顾前面，通未觉察。灵姑的神斧、飞剑已非敌手，如何受得住两下夹攻，又是骤出不意。迎头先遇吕灵姑，才一接触，妖道便觉敌人飞剑、法宝大异寻常，心中大惊。但又不舍，拼着两口飞剑不要，专心去抢妖僧尸身上所留法宝。正打算运用玄功勉强支持，不作全胜之想，只抽空抢了尸身便逃，猛听头上破空之声，两道光华惊虹电射而来，喊声："不好!"赶紧向侧飞遁，意欲让过来势，再取法宝迎敌。

　　南绮何等机智，看出二妖道失势心慌，更不怠慢，一面催动剑光杀敌，一面扬手便是一蓬五色彩丝，雨一般当头撒下。妖道两口飞剑非灵姑之敌，本来不能持久，这时急于逃遁，心神一分，被斧光接连几撩。裘元的飞剑与灵姑的飞剑两下会合，再　绞，立被绞成万点碧莹，四下散灭。

　　这原是瞬息间事。妖道瞥见南绮彩丝飞到，自己两口飞剑同时消灭，不由亡魂皆冒，不敢再事逗留。正待施展化血分身之法向空遁去，倏地震天价一个迅雷打将下来，妖道刚往斜刺里遁走，恰好打个正着。裘元等三人飞剑、法宝又往起一合围，立被绞成一团血雨落下。石玉珠更将神雷发个不休，休说尸身，那妖道连元神也未保住，全被雷火、剑光一齐消灭。

　　这些花蛮俱是山中信奉邪教、喜吃生人的生番，汉人只要迷路误入，走到他们的境内，遇上一个便休想活命。残暴凶狠，胜于豺虎，却是个打胜不打败的性情，又最畏天神、恶鬼。台下看妖僧行法，火烧活人为乐的一群，先听晴天迅雷下击，突有两个满身电光飞舞的女神飞降，一现身便将妖僧杀死，妖童击倒，都当是犯了神怒，天雷行诛，女神下界，吓得心胆皆裂，纷纷忘命四窜，其去如风，转眼都尽。只苦了台上这些有职司的，一则妖僧护台妖烟急切间还未被众人扫尽，无法逃走；二则来势又极神速。

石玉珠深知这类吃人生番秉性凶残，死有应得，虽不值专心杀他们，并无丝毫怜悯顾惜之心。又认出二妖道正是竹山教下妖党，俱炼有元神化身，心灵相通，求援逃遁均极迅速。如被行法求救，云贵边境深山之中多是妖党巢穴，似这两人固然无妨，万一将首要诸人引来，凭着同行诸人，绝非其敌。就是当场杀死，只要被元神逃走，也是不了。除恶务尽，为免后患，以全力运用玄功，施展太乙神雷，照定台上连珠下击。众生番身当其冲，自然遭受池鱼之殃，等到妖烟随着妖僧、妖道残魂碎骨一体消灭，众生番也随着尸横就地，血肉狼藉，百不存一。

只二妖童狡诈，先为雷火所伤，人并未死，自知情势不妙，一面诈死倒地，暗伺动静；一面行法，准备暗放妖蛊伤人。再要不行，便拔刀自刭，将元神附在自炼妖蛊身上，化形遁走，觅地重修。正倒在地上，互使眼色，准备一同下手。不料玉花姊妹两个行家高手，自被石玉珠救起空中，神志一清，首先注意到二妖童的身上，双双齐喊："恩人放手，我姊妹还有要事。"石玉珠见妖僧已死，妖道力竭势穷，手忙足乱，料无妨害，一面发出神雷，一面放下二女。

玉花姊妹因雷火猛烈，不敢降下。玉花忙命榴花收蛊，自拔头上金针，化为一丝火光，朝下掷去。正赶二妖童觉出大势已去，凶多吉少，就地一滚，避开正面雷火，双双忍痛起立，刚把身边妖蛊化为千百点乌金光华往上飞去，吃榴花暗中行法，将手一招，全数收去。

二妖童望见头上两溜青萤光华满空游走，猛想起仇人已被救走回醒，当时面色惨变，各自拔出刀来，未及回手自刭，那丝火光其疾如电，已经飞到。头一个妖童首先被穿通前额，惨嗥一声，死于就地。第二个妖童因立在后，没有看真，心中一惊，手势略缓，也被金针打中。跟着石玉珠连珠神雷发动，连那丢了手中白骨，想要乘机往台下纵逃的妖巫，同时被震成粉碎。

事完之后，台上只剩下许多生番的残尸剩体，泥石交混，血肉狼藉，一片焦臭，刺鼻难闻，看去甚惨。依了舜华，要想掩埋完了再走，南绮又向玉花问其经过。石玉珠道："这类野人都是穷凶极恶，死有余辜。附近诸山多是竹山教下妖人巢穴，本非善地。适才为杀妖道，我连发神雷，声闻远近，保不定惊动寻来。他们心灵相通，最长报警之术，飞行也极迅速，一被追来，便是麻烦。妖人、妖巫全数伏诛，只逃走了些无知生番。事后妖人发现，找不出敌人线索来路,再好不过。我们都还有事,妖人气数未尽,此时何苦招惹? 急速离开为是。"说到这里,隐闻遥空异声呼唤,恍若鬼语。石玉珠侧耳一听,悄道:"不好,快随我走!"说罢,率领众人一同飞起。

众人因玉花姊妹飞行不快,便由舜华、南绮相助,同驾遁光,往云南境内飞去。初飞起时,遥空异声除去路一面,似有好几处隐约相闻。众人因石玉珠当先开道,神情匆迫,飞行极速,料有原因,也各催动遁光加紧前驶,晃眼便是数百里。

飞了一会儿,异声越听越远,逐渐消失,石玉珠才令众人略缓。一看下面地界,忽将众人唤住,喜道:"日前我们本定往香兰渚去见宁一仙师,因事耽延,来时又应了陈道友之约,以为苗疆地远,墟寨甚多,二妖童不知投向何处,寻找玉花姊妹尚须时日,归来再往紫云宫求取天一真水,再同赴磨球岛离朱宫灵焰潭盗宝,事完少说也须四五月后。人事无常,能否有缘进谒,实不敢定,哪知才一日夜便与玉花姊妹巧遇,还除了三个妖孽。

"适才所闻异声,便是竹山教下妖人互相传问的灵语信号,必由雷声引发而来。他们传递极速,我们都能听到,可知甚近。这还是首孽大败失势之余,稍为敛迹,遇上警兆,散居各地的妖人先自互相询问,非他同党遇上凶危不肯出头,否则那雷声一听便知是正教门下。如在从前,早已四方八面循声拥来,不问来人是否和他为敌,只要是正派门下,必以全力齐下毒手,决不放过了。

"我料他们闻雷生疑,最后问到被杀二妖人,没有回音,才立即追来。为首几个妖孽邪法厉害,尤其我们的人本领不齐,各有所短,遇上时吉凶难卜。恰巧这一面没有动静,只顾加紧飞行,未及细看。适才一看,前面不远竟是滇池,岂非快事,我们可择池旁荒僻无人之处降下,再踏水往香兰渚去,以示诚敬好了。"

石玉珠说罢,领了众人,同往池北岸芦草丛生的荒僻野岸降下。略为歇息,就便询问玉花此行经过,怎会落到妖人手里。

原来玉花姊妹自从死中得活,颇知警觉,一心倾慕正教。只因众人力说苗疆蛮域盛行巫蛊之术,一时不易根除尽绝,如无人为之宗主,后患无穷;只有釜底抽薪,令她姊妹继承天蚕仙娘法统,严订规条,逐渐消灭,方是良策。

玉花心想:"玄门修道最重外功,此举实是功德无量。好在这些正教仙人已然相识,只要志切修为,将来总有仙缘遇合,何况毕真真已允收为记名弟子,更不愁没有进身之阶。先就现成基业去立外功,等有成效,众仙自会看重。"于是便答应了。

后来又想:"二妖童颇有法力,逃时又带走了好些恶蛊,如不除去,不特将来各苗寨、峒墟的汉人、苗人备受其害,如等势力成长,连自己眼前的地位、生命俱不能保。"切身厉害,自是愁急,所以别了众人,便往云贵边界各深山苗域中寻去。

玉花姊妹去时以为滇边地域广大,尽是高山峻岭,危崖连嶂,毒岚恶瘴,榛莽蔽野,无数苗寨、峒墟零落隐藏其中,妖童惊弓之鸟,望影先逃,定必匿形潜影,难于搜索。旋欲借苗民敬畏本教心理,故示神奇,令妹榴花先充神使,向各苗寨、峒墟传示神命,自己隐随在后,一路往前访查。哪知这一求快,反几乎送了性命。

那二妖童人小心大,前在天蚕仙娘教下,曾有一次奉命往滇边大诸葛岭铜鼓山寨中催索贡品,与峒主龙河旺身旁执掌大权的妖巫结下私交。起初不过想勾结妖巫,准备日后禀知仙娘,夺取峒主之位。这时恰好用上,便投了去。二妖童及见妖巫一问,才知是他们去年走后,寨中来了一个红衣番僧,自称西域第三法王,不特能够吞刀吐火,手指生莲,咒人立死,并能腾云飞行,用电闪神火杀人,法力高强。来不两天,便将全寨苗蛮制伏。

妖巫并说现时寨主和自己均已拜在他的门下,因听天蚕仙娘美貌,本定不久便要寻上门去,用大法力强逼成婚。如想仍照从前预计,在此立教,决办不到,反有杀身之祸。如能回去劝仙娘嫁他,却是再妙不过的事。二妖童随说仙娘已为人所杀,夺她位的人比仙娘还美,法力却差得多,法王好色,何不劝他下手?比仙娘在日更易成就。妖巫闻言大喜,立即引见番僧,也拜了师。第二日,又来了两个竹山教下的妖人,乃番僧好友。于是连日商量去寻玉花晦气,恰值玉花姊妹寻上门来。

二女虽在仙娘门下,却不以师娘所行为然。又以婚姻失意,心灰意冷,除了每年定时朝拜奉教而外,轻易不去。妖童奉使与妖巫勾结之事,一点不知,也未想到他们在铜锣寨潜身,只是顺路查访,全无机心。

榴花先往寨中宣示神命,峒主、妖巫立出接见,编了一套假话,说二妖童日前来此,现住附近山洞之中,但他们有一师父法力甚高,宜用计诱。又盛筵款待,仪式隆重,崇敬非常。

二女知苗民对本教奉如天神,绝不敢丝毫违逆,只当无心巧获,得来容易。加以连日跋涉辛苦,妖童新师法力深浅难测,打算宴后再命峒主、妖巫诱来,当时擒了就走。正饮食间,猛听梵咒之声,番僧和二妖童突然出现,方疑上当,猛觉头晕心恶,人便昏迷晕倒。等到醒来一看,身已被人擒住,神魂也受了妖法禁制,休说脱身抗敌,连向毕真真、花奇二人求救都不能够。

番僧见玉花果如妖童所云,生得美丽,心中甚喜,始而要她从顺。玉花天性贞烈,自忖身落人手,如与明抗,必不能保。仗着得了天蚕仙娘真传,学会处子完贞全节之法,一面拿话点醒榴花,不令怒骂,假意应允,等将禁身邪法撤去,立即暗中施为,欲将贞体保住;一面暗放神蛊,去致番僧和妖人、妖童死命。番僧惑于美色,居然应诺。

玉花如趁此时向毕、花二女求救,不消多时便可赶来。只因保全女贞之心太切,易缓为急,把求救之事放在第二步,忘却二妖童法力本领虽不如她,却是行家。二妖童又知玉花平日守身如玉,性甚贞烈,连仙娘都强她不得,怎会顺从那生相凶恶丑怪的番僧,一说就允?料定有诈。先劝番僧缓解禁法不听,便留了神。玉花姊妹刚在暗中行法化为石女,保住元贞,二妖童立即警觉,从旁叫破。

榴花恨极妖人,下手较快,将本门神蛊暗使出来,除二妖童早有戒备,不曾受伤外,番僧和二妖道全受了暗算。榴花因是骤出不意,神蛊已然附在妖人身上,稍缓须臾,便可杀敌制胜。只因番僧尽管惑于美色,因二妖童再四劝阻,不能无动于衷,禁法虽撤,暗中也有准备,收摄神魂的镇物就在身旁,一举手便可将二女神魂摄去。加以二妖童在侧全神贯注二女动作,一见妖法被撤后,二女各把双目低垂,心神内敛,一言不发,便知要闹玄虚,立即揭发。总算闭窍全贞之法乃天蚕仙娘秘传,二妖童虽蒙宠爱,因是男体,学它无用,不知底细。榴花放蛊时,又以全力猛然发动,二妖童临难先顾自己,才得占了一点先着。

番僧、妖道见敌人乘隙反噬,自是愤怒,二次行法将人擒住。摄去神魂以后,依了番僧,立时便要加以残杀。因二妖道也垂涎玉花美色,见为番僧所得,本就在打主意,不舍就杀;又以身附蛊毒,虽然主持无人,不致便受大害,如欲除去,却着实要费一番心力,终是未来隐患。解铃还须系铃人,力劝番僧消气容忍,自将镇物取去行法,强劝二女收蛊降伏。番僧也知蛊毒厉害,又经力劝,只得应允。哪知二女断定不免,一任行法禁逼,软硬兼施,神魂始终倔强,不肯顺从。一连数日,将番僧激怒,决计用红番最恶毒的邪法火化二女原身，禁炼形神，报仇泄愤。二妖道终恐去那蛊毒费事，二次再三劝说暂缓半日。

也是妖人恶贯满盈，如再延迟一日，石玉珠等便要错过，玉花姊妹也就万无生理。只因二妖童急于二女速死，唯恐她们受妖法禁迫降伏，嫁了番僧，日后就不能报仇，也必夺去宠爱，不能为所欲为，不住怂恿激怒。又以苗人每月均要火焚一二生人敬祭妖神，恰可一举两得，便令妖巫率领群苗将祭坛设好，并催促番僧同二妖道说好，若过了时限二女还不降伏，立即行法处死。

二妖道虽然不畏番僧，碍于交情极深，将来又有用他之处，不便坚持破脸，只得把收禁神魂的镇物留下，加紧诱迫，作那万一之想。二女天性刚烈，心里又深信毕真真、石玉珠等必能前知，赶来相救；即或不然，为妖人所杀，也只元神暂时受禁，终有超脱之日。如若真该遭劫，以前两次早已不免，何待今日？竟打定宁为玉碎不为瓦全之想，一任妖道用尽心思，倔强到底。

一晃挨到预约时刻，二妖道也甚愤怒。等将镇物送往祭坛，石玉珠等一行五人恰在这时路过发现，因是下手太快，玉花姊妹不及施为，众妖人便全数送终。否则番僧、妖道俱已中蛊，二女只一脱困，便能致他们死命，一样也是要遭惨死。二妖童携逃的许多恶蛊俱在身上，不及放出。二女本不想留来害人，也就听之，事前没有收回之念。都被石玉珠连珠雷火一阵乱打，全数消亡。

苗疆恶蛊本极猖獗，为害甚烈，连经几次重创，如金蚕、七脩、铁翅、蜈蚣等极厉害的恶蛊，俱已除尽。玉花一掌教，严订教规限制，只能置毒饮食之中，极少能够飞出害人。熟悉苗情的汉人一望而知趋避，中毒以后医治也较容易。尤其是无故决不害人，有受害的也都是负心背义，激怒苗人，咎由自取。从此威力大逊，十不存一，不足为害了。

玉花说完经过，众人见那八百里滇池烟波浩渺，天水相涵，湖心鹤汀凫渚，棋布星罗，宛如黛螺点点，飘浮水面，景象雄阔，清丽无俦，正在遥瞩之际，忽见较远一座小岛屿上似有一片祥光隐隐飞坠。石玉珠惊喜道："想不到小寒山姊妹也会在此不期而遇，以后的事想必好办多了。"众人问故，石玉珠道："这是我两个好友：一名谢琳，一名谢璎，为同胞孪生。她义父乃武夷散仙谢山，自从峨眉开府，得一前辈神僧点化，归入佛门，已成正果。她两姊妹也在峨眉开府以后，投到小寒山神尼忍大师门下。自乃师二次闭关，我和她们已有五年未见。此事说来话长，我和她们别久会稀，急于相见，过些时再详谈吧。"说罢，众人一同隐了身形，贴水踏波而行，往香兰渚上飞去，晃眼行近。

那香兰渚地方不大，孤立水中，泉眼就在下面。逆浪排空，宛如奔雪，风涛险恶，地方又僻远，渔舟之所不至。渚上生着千百种幽兰，间以奇花美树，馥郁葱茏，五色缤纷，宛如仙境，点尘不到。众人还未到达，老远便闻见阵阵幽香。南绮原具爱兰之癖，又见景物如此清丽，连声赞妙。石玉珠道："宁真人想已知道我们要去进见，否则这近渚一带俱有仙法禁制，早被阻住，不能前进了。"话还未完，人已到了渚边。

众人刚刚上岸，倏地眼前一亮，由左侧幽兰丛生的危崖后面，有两个年约十六七的淡装少女分花拂叶而来。石玉珠连忙迎上前去执手相见，甚是亲热。众人见两少女不特相貌如一，连穿着、神情俱都似一个模子印出来的，都是美秀出尘，容光明丽，令人不可逼视。灵姑和舜华、南绮本俱自顾美貌不后于人，见了也由不得生出一种天人之感，爱敬交集，不等石玉珠招呼，全赶了去。

双方引见之后，南绮最是聪明，暗忖："寒山二女一般相貌、身材，她们和石玉珠同辈至交，以后不知能否和她们亲近？如若侥幸能与常见，应该有个分别才好。"便在暗中留神观察二女言谈动作，看到底有无分别长幼之处。看了一会儿，才看出二女于清华朗润之中，别具一种天真。说话时面上常带笑容，一笑，面上便微现一个酒窝，恰是一左一右，这才认定长幼之分，见众人也在留意观察二女有无分别，均未看出，心中大喜，且不说破。

石玉珠问二女来意，打听宁真人出游也未。谢璎笑道："真人现在洞内等你们去进见呢。至于我姊妹的来意，暂时却不能和你说。并非隐瞒，也是受人之托，内中有点缘故。且等到时再奉告吧。"石玉珠笑道："琳妹近已成长，还是当年天真。你不对我说，我也不问，如何？"

谢璎笑道："委实有点关碍，暂难明言。你们见完真人，可还到哪里去么？"石玉珠便说："有一新交好友要去紫云宫游玩，因与主人素昧平生，约同前往，代为引见。只等见完真人，约齐同去的人，便即起身。"谢琳笑道："各人都有各人的心意，有时说早了反倒误事，暂时不说出来最好。"

石玉珠因陈嫣紫云宫求取真水，事前不宜泄露，故此未对二女明说。闻言不禁心中一动，暗忖："闻说谢家姊妹近已得了小寒山神尼忍大师真传，道法益发高深,莫非紫云宫求水之事已被她算出来了么?"才一转念,谢璎笑道:"石姊姊,你素日对友虽喜锐身急难,但也须对方是个好的才行。你那新交好友人品如何,想必甚好吧?"

石玉珠笑道:"同辈道友中,哪还盖得过你二位去?尤其品貌更是无人能及。不过这两位道友也各有其长处。内中一个叫冷青虹,更易引人亲近喜爱。但如比起道行法力,那就差得多了。"谢琳笑道:"石姊姊眼界素高,这样夸她,一定美秀已极,我真想见她们呢。"

谢璎道:"早迟自会相见,忙这一时做甚?"谢琳笑道:"人生遇合,各有因缘运数。此念一动,便是种因,到时自然相见,我不过说说而已。"

石玉珠笑道:"想起我们在凝碧仙府初相见时,贤姊妹修道已逾百年,依然稚气未脱。自归忍大师门下并没多年,竟换了一半性情,连言谈也变了好些。真个士隔三日,便当刮目相看了。"谢璎笑道:"石姊姊就爱挖苦人。只顾我们叙阔说笑,却令同来诸位道友久候,快到洞中见宁真人去吧。"

谢璎说罢,领了众人折向崖后,面前突现一片平地,数十株大逾十围的千年古树矗立其间,树干上各生着好些寄生兰,叶长二三丈,花大如杯,累累下垂。左边一片危崖,更有千百种奇珍名贵的幽兰丛生其上,异香芬郁,相与融会,令人闻之心清神旺。

众人除石玉珠在凝碧仙府观赏过两次,余人均属初见,方在心中赞绝,小寒山二女和石玉珠已先往危崖上飞去。众人随上一看,那崖高只十余丈,自腰以下壁立如斩,通体玲珑剔透,形势奇妙。上半一段突缩进去四五丈,现出一片平地,疏落落长着十余株老松。

松下磐石上置残棋,两旁设有三四个石墩,似是真人平日与客对弈之所。全渚皆种幽兰,独有此片石地寸草不生。那些老松俱自石隙之中怒生,盘纡磅礴,夭矫腾舞,清奇古拙,各具姿态。清风过处,发为松涛,与狂波击石之声相与和应。四望清波浩浩,天光云影,浩无际涯,真令人有出尘遗世之感。后面还有六七丈高的危崖,洞穴甚多,主人便就着原有形胜,因势兴建,辟成三层洞府,地方不大,精妙异常。

众人正待循着崖脚石级走上,忽见二层洞内走出一个十二三岁的道童,笑朝小寒山二女道:"李哥哥嫌二位姊姊不肯同去,已赌气回武夷山去了。家师请你们稍候,他就出来。"谢琳道:"他回山最好。"

石玉珠见谢琳说时,使了一个眼色,道童便不再往下说,只笑问二女道:

"令世弟也同来了么？怎我先未看见？道法想必又更精进了，真是难得。是同来的么？"

谢璎笑道："你还夸他呢，都是家父爱他过甚，惯成这样子。以前便爱惹事，近年又奉家父之命，出山修积外功，越闹得不成话了。见了风，就是雨，不管对方深浅，一味蛮干。偏又运气好，居然很少吃亏。他和齐金蝉、石生、南海双童、易氏昆仲等八九个人最好，只要凑在一起，必有事故。我姊妹两个也不知为他操了多少心。去年和峨眉这几个小弟兄假名到金钟岛去看我叶姑，路过小南极无定神洲，成心找人晦气，将黄沙老祖的爱子、爱妻杀死，给叶姑找了不少麻烦。

"今早随便得了一点风闻，又想淘气。因金、石诸人正奉教祖齐师伯之命，在炼济世用的灵丹，没处找伴，恐自己法力不是对方敌手，来找宁真人借件法宝。我姊妹还是为他才赶了来的，因他早来，你未看见。适才我说他两句，还是嬉皮笑脸，他向来不管多大乱子，只一说就要做，赌气回山，绝没好事，不知又安甚心思呢。"

道童笑嘻嘻插口道："是真赌气。二位姊姊不许去，师父又不借他法宝，他怎敢深入虎穴否则我也同他去了。"谢琳笑道："你也不是甚好人，定是通同作弊，想瞒我怎行？你才有多大气候，也跟他学？迟早吃了人亏，再偷偷去哭吧。"道童笑道："漫说我不会吃亏，就吃人亏也不会哭，姊姊放心吧。"谢璎道："如何？话露出来了不是？小世弟真胆大包天，我简直想不爱他了。"

石玉珠笑道："你姊妹两个这叫其词若有憾焉，其实乃深喜之。令世弟自从由妙一真人引进到令尊门下，彼时才只两年光阴，如非你二位爱他，带往小寒山，强磨着令师传了不坏身法，又喜他到处游行惹事，怎会胆子越来越大？自己先诱人犯法，如今又要充好人了。"

谢氏姊妹还未答话，道童已在旁拍手笑道："这话真个通极，要不是每次出事都有二位姊姊赶往相助，小世哥还未有这样胆大呢。我如有一位有本领的姊姊，也早和他一样了。"说得众人都笑起来。

石玉珠料知二女姊弟此来必非细故，否则彼此交厚，决不致连自己也隐而不宣。还有宁一子素来对人谦和，从不以尊长自居，适才已令谢家姊妹来唤进见，到了这里又令少待自出，内中均似有文章。久闻此老虽然性情谦虚，永不与人争斗结怨树敌，在前辈散仙中如论法力，并不在神驼乙休、百禽道人公冶黄等人之下，看这情景，弄巧许与自己同来诸人有关都说不定。

正寻思间，一个相貌清秀，长身鹤立的葛衣道人，已由石级上款步而下，石玉珠忙引众人上前通名拜见。宁一子含笑命起，说道："你们远来不易，本想延入洞中小坐，盘桓些时，不料适才有人相约同往西昆仑访一道友，此时便须起身，无暇接待。昔年炼有一炉灵丹，久无用处，现赠你们每人两粒，以备不时之需。等你们将来便中路过，再作长谈吧。"

宁一子说罢，取出十粒丹药，命道童代为分配。长袖一摆，一道白光直射空中，宛如长虹经天，飞星过渡，眨眼无迹可寻，众人各自向空遥谢了一阵。

裘元见那小道童生相清秀，神情俊爽，想走过去请教姓名；道童也觉裘元年纪比他大不许多，是个好道伴，由不得惺惺相惜，对走近前。双方正要开口，石玉珠笑道："我们只顾说话，还忘了给小主人引见呢。这是宁真人新收不满十年的高足蒋翊。他和谢真人高足李洪一样，都是三岁入门，十余岁便得了师门心法。休看人生得似幼童，如论法力，差一点的异派中人都不是他对手呢。"随说，又指众人向蒋翊分别引见。

蒋翊笑道："裘师兄，休听石姊姊的，我如何能与李哥哥相提并论呢？"谢璎笑道："翊弟不要太谦了，至不济，你两人淘气爱惹事总是差不多的。"蒋翊闻言，朝二女扮了一个鬼脸，引得众人都忍不住要笑。

蒋翊又引导着周行全渚，观赏了一阵幽兰，二女便起作别。吕灵姑见二女仪态大方，又听法力那样高深，衷心倾慕，听说要走，好生不舍，脱口道："二位姊姊道法高深，难得有缘，不期而遇，我等正想多领教益，如何便走？"余人也随声附和，一致挽留。舜华姊妹因听二女近日无事，更想约去冷青虹那里小聚数日，再行分别。

谢琳笑道："诸位姊妹厚爱，我岂不知？听石姊姊说起冷青虹为人，也颇想见她。只是现在还不是时候，过些日我姊妹自会寻你们去，何必忙此一时呢？"

灵姑又问二女谁长谁幼，到底有无分别，请说出来，会见时也好称呼。蒋翊在旁插口道："朋友相交，总该彼此相识才是。她两人偏长得一样相貌身材，又爱一样打扮，好些同道到现在还分不出长幼来，真个笑话。诸位姊姊已来了些时，怎还未分出谁是姊妹么？"灵姑、舜华、裘元齐说，二女容貌身材、举止神情无不如一，着实不易看出。

南绮独笑而不言。蒋翊道："虞二姊不说话，想是看出来了？"南绮手指谢璎方要开口，刚说得一个"这"字，谢琳忙道："我知南绮妹看出来了，但这样认法不算，我倒要考你一考。"说罢，拉了谢璎，转风车般在场中转了几转，各绷着脸，同声问道："诸位姊妹认来。"

南绮见二人颊上梨涡全都未现，笑道："我只看出二位姊姊相貌身材以及神情动作无不相同，只玉颊梨涡一左一右，略分长幼，但非到笑时仍看不出。这等宝相庄严，就认出来，也是碰上的了。"众人闻言方始省悟。

石玉珠笑道："不见二位妹子这等童心，已近十年了。今日有甚可喜之事，如此高兴?"谢璎道："琳妹天性如此，我只好随着她些，否则又不高兴了。"

谢琳微嗔道："没见你这样老实人，自己先认了姊姊，还教人猜呢。我是妹妹，没的教人认错了你，屈尊吃亏。这酒窝真讨厌，要都生在一边不好么?"说到末句，忍不住嫣然一笑，右颊酒窝立时现出，众人都笑了起来。

二女和石玉珠始终未提何日再见，又聚谈了片时，二女作别先走。灵姑见二女只朝众人含笑挥手，道声再见，跟着祥光微闪，便即无影无踪，不知去向，既未见飞起空中，更未听到甚破空声息，心中赞羡非常。

众人正要跟着起身，蒋翊忽拉裴元，笑指道："裴师兄慢点走，又来人了。"众人随手指处一看，两道剑光宛如白虹贯日，在西北遥空云影里，夹着破空之声，朝香兰渚这面电驶而来，晃眼飞坠，现出两个道装少女。石玉珠和蒋翊忙向众人分别引见，才知来人乃是峨眉派门下弟子墨凤凰申若兰和女空空吴文琪。二女见面之后问起，知道宁一子已赴西昆仑，谢家姊妹已然来过。申若兰惊道："想不到谢家姊妹竟有如此神通，我们真惭愧极了。"

蒋翊问故，申若兰道："我和吴师姊日前路遇一位老前辈，本命我两人先来这里，后去小寒山，托谢家姊妹办一件事。我因那事重大，谢家姊妹分别数年，渴欲一见，又以为时尚早，宁师伯轻不出门，路又顺便，意欲先去小寒山约她姊妹一同来此。不料到时，她姊妹正随侍忍大师坐禅入定，留有一纸，上写她姊妹得忍大师指示先机，早知就里，如欲晤谈，请在小寒山少待。否则，日内必去峨眉与一班姊妹道友共谋良晤。我素来性急，等了一日不见醒转，她又没写明准时候。那位老前辈命我两人先来这里，对她姊妹二人坐禅入定之事必已前知。心想往返不过半日，何必在那里枯候? 便赶了来，谁知她们竟分身神游到此。既与宁师伯见过，此事定已有了眉目。蒋师弟可知道么?"

蒋翊笑道:"知是知道一点,暂时还不能说。"吴文琪道:"那就难怪了。谢家姊妹说日内要往峨眉相见,我们还是回山等她们好了。"

石玉珠道:"我与二位姊姊也有两三年不见,难得不期而遇,如何便走?谢家姊妹峨眉之行也无这么快;二位近年已得师门真传,掌教师尊近已闭关,不须亲前随侍。反正山居清修,出入任意,并无要事在身,何不枉驾同去敝友那里小聚数日呢?"

申若兰笑道:"妹妹哪里知道。那年掌教师尊和诸前辈师长,奉师祖玉箧金敕,就着旧居凝碧崖,以玄门无上法力沸石熔沙,模山范水,鼓铸峰岭,陶冶丘壑,宏开五府,再建仙宅。群仙盛会之后,门下男女弟子便奉师命,各本自身根器、功候、法力,分由左元、右元二洞,所设各种魔障险阻闯将出去。或由火宅冲出,或由十三道铁门限内越过,一切均无阻滞危难,方许去至正殿,领了法宝传授,经由飞虹桥上火山积修外功,从此自立洞府,往来自如。

"众弟子中除了本来根器深厚,功力高深的寥寥十多人通行无阻外,只李英琼妹子法力不济,但根器、缘福极厚,仗着白眉禅师前赐佛门至宝,硬由火宅冲出;向芳淑、司徒平二人各得乙、凌二位师伯之助,也勉强转危为安,越过十三限。余者多是知难而退,甘在两洞危壁石穴之中苦修,静候水到渠成。

"有那心存侥幸,或是急于成就,自恃太高的,火宅冲出太难,走的人还没两个,都想用自身飞剑、法宝护身,强以定力由十三限冲出,不料全碰了钉子。总算师恩深厚,一到危时便加解救,否则,纵不遭劫身死,也须重伤,或是走火入魔。

"我便是其中之一,因想一人力薄,还约了凌云凤等六位姊妹,将各人法宝、飞剑联合一起,先以为怎么艰险也能渡过。谁知人数越多,念越不齐。尤厉害是,开头已然联合,便成一体,休戚相关,牵一发而全身皆动。尽管事先商定,潜光内照,护住元神,一任护身宝光、剑光拥着缓缓前行,心想不论有多厉害的景象,视若无睹,不去睬它,又有师父加恩护持,决不至于真正受害。明知是幻象,这还有甚可虑?谁知上去真个容易通过,到了第四关上,不知怎的一来,六人分明在一处,并未分开,竟会成了六起,各自为政,晃眼如醉如痴,入了幻景。如非师父怜惜,全都走火入魔,就到如今,也休想行动一步。

"大家一齐遇险,受害深浅却各有不同。我侥幸算是较好,修炼最快,二次通行时也最容易。可是欲速不达，直到如今，所许外功仍未修积圆满。前年掌教师尊二次传授本门心法，又须加紧修炼，内外功同时都要修积。表面上好似正路出身的弟子，不比奉有特命出山，大都身负重任，无甚闲暇，来去行止均可由心随意，毫无拘束，实则一天也不敢松懈。

"幸而自知道浅力薄，难与诸先进同门争衡，不敢自立洞府。约同吴、李、万、裘诸同门，禀明师长，仍旧在山居住，在师门庇护之下，不用担心外道邪魔侵扰，以便一面修积，一面随时领受恩师训教，省却许多烦扰，要似英、云、八姑姊妹和严、庄、金、石、诸葛、林、岳诸先进同门那样，法力既高，功行也将圆满，行止施为更是无不由心，那就差得太多了。

"这次只是偶和吴姊姊乘空出山，修积一点外功，遇见一位老前辈，命为代办一事，方得到此，出来已有多日。近来奉命采药的两辈弟子已相继回山复命，各地同门应交灵药也都送到，不久开炉炼丹，就许命我二人随同守炉，如何敢在外面逗留呢？"要知后事如何，且看下回分解。

第八十四回

狂飓起遥天　飞斧玄云伤怪士
祥云消劫火　沉舟碧海访珠宫

　　石玉珠见文琪虽只两年不见，道气益发盎然，宛如仙露明珠，自然流照，料知功力大为增进，暗忖峨眉门下进境真速，赞羡不已。玉花姊妹更是衷心敬仰，自恨福薄，向道之心越加虔诚。申、吴二人自然谦谢。石玉珠也不再挽留，略订后晤，便同别了蒋翊，各自分道起身，申、吴二人自返峨眉山。不提。

　　石玉珠和裴元、南绮、舜华、灵姑、玉花姊妹一行七人往含青阁飞去，剑光迅速，不消多时，便已飞到。冷青虹、桑桓、陈嫣三人此时嫌怨既消，十分投契，正在阁前平台之上对弈，俱没想到石、吕诸人回来得这等快法，互相见面，说了前事。

　　灵姑见胜男姊弟未在台上，一问冷青虹，才知阿莽伤势治愈以后，昨日随了冷、桑、陈三人出湖登岸，闲游全山，并去陈嫣故居小坐。归来天已昏暮，行至湖边，忽遇一位姓纪的道友，说奉青城山朱真人之命，因竹山教改了约会之后，自知法力不济，又去长狄洞勾结了两个厉害妖孽，朱真人为破妖法，不久便要设坛祭炼法宝，恐胜男姊弟去晚了不及传授，命来接往，已然走了。

　　石玉珠道："我因紫云宫不能带他二人同行，我由磨球岛事完，又须回山，诸位暂时无人送他们前往青城，带了是个累赘，放在这里也有不便，这样倒省事不少。陈道友如无甚事，此时便可去紫云宫了。"

　　陈嫣知石玉珠急于回山，吕、裴诸人奉命行道，也不宜多有耽延，略为盘算，答道："妹子新近脱劫，元神未固，现正每日子午二时修炼，本来尚须月余光阴。无如诸位俱都有事在身，荷蒙相助，已极感愧，再为妹子多延时日，心更不安。妹子意欲勉为其难，先去紫云宫求来天一真水，再行相机行事。诸位道友以为如何?"

石玉珠道:"道友元神已然凝固,无须过虑。我意磨球岛迟早前往无妨,紫云宫之行却以早去为宜,免得夜长梦多。据我看来,现已有好几位知道此事,齐、秦、周三位主者,如有一个不能装糊涂,这水就不好求了。"舜华、冷青虹俱说:"此论甚是,事不宜迟,我们走吧。"陈、冷、桑三人便留众人小住一日,略浣征尘,明晚起身,就便款待玉花姊妹,游玩全山。

玉花姊妹闻说紫云水仙宫阙之胜,自恨无福,不能随往,好生难过,灵姑、南绮劝道:"你姊妹不要介意,只要志切向上,此次回去正位以后多积善功,上次拜毕道友为师已然种因,迟早自有仙缘遇合。即或不然,我们将来如有成就,也必设法引度,使求正果。你们放心好了。"玉花听二女说得十分真诚恳切,不禁感激涕零,再三称谢。

当晚冷、桑、陈三人先在阁中设下盛宴款待,虽非世俗筵席上的鱼肉珍馐,却也备极丰腆。尤其是各种佳酿果脯,甘芳腴嫩,隽美无伦,无一不是罕见珍品。问起来路,十九均是飞狸平日所献,保存至今。众人各快朵颐,赞不绝口。连石玉珠已然辟谷的人,也随众饮啖起来。

时正月明,湖波渺渺,平静如镜。时见白云朵朵,浮沉碧空,影落水中,上下天光一齐流走。又有那云楼斜壁,玉栋雕梁,霞光潋滟,金碧辉煌,与中天月华掩映生辉,幻为异彩。众人凭栏赏月,临流把盏,直有置身瑶宫贝阙,境真天上,不似人间之感。

石玉珠多历仙山灵境,舜华、南绮姊妹所居长春仙府更胜于此,素元也曾见过,不以为意。灵姑因境由人建,陈设器用过于华丽,觉非真修道人所宜,尽管夸好,也无动于衷。玉花姊妹生在苗山天蚕仙娘洞府,只是清洁无尘,多陈珠玉锦绣,俱是人间之物,几曾见过这等光彩缤纷,华丽之景,艳羡非常,现于辞色。

陈嫣笑对玉花道:"昨日我和冷、桑二位道友约定,磨球岛事完,一同另觅洞府清修,故居已难再留。只是昔年修建这含青阁,以及到处搜掘这些器用珍玩,曾费多年心力,一旦弃却,也觉可惜。别位道友志切清修,必不愿在此久居,一个付托失人,又造孽因,正愁无人接受,适才盘算令姊妹承继天蚕位业,苗蛮初附,如在此居住,创立教宗,大可炫耀于苗人,使其增重信仰,这里居停有主,日后我们旧地重游,也有一个东道。实是一举三得,合宜已极。意欲以此相让,不知愿否?"

玉花惊道："这里仙山宫阙,珍宝甚多,最易引起妖邪生心,我姊妹二人法力浅薄,如何承当得起?"冷青虹道:"这层我们已有打算,既请你姊妹居此,焉有任令妖邪侵犯之理? 只问愿与不愿吧。"玉花是苗女,天性直率,心口如一,便答道:"这是神仙住的地方,只愁没福享受,焉有不愿之理?"

陈嫣喜道:"你姊妹不要犯愁,本山原有桑仙姥遗留的乙木禁制,一切俱早布置停当,只须如法施为,足可自保。你天资颖悟,学它不难,有这一夜工夫,由冷、桑二道友传授,明日便能运用自如了。"玉花闻言大喜。众人也都代她欣慰,乐于玉成。

桑仙姥所设乙木阵法本是宝物,现成设备。席散后同去地室,经冷、桑二人一一指点演习,并述其中微妙,到了次日,玉花全都学会。冷、桑、陈三人又引众人往阁后宝库中去,将原存法宝取出,分别带上。南绮见法宝共只十余件,其余珍玩、宝物之类不下千件,均是人世间罕见之物,看出陈嫣大有一去不归之意,笑问:"这些好东西莫非都不要了么?"

陈嫣慨然道:"昔日一念贪嗔,造下许多魔孽,自遭大劫,方始省悟。日前诸位去后,本想仍由冷、桑二位道友留用,因是志切清修,坚拒不受,这些东西,寻常人得去,反是祸水,并且为数太多,便赠新居停也非所宜。诸位道友不妨随意选取,再赠几件与玉花姊妹,余下的仍然埋入地底,以免留在世上害人。诸位以为如何?"

石玉珠和舜华、南绮本没把这类珍宝放在心上,裴元、灵姑更恐犯了师门戒条,俱都谢却。玉花姊妹自觉得居这类神仙宫室已出非分,众人俱不肯受,如何还起贪心,也以婉言辞谢,陈嫣叹道:"妹子昔年为宝忘身,千方聚敛,唯恐所得无多。今日诸位如此高洁,真出人所料。"

石玉珠道:"这话也不尽然。海内外散仙、地仙有宫室器用之美的,也不在少数,只不是百计千方,专一寻取而得罢了。陈道友以前之失不在藏宝,而在以法力强迫异类,诛求无厌,以致惹出许多事来。天地珍物,显沉有时,沉没千百年,既被道友发掘出来,也是定数,何必重又埋藏? 我们实是用它不着。我看玉花姊妹无甚法宝,内中颇有几件可以祭炼,不妨代选几件。再挑几件难得的送往紫云宫,作为礼物,余者仍用法力暂时封藏,以备日后或有用处。即便无用,宝库本来深藏湖底,又有禁法封闭,寻常异派妖邪无法攻入,并也无从知底;真有极大法力的道术之士,又不会生心掘取。比另行觅地埋藏稳妥得多,何必多此一举呢?"众多称善。

陈嫣道："妹子也是惊弓之鸟，未免多虑，以珍物太多，聚在一处，易启妖人觊觎。我们不在此地，玉花姊妹力薄，纵令宝藏不被攘夺了去，也是麻烦，弄巧人还受害。故想将它分散开来，另觅几处隐秘之地埋藏，免有后患。石道友既说无碍，便仍由它在此，将来再作计较好了。"

陈嫣说时，冷青虹又再三向众力请各取两件，以示因缘。众人不愿拂她盛意，各自商量，拣那稍为有用的取上一件。石玉珠取了一粒夜明珠，舜华取了一只温凉玉环。裘元、南绮、灵姑三人因听石玉珠说这些珍物本质极佳，中有好几件，如肯下功夫，俱能炼成法宝，都是一般心思。无如库中珍物过多，珠光宝气，相互辉映，看不出哪样合宜，又不愿贪多，正在逐件摩挲思量。

陈嫣因这次磨球岛之行一半仰仗灵姑，心存酬劳之想。见三人久无中意，倏地想起一事，喜道："三位道友志切清修，这些珍奇玩好之物料难入选，不必找了。记得昔年屡次强迫飞狸寻掘古仙人遗留法宝，它俱坚持不肯。末一次同它前往海中掘取藏珍，因答应只此一行，归来便即放它，它面上似有喜容。归途所有珍物均系妹子行法摄运，内中有一个碧玉枕它独亲自抱持不放。

"我因这类玉枕已有好几个，问它为何如此重视？它说内有十九柄古钱刀，乃古仙人旧物，只消知道用法，再加祭炼，便可运用。但宝主人昔年仙去，将此宝埋在一个亘古无人的火山峡壁之中，原藏洞壁上留有古篆咒诀，并记明源流以及行使之法。那地方终年烈火千丈，连我也难进入一步，只它可以犯险出入。非等我撤去禁制释放，由它独自前往，不能得到。

"问它头次得宝时怎不记下？它说烈火时有强弱，为取此宝已费了不少心力，犯了若干大险。等发现壁间古篆，看不一半，火势忽强，再如勉强延挨，便须命丧火窟。嗣想再去，便被我擒住。因我屡次逼令寻掘法宝，无心应命，这次慨允放它，才将此宝献出。

"我知它是恐我事后食言，以此要挟。等将玉枕封禁破去，打开一看，果是十九柄钱刀，形制奇古，精芒内蕴，幻为奇光，果然不是常物。我也曾行法运用，竟似废铁，全无灵效。怎么盘问它，始终咬定牙关，非等放后，去将咒偈抄来，不知底细。我欲先同它去探，也坚拒不允。方想将它替身寻到，姑且释放，相机行事，便遇二妖人在附近掘到一面宝镜，不合贪心夺取，弄巧成拙，反遭暗算。回山迁怒飞狸，毒刑拷问，复施金水之禁，由此成仇，它甘受楚毒，不吐只字。

"明知枕中钱刀是件异宝，连费了若干心思祭炼，并向友人请教，始终不知底细，不能运用。一赌气，将它收藏在后面那些不甚心爱的珍物之中，一直不曾取视。又隔一年，便遭大劫，早已不在念中，适才方得想起。令师朱真人得道多年，法力高强，见闻广博，同道中尤多天仙一流人物，当能查知此枕中钱刀来历。三位道友何妨将它分带回去，请令师鉴定，加以传授，也许能合尊意呢。"

库中宝物，俱由陈嫣采取海中珊瑚做成各式格架，巧夺鬼工，精致无伦，颇费了一番心思，玉枕就藏在最后宝架上。陈嫣随往取出，众人见那玉枕通体碧绿，形制古雅，看去一色浑成，并无缝隙。陈嫣双手握紧两头一推，忽然分裂为二，上半是盖，下半有十九个凹槽，每槽各卧有一柄钱刀，长约五寸，精辉掩映，宛如新铸。石玉珠和舜华姊妹俱都识货，一望而知不是常物，好生惊奇。刀虽十九把，匣只一个，不便分散。灵姑为人谦让，不肯收持。裘元、南绮看出陈嫣意在灵姑，也不肯拿。

石玉珠道："你三人不必谦让，此宝现尚不能运用，在谁手内都是一样。我听家师说青城初传弟子共有十九人，此宝恰是一十九柄，与人数恰巧暗合，也许将来贵派同门人各一柄。我看玉枕长有尺余，灵妹也不好携带，还是交与南妹暂时收藏，等朱真人看过，传授用法，再做主分派吧。"众人俱以为然。南绮身边法宝囊本可收藏多物，不显痕迹，听众人如此说法，便取来收了。

冷、桑、陈三人又选了几件宝物，赠予玉花姊妹。重又行法，将宝库严行封闭，退了出来。然后再向玉花指示完了机宜，一同作别，往南海紫云宫飞去。

南绮从小便住长春仙府，新近才随裘元出外行道，和裘元、灵姑一样，都是初次飞渡海洋。见那海中波涛浩瀚，漫无际涯，水碧天青，风景壮阔，俱说有趣。舜华和三人原把遁光会合一起，联袂而驰，见状笑道："这里刚离中土海岸，只是天水苍茫，眼界空旷而已，要到紫云宫那一带才是真好呢。"

裘元、南绮俱都性急，闻言便问何时可以到达。舜华道："我也没有去过，只是听说相隔中土有好几万里，就我们剑光迅速，也得些时才能到呢。"南绮撇嘴道："原来并不晓得，也要笑人。紫云宫是石姊姊旧游之地，我问她去。"

灵姑见石玉珠同了冷青虹、桑桓、陈嫣也和自己这拨一样，为减长途寂寞，便于说话，把遁光合成一体，在前急驶，两下相隔尚有里许之遥，笑拉南绮道："反正会到的，问它则甚?"裴元也说："两下遁光已各联合，这一来，彼此都要费事。"不令前往。

南绮嗔道："我本来和石姊姊搭伴，你偏要我到这边来。先还以为大姊近年常往海外访友，多少总知道些，不料全是茫然。这样好景致却不知一点底细，多么闷人。"

南绮说时，舜华遥望前面天边有一片灰云浮动，便道："飓风来了，你就追上她们，也是一片乌黑，什么也看不见。"

裴元道："现在日朗风清，碧空晴明，哪来飓风?"

舜华道："你没来过海上，怎知天气变化? 那朵灰云便是风母，势还猛恶异常，少时便教你知道。"

众人飞行迅速，又当风的来路，话刚说完，那片黑云已渐展布开来，先只呼呼有声，回顾身后来路，尚是晴空万里，水天一色。随闻异声尖厉，起自云中，跟着狂风大作，海中狂涛澎湃，骇浪群飞，矗立如山，天旋地转，惊人心胆。晃眼之间，风势益发猛烈，再顾身后，已是冥冥蒙蒙，一片浓黑。耳听风声、水声上下交合，宛如崩霆怒震，万窍皆鸣，除石玉珠等四人遁光在黑影中闪动朝前飞射外，什么也看不见。

众人冲风飞驶了个把时辰，那风仍未过完。裴元、南绮正说："天不作美，这样多么闷人。"忽见前面黑云中银辉万道，四下分射，石玉珠等一行竟被裹入在内。随着剑光、法宝纷纷飞起，似在与人争斗神气。

众人一见大惊，赶紧催动遁光，飞赶上前。这时因为飓风太大，加上高空原有的罡风，众人逆风而驶，虽精遁法，毕竟吃力。石玉珠一行四人法力较高，飞行渐前，裴元等一行便渐落后，两下相隔约有二三十里。等到追近，又发现银光万道中，还杂着无数暗紫浓黄色的焰光，石玉珠等四人剑光已由分而合，大有转攻为守之势。估量敌强我弱，石玉珠等四人既难取胜，自己这一拨也占不了上风，想起灵姑五丁神斧威力甚大，或能取胜，便令灵姑取出备用，只一分清敌我，立即下手。

灵姑刚刚点头，如言将斧取出，准备施为，猛听叭的一声，一团皎如明月的银光倏地当空爆散，洒了满天银雨。同时又是一道长虹也似的红光，在黑云中连连掣动了几下，那些紫焰黄光似觉不支，倏地合而为一，往左侧逃去。

南绮早分辨出双方邪正，又见银光与石玉珠等会合飞来，料定逃走的是妖邪，也没看清石玉珠等是否追敌，脱口便喊："那是异派妖邪，我们快些将他们挡住。"

四人遁光会合，本由南绮一人主持行进，口中说着话，手一指，早往近侧紫焰黄光逃路迎截上去。灵姑和南绮最是交厚，本就言听计从；加以出山不久，年轻好胜，所得五丁神斧屡显威力，心粗胆壮。一来一去，两下迎凑，只是方向略偏，自然晃眼便追上。

对面敌人又早看出有正派中人驾了遁光挡住去路，并未放在心上，不过新遭挫折，无心树敌，本意往侧面遁走，免得多事。一见对面迎来，分明有意相欺，不禁也生了气，更不躲闪。正待近前，现身喝问，看是何来路，是否明知故犯，再作计较。哪知这四人倒有三个都是初出茅庐，不知厉害，也不认识这些异派中的高人，又都心急喜事。眼看两下快要接近，相隔还在三五丈间，南绮这里首先将遁光一分。灵姑随持五丁神斧，身剑合一，飞将出去，竟未容对方现身，大半轮红光早发出五色奇辉，精芒电射，直朝对面紫黄焰光中飞去。

只听哇的一声厉啸，焰光中现出一个虬髯赤臂的道者，满面怒容，注视灵姑，一闪即隐。灵姑的剑光、斧光已跟着往前一绞，眼看紫焰黄光纷纷散乱中，突有一道紫晶晶的光华夹着霹雳之声，比电还快，往斜刺里射去，眨眼没入狂风墨云之中，无影无踪。

灵姑出时，南绮本想随出相助。舜华为人温和，平日人不犯她，轻易不肯出手，比较沉稳。先看出石玉珠等四人和那银光是朝自己这面迎来，并未往侧追敌，方觉有异，敌人已经迎面，猛想起紫黄色焰光的来历，不禁大惊。忙即拉住南绮时，遁光分处，灵姑首先出手。未容出声唤住，双方势绝迅速，敌人业已受伤遁走，知道仇怨已结。方在悄声埋怨南绮冒失，石玉珠也率众赶到，遁光重又会合一起。

灵姑只听南绮的话行事，哪知事情轻重。石玉珠又是成事不说的人，见面先给同来的人引见。才知前面不远便是元龟殿，那放银光与敌人交手的，便是散仙易周的儿媳绿鬓仙娘韦青青，同了她的好友飞鸿岛主展舒、王娴夫妇。逃走的敌人名叫赤臂真人连登，法力甚是高强。本是风马牛不相及，只因王娴生得绝美，连登偶游飞鸿岛，与她相遇，误以为是寻常修女，想收为妻妾，说话冒失，动起手来。

其实，连登虽是旁门，讲究采补，人却讲理。所有姬妾也以旁门中人为多，全出心愿，并不强迫，更不向寻常民间掳掠。平日又喜做些济人善举。因此各正派中首脑对他都有容让，他也从不与各正派中人为难，有时遇上事，反倒出力相助，或为双方化解。

这次如知王娴来历，也就不会生心。一则见她生得美；二则展、王二人隐居绝岛，夫妻同修仙业，除往谒易周外，无甚同道往还，极少人知底细。海外各岛这类散仙修士甚多，俱无甚高法力。连登无心初到，只说彼此都好的事，容易成功。哪知对方并非弱者，一听出口不逊，又是邪魔外道的装束神情，不等说完，一声怒叱，便动了手。

王娴法力虽高，却非连登之敌。偏巧展舒从不独出的，这日恰往左近海底采取珊瑚，不在岛上。尚幸王娴机智，长于潜形水遁之术，见势不佳，先自遁入海底，不曾被他擒去。

连登还不死心，算定这岛是她的巢穴，早晚必要归来，假意离开，暗中回来，隐身岛上守候。等了一会儿，王娴寻到展舒，一同赶回，连登才知二人本是神仙眷属。自知无礼，本想现身分说，化敌为友。因听二人咬牙切齿大骂，愤怒已极，如若出现，必讨无趣，反倒难处，便用法力在石壁上留下几句告罪的话，暗中飞去。

展、王二人也是三生情侣，前两世备历艰危，受尽苦难，比冷青虹、桑桓夫妻所受不在以下，或且过之。二人终是精诚团结，生死不渝，直到今生重聚，才得苦尽甘来，不特偿了双栖之愿，并还遇合仙缘，同驸长生。所居飞鸿岛地虽不大，却是气候清淑，风景美丽，四季长春，点尘不到。夫妻二人修炼之余，除了玄龟殿散仙易周、易晟父子是师门至交，不时常往看望盘旋外，每日只在岛上做些赏心乐事，翱翔碧海青天之间。又各有极高深的法力，端的美满已极。

二人自从隐居此岛以来，一直过着安乐岁月，从未有人到岛上侵犯过。忽然遇到这样无因而至的横逆，又断定对方是个十恶不赦的妖邪一流，王娴匆匆和人动手便遭挫败，又不曾问得姓名，无处寻访。如先寻易周打听也不至于生事，只因二人还以为当时事出不意，加上存有轻敌之念，好些法宝未及使用，展舒法力又较王娴高些，未免心有所恃。再看敌人壁间留字，明里是谢过，实带恐吓，却不留下姓名来历，颇似有心作伪，使人不备，好二次潜来侵犯。断定妖人既已生下邪心，必要再来，自己多年心血布置、栖隐修炼的仙岛难免不遭毁损,便在岛上遍设埋伏,准备以逸待劳,报仇雪耻,也为世人除害。

哪知连候了多少日,仇敌终未来犯。展舒这日想起玄龟殿已有经年未去,易周是散仙前辈,见闻众多,仇人虽未留下姓名来历,照那奇形怪状的相貌装束,易周也许知道,何不就去看望,前往询问,也好作一打算。王娴本认此事为生平奇耻大辱,报仇之心更急,闻言立即同行。

事有凑巧,二人行至玄龟殿不远,恰值海上飓风大起。王娴忽发童心,要和展舒排荡风云为戏,以试各人法力深浅。展舒知爱妻虽然得道多年,犹是当年娇憨好胜性情,必是近日虔心修炼,功力精进,想和自己较量,便即笑诺。因恐易周父子说他夫妻炫露,没有再往前进,就在当空暂停。王娴令展舒先试。展舒笑道:"休看我们俱精道法,毕竟还是造化力大。你看风势如此猛烈,要想全数禁制固是万难,就是排荡出数十里清明海面,也非易事哩。"

展舒说完,把先天纯阳之气调炼纯一,运用玄功,张口喷出一股白气,匹练也似,其疾如箭,朝风阵中冲去。那吃狂风翻滚涌起,黑沉沉、密重重的乱云海雾,随着这道家所炼纯阳乾罡之气,所到之处立即由细而洪,现出一条里许长,一头小,一头大的白光,逐渐扩大开去。但是,仍是黑云密布,不能见物,只一点也侵不到里面。

王娴知丈夫有心相让,他本来的功力尚不止此,直说:"这样不算,今日须要各凭真正法力比试,免得事后又来斗嘴。"

展舒给爱妻再三催迫,心想:"此时不致有人经过,即便有甚高人经过,这等险恶天气,至多笑我卖弄,也不致遭人忌憎。"随又加功施为,张口向外连喷。眼看风云排荡越远,已有七八里路之遥。正在运气凝神,想到十里远近止住,另换爱妻来试,忽听身后隐有破空之声,由远而近。

这时,飓风正烈,海水群飞,山立百丈,此起彼落,前后激撞,直似万雷轰发,地裂天倾,震耳欲聋,就有多么宏壮的巨声也为所掩。换了道行稍差的人,那御空飞行之声本极细微,就在近侧也听不出,何况又自远道而来。

展、王夫妻二人因是功候精纯,展舒更极谨慎,唯恐被外人撞见,早就留心,一听便知有高人由后飞来。正待收法让他飞过再说,免被看见,说时迟,那时快,猛觉前面也有人飞来,而且更近,似将到达。心方一动,忽听有人怪笑道:"何方道友在此驱逐风云为戏,雅兴不浅?"声随人到,一片紫、黄二色的焰光闪处，由前侧面飞进一个相貌丑恶，佩剑执拂，道袍只穿大半边，露出一条右臂的虬髯道人。

道人才一照面，忽地笑道："我当是谁，原来是贤伉俪呀。恕我鲁莽……"底下话未说完，只听耳侧一声娇叱，王娴飞剑已如银龙离海，飞将出去。展舒原听说过仇敌相貌，也自警觉，相继飞剑出去，合力夹攻。

王娴久已气愤，唯恐敌人逃遁，无处寻踪，边斗边骂，喝问："无知妖道，叫甚名字？"道人笑答道："贫道连登。那日偶游仙岛，误认这位女道友小姑居处，一时无知冒昧，致有非分之请。后知二位道友本是神仙眷属，自觉理亏。因贤伉俪正在愤怒头上，不容面致歉忱，只得在壁上留书告罪，悄悄离去。只说此怨已解，不料今日无心相遇，二位道友依然不忘前恶。我想天下无不可解之仇，何况事出无心。如能释嫌为友，固是幸事；否则话已说明，就此拉倒，也还省事。须知贫道并非怕事，只因理屈在前，不得不甘退三舍；如真非成仇敌不可，那日贤伉俪双双归来，贫道也正隐身在侧，要是心存叵测，变生仓促，事出不意，只恐二位道友法力虽高，也难保不吃一点小亏。贫道不过说错了几句话，何苦逼人太甚？"

展舒见连登相貌装束虽然丑怪，谈吐却不俗，也还讲理，与别的妖人专一蛮横刁狡、恃强为恶者不同。并且所说也是实情，那日他隐身在侧，自己竟未觉出。对方法力又似不弱，就动手也未必准占上风。与他为友虽非所愿，得了就了，也省许多纠葛。

方想与之解消嫌怨，各自东西，不料王娴天性疾恶，恨极了异派妖邪；又听连登想要化敌为友，越认他是见硬来不行，故意借此退身，心藏诡诈。见展舒沉吟欲答，知道丈夫性情和易，就许应诺，不由气往上撞，大喝："无知左道妖孽，我夫妻只为世人除害，谁听你这些鬼话？有甚本领，只管使来好了。"

连登本来性如烈火，早觉对方不知进退，闻言勃然大怒，喝道："你二人既是不纳忠言，一成仇敌，那就莫怪我狠毒了。"说罢，将手一指，紫黄焰光忽然大为增强。展舒知道爱妻这一来强敌已树，仇怨已结，也以全力施为。两下苦苦相持了些时，越来越怒，渐成了不能两立之势。

正打在紧急头上，先是易周之媳、易晟之妻绿髯仙娘韦青青飞到，紧接着石玉珠同了冷青虹、桑桓、陈嫣四人赶到。石玉珠认得绿鬓仙娘韦青青，见与妖人对敌，本欲相助。刚要上前，忽认出对方竟是赤臂真人连登，和师父半边老尼相识,并还帮过同门姊妹的忙。韦青青虽助展、王二人对敌,同时却又为双方化解。忙即住手,也在旁代为劝说。南绮等四人落在后面,只见石玉珠等四人遁光分而复合,误认作敌人厉害,改攻为守;实则旁观相劝,并未动手。

这时连登被展、王二人同声怒骂,又因斗法各毁了两件法宝,心已发横。见韦青青上来先助敌人夹攻,然后再打出易周旗号解劝,认作有意相欺,上来先存敌意。同时展舒因见敌人厉害,唯恐爱妻有失,运用玄功,以全力防护,有两件厉害法宝均无暇施为,而敌人的飞剑渐渐越逼越紧,正在惶急,恰值韦青青赶来相助,立即乘机施展法宝。连登双拳难敌四人,骤出不意,几乎受了重伤,越发火上添油,怒发千丈,不但不听劝解,反倒厉声喝骂,连韦青青也骂在其内。

韦青青素常性傲,和王娴既是至交,又恃有公公做主,自然不把连登放在眼里。见连登不听劝解,出口伤人,冷笑一声,喝道:"连道友,你自无故登门欺人,我已劝王姊姊看我分上,不与你一般见识,你却还要任性猖狂,不肯甘休,连我这说和人也骂在其内。我不过家君有命,说你在异派中比较无甚大恶迹,给你留脸罢了。既非自讨无趣才走,那也无法。但是话须言明,展道友夫妻隐居飞鸿岛二三百年,从来不曾与人争执,这次是你无理侵犯,其曲在你。今日是我强出头打抱不平,将你赶走。如是好的,以后不必去飞鸿岛惹厌,只管到玄龟殿寻我家算账好了。"说时,一边示意展、王二人少时不可穷追,手扬处,早把乃翁易周最得意的法宝赤电神梭取在手内,发将出去。展、王二人见先发宝物未曾伤着敌人,心中愤怒,便把轻易不舍使用的寒魄珠取了一粒,抢先发出。

连登正听韦青青的话有气,未及反唇相讥,猛瞥见敌人一扬手,一团皎如明月的银光迎头打到,因展、王二人所用彗光剑也是银光,还当是同类的飞剑又加增了一道。自己采取虹霓之气炼就的剑气神妙无穷,只因敌众我寡,恐防法宝暗算,已然运用玄功,与身合一,遂照旧迎敌,不曾在意。谁知银光才一接触,倏地爆散,紫黄二色的剑气焰光立被震散了些,并觉奇冷之气侵骨砭肌,当时激灵灵打了一个冷战,那银光也如银雨飘空,一闪即灭。这才省悟此宝乃敌人采取月魄寒精所炼成的冷雷。幸亏自己修炼功深,法力高强,稍差一点的人,不死也必受重创,而就自己元气也耗损了不少。

连登心方惊怒,韦青青的一道朱虹也夹风雷之声尾随飞到。连登认出此是易周所炼纯阳之宝,心想:"对方既将此宝取出施为,必是真奉易周之命特意援助展、王二人,抱着必胜之念而来,所带宝物当尚不止此。自己出来时因生平无甚仇敌,又自恃玄功变化,好些法宝俱未带出,不想狭路逢仇,受此恶气。敌人有了此宝,自己绝难取胜,久了只有吃亏,这里又离敌人巢穴甚近,再视机将易周老儿引来,更无幸理。"越想越恨,勉强支持了一会儿,委实相形见绌,没奈何,只得强忍愤怒,纵遁光逃去。

连登逃时回顾,见展、王二人虽被韦青青拦住,不曾追赶,前面却有正派中人遁光飞来。受挫之余,不愿多事,本意往侧让过。偏又遇上南绮、灵姑两个初生犊儿,冒失迎上前去,唯恐不胜,妄用五丁神斧。等石、韦、展、王等七人赶到,错已铸成,连登已受伤逃走了。

大家说完经过,韦青青听说众人要往紫云宫去,喜道:"久闻紫云宫仙景无边,几次欲往观光,不得其便。鼎、震二子曾随舍妹去过,回家来说起宫中美景灵奇,益发向往。只因与舍妹性情不投,懒得烦她。小儿在峨眉又是末学后进,每隔三年恩准归省,为期只有三日,常日积修内外功行,无暇同往。前者开府盛会,与二云姊妹匆匆一见,又无深交,虽为不速之客,宫外又设有几层禁制,碧海千寻,外人和没去过的直难登门。石道友与二云姊妹交厚,难得有此胜游,可肯携带同往,一开眼界么?"

石玉珠道:"齐、秦、周三位道友人既谦恭,性又和易。府上与峨眉渊源甚深,就无妹子陪往,也必欢迎嘉宾莅止,决无见拒之理。至于宫外禁制更无足虑,齐家大姊近来道法益发高深,宫中设有一座宝镜,又新辟了一条甬路,可不必由辟水牌坊前海眼内入内。迎仙亭故址也经修复,有客入宫,人还未到,宫中宝镜先现形迹,主人再一行法,迎仙亭连那小岛和甬道入口立即现出。不是令门下弟子金萍、赵铁娘,便是主人亲自出迎,还愁找不到么?"

韦青青道:"原来如此。我只道入宫不易,空想了些年,不曾如愿。可恨鼎、震二儿也帮他姑姑哄我,说得那等难法。"

石玉珠道:"这事莫怪。以前紫云三姊妹正在闭宫修炼,外人确是难进。我说这些,俱是近来的事。前面不就是府上么?今日天变得厉害,连我们也直到近前才行看出。"

韦青青道:"舍间已到,请诸位道友暂停云步,小坐片时,容我禀知翁姑同行如何?"

众人多知易周乃前辈散仙中有数人物,难得遇到这样机缘,俱想拜见。

石玉珠和韦青青、女神婴易静姑嫂本是旧交，更无过门不入之理。闻言齐说理应前往参拜。韦青青甚为欣慰。众人便把遁光合在一起，同往玄龟殿飞去。行不多时，忽见前面狂风惨雾之下，有一大片白影现出。

韦青青笑道："本来只玄龟殿上空有法术禁制，风雾不侵。如今荒居全岛俱现清明，必是家君知道诸位道友惠临，特地扫荡风云，迎接嘉宾了。"话刚说完，遁光迅速，已由黑风阵中冲出，眼前倏地一亮，已到了玄龟殿上空，往下降去。

众人见来路和四外依然漆黑，风号雾恶，海涛怒啸，震撼天地，宛如一圈黑城将全岛围在中间。下面却是水碧山青，波平浪静，瑶宫贝殿，宏丽如画，那玄龟殿矗立海滨，前有一片广大平台。全岛地势宏敞，山势秀润，并无剑拔弩张之势。到处嘉木美荫，繁花似锦。十几所金碧楼台参差掩映，位列其间。一任四外风涛肆虐，黑雾弥天，内里却是点尘不起。正想赞美，韦青青已领了众人越过平台，往殿中走去。

众人连经了两层殿阁，面前突现出一座拔地孤起，厚只五六丈，高广约百丈，满布碧苔的排天嶂壁，当中却有一个由地平起高约十丈的大洞，恰成了天然门户。由门走进，又是一条极宽大的白石甬路，两旁平原尽是高约数十丈的森林。甬路由此逐渐高起，到头有一处楼阁，方是易周起居之所。

韦青青领了众人正往里走，忽一垂髫侍女由门内走出，从对面迎来，近前对韦青青说道："老太公已知诸位远来，因值静修之时不及款待，诸位又有紫云之行，久留恐有延误，令师父陪了诸位走至灵石仙馆小坐，便即同往紫云好了。还有展师伯与师伯母如愿留此，等客走不多一会儿，老太公日课也就做完了。"

韦青青知道乃翁日课早完，此是托词。心想："今日来人，公公决无拒而不见之理。听口气，并不愿展、王二人同往，内中定有缘故。"且喜紫云之行不曾禁阻，便即应诺。展、王二人虽也听出易周留他们在此，只因久慕紫云仙景，难得遇此良机，易周又未明言阻止，也就不以为意。

众人因有迟恐延误之言，岛主又在入定，不能进见，多主即时起身，以免误事。只石玉珠一人明白，易周先天易数精微，最长于前知，必已算出众人将有磨球岛之行。他和少阳神君多年老友，如与众人相见，便难置身事外。其势不能阻止，又不能先向少阳神君告警，最好不闻不问，免使心生芥蒂，故此推托不见，又催速行。实则紫云宫主者齐灵云、周轻云、秦紫玲三人，近年外功业已圆满，只在宫中修炼，享受仙福，轻易不肯离开。即使他往，也有一人留守，决无相左之理。

石玉珠见韦青青挽留甚殷，并说还想送点礼物，力请众人去至灵石仙馆少为款待，歇息片刻再走。便向众人道："主人情意殷殷，我们也不在乎片刻之留，并且来路不远，又遇飓风相斗，大家颇费一点气力。此去紫云宫还有不少路，宫中地域广大，万一宝镜现出形迹时，主人和她门下女弟子恰有事他往，不曾在侧发现，我们还须直降千寻海底，穿行海眼，去到前宫辟水牌坊叩关求见。深海水的压力重如山岳，陈道友元神初固，裴、吕二位修为年浅，虽然可以各用法宝、飞剑合力护身，辟水降落，到底也是费力。且随韦道友去至灵石仙馆小坐，略为歇息，再把这里的青灵乳饮上一杯，助点气力，同时也领了主人盛意，岂不是好？"

韦青青道："石道友的话说得极是。至于直入海眼一层倒无足虑，家君颇炼有几件辟水法宝，我可向阿婆讨两件来应用，此时便由海底穿行，比起空中飞行还快，只大家局促一处，促膝而坐，稍为气闷一些。有了此宝，足能抵挡这停留的时刻了。"

众人本愁风势猛恶，空中飞行难免稍为缓滞，闻言甚喜。韦青青又道："诸位道友俱都心急求快，我也不作客套，径命小徒引往灵石仙馆，我先去取那法宝就来。"说罢，转身往阁后飞去。

那少女便领众人由左林小径穿出，忽见平湖在望，镜波浩渺，广约数十顷。长堤如带，环绕湖边，中有里许长，五七丈宽的石地，由湖滨起窊入湖中。尽头处矗立着四十多丈高，亩许方圆，上丰下锐的石峰，云骨撑天，通体玲珑剔透。上有数十百个洞穴，大者一二丈，小者三五尺不等，妙在由下至上，各穴相通。峰顶形如朵云初升，上面却极平坦，主人就着原来形势，建了十来处飞楼亭台。最上一层名为灵石仙馆。人登其上，一面是海天相接，波涛浩瀚；一面是湖光山色，青碧相辉。全岛景物齐收眼底，端的妙极。

众人到了上面，那少女乃韦青青新收弟子，名唤苏芸，款接甚是殷勤。请众归座之后，便凭栏娇唤："玉奴，有客在此，快同他们取十盏青灵乳来。"石玉珠笑问："玉奴是那白鹦鹉么？"苏芸答道："这十几只鹦鹉只有玉奴最为灵慧，能做好些事呢。"

正说笑间，忽见殿阁后峰飞来一群鹦鹉，五色相间，文彩焕然。当头一只洁白如雪，红睛铁喙，尤为神骏。各用嘴衔着一个带柄的白玉盏，平稳飞来,穿槛而入。到了众人面前,双翅招展,只不飞动,候众人将盏接过,方始飞去。众人见玉盏雪白,形制古雅,那青灵乳只有半盏,颜色湛碧,青白相映,先很悦目。入口更是甘芳凉滑,令人服后心清意远。裴元正想问何物所制,白鹦鹉因吃石玉珠唤住抚问,还未飞去,忽然叫道:"苏姊姊,师父来了,还不接去?"鸣声甫住,韦青青已换了一身云裳霞佩,容光流照,飞将进来。

韦青青对众喜道:"阿婆今日高兴,竟把她老人家昔年和家君漫游海景的制胜之宝碧沉舟借给我们了。此舟乃前古独角天犀之角所制,长约丈五。昔年家君和阿婆为想尽游渤海,周览海中景物,因海底深黑,海水压力太大,妖物蛟螭之类更多,水行费事,难于随意安游,恰在本岛湖心发掘到一根巨大的犀角,费了不少心力,炼成此宝。行在水中,能随意发动风雷,精光远射,任多黑暗的深海底,所经二三十里以内景物纤微悉见,多厉害的妖物和敌人也难侵害。形式、灵效与鼎、震二儿所持九天十地辟魔神梭略有不同,但一样也可穿行地底。只是通体透明如晶,人在其内,远近可见,不似神梭只有一两处洞眼,遇见强敌还可关闭。飞驶也极迅速,用作长途水行之用,真是再好不过。"众人自是欣慰。

韦青青随同众人向湖滨飞落,沿堤走不半里,到了一个形似船坞的水阁里面。一会儿,便有一条形似梭鱼、碧色晶明的东西,掠着水波飞驶而来,晃眼到了众人立处,青光微闪,那鱼形之物忽在颈部现一圆洞,韦青青由内现身,向众招手。众人知那鱼形之物便是碧沉舟,上去一看,舟形完全似鱼,那舱便是鱼腹,入口处在颈部,鱼头内设有风雷禁制。外面碧绿,满布极密细鳞。由外观内,只是碧光闪闪,映水生辉;由内望外,却如隔看一片极薄的水晶,一览无遗,分外清楚。人一进内,将出口一封,便通体浑成,不见丝毫缝隙。舱中几榻、座位、用具全备,锦被之褥,华贵高洁,舒适异常。大虽丈许,十来人坐卧其中,甚是疏散,一点不嫌拥挤。

众人坐定以后,韦青青去至舟首发动仙法,将手一指,全舟便往湖底沉去。晃眼顺着湖侧一条通海的小溪驶向海内,全舟立即大放光明,由舟壳外发出百丈银光,舟中虽然明如白日,只是舟外光华反映,一点也不耀眼。一会儿,碧沉舟越降越深,渐达海底。

舟外光华照处,海底各色各样奇鱼、贝、介,种类何止万千,纷纷过目而逝。有时驶向海藻、珊瑚繁茂之区,只见海水碧绿,翠带飘舞,珠树成林,红株搓丫,齐泛奇光,相与辉映。又有那深海中潜伏的吞舟巨鱼,大如山岳,三五栖伏，遥峙前路。始而望见光华，猛然激怒，纷纷鼓浪扬鳍，张开比城门还大十倍的巨口迎面驶来。快要近前，因见光华强烈，略为胆怯停顿，吃韦青青略一施为，发动雷火，连声霹雳过处，一齐掉首惊走，狼狈逃去。回旋之际，海底泥沙立被搅动，激成无数山岳一般的急漩。那舟一任水势如何颠狂，照旧安稳飞驶，去如疾箭，全不动摇。沙均五色，内杂金砂，舟光一照，平卷起千寻彩浪，万丈金雪。四外鱼贝受不住巨浪排荡，上下飞舞，异态殊形，千奇百怪，景物端的奇绝。引得众人喜笑颜开，纷纷叫绝。

裘元笑问：“这鱼和山一样大，留在海中，岂不为害？韦仙姑怎不将它除去？”韦青青道：“这类大鱼俱是千年以上之物，看似庞大凶恶，实则蠢然一物，虚有其表，并不为害人类，终年栖息海底，非到寿尽遭劫，轻易不现出水面。因是潜居一地，不常游动，海中鱼介、生物只要不去往它口边送死，便不致遭吞噬。又以这类前古孑遗的大鱼已渐绝种，所以家君、阿婆每次海行相遇，俱都放过，至多发动雷火将它们惊走，不肯伤害。最可恶的还是象鼻鲸和各种鲨鱼、海蛇之类，常人在水中遇上，决无幸免。尤其鲨鱼身量不甚长大，却凶残无比，紫云宫附近出产最多。还有两种有毒的大虾、大蟹，爪长几及三丈，牙利如刀，差一点的渔舟被它一夹，便成两段，连舟带人全做了它口中之物。此外恶物种类虽多，俱不常见，只上述这几种为害最烈。前听鼎儿说，紫云三主人曾想将宫前鲸、鲨等恶物除去，免得蓄殖生息，为害世人。不知怎的，掌教真人不许杀戮，也就未举办。此舟水行极速，大约再有一两个时辰，便可赶到迎仙亭下面了。”

南绮笑道：“想不到海底生物种类这么多，景致奇绝。可惜有事，舟行甚速，好些景物没看见便一晃而过；否则，使这只宝舟缓缓游行，沿途细心观察前去，正不知有多好看呢。”韦青青道：“这有何难？等到紫云宫归来，我们缓缓游行，再到寒家小住几日再走，岂不好么？”南绮笑道：“要能这样，岂不是好？无如我们还有事呢。”

陈嫣求取真水之事，石玉珠本未和韦、展、王三人明说。韦青青虽知此行有事，因婆母叮嘱，游罢即乘原舟回岛，不可他往，知有关碍，闻言也并未往下深问。唯王娴和南绮、灵姑一见投缘，人又坦白天真，恰是联肩并坐，便问何事。南绮不好意思拒绝，笑答：“此时还不能定，等事完回来，再对你说吧。”

石玉珠恐她还要往下追问，一眼瞥见前途海水通红，正想设词岔开，忽听韦青青道:"前面火山又爆发了,不知又有多少生物葬送火海之内。反正路过,待我将船升上水面,看能救点生灵不能,就便也可观看奇景。"裴元问道:"这里怎会有火山爆发?"

石玉珠接口道:"听说紫云宫附近千里方圆以内有不少岛屿,俱是火山底子。当初紫云三女初凤、二凤、三凤降生的安乐岛便爆发过一次。彼时初凤刚到紫云宫修炼不久,二凤、三凤报完父仇,留恋故土,恰值地震山崩,火山爆发,几乎死于沸海以内。前行数百里便是安乐岛故址,你听地底雷鸣,已生海啸,这么深的海水,远望都成了红色,势子猛烈,可想而知。越往前去海水越热,如到当地,只怕全成了沸汤,海中生物如何经受得住?天变终是厉害,就有道术的人遇上时也须加点小心,我们现在碧沉舟内,所以毫不觉热;如由水底游行,就有剑光护身,恐也难受呢。浩劫已成,我们就上去施展全力,恐也无济于事了。"

舟行之处,相隔灾区只三二百里途程,一晃便已临近。耳听海啸之声越发洪厉,碧沉舟往上斜驶,渐渐升出水面,前行虽是顺水,此时也成了逆流。舟才出水,便见海面上洪波矗立,宛如山崩岳坠,奔腾汹涌而来。这一带原是前遇飓风发源之地,本就不曾停歇,再经地震山崩,烈焰肆虐,越发助了威势。漫天黑雾沉沉中,遥望前面火烟突突,上冲霄汉,火山附近千百里方圆以内的黑云都被映成赤色,骇浪排天,幻为红紫。碧沉舟冲风穿涛而进,有时一个山岳般的巨浪迎头压到,吃舟外神光一逼,一声怒啸,立化万重雪浪崩坠。头一个浪山刚刚冲散,第二个浪山又复压到。似这样一个接一个冲驶过去。因那海水已成沸汤,多么强大凶恶的生物也禁不住。加以逆流狂漩力大如山,每一浪山崩坠,必有无数大小鱼介之类的尸体急滚翻飞,随波往四外漂流,看去惨极。

众人见浩劫已成,前途火山太大,就拼着受热,多费心力,也难遏止。方共慨叹,那火山离舟已只三五十里,转瞬即至。身在宝舟之中,水火不侵,虽然不怕,要想出舟行法救熄却是万难。

韦青青刚说:"这火没法救,还是把舟沉入海底,绕将过去,不惹它吧。"一言甫毕,猛瞥见火山顶上狂风暗云之中,有一幢彩云往来游动,火势好似较前减小了些。石玉珠定睛一看,不由大喜,忙请韦青青先将碧沉舟止住,暂缓前进,悄告陈嫣道:"前面那幢彩云便是紫云宫主人秦紫玲的弥尘幡,你看火势渐衰,必是她用那天一真水来此救火。只不知齐、周二位主人同来也未。那天一真水是先天癸水精英所萃,任多猛恶的火均能熄灭,并且用后还可收回。火势这么大,火区又广,用得必多。我想请诸道友舟中暂候,你我借着路遇相助为由,赶近前去,乘机和她要上一些,她必不好意思推却,并且日后对少阳神君师徒也好说些。见时我自有话点她,如能暗取到手更好。她三人道法高深,就不明白个中缘故,也必看我情面,不致见怪,你只管放心大胆行事好了。"

石玉珠说罢,便和陈嫣立起,向众说道:"前面火山上空有人救火,似是紫云宫中主人。我和陈道友意欲出舟相助,就便还有几句话说。诸位道友如见火已熄灭,那幢彩云飞去,我二人不曾回舟,便是同了主人先去紫云宫相候,请即驶舟赶去好了。"众人会意,俱都点头。韦青青见她和陈嫣耳语,众人俱不随行,自己须要行法驶舟,不能同往,便笑道:"去是可以,但此时舟外酷热如火,不比舟中清凉,寻常金石到此皆熔。请先将身剑合一相俟,舟门一开,立即飞出,免受炙热之苦。"

石、陈二人依言放出飞剑,为了慎重,又各取了一件法宝保身,彼此剑光联合一起。转瞬停当,由韦青青行法戒备,舟门一开,立有一片冷森森的寒光挡在前面,令石、陈二人冲光而出,以防舟外热气侵入,二人便随着光影分合之间飞将出去。才到外面,二人首先感到的便是那猛恶的海啸,加上火山爆裂,波涛怒涌,水火皆轰之声,宛如天翻地覆,震耳欲聋,比起舟中所闻何止百倍。气候更是酷热如焚,如非身剑合一,防备周密,烤也烤死。

二人不敢急慢,赶紧先往高空飞去。到了火山上空往下一看,数百里方圆一片大火穴。尽管随着彩云飞驶之下,火势逐渐减弱,因地方太大,急切间仍难消灭。火穴附近山石和地底蕴藏的矿物,全被烧化成了熔汁沸浆,顺穴口四下漫流,火光照处,一条条龙蛇也似飞舞蜿蜒,顺着洼处流向海内。海水如开了锅的沸汤一般,泡沫怒涌,互激互撞,发为厉声,与风、火声交织,万雷迸发,汇为怒吼,入耳心悸。熔汁流处,热气蒸腾,凝结成千百丈高下的白雾,将岛围住。

火穴当中主焰独高,宛如一根冲天火柱。当顶黑云早被烧散,现出一片青天,吃火光一映,幻成奇霞,附近数千里的天空血也似红。遥望四外天边,却冥冥蒙蒙,依然漆黑。加上风狂浪恶,海中波涛怒立,万岳继崩,水往上涌,天往下压,相与引接,几成一体。如非烈焰上刺重霄,当中一团独显天高,几疑天宇将倾,地宙上合,势将混沌,重返鸿蒙。这等猛恶壮绝的奇景,便石、陈二人道行、法力造就高深，也觉心悸目眩，由不得生了几分畏惧。

二人正停空惊看间，那幢彩云已绕完一大圈，朝二人飞来。近前现身相见，竟只秦紫玲一人。石玉珠匆匆引见陈嫣，紫玲喜道："我正愁火势太大，无人相助，稍迟片时，便有无数生灵遭殃，二位道友来得正好。"紫玲说罢，由身边取出两个小玉瓶，分递二人，揭去瓶塞，又将手上所持贮天一真水的瓶口一指，便有一缕银光飞向二人瓶内。然后说道："此火乃地极五火穴之一，有了天一真水，灭它不难。无如附近还有两三处小火穴，难免同时爆发，我一人兼顾不来。此两火穴一南一北，俱在火山附近，乃两个亘古无人栖息的小岛，看似孤立不大，实与火山一体，海中山脉仍是相连。这里主穴之火一灭，余火无从宣泄，恐要由那两处小火穴中排涌喷出，又伤生灵。二位道友请即分头前往，如见岛上有一片凹下去的空地，下面便是火穴。此次灾区太广，火势奇烈，天一真水用后虽能收回，仍须有些损耗，能够不用最好，二位道友守在穴旁先不施为，如听地底震动，隐隐有了风雷之声，便是火山将要爆发。那时可用玄门禁制之法，乘它不曾发作以前，先将那一带地层封闭。然后将瓶口朝下，直对火口，行法催动，使其穿透地层，直入地底。先天水母精英具有生克之妙，地火未发出时，与它相遇，立即化合为气，日久仍要穿透地层喷出，但已变为清泉瀑布，顺流入海，只为岛上添一奇景，不足为害了。"石、陈二人俱习玄门禁制之法，毋庸多事所嘱。

秦紫玲原在紫云宫中入定，忽听女弟子金萍入报，远方海上火山爆发，灾害甚烈。紫玲仁慈，唯恐多害生灵，欲以法力挽救浩劫，立带天一真水赶来。因和石玉珠交厚，见陈嫣与她同来，又是道家元婴之体，料无差池。救灾心切，未暇深思，匆匆一晤，便将天一真水分与，使其相助。

石、陈二人自然正合心意，立即依言行事，别了秦紫玲，便往两小岛飞去。到后一看，那岛相隔大火山各二百多里海面。二人开始同路飞行，先到山北小岛。陈嫣甚是识货，见全岛只五六里方圆，形如圆笠，浮在海面，岛虽不大，却是水碧山青，花木繁茂，景物奇丽，受灾也极轻微，树木多未拔倒。又见当顶有一小湖，湖水清浅，本与岸齐，到时正在干涸，湖边水痕犹新。料知火穴在下，行将爆发，瓶中天一真水必要用上，恐收不回，便请石玉珠留下。自己绕着火山，加急向南飞驶，俄顷到达。

此岛面积较大，约有四五十里方圆。外面一圈宛如城墙，奇石罗列，寸草不生。下面狂涛冲击，浪花飞舞，甚是雄秀。越过山崖，内里地势忽渐凹下，现出大片平原，草木繁茂，禽兽众多。因附近大火山爆发，山崩海啸，风狂浪恶，红光如血，照映中天，所有禽兽、生物似知浩劫将临，纷纷悲鸣跳跃，冲风疾窜，惶骇失次，不知如何是好。

又因位列山南，正当飓风来路，不似山北小岛有大火山屏障，风灾较轻，所有森林、花草全被狂风摧毁，满空飞舞，纵横载途，表面看去一派荒凉残破，风景悽怆，恍如大祸降临。及至飞抵岛的中部一看，当顶果有一片草木不生的盆地，但是并无异兆。陈嫣守候了一阵，不见动静。遥望大火山上空，已被一片极薄极淡的祥氛布满，直似一片冰绢雾縠将那火山包没，大火闪映，幻为五彩奇光，闪耀不已。邻近火山这一带本来奇热如炙，祥光一罩，奇热已减去了好些。

暗忖："天一真水现在玉瓶之内，此岛火穴好似不会爆发，即或火要喷出，凭自己的法力，喷出真气灭火也非难事，乘机取那天一真水，易如反掌，只是这等行为无异偷窃。石玉珠尽管和对方有深交，但是人家看重自己，才以这等珍贵之物相授，新交之友，不告而取，太不应该，使石玉珠面子也不好看。自遭大劫以来，痛悟前非，立志清修，以求正果，如何做此亏心的事？"越想越觉不对。最后决计不要取巧，还是防害要紧，等到了紫云宫再打主意，和主人明白求取。

陈嫣心方寻思，忽听风声海啸中，北方石玉珠防守的小岛上起了一声巨震。跟着一股浓烟往上冒了两冒，火山上空那片祥氛立即展布开来，将那小岛连火山一齐罩住。同时石玉珠的剑光在空中闪了两闪，浓烟便被压了下去。当地虽和当中火山差不多高下，因有一山阻隔，北方小岛地势甚低，看不清楚，估量火方出穴，便被熄灭。

陈嫣心想："石玉珠法力不弱，又持有天一真水，如非秦紫玲相助，尚且几乎被它喷出，酿成灾厄，厉害可想。这三处火穴地底都相通连，那边往下一压，地火受迫，无从宣泄，保不定由这里夺口喷出。秦、石二人行法之地俱偏在岛北，万一禁压不住，被它喷出，成了灾劫，误人重托，生灵还要受害，岂非造孽？"念头一转，便留了神。

果然北方小岛所喷浓烟往下一压，不多一会儿，面前那片盆地之下便渐渐有了声息。先只轰隆连响，有似火药爆炸，声如贯珠。后来风火交织，声越猛烈。陈嫣原精五遁之术，甚是当行，知道当中火山主洞之火已为天一真水消灭，虽只剩南北两岛这点余火，但其为势也极猛烈。如想将天一真水攘为己有，火无宣泄之地，只用法术禁制，或用戊土威力将它压闭地下，不使喷出，当时固可免灾，那火蕴藏地底，年时一久，势必仍要攻穿一条道路冲出。那火终年鼓荡排挤，蓄怒已久，一旦喷出，其势特强，为害更烈。只有乘其将发未发之际，将天一真水注入地底，使其与火化合，变火为水，较为万全。想到此，陈嫣决计熄了窃水之念，一面行法布置，一面手握玉瓶，俟机而动，守在旁边。

不到盏茶光景，面前沙地忽然往上一拱，坟堆也似凸起一个大包，四外地皮也似在撼动。陈嫣知火山将爆发，立即如法施为，一口真气喷出，那快发火的火口吃陈嫣用戊土遁法一禁，出口一带土便凝结。那火未见风时只是浓烟黑气，连受挤压，无从宣泄，在地底自行鼓荡，见缝就钻，势愈凶猛，仿佛一个气泡，越吹越大。此时陈嫣只一存私心，当地虽然凝结，不致喷火，再隔一会儿，别处山石禁不住火气排挤，只要有一两处崩裂，大灾立成。三洞之火会集一处，比起当中火山不在以下。即便秦紫玲事后可以挽救，但是亿万生灵齐化劫灰，那天一真水也要多耗好些了。

总算陈嫣知机，见火被压住，方盘算还用真水不用，忽听地底下另起了极繁碎的炸音，涛水一般向四外涌去。知道那是地底深处山石被火气熔化崩裂之声，想不到此火竟有如此强烈，不敢怠慢，忙将手一指，地下黄光闪闪，土花飞旋中陷了一个寸许小洞。

跟着又将玉瓶往洞口一倒，立有一丝银线直射下去。上面沙地经过戊土禁制，本已坚如钢铁，洞穴一穿，下面火气郁胀，立即夺洞上冲。仗着陈嫣早已防到，等洞眼快要穿通火层时，把真水随即注入。说也奇怪，玉瓶中放出的那股银线刚刚注入，便听哗哗之声繁密如霰。不多一会儿，又听水声激荡，那熔石沸沙之声越往后越减低，水声越盛。知是水火交融，渐化温泉，数滴真水竟有如此灵异，好生惊叹。

陈嫣全神贯注那火盆地，目不旁视，也未留神身后。正在留心地底变化，忽听身后有人笑道："此次道友功德不小。"回头一看，乃是秦紫玲。陈嫣自信炼就婴儿，已成地仙，法力颇深，不料人来身后，竟会毫无觉察。且喜适才未存私念攘窃真水，否则被主人撞破，何以自容？不禁面上一红，笑答道："天一真水真个神妙，不可思议。全仗此水，方得消灭地中烈火，妹子因人成事，何功之有？"

秦紫玲笑道："此言并不尽然。今日也是该有这场大灾，假使齐、周二位师姊不曾离宫他出,此火一起,赶来便可熄灭,岂不要少葬送亿万生灵? 只因事前警兆毫无,齐、周二师姊走后飓风才起,未及防备。这里地处极边,每隔三年必有一次大风,只不似今日风这么广,为时这么长。因是深居海底,妹子未在黄精殿内,门人由宝镜中望见海上风起,见惯的事,未以为异,后见火起来报,灾象已成。

"妹子闻讯赶来,本就独力难支,匆迫之中见二位道友,还心喜得人相助。竟未想到此是千万年前地底郁结的猛火,那将发而未喷出的火气能崩石裂山,力大异常,不比当中火山火已喷出,气已宣泄大半,只用天一真水便可消灭。尤其那喷口出路,经那火气亘古侵蚀,石土已渐熔化,真水虽然神妙,用时为数甚微,急切间难使化合。地底火气广如湖海,当头火气虽为真水所化,四旁火气仍是极浓,必由侧面夺路爆发,山崩石破,全岛粉碎,比原出口还要广大。事后虽可挽救,一则费力,比较艰难;二来那一带生物依然不保,无异徒劳。必须在它将发之时,先用五遁禁制之术,将火口一带化为顽铁,使它四周也难冲出。再用真水开口注入,使其由渐而进,徐徐化合,方可无事。

"石姊姊只知照我所说行事,火气已然决口上涌,尚幸发觉得早,北方小岛离正火山近,恰在真水笼罩之下,赶紧催动水云下压,不使见风生火,方未成灾。否则那岛出水地面虽小,海中占地却广,海水又已奇热,岛阴一面仍保残息,难免要伤不少生灵。鉴于此岛之失,恐南岛也有万一,忙着赶来。不料道友法力高强,防御周密,已然举重若轻,弭患于无形了。

"道友来意,适在北岛救火时,已听石姊姊说起。愚师姊妹三人虽奉师命居住紫云宫,但对修积外功一层甚为看重,时常分头出外济人行道。寻常人尚时以全力匡助救济,何况道友并非左道旁门一流,辛苦修持多年,不知经受多少灾难,好容易才得炼就元婴,脱壳飞升。为使元神早日凝炼,须用真水化合灵丹,本是佳事,又是石姊之至交,自更乐效绵薄,玉成其事,道友只管放心。

"少时此间三处火口余焰齐化清泉,流向海中,地底立成空壳。率性一客不烦二主,再请道友施展神通,运用戊土威力将空壳填平,以免上面石土下压,将山面降低,日后遇有大风大浪,又有浸没之患。永绝后害,功德无量。真水之外,宫中还藏有两种灵药,均于道友炼形凝神不无助益。玄龟殿韦道友和诸位道友尚在停舟相待,只等事完同往紫云宫,连那天一真水一齐奉上好了。"秦紫玲随即飞去。

陈媛想不到主人自己吐口，另外又送灵药，自是喜出望外，感谢非常。因地底火气强盛，急切间还未化完，估量灾劫已免，更无疏虞，那放泉入海须俟主人行法，便在岛上守候。遥望空中飓风势已大减，火山主穴之火已灭去十之八九，只剩大股浓烟缭绕天空。

天一真水所化轻绢一般的水云，已由四外倒卷下来，将全山包没，密无缝隙，祥光幻彩，衬着火后红霞，景更奇丽。不消片刻，秦紫玲所驾彩云幢忽由北方小岛飞起，到了火山上略为游动，烟外水云倏地往里紧束，缩向中心，将那参天烟柱紧紧裹住，又往下一压，一齐压向火口之中。

隔了不多一会儿，先是数十百缕细如游丝的银线往当空彩云幢中飞去，晃眼无迹。紧跟着一股清泉由口中喷出，直上天半，势子劲急异常，下口紧束，粗约亩许，越到上面越大，到了顶梢才向外分射，银雨流空，飞射海内；远远望去，宛如一朵奇大无比的白莲花，峙立在万里狂涛之中，奇绝壮绝。

陈媛正在佩服观赏出神之际，石玉珠所驾遁光忽自彩云幢中飞出，迎面驶来，到了身前说道："地底火口俱都通连，今仗秦姊之法力与天一真水妙用，烈火悉已化尽，韦道友等久候多时。道友还不急速行法，运用戊土将地底空隙填没，好早点起身么？"

陈媛闻言，侧耳一听，地底火声已住，只剩水声汹涌冲荡，知道水已由地下顺泉脉往前流去，下面渐空，不久便可毕事，忙即行法。手指处，一声巨震，地便陷裂出一个大洞。当中火山有了出口，南岛地底已成半空，无须防水上喷，只是如法施为，毫不费事，为了求速，并酬对方盛意，竟将自炼戊土元精之宝取了一粒，往穴中掷去。一团黄光坠处，立生妙用，化为无量真土，随着空隙往前填补。水受下面土力一逼，齐向火山上喷口奔去，飞泉更激高大了数倍，势愈猛急，全火山俱被水雾笼罩，适才奇热为之锐减。

碧沉舟中诸人在远方望去，越觉奇观，生平未见。韦青青道："火灭风止，天色不久清明，事已将完，此舟又不畏波涛，我们何不迎上前去，能邀主人同行，岂不更好？"当即催舟前进，这时喷泉之水冲到天空，再如银河倒倾一般往四面飞坠。

海中热浪受此洪水灌泻，越发奔腾澎湃，排空怒起，雪浪如山，直似百万迅雷震撼宇宙。飓风、海啸俱已停歇，碧空渐广，阴雾飞散，劫云如焰，犹滞遥空，另有一道长虹横亘天半，与四外红霞相互辉映。一任下面海水群飞，浪骇涛惊,山奔岳坠,依旧静沉沉的,纹丝不见移动。水天异态,动静各殊。

　　众人见奇景当前,转有悟道之思。快要驶近火山,忽见山顶喷泉突然往下一落,重又上升。似此三起三落,水势便减去十之八九。可是那根水柱犹有三十丈高下,三四丈粗细。天光返照,虹影如流,矗立海中,煞是好看。指顾观赏之间,那幢彩云也迎面飞坠,韦青青忙把入口开放,云幢冲破舟口云光,飞入舟中,现出秦紫玲、石玉珠、陈嫣三人。除韦、秦二人以前见过相识外,余人多是初见。互相请教后,众人都急于往紫云宫去,韦青青随即行法开舟。南绮、冷青虹问起救火之事,石、陈二人说了前情。

　　原来秦紫玲本定将地底的水放完再走,因韦、吕、裘、虞、冷、桑诸人都在舟中等久,地底水量又多。似此大量飞涌,须经数日始能放完,否则便须多辟水口。又因火山上面风景清美,岩壑幽奇,又离紫云宫近,暗忖异日可使金萍、赵铁娘等门人来此,另辟一座洞府,因而不愿使它遍体疮痍。正在心中盘算,见喷口的水受了陈嫣戊土遁法一逼,直往上涌,声势越发猛烈,壮观已极,估量地底水量尚宏。心想:"稍为行法运用,使其循环上涌,便可永久依时喷涌,为此岛常留一个奇景,岂不甚好?"念头一转,便将陈嫣由南方小岛招来,三人合议。

　　三人先将戊土禁制略停,减小喷出的水量。再由紫玲行法运用,将火山顶上喷口开出一个大湖,把湖心发源之处束紧,使穴口四外坚凝如铁,旁边湖底却开出两个收纳的水眼,使水只往上涌,不似初发时向四外喷射。喷到了顶上,仍落归到湖底,流入水眼,再由正穴往上喷出。周而复始,永无间断。仙法神奇,指顾毕事。跟着风散雾收,除了海浪奔腾,急切间声势仍是猛烈外,海啸早住,喷泉之声也减轻了好些。那数十丈高一根擎天晶柱矗立于万顷洪波,满天红霞之中,越发好看,绮丽无俦。

　　韦青青的碧沉舟也已驶到,石、陈二人便邀紫玲一同登舟。舟行迅速,又与主人相见,此行不虚,所愿将达,彼此志同道合,一见投缘,紫玲人更和善,宾主相得,谈笑风生,不消多时便驶到紫云宫左近。紫玲请韦青青开舟,传音送信。黄精殿中轮值弟子先由宝镜中看见海底驶出一条鱼形碧光,其疾如电,直朝后宫入口海底驶来,因是初见,甚是惊疑。忽接紫玲传音相示,才知师长陪了嘉宾来游。金萍为首,忙即会合同门和宫中侍女,出宫赶往迎仙亭上恭接。晃眼碧沉舟到达亭前,升出水面,众人出舟登岸。韦青青行法闭舟,隐去形迹,使其潜沉海底。然后一同步入亭内,金萍等纷纷上前参拜接进。

　　灵姑、南绮、裘元三人见紫云诸弟子无一个凡品，内有数人并且得道年久，只因自己是乃师朋友，均执后辈之礼，甚是恭敬，心中未免不安，极口谦谢。秦紫玲笑道："青城、峨眉，谊同一家。三位师妹、师弟日后俱是朱师伯门下，她们本是后辈，理应如此，何必客气？"随邀来客入宫。

　　那后宫门早已开放。这条通路原是当年紫云三女——初凤姊妹所设神妙甬道，后来七矮大闹紫云宫，虽经嵩山二老追云叟白谷逸、矮叟朱梅，用月儿岛火海连山大师遗留的前古至宝龙雀朱环，将内中五行变化运用的五云神砂运走，作为凝碧崖五府开辟时建设虹桥飞阁以及百十处仙馆楼台之用，但是旧日甬道并未废去，只用仙法禁制将出入路口堵塞。

　　等峨眉开府以后，齐灵云、周轻云、秦紫玲三人仗着定力智慧，一同闯过仙府左元洞十三限难关，下山积修外功，不久便奉师命，带了各门人弟子，移居紫云宫内。初到时同门师兄弟和晚一辈的门人为数甚多，俱都歆羡紫云仙府贝阙珠宫，无边美景，纷纷前来游玩。无如宫前辟水牌坊上面的海眼入口终古漩涡电转，深海底下水的压力太大，各人功力深浅不一，法力稍差一点的人都禁不住。为了来人出入方便，特将通往迎仙亭的昔年故道开通。又因那里程太长，三人合力施展师传移山换岳大法，将故道缩短大半，连迎仙亭小岛一齐回移，并使其升降隐现，无不如意。秦、周二人又就原甬道中添了一些景致，比起昔年紫云三女盘踞之日，别是一番景象。

　　众人对于紫云仙府奇景向往已久，这时还未走进宫中，刚一踏进这壮丽辉煌，二三十丈方圆的入口，未及向前细看，就听身后海水沸腾，脚底的地也似渐往下沉。回头一看，来路门前五色云烟起处，适才所见小岛已连同仙亭一齐缩向入口宫门以内，往海底沉去。晃眼之间，云烟敛处，宫门便闭，一无所见。

　　众人再定睛往前一看，那甬道比起入口处宫门还要宽出一倍，地平如镜，两旁和顶上却是圆的。当中一条五丈来宽的人行路，以及两旁窗顶，都似整块晶玉凝成，光鉴毫发。路左右种着各色各样通不知名的瑶草琪花，一眼望过去，只是五色缤纷，光霞灿烂，丽影交辉，香沁心脾。每隔三数里，不是路中，便是道侧，必有一两处碧玉黄金结成、巧夺天工的亭台，加上四外晶壁通明，人行其内，如在镜中。云裳霞裾，仙影娉婷，花香鬓影，送馥流辉，端的人是仙人，境是仙境，令人眼花缭乱，应接不暇。

众人多是初到,俱各徐行浏览,不舍快走。石玉珠笑道:"这里虽好,全出人力,又为这宫顶甬道所限,除却一眼望不尽的琼壁仙花为别处仙山所无外,只是壮丽堂皇而已,以此地全景来论,还不算是最好所在。现时虽经缩短,仍有好长的路。因旧居停紫云三女昔年所设总图,已为廉红药道友用媖姆无音神雷所毁,又系左道邪法,未便因袭故智,不能照以前那样,千里神砂,弹指即至。这二三百里长的小道,似此徐步前行,何时可到宫内?还是御遁飞去,早到宫中游览吧。"

南绮笑道:"我们都似乡下人进城,不比你以前常来,见惯无奇,自然觉得处处新鲜了。"

秦紫玲道:"此间为地势所限,想不出甚法子布置。就目前这样,种上些宫中原有的花草,建了些亭台,以备外客来游有个起坐,大师姊还觉多余。再往前去,大同小异,不过如此。妹子已令众弟子宫中设宴,请诸位小饮,稍尽地主之谊,再陪往各地游览。至于路长,倒还不愁,虽不便学前人神砂阵图故技,大师姊为备门人有事外出和接送嘉宾往来迅速起见,当中已变成了活的,沿途这些亭台全可充作舟车之用,只消坐在里面,如法施为,便会自行前移,其去如飞,不消片刻便可到达那边出口,同御遁飞行差不多少。不但省事,两边景物仍可略为浏览。诸位道友何妨一试呢?"

冷、桑、陈、虞诸人知是玄门乾坤挪移之法,好生钦佩。秦紫玲便邀众人往前面不远一座设有锦墩、玉几的六角亭中坐定,手掐灵诀,如法施为,将嵌在当顶亭心形如指南车的长针一拨,那条甬道便自往前飞驶。那两旁花田景物便似电转潮奔,往后面倒退飞去。

石玉珠笑道:"我才数年未来,宫中又添了奇景,主人法力如此高深,真个令人敬服。适才令高足们出迎,也是如此走法么?"

紫玲答道:"这样现成设备,只须知道用法便可行驶,她们倒是十九都会。不过碧沉舟驶行神速,如等她们在宝镜中望见,到了迎仙亭侧再行出迎,已然无及,妹子先已传音相示。她们前为飞行迅速,还炼有两件法宝,比此稍快,必仗法宝之力赶出,所以恰是时候。"众人听众弟子已有如此法力,越发惊佩。

谈笑未终,飞亭突然停止。离亭三四丈处,现出一座金碧辉煌的高大圆门。紫玲随起立邀客,众人知已到达出口,便同走出。还未到门,便见里面珠宫贝阙,气象万千。走出门外一看,直对圆门,又是一条宽约十丈的玉路,和来路一样,两旁俱是广阔无垠的花田。仰望天空,晴碧澄鲜,水云流走,宛如沧海浮霄,另一天宇。

众人再前里许,便见长湖阻路,宽约数里,碧水如带,环宫而流。一条五六里的长桥,玉虹也似横卧水上。凭栏俯视,只见镜波浩渺,清深见底,湖中鱼龙曼衍,介贝成群,小只寸尺,大逾寻丈,异态殊形,千奇百怪,种类之繁,何止万数,俱是寻常人毕生难见珍物。

紫玲见众贪看停步,一声清啸,这些海族俱有灵性,纷纷张牙舞爪,鼓鬣扬鳍,争先恐后,蜂拥鼓浪而来,湖中波涛立即飙举如山,万千种鱼龙介贝一齐昂头水面,向上拜舞。有的更发出各种异声,状若献媚。众人见了这许多滑稽形态,俱都好笑。要知后事如何,且看下回分解。

第八十五回

灵桂飘香　珠宫谈异迹
佛光度厄　黑海拯仙姝

　　众人看过一阵，紫玲二次肃客。金萍在侧随侍，见客已将行，那些水族兀自昂头水面未去。内有十几条奇形鱼介，身长几及十丈，抢在众水族前头舞啸更欢。便低声骂道："谁耐烦看你们这些丑态？还不缩头退去！"话才出口，当头这十几条鱼介竟似害羞忸怩神气，懒洋洋掉头回身，潜向水内。跟着湖面上又是一番大骚动，万千水族一齐回身驶退。湖水汹涌，雪浪奔腾，万点白痕，其去如电。晃眼之间，湖波浩荡，仍在澎湃不休，水族踪迹已杳。众人看了越发好笑。

　　宫中地域广大，所有道路、宫室，不是黄金、白玉铺就，便是珊瑚、翡翠砌成，到处光鉴毫发，纤尘不染。土地多是五色细砂，琪树琼林，所在都是瑶草仙葩，灿若云锦。以前宫中主人天一水姥布置全宫，费时千年，本是鬼斧神工，无殊天上。嗣为初凤姊妹三人窃据了数百年（事详拙著《蜀山剑侠传》），用天魔大法祭炼神砂，造成千里甬道之后，又添建了好些宫室园囿、亭树湖沼，益发集美增华，富丽堂皇，穷极精丽，及至峨眉开府以后，掌教妙一真人觉着紫云宫水仙宫阙仙景无边，长此封闭废置，未免可惜。门下弟子齐灵云、周轻云、秦紫玲三人，本是宫中主人转世，道行法力已有深造，便令移居宫中，辟作别府，随时修积内外功行。

　　三女到后一看，觉着宫中设备过于奢侈安逸，非修道人所宜。正在筹计更改，功还未半，忽接妙一真人法谕，说："神仙宫阙多是玉柱金庭，便佛家也是极乐世界，宝相庄严。窟居野处，苦行修持，原为初学时收束身心，并非永远如此。尔等三人功候将到，只不有意作为，尽可各凭缘福，随遇而安。宫中原有诸景，多是前人役使神鬼，费去许多心力建成，撤废也非容易。与其多耗人力为此无关宏旨之举，何如勤自修为，一切视如无见，安之若素，方是真正有道之士胸襟。

"至于恐怕门人、宫侍习于安逸,恐怕养成豪侈一节,更无可虑。一则这些后辈门人根骨福缘均极深厚,又多是昔年水母宫中侍者转世,本系旧地重来。二则现时并未奉命出宫,只是一时权宜。功候稍成,仍须回到峨眉,经由左、右二元,火宅十三限等难关通过,始准独出行道,积修外功,以求正果。现在本门日益昌明,规矩至严,不容少犯,取材尤慎。一经选中,准其入门,至多限于根骨缘福,不能求得上乘正果,决不至于中途堕落,有贻门户之羞,大可不必多虑……"

三人拜读之后,忙即停止改建。可是宫中蚰蜒殿、寒碧亭、天声小榭等最繁华富丽,巧夺天工之区,已被废去了一半。这里还是现在减废过的景致,尚且到处珠光宝气,金碧辉煌。如照初凤姊妹窃据宫中,一切事物增华盛极之时,更是宇宙间的奇观了。

众人且谈且行,往北面玉路一折,行不里许,忽见前面两边琼林尽处,现出一座极大的黄金广殿。殿外白玉平台之上,有二十多个美如天仙的少女,正奏仙韶迎宾。冷青虹见了这等仙宫一般的景物,不禁笑道:"这等神仙宫阙,几生修到?如能列为侍女,长居此地,随侍三位姊姊清修,于愿足矣!"紫玲笑看了她一眼。冷青虹心方一动,紫玲已邀客同升,去至黄金殿内。盛筵已早设就,大家分别落座。

此间酒果又与冷、桑二人含青阁所设大不相同,遍席不见烟火之物。除玉液琼浆、仙家羊酒以及数十种佳肴,如蕉脯瑚膏、翠樱紫髓之类外,皆是深海中的珍奇食品、千年以上灵药。常人服了尚可长生,何况有功候的人?这次紫玲因陈嫣助她灭火,格外高兴,特意把宫中所有全取出来款客。

休说灵姑、裘元、南绮等不曾梦见,便韦青青和展、王二人得道年久,见多识广,又是海岛散仙,也不过知名辨物,好些俱是初次到口;石玉珠前虽来过几次,因比时物品无此齐全,有的更连名都不知。余人是只有惊赞,毋庸说了。

这些酒果食品俱用五色盘杯盛着,陈列在一个径丈的水晶案上。主客十二人分三面向外面而坐,由宫中女侍更番奉上。众人因珍品难得,盛筵难再,主人情意殷殷,又俱是有益之物,都想每样见识尝它一些,随意饮啖,谈笑风生,不觉过了两三个时辰。一问主人,尚有少半不曾奉上。

石玉珠笑道:"秦姊姊只顾卖弄家私,显得我们这些不速之客都成老饕了——现在我们少说也有二三百样好东西进口。虽然仙厨珍品，不怕多吃，这千年仙酿已是难于承受。为时已久，宫中仙景珍奇者不到十一，诸位道友俱都意切观光，盛情已领，即请辍宴前往如何？"

紫玲笑道："诸位道友远临，深为光宠。此间珍果本多，又经恩师及我姊妹三人经营培植，近年颇有一些生产，意欲全数取出，请诸位道友一尝，品第甲乙。其中有的别处仙山也可移植，如若中意，行时便可奉赠一些，略尽地主之谊。既是诸位道友欲先游览，待我化整为零好了。"随命大弟子金萍传示，将下余珍品分设在各处宫殿楼阁亭馆之中，以备游踪所及随意饮用。

韦青青笑道："主人真个情重。幸亏是仙府珍物，如是人间酒食，来客再要是个凡人，怕不把肚皮胀破了么？"王娴笑道："就是这样，我已不胜酒力了。"

紫玲道："此酒还是紫云三女初入宫时，采百花百果之精酿成，收藏千年，香醇无比。就是多饮，也只陶然微醺，绝不似山中恶酿一醉千日。道友放心，多饮无妨。"

说时石玉珠见陈嫣朝己使眼色，知她带有礼物，当众不便交出。又因峨眉派与少阳神君是知交，主人法力甚高，一被知晓此水用途，便难到手，唯恐夜长梦多，想把天一真水先要过来。略为盘算，忽向紫玲笑道："陈道友此次前来拜访，一则慕三位主人和海宫仙景已有多年；二则求赐数滴天一真水，以备成道之需。因与三位姊姊素昧平生，无故求此旷世奇珍，于心不安；为此备了几件宝物，聊当投桃报李之献。及见宫中到处宝物充盈，珍奇罗列，自惭寒俭，迟未取出。但是中心感佩，其意甚诚，自己惭于启齿，适托妹子代致衷曲，还望主人笑纳。"说着，陈嫣乘机便把来时所备的几件宝物，取出递过。笑道："妹子久仰三位主人道行法力，只恨无缘，不能执贽门下。适托石道友代致微意，不腆之敬，幸勿见拒。"

紫玲接过一看，那宝物共是三粒毒龙珠，大如鸡卵，奇光电耀。知其功能辟水。带在身上，无论水行陆行，蛟蜃蛇蟒之属，望即远避。若稍用法术祭炼，立可发挥威力，生出许多妙用。宫中照夜明珠为数虽多，似此神奇却也罕见。另外还有一柄古玉圭，一件天生成的珊瑚九连环。

珊瑚连环，每环径可二寸许，色如火齐，红光炫彩，映人眉宇。这是一件难得的珍玩，还不怎样，那柄古玉圭却是大禹遗物。外观五色斑斓，只是形制古雅，无甚奇处。及运慧目细看，不特内中晶莹，若可透视，并还现出风涛汹涌和各种奇异水族之形。飞舞生动,全似活物影子映在里面,游行出没。

紫玲看罢上面古篆,惊道:"此乃前古奇珍!天一真水虽然难得,同道之交本有相扶之义,如此厚赐,何以克当?万万不敢全领。重承盛惠,这三粒毒龙珠稍经祭炼,可供日后门人外出行道之用,敬谨拜领。嘉惠已多,下余两件奇珍敬以奉璧,仍请收回好了。"

陈嫣笑道:"妹子未始不知此是禹王治水遗留之宝。只为初到手时已看出它的奇处,但和另外两件宝物一样,一任苦心祭炼,终不能发出它的威力。自知物非其主,不配留用。来时想起三位主人道法高深,而贵派掌教真人以次更是法力无边,不可思议,必能知道此宝详细来历、用法,发挥妙用。紫云宫深居海底,此宝便无俾高深,也可作为永镇海域、万古长存的先兆,为此专程奉赠。珊环微物,更是充数而已。天一真水乃水母所炼,亘古无二的奇珍至宝,听说为量并不怎多。初次邂逅,一经请求,便蒙惠赐,高情古谊,感切心骨。如此戋戋心意,如再不蒙笑纳,妹子更过意不去了。"

紫玲见她意极真诚,坚拒无效,虽然不再推谢,终觉礼物太重。想了想,答道:"此间之事,向推齐大师姊做主。盛意殷勤,不容辞谢,而惠赐又太重,妹子只好暂时收下,等齐、周二位师姊回宫问过再定了。"

石玉珠知道紫玲人最温良和善,只要勉强收下,便不愁她退还。见陈嫣还要往下分说,便道:"二位已是神仙中人,怎也学了世俗送礼客套?岂不知物各有主,莫非定数?如不应为己有,便是强词巧取了来,也不过暂时保藏,早晚失去;否则任怎固执不取,辗转循环,仍要落到手中。送礼的已然出手,怎好收回?受礼的已然收下,更无退回之理。陈道友由主人说去,如果齐、周二位回宫固却不收,双方俱都不取,我来厚脸承受如何?"

众人都说还是石道友爽快。紫玲笑道:"既是这样,石姊姊现在便取了去,作为陈道友和愚姊妹公赠如何?"

石玉珠道:"那又不对了。陈道友一番美意,齐、周二位连东西都未见,我便中途篡取,于理不使合,你也有慷他人之慨之嫌。再说,我哪里去找天一真水答谢人家?等你们双方不要时,这类前古治水奇珍即我无缘,也绝不会无人承受。倒是那天一真水我闻名已久,近日才连见到它两次妙用,只是都有法术运用,发时不是几缕银线,便是濛濛祥氛,一片水云灵雨,不曾见到它的本来样子。姊姊反正要送陈姊姊几滴,何不就此取出,使我们开个眼界,就便传授用法,岂不是好?"

韦青青笑道:"石道友灵心妙口,真不在玉清大师以下!"南绮笑道:"石二姊姊不但巧思惠舌,她那热肠古谊,肝胆照人,以及设想周密,心细如发,更令人敬佩莫及呢!"

紫玲对友至诚,向无机心。被石玉珠一引,便即点头笑诺。命身后女弟子金萍,将回宫时交她收藏的法宝囊取来,送往绿珊水榭候命。

金萍乃宫中大弟子,资禀特厚,早随紫云三女修炼多年。后入峨眉,益发奋勉勤修,已得本门心法,功行甚深。早觉出今日来客只有三五人是为慕宫中仙景而来,余者多是醉翁之意不在酒,游览只是末节。又见来人币重言甘,石玉珠又这等说法,颇似想将真水先取到手,唯恐迟则生变之意,心中奇怪。心想:"陈嫣这人从未听说,又非左道一流。如说求取此水专为助她成道,谁都乐予玉成。便无好友同来情面,冒昧来此干求,已然答应,也无变卦之理。况所送礼物已然收受,陈、石二人如何这等情急? 其中必有缘故。

"前日玉清大师匆匆赶来,进宫和众相见,坐不片刻,便将齐、周二师同约了走,行时所说的话俱似有甚深意。不久,海上风起火发,成了巨灾,秦师立往救灾,跟着便将来客带回,前后参详,诸多可疑,但是来人除陈、冷、桑三人是外人,余者多与本门师长各有颇深渊源交期,便这三人也是地仙、散仙一流人物,无一邪魔外道,照理不应有甚巨测之行,好生不解。

"事变之来,往往出人意表。秦师长人最温厚,对己尤为钟爱,恩意至深。莫非玉清大师早知来人用意,于本门有甚碍难,或仗此水与人为仇,或是化炼什么不应得的法宝。恐日后三位师长任过,故意将齐、周二师约走,使秦师独任其难,为日后卸责之地? 决无大碍。齐、周二师此时也必不知就里。日后即使事情发作,秦师也是照着师门意旨,好心教人,既未误交恶人,此举又是修道人应为之事;这多来客更无一个说不过去;求水人并有相助灭火救灾功德——决不能怪她妄以宫中重宝轻授非人,到底有点疏忽。

"石玉珠和师父交情甚久,决不会打诳语。我有心密启师父,盘问明了到底此水拿走何用,再行赠予。可是师父正在陪客,无法请问,重礼又已收下。万一此事须装糊涂,不能事先明说,一问反倒两难。师父又是向来不轻然诺,从无反悔,说也无用。石玉珠与陈嫣初交,真有后患,决无帮助外人来欺好友之理。"

金萍正在寻思,忽听师父命取宝囊,即送绿珊榭待命。金萍一面躬身应诺,返身回走;一面心中暗忖:"师父不知猜透来人心意也未? 石玉珠虽是师父至交，到底不是同门同派。师父如若未知底细，贸然相赠，岂不让她轻视？我即使不便向师禀告作梗，好歹也给来人稍微点破。"主意想好，暂作不知，且等送客之时再作道理。

金萍去后，这里众人仍旧且谈且行，随处游览流连。前行便是妙香榭，全宫只这一处是齐、周、秦三人到后所增建。这地方乃是一座小山上面的一角平地，地仅二三十亩，种着十余株桂花树。行列虽是疏秀，因是地脉甘腴，灵泉滋润，每株高约十丈，大都十抱左右，荫被盈亩，枝干丛生，翠叶肥茂，繁花如云，此落彼开，四时不谢，宛如十余柄天花宝盖，金碧流辉。枝头都孕桂实，大如巨杯，奇芳迸射，清芬袭人。花林中却用深海底所产水沉竹建了一所敞厅，轩窗空明，妙香暗送，沁人心脾。众人徘徊其中，齐赞妙绝，不忍舍去。

紫玲道："同门师姊妹中，只申若兰师妹有许多闲情逸致，喜欢布置兴建，往往常景经她微运巧思便成奇景。当初紫云三女屠戮生灵，祭炼神砂，所有劫灰俱弃于此，积为小山。因是宫中较僻之处，向无人留意。上次申师妹来，忽说废物可以利用，要为宫中添设一景。先用法力改易山形，使其姿态生动，峻秀灵奇。再在山顶辟出一片平地，建这一所敞厅，将凝碧仙府灵桂仙馆所结桂实种植了十二株。

"她虽学道多年，童心犹在。为欲一新诸同门耳目，并想借此作一良晤，行法之时，预先叮嘱不到时候不令人看，同时向远近同门传音告急。这时一班同门除却二三十位后进凝碧仙府修炼外，全都在外行道，或另辟有洞府居住。忽接传音告急之讯，俱当这里变出非常，有甚急事，全数赶了前来。她事前又没和我们商量，偷偷发个警报，引得众人受了一场虚惊，到后才知是请看她所建的妙香榭，就便作一聚会。都是久共患难的同门至交，这里又有好些可供流连之地，终日欢聚，快乐非常，俱都不舍离开。连聚了十来天，最后还是接到师尊法旨申斥，才行别去。至今想起还令人恋恋呢。"

紫玲说罢，又陪众人在桂花树下流连了片刻，才去别处。下山由一满植奇花的花径穿出，沿湖走不多远，便到绿珊水榭。金萍已然先到，拿着宝囊相候。那地方便是初进门时所见长湖支流汇成的湖荡。方圆不过里许，湖中全是白沙。水荇牵丝，苹花散钿，绿水溶溶，清浅见底。一道十来丈的白玉长堤由西边湖岸起始，突向湖中。尽头处，用海底万年碧珊瑚建了一座两亩方圆的水榭。上用二尺方圆的锦贝为瓦，文彩陆离，与波光翠色掩映流辉,眩为奇彩。地面是上等水晶,经过仙法化炼,融成一片整的。通体晶明,贴波平浮。碧珊瑚的宝光下映,越发清澈,水中鱼介往来,纤毫毕睹。加上轩窗四启,里外空明,到处玉砌晶铺,纤尘不染,格外鲜明清丽。比起前见长湖飞虹亘水,浩渺汪洋,浪诡波谲,鱼龙曼衍,壮阔雄伟之景,又是不同。

韦青青边赞边笑道:"当初紫云三女不知浪费了多少物力心力,才得构成这等奇景。照她们前生,不过水母宫中三个侍儿,转世重来,窃据此间,已然福缘不称。又无端自昧夙因,误习左道,自甘暴弃。宫中原有之景已然无殊天上,还要驱神役鬼,大事兴修,穷奢极欲一至于此,哪得不身败名裂,遭那大劫呢?"

石玉珠道:"如论紫云三女福缘、根骨,真不算浅。只因误救一个生具恶根的女子,以致二凤、三凤在她降生的安乐岛上留恋过久,无形中受了尘世上情欲牵引,致亏本质。二凤心地纯良,只不过孽缘遇合,嫁与金须奴,失却真元,虽不免于兵解,一经转劫,便有仙缘遇合,反因此转祸为福,便罪过也少受许多。三凤却因受了冬秀、许飞娘等奸人蛊惑,成了罪魁祸首,造孽甚多,结果害人害己,受报尤为惨烈。

"总算她最前生在水母座下修炼勤苦,积过不少善功;虽然再生迷途不返,身遭惨劫,转世之初居然幸遇真仙点化,灵根不曾全昧;誓发宏愿,欲以三生善业修积无量善功,挽盖前愆,才得投入玄门,重修正果。无如许愿太宏,今生绝难圆满;将来劫运当头,终不免于兵解。他生仍要看她修为如何,有无又似以前行径;稍一不慎,再蹈前辙,便会全功尽弃,连今生的修积也悉付流水,直到三世修积,方可有功行圆满之望。

"虽然转劫他生时,有今生师长和诸友好同门怜她修为不易,此生遭劫又太惨,等她转世以后必往接引救助,有许多的关照;却到底重在自己修积,助力越多,遭遇也更艰难,只不过迷途堕落之忧,因为随时有人指点防护,比较少些罢了。"

众中王娴曾因昔年小南极闲游,与初凤有过交往。当时正值初凤女弟子胡娉奉命小南极采觅灵药,路过黑砂岛,为岛主刚辰所困,妄欲纳为姬妾。胡娉不屈,自将天灵震破身死,元神逃回宫中哭诉。当时神砂甬道还未兴建,三凤、冬秀二人正值访友出游,不在宫中。

初凤得知前情,勃然大怒。胡娉又是初凤最期爱的徒弟,必欲手戮妖人,为她报仇。因闻刚辰是小南极四十七岛之中最厉害的一个,尤精潜形变化之术，行踪飘倏，来去如电，稍不留意，便被遁走。以前连遇大敌，到了斗法不胜，便即逃去，对方法力颇高，竟没伤到他分毫。怕到时人少疏忽，又被兔脱，只留下慧珠一人守宫，自和二凤、金须奴夫妻一同前往。

初凤到了黑砂岛，生擒妖徒拷问，才知仇人于日前外出，现在小南极光明境附近西阳岭上别府之内。初凤愤极之下，将岛上十余妖徒全数杀死。岛宫中还有好些妖人的姬妾，初凤本欲全杀。金须奴力说这些都是妖人由中土掳来的良家妇女，从旁阻住。初凤因急于赶往光明境寻仇，既未将这些妇女分别遣散，送还中土，也未详考有无"本来生性淫邪，久随妖人，已然学会妖法，得了传授，当时假充良孺，冀免诛戮，事后仍要兴妖作怪"的妖女在内，便匆匆往光明境赶去。

刚辰别宫最是隐秘。又以平日树敌太多，外设迷阵，本来极难寻到。偏巧王娴路过当地，恰与妖人刚辰无心相遇，刚辰又生邪心，妄欲擒充姬妾。双方正在拼命恶斗，初凤等老远望见，立分三面合围。先用法术将上下四外去路阻断，然后现身，喝问姓名、来历。刚辰久闻紫云三女威名，起初虽然色胆包身，任性胡为，胡娉一死，便已警觉仇人厉害，隐忧未已。此次舍了岛宫不居，来在西阳岭别府潜匿，便为躲避锋锐之故。

他妖法高强，不特长于隐形、飞遁，并能变化相貌，判若两人。当时所现乃一美少年，不似本来极恶穷凶狰狞面目。如非与王娴斗法，被初凤看出妖法来历；尚未见面，先在暗中布置停当，然后上前相机行事；几乎忽略过去。就这样，初凤还觉对方虽是妖邪，但毕竟与爱徒元神哭诉和平日所闻刚辰相貌迥乎不似，初见踌躇，并未遽下毒手。及一喝问，刚辰情知不妙。无奈先时恫吓王娴，妄欲从顺，未料到王娴法力也非寻常，相持这久，事不从心，反将大仇强敌招引了来。没法抵赖，只得强装门面，挺身自承："我便是刚辰，你欲如何？"一面怒骂答话，一面迁怒王娴。

刚辰方欲暗下毒手，初凤等心中愤怒，早有准备，一经看出，果是仇人幻像，立以全力夹攻。妖人竟不及施为，先吃二凤用炼刚柔将当场用来制敌的镇山之宝红云杵破去。同时金须奴又用清宁扇将妖人用来暗算王娴的血焰钉消灭，跟着发动禁制，将妖人形神一齐困住。然后用"太阴""六戊"炼魂之法，活活将他炼成一堆白灰，连元神也未遁走。

王娴本已不支，妖人再一迁怒，猛下毒手，眼看危急万分，忽为初凤等三人所救，并还将痛恶的强仇除去，自然感激非常。初凤也爱王娴容貌端丽，美秀入骨,双方越谈越投机,初凤便邀她往紫云宫中游玩。王娴此次出游,原因丈夫去往中土访一前辈师叔,因故不便同行,独居无聊,偶出闲游,就便采取灵药,事前丈夫并不知道。屈指丈夫归期将至,心想:"夫妻二人向来不轻离开,他回岛如不见我,难免四处寻找。紫云宫深居海底,相隔辽远,丈夫无处寻找,又生疑虑。适和妖人苦斗,元气耗损,也须静养。"便用婉言辞谢,说等丈夫回岛,夫妻一同入宫拜谢。双方随即分手。

及至王娴赶回岛去一看,乃夫展舒恰也刚到不久。夫妻互谈别况,王娴说了前事。展舒惊道:"我自终南回来,归途曾路过玄龟殿,本心出来日久,恐你一人寂寞,急于赶回,没想降落,不料易老前辈同了世妹女神婴易静,正在殿前平台上闲眺,用招云法将我招了下去。对我说,日前东海三仙中的苦行头陀来访,说紫云三女日趋迷途,劫运将临,不久峨眉派便要命人,往取宫中水母遗留的天一真水,融化神泥,取南明离火剑。

"按说紫云宫中主者已然转世,投到峨眉门下,初凤姊妹等只是一时窃据,本可驱逐。东海三仙一则念三女修为不易;二则珠宫贝阙,玉柱金庭,一切陈设用具过于华美,非初修道人所宜。真个无人主持,那是无法,三女已然盘踞多年,修为到此,煞非容易。虽然所习不正,却尚未十分为恶,不愿恃强夺取。

"原定将来三女如知自新,献出真水,双方有了情分,然后徐徐点化,使其省悟,归入正道,只将水母遗留,万不应被她们占有的几件法宝交出,余者便由她们去。这样三女不特免去大劫,还可永住宫中,勉求地仙正果。

"不料三女近与妖邪左道交往,恶迹日著。尽管妙一真人本着与人为善之心,到时仍照原议行事,向她们善取,传书晓以利害,俾其能有自新途径。但是三女日趋堕落,劫运临头,照苦行头陀默运玄功,详参因果,三女终为劫运所限,阴错阳差,自趋灭亡。

"妙一真人先礼后兵,也只姑妄试之,尽心而已。日后所炼神砂阵图甚是厉害,奉命取水的门人又是末学新进,无甚法力,可能阻碍横生,被困在内。彼时苦行头陀业已飞升,峨眉一干长老又值无暇分身,为此来烦易老前辈,到时出力相助。苦行头陀说罢飞去。

"易老前辈随用先天易数虔心推详,不特紫云三女不久遭劫,并还算出初凤近与你巧遇,一见如故,成了朋友。现时紫云宫中常有妖人足迹,唯恐我夫妻二人因有日前难中相助之德,夫妻同往拜访,三女俱都爱友,双方踪迹难免亲密。以后时相过从，一旦遇上事，不能置之不问。就不受妖邪左道蛊惑，与之同流合污，甘遭堕落，这浑水早晚也必要趟上。为此算定我必路过，特出相候，预为告诫，千万不可听你之言，一同往访。并不许将所说的话向人泄露。"

展舒说完前事，王娴胆小谨慎，素来敬信易周，好在不曾约定时日，便没有前往践约。隔不几天，三女便祭炼神砂，恶迹彰闻。展、王二人料知前言将验，越发断念，不敢问津了。三女遭劫以后，王娴终念前德，不曾去怀。又听人说初凤被金须奴用清宁扇救走，幸得免难。此刻料想石玉珠与峨眉门下交好，必知详情，忙即追问初凤下落。

韦青青道："我听静姑上次回来谈起，初凤自被金须奴救走以后，逃到中土福建厦门附近的一个无名孤岛之上。因用魔法不慎，反受魔头之害，始而神志丧失，如醉如痴。嗣因金须奴施展法力，冒着奇险，驱遣附身邪魔，想要救她还原。初凤心灵受了魔头主宰，竟然反恩为仇，时而施展法宝、飞剑，时而用毒计阴谋暗害，时而做出许多淫情邪意勾引，想要制他死命，百计千方，防不胜防。

"金须奴每日守着这个比蛇蝎还要狠毒的恩主，一面想她复原，一面还得时刻留心，防她暗害，心身苦痛直非人所能堪。他却救主情殷，受尽折磨，历久不渝。始终怜他主人受了魔制，非由本心，誓与同归于尽也不肯舍去。有两次危机瞬息，几乎惨死，全仗着神智灵明，道心坚定，才免于难。似这样历时数年，终于至诚感动，来了救星。论金须奴和初凤得道已数百年，法力、道行俱非寻常，那救星竟是一个十一岁的幼童，你道奇也不奇？"

原来初凤在岛上为魔所欺，困了数年，这日忽又暗用毒计要害金须奴，不知怎的岛上忽现出一轮佛光，大放光明，竟将魔头驱走，大彻大悟，不知去向，这事乃散仙匡乾传出。

匡乾原是一个苦行的修士，明初得道。隐居在那二人所居无名小岛附近，一意清修。除偶然在滨海诸省游戏人间，做些善举济人外，轻易不与同道交往。起初不知金须奴不肯伤他主人，并非真个不敌，动了义愤，因觉情势紧急，没问明白，便上前去行法相助。哪知二人相持之处，四外均有禁制，及至强冲进去，反吃金须奴用清宁扇将他挡退出数十里外。

匡乾心中奇怪，二次回去，二人已然停手。因觉出对方法力高强，他不敢再行冒失，正在隐形窥探，又被金须奴行法看破。知是一番好意，将他唤住,一面谢他相助盛意,道歉前事;一面述说苦情。匡乾这才知道就里,心敬金须奴为人,欲以全力助他祛魔。无如道浅魔高,便初凤本身的法力也比他强,真是爱莫能助,无计可施。

初凤原住在岛上一个岩洞以内,除灵性已失,把来因尽昧,前事全部忘记,平日也和好人一样。但是魔头潜制,不知何时便突然发难,随时随地丝毫不能疏忽。稍一不慎,立和他同归于尽。尤其是以前之事不能提起,只略提醒,或稍劝诫,立成仇敌,反颜相向,和金须奴拼命。一恶斗便是好几昼夜,咬牙切齿,恍若不共戴天之仇。直到精力交敝,金须奴防范森严,万攻不进,才一声媚笑,颓然慵倒,若无其事。

可是每经一次,便要耗损她好些元气。到了末年,初凤已然元气大伤,形销骨立。魔头本以害人为志。凡与中魔的人稍微亲近,虽不似受害人那样如影附形,万无幸免,却也不舍放松。尤其对方道心越坚,越欲杀之为快。如非想借初凤连累而亡,使金须奴也受制惨死坠劫,助长魔焰,初凤早受害了。金须奴先欲苦口谏劝,使其警醒。嗣见这等情形,又是困苦,又是疾首痛心。只有终日通诚泣诉,上吁穹苍,忍苦耐守,甘与同归于尽,别无善策。

匡乾感他精诚忠义,处境可怜,还想强为其难,伺机下手,乘隙驱魔。后来金须奴见他有两次俱几乎反为魔乘,遭了初凤毒手,再三劝阻。说:"此事虽是前孽,也许上天有意磨炼,玉成于我。万一我的孽重,不能自拔,连累良友,我固万劫难安;你修道数百年,能有今日,颇非容易;一旦为了万难幸免,而自己力量又决达不到的事,毁败功行,也太不值。此事当初恩主救我不久已有先兆,我曾在静中虔心推算,并照水母所留天书遗偈参详,后祸虽是难免,只要道心坚定,能耐磨折苦难,也并非不能转祸为福。

"不过恩主遇难为期已久,始终看不出丝毫佳兆,所恃以为一线生路者,只有当初对她有恩的嵩山二老白、朱二位真人。我因这里瞬息不能离开,也曾屡次通诚,虔求救助,迄未降临。二老法力高深,破宫时朱真人又曾目睹我将恩主救出时,在峨眉诸道友飞剑、法宝围攻之下,厉害非常,危机迫于一瞬。我不得已,用连山大师留赐的清宁扇抵挡。朱真人本可将我和恩主擒住,不但不曾阻挡,反而回风相助,方得幸免峨眉诸道友的诛戮,此事万无不知之理。我这样日夕哀求,不赐援手,不是我和恩主魔孽太重,便是难期未满。

"这类魔头阴毒险恶,稍与接近,便受其害。以前我不令道友入我禁制限界以内,便是为此。嗣因道友词意恳切,盛情难却,坚辞不允,方请道友进来勉力一试,果然几乎铸错,且于事无补。而道友明知其不可为,厚爱反倒较前更切。以致二次试了一回,又几乎出了乱子。我这才警觉,也许道友因和恩主两次斗法接谈,就许在暗中受了魔头勾引。如不早日罢手,将来便要误己误人。为此剖陈利害,请道友即日罢手了吧。"

匡乾闻言,猛想起近来日为此事悬心,时刻都在念中,明知不行,屡欲强试。直似十分依恋,非此不可情景。好些不解。闻言大惊,立时警醒。回去澄心静虑,一连静修了多日,心神才得安宁。由此生了戒心,尽管怜念,仅在岛上遥望,再也不敢涉足了。

这日正值海上起了飓风,风后继以暴雨,一时阴云压顶,恶浪滔天。匡乾和金须奴已成良友,知道每值风日晴美,波平浪静,天气特佳,或是天阴日晦,雨暴风狂,天气极恶之际,初凤附身恶魔必要生出伎俩兴妖作怪,和金须奴为仇。不是施展极恶毒的法术、法宝想致对方死命,便是玉体横陈,流波送媚,或迫或诱,软硬兼施,狐媚蛊惑,隐伏凶机,无所不用其极。再不便是明偷暗盗,想将对方数年来全仗以防身免害的一柄清宁扇窃去,欲致他死。虽知金须奴惊弓之鸟,时刻留意,防御甚严,终以天色阴暗,易长魔焰,良友关心,不免悬念,随时出洞凭眺,看了两次,不见动静。

到了傍晚,匡乾忽见岛上似有祥光一闪。因这类斗法已经司空见惯,往往一连好几昼夜不稍间断。双方法宝均见过,唯独祥光还是初次见到,心中奇怪。因是一现即隐,便不再见,不像似在对敌,岛上禁制未起,反应也不似有人进犯,自己又不能擅入禁地。心想:"金须奴法力颇高,护身之宝清宁扇尤为妙用无穷,魔头奈何他不得。如若侵犯对敌,决不这样轻松。并且近来金须奴有了经验,情知无效,已不再对初凤劝解,一连安静了三四月。遇到这等天气,自必加紧提防。"念头一转,也就没有近前观察。

到了子夜将近,该当匡乾自己入定修炼以前,又出洞外遥望,对岛忽现一轮佛光。刚一看到,便即隐去,也未看真岛上景物。这时风雨之势更恶,附近大小岛屿全在浪花水雾暗影笼罩掩蔽之下。虽疑岛上来了仙佛解救,因为连日修炼正紧,又与金须奴约定,只要有脱难之望,必同初凤来岛相谢,或放宝光相告。心想:"岛上禁制未见撤退发动,料有高人过往,和自己前见二人情景一样,仗义相助。无如魔头厉害,力无所施,经对方说明原委,也就罢休。黄昏所见那人必是初遇,为金须奴所阻。此时二次上岛,再施法力,才得知悉前情。所以佛光略现即隐,未举全力。只奇怪初凤见了外人,魔头怎未还攻?"

略为寻思,便归洞入定。匡乾准备明早再往岛侧,向金须奴遥问昨夜佛光是何缘故?有无外人经此欲加解救?佛光如此神异,如有人来,定必不凡,是何人物?能否由此现出生机,因而脱难?哪知做完夜课,天明出洞一看,业已风平浪静,碧空澄霁,一轮红日刚由东方天际升起,照得海水俱闪金光。对面岛上也是静悄悄的,连用慧目注视,也不见金、初二人踪影。环岛四周所设防人窥探闯入的幻景掩蔽,均已不见,好似禁制已撤。

那岛曾经金须奴用法严禁,外观岛形已变为一座草木不生的黑礁石。起初匡乾见岛形突变,前往细心观察,也是看不出来。嗣后二人订交,金须奴因匡乾法力虽然不济,为防变生仓促,万一有甚须助之处,有此良友可以略备缓急;便是遭劫身死,也不至于无人掩藏法体,致受风日雨露侵蚀:便把禁制机密以及如何观察动静出入方法全数告知。

如是外人,便是法力高强之士,空中路过,也只见乱石一丛,大仅方丈,孤立怒涛之中,必被忽略过去。匡乾既见岛形突然重现,料定昨晚发生变故,吉凶莫卜。如若二人为魔头所害,不特负了良友之托,便天地间不平之事也莫过于此。连忙飞身赶去,看出上面禁制是行法人自己撤去,并非为敌人所破,心才稍放。只是找不见二人影子。心想:"金须奴与己交厚,又曾相约,他如遇救,或是自行脱难,近在咫尺,万无不告而去之理。即或行时万分匆迫,知道自己正在入定,也必留有信物字迹之类。"于是遍寻全岛。

寻到岛阴初凤所居石洞外面,见洞门已被人行法封闭,心生惊疑,自觉先前所想尚有错误。此岛方圆共只三里,虽然孤悬海上,树石清奇,在金、初二人眼里绝不至于留恋。如真脱难,应即飞去,连与好友握别尚且无暇,怎还会将一个大仅方丈、阴晦低湿的石窟,费上许多事来封闭得这么紧,渐疑初凤又乘天变,猛下毒手,金须奴应变失措,将她误伤致死,自觉为负恩主,先将初凤尸身藏向洞内,撤去四外禁制,然后将洞封禁严密,闭洞自杀。于是决计破洞入观,看个水落石出。

匡乾刚一行法,洞门上金光一闪,突然现出字迹,大意是说:"金须奴前在紫云宫遭劫逃出时,本还同有紫云三女的转生义母慧珠。行至宫外上空,忽遇金光阻路,以为又遇强敌。妄欲再用法宝抵御,不料金光电驶卷来。当时情急万分,不及兼顾,只得舍下慧珠,弃了托身法宝,狂挥清宁扇,驾遁逃走。回顾慧珠，已吃金光卷去不见。他觉得慧珠为人极好，全宫只她一人深知邪正之分，见机最早；自身修为向无过恶，怎也遭此劫数？天道未免难论！平常想起，还在愤慨。昨日岛上大风雷雨，金须奴既恐阴魔暗制恩主，又乘天变迫其发难，又见她近来元气大耗，骨立形销。心里正戒惧悲痛，忽然祥光飞堕，有一仙童降落。魔头见有外人，猛追恩主发难，刚一出手，便被仙童施展佛法制住，将恩主封闭洞内，以佛家大法炼那阴魔。

"不久，慧珠飞来，说起前被金光卷去，乃为一前辈仙真所救。因知她忠义，不亚金须奴，而法力功行不高，初凤孽重，难还未满，三人如若同行，必为阴魔所害，为此将她救去。但是阴魔厉害，非佛法不能驱遣，慧珠屡次向师求救，均未获允。这日乃师忽带她同往金钟岛，看望一音大师叶缤，恰值小神童在座。刚谈完前事，神童便起身辞别。跟着又一神僧来访。师徒二人连同一音大师便代金、初二人求救。神僧赐予慧珠两道灵符、两颗灵药，来岛相救。

"谁知那神童先听一音大师推辞，业已先到。阴魔虽暂被驱走，但是贼去城空，初凤明白过来，人已危殆。金须奴为救恩主，竟舍内丹给她服了。初凤命虽保住，金须奴的元气也已大伤。同时那阴魔并未消灭，只为佛法所逼，暂时退避，不敢近身。神童只要离开，仍然如影随形，附在初凤身上，不令灭亡不止。而金须奴内丹已失，法力大逊，阴魔如卷土重来，他也连带受害，难于幸免。气得那神童正拼犯险，欲施展佛家最厉害的金刚降魔大法，用波罗神焰拘炼阴魔，慧珠恰好赶到。

"慧珠照着禅师指示，假装绝情，一任金须奴哭求哀告，置之不理。暗中却如法施为，设下埋伏，约了神童走去。尚幸那阴魔乃初凤以前自炼，虽然机智狡诈，终不如那诸天神魔飘忽若电；随人心念来去，毫无迹象可寻。以致果然上当，自投陷阱，被灵符所化炼魔神光化尽，永绝后患。

"功成以后，慧珠、神童重又赶回，方传师谕说金须奴灾难已满，只是前孽未尽，又为救主失去内丹，以后更难跻身仙业。必须就此化去，再转一世，方可求得上乘正果。

"金须奴向道心坚，不畏苦难，立即感谢拜命。当下由二人相助，给他服下灵丹，并在托生以前将他元灵闭住，以免前生法力尚在，既易炫弄取祸，修为又有混杂，难于大成。又把他尸体藏入初凤所居洞内，行法封闭，随身法宝由慧珠代为收藏。一切停当，再由神童带他前往云贵边省，寻一积善人家投生。初凤便由慧珠带往西海青门岛上，一同清修。居然地仙有望，免去一番尘劫，总可算是因祸得福了！"

匡乾刚刚看完，那壁间留字随即隐去。留字的显然是那小神童，却未留下名姓。方今小一辈的佛、道两门中有名人物，差不多都有耳闻。这位神童法力如此高深，先前向同道中打听两次，竟无人知道禅门中新进后起的有此人物。有人疑是苦行头陀高弟笑和尚所为，一则他年纪轻轻，二则此时他面壁十九年之期尚还未满，决然不会是他。一音大师近已功德圆满，闭关修炼。她的弟子朱鸾，也只在峨眉见过一面，素无来往，未便登门访问。所以至今不知这神童来历姓名。道友既听静姑说起，想是知道了？

韦青青道："我听说的经过还没有道友所知详细。神童来历倒是晓得，他便是峨眉教祖妙一真人九世前爱子，那年开府经天蒙禅师度上峨眉，后经真人引进到寒月禅师门下的李洪。道友不也在场么？"

石玉珠道："竟是他么？我们来时，他正往香兰渚见宁一子。听说近来法力愈发高强。他救初凤时不过十岁左右，自随寒月禅师去后，除去每年往峨眉归省一次，从不与外人相见；无人提过行踪，自然想不到会是他了。"

王娴问出初凤踪迹，好生欣慰，便问近况。石玉珠道："慧珠师父便在初凤遇救的第二年飞升。由此她和初凤同居修炼，轻易不出山一步，闻说要等金须奴转世成长才下山哩。"王娴始终怀念初凤相救之德，前闻紫云宫失陷，三女遭劫，初凤被金须奴救走，不知下落，惆怅多日。一旦得知下落底细，便想前往看望。当时也未向众说起，自在心中盘算少时即走，不提。

众人说罢前事，紫玲便令金萍将天一真水交与陈嫣。金萍应命递过，说道："陈仙姑，真水共是三滴。本来无论融化何物，一滴已足。当初掌教师祖为余师叔融化神泥，取南明离火剑，也只用一滴，还收回了一半。多么厉害的烈火狂焰，有此三滴也足敷用。如用以合炼灵丹，却用不了这么多哩。"

陈嫣闻言，知道来意已被识破，脸上一红，不便深说，笑答："有劳道友见教，贫道异日小有成就，实是非此不可。盛情心感，容当后谢吧。"金萍知她会意，点到为止，也不再往下说。

紫玲又引众人遍游全宫，随地都有仙酿、看果相款，境物之灵奇清华，各有各的胜处，自不必再为细写。陈、石诸人既以游宫为名，自不便得水即去，韦青青、展、王诸人又不舍仙宫美景。等游完全境，同到黄金殿内，紫玲又留众人小住数日再走。即以妙香宫为下榻之所。

350

照着外间岁月，众人单游赏全宫景物便去了好几天，连同宫中耽搁，一晃又是十来天。陈嬷暗忖："真水已得，少阳神君回山虽还有些时日，到底夜长梦多，事情仍以早了为是。"私下和石、吕、冷、桑诸人商议先行。石、冷、桑三人自愿助她事情早了，吕灵姑和裘元、南绮虽恋着宫中仙景，不舍即去，终以正事为重，俱无话说。

事有凑巧。南绮和王娴连日相处，成了莫逆之交。行前不知王娴也急于往见初凤，因明日将向主人告辞，便与话别，重订后会之期。王娴问众何往，去得怎这么急？南绮不肯瞒她，便说要往西海有事。王娴一听，甚是心喜。便说自己也要往西海去看初凤，正好结伴同行。南绮因她不比易周与少阳神君有交，韦青青不便同行，便同往磨球岛也无甚妨碍，何况各有去处，当即点头笑诺。及向石玉珠一问，才知初凤所居的青门岛就在磨球岛之西，两岛相隔只百余里，可以互相望见。无如话已说出，只得罢了。

次日，众人和紫玲一说，紫玲见虞舜华面有凶煞之气，说："上次见面已嘱你仔细，最好暂时不要回转长春仙府，冀能避免。你近日煞气日透，隐含晦色，必有灾难。如与众人同行，也许在外面又遇上甚事。难得无心来此，正好在宫内避上些时，免致无心涉险；即或命中注定，难于避免，有我在一起，到底要好得多。"

舜华性情温婉，见良友关心，盛情难却，只得打消行意。除虞、韦二人暂留外，余人紫玲均未深留，一行共是陈嬷、冷青虹、桑桓、石玉珠、吕灵姑、裘元、南绮、展舒、王娴等九人。由秦紫玲同了虞、韦二人送出宫外迎仙亭上，再往上升。

这次不用碧沉舟，众人走完尽头，霞光闪动中，宫门开放。那迎仙亭入口有一长堤与宫门紧接。堤上矮栏与那六角亭柱均为天犀角所制，虽常沉海底，点水不沾。相隔堤亭十丈以内，海水壁立，上下四外宛如晶衔。深海之中尽是奇形怪状的水族，碧波晶莹，白云流动，各色各样的大小鱼介往来不绝，被亭上奇光映照，汇为异彩，五光十色，煞是好看。

众人到了亭中落座。长堤尽头一端竟似龙蛇矫首，活的一般，往上升起。因灵姑、南绮说此去不知何时方得重游，来时入宫心急，未得细看四外奇鱼形状，颇为怏怏。约有半个多时辰，长堤渐成垂直之势，亭才透出水面。宾主十余人重又殷殷话别。

紫玲看众人去后，归途笑问舜华道："我见连日石道友谈话神情颇不自然。此次她为陈道友求取真水，因我三人和她交厚，不曾深思。又念陈道友相助灭火之德，彼时她本可将真水藏留一半，免致万一见拒，她却毫不自私。那初到时情急求水之状，事后想起，诸多可疑。以石道友平日为人光明，绝不至于瞒我。但她对朋友心太热，其中必有难言之隐。尤其今日诸人向我话别，只陈道友一人说往西海有事，归岛便可闭洞修炼，勉求仙业。又说了些全仗成功的话。石、裘二位道友和南妹游兴未阑，对这里甚是留恋，却非和众同行不可，分明有什么紧急之事。

"西海地方虽大，岛屿却不多，又因少阳神君最恶妖邪，不容在他左近藏伏，这多年来，除青门岛，多摩罗五岛两处主人俱是玄门清修之士，地仙一流，能与相安外；凡是左道妖邪，为爱西海景物清淑，地介幽僻，欲往卜居的，只一到那里，便被少阳神君师徒驱逐。每次都是先礼后兵，对方知他厉害的，听来使一说，立即迁去，不过闹个扫兴，还不致怎样；如若倔强不服，双方动起手来，必被用真火罩住，丧了性命，甚或裂山而焚，连妖人盘踞的岛屿也化劫灰，陆沉海底。

"展、王夫妇往访初凤倒还可说，那多摩罗五岛主人向不与外人来往，所居又在西海最尽头处，比磨球岛还要远出七万余里。中隔一万八千里罡风之险，终年有无限风柱互相排荡冲击，亘古阴霾，不见天日。下面海底乃西方太白精气所萃，水中含有真金之气。又受狂飙激荡，其利如刀。人若在上空飞行，必为风柱所伤。风势猛烈，比诸位道友来时所遇飓风还胜十倍。如由海底遁行，又禁不起长途金水之险。可是一走过去，到了五岛，便无殊天仙境域，风景灵奇，几与灵峤仙境伯仲。天险所限，便五岛主人偶然出游，也颇费事。休说吕、裘二位学道不久，功力尚浅，就是石、陈、冷、桑诸人通行也非易事，我想他们决不会去。

"此外只有磨球岛一处。少阳神君虽然人极方正，终非玄门正宗。他得道年久，每喜自居先辈。他那岛中也是壁垒森严，轻易不许外人涉足。而所产灵药、异宝又复甚多，门下弟子恃有真火炼成的诸般法宝，独步当时，个个都夜郎自大，看不起人，有时还在外惹事。

"前十多年，曾有两门人偶来中土，路遇武当七姊妹中最美的姑射仙林绿华和梅花仙子林素娥的两个女弟子，一同在罗浮梅花林中玩月。因爱三人貌美，冒昧通词，妄冀婚配，以致动起手来。三女本要吃亏，值三女的师父俱在当地元元大师山洞中对弈，林素娥还不怎样，半边老尼的性情岂是容门

352

人无故受欺的,当时闻报赶出,将二人擒住,竟欲处死。幸得元元师叔因双方与本门至交,再三劝阻,才行痛责了一顿放却。

"半边老尼因爱徒被真火所伤,虽可养好,气仍不出,事后还要寻到磨球岛去理论。元元师叔知道少阳神君也是性烈如火,此去必要大动干戈,重又力劝,方始作罢。随以百零八日苦功,炼成七件防御真火之宝,分赐七女弟子。并嘱再遇少阳门下,稍有无礼,唯力是视,无须容忍。那两人自知理屈,吃亏回去,并未敢告师父。不知怎的,日前仍被少阳神君得知,大怒之下,重责了二人一顿。事已过去,不便再向半边老尼理论,心中却不免存了芥蒂。

"石、陈诸位所去之处既是西海,又将天一真水要去了些,此行就许于磨球岛有关。听说少阳神君现时在外,须有数月耽搁,不在岛上,那些门人怎容外人往犯,又有武当门下在内。我虽一时不察,将真水与人,但陈道友有助我救火功德,又是端人,求时并说借此可以成道,我便知她底细,只不明说出来,也应赠予,况是事前实不知。陈道友不肯明言,分明恐我知道来意为难,并非有心欺友。虞姊姊早与他们同在一起,可知此中详情么?"

舜华自然不便再隐,据实说出。韦青青闻言惊道:"他们来时路过玄龟殿,与我相遇,曾欲进谒,家翁嘱为先容。我以为石、吕诸位师长俱与家翁深交,他们以后辈之礼来谒,家翁人最和易,对于后辈无不尽力提携指点,尤其对峨眉、青城两派门下另眼相看,断无不见之理。哪知我同来客还未走到后殿,家翁便着人来婉谢。及至我向家姑求借一物以供水行,顺便请问为何不见来客,家姑只说:'他们游罢紫云宫,想还要往别处去。你素喜事,不可同行,也不可盘问此行用意。'并命同乘碧沉舟,由海底走。

"此舟经家翁、姑仙法制炼,专为游海之用,极为神妙。尤其行程可由宝主人随意限制。此次便是限定去紫云宫一个往返。我虽能驾驶往来,如往别处,便不听命。分明家姑防我喜事,恐带了此舟与众同行,生出别的事来,故此先为限制。

"嗣听诸位道友露出西行之意,早猜是往磨球岛,更无别处,果然料得不差。家翁和少阳神君至交,如与诸位道友相见,便很为难。陈道友既非那灵药不能成道,但对方又必不肯一求便与,双方这样交情,自不便帮助来人与他为难,只好不见了。

"那灵药产处乃少阳神君入定之所,名为灵焰潭,上有千寻烈火毒焰阻隔。少阳神君昔年炼此灵药时,曾经声言并非决不与外人,只要能入潭自取,便可拿去,否则任何情面也是无用。照着往常旧例,来人如往求药,须先以后辈之礼拜谒主人。得了神君允许,命门人领至潭边,然后估量法力,入潭自取。三百年来,往求的人着实不少,十九都是见了神火烈焰过于厉害,自顾不行,知难而退。真肯拼命冒险下去的,前后只十余人,而如愿相偿的只有两人。并且还有原因,不全因来人之力。一个是持有峨眉教祖妙一真人亲笔书信,一个是神君至交天乾山小男的弟子。

"虽然照例要经过烈火焚身之险,但是入潭之先,神君已授意门下弟子火行者发动烈火时减去十之七八的火力。来人又各持有师长所赐的灵符和护身法宝,方才到手。可是潭中灵焰被人下去引发,又被火行者止住,郁怒未得宣泄,人快飞出潭上时,立即爆发。千丈烈火、毒烟如惊泉出地,蓬勃上升,追袭而来。如非事前早得师长暗示,得手立即飞遁,逃得灵妙神速,换一不知底细的人微一疏忽,一被包围,心中惶急,必妄借火遁逃走。那火已有灵性,与别火大不相同,怎能借它遁走?仍是葬身火窟,休想活命。

"这么厉害的地方,少阳神君与武当派又暗结有宿怨,见了石道友必要勾起前仇。少阳神君不在,门人自然更可以逞快私意,不是一见面便恶声相向,拦头作梗,便是讥嘲几句,引向灵焰潭,使来人照例下去,并以全力发动潭中烈火。

"陈道友虽有天一真水,可克那阴阳二极互相为用的真火,但是潭心伏有丙火之精炼成的两条灵蛇。所喷灵焰远胜雷霆,中人立被炸裂粉碎。除却峨眉门下邓八姑、金蝉、李英琼、余英男四人各有一二法宝可以克制伤它外,寻常飞剑、法宝均难防御。单凭真水,火势一为所制,主持烈火的灵蛇立被激怒飞出,到了势急之时,虽可将真水化成的水云招回防身,要想成功如愿,非只徒劳,弄巧还许受伤。

"石道友在武当门下年久,七姊妹中独她交游最广,见闻最博。因常得各派诸尊长、师执、良友教益,近年功力大为精进,决不会如此轻率,不知厉害。看诸位道友去时欣然,陈、石二人均无愁虑之容,所恃以为无恐者,决不止此三滴真水。莫非还有甚别的大援在后么?"

舜华答说:"吕灵姑上次元江取宝,得有一柄前古至宝五丁神斧。可与真水同时施为,不致受害。"秦紫玲道:"我知少阳神君门下都不好惹,就是此宝可御灵蛇,敌人气愤难消,也决不肯轻易放脱,定有争执。所幸诸道友去时面上均无晦容,虽有煞气,也不甚重,便不能如愿相偿,也不致有甚凶忧。

我们爱莫能助,由他去吧。"三人便在宫中谈论。不提。

且说石玉珠等一行九人离了紫云宫海面,便同驾遁光往西海进发。两处都在天地极边,一南一西,相隔辽远。如由上空遁海飞去,是个弧形。下面天水相连,漫无际涯,不知其几千万里。除不时发现大小岛屿,宛如点点翠螺飘浮水面外,只是一片汪洋,直到天边,什么也看不见。如走弓弦直路,虽然较近,但须飞越无数高山峻岭,经过数十百处国家和生番野人的部落。到了西海将近,还要横断那最有名难越的西极山。

此山上接天阊,高险无匹,全山回环四万三千九百余里。峰岭杂沓,洞壑幽异。尤其是全山气候异常,罡风激烈。有的地方景物灵秀,四时如春,奇形怪状的飞、潜、动、植之属生长游息于山谷原野之间,宛如仙景。但这类地方只五六处,多为西极教下窟宅,余者多半不是严寒,便是酷暑,再不便是一日之间寒热数变,各趋其极。外方人到此,万难生活。

最难惹的是那些西极教下徒党。这类修士非僧非道,另立宗派,法力甚强,最精咒敕禁劫之术,厉害非常。所居谓之神域,故步自封,向来不许外人涉足。偶有各地散仙云游经过,一被发现,立即群起为难。若不与结嫌,见即知难而退,不过落个扫兴而返,还不妨事。如恃法力,伤了内中一个徒党,教中长老跟着出敌,由此寻仇报复,当时即能逃走,事后也如影附形,追随不舍;不将对方残杀,决不甘休。

西极教虽是魔道野狐禅,但其教徒无事只在山中修炼,不触他禁忌,无故也不伤人。全教共有六位长老,已成不死之身。终日端坐岩窟,虚心静修,轻易不出来走动。底下徒党十九不禁饭食男女之欲。但等道成,便自屏绝,学诸长老入穴静修。可是此教虽有五千年历史,能如愿相偿,超劫获得长生的,仍只那六个长老。此外都是修到年限,不是尸解转世,便为自奉魔神所杀。

各派群仙因其远在西极,那环山大小十余国俱奉此教,早已相安,既不十分害人,也就不去理睬。连少阳神君师徒偶来中土,也都避道而行,不去招惹。所以众人行前便已议定,宁绕海路弧形走,不走弓弦直路。免得遇上,多生枝节。

这时正当上弦之末。众人功候不齐,遁光有快有慢,一离海面,便把各人遁光联合一起,以便彼此言笑,免却长途寂寞。并免和来时一样分成两起,互不接头,以致吕灵姑冒昧伤人树敌,生出别的事端。

众人飞行不多一会儿，一弯蟾魄渐渐升起，海上月明风静，并无狂波白浪。月光底下只是一层接一层的寻常细浪，浩浩荡荡，直向天边涌起，一眼望不到边。这次众人因由南绕西，走的不是原来的路向，相隔紫云宫数千里内，海域空旷，波光云影，天水相涵，更看不见一个岛屿，分外显得海波壮阔，月色清美。

　　等飞行到了半夜，渐见下面岛屿群列，俱不知名。许多都是林木蓊翳，形势奇秀。空中下视，宛如大小千百个碧筒翠螺，星罗棋布，浮沉于无限波涛之上，景物越发清丽。先见半弯明月也渐往圆处长复。清光流照，朗耀中天，好似望前的月亮，再有两夜便可重圆。

　　裘元答问："这半日夜工夫，月亮怎会长圆了？"南绮笑道："亏你还是青城门下高弟，修道的人，连这日月运行之理都不晓得。这还要问？虽只半日夜的工夫，可知飞行多远了么？东盈西亏，本是相对。我们正朝它圆满的地方走，怎得不圆？再往前飞，还要和十五六的月亮一样，更圆了呢！可是再往前走，又要由盈而亏。"

　　裘元这才省悟，笑道："难怪你挖苦，我只贪看月色，见它长圆奇怪，竟忘了计算走了多远。怪不得今夜也格外夜长呢！原来我们是和嫦娥姊姊同路走的。下面这些岛屿一片青绿，景致想必极好，不知也有修道人在上面隐居么？"

　　展舒笑道："这条路，愚夫妇昔年颇喜游览，曾经走过，只不是由紫云宫这一面起身。彼时也因见下面岛屿罗列，形势奇秀，下去游览。哪知多半都是些前古浩劫所遗的荒岛。岛上满是森林茂草，榛莽纵横，塞途蔽野，更无隙地；低洼之处多是浮泥沼泽，久为蛇兽毒虫盘踞之所；自来无人居住。偶有数岛住得有人的，也都是那前古遗留，蠢如鹿豕，向无知识的生番野人寄迹其间，哪有甚修道之士曾来此卜居？再往前去，比紫云宫海面还要空旷。也是因为相隔西海将近，少阳神君既无缘进谒，更无可以登临之处，只好就不去了。

　　"前行海天无际，既无可供游览之地，除却磨球岛，便是西极五岛，多不喜外人登门，何苦多事。扫兴回去之后，便没再来。相隔不满百年，现在料和从前一样，不会有甚高明之士在上隐居。"

　　众人只是随口闲谈问答，遁光并未停住，照旧向前飞驶。不消片刻，便把那群岛屿过完。前行更无尺土寸地，海面益发空旷壮阔，将坠的月光也逐渐将要圆满。海水甚清，与别处所见不同，映月生辉，作金银色。

众人又飞行了些时，方始月落日升。回顾身后，那朝阳先只像一个金月牙，在东方天边海天相接处出现，渐现渐大。及至现出半轮，又似一个金馒头，浮沉在碧天尽头海波之上。一会儿现出全形，变成一个极大金轮，离水而升，红光万道，上映晴空，下照碧海。半天文霞散绮，丽景流光，端的绚丽雄伟，莫与比伦！

南绮笑道："这日出奇景竟这等好看！"王娴道："我们走的是天枢直线，一东一西，恰好正对。今日天色分外晴霁，所以格外显得壮丽。我因素喜遨游，除却修炼，每年总要漫游一两次，这类景致见得独多。有时遇到明月已升，斜阳未暝，半天红霞映衬着碧海青天，暮霭苍茫，还更好看呢！"

众人又飞行多半日，遥望前面海天边际郁郁苍苍，露出一片岛屿陆地，气象甚是雄秀。石玉珠见磨球岛已然在望，相隔只千百里，不消多时便可到达。展、王二人所去的青门岛还在岛的西偏，须要绕过，此去难免和少阳神君门下恶斗，二人如若同往，被对方认明相貌，归途定受阻滞。因此一面嘱令众人隐去遁光，一面和二人商量。请其分开单行，在众人之前先往青门岛，以免回时惹出麻烦。二人因与众人交好，不便置身事外，又恃自己擅长隐形飞遁之术，执意不肯，要俟众人磨球岛事完之后再行分手。众人拦他们不住，只得罢了。

一路无事，剑光迅速，不觉越飞越近。众人因恐对方事先警觉，有了防备，下手更难，老远便把遁光隐去。准备等到达磨球岛上，或是由石、陈二人上前现身通词，按照岛规前例，请其领往灵焰潭畔。会合灵姑、冷青虹、桑桓一同下去，裘元和南绮、展舒和王娴两对夫妻隐身上面接应，以备不虞。或是九人全不露面，到后探明虚实地点，乘其无备，仍由石、陈等五人突然飞下，仗着五丁神斧与天一真水之力，御火防身，直入潭底灵焰阁内，盗了灵药便即遁走。

众人本来相机而行，不曾说定。展、王二人知少阳神君师徒性傲量狭，灵焰潭中灵药虽是埋伏厉害，防御森严，表面却并未禁人往取。如照其旧例行事，不成固是无关，如若成功得手，事前有他门人允许，事后也有话说，不愁他责难。如按众人所拟第二条行事，不告而取，迹近欺人。就当时侥幸得手，也必树下强敌，寻仇不已。便劝众人慎重，还以明取为是。

石玉珠也并非不曾想到此举不合，只因师门宿怨未消，如与明言，对方问知来路,定要出口不逊。一个忍耐不住,不等入潭,先起争斗,事更难办。自己如若隐身不现,灵姑和自己交厚,初出茅庐,不知厉害轻重,难保不失陷,或又惹出乱子。更以陈、冷二人之请,谊无袖手。再说少阳门下不禁婚嫁,见冷、陈、王、虞诸人美如天仙,难保不生心,发动全岛埋伏。一个不好,不能得手,人还被他困住。想起师父也曾授意,只一遇上,不可放过,双方早晚终会有场争斗,莫如把此事揽在自己身上。好在双方均和峨眉至交,真到不可开交,也会有人出头化解。陈嬭非此不能成道,志在必得。反正仇怨难免,与其当时为他所败,转不如先把灵药得到手内。日后少阳神君不肯甘休,再去打点。展、王二人见她另有成见,不便深说,只得罢了。

众人飞行渐近,磨球岛全形已在前面呈现,相隔只数十里,晃眼便到。众人见大敌当前,不论如何下手,都不敢怠慢,便把飞行放缓,徐徐前驶,暗中留神查看。只见那岛形势甚奇,方圆约有六七百里。前面一片大海滩,几占全岛面积十之六七。地面甚高,几与海水成了平面。除却当中数十里平沙,两面俱是森林,郁郁葱葱,一片苍绿。

前半海滩过完,忽又现出十余里宽,与岛等长的海面。一水中分,将全岛隔为两半。当中却有一道长堤,将两面陆地连接。过堤以后,山势忽自平地高拔起千百丈。除却山脚一大片浅滩外,全是山地。山势也极雄诡,山头向外突出,自顶以下逐渐向里倾斜,正将那浅滩罩住,似欲倾堕。因是坐西向东,浅滩上花木甚多,虽在高山危崖阴影笼罩之下,一点不显幽暗。尤其是斜日将堕,夕阳影里,所有山石林花均泛奇光,景色分外鲜妍。山虽险峻,上面却多平坦之处。另有十余处奇峰秀岭,飞瀑清溪,分布其间。到处仙山楼阁,金碧辉煌。那有名的离朱宫便在山顶中央一个形似圆球,大约百亩的天生玉石崖上。

众人原自高空隐身缓缓飞来,比山头高不多少。越过前半海滩,正待往当中山头降落,展舒一眼瞥见对面山上浅草如茵,甚是平旷。疏落落十几株形似玉兰的花树,大都十围以上。铁干挺立,虬枝盘纡,宛如天花宝盖矗立,奇芬馥郁。临海数株最为高大,花也最繁。树下设有三席,肴酒上陈,人却不见。分明适才有多人在此面海聚饮,现在忽然离去。知道少阳神君门下均非弱者,心疑对方已有警觉,忙和王娴暗中止住众人,先自下落。

二人一同留神往前看时,见花林后面一溪前横,水甚清澈。再过去又是一片花木鲜明的草原,一条白玉甬道,当中竖着一个十余丈高的黄金牌楼。

再过去，走完甬路，便到达圆崖之下。崖并不高，只有二十余级宽大石阶，上去便是那用红晶砌成的离朱宫前面大白玉平台。这时全岛不见一人。乍看天色晴明，水木清华，一片空灵之境。及至定睛细看，那玉石牌楼之下连同草原花林之间，均似有淡烟微袅，情知有异。若依了展、王二人，最好暂且退出数十里，将身形现出，再往前飞，作为明白求见。

正和石、陈、冷三人商议间，裘元同了南绮、灵姑在前，见岛宫景物清丽，气象万千，不禁失声说道："想不到磨球岛景致也有这么好！"一句话脱口，前面数十缕轻烟倏地暴长，晃眼工夫，浓烟滚滚，宛如潮涌，对面卷来。

展、王等六人一听裘元失口，便知不妙，互相一打手势，仍照前策。展、王二人抢上前去，拉了裘元、南绮，忙即往后暂退。石玉珠、陈嫣、冷青虹、桑桓、吕灵姑五人见踪迹已露，敌人早有觉察，埋伏已然发动，也忙将隐形法撤去。正准备就势现身拜岛，向对方述说来意，相机行事，哪知她们这里刚撤去隐形法，敌人也已纷纷现出身来。只见黑烟匝地中，现出五个身材高大，貌相奇诡的道装童子，各持拂尘，分立在花林前面，俱都面带怒容。

这时五人由陈嫣为首，正驾遁光下落。对面浓烟本如潮水一般涌来，及至五人身形一现，那五道童好似有些惊讶，为首一个火面鸢肩的将手中拂尘一指，满地浓烟便已止住。陈嫣不等对方开口，忙迎上前躬身说道："贫道陈嫣，同了四位同道，来此拜谒神君。烦劳道友通禀，不知可否？"

为首道童说道："神君家师现往天乾山、大荒山等处，有事留候，须要三两个月才回。适才我等花下会饮，望见遥空遁光飞驶甚速，倏又隐去，知有人来本岛。踪迹如此隐秘，料非端人；为此设下埋伏相待。现既见机，以客礼来谒，我们也不再为难。如无甚事，可等神君回山再来。如想在此生事，有甚希图，也可明说出来，仍可照着前例行事。如似来时那样鬼祟行径，必定自找无趣，等到神火焚身，休得后悔！"

众人听他语气傲慢，心都不快。仍由陈嫣含笑答道："贫道此来自然有事相求。只因来路与西极山相近，恐与彼教中人相遇，故将遁光敛去。闻说神君灵焰潭灵药并不禁人入取，贫道等初入宝山，途径潭址，有何禁忌，俱都茫然，即便神君赐见，也还要奉劳指点引导，何用隐形诡秘之术？诸位道友不必多心，贫道等实为那灵焰潭底灵药而来。果如人言，可以援例自取，即乞领往；如因神君不在，诸位道友不能做主，也祈明言。好在神君只三数月便可回山，到时再来拜求也是一样。"

陈嫣原因看出对方气盛而骄,故以言相激。不料这五个道装童子正是少阳神君门下,能够掌点权的爱徒五火使者与火行者洪丙是同等身份,闻言竟受了激动。加以天生特性不喜女色,向道最坚,成年只在岛上修炼啸傲,享受清福,轻易不肯离开一步。连峨眉开府那等旷古难逢的群仙盛会,都未随往观光。并未见过石玉珠,为首求药人又是散仙元神炼成,没想到有武当派门人同来。于是冷笑答道:"我弟兄五人,便是神君门下初传弟子五火使者。神君不在,一样可以做主。不过那灵焰潭深达数千丈,中隔百千丈烈火神焰,有无边神妙。以往求药的人,不是知难而退,便是被烧得头焦额烂而逃。到时神君如见来人可恶,不发慈悲救他脱险,甚或葬身火窟。数百年来,从无一人凭了自己法力即能得手。我引你们前去不难,只是你们自己还要度德量力,不可冒失。你五人法力深浅我虽不知,但看行径,如无此灵药,即便不能成道,仙业终还有望。如因求取此药不成,为真火所伤,以致形神皆灭,求荣反辱,求生反死,岂不冤枉可惜么?"

陈嫣笑答:"我等五人久闻神火威力,明知厉害。但是潭底灵药关系自身成道,又承诸位道友不计艰危,鼎力相助,良友盛情厚意,说不得只好冒险,勉为其难尝试一下了。"

五火使者道:"我因见你们修炼不易,好心相劝。既然不听良言,那也无法,可随我走。"说罢,各把拂尘一摆,满地黑烟忽然尽行敛去。随即转身,引导众人同行。先顺玉石甬路走到离朱宫前,再绕左面曲径往宫后走去。

陈嫣暗中查看那五火使者,为首一人身材较高,目光如电,生得格外威猛,下余四人也都是火面鸢肩,鹰胸虎颈。只略为有点胖瘦之分。形貌俱差不多少,装束更是一模一样,直似五个同胞孪生兄弟,分不出甚长幼。乍看生相虽极诡异,可是个个道气盎然,造诣甚深,决非庸常散仙、修士一流。尤其是每人除身佩一个朱红葫芦而外,腰间还有一个式样灵秀、质地柔细的鱼皮宝袋,精光内蕴,隐隐可见。

陈嫣暗忖:"拂尘妙用适已见过。葫芦所贮必是神君师徒所炼三阳真火,这鱼皮袋内不知是甚厉害法宝? 闻说神君门下长幼三辈门人,法力均非寻常。这五火使者看去便不大好惹。此来虽有准备,终是有求于人。对方人多势众,尚未全部出面。难得这五人正派直爽,不似别的门人见色心喜,易生枝节,何不以谦恭感动? 至不济,也可减去一些阻力。"

便偷偷朝众人暗打个手势,边走边道:"久闻五火使者道行高深,法力无边。今见五位道友神光内莹，有如良玉明珠，自然流照，果然话不虚传，幸会之至。贫道道行浅薄，隐居荒岛，潜修多年，仅脱躯壳。此次承诸位同道至交相助，专程拜谒，求取灵药，以为成道之用。谁知福薄缘悭，神君仙驭远游，未得拜见。幸蒙五位道友鉴察愚诚，怜我修为不易，俯如所请，盛情已甚感谢。自维菲质，妄冀非分之福，灵潭真火神妙无穷，不能如愿，原在意中。不过神君对于后辈素乐成全，而玄机奥妙，必早洞悉未来。贫道累劫余生，所历苦孽实难言罄。所幸向道虔诚，颇知奋勉，耿耿此心，也许得邀神君鉴怜，恩加格外，也未可知。少时万一侥幸，贫道自不能不感大德，以后难免再上仙山，不时求教，不知五位道友可能折节下交么？"

陈嫣是道家元神修炼成形，宛如一个十岁左右的女婴童。生相既极美丽灵秀，说话又那么谦恭得体，声如出谷乳莺，非常好听，本易动人怜爱。五火使者又都是高亢耿直性情，初发现众人时因存敌意，有了成见，故此词意不善。嗣见来人都是一身仙风道骨，不是左道妖邪一流，嫉视之心已减去了大半。只不过觉着灵焰潭神火厉害，就此时不与为难，让他们带了回去，结果也是徒劳罢了。

后来听陈嫣问答温婉，一味谦和，再细一查看，果然元神初凝，功候尚差，非潭中灵药不可。否则，不再转一世，也须苦练三四百年，中间还须无甚灾害魔扰，始能成道。与平日那些来人本不一定须此，只因师父有任来人自取之条，便觉是个便宜，得了去可以锦上添花，增加道力，却不知厉害深浅，妄冀侥幸，终于惨败，咎由自取者，迥乎不同。人又那么娇小美秀，由不得生了爱怜之心，渐把敌意消泯。

为首一人笑答道："同道交往有何不可？我等也知道友元神受伤，初凝未久，需此成道。无如家师法令素严，不能更改。尚幸今日正是大师兄轮值，率领长幼三辈同门在离朱宫底层地室之内，循例教炼三阳真火。我弟兄五人无事小饮，恰与诸位道友相遇。

"因愚兄弟秉丙火之精而生，且为孪生兄弟，自离母胎便遭孤露，先为一散仙渡去，后始拜在家师神君门下。前半备历艰危灾劫，深知修道人的婴儿若受仇敌侵害，虽得成形长大，但是真元已有损耗，修复至难。此中甘苦，非身历者不能备悉。所以对于道友虽无大助益处，决不似别位同门格外为难，多生阻碍。

"可惜成例难破，至多仅能在诸位道友一出一入的紧要关头，故意颠倒神火上下方位,略效绵薄,稍减火势而已。至于成功与否,仍要看诸位道友本身法力如何,有无这等缘福,愚兄弟就爱莫能助了。

"此间因潭中灵焰厉害,人如不知进退,便为神火所伤。来人师长多与家师有交,自身不识厉害轻重,事后反有微词。为此家师立下规约:凡是来求取灵药的均以外人相待,不问有无渊源,一视同仁。照例取药之前不问姓名来历,便自报姓名,也如不闻。我看诸位道友神情行径,必有与家师有渊源之人在内。既同来此,当知细底。且俟得手与否,再以客礼相见叙谈吧。"

陈嫣连忙称谢。暗忖:"我正想你不节外生枝。尤可庆幸的是那些惹厌人俱在宫中修炼,不曾在外,省却好些阻力。看这兆头不恶,定能成功。"好生欣喜。众人见陈嫣谦和对人,五火使者变为前倨后恭,又听出其意甚善,也都代她暗幸。要知后事如何,请看下回分解。

第八十六回

入火宫　炎潭惊鬼女
斩灵蛇　绝岛斗仙童

　　话说那灵焰潭偏居离朱宫后西北方,离众人降落山头约有三四十里。虽不甚远,因随五火使者步行前往;又以双方逐渐化敌为友,谈话投机,众人自信成功十居八九,不但不想求快,反欲借此结纳,可以得他们助力,就便还可观赏沿途仙景;一路浏览前去,一点也不心急。

　　磨球岛原本景物灵奇,复经神君数百年鬼工经营,仙山楼阁,壮丽非常。如在往日,势派尤为庄严,由前岛起到处都有执戟侍者轮守,来人到了前半岛便须降落,通名求见,然后一层层转上去,须费好些周折始能见到少阳神君。独众人来这几日,恰是全岛上下人等每年祭炼神火之日,只五火使者当日无事。

　　这五人在少阳下三辈门弟子中资禀特异。看似高傲,最通情理,最爱帮人的忙。忠信果断,只要投机,得了他们的同情,无不推诚相助。一答应便算数,决不中途反复。人又方正,不近女色,性情刚烈,法力高强,一干长少同门对他们俱有几分敬畏。陈嫣等凑巧相值,无形中得了许多便宜还不自知,以为平日岛上也是如此。只顾想和主人结纳,一路观赏谈笑,不觉耽误了些时候。

　　五火使者以前对同门中,只佩服大师兄火行者一人。只因十年前杨瑾、凌云凤和嵩山二老等,在白阳山古墓斩杀前古妖尸穷奇和无华氏父子,红娘子余莹姑路遇妖鬼徐完门下鬼女乔乔,为邪法所困。正在危急,恰值火行者空中经过,看出余莹姑是峨眉门下,上前相助。本意用真火将乔乔烧死,不料乔乔见势危急,用邪法舍身求活。火行者为她所惑,竟把乔乔带回岛宫,禀知师父,领了一顿责罚,成为夫妇。

　　五火使者觉着师父近三百年以来,尽管屡改规条,创立教宗,无如积重难返。虽以教规严肃，门人不敢为恶，一切行径修为均与左道旁门迥乎不同，终非玄门正宗。连大师兄平日那样向道精勤，极知自爱的人，到了情欲关头，依然把握不住。弟兄五人暗自勉励，由此起把火行者看轻，不再似以前敬重。遇到自身权力可及之事，便独断独行，全不秉承意旨。

五火使者以潭中灵药本许人自取，来人又非妖邪左道一流，真能取走，乐得成全，不能也无关碍，竟未向离朱宫中诸同门通知。又以众人初来，彼此投缘，渐以嘉宾之礼相待。到处引往游观，沿途流连，双方全无顾忌。

后来还是石玉珠深知磨球岛戒备森严，门人多半骄傲，与当日身经迥乎不同。觉着当日只是凑巧，适逢其会，遇到这五个好相识。上来虽仍不免倨傲嫉视，一经以礼相见，便泯猜嫌，转成投契。此等时机稍纵即逝，如遇别人，决无这样容易应付。唯恐夜长梦多，自身虽有准备，到底好来好去方为上策。暗使眼色，拿话一点陈嫣，催其速行，勿再耽延。

陈嫣自然机警，也觉早点成功可以放心，便向五火使者笑问灵潭还有多远。为首的一个答道："我因诸位道友初次宠临，少时万一不济，潭中真火发动，便难再留，欲陪诸位略为游览，再往灵潭取药。道友如若求药心急，可先去吧！"

那灵焰潭偏居离朱宫西北。中途，五火使者为想指导客由后山正西方绕过去，这一岔道，比和起身处还要稍远。经行之处名为火珠坪。三峰环峙，一水旁流。左边清波浩浩，里许宽一条广溪，与红湖相连，蜿蜒如带，通向后山。右边一片平地，既宽且长，与广溪平行。上有千百株异树，高约十丈，大都四五抱以上。铁干翠条，绿叶如掌。枝上开着海碗大小的红花。重台叠瓣，鲜艳无匹。花蕊形如五朵火焰聚在一起，当中蕊上结着五粒手指大小的珠子。火齐离离，斜阳映处，灿如红霞。加上碧水青山一衬，分外色彩鲜明，耀眼生缬。地形宽长。坪上并不尽是这类火珠林，还有不少楼台馆榭，依山傍水，矗立其间。树的行列也有疏有密，因势居胜，各有匠心。

五火使者请众人到路侧小亭之内落座，说道："我等弟兄五人随着家师修炼多年，轻易不与外人交往。每次取药，多是别的同门轮值引导，难得晤见。偶有相遇，也都落落寡合。今与诸位道友一见如故，前缘可想。家师岛规甚严，虽难更易，勉效绵薄也还可以。

"本岛这类小亭共有四十五座，表面点缀风景，实则暗设禁制，每一小亭均可飞行移动；为全岛禁法枢纽，也是最厉害的埋伏。诸位下去，烈火已经愚兄弟故意挪移。诸位既敢深入，当能抵御。但是潭中尚有丙火之精孕育的两条灵蛇，万一引动，却非小可。诸位道友俱是玄门清修之士，能到今日，大非容易，为此先引来此，略泄此中机宜。不问得手与否，上来时万一灵蛇不能抵御，再不小心触动潭底禁制，这四十五座小亭齐化烈火，围困阻路，前有重重火山，后有灵蛇追迫，诸位必往空中遁走。稍失机宜，不死必伤。即便飞遁神速，也易蹈危机。最好认准此亭形相，一见火山阻路，不可上行，即以原有法宝、飞剑护身，认准方向，由西面冲入。

"火山乃小亭所化，外观火势猛烈，令人难耐。但是飞行迅速，只不过瞬息之间，身一入亭，立即清凉无事。诸位再将这亭心所悬火焰形的法器扭转，使焰头正对来路，以火御火，去阻后面灵蛇。赶紧由东方遁出，然后上升，便可无事。愚弟兄并非有意徇私，家师在岛，每遇正经修道之士来此，也多授意门人暗中指点。诸位初来，相隔尚远。便坐此亭前往，就便请诸位看个明白。"随说，为首一人已然如法施为。

小亭六角，仅有丈许方圆，却有两丈四尺高下。亭心法器形如古灯檠，并未点燃，所说火焰只是灯头虚影。行法之后，火焰突燃，闪了两闪，风雷之声立即隐隐交作，四外俱是红光和青白烟雾围绕。众人觉出亭已飞离原地，忙运慧目注视。只见台榭之类影绰绰由亭外瞥过，稍不凝神，便连这点影子也看不出。

石玉珠和冷青虹二人知道厉害，一面故示从容问答，一面暗中留意，查看主人动作，一一默记在心。五火使者乐于相助，认定众人成功之望太少，有心助他们脱难，不特没有隐讳，并还告以如何运用。说时迟，那时快！数十里之隔，晃眼即至。

五火使者说道："到了。诸位谨记前言，量力行事，但盼得手，还能相晤。愚兄弟五人要去前侧面丙火峰上瞭望，就便为诸位少效绵薄，减轻火势，恕不奉陪了。"说罢，将手一拱，一同出亭，往东南高峰上飞去。

五火使者初开口时亭已停住，火焰顿敛，恢复了原形，面前也换了一番景象。五火使者走后，众人忙出亭外一看，四面高崖环若城堡。崖顶石地平坦，宽约一二十亩。东南崖上孤峰独耸，高约二三十丈；西北崖上一塔矗立，比峰稍矮，遥遥相对。崖中心陷一大坑，坑前有一黑色金字牌坊，上有"神焰灵域"四个古篆，灵焰潭便在其下。

俯视青云霭霭，白雾蒙蒙，望不到底，也没觉出有甚火热之气。回顾身后来路，只见无数峰峦楼阁掩映于碧林红树之间，全景历历在望。最前面又是海天无际，波涛浩瀚，云水相含。一派空灵明丽境界，美观已极。刚才所坐小亭已然不知去向，料已飞回原处，便不去管它。略为观察形势，一齐走向潭边。

陈嫣四顾无人，悄对四人道："潭中青烟白雾便是真火积英所萃，一经触动，立发千寻烈火，厉害非常。我和冷、桑二位五行生克之术虽非其敌，但也有点用处。以前不知多少有道之士在此吃亏，微有疏忽，丢人事小，还要受它危害。现我和冷、桑二位已看出这里一点奥妙，委实非同小可。为求万全，请石道友执掌天一真水，仍照前定，将我们五人作梅花形合在一起下去。吕道友持五丁神斧居中，石道友殿后，我在前面，冷、桑二位一左一右。姑且先由我和冷、桑二位运用五行生克之妙碰它一下。如若不妙，吕道友再施展神斧威力，辟火而下。

"我们各有飞剑、法宝护身，略知五行生克，主人又有釜底抽薪之意，下去当不甚难。但是今日所遇五位主人虽极至诚，证以往日所闻，岛上三辈门人大半骄狂量小，哪有如此便宜的事？万一灵蛇出动，全岛门人必定警觉。就许不愤气赶来为难，我们深入重地，虚实莫测，来时所坐小亭已如此神妙，知他还要出甚花样？我们不得手还不致有甚枝节，如若得手，保不定群起为难。那天一真水关系最重，不到万分危急，还以不用为是。以免在事前为他所觉，并为烈火所耗，减了力量。石道友以为如何？"石玉珠点头称善，忙由陈嫣手内接过玉瓶，手持戒备。

五人匆匆议定，正待飞落，冷青虹目光最敏，猛瞥见西北崖石塔顶上有一女子影子，冰绡雾縠，玉立亭亭，身材、容貌仿佛甚美。一眼还未看真，那女子已迎面飞到。明眸皓齿，面带巧笑，朝五人斜睨了一眼，便往离朱宫飞去。来去如电，神速异常。

陈、冷二人见由塔上飞来，料是宫中女弟子，方欲为礼，那女子理也未理，便自擦身飞过。吕灵姑失声道："这位道友怎长得如此美秀？"言还未毕，石玉珠同时惊道："我们还不快下，不多一会儿人就来了！"

陈、冷诸人原因五火使者有相助之意，此外更无他人；虽以事太顺手，出于意料，心中疑虑，临事却不甚匆遽；闻言也觉兆头不佳。料定此女一去，定来阻力。尽管法力高强，戒备周密，到底不敢疏忽。无暇多说，互一招呼，各把飞剑、法宝放出，同驾遁光往潭底冲去。刚刚钻入烟雾层中，忽听潭上来路一面有巨钟撞动之声远远传来，料是离朱宫中徒众出动。知时已迫，越发加紧飞降。

众人初降时，遁光到处，那青白色烟雾宛如波分浪裂般冲荡开去，并无异状，也不见烟中有火。吕灵姑见陈、冷、桑三人全神贯注外围，手捏灵诀，准备应变，面色甚是严肃，暗忖："此时已下有百丈，除却烟雾浓密而外，并不觉热，怎大家说得那么厉害？"几次想问，俱被冷青虹摇手止住。

灵姑听上面钟声撞了十九下止住，那烟雾好似稀薄了些，方料快到潭底，猛瞥见陈嫣扬手发出一股黄烟，疾如电掣，直往脚底烟雾层中飞去。同时冷、桑二人也面带惊惶，双双把手一扬。先是一片银光飞起，展布开来，连五人的遁光一齐包没，不露丝毫缝隙。跟着又是一片青光包在银光外面。忙打手势，催动遁光，加紧下降。

灵姑忙看下面，淡烟影里现出一片薄如水泡的青灰色的光网，将下降之路隔断。光面上稀落落冒起数十股青烟白气，袅袅上升，约有三数十丈方才散开，互相绕和。初下时烟雾甚浓便由于此。

说时迟，那时快！就这转瞬之间，陈嫣所发黄气，已然冲入下面青灰色光网之中，那光网看似极薄一层，无甚异处。哪知此乃真火精英所萃，黄气才一接触，立似沸油着火，轰的一声，全都爆发。青光闪得一闪，化为千百丈烈火朝上涌来。同时来处那些青白色烟雾也一齐点燃。当时全潭上下成了火海，洪洪发发。衬上四壁回音，天摇地撼，声势猛烈，无与比伦。休说是人，便是一块精铁，只要挨着，也必化为溶汁。

众人幸是早有戒备，护身宝光而外，又有陈、冷、桑三人五行妙用，身被三层光华包着，暂时不甚觉热，依然在千寻烈火之中往下降落。只因火势上冲，阻力绝大，飞降却是不快。

石、吕二人初遇时虽然心惊，还以为人言稍过，凭着飞剑、法宝、五行真气护身便可无妨。陈、冷、桑三人却是内行，知道此火与常火不同。尤其陈嫣前生吃过少阳神君大亏，深知厉害。见火力太大，下降渐迟，五行真气不能持久。全宫敌人已然察觉，天一真水须要留备出去时应急之用，不敢妄费。灵姑五丁神斧虽极神妙，但是道力尚浅，潭中埋伏出乎预料，火势猛烈，恐其难以持久。比较还是降一段是一段，等五行真气快要耗尽，相隔潭底不远时再令施为。以免为火所逼，时久难支。却没料到初下时有五火使者暗助，五人荫受其福，火势虽烈，比较往常还不能算是极盛。这时火行者等全体宫众,已与五火使者相见,知道来人不特有武当门下在内,并还在上面看出,陈、冷、桑三人路数也似宿仇。两下里争论了一阵,五火使者业已袖手不管。经由火行者等主持,火势立即大为增强。陈嬷盘算未终,已经发动。

五人正降之间,猛觉火势转强,红光转为白光。势如狂潮,猛涌上来。上下四外的烈火也都变成银色,精光闪闪。尤其下面火力奇强,往上猛冲,众人立被冲荡起了十余丈,下降之势愈难。紧跟着一片白烟过处,头层青光先已消灭,忽然火势炙人,奇热难支。

陈、冷、桑三人见状知道不妙,忙从里面放出一片黄光,略减火势。方想若让灵姑上前,这等奇热决支持不住,意欲借那神斧一用,未及开口。灵姑不知潭中火势不如陈嬷所料,早就跃跃欲试。一见身外青光散去,热得难受,心里一急,也没和众人商量,便把五丁神斧突然伸将出去。

陈嬷方恐破了五行真气,将火引入,慌不迭回身阻止,并加强运用真气时,斧光已冲宝光而出。大半轮红光夹着五色奇光到处,身外本来为其包紧,没有一丝缝隙,现在竟被荡开,现出丈许空处。以前不知此斧有五行妙用,功能辟火,想不到如此神奇,不禁心中大喜,连忙住手。灵姑一看有效,也极高兴。跟着挺身将斧舞动,四外烈火立被荡散。

陈、冷、桑三人知火虽不致烧人,但上下四周都是烈火,烤炙久了也难禁受。唯恐有失,一面令灵姑改作前锋,用五丁神斧冲开烈火;一面加强癸水真气之力,护着五人身体往下速降。那地方正是四壁火口发源之所,故此火力独大。相隔潭底灵焰阁数十丈高下,阻力一去,晃眼便穿透火层降落。

众人见那潭底地面比上面潭口宽大得多,正中心建着五层楼阁。通体高约三十丈,广只亩许。造形精丽,穷极工巧。通体玄色透明,非金非玉,不知是何物质。除环楼有半亩来宽一圈浅堤岸外,四外皆水,宛如一片湖荡中间建起一座楼阁。堤上满植来时所见的火珠树。水泛银色,无风自浪。波涛奔腾,击石有声。撞到堤岸上,不时飞激起一两丈高的银花。云涌珠喷,精光四耀。仰视火层,离楼顶约有二三十丈,势正猛烈,火云千丈,乱卷如飞。虽然悬罩顶上,并不下压,看去也颇惊人。

陈嬷道:"我们下来的难关已然渡过。这里便他们自己人也轻易不敢下来。闻说阁中尚有埋伏,正好从容行事,就便稍为歇息。到手以后,再同奋力上升。只要不惊动两条火蛇,或是能够抵御过去。一到上面,就不怕他们了。"说罢,一同查看好了形势,悟出阁内外许多妙用和出入方法,然后一同由正面第一层楼下走进。

那楼阁每层本只一大间。这头层楼内并无甚华美陈设，只当中放着一张龙须草编成的短榻。环榻三面立着三十六根，质如黑晶，二尺方圆，一尺多高的矮墩。因地面也是质如晶玉，与墩同色，直似天然生就，不见人工痕迹。

陈嫣看出这里是少阳神君会集嫡传弟子，传道炼法之所，中间短榻乃是师位。那三十六个矮墩参伍错综，并非作三行排列，连同中央师座与三阳火位，躔度相合，其中必有奥妙。尚幸自己累劫修为，深悉先后天五行生克及宫位躔度秘奥，又有这柄前古至宝五丁神斧相助，可以无虑。如换旁人，即便能够冲破火层，下落潭底；这五层楼阁各有机密禁制，厉害埋伏，处处都是网罗陷阱，触一发而全身皆动，稍失机宜，不但灵药得不到手，弄巧还要陷身在内。当下唤众人暂缓前进。并请灵姑手持五丁神斧，由冷青虹指点，运用接应，以防万一有甚大变故。率性一不做，二不休，将这主持埋伏的矮墩破去，以免失陷。

陈嫣嘱咐停当，然后手掐灵诀，按着火、土相生法则，运用五行真气，放出一片黄色烟光笼罩全身。照三阳火宫方位躔度，由东北方最末一墩跳将上去，试探着一步一墩纵将过去。似这样五方绕行，将三十六墩踏遍，最终绕到正南方丙火方位，到了当中短榻前面，知已无害，心中大喜。忙就墩上朝短榻拜倒，向神君致谢默祝了几句，便又绕退回来。

那三十六墩疏密相间，近者二三尺，远也不过丈许。众人在后谛视，见陈嫣并非顺序跳去，忽东忽西，忽南忽北，纵横往复，左右回旋，只没跳过重的。先跳的几墩并无异状。五六跳以后，每换一处，身一落到墩上，必要冒起一股烟雾。烟色各异，或青或白，或蓝或红。多是淡烟微袅，略现即隐。中有一次是突然浓烟暴发，将人围绕在内，几乎不见一点形影。

灵姑心疑有变，冷青虹悄说："无妨，此是五行生克反应。必是陈姊姊拿不一定主人埋伏是否在彼，有心试验。等将这三阳阵图走完回来，就全探明白了。"言还未毕，果然陈嫣又由烟中纵起，落向邻墩。似这样又经过了两次，终于成功，平安回到原处。

石玉珠笑问："埋伏厉害么？"陈嫣咋舌低语道："无怪少阳神君为一派宗主，果然法术高强，幸我不曾造次。这里布置竟是三阳烈火大阵。如是不知底细的人，只知他藏药藏珍之所在最高一层，为图省事，不由此入，径往上层寻取。因是无法擅越雷池，走不进去，但只徒劳，还不妨事。若是仅具一知半解，或以客礼自谦，由此头层依次上升，前往五楼藏珍之地，除照我这等走法，谁也休想成功。

"那三阳烈火好不厉害。这头层楼便是一个火窟。这些墨玉矮墩俱是三阳真火凝炼而成，每一发动，有似万千迅雷同时爆发的绝大威力，除此五丁神斧而外，任何神妙法宝均难抵御。不特头层如此，全楼均是真火凝结，架空建立。真阳内敛，反现为阴。虽在漫天烈火笼罩之下，以火制火，两两相抵，倒不觉炎热，但哪一处的埋伏发动俱难禁受，只独头层阵图所在乃全楼枢纽，威力更大了。

"闻说神君昔年炼此灵药，本为自用，因剩余甚多，炼时受尽艰危，既想以此救济真正修道之士，又不愿使其得之太易，才把它收藏在这丙火阳精集结之所。潭中千寻烈火、两条灵蛇已是够人受用，怎这里还有如此厉害禁制？照此情形，哪还有人能够取得药去？不特有违初心，也未免使人有吝啬量小之讥。

"适才五火使者甚为厚意，只说此潭难下，中间烈火厉害，并未说到别的，而这阵图胜似来路烈火十倍。我想以前幸得神君许诺入潭的人，必还传有入楼之法，或是主人不以仇敌相待此图不现。看初下时上面鸣钟聚众，情势颇急，多半拿我们当了敌人，特将埋伏发动也未可知。否则看五火使者别时神情，如有危机，万无不言之理。

"主人把我们当作敌人，我们既已能悟彻机密，可以循此而上，主人决出意外。正好将计就计，缓缓一步一步从容试探前进，一点不触动他的埋伏，使他疑我们不是失陷，便是徘徊犹豫，无门可入。等将灵药取到以后，再相机行事，冷不防冲将上去，抽空遁走，免得伤人树敌。我们已然成功，神君本有任人来取前言，我们循例取走也无法见怪。

"话虽如此，初入虎穴，身在重地，是否还有别的奥妙尚不敢定。还请诸位道友暂随妹子身后，看清下脚之所，等将这三十六墩走完，二层楼门阶梯必要现出。此楼埋伏与上面必有关联，我们如始终不去触动，他们必不至于觉察。敌人虽然个个可以自行上下，闻说神君严厉，门下弟子不奉命不许妄入，料他们不敢。只要无人来，就可无虑了。"

陈嫣说罢，又将阵图机宜一一指点。然后领头前行，照旧往墩上纵去。等陈嫣跳到别的墩上，再由石玉珠第二，桑桓第三，吕灵姑第四，冷青虹殿后，一个接一个，紧跟陈嫣挨墩纵去。

灵姑以为这样矮墩，又不触动禁制，必定容易。陈嫣因是领头，查辨躔度，所以审慎迟缓。哪知上了头一墩还未觉出异样，再往前跳，便听同行四人一齐嘱咐："灵妹留意！不可冒失，更不可沾地。跳时务使身体凌空，如黄鹄摩云之势，觑准前路落脚之处再下。"心方警惕，果然觉出难来。第一是脚底上似有极大吸力，如以寻常跳法，决跳不过；第二是二三尺之隔，竟似甚远。如非眼到心到，不是过头，便是不及。连跳了十来个墩，方始悟出轻重远近，有了准头。

陈嫣自是轻车熟路，一会儿便领众人走完三十六墩。到了短榻前面丙火正位，重又率众行礼通白。照着预拟，手指处，一道黄光飞出，罩向榻上。忽然烟光迸射，黄光立被挡开。一会儿，那榻渐有移动上升之势。陈嫣刚觉预料有误，心中惶急，不知如何是好，见榻一动，榻下似有一股彩气连榻上升。倏地触动灵机，心中大悟，不暇多说，忙喊："快随我来！"当先纵向榻上。

众人刚刚随着纵上去，榻上烟光已聚成一股，往顶冲去，榻面离地而起，由缓而急，往上升去。同时烟光直冲之处，楼顶现出一个与榻相等的楼门。短榻升到二层楼面便即停止，不大不小，恰巧将楼门填满，四外浑成，和生了根一样。

众人下地一看，那二楼没有墩。除原乘短榻之外，四外另有四榻，似是主人炼丹之所。每座榻前各有一座三尺来高的丹炉，余者俱和头层相似。只四壁上满画着无数大小火焰，色红如血，隐幻奇光，生动逼真。五榻、五鼎之中，一个二尺方圆的太极图微微隆出地面，看不出何处可以上升。

陈嫣虽知头层阵图为全楼埋伏枢纽，大难关已然度过，但照二楼形势，也极险恶。一个不巧，误触埋伏，四壁所画火焰齐化真火围攻。如用五丁神斧抵御，便须通体破毁始能上达。就不将上面强敌引来，也必结仇更深。正在审慎查看，冷、桑二人也和陈嫣一样，四下寻找上升道路。

桑桓偶然抬头仰望，看出楼顶板上隐隐约约有火圈虚影，与当中太极图上下相对；只是要大出十来倍。起初当是太极图反映上去的影子，及至定睛细看，下面太极外圈并无光华。上下相隔又甚高，四壁火焰所幻奇光均未反映，楼顶图影又是微微流动，隐现无常。心中奇怪，便俯下身去，试用手朝那红丸用力一推，并未推动。再用力一推黑丸，也是如此。

陈、冷二人也早料出太极图有异，只猜不透内中奥妙。冷青虹见桑桓用手左右力推，笑道："桓哥，你也是有道之士，这类布置不知用法、口诀，岂是凭手就能推动的？"

桑桓道："我是心有触动，姑妄试之，并不一定有效。你可看出楼顶这圈图影有点异样么？"说时，桑桓因顺推不动，又改了逆推，仍未推动。冷青虹闻言，恰正抬头瞥见楼顶图影似有碗大红光一闪，忙告桑桓二次用力推那红黑二丸。果然上面图影光华又现。最奇的是，现光与下相反。推红显黑，推黑显红，阴阳两极互易，并不一致。

陈嫣在旁也已发现，三人才知上下联系，息息相关，上面所现并非图影反映，只要将两极红、黑二丸推动，十九便可现出通路。偏是正反连推，均未推动。换了陈、冷二人，也是如此。每次逆推，二丸虽仍不动，上面必有碗大红、黑二光随着隐现，用尽心力，只推不动。

众人正商议间，石玉珠因自己不精五行之法，恐有疏失，同了灵姑只作旁观，全听三人所说行事。到了二楼之后，见陈、冷、桑三人尚未寻到路头，便一面赏玩四壁画光，一面暗中留神，相助搜寻上升之法。刚由左壁绕走过来，见三人蹲在一处商谈，便和灵姑绕过短榻丹鼎。近前见状，忽然想起一事，忙唤住冷青虹道："昔年芬陀大师嫡传弟子杨瑾，同了峨眉女弟子凌云凤，同往白阳山下，古妖尸穷奇与鸠后无华氏父子的古墓穴中夺取前古至宝九疑鼎时，凌道友新收两僬侥小人，一名沙沙，一名咪咪。二人自恃胆勇，曾背乃师涉险深入，私往查探。撞见妖尸穷奇正背妖党，私由地穴取鼎偷看，后被妖党发觉，起了争执离去。

"沙、咪二小往查藏鼎之所是在地底，地面上也有类似这样的太极图形。后被两小朝红黑二丸一阵乱推，居然无意中触动机关，悟出开闭之法，先将一面宝镜和鼎中一粒混沌元胎盗藏一旁，等杨、凌二人到来，里应外合，竟建奇功。以致神尼芬陀为酬二小之劳，施展佛家无边神法，使两小无须重新投生，只在旬日之间，在佛家三相金轮上历劫三生，长成大人，传为释、道门中佳话。

"杨、凌二人与我俱有交往，曾谈取鼎经过，尚还记得。这里太极图形颇与相似，尽管作用不一，料还不难参悟。三位道友只朝一面力推，并未将红黑二丸照着左右顺反同时推动，何不试它一下？"

三人原是情急匆忙，互相照本画符，忘了变通，闻言立被提醒。冷青虹正蹲图旁，首先招呼众人戒备。一面默运玄功，以防万一，一面双手分按红黑二丸，照玉珠之言，或顺或逆，或是两手一顺一逆，试推过去。推了几下无效。

陈嫣笑说："青妹且起，我来试试。"冷青虹笑答："稍候，我还有点意思没有试到。"冷青虹说时觉着红丸有移动之势，楼顶立即光华大亮一下。顿悟阴阳向背，虚实相生之理。重又沉静心神，分按红黑二丸，先一顺一逆用力一推。觉着有些动转，倏地倒反过手，顺逆互易，猛力一旋。图中阴阳二极忽然自行大动，光华电闪，旋转起来。

陈、桑、石三人防有急变，忙拉青虹跃起，静以观变。只见下面图中阳阴二极飙轮飞驶，上层楼板上的图形也变成丈许方圆，一轮红黑参半的奇光上下相应。转了有四五十下，四壁所画火焰忽都隐入壁中，不见痕迹，跟着下面太极图光越来越强，竟将顶层圆光吸住，连为一体。又同转了四五十下，上层图光竟被吸落，徐徐下降，与图合成一体，光便隐去。图形也恢复了原状，上层楼面却开出一个丈许大洞。

众人见通路已得，忙即飞身直上。到了三楼一看，乃是贮藏丹书、道经以及各种火器、法宝之所。均有翠玉为架，放置其上，每件另有禁法封制，五光十色，宝焰辉煌，耀眼欲花。灵姑笑道："陈道友说全楼皆真火精英凝炼，人如触动，立成火海，却将这些好东西放在其内。万一有外人来盗，误引烈火，不都化成灰烬了么？"

石玉珠笑道："此间各物禁制重重，外人休想伸手。如若触动埋伏，发生大火，也必先有防护之法，决不至于烧毁。不过像我们这样，未得主人默许，全凭己力直达顶上层楼，只恐以前还没有过呢。"

众人因是身入重地，烈火埋伏厉害非常，格外谨慎。每上一层，必要逐步留意查看，方始前行。到了三楼，一面观察内中陈列布置，一面寻找上升之路。初意和头两层一样，出路隐蔽，各有各的神妙设施，但是一到便可容易寻见。哪知只头两层难上，四、五两层竟是寻常。对着前湖一排八扇水晶楼门，正对当中四扇楼门，有一架墨玉阶梯，两边另有上处。先还以为未必如此容易，试探着循梯而上，竟是一无阻隔。

四楼架在半中腰上，除有禁法阻隔外，并有一玉碑。上现神君法谕，禁止外人妄入。又写明走完楼梯，便到五楼灵药藏处。得药之后可由五楼飞走，不可再由原梯下去，脚更不可沾地。那灵药每次只有一小玉盒。内中共是丸药九粒，玉膏一小盒。只供一人之用，不能多取。

众人志在取药，不愿多事，既不令入四楼，便往上走。回顾来路，果有一梯影，隐约由三楼正面门窗直达楼下，一半现出楼外，来时竟未看见。这才省悟以前取药的人如得神君允许，并无须由头层觅路上升，只消冲破灵潭烈焰，到了湖边，便可由此至梯，舍却头两层，径由三楼直抵五楼。这次必是宫中徒众有意为仇，将梯隐去。五火使者先未料到，所以未说。

众人匆匆赶上五楼一看，正对楼口室中心有一五尺方圆墨玉圆台，上下四外俱是火焰虚影围绕。台顶当中画着一朵青莲花。重台叠瓣，一半含萼，尚未全开，内里莲实隐约可见。画得十分工细，姿态生动。远看隆起台上，宛然欲活。陈嫣心料灵药藏在其内，忙即通诚拜倒。起视尚无异状，知道四围焰影俱是烈火，功差一篑，不敢冒失下手。随和众人绕台查看，也未看出机关所在。

桑桓道："我看这座灵焰阁，上下五层所有埋伏设施，俱按阴阳两仪、先后天五行生克、虚实相生变化而成，楼梯玉碑已然写明到此即可将药取走，想必无甚艰难凶险。现既不能查出端倪，主人业以仇敌相待，反正不能善去，灵药明藏此台之内，何不看清出路，试照五行生克妙用逗它一逗？埋伏如若发动，率性用五丁神斧逼住烈火，破了此台，取了灵药，往上遁走。免得夜长梦多，敌人发觉我们深入，又生枝节。"

陈嫣一想，也觉久等下去不是事。并想："虽然预计以此疑兵骄敌，终以早将灵药取到才能放心。好在头两层难关最厉害的埋伏禁制俱已安然渡过，只绕台这一圈烈火，自信还能抵御，何况还有五丁神斧与天一真水可做万一之备。"便照桑桓所说行事。

陈嫣一看五楼四外俱是晶墙，头上又是晶顶，其势不能破壁飞走。只南北两面各有一个六角形的空洞，可以由此飞出，但由空洞谛视，却是火云隐隐，焰影幢幢，竟看不见一点楼外的天色景物。明知出必遇火，无奈此外更无出路，便和众人议定：由陈嫣行法取药，灵姑持斧随同戒备，冷青虹、桑桓、石玉珠各驾遁光，放出飞剑、法宝，旁立相待，以为接应。得手之后，仍仗前来之法护身，由南窗空洞中飞出，到了万分不济之时，再用天一真水。

陈嫣因见台上焰影熊熊，先料必定厉害繁难。及至将身飞起，到了台侧，刚要行法将台上焰影逼开，一眼瞥见台上青莲好似比前隆起了些。猛然触动灵机，暗忖："神君既肯成全那苦行修道之士，只要能深入至此，便可成功，哪有这等难法？他环台真火焰影许是别有用意。妄去破它，莫要弄巧成拙,本来易事,反倒艰难,转为徒劳,岂不冤枉?"

略一迟疑,陈嫣因再挨近即触动真火,不由身子往后一退。见台上青莲又恢复了原状,觉出有异。试再前进,青莲又渐隆起。这次比前较近,青莲也较前隆起更高,竟似一朵真花要由画处冒出,立即醒悟。只是对环台焰影仍存戒心,想了想,先不破那真火,姑用五行真气护住身手,冒险再试。及用手伸过去,那虚影并未发动真火,花已半截冒出台上,越发胆大。算计取药许不费事,忙告众人留意,以防得手以后有甚意外。一面双手试探着伸过去,轻掐花朵,往上一捧,青莲立变一朵斗大真花冒出台面。当中花萼跟着开放,内里现出一个形如莲蓬的碧玉圆盒。心中大喜,伸手一摘,便自取下。盒才到手,青莲忽隐。

陈嫣方欲开视圆盒,忽听轰轰火发之声。众人知道埋伏发动,正在惊呼骇顾,待往孔洞中飞身遁出。说时迟,那时快!声随火发,四外焰影齐化真火。陈嫣、吕灵姑离台最近,骤不及防,首被千万朵火焰化成的一幢焰云簇拥着往上升去。冷青虹、桑桓、石玉珠站在台侧,赶忙遁开,未遭波及。

灵姑一见火发,刚要用斧去撩,陈嫣猛觉出那火并不灼人,只是托着上升,其力甚强。同时又瞥见随着火声发动,楼顶忽现出一个丈许圆洞,那先准备的南北两孔逃路,却变成冥冥漆黑。隐闻风雷交作之声,四壁电光如织,金蛇乱窜。才知通路是在顶上,灵药到手,自然出现。南北两孔乃是火穴,万去不得,非由当顶上升不可。全楼真火已发,不乘焰云涌护往上飞升,稍迟便为真火所围。

陈嫣见冷、桑、石三人尚在焰外,灵姑不知就里。又要用五丁神斧御火,恐有疏失,百忙中不及细说,忙一手把灵姑持斧的手拉住,不令妄动。同时运用玄功,将拥身焰云按住,使其缓升。口中大呼:"出路在上,快飞到我这里来,由火云拥住上升,不可妄动!"

言还未毕,冷、桑、石三人已觉奇热如焚,虽有遁光护身,仍挡不住,陈、吕二人又被烈焰拥起,好生惶急。闻言瞥见上面顶开,立即醒悟,赶紧飞身追上。无如先前不应避开,这时竟被焰云阻隔,冲不进去。略一迟顿之间,益发奇热难耐。眼看楼中烟光蓬勃,火势就要暴发。那焰云上升之力绝大,陈嫣运用全力竟压不住,焰云与楼顶圆孔已连在一起。断定自己如若飞出,楼顶必定立即封闭。上下四外风雷之声又越发猛烈,情势险恶,但又无计可施。

灵姑见冷、石二人面带惶急，石玉珠已将玉瓶取出，暗忖："想不到真火如此厉害。天一真水须备万一逃命之需，能不用最好。现时三人均为云焰所隔，何不仍用神斧一试？总比耗费天一真水好些。"想到这里，为救石、冷二人，也未和人商量，竟将神斧往外轻轻一撩，云焰立即散开。冷、桑、石三人刚刚乘虚飞入，会合在一起，待往上升，猛觉身上一热。再看身外云焰已为神斧所破，同时风雷大震，当顶圆孔渐往中心收拢。五人纷喊："不好！"立驾遁光往上冲去。

遁光虽极迅速，那出口也收得甚快，遁光飞到，已缩成尺许大小，晃眼即闭。陈嫣、石玉珠双喊："灵妹，快使神斧！"灵姑早不等招呼，当先一斧挥去。斧光到处，焰光迸射，楼顶竟被开出一条两丈大小裂口，五人立即冲出。回顾下面楼中烈火风雷，宛如狂涛飞涌，向上卷来。

陈、冷诸人知道此楼一有动静，必被敌人觉察，逃得愈快愈好。更不怠慢，仍照下来时方法，小心戒备，往上面火云层中冲去。当顶火层因被吕灵姑用五丁神斧扫荡，初就归途，好似没有来时猛烈。灵焰阁顶为神斧劈损，上面应该立时觉察，也无甚动静。火云弥漫潭的中心，静荡荡的；被遁光一冲，方始搅动，拥将上来。

这次改了灵姑当先持斧开路，冷、桑二人左右护卫，石玉珠手持玉瓶天一真水居中，准备策应，陈嫣断后。剑光、法宝之外，另用五行真气包在遁光之外护身，冲烟冒火，破空直上。只灵姑一人因要扫荡焰云，五行真气俱畏神斧，不能在内施为。虽有五行真气护身，但是奇热难耐，因此将上半身窜出五行真气之外，另用剑光护身，挥动神斧，往上急升。神斧虽有辟火之功，斧光到处，烈火狂焰滚泛四散，不能近身，但那火势太大，烤炙也是难耐。仗着冷、桑二人左右将护，连将癸水真气放出，护着灵姑头面，微被斧光误扫，立即补充，仅使左右两手相次倒换露出运用，才得无事。

众人因火势上冲，那发源之所的火层冲破以后，上升迅速，不似降时为火气所阻，迟不得下，归途容易得多。眼看千寻烈火就要过完，查听上空，仍无朕兆。只要冲出火层便可遁走。敌人就觉察也阻挡不住。陈嫣向石玉珠低声谈说，方在庆幸不用一滴天一真水便可脱险，猛听脚底来路忽起异声。

那火势虽没有降时猛烈，到底千寻烈火，何等厉害，轰轰之声仍旧震耳欲聋。众人上升既速，五行真气又与真火相克，两下排荡冲击，更增威势，本不易听出别的杂音。那异声并不洪大，却是尖锐刺耳，嘘嘘怒啸。先还当是烈火生风,发为厉啸。及至静心一听,竟似由远而近,仿佛是有甚东西由脚底来路直追上来,并且迅速异常。

众人虽都听出有异,因正上升,来势过急,未容细想便已邻近。只陈嫣断后,闻声心动。一面随众破空急驶,一面小心戒备,运用慧眼定睛往来路下方注视,见上下四方离身数丈以外全是烈火狂焰,一片赤红。因有神斧开路和五行真气环绕,硬将那密火层冲荡出一条上升之路。遁光刚刚过去,身后脚底的火云烈焰便似惊涛骇浪一般突突乱滚,卷起无数急漩,飙轮电驱,红光耀目,一任慧眼神目也看不出十丈以外。

陈嫣暗忖:"下面并无敌人,如是埋伏,应该在沿途所经之处,在上而不在下,不应由后发动往上追来。莫非灵焰阁顶层为五丁神斧损毁了些,那阁通体乃三阳真火精英凝炼建成,神斧是它克星,一发牵动,及于全身,因此全被毁坏。此时不是阁已坍塌,便是因此斧之故,触动埋伏,三阳真火一齐爆发,风火激荡,成此异啸。走时匆忙,未及细看,不知就里。起初只防潭中火精灵蛇,今已快要出潭,并未出现,实是幸事。偏因一时疏忽,致误机宜,逃时不得不用五丁神斧破阁飞升,到底惹出事来。闻说此阁乃少阳神君收炼丙火精英,用了无数心血所建,中藏灵丹、异宝不计其数,连门下爱徒都轻易不许下去。如真给他全毁,日后回来岂肯甘休?"

这时那脚底异声已越来越近,幸亏众人上升也极迅速,否则早被追上。陈嫣渐渐听出那是怪物口中的怒啸,并且还是两个。暗想:"潭中藏伏的灵蛇,适才以为不曾出现,还在暗幸。听啸声如此怒而激烈,莫非中途惊动二蛇,由后追袭了来?"心中一动。久闻此蛇灵异,威力可怖,刚想招呼同行诸人留意,猛瞥见一条色红如血、通体晶莹、粗如人臂、长约三丈的蛇形怪物,由脚底冲荡开千层火浪,滚滚焰云,追将上来。方喊:"灵蛇已出,大家小心!"同时运用法宝和五行真气戒备时,那蛇并未照人冲袭,竟和众人成了平行之势,端的比电还快。就在这同飞并驶,侧顾一瞬之间,已是擦身飞越,往当顶火云中破空窜去。

众人正前后惊顾,有的连蛇影还未看清,紧跟着又是一条身黑如墨、通体晶莹、长才七尺、一个拳大血口却喷出二三尺长火焰一般红信的怪蛇,由下面怒啸追来。陈嫣因前蛇不曾犯人,乐得不去招惹,意欲放它过去。哪知这蛇虽小得多,却不特来势猛恶,竟是照直朝人冲来。众人闻声下视,刚见蛇影,那蛇口张处,便是一团大如栲栳,比血还红的烈火喷出,朝前面众人喷去。

陈嫣原有准备，一见那蛇昂首追逐，张口喷出亩许大一个红网，知道厉害。忙将手一扬，一团斗大黄光飞将出去，迎个正着。立被血色红网包住，停得一停，众人遁光便飞上去百十丈以外。

那灵蛇满拟一下将敌人网住，不料黄光飞来，迎在前面，挡住去路，敌人竟被逃走，益发大怒。口中连声厉啸，意欲避开黄光，再朝上空敌人急追。不料那黄光乃陈嫣用戊土精英炼成的异宝，神妙非常，竟抛不开，灵蛇连张红网无效，路又阻住，只得连带黄光硬往上冲。无奈阻力绝大，不能似前迅速。情急暴怒，一声厉啸，口张处又喷出一粒酒杯大小的火星。想将黄光破去，再追敌人。

陈嫣早料及此，知道自炼戊土精英终不敌灵蛇乾阳丙火威力。不等它先发，默运玄功朝后一指，震天价一声大震过处，那团黄光立化为万点金星，爆烈开来。灵蛇骤不及防，为戊土神雷所震，受了重创，箭一般倒退下去。

陈嫣大喜，一看上空火势只剩数十丈，运用慧目，已能看见天光，知脱难关，忙催："快走！"言还未了，耳听脚底轰隆之声天惊地撼，火势也骤然强盛，由红色转成银色，中杂灵蛇怒啸之声，喷泉一般向上涌来。同时出口也越飞越近，晃眼便可逃出火层。灵姑正在前面手持五丁神斧，强忍炙热，扫荡上面烈火。眼看还有七八丈远便要冲出火层，上面潭岸隐约在望，猛觉烈火光中血也似冒起一圈红影。

冷、桑二人修道多年，目力较佳，认出是先前飞越过去的那条红蛇，不禁大喊："仔细！"说时迟，那时快！就这一句话的工夫，众人遁光离那灵蛇已只有两丈光景，灵姑当先飞驶，先见红影，已疑是那灵蛇。及听冷、桑二人之言，不由停了一停。

潭中两条灵蛇最是通灵变化，机智非凡。平日被少阳神君禁制在潭中腰真火发源之处。众人成功以后，如若好好退去，本不会飞出伤人。偏生人多，心志不一，事前又不知潭中底细。取到灵药以后，石、冷、桑三人立得较远，没被莲台火云拥起，缓得一缓，等到发觉阁顶上升之路，时机已迟，不得不用五丁神斧破开阁顶而出。

灵焰阁本是真火凝建，备极神妙，息息相关。稍有损毁，禁制立撤。灵蛇惊动，知道来了敌人，暴怒飞出。照例红蛇禁制先撤，如见敌人易制，当时便将敌人围绕，发出最猛烈的三阳真火，将其活活烧死。如觉敌人不甚易制,便飞越到前面去,将潭口出路阻住,等后追那条黑蛇出动,然后两下夹攻。

黑蛇看去虽比红蛇要小得多,但是威力灵异更比红蛇还要厉害,尤其性情暴烈,无与伦比。初追来时,见众人有剑光、法宝护身,不等与红蛇合攻,便欲用内丹所化火网将众人一网打尽。不料被陈嫣用戊土精英炼成的戊土神雷震伤。灵蛇几曾吃过这样的亏,越发暴怒。微一运用玄功,便自复原。火性一发,大肆凶威,竟将内丹全数喷出,发动起无边烈火毒焰,二次猛追上来。

如照潭中三阳真火原有威力,本较众人所经厉害得多。只因机缘凑巧,到时恰好遇见少阳神君门下的五火使者,起初不知有仇人在内,一意玉成其事,下来便釜底抽薪,减却多半火力。鬼女乔乔虽认出来人有仇敌门下在内,但因五火使者看不起她,最难说话,又看出五火使者有意助敌,不愿自找无趣,忙去离朱宫中报警。乔乔丈夫火行者和一干同门正在宫中修炼。闻报大怒,立即率众赶来。见火势已被五火使者倒转,便即告知来者有仇敌,不可轻纵,欲将火阵复原。

五火使者性情古怪,说话做事向无更改。便对众说:"师父本未禁人取药。就是仇人,也只能寻到他们门上去,或是等他们上来再说,不能在此乘人之危。何况我五兄弟已然答应人家。这结仇原因又是无故涎人美色,不知自爱,难怨对方。此潭烈火何等厉害!来人如无极高法力,休说真火全数发动,便眼前这样火势也得焦头烂额,不死必伤。如有辟火之力,火势多盛也是一样。何苦授人口实,说我们不知信义,倚势欺人?"

五火使者行次仅在火行者之下,修炼精勤,品端行正,最为师长及诸同门爱重畏服。火行者虽是师兄,却强他们不得。无奈何,只得再三劝说:"来人如单取药,不存敌意,便等他们上来再说,否则看事行事。"

五火使者冷笑道:"他们莫非还将灵焰阁毁了不成?来人与我弟兄非亲非故,我们既已答应了人家。除非果如师兄所说,他们心存叵测,别有诡谋,那便由你;否则不能更改。你们自在此守候,我们不能和人家说那蛮横无理的话,自到岛边饮酒去了。"说罢,一同往前岛飞去。

火行者吃了几句抢白,气在心里,暗忖:"五火弟兄性如烈火,师父又极宠信,不便逆他们,伤他们和气。何不暗将阁下楼梯隐去,来人无路可进,势必乱撞,设法入门,不论他们走哪一层,均须触发埋伏,多大法力也无幸免。"又经几个同门一怂恿,便去小峰总图行法,将楼梯隐去。火行者等了半日,不见动静。心正惊疑，众人已裂顶上升。

灵焰阁略有损毁，或是灵蛇出动，上面便即警觉。这一来，火行者等宫众全都怒上加怒。知来人果有敌意，五火使者已不能再左袒，立将潭底真火一齐复原发动。经此一来，益发助长灵蛇威焰，比前火势厉害十倍，潮涌而上。

众人还认作脱险在即，并未觉察。尤其灵姑初生之犊，一点不知轻重利害，因听冷、桑二人示警，略一停顿。当头那条灵蛇本来蓄势待发，一见敌人飞近，身子一摇，立暴长数十丈，蟠旋上空，将去路阻住。紧跟着把口连张，喷出一团血红色火云。晃眼展布开来，朝着众人迎头兜到。

灵姑不知灵蛇所喷内丹乃三阳真火凝炼的精英，比起来路火力厉害得多。寻常金铁之属休说被它烧着，只略挨近，便即熔成浆汁。又有灵性，人手如何禁得住？一见红蛇阻路，喷出火云，照旧用五丁神斧一撩。虽也荡开，但是火云后面有灵蛇主持，聚而不散，略退下去，又像一面大网似的罩将下来。

众人虽未为火所伤，灵姑双手轮流在外挥斧，却中了火毒。只因相隔尚远，又在急迫之间，本就奇热，当时不曾觉察。及至连挡两次，灵姑猛觉左臂酸胀，血热如炙，以为放在外面久了的缘故。心想："只差数丈就可出险，反正神斧能够抵御，何不冲将出来，也省得受这四外烈火烤炙。"心念一动，立把左臂缩回，改用右手持斧，振奋起全副精神，挥斧直上。下余四人并未发觉灵姑受伤。因底下火势由红转白，平添了不少威势，黑蛇啸声重又追来，陈嫣知道不妙，也正催促速上，恰好同催遁光往上飞驶。

这原是一瞬的事。那红蛇连喷内丹，两次无功，不由犯性，厉啸一声，口中火云连连喷出，昂首往卜扑来。灵姑哪知厉害，强忍火热，运用玄功，一声清叱，单臂举斧，使一个风扫残云之势，往外一撩。灵蛇本是连身下扑，火云初喷，大如栲栳，一离口便展成亩许方圆，一团接一团往下罩来，势极猛烈。无如灵姑手中神斧是此火克星，这一用斧舞动，斧光益发强盛。只见大半轮红日般的光华从四围飞将上去，迎头一搅，便已冲荡开去。

灵蛇来势更急，火云如血，光焰强烈。灵姑先还看出一点蛇影，及至灵蛇连连喷火，浓焰如血，精芒耀眼，急切间面前只是一片鲜红，奇热炙人，什么也看不出来。刚将火云撩散，觉着右臂也和左臂一样毛焦火辣，疼痛非常。猛瞥见红蛇张开血盆大口，红信焰焰，迎头扑到，以为那蛇不畏神斧。一时情急，不曾寻思，举斧往上便斫。

其实灵蛇并非不畏神斧，只因从来没吃过亏，又听到潭底同伴追来，妄想上下夹攻，暴怒之下，势太猛急。等到所喷火云为斧光搅散，觉出神斧威力，身已临近，再想逃退，如何能来得及？当时被神斧将前半身劈为两半，带着半截身子，往潭底坠落下去。同时，灵姑右臂也被火毒灼伤。又因用力太猛，半身酸麻。

灵姑先并不知就里，因离火层仅得丈许，随着众人避开红蛇下落之势，还欲忍痛持斧，震荡余火。往上升起时，猛觉手臂奇痛，不能再举。方觉不妙，幸而冷青虹在旁瞥见灵姑忽然面容赤暗，一双玉臂均成乌焦之色，那柄神斧虽然仍附在主人手上，也大有坠落之势，知中火毒甚重。又听下面火势愈猛，蛇啸将近，陈、石二人俱在全神贯注来路，不敢怠慢，忙一手紧抱灵姑，运用遁光真气将那上半身护住。

冷青虹刚伸手过去将灵姑持斧的手轻轻握住，灵姑火毒已然攻心，悲叫一声，晕死过去。青虹见状忙喊："石姊姊，灵妹妹中了火毒，快将天一真水取出解救。"说时众人遁光本在一起，并不因有人受伤停止，依旧上升。已然飞离火层，到了上半无火之处，再有数十丈便可升出潭岸。

下面那条黑蛇看见同伴被斩，尸身下落，悲愤暴怒，凶威大发，恰在此时追到。众人眼看就要飞出灵焰潭，猛觉精光上升，一股奇热由下而上。陈嫣忙往来路低头一看，全潭烈火已全变成银色，光华闪闪，耀目难睁。银光中隐隐一条灵蛇影子，口中喷出千万缕银光，往上涌来；猛然漫过头去，将众人遁光一齐网住。

遁光外面五行真气抵挡不住，虽还未被立时消灭，可是蛇口所喷丹元厉害得多，又夹着全潭三阳真火威力，迥非初见之比。两下才　相接，那五行真气便消灭了一半。遁光中人立似暑天烈日之下走入火窖中去，烤炙得通体炎热如焚，无法透气。同时遁光也被灵蛇丹元所化银丝般的火网网住，吸力绝大，难再上升。略为停顿，下面千寻烈火便潮涌而来，上半数十丈潭口全被烈火布满，重又陷身火窟。

此火与前火不同。不是五行真气、法宝、飞剑所能抵御，一到便被包围。灵姑晕死过去，五丁神斧难再施为。端的危机瞬息。身上五行真气一被破尽，众人纵有飞剑、法宝护身，也禁不住千寻烈火烤炙。遁光被吸，不能脱逃，其势非被烧死不可。并且此时灵蛇因见同伴为敌人所杀，奇愤攻心，复仇念切，有类疯狂，来势更是神速。众人只稍迟延，即难免祸。要知后事如何，且看下回分解。